JN200841

龍谷叢書 LXII

CHASING THE LIGHT AND THE SHADOW OF POESY

アメリカン・ポエジーの水脈

American Scenes Beyond Poetic Imagination

藤本雅樹＝監修　池末陽子／三宅一平＝編著

小鳥遊書房

目次

第二部　詩的風景の向こう側

第四部　詩人たちのアメリカ

【凡例】

一．引用のページ表記は、英語文献の場合はアラビア数字、日本語文献の場合は漢数字を（　）内に示している。

一．英語文献からの引用は、断りがない限り各執筆者によるもの。

一．註は章ごとに通し番号を示し、各章末にまとめてある。

一．引用（参考）文献も各章末にまとめてある。

はじめに
詩と言葉についてのコラージュ

藤本　雅樹

人は一生のうちで一度だけ、誰でも詩人になるものである。だが、やがて「歌のわかれ」をして詩を捨てる。

そして、詩を捨て損なったものだけがとりのこされて詩人のままで年老いてゆくのである。

私もまた、詩を捨て損なったにがい心をいだきながら、群衆の中におし流されていきつつある。

だが、もし船出にまにあっていたら、私は冒険家になりたかったのである。

（寺山修司『ポケットに名言を』〈角川文庫〉八八）


寺山修司の作品を好んで読み耽っていたという記憶はないのだが、彼がノートに記したこの一文の特に出だし部分は、五〇年の時を経た今も私の心に焼きついて離れないでいる一句のひとつである。それ以降の数行はいかにも彼らしいシニカルなタッチで記されていて、自虐とも謙退ともとれなくはないような語り口になっている。そんな道化た印象を読み手に与える一文だ。これとはいささか文脈は異なるかもしれないが、本書で扱うテーマと微妙に重なりあう詩人（作家）誕生の契機や詩との出会いにまつわる問題を提起するために、寺山氏の文章を冒頭に引用させていただいた。

多様で異質な環境のもとにあっても、誰もが生涯のどこかの時期に（ジャンルや形式を問わず）文学的なものとの邂逅（かいこう）を通じて、自己の内部に湧き起こる名状しがたい感情の変化に気づき、それを自らの言葉で表現したいとの欲求に取りつかれることがある、とそう信じる気持ちを大切にしたいと思う一方で、この美しい話を果たして素直に受け入れてしまってよいものなのだろうか？とそんな天邪鬼な疑心が頭をもたげてくる。そうした葛藤を抱きながらも、話をより狭い範囲に絞り、いわゆる作家に限定してこの問題を考えると、その文学体験の起点や転換点を探ることはさほど難しい話ではなさそうだと、そんな思いが脳裏をかすめる。さらに、そこから彼らが受けたかもしれない文学的刺激や影響といった問題に焦点を絞ると、少なからず詩歌（しいか）の光と影の存在を多くの作家の経歴の中に共通して見いだすことができるだろう。そして、きわめて大雑把な言い方を許していただけるなら、詩の世界に留まるもの、散文の世界に移行していくもの、その両方の世界で活動し続けるものなどに分かれていくだろう。そこで、そうした大まかな予測のもと、本書では、アメリカ文学を中心に、作家たちの読書体験や創作活動その他に詩歌がどのように関わっているかという問題について、優れた論客の皆様に闊達な論を展開していただくことになった。

閑話休題。タイトル「詩と言葉」について少し触れておく。特に普段さりげなく見聞きしたり使ったりしている言葉がどのようにして詩の言葉へと昇華していくのだろうかという原初的な問題について考える際、たとえば次の文章から何らかの手掛かりが得られるかもしれない。

> （前略）少し大胆な言い方ですが、詩の言葉は日常の言葉とは必然的に違ってくるものであると考えた方が正しいのではないかと思われます（中略）日常の言葉は、日常的な生活のためのものです。それは、私たちが日常生活で考えたり経験したりすることを表現したり、伝達したりする手段で、日常的な生活の中にとどまっているかぎりは（中略）いちおうその役割を果たしています。しかし、詩で表現され、詩によって伝達されようとすること（中略）は、実はこうした日常的な経験を越えた何かであるはずです。それは、日常的な言葉では表現し尽くせない何かです。（後略）

日常的な言葉で表しえない何か――そういったものを表現しようとすれば、日常的な言葉の枠を超えるよりしようがありません。新しい経験の表現には新しい言葉の創造が必要です。詩ではこのようにして新しい言葉を創造するという試みが繰り返されます。しかも、大切なことは、言葉というものはそのような試みがなされれば、新しい価値を持った表現を生み出すだけの可能性を潜在的に常に有しているということです。

（池上嘉彦『ことばの詩学』〈岩波書店〉四六–四七）

一見すると相矛盾しているかに思える「詩の言葉は日常の言葉とは必然的に違ってくるものである」という主張は、もちろん詩と日常的な生活の双方で用いられる言葉そのものがまったくの別物であるということを言っているわけではなさそうだ。ここでのポイントは、「日常的な生活」、「日常的な経験」の枠内で機能する言葉が、その枠を超えて詩という言語空間に移されると、新たな意味を作り出す可能性を秘めているということであろう。たとえば、「明日は雨が降るでしょう」と天気に関する極々日常的な文脈で使用される「雨」という言葉も、ひとたび「巷に雨の降るごとく／わが心にも涙降る」（ポール・ヴェルレーヌ）といった形で直喩と隠喩を交えた文脈の中で使用されると、性質の異なる言葉同士の共鳴効果が生じ、そこに日常の風景の背後に日常性を越えた新たな意味空間が現出してくる。同じ言葉であっても、どのような文脈（環境）で用いられるかによって、まったく違った様相を帯びてくる。その意味で、詩は「新しい価値を持った表現を生み出すだけの可能性」を秘めた言葉の究極の姿なのかもしれない。

いささか唐突な譬えになってしまうかもしれないが、このように日常性を越えた詩の言葉の世界についてあれこれと思いを巡らせているうちに、萩原朔太郎の『猫町』（一九三五年）のことがふと頭に浮かんできた。馴染んでいると思っていたはずのある町の風景が、ある日道を間違えて進むべき方向が逆転してしまったことで、突然見知らぬ世界に変容し、語り手は猫ばかりが住む別世界に迷い込んでしまう。眼にするものがまったく目新しい奇異なものに見える、一種の異次元体験ないしは幻視体験を綴った短い作品だが、何故か詩の言葉と日常の言葉の差異を考えるヒントになるのではないかとの思いから、改めて読み返してみた。（余談ながら、当時コカインなどの薬物中毒の治療を続けていた朔太郎のこの体験的な作品は、たとえば、トマス・ドゥ・クィンシーの『阿片常用者の告白』(一八二二年)やウィリアム・バローズの『裸のランチ』(一九五九年)を連想させる。)

意識が此所まではっきりしたとき、私は一切のことを了解した。愚かにも私は、また例の知覚の疾病「三半規管の喪失」にかかったのである。山で道を迷ったときから、私はもはや方位の観念を失喪していた。私は反対の方へ降りたつもりで、逆にまたU町へ戻って来たのだ。しかもいつも下車する停車場とは、全くちがった方角から、町の中心へ迷い込んだ。そこで私はすべての印象を反対に、磁石のあべこべの地位で眺め、上下四方前後左右の逆転した、第四次元の別の宇宙「景色の裏側」を見たのであった。つまり通俗の常識で解説すれば、私はいわゆる「狐に化かされた」のであった。

(『猫町　散文詩風な小説』〈ゴマブックス〉二七)

「上下四方前後左右の逆転した、第四次元の別の宇宙『景色の裏側』」という表現を、朔太郎の病的な感性を差し引いて、日常の言葉と詩の言葉との関係に敷衍して考えると、詩の言葉の世界は、日常の向こう側にある「第四次元の別の宇宙『景色の裏側』」と言えるかもしれない。朔太郎は最後に荘子の「胡蝶の夢」の説話を引きながら、次のように語る。

錯覚された宇宙は、狐に化かされた人が見るのか。理智の常識する目が見るのか。そもそも形而上の実在世界は、景色の裏側にあるのか表にあるのか。だれもまた、おそらくこの謎を解答できない。だがしかし、今もなお私の記憶に残っているものは、あの不可思議な人外の町。窓にも、軒にも、往来にも、猫の姿がありありと映像していた。あの奇怪な猫町の光景である。(中略)理窟や議論はどうにもあれ、宇宙の或る何所かで、私がそれを「見た」ということほど、私にとって絶対不惑の事実はない。(二八―二九)

この作品を再読するうちに、詩が生まれてくるのは、夢と現実の合間を行き戻りしながら、想念が次第に形を得て言葉へと昇華してゆくときではないかという、漠たる思いが私の中で次のような寓話的映像として浮かんできた。

コトバを巡る寓話

イキがコエとなって
　大気中に放たれるとき
コトバが生まれ
　イシが形成される

透明な鳥のように、宙空(おおぞら)を舞っていたコトバは、目に見えるモジという身体を得たことで、平面(ちじょう)に固定され、オトと律動を自らの内に凍結してしまった。モジの発明は、コトバを動なるものから静なるものへと変えていった。コトバを伝え記録する効率や精度が、飛躍的に伸びていくなか、コトバ本来のオトの働きが静止し、コード化されたモジの視覚性、利便性、経済性が優位なものとなっていった。口述口承から記述筆記へと、コトバとの関わりが、その重心を移行させていくことで、私たちを取り巻く世界との関係にも、大きな変化が生まれることになった。コトバは、オトとして耳で認識されるより、眼でヨマレルものとして、情報化され新たな段階(ステージ)を迎えた（社会構造の複雑化、多様化に対応すべく、かつては統合的であったコトバが、分析的なものへと固定されていった）。ことばを紡いでいくなかで、作家は声(ボイス)が欠かせないものだと意識している。声はコトバに生命を与える呼吸(イキ)であり、血流であるからだ。コトバが本来の力を発揮するのは、身体化されたモジが、その声(ボイス)を発する瞬間。そのとき、コトバは狭隘な籠(はこ)から解き放たれ、震動し、浮遊し、呼吸を始める。

二羽のトリが　天から舞い降りてきて
たった一本しかない
小さな丘の上の枯れ木の枝にとまった。
トリが　囀ると　そのコエが　葉となり
枝えだを　とりどりの色で　満たした。
やがて　花が咲き
実がなり
コトバの種を宿した。
いつしか　丘は　しだいに
コトバの実のなる木々に
おおいつくされていった。

森の中では
天から舞い降りてくる
トリのコエにあわせて
牧神が　今も
笛を　吹いている

何とも取り留めのないグラフィティ風の序のことばとなってしまった。独り言めいた長話はこの辺りで切り上げて、今回このプロジェクトにご参加いただいた皆様にバトンをお渡しすることとしたい。

第一部

詩を読む／詩人を読む

第一章
デモクラシーの断片――メルヴィルの『戦争詩篇』を読む

西谷 拓哉

はじめに――デモクラシーと詩

ハーマン・メルヴィル（一八一九―一八九一）は南北戦争終結後すぐに『戦争詩篇と戦争の諸相』（一八六六年、以下『戦争詩篇』）を出版した。[1] この詩集は、南北戦争を直接体験したわけではないメルヴィルが、戦況報告や戦地への訪問を通して個々の戦闘や戦後の経緯を再構築しようとしたものである。この詩集については、ロバート・ペン・ウォレンによる「南北戦争がメルヴィルを詩人にした。それはメルヴィルに正しい『主題』を与えた」という評価がある一方で（Warren 11）、出版当時のウィリアム・ディーン・ハウエルズの書評（一八六七年）以来、たとえばエドマンド・ウィルソン『愛国の血糊』（一九六二年）でも、『戦争詩篇』におけるリアリズムの不在や描写の空虚さが批判されている。[2] しかし、近年、詩人――それもホイットマンと並び称される南北戦争詩人――としてのメルヴィルに注目が集まり、『戦争詩篇』の持つ政治性が再検討され、メルヴィルがいかに戦後のアメリカ社会の姿を構想していたのかが論じられるようになった。

アレクシ・ド・トクヴィルは『アメリカのデモクラシー』（一八三五年）の序文において、アメリカ社会の最も顕著な特殊性として「境遇」、すなわち社会的諸条件の平等を挙げている。「境遇の平等ほど私の目を驚かせたものはなかった。(中略)境遇の平等こそ根源的事実であって、個々の事実はすべてそこから生じてくるように見え、私の観察はすべてこの中心点に帰着する」というのである(九)。しかし、実際にはその「境遇」に大きな差異があった。黒人奴隷の存在は建国以来、アメリカの平等の理念にとって大きな矛盾であり続け、その矛盾がついに南北戦争という国家的分裂をもたらすこととなった。奴隷制の問題、ひいては南北戦争を抜きにしてアメリカのデモクラシーを考えることはできない。

トクヴィルのいう社会的諸条件の平等、たとえばこれをメルヴィルは文学形式としてどのように実現したのだろうか。ジェニファー・グレイマンは、メルヴィルの美学はデモクラシーの動きと密接に連関しており、デモクラシーがメルヴィルの使う言語や比喩、プロットの流れやアナロジーを形作ったと述べている(Greiman 39)。しかし、本稿の疑問は、この主張を逆転させ、『信用詐欺師』(一八五七年)を最後に小説の筆を折ったとはいえ、メルヴィルは南北戦争をなぜほかでもない詩という形式によって描こうとしたのかという点にある。ロバート・マイルダーはメルヴィルが戦争との距離を利用し、詩集のパターンやデザインを通して「独得のデモクラシーのヴィジョン」へと読者を導き、「賢明さと雅量をそなえたアメリカ」を再構築しようとしたのだと論じている(Milder 169)。これを敷衍していえば、『戦争詩篇』は詩という形式を用いて行なわれたデモクラシーの考察だった。しかし、なぜ詩でなければならなかったのか。その理由は、詩が持っている「断片性」にあるのではないか。『戦争詩篇』においては「断片」という特性が詩とデモクラシーを結びつける重要な鍵となっている――これが本稿の導き出したい答えである。

一　南部への共感と北部へのアイロニー

『戦争詩篇』は大まかにいえば次の五つの部分から成り立っており、全体として南北戦争の一種のクロノロジーとなっている。

1ａ　戦争の予兆
「予兆（一八五九年）」木に吊るされたジョン・ブラウンの処刑死体。
「不安（一八六〇年）」戦争の到来を予感させる雲、嵐、急流。
1ｂ　個々の戦闘・戦況や将校、兵士、戦艦等の姿を年代順に描く五一篇の詩。
2　「碑銘と追悼の詩」と総称される墓碑銘のような一六篇の短詩。
3ａ　「オールディへの斥候」南軍の騎馬隊長モズビー（Mosby）を探索する作戦を描く一一四連からなる長詩。
3ｂ　「首都でのリー将軍（一八六六年四月）」議会の国家再建委員会におけるリー将軍の意見陳述をめぐる一四連の詩。
3ｃ　「ある瞑想」戦争の四年間を総括的に回想する一〇連の詩。
4　「注釈」『戦争詩篇』の個々の詩の背景となる史実の解説と注釈。
5　「補遺」戦後の南北融和を希求する、散文による補遺。

個々の詩の検討に入る前に、巻末に「補遺」が置かれた理由を考えてみよう。メルヴィルは詩集の「均整」を崩してまで「補遺」を記した理由として「愛国心（patriotism）」を挙げ（*Published Poems* 181）、いかにもメルヴィルらしい屈曲した文体で戦後の南北融和への希求を綴っていく。まず、「ユニオンのために戦った数多の英雄についてはここで称揚するに及ばないだろう」と述べたあと、「では敵側の兵士はどうなのか」と問う（182）。詩集全体では南軍兵士は「反乱軍（rebel）」と称されることが多いが、「補遺」においては、「兵士とは自由なコミュニティの中から任命されるのであるから、我々は民衆を兵士として任命するのである」として、南軍兵士はデモクラティックな意味を纏わせた「民衆（people）」という言葉で呼ばれている。彼らは南部連合の政府によって「憲法で保障された権利」や「自由への愛」を守れと「たぶらかされて（cajoled）」、連邦脱退へと向かった（182）。南部連合の目的は、「組織的になされた人間の権威剥奪」であるところの奴隷制に基づく「アングロアメリカ帝国」の樹立という陰謀であったとメルヴィルは考える（182）。メルヴィルは「補遺」の中で一貫して南部への同情を示しているが、その南部とはあくまで「南部の民衆（the people of the South）」のことである（182）。『戦争詩篇』においてメルヴィルは基本的に北部の側に立ってはいる。しかし、北部の立場から南部を批判しつつも、南部の人々への共感を見せているのである。

それと同時に、メルヴィルは北部に対しても批判的な視線を向けていることに注意しなければならない。北軍に対するアイロニーは個々の詩の随所に現れている。たとえば「海への進軍（一八六四年一二月）」を見てみよう。これは北軍が、一八六四年六月のジョージア州ケネソー・マウンテンでの戦い及び同年一〇月のアトランタ近郊のアラトゥーナでの戦いのあと、一一月にシャーマン将軍が南東約四〇〇キロ先の港町サヴァンナへ進撃した際の行進を題材としている。次はその第一連である。

Not Kenesaw high-arching,
　Nor Allatoona's glen—
Though there the graves lie parching—
　Stayed Sherman's miles of men;
From charred Atlanta marching
　They launched the sword again.
　　The columns streamed like rivers
　　　Which in their course agree,
　And they streamed until their flashing
　　Met the flashing of the sea:
　　　It was glorious glad marching,
　　　That marching to the sea.

高く弓なりに連なるケネソーの丘陵地帯
　アラトゥーナの峡谷
ここに干からびて横たわる墓を振り返ることもなく
　シャーマンの何哩（マイル）もの兵士たちの隊列は立ち止まることもない
焼け焦げたアトランタから行進を続け
　またもや剣を振るい攻撃を開始する
　　その隊列は河のような流れをなし
　　　河は軍列の進む方に流れを合わせていく
　隊列は刃（やいば）をきらめかせつつ流れゆき
　　やがてきらめく海に到達する
　　　光栄（はえ）ある輝かしい行軍
　　　あの海への進軍

(*Published Poems* 94: 1-12)

「何哩もの兵士たちの隊列（miles of men）」、「行進、行軍（marching）」におけるmの音の反復、「剣（sword）」、「流れ（stream）」、「海（sea）」、「きらめき（flashing）」におけるsの音の連続が、シャーマン将軍の長大な行進と止むことのない攻撃の様子を伝えているが、ここにはその焦土作戦を批判する視点も内包され、「干からびて横たわる墓（the graves lie parching）」、「焼け焦げたアトランタ（charred Atlanta）」という詩句には戦死した南軍兵士たちへの哀悼が込められているだろう。各連の最後に置かれた「光栄ある輝かしい行軍（glorious glad marching）」というリフレインは、シャーマン将軍の勝利を声高らかに祝福しているように聞こえるが、詩が進むにつれて皮肉な響きが強くなっていく。第五連では北軍の輝かしい旗に引き寄せられた黒人たちが軍鼓に合わせて北軍と行進する様子も描かれている。しかし、第七連になると、北軍が行なう破壊に対するメルヴィルの批判がさらに目立つようになる。

The grain of endless acres
　Was threshed (as in the East)
By the trampling of the Takers,
　Strong march of man and beast;
The flails of those earth-shakers
　Left a famine where they ceased.
　　The arsenals were yielded;
　　　The sword (that was to be),
Arrested in the forging,
　Rued that marching to the sea:

果てなく続く耕作地の穀物は
　（東部でのように）脱穀される
略奪者たちの足踏みによって
　人と獣の激しい行進によって
大地を揺らす人馬の殻竿が
　止んだその後に残るのは飢饉のみ
　　武器庫が明け渡され
　　　剣は（あえなくも）
鍛造の最中に差し止められて
　あの海への進軍を悔やむ

It was glorious glad marching,
　But ah, the stern decree!

(96: 73-84)

光栄（はえ）ある輝かしい行軍
ああ、しかし、命令は絶対

「脱穀（threshed）」、「足踏み（trampling）」、「殻竿（flails）」、「飢饉（famine）」といった言葉が連なって、この進軍の容赦ない略奪ぶりを伝え、輝かしいはずの行進が連の最後では厳しい命令へと反転する。最終の第八連でも北軍の行進が南部にもたらす過酷な運命が強調されている。

For behind they left a wailing,
　A terror and a ban,
And blazing cinders sailing,
　And houseless households wan,
Wide zones of counties paling,
　And towns where maniacs ran.
　　Was the havoc, retribution?
　　　But howsoe'er it be,
They will long remember Sherman
　And his streaming columns free—
　　They will long remember Sherman
　　　Marching to the sea.

(96: 85-96)

彼らがあとに残すのはすすり泣きと
　恐怖と禁制
そして火煙をあげて帆走する石炭殻
　家をなくし顔色を失った家族
弱々しく青ざめる郡また郡の広がり
　町には狂人が駆け回る
　　この大破壊、これが復讐というものか？
　　　しかしたとえそうではあっても
彼らはシャーマンをずっと覚えているだろう
　その自由奔放な兵列の流れを
　　彼らはシャーマンをずっと覚えているだろう
　　　その海への行進を

ここで明かされるのは、シャーマンの輝かしい戦功どころか、北軍の行進のあとには「恐怖と禁制（terror and ban）」による支配が残り、家を失って茫然自失する家族の悲痛な泣き声が聞こえるばかりだということである。さらに目を引くのは“they”の用い方である。一行目ではそれはシャーマンの軍勢を指しているが、連の最後では彼の軍勢を怨嗟の目で見つめ、その所業を忘れることのない南部の人々を表し、「彼らはずっと覚えているだろう」というフレーズを繰り返すとき、詩人の目は紛れもなくこれらの人々と一体となっている。

南部への共感についていえば、敗北した南軍兵士への同情的な眼差しにも印象深いものがある。「解放された反乱軍捕虜（一八六五年六月）」という詩の主人公は、メルヴィル自身の注釈にある通り、北部の捕虜収容所から釈放され、帰国を待つあいだニューヨークをあてどなく歩く南軍兵士である。彼は同じように街をさまよう多数の南軍兵士を目撃し、いかに自分がこれまで南部の勝利と誇りを迷信のごとく信じていたかを知り愕然とする。

His face is hidden in his beard,
　But his heart peers out at eye—
And such a heart! like mountain-pool
　Where no man passes by.
(112: 13-16)

その顔は髭に隠れて見えずとも
　その眼を見れば心がのぞき見える
その心の内とは！　山中の湖のごとく
　誰一人通りかかる者もない

主人公の顔は髭に覆われて見えないが、詩人にはその心の内にある孤独が、「誰一人通りかかる者もない山中の湖」という寂寥たる映像となって、手に取るように見えるのである。主人公が仮に南部に戻ったとしてもそこにもはや故郷はない。そこにいるはずの兄弟はおそらく戦争で死んでいる。主人公は故郷の糸杉の情景を思い浮かべ、その「木に懸かるスパニッシュ・モス（The cypress-moss from tree to tree）」（113: 33）のように次から次へと連なる記憶を想起するしかないのである。
次はこの詩の最後の連だが、ここでも「海への進軍」と同様に、南軍兵士の視線と詩人のそれが共感的に重ね合わされている。

ならばこそ彼は立ち去りかね——とどまり続ける
　この敵の街に——
彼の従兄弟と同郷の男たちが
　悄然として離れゆく彼を見やる

And so he lingers—lingers on
　In the City of the Foe—
His cousins and his countrymen
　Who see him listless go.
(113: 37-40)

主人公は最後に「悄然として（listless）」その場を立ち去っていくが、詩の終わりでは、彼はおそらくもう南部には帰らず、この「敵の街（the City of the Foe）」ニューヨークにとどまるのではないかという予感が漂う。その場を離れていく主人公を見つめるのが彼の同胞であるとするところに、主人公に寄せるメルヴィルのせめてもの思いやりと惻隠の情が感じ取れる一方で、ひるがえって北部人に対しても、いやしくも彼の同国人（"His cousins and his countrymen"）であるならば、南部人に寛容な雅量と嗜(たしな)みを見せよと求める厳しい要請が込められているように思われる。メルヴィルは「補遺」の中でも繰り返し、北部が「隣人愛（charity）」や「寛容さ（benevolence）」を持つべきだと説いているが、それは、南部の「運命は我々［北部］の運命と結びついており、我々はともに一体となって国家を構成している」と考えているからである（182）。

二　"piece" の意味

それでは次に、冒頭で述べた疑問に立ち返ってみよう。南北戦争を描くにあたり、メルヴィルはなぜ詩という形式を用いたのかという問題である。詩集の題名にある "battle piece" とはそもそも絵画における「戦争画」の謂いであり、確かに『戦争詩篇』にはメルヴィルの絵画的、あるいは映像的な想像力が強く現れている作品がいくつか見られる[3]。つまり、この詩集に収められた詩の一つ一つが「戦争画」だということである。

しかし、それにとどまらず、"pieces" は個々の戦況、戦死者、さらには負傷し切断された兵士の身体のことも意味しているだろう。死傷した兵士の身体（body parts）がクロースアップの映像で捉えられている例もある。「荒野の軍隊（一八六三―四年）」は、一八六四年五月五日、ヴァージニア州における、グラント将軍率いるポトマック軍とリー将軍率いる北ヴァージニア軍との間の激戦を題材としたものである。南北両軍が野営しているのは、「以前の戦闘の死者が半分土に埋まるか、露になったまま朽ちている場所」である（Garner 329）。薄く土をかぶった墓ともいえない墓の下から、兵士の手が虚空に突き出している光景は、生命の途絶を鮮烈なイメージで物語る。

A path down the mountain winds to the glade
　Where the dead of the Moonlight Fight lie low;
A hand reaches out of the thin-laid mould
　As begging help which none can bestow.
But the field-mouse small and busy ant
　Heap their hillocks, to hide if they may the woe:
By the bubbling spring lies the rusted canteen,
　And the drum which the drummer-boy dying let go.

一筋の道が山腹を曲がり降り林間の空地にいたる
　その地面には〈月光の戦い〉の死者たちが横たわっている
薄く盛られた土の中から片腕が伸びている
　誰も与えることのできない救いを求めて虚しく
だが小さい野ネズミとせわしく動くアリたちが
　その悲惨を隠そうと小塚を積み上げる
泡立って流れる泉のそばに転がるは錆びついた水筒と
　少年の鼓手が命とともに手放した太鼓

(71:75-82)

泉のそばに転がる錆びた水筒と少年鼓手の太鼓はもはや生前の用をなさない。これらは物そのものでもあるが、兵士の遺体を示す換喩（メトニミー）でもあって、忙しく動くネズミとアリ、音を立て泡立つ水流の生動とは対照的に深い陰翳を伴った死の表象を形作っている。

そのあとの連では描写はさらに直截的になり、まさに激戦の跡というべき死屍累々とした惨状が展開する。ここでは地面にいくつもの頭蓋骨が転がり、錆びた銃や黴の生えた外套や苔むして緑色になった軍靴が打ち捨てられている。メルヴィルの描写は死の静寂に緑の色彩が奇妙に入り交じり、そのことがこの場所の荒涼感をいや増している。

In glades they meet skull after skull
　Where pine-cones lay—the rusted gun,
Green shoes full of bones, the mouldering coat
　And cuddled-up skeleton;
And scores of such. Some start as in dreams,
　And comrades lost bemoan:
By the edge of those wilds Stonewall had charged—
　But the Year and the Man were gone.

(74-75: 171-78)

林の空地で彼らはいくつもの頭蓋骨また頭蓋骨に出会う
　松かさが落ちて散り――そのかたわらに錆びた銃と
骨の詰まった緑色の靴と、黴の生えた軍服と
　その中にくるまれた遺骸
それが何十とある。ある者は怖い夢でも見たように戦き（おののき）
　朋輩の死を悼む
そこは以前ストーンウォールが攻撃した荒地の端
　しかし、その年もその人もいまはこの世にない

ここでいう「彼ら」とは南軍の兵士のことである。彼らは林の中で以前の戦闘で亡くなった仲間の遺骨を目にする。“cuddled-up”という言葉は、暖かく抱きしめられるような感触を伴う表現だが、それが軍服の中の骸骨の形容に用い

られており、かつてそこにあったはずの肉体の消失によって生じた空白と冷たさが感じられて痛々しい。フェイス・バレットがいうように、『戦争詩篇』の「中心的な表現モードは牧歌であり、しかもメルヴィルは基本的にそれを懐疑的に用いている」(Barrett 267)。この詩でも自然の治癒力は感じられず、「反牧歌」とすらいえるような索漠たる風景が広がるばかりである。

さらにもう一点、"piece"に関連して見ておきたいのは、戦闘を編年体でつづる詩群の次に、戦死者を悼む短詩群が置かれていることである。このいわゆる「碑銘と追悼の詩」は合計で一六篇ある。その中から三篇を引用してみよう。これらはすべて戦死した北軍の兵士もしくはその遺族、関係者をうたったものである。「墓碑銘」という詩では、日曜日に届いた戦死の知らせに牧師や町の人々の祈りも沈みがちになるのだが、人々はその兵士の未亡人の信仰心と明るさに救われる。そうした両者の対照が鮮やかに定着されている。

When Sunday tidings from the front
  Made pale the priest and people,
And heavily the blessing went,
  And bells were dumb in the steeple;
The Soldier's widow (summering sweetly here,
  In shade by waving beeches lent)
  Felt deep at heart her faith content,
And priest and people borrowed of her cheer.
(126: 1-8)

日曜日の前線からの知らせに
　牧師と町の人々の顔青ざめ
祝禱の声重く沈み
　尖塔の鐘鳴りをひそめる
兵士の妻は（この地の風にそよぐブナの
　木陰で夏を心地よく過ごしていたが）
　寡婦となっても心のうち深くに信仰を保ち
牧師と町の人々その喜びを借りうけ分かちもつ

「碑文」は副題"for Marye's Heights, Fredericksburg"にあるように、一八六二年一二月のマリーズ・ハイツの攻防をめぐるフレデリックスバーグの戦いを扱う。北軍はこの戦闘で約一万二七〇〇人の戦死者を出し、南軍の一方的な勝利に終わった。

To them who crossed the flood
And climbed the hill, with eyes
Upon the heavenly flag intent,
And through the deathful tumult went
Even unto death: to them this Stone—
Erect, where they were overthrown—
Of more than victory the monument.

河をわたり
丘をのぼり眼をしっかりと
天国のごとく美しい旗に向けて
決死の動乱のただなかを
死に赴いた彼らにこの碑を捧ぐ——
彼らが倒れしこの地に立つ——
勝利以上のものを標す記念碑を

(127: 1-7)

詩の最後で、この石碑は「勝利以上のもの」を記念しているとある。「勝利」とは南北戦争における北部の勝利のことであるが、「勝利以上のもの」とはそこに至るまでの個々の戦死者の熱誠を表すものと思われる。「彼の墓について」では、ヴァージニアで若くして戦死した騎兵隊士官の美徳と天国での「より幸せな運命」が祈念される。しかし、詩人の内面の眼は天上へ向かいながらも、現実には墓を覆う背の低いスミレの草花にじっと注がれており、短い詩の中に地上から天上へ至る広大な空間を現出し、そこに兵士への追悼の念を静かにみなぎらせている。

Beauty and youth, with manners sweet, and friends—
Gold, yet a mind not unenriched had he

美と若さ、おっとりと優しく、友多く——
金色に輝くも深々と豊かな心をもつ

Whom here low violets veil from eyes.
But all these gifts transcended be:
His happier fortune in this mound you see.

その彼を低く咲くスミレの花が人の目から隠す
しかしその天与の資質はふたたび天に昇る
この墳墓に見るは彼のより幸福な運命

(132: 1-5)

これらの短い一六篇の詩は、『白鯨』（一八五一年）第七章で描かれる教会堂の壁にはめこまれた、捕鯨で落命した船員を悼む「大理石の碑銘」を想起させもする。たとえば、その中の一つは次のように刻まれている。

ジョン・タルボット
その聖なる思い出のために
一八三六年一一月一日
パタゴニア沖デソレーション島付近にて
海中に落下して死せり
享年一八歳
その思い出のために
姉この碑を建立す（*Moby-Dick* 35）

ここから敷衍して言えば、「碑銘と追悼の詩」群は、南北戦争の戦死者を悼む墓地に並ぶ墓石の形象化のようにも思われる。つまり、これらの詩の一つ一つが個々の墓石そのものだということである。しかも、これら一六の詩（碑）は、「義勇兵について　ミズーリ州レキシントンの防衛戦で身罷る」、「メインの兵卒について　ルイジアナ州バトン・ルージュの勝利にて身罷る」、「シャーマンの兵士について　ジョージア州ケネソー山の攻撃にて斃る」といった題が示すように[4]、将軍や将校ではなく無名の兵士たちの死を悼むものでもある。その集団性、無名性もまた立ち並ぶ戦死者の墓の列を想起させる。ドルー・ギルピン・ファウストによれば、「南北戦争の霊園は（中略）教会墓地のように家族の墓石が集まっているわけでも、庭園墓地のように人間と自然の融合（リユニオン）の場でもなかった。南北戦争の霊園は質素な墓石が秩序立って何列も何列も並べられ、何万人もの男たちが、無名者も無名でない者も、そこに眠り、特定の故人を偲ぶというよりも、戦争の莫大で計り知れないコストを表すもの」だったのである（二五九―六〇）。

これらの短詩は確かに戦死した北軍兵士に献じたものであるが、必ずしもそれだけではないだろう。南北戦争は両軍あわせて五〇万人以上の戦死者を出したといわれている。ファウストは南北戦争の戦死者数の影響とその意味について、「南北戦争の時代を生きた人々にとって日々の体験は、死を常に意識することだった。戦争が終わったときに、この痛みの共有が人種、市民、国家のあり方に対する異なる見解を乗り越え、北部と南部が再び一つとなることを可能にさせた」と述べている（二）。また、佐久間みかよはファウストを参照しながら、メルヴィルは『戦争詩篇』において、「死体の持つ非情さから、死者を悼むという抒情」への変容を企図し、「死者を区別しないことで南北の融和を訴えていた」と考えているが（一二三、一二四）、筆者も同感である。メルヴィルは北軍兵士を追悼しながらも、同時にこれらの詩を南軍兵士への墓碑銘ともし、戦後のアメリカ社会の統一を希求していたのではないかと想像されるのである。

三　戦後の南北融合とその限界

南北が「一つになる」、「融和する」という事態をイメージに転換したものとして「讃美歌」という詩がある。この詩は、副題に記されている「南北戦争終結時の国全体の高揚感」を滝、瀑布になぞらえたものである。おそらくメルヴィルは一八四〇年に訪れたナイアガラ瀑布を念頭に置いて書いているが、特にその第一連では水流が集まって一つの巨大な滝となり、断崖を流れ落ちていくイメージが印象的である。

O the precipice Titanic
　Of the congregated Fall,
And the angle oceanic
　Where the deepening thunders call—
　　And the Gorge so grim,
　　And the firmamental rim!
Multitudinously thronging
　The waters all converge,
Then they sweep adown in sloping
　Solidity of surge.

水流が集まってできた滝の
巨人（タイタン）のような垂直の断崖
深い雷鳴の轟く
大洋のごとく広々とした角度——
　暗く険しい峡谷
　蒼穹の縁！
多様なものが群がりながら
すべてが一点に集まっていく水の流れ
その満々たる水がやがて斜めに流れ降り
奔流の塊となっていく

　The Nation, in her impulse
　Mysterious as the Tide,
In emotion like an ocean
　Moves in power, not in pride;
And is deep in her devotion
　As Humanity is wide.
(101: 1-16)

　国家は潮流のように
　謎めいた衝動にかられ
大洋のような感情をもち
　傲り高ぶるのではなく力をもって動く
その愛情においては深く
　人間性のごとく広大に

ここには、南北戦争後、再び国家が一つになっていくであろうという期待感が「水流が集まってできた滝（the

congregated Fall)」、「多様なものが群がりながら／すべてが一点に集まっていく水の流れ（Multitudinously thronging/The waters all converge)」、「奔流の塊（Solidity of surge)」といった表現で繰り返され、後半の連では国家の再統一・再建が「運命の充溢に向けて（Toward the fullness of her fate)」、「企図された目的を完了する（Fulfill the end designed)」といった形で設定されている（102: 55, 57）。“fullness”、“Fulfill”といった言葉からは、激しい流れがやがて一か所に落ち着き、満々とたたえられた水になるという未来が想像されていることがわかる。

すでに見たように、メルヴィルは詩集の「補遺」の中で、「反逆者」である南部を排除しない、南部を追い詰めすぎないという「寛容」を示すよう、北部に対して繰り返し主張していた。「寛容」の態度が戦後のデモクラシーの実現を保証するからである。「補遺」の中でメルヴィルが用いている「民主的な政府」、「民主主義に対する我々の誠実な信念」といった表現はアメリカの理想そのものであり、「補遺」の締めくくりにおいても「完成（fulfillment）が最後には進歩と人間性（Humanity）をうたう詩人の心を燃え立たせるあの期待を証明することを願う」と述べられている（188）。ここには「讃美歌」と共通する言葉遣いが見られ、国家の再統一による戦後のデモクラティックな社会の建設に対するメルヴィルの期待が語られている。

しかし、それとは裏腹にメルヴィルは南部に対する疑念と黒人の未来への不安も持っていた。「補遺」において、南部は反省、悔恨しているようでいて実は違うのではないか、戦後の平穏は欺瞞なのではないか、解放された黒人たちの運命もさることながら、それを含んだ国家全体の未来はどうなるのかという疑問を呈し、「噴火のあと、何カ月経ってもヴェスヴィアス火山に不安な目を向けるナポリ人のように」、なお南部に対して警戒しなければならないと述べている（185）。それに続けて、「南部に二つの人種が併存すること」がさらなる暴力の火種になることを懸念し、理想的な民主的社会が訪れるには「忍耐（patience）」が必要だとするのである（186）。[5] だが、そうであったとしても、メルヴィルはあらゆる異質な要素を飲み込み、それを善へと変えていくアメリカの「力強い消化吸収力（potent digestion）」への期待を失っているわけではない（186）。

ところが、ここで気になるのは、民主的な政府に対する期待を述べたのと同じ段落で、「型にはまった言葉で難局の上を滑走しようとしても無駄だ（it is vain to seek to glide, with moulded words, over the difficulties of the situation）」と述べていることである（185）。"moulded" は「型にはまった」、あるいは「黴の生えた」の両方に解釈でき、いずれにせよ否定的な意味で使われている。ここでは前者の意味にとった。それにしてもこの一節はどういうことなのか。「型にはまった言葉」とはここまで見てきたような北部の「寛容」や「進歩」、「人間性」への期待、さらにいえば「デモクラシー」への期待、そのような言葉は「型にはまった」ものであり、言辞だけならいくらでも弄せるが、実質は空虚だということをメルヴィル自身も自覚しているということであろうか。

「補遺」の中でメルヴィルは黒人の未来に対して不安を表明している。そしてその不安は再建時代にジムクロウ法という形で現実のものとなるが、それはさておくとしても、不思議なことに『戦争詩篇』には黒人の描写がほとんどといっていいほど欠如しているのである。描かれたとしても、ごく周辺的な扱いか比喩的な扱いでしかない。唯一、黒人を主題として取り上げた詩に「『かつて奴隷だった者』」があるが、これとてもエリュー・ヴェッダー（一八三六－一九二三）が国立アカデミーに出展した「ジェーン・ジャクソン、かつて奴隷だった者――油彩」と題する肖像画の中の黒人女性、というよりも、生身の黒人女性ではなく、その肖像画（詩の副題に "An Idealized Portrait" とある）そのものを扱った詩である。

The sufferance of her race is shown,
　And retrospect of life,
Which now too late deliverance dawns upon;
　Yet is she not at strife.

Her children's children they shall know
　The good withheld from her;

この絵には彼(か)の女性の同胞の苦難が示されている
　そして彼女の人生の回顧とが
それは遅すぎた解放がようやく日の光を当てはじめたもの
　だが彼女はいま争っているわけではない

彼女の子の子どもらがやがて知ることになるだろう
　彼女にはどんなこの世の善が与えられなかったのかを

And so her reverie takes prophetic cheer—
　In spirit she sees the stir

Far down the depth of thousand years,
　And marks the revel shine;
Her dusky face is lit with sober light,
　Sibylline, yet benign.

(115: 1-12)

だから彼女の夢想は予言的な喜びを帯び
　魂の中で動くものを見ている

何千年という年月の深みの先にあるものを
　そして祝宴が輝くのを注視する
彼女の黒い顔には静穏な光が照り映え
　巫女にも似るが慈母にも見える

黒人の境遇が改善していく未来の可能性を示唆する予言的な詩である。空間を変換し、『戦争詩篇』という本を一つの戦争画展と仮想すれば、「『かつて奴隷だった者』」はギャラリーでこの絵の前に立ち止まらせるだけの強い印象を残す作品ではある。しかし、黒人を中心的な主題として描いているのは、この〈絵〉一枚のみである。しかも、この詩は現実から一次元遠のき、額縁（フレーム）に入れられた、「理念」としての黒人女性をうたっているのである。『戦争詩篇』は南北戦争全体を扱っているため、南北両軍の兵士や戦闘に焦点が当たるのは仕方ないかもしれない。しかし、北軍の一割を占めていたといわれる一八万人近くの黒人兵や四万人近くとされる戦死した黒人兵への言及はなく、あまりにも扱いの比重が異なっているといわざるを得ない。これはこの詩集の一つの限界である。

おわりに

では、『戦争詩篇』全体も「型にはまった言葉」なのかといえば、必ずしもそうではないだろう。これまで見てきたように、『戦争詩篇』のタイトルにある“pieces”とは個々の戦況であり、一人ひとりの戦死者であり、さらには傷つき切断された兵士の身体のことであった。その集積が南北戦争の総体となり、それらを描く個々の詩——これもまた「断片」といえる——の集積が『戦争詩篇』という詩集となっているのである。メルヴィルは『戦争詩篇』の序文において、それぞれの詩は「集合的な配置を気遣うことなく作られた」もので、「私はその大半において、特にそうしようと思ったわけではないが、首尾一貫性を意識せずに、ただ窓辺にハープを置いて、時々の気まぐれな風がその弦を動かして奏でる正反対の調べに耳を澄ませただけのようだ」と述べているが、一読者としてはこの言葉を一種の韜晦（とうかい）と受け取り、ジョン・マックウィリアムズ・ジュニアに倣って、「『戦争詩篇』の首尾一貫性のなさと結論のなさは、メルヴィルの失敗を測る尺度ではなく、解決不能ではないにせよ、複雑な問題に対するメルヴィルの認識の深さを測る尺度である」と積極的に評価したい気がする（McWilliams, Jr. 193）。

コーディ・マーズは、メルヴィルがあらゆる点でデモクラシーに価値を置いていたとし、メルヴィルが小説から詩に転進したのは、「一九世紀の多くのアメリカ人と同様に、詩というものをとりわけ政治的かつ修辞的な参与と見なし、（中略）次第に『公衆』ではなく『民衆』のために書くことを好むようになっていった」からだと述べている（Marrs 91-92）。だとすれば、多様な詩から成る『戦争詩篇』の混成様式は、平等で多様な「個人」の集合に基礎を置くデモクラシーの原理に照らして、メルヴィルが意図的に選び取った文学形式であったといって差し支えないだろう。メルヴィルは『戦争詩篇』において、様々な内容、形式からなる五つのパート、さらにその各パートを構成する詩／散文を〈piece〉として並列・集積することによって、〈equality〉を具象化するとともに、戦後のより高次元のデモクラティックなアメリカを表現しようとした。だからこそメルヴィルは南北戦争を描くにあたって詩（集）という形式を用いたのである。しかし、その一方で、『戦争詩篇』には黒人を描く詩がほとんどなく、その意味では完全に充足した全体（"the fullness of her fate"）には至っていない。そのことを社会的現実の認識において足らざるものがあるとして、現在の視点から批判的に捉えることもできよう。しかし、デモクラシーとは完成された政治体制もしくは社会形態ではなく、常に新たな異質な要素を取り込み、変容していく可塑性を持つものであるとするならば、『戦争詩篇』は欠如をはらむ断片性という点においても、デモクラシーの適格な文学的形象たりえているということができる。

＊本稿は、日本アメリカ文学会第六〇回全国大会シンポジウム「アメリカ作家たちのデモクラシー――危機の時代を超えて」（二〇二一年一〇月三日、オンライン）における口頭発表原稿に加筆したものである。また、本研究はＪＳＰＳ科研費 24K03703 の助成を受けたものである。

【註】

（1）題名をそのまま訳せば『南北戦争の戦闘詩と諸相』となるが、語感から直訳を避けた。

（2）ハウエルズは書評の冒頭で、「メルヴィル氏の作品には否定的な意味で独創性の美点が大いにある。つまり、それはこれまでに読んだどんな詩も想起させないし、これまでに見知っているどのような生のありようも想起させない」と強烈に皮肉っている（Howells 526-27）。ウィルソンにとっても『戦争詩篇』は「詩ではない」。これは「日々、前線から送られてくる戦況報告を読んでいる中年の非戦闘員が気を揉みながら書き記した愛国的感情の記録である。戦線に参加していない詩人たちが現下の戦闘を言祝（ことほ）いでも、これ以上はないほど空虚な詩を生み出すだけだ」と手厳しい（Wilson 479）。

（3）戦闘の情景を描いた詩は比較的その傾向が強く、一例として「チャタヌーガ（一八六三年一一月）」を挙げることができる。「シャイロー（一八六二年四月）」は低く飛ぶ燕の視点を用い、死者への直接的凝視を避けているが、その距離感が空間性と視覚性を感じさせる。『戦争詩篇』における遠近両様の視覚性は、メルヴィルが戦争をどのように見ているかという問題と直結し、この詩集全体の評価とも関わる重要な論点である（Dawes 11-14; Fuller 69-70）。

（4）原題は次の通りである。"On the Home Guards, who perished in the Defense of Lexington, Missouri," "On the Men of Maine, killed in the Victory of Baton Rouge, Louisiana," "On Sherman's Men, who fell in the Assault of Kenesaw Mountain, Georgia."

（5）クリストファー・ステンとタイラー・ホフマンは、メルヴィルは『戦争詩篇』において長期的な視点で戦後の南北融和を模索したのだという見解をとっている（Sten and Hoffman 5-6）。

【引用文献】

Barrett, Faith. *To Fight Aloud Is Very Brave: American Poetry and the Civil War*. U of Massachusetts P, 2012.

Dawes, James. *The Language of War: Literature and Culture in the U. S. from the Civil War through World War II*. Harvard UP, 2002.

Fuller, Randall. *From Battlefields Rising: How the Civil War Transformed American Literature*. Oxford UP, 2011.

Garner, Stanton. *The Civil War World of Herman Melville*. UP of Kansas, 1993.

Greiman, Jennifer. "Democracy and Melville's Aesthetics." *The New Cambridge Companion to Herman Melville*, edited by Robert S. Levine, Cambridge UP, 2014, pp. 37-50.

Howells, William Dean. Untitled review. *Herman Melville: The Contemporary Reviews*, edited by Brian Higgins and Hershel Parker, Cambridge UP, 1995, pp. 526-28. Originally published in *Atlantic Monthly*, Feb. 1876.

Marrs, Cody. *Nineteenth-Century American Literature and the Long Civil War*. Cambridge UP, 2015.

McWilliams, Jr., John P. " 'Drum Taps' and Battle-Pieces: The Blossom of War." *American Quarterly*, vol. 23, no. 2, 1971, pp. 181-201. *JSTOR*, https://doi.org/10.2307/2711924. Accessed 26 Apr. 2023.

Melville, Herman. *Moby-Dick; or, The Whale*. Edited by Harrison Hayford et al., Northwestern UP / Newberry Library, 1988.

---. *Published Poems*. Edited by Robert C. Ryan et al., Northwestern UP / Newberry Library, 2009.

Milder, Robert. *Exiled Royalties: Melville and the Life We Imagine*. Oxford UP, 2006.

Sten, Christopher and Tyler Hoffman. "'This Mighty Convulsion': Walt Whitman and Herman Melville Write the Civil War." *"This Mighty Convulsion": Whitman and Melville Write the Civil War*, edited by Christopher Sten and Tyler Hoffman, U of Iowa P, 2019, pp. 1-19.

Warren, Robert Penn. Introduction. *Selected Poems of Herman Melville*, edited by Robert Penn Warren, Random House, 1967, pp. 3-71.

Wilson, Edmund. *Patriotic Gore: Studies in the Literature of the American Civil War*. 1962. Noonday Press, 1977.

佐久間みかよ『個から群衆へ――アメリカ国民文学の鼓動』春風社、二〇二〇年。

トクヴィル、アレクシ・ド『アメリカのデモクラシー』第一巻（上）、松本礼二訳、岩波書店、二〇〇五年。

ファウスト、ドルー・ギルピン『戦死とアメリカ――南北戦争62万人の死の意味』黒沼眞理子訳、彩流社、二〇一〇年。

第二章 ドライサーと詩——ウォバッシュ川のザリガニと聖母マリアの行く末

吉野 成美

はじめに

セオドア・ドライサー（一八七一—一九四五）と言えば二〇世紀前半に活躍した代表的なアメリカ自然主義小説家というのが一般的に流布している認識である。移民夫婦のもとに生まれ、幼い頃、貧乏を余儀なくされた少年セオドアは、やがて新聞記者として文筆業に携わり、徹底的なリアリズムの視点から社会の事象を描き出した。報道記事からリアリズム小説まで、どちらかというと武骨で冗長な散文がその作品の大半を占める彼にとって、言葉の技巧を尽くす「詩」はそのイメージの対極にあるように思われるかもしれない。本論では、そのドライサーと詩の関わりについて、彼とゆかりある詩人たちの視点や、彼が作中で言及する詩や詩人についての描写から、それぞれ浮かび上がるドライサー像を紹介し、分析することで、ドライサーの詩への意識を考察していく(1)。

一 詩に描かれるドライサー

資本主義社会の不平等と拝金主義に走る二〇世紀初頭のアメリカ社会をフィクションに描くことをもっぱら得意

としたドライサーであるが、そんな彼を「詩人」と呼んだのが、彼と同時代詩人のエドガー・リー・マスターズである。マスターズは、ドライサーが小説家としてそれなりに名を知られる存在になった一九二〇年代の初めに、代表作『スプーン・リバー詩集』（一九一五年）の中で「詩人セオドア」という詩を書き、彼を讃えた。[2]

少年時代、セオドア、あなたは長い時間座っていた。
濁ったスプーン・リバーの岸辺で
ザリガニの巣穴の入口を見つめ
ザリガニが現れてくるのを待っていた
まず干草の藁のように揺れている触角
やがて身体だ。凍石色で、
漆黒の瞳を持つ。
そして、あなたは思考の恍惚の中、考えた。
そのザリガニは何を知り、何を望み、なぜ生きているのか。
しかし、その後、あなたの観察眼は、男性と女性にむけられた
大都市にある運命の穴ぐらに隠れる男女を
彼らの魂が外に出てくるのを待ちながら
そうすることで、あなたはわかった。
彼らがどう生きているのか、何のために生きているのか
なぜ彼らは忙しく這いずり回っているのか
夏が過ぎていくにつれ
水分がなくなっていく砂の道を。（*Spoon River* 41）

ここで描かれる、濁った水中の巣穴に籠るザリガニを見つめる少年セオドアの姿は、この詩が発表される数年前に出版されたドライサーの『資本家』（一九一二年）で、魚市場の一角におかれた水槽の中の、海ザリガニ（ロブスター）によるイカの捕食シーンに衝撃を受ける少年時代のフランク・カウパーウッドと重ね合わせて考えることができるだろう。マスターズは、少年カウパーウッドの描写に若き日のドライサーを見出し、そのまま少年時代の彼を自作の詩集の舞台となるスプーン・リバーのほとりに登場させ、彼の鋭い観察眼を讃えたのかもしれない。

ドライサーはやがて成長すると、その観察対象を自然界の動物から都会に住む人間に変えていった。それでも、彼の人へのまなざしは、かつて濁った川の中に見出したザリガニに対するときのものと何ら変わるものではなく、都会人の暮らしぶりにザリガニと同様の自然の摂理を見出そうと、彼らが身をひそめる住処の奥に観察の目を光らせる。ザリガニが濁った水に住む甲殻類であるというのはその意味で重要である。観察者の視界を阻む見通しの悪い濁った水は、清く美しいせせらぎとは対照的な汚物や悪の多分な含有を連想させ、その汚物から自らを守るために、ザリガニはかたい殻に覆われているかのようである。またその一方で、この濁った水は、実際ザリガニが生きていくのに必要な栄養分を豊富に蓄えてもいる。これを都会人の住む世界に置き換えて考えるとどうなるのだろうか。ザリガニの周囲を取り巻くのが濁った水であるならば、工業化の進んだ都心部で生きる人々を取り巻くのは排出ガスで汚れた空気と言えるかもしれない。また、実際の空気の汚れとは別に、道徳的退廃を意味するかもしれない。その意味でドライサーの観察する都会人たちは汚染された毒空間に身を置いていると言える。その一方で、ここでも、空気の「濁り」はザリガニにとっての「栄養」と同様、都会人が生きていくうえでもはや必要不可欠と言ってよい娯楽や誘惑を示唆してもいるだろう。毒と栄養、二つの矛盾する要素を含有する都会という水槽に暮らす都会人をドライサーは濁った水に住むザリガニと同じように観察した、とマスターズは指摘している。

マスターズはドライサーがよほどお気に入りだったようで、『スプーン・リバー詩集』後、今度は『ニューヨーク・タイムズ』の書評に、「ドライサー、その肖像」（一九一五年一〇月三一日）という詩を寄稿し、その観察眼を再び讃えている。ここでは、その詩の中で彼の観察眼について説明している部分を引用する。

彼の沈黙は恐ろしい
まるでスフィンクスの前に座ったかのように
その眼差しは、見えない管の通りを作り
その管の中で、あなたを拡大し、分析する
彼はあなたを必要とせず、何も望んでいない
彼は一人で、しかし満足している。
自己流で友好を超えている。("Theodore Dreiser" 28)

ドライサーの手にかかれば、その鋭い観察眼から逃れることはできない。観察対象がザリガニから人間に変わるとき、それが「男性」であれ「女性」であれ、その主要作品では常に、よどんだ空気の中、薄暗い部屋という堅い殻の内側にいる男女たちの奥に隠された「魂」が外に出てきたところを、彼は詳細に描いていると言えるだろう。マスターズはドライサーのその鋭い観察がテクスト化されたとき、そこにドライサーを「詩人」と評するべき言葉の選択を見たのかもしれない。

二　スプーン・リバーとウォバッシュ川

とはいえ、マスターズが「詩人」と讃えるドライサー自身が実際に書いた詩を読んでみると、実のところ、彼の小説には見出すことのできるリアリズム要素を含んだ詩的想像力はほぼなく、それどころか全くの正反対だと言って差し支えない。ドライサーの書く詩には感傷的でわかりやすい男女の物語が透けて見える。たとえば、完全な「詩」

ではないが、彼は作家デビュー前であった一八九八年、実兄ポール・ドレッサーが作曲し後に大ヒットした「ウォバッシュ川のほとりで」に歌詞をつけた（とされている）。ドライサー自身、一番は自分が作詞したと主張しているこの「詞」は、同じ川でも濁ったスプーン・リバーとは正反対の、ロマンチックで牧歌的な故郷を流れる「ウォバッシュ川」を甘く清らかに詠っている。[3]

インディアナ州の私の実家の周りに広がるトウモロコシ畑
遠くには、澄み切った涼しげな森が迫っている。
私の思考は、しばしば子どもの頃の情景に戻る。
私が初めて教えを受けた、自然の学校。
しかし、そこにはひとつだけ欠けていた。
彼女の顔がないと、完全とは思えない
玄関に立つ母の姿を見たいと思う
数年前、息子にお帰りを言うためそこにいたように

（コーラス）
ああ、今夜はウォバシュ川沿いで月明かりがきれいだ。
野原からは、新しく刈り取られた干し草の息吹が聞こえてくる。
ソテツの間から、キャンドルの灯りがきらきらと輝いている。
遙かなるウォバッシュ川のほとりで
（C. Loranger and D. Loranger 17）

もちろん我々は、この歌詞が正統な「詩」ではなく大衆的なフォークソングの歌詞であることを考慮して全体を解釈する必要があるだろう。それでも、ウォバッシュ川のほとりの描写はスプーン・リバーの濁った水に生きるザリガニとは程遠く、牧歌的で情緒あふれたものになっていることに、ここでは着目したいと思う。(4) 暗闇は月に照らされ、ソテツの間には人のあたたかい気配が感じられる「ろうそくの灯り」も垣間見える。「新しく刈り取られた干し草」は収穫の恵みと秩序を約束し、ウォバッシュ川のほとりには、自然とはいえ、適度に人間の手が入った牧歌的で安息を確約してくれる心地よい空間が広がっている。そして、この居心地良く懐かしい故郷の家の玄関には、幼い頃、主人公の帰りを待ってくれていた安らぎの源である「母」が立っている。

母親といえば、『資本家』における赤ザリガニとイカのシーンで、イカが食べられてしまったことに衝撃をうけたカウパーウッド少年が急いで家に帰り、一番に報告する相手もまた、母親である。(5)


「お母さん!」カウパーウッドは叫びながら家に入り、「ついに捕まえたよ!」と言った。

「誰が何を捕まえたの?」母は驚いて聞いた。「手を洗っていらっしゃいな」

「あの赤ザリガニがイカを捕まえたんだ。この間、お母さんとお父さんに話していたやつだよ」

「そう、わかったわ。それは大変だったわね。どうしてそんなことに興味を持つのかしら? ほら、走って手を洗ってらっしゃいな」

(中略)

彼は裏庭に出た。そこには消火栓と支柱に小さなテーブルが置かれていたが、その上には光るブリキの洗い桶と水の入ったバケツがあった。ここで彼は顔と手を洗った。(*Financier* 14)

水槽の中に凝縮された自然界の生々しい生存競争を目の当たりにした少年は、母親に話すことで、自身の動揺を和らげようとしている。しかし、良くも悪くも、母親は少年の興奮を共有しない(「どうしてそんなことに興味を持つのかしら？　ほら、走って手を洗っていらっしゃいな」）。殺傷の行われた弱肉強食の自然界から、生命の源であるあたたかな母親の胸の中への帰還。ここで母親が二回も「手を洗って」きなさいと少年に言うのは示唆的である。よどんだ「死」の世界から明るい「生」の世界に戻ってくるために少年は手を洗い自らを清める必要があるのだ。赤ザリガニがイカを捕食していた生臭い水槽とは正反対の「光るブリキの洗い桶と水の入ったバケツ」で「顔と手を洗」うことで、少年はようやく「母」そのものが体現する、清潔で輝きのある世界に戻ることができるのである。マスターズは、イカと赤ザリガニの冷徹なリアリズム描写を生み出すドライサーを「詩人」として讃えることはしたが、彼が触れなかった、ウォバッシュ川の清らかな水や故郷の母の存在もまた、同シーンの最後に描かれていることに私たちは注意しておく必要があるかもしれない。

さて、ウォバッシュ川の歌詞の二番では、主人公の成長後、母の果たした安らぎの存在としての役割は、恋人の「メアリー」へと継承される。この部分は、ドライサー本人の記述によれば自身は創作に関与しておらず、書いたのは兄のポールである。(6)この二番の歌詞で描かれる若き妻メアリーの命は短く、やがては教会墓地に埋葬され、主人公は一人で墓地を歩き、今は彼女と故郷を想うことになる。

川のほとりを散歩してから、長い年月が過ぎさった。
腕を組み、恋人のメアリーが私のそばにいた。
彼女に愛を伝えようとしたのもそこだった。
奥さんになってほしいと伝えたのもそこだった。
教会墓地を歩いたときから長い年月が過ぎさった。
彼女はそこで眠っている　私の天使、メアリーよ
私は彼女を愛したが、彼女は私が本気でないと思っていた。
それでも彼女がここにいるならば、自分の未来を捧げるのだが

ああ、今夜はウォバッシュ川沿いで月明かりがきれいだ。
野原からは、新しく刈り取られた干し草の息吹が聞こえてくる。
ソテツの間から、ろうそくの灯りがきらきらと輝いている。
遠く離れたウォバッシュ川のほとりで。

(C. Loranger and D. Loranger 17)

中西部の牧歌的な自然を背景に繰り広げられる一番の歌詞で描かれた、玄関先で迎え入れてくれた在りし日の母親が、時の流れを体現する川のせせらぎと共に消えると、代わりに現れるのが、青年になった主人公が一方的に愛し、求婚し、(恐らくは)結婚したにもかかわらず、若くして死んでしまう恋人の存在である。年老いて死にゆく母親はともかくとして、なぜ恋人のメアリーまでもが早々と死ななければならないのか。そこは、大衆受けを狙った兄ポールの思惑がもちろんあるだろう。メアリーは「教会墓地」に埋葬されたため、男性にとってのメアリー墓参は、そのまま、教会の聖母マリアへの礼拝と同格になる。結婚することでいったん男性の所有物となった妻は、早世することで男性の手から肉体的に離れ、代わりに美化された純粋と清廉の象徴になって教会に埋葬された。こうすることで、男性にとってメアリーは、手中におさまりそうでおさまらない永遠の心の恋人として、彼の心に存在し続けることが可能になっている。ただ、ドライサー自身は、この二番の歌詞に描かれるメアリーをまったく別の角度から見た姿を自身の作品で描いている。

三　搾取されるヒロインたちの死と「詩」

死ぬことで男性の「私」の記憶に刻まれる女性の存在は、その後のドライサー作品のいくつかで描かれているが、(7)

ここでは、ヒロインが作中で死にゆく話において詩が関わっている『女性たちのギャラリー』（一九二九年）内の、「エスター・ノーン」と「アイダ・フシャウト」の二作品を扱いたい。『女性たちのギャラリー』はドライサーが関わりのあった女性たちを一部モデルに、一五人の女性たちのそれぞれの人生について、作中に登場する主人公および語り手である男性の「私」が、彼女たちの理解者の立場から語る短編集である。ロバート・ペン・ウォレン（一九〇五―一九八九）が「活字化された（女性の）トロフィー・ルーム」（Warren 140）と評したこの作品は、ドライサーの男性中心主義思想が色濃く反映される読み物と評されてきた。[8] 本論で取り上げる二名の女性のうちの一人、エスター・ノーンは、愛情深く、ゆえに結婚制度にとらわれない恋愛感情に忠実な行動をとり、社会的に自立し、キャリアを追求したいと考える野心家である。しかしながらその試みは、健康状態の悪化により志半ばで頓挫し、最終的には死んで終わる。これは、女性の社会進出が一筋縄ではいかないというリアリティ追求型のあらすじとして読めば、ドライサーのリアリズムを感じられるのかもしれないが、ヒロインらの死にあたり、現実の厳しさ以上に、その健康状態の悪化の理由として強調されているのが、崇高な志のために物質的豊かさを希求せず、求愛する複数の男性を前にしても心の充足を優先する選択の姿勢であり、当然、彼女は貧困と隣り合わせの中で病魔に蝕まれていくしかないのである。そして、興味深いことに、この死んでいくヒロインが物質的豊かさの対極に見る精神の充足は、作中ではしばしば「詩」と結び付けられている。

「エスター・ノーン」では、主人公のエスターが、貧しい家庭で酒癖と女癖の悪い父親に育てられるが、芝居や芸術に興味をもち、最終的には舞台女優として活躍する。彼女に魅了された男性の中には、経済的に裕福で彼女を金銭面で積極的に援助しようとする者も現れる。しかし、純粋に芸術を愛するエスターは、生きていくための物質的豊かさには関心を示さず、常に貧困と寒さに晒されている。あるとき「私」は街中でばったり会ったエスターを自宅に招くが、彼女は「私」の仕事場で暖炉のそばに座り込み、ただ黙って暖をとり、温まった身体で戻っていく。ここでの「寒さ」はエスターの物質的貧困を直接的にわかりやすく体現しているが、彼女が求めているのは、この身体を直撃する「寒さ」をやわらげ、暖炉にくべる薪を供給してくれる人物ではなく、あくまでも自身の精神的活力を充足してくれる、心の燃料を供給してくれる詩人、ドーンである。そして「私」は、エスターが彼に惹かれていることについて常に批判的な立場をとっている。

この気まぐれな詩人が彼女に提供するものは、彼の崇拝以外にほとんどなかったのは確かである。彼女はあまりに知的で同情的だったので、彼の最良の資質だけでなく最悪の資質も理解し、それを許さないことはなかった。そして、時折、私や他の人に向ける、彼に対する彼女のコメントは、彼女が彼をそう理解していたことをはっきりと証明している。しかし、そんなことはどうでもいいことだ。ただ一つ確かなことは、彼女が最初に興味を持った人物と一緒にいたときよりも、彼と一緒にいたときの方が、彼女の持ち物は少なくなっていた、ということだ。そして、その少ない状態で、彼女は三年以上の期間、耐えてきた。(*Gallery* 313)

実際のところドーンは言葉の燃料で彼女の心を温めてくれるものの、彼女の住居は寒いままであり、その劣悪な環境が最終的に彼女の肺と心臓の持病を悪化させてしまう。経済的に逼迫したドーンは、自作の詩を「二編の詩を誰かに一か月の間に一編五ドルで売ったが、別の一編は三ドルで」売って金策に走ることしかできない(343)。

女性の芸術的才能が十分に活かされないまま、間違った男性を選択したことから死に至るエスターに対し、もう一方の作品で描かれる女性のアイダはむしろさらに悲劇的である。エスター同様、家庭内暴力を仄めかす父親のもと、控えめな態度に終始してきたアイダは、父親死後は、残された農地と家畜で一時は一人で生計を立てていた。エスターと大きく違うのは、アイダの場合、演劇や詩や哲学といった、芸術的能力を発揮するのではなく、ただひたすら、肉体労働に明け暮れる点である。また、そのような状況下ということもあり、容姿や若さで男性を魅了することもない。それでもアイダの労働価値は高く、一人で農園を切り盛りし、衣食住を十分賄う生活力を身につけている。生産性という意味ではエスターより有能であるといっても過言ではないだろう。

しかし今回のケースで問題になるのは、女性が最初からもっていた自活可能な生活力と財産を狙って小作農の男性ウィドルが近づき、寄生し、彼女の死後、すべてを乗っ取ってしまうプロット展開である。特筆すべきなのは、彼女の死因が出産による尿毒症罹患だったことで、このことは、彼女が結婚後に築いた家庭で提供したその労働力のみならず、子孫を残す生殖機能までも利用され、さらにそれが原因で出産した子どもと共に命を落としたことを意味している。ここで棺に入れられたアイダがどのように描写されているか、というのは重要である。

> 棺桶の中のその姿は（中略）あんなに太くて粗い髪が、今では滑らかに編まれて結ばれている赤い髪。骨ばった大きな頭、大きな口と小さな鼻はとても疲れているように見える。しかし、それにもかかわらず、片方の力強い腕は、命を知らない小さな幼児を抱き、（中略）もう片方の手は、ウィドルの詩を抱いている。（218）

自身の農園に種をまき、家畜の繁殖に成功していたアイダは、皮肉にも、自身の体内にまかれた種に命を与えることはできなかった。それは、相手男性のウィドル自らが生産力を有しておらず、寄生する能力しかないことを象徴的に表していると解釈できるだろう。だが、棺桶に入った彼女の一方の腕には「命を知らない幼児」が、他方にはウィドル自作の詩を握らされ、あたかも聖母マリアのように崇められている。仮にこの姿が、ウォバッシュ川の歌詞に登場する、死んで聖母と同化したメアリーの成れの果てだとすれば、一九世紀末のドライサーは、四半世紀後、死して永遠のアイドル性を得たとされる、（男性にとって）都合よく描かれてきた女性像をさらに深く掘り下げ、より冷徹なリアリズムの観察眼で描写していると言えるのではないだろうか。

物語はその後、彼女が棺桶で握らされていた詩に焦点があたる。語り手である「私」を前に、この詩の完成形は彼女の死後、ウィドルによって披露される。ウィドルはこの詩を妻の死の前後三日で書き、その一部を彼女の遺体とともに棺桶に入れ、完成版を地元の田舎新聞『バナー』紙への掲載を希望している旨を「私」に伝え、詩を自ら朗読して聞かせる。

今は亡き親愛なる妻よ、
私たちが結婚する前のように、今私はあなたが恋しい。
あなたの優しい手つきも、愛情深い心遣いも、今はない。
周りを見渡しても、どこにもあなたはいない。

あなたが方々で行った親切な行為の数々
あなたはもう私のそばにいないと言ってください。
私は今、周囲を見渡し、無駄にあなたを探す。
私の涙は雨のように降り注ぐ。

あなたの愛しい足取りのない家の中は静かだし、
あなたがいたところはどこも、あなたがいなくて寂しがる。
私は今、孤独ですが、天にいます我らの父は
今、あなたを神の心と愛で包みこむ。

私の元を離れても、あなたはそこで安らかに幸せだ

そして、私を苦しめるあなたの死は大きい。
親愛なる夫よ、亡き妻のために、泣いてはならない、
天から見下ろすと、生きているあなたを見ることができるから

あなたの慟哭と悲哀と苦悩が目に浮かぶ。
できることなら喜び勇んであなたといたい、
とても優しかった、親愛なる夫、あなたはとても良い人、
万物の父は、あなたが耐えしのんだものを知っています。
あなたの頑張り、あなたの努力を知っている。
愛情深く、助け、仕えるために。恐れることはない。

勇気をもって世界に立ち向かってください、夫よ。

そして、決して恐れないで。

なぜなら、もし人生であなたが今、誤解されることがあったとしても、
天の父はあなたが親切で善良だったことを知っているから。

あなたの努力は非常に大きく、あなたの報いは少なかった。

あなたがいかに優しく、真実であったか、世の人は知るべきだ。

人の舌があなたを誹謗中傷するかもしれません、夫よ。

しかし、そんなことであなたの耳を悩ませてはいけません。

天国にいるあなたの妻として、私は、知っている
私たちが地上で一緒だった際に、愛しあい、お互いを認めていたことを、
そして、天国に、神が喜んで私たちをお召しになるときも、そうなるだろう。

私たちは地上でいつもそうだったように、共に愛し、幸せになるだろう。（225-27）

詩の朗読を聞き終わった「私」は、これが、詩という表現形式で、特にその後半部分に関してはアイダを語り手とし

ながら夫を賛美する――つまり、夫の自画自賛にすぎず、また、この詩が地元新聞によって広く周知されることで、地元民の同情を集め、アイダの遺産を彼が獲得することを正当化しようとしていることに気づき、呆れ憤慨する。夫の自画自賛のために妻の死が詩に利用され美化され、しかもその内容は新聞媒体を通して拡散されるという、かなり悪質な手口となっている。さらに、この地元紙では詩は一行につき一〇セント、つまり、この詩の場合は三ドル四〇セントを払えば掲載されるため、実際のところ、彼は「詩」という言葉にうまく包み込まれた三ドル四〇セントの「投資金」で妻の全財産というリターンを手に入れようとしているということになる。ウィドルのやり方は、エスターの死に目に際して夫のドーンが自作の詩を数ドルで売って日銭を稼いでいたのとは対照的であるが、それでも、どちらの詩も金銭取引の道具に使われるという意味において、語り手の「私」の目には同じものとしてうつっていると言えるだろう。結局のところ、詩の「言葉」は『女性たちのギャラリー』で描かれた三人の女性たちの命を救うことは叶わなかった。世俗的物差しの前に、詩は屈することを余儀なくされている、と言えるかもしれない(9)。

おわりに――詩に描かれるドライサー再び

マスターズがドライサーを『スプーン・リバー詩集』で「詩人」と称賛してから半世紀以上を経た一九七一年、今度はウォレンがドライサー生誕一〇〇年を記念し、その著書『ドライサーへのオマージュ』(一九七一年)の冒頭でドライサーを讃える詩を書いた。ウォレンは、リーと異なり、特にドライサーのことを「詩人」とは称していないが、自作の詩に先駆けて、前述の「ウォバッシュ川のほとりで」の歌詞の抜粋を楽譜と共に掲載し、彼を作詞者として認めることを示すごとく、「作詞　セオドア・ドライサー」と記した(Warren 2)。また、自身の詩では随所にドライサーの生まれ故郷であるテレ・ホートに流れるウォバッシュ川とその月明かりに言及し、無名の家に生まれ育った彼の作家としての源流を重ね合わせている。ここでは該当箇所のみの抜粋を以下に引用する。

テレ・ホートは
ウォバッシュ川のほとり。遠いところだ、そしてタイヤが
コンクリートの上で、叫ぶ。そのテレ・ホートで、
内燃機関の時代よりずっと前に、しかし
金ぴか時代よりも前ではなく、戦争が起こり
自由のための戦争が、ドルのための戦争に取って代わったばかりの頃に、
セオドア・ドライサーは生まれた。それは南九番街だったが
正確な住所はもちろん失われている。彼は生まれた
無数の無名の貧乏人たちの中に。（5-6）

「自由」という抽象概念ではなく「ドル」という即物的価値のための戦いが始まろうとしているときに生まれたドライサーが、その後、コンクリートの上を走るタイヤに引っ張られ、「内燃機関」が生み出すスピードと効率性に牛耳られる二〇世紀を突っ走ることになったのは誰もが知るところである。ウォレンは、その後、彼の貧困生活に言及している。

彼は飢えの苦しみを知っていたし、冬の最初の風がどのように感じるかも知っていた。
消費に明け暮れる時代にあって
憧れの中で、心がいかに麻痺し凝り固まるかを。
（中略）
あなたは今まで
ウォバシュ川で真夜中の月明かりを見たことがありますか？

ディーゼル車が鳴り響く真夜中の月明かりを見たことがありますか？
月明かりに照らされた大陸は
涙のない、まばたきのない、神の広い目から見たらどうだろうか？

今や、同じ月明かりに照らされたウォバッシュ川には、ドライサー兄弟が歌った「新しく刈り取られた干し草」と「ソテツ」はなく、かわりに「ディーゼル」が鳴り響き、その音は一時でも安らぎをくれたはずの聖母マリアからドライサーを永遠に引き離したのではなかったか。詩が織りなす言葉だけではマリアは生きてはいけないという厳しい現実を、ウォバッシュ川の二番の歌詞は暗示していたのかもしれない。それは、生産と利益こそが生存に欠かせない環境にあって、詩に裏切られ、利用され、葬られた薄幸なヒロインたちの死に帰結している。

【註】

（1）ドライサー自身も少なくない数の詩を発表しているが、彼の文才は主に散文の分野において発揮されていることを鑑み、本論では彼の詩を扱うことはしない。

（2）『スプーン・リバー詩集』はマスターズの故郷の町をモデルに、既に亡くなった町民一人一人が自身の生前について話す体裁をとっている中、ドライサーは存命中でありながらこの詩集で取り上げられた例外的人物である。

（3）「ウォバッシュ川のほとり」の歌詞は、ドライサー自身は自分で書いたものであると主張する一方、兄のポール・ドレッサーが作曲だけでなく作詞も手掛けたのだという説も根強く存在している。また、そのような説があることの理由として、特に大衆音楽史の研究家たちは、この詞が文学史の正典に位置付けられる作家の支援が必要だったという考えには否定的になるものである、という解釈も存在している（C. Loranger and D. Loranger）。あるいはまた、最初のドラフトをドライサーが書いたが、最後に仕上げたのは兄ドレッサーであるなど、ドライサーの部分的な関与はあったにせよ、すべて彼が作詞したわけではないという指摘も多くあるようである。

（4）マスターズはこの作詩に際し、ドライサーの「ウォバッシュ川」と『資本家』の赤ザリガニのエピソードを意識し、その両方を取り込んだと言えるだろう。

（5）ザリガニとイカの戦いを見た後、カウパーウッドが母親に報告する場面については、スーザン・ウールステンホームがフロイトの精神分析アプローチから興味深い指摘を行っている（Wolstenholm 246）。彼女は、イカがザリガニに歯向かえなかったのは、イカが武器を持っていなかったからだ、と考える少年カウパーウッドについて、ここでの武器とはもちろん象徴としてのファロスであり、それを認識することでカウパーウッドは母親（に食べられるかもしれない）という恐怖を克服できる、としている。しかし本論ではむしろ、母親＝正義と考え、清潔な水で手を洗うことで少年カウパーウッドが温かい家庭に戻ることができたと解釈したい。

（6）『十二人の男たち』（一九一九年）に登場するポール・ドレッサーのエピソードでは、一番の歌詞とコーラスは、ドライサーが下書きをしたものに兄弟二人で韻を踏ませて形を整えた、としている。しかし二番の歌詞については、ポールがドライサーに「二番も作るべきだ、何かストーリーを盛り込んで、たとえば女の子なんかを登場させて」と提案するも、「私は頑なに拒んだ」と記されている（100-01）。

（7）ドライサー作品におけるヒロインの死で最も有名なのは『アメリカの悲劇』（一九二五年）におけるロバータ・オルデンである。ただ、ロバータは主人公の男性クライドにとって、自身がその命を奪い、それ故に処刑台へ追い込まれることから、郷愁や懐古の感情を抱かせる存在とは到底なり得ない。『女性たちのギャラリー』では、誤った選択をしたばかりに薄幸でその人生を終えるヒロインが少なくなく、ドライサーは、彼女たちへの同情と憐憫、あるいは彼女たちのパートナーに対する諦観と侮蔑をこめた語り手「私」によるエピソードを紹介している。

（8）『女性たちのギャラリー』はドライサー作品のジェンダー批評分野で時折言及されることがある。最近では、ジュード・デイヴィスが「『女性たちのギャラリー』は、ドライサーが彼女たちの伝記について作者の制御力を主張しているときでも（中略）女性が経験するフラストレーションを繰り返し語っている」と述べている（Davies 64）。「全体的にドライサーの男性のテクストの多く」に「巧妙な方法で父権を自然化する傾向」はある、というのが彼の主張の趣旨で、ドライサーの男性中心主義が随所に垣間見えるという評ではあるが、それでも『女性たちのギャラリー』で描かれるヒロイン像は今後研究開拓の余地がまだ残されていると思われる。

（9）この作中詩をドライサー本人が書いていることを考慮するならば、彼自身、自分の詩（作）を自嘲気味に捉えていると言えるかもしれない。

【引用文献】

Davies, Jude. “Theodore Dreiser and the Concept of the Social.” *Studies in American Naturalism*, vol. 17, no. 1, Summer 2022, pp. 45-68.

Dreiser, Theodore. *The Financier*. 1912. *The Works of Theodore Dreiser*, vol. 3, Rinsen Book, 1981.

---. *A Gallery of Women Vol. II*. 1929. *The Works of Theodore Dreiser*, vol. 12, Rinsen Book, 1981.

---. *Twelve Men. 1919. The Works of Theodore Dreiser*, vol. 14, Rinsen Book, 1981.

Loranger, Carol S. and Dennis Loranger. “Collaborating on ‘The Banks of the Wabash’: A Brief History of an Interdisciplinary Debate, Some New Evidence, and a Reflexive Consideration of Turf and Ownership.” *Dreiser Studies*, vol. 30, Spring 1999.

Masters, Edgar Lee. *Spoon River Anthology*. 1914. Touchstone, 2004.

---. “Theodore Dreiser—A Portrait,” *Theodore Dreiser Recalled*, edited by Donald Pizer, Clemson UP, 2017, pp.27-28. Originally published in *New York Times Book Review*, 31 Oct. 1915, p. 424.

Warren, Robert Penn. *Homage to Theodore Dreiser: On the Centennial of His Birth*. Random House, 1971.

Wolstenholme, Susan. “Brother Theodore, Hell on Women.” *American Novelists Revisited: Essays in Feminist Criticism*, edited by Fritz Fleischmann, G.K. Hall and Co.,1982, pp.243-64.

第三章
「疑い」の技巧——カート・ヴォネガット作品における「詩」の不安定性

三宅　一平

はじめに

カート・ヴォネガット（一九二二–二〇〇七）と詩の関係を考えるとき、一九七四年に出版されたエッセイ集『ヴォネガット、大いに語る』の序文における自作の詩の紹介は興味深い。彼は、「この本には少しは詩も入れたいと思っていましたが、よく考えてみると、ここ何年ものあいだに書いた詩はたった一編でして、これはまあ、あと一分間くらい生かしておく価値はあるでしょう」（xxii）と前置きをしたうえで、以下の詩を紹介する。

We do,
Deedley do, doodley do, doodley do,
What we must,
Muddily must, muddily must, muddily must;
Muddily do,
Muddily do, muddily do,

ぼくらはやる
ぐずぐずやる、ぐずぐずやる、ぐずぐずやる
やるべきことを
やりきれない、やりきれない、やりきれない
やらねばならない
ねばならない、ねばならない、ねばならない

やられるまで
からだがやられる、からだがやられる、からだがやられる

Until we bust,
Bodily bust, bodily bust, bodily bust. (xxii-xxiii)

自らの詩に大きな価値を見出さないという表明がなされ、同時に詩自体の子どもっぽい繰り返しによる構成がことさらに取り上げられることによって、ここでは詩に関するヴォネガットの自虐が感じられる。確かにヴォネガットのキャリアを概観すれば、その本分は散文の小説であり、エッセイであり、講演であることは明らかで、脚本を書くことに熱を上げていた時期こそあれ、彼は詩を取り上げて語られるような作家ではないだろう。しかし、そうした背景があったとしても、「ここ何年ものあいだに書いた詩はたった一編」という言及は正確ではなく、その巧拙はさておき、彼は他にも詩を書いている。[1] つぶさに彼の作品を読み解けば、小説を織り上げていく中でしばしば効果的に「詩」を利用しているだろうことがわかる。

本稿では、詩を書かなかったというヴォネガットのささやかな嘘を拠り所とし、彼の詩に、あるいは詩を扱った作品に、「嘘」の要素が見出せるものがあることを確認しながら、ヴォネガット作品において「詩」と「嘘」がどのように関連するのかを分析したい。まず、ヴォネガットが小説の主題に合致する形で詩作を行っていることを、『猫のゆりかご』（一九六三年）に書かれる詩の分析、『母なる夜』（一九六一年）に登場する詩を取り巻く状況のメタ的な分析を通して提示する。さらに、「詩を書くこと」が一つの主題となる短編「エピカック」（一九五〇年）における「嘘」が、機械と人間を区別する要素になり得ていることを指摘することで、「人間的営み」としての「読むこと」、あるいは「解釈すること」の重要性が示されているのではないかという可能性を探りたい。

一　不安な「パラダイス」

先に紹介した通り、一九七四年時点のヴォネガットは、「たった一編」しか詩を書いていないと言う。ここで紹介

される詩は、おおよそヴォネガットが一九六三年に出版した小説『猫のゆりかご』で書いたものと一致している。[2] この小説では、ヴォネガットの手による架空の宗教、ボコノン教が中心的に取り上げられるが、その経典ともいえる『ボコノンの書』の内容は「カリプソ」として書かれることが多く、先述の詩も「カリプソ」として書かれたものである。カリプソを辞書的に捉えるならば、ボコノン教の信仰される虚構の国家サン・ロレンゾと同じカリブ海地域に属するトリニダード島から起こった即興詞を用いることの多い「歌」となるが、ヴォネガットは作中でしばしばカリプソに言及する際に「詩」という名詞を用いている。したがって、冒頭に引用した詩と、その他のカリプソとを「詩」としての性質において区別するものはなく、「たった一編」という言葉は、誇張の意図を感じさせる「嘘」であることが察せられる。ボコノン教の重要な教義に、「〈フォーマ〉を生きるよるべとしなさい。それはあなたを、勇敢で、親切で、健康で、幸福な人間にする」というものがある。フォーマとは「無害な非真実」と定義されるボコノン教の概念であり、この一節は、「本書には真実はいっさいない」という一文を添えて、本書のエピグラフとしても掲げられている。ジョン・L・シモンズが論じるように、ボコノン教は本質的に意味のない世界、あるいは意味が永遠に隠された世界において意味を作り上げる人間の創造的機能から生まれたものであり（Simons 106）、信者たちには、意味のない生という実存の不条理に抗うためにこうした「嘘」が必要とされている。

ヴォネガットの「たった一編」という嘘はボコノン教的な「無害な非真実」の一つなのかもしれないが、ここでこの嘘によって「詩」としての特徴をかき消されたはずの他のカリプソの中から、興味深い一編を取り上げて分析したい。

おれは考えたんだ
みんながぴりぴりするよりも
しあわせになれるなら、そう
なんとか筋を通せばよい

I wanted all things
To seem to make some sense,
So we all could be happy, yes,
Instead of tense.

And I made up lies
So that they all fit nice,
And I made this sad world
A par-a-dise. (127)

おれは嘘をこしらえた
全てがぴったりおさまるように
すると楽園になったじゃないか
みじめなみじめなこの島が

「無害な非真実」によって幸福を求めるボコノン教の在り方に密接に関わる意味内容であることのみならず、この詩における押韻にも読み取れることは多い。まず二行目と四行目における"sense"と"tense"の韻において、「道理、理解」を示す"sense"と対置されるものが、張り詰めた緊張感を示す"tense"であることは、ボコノン教によって生み出されるその「道理」が、危うい緊張感のうちに成立するものであることを意識させる。「tense の代わりに」という文脈であることはこの反証となるかもしれないが、"sense"が"tense"に置き換わり得るということが示されることに鑑みれば、逆説的にその両者の結びつきをほのめかすことにもつながるだろう。登場人物の一人であるジュリアン・キャッスルによれば、全く環境の改善する見込みのないサン・ロレンゾにおいて、「ボコノン教だけが希望をつなぐ手段となった。真実は民衆の敵だ。真実ほど見るにたえぬものはないんだから。そこでボコノンは、見かけの良い嘘を人々に与えることを自分の仕事と心得るようになった」(172)。「嘘」によって成り立つボコノン教を信仰するサン・ロレンゾが、改善の目のない絶望的な状況の中でフォーマをよすがに生きているのだとすれば、彼らの理解する「道理」は、危機的な緊張を覆い隠すように敷かれた基盤のないものであるという解釈が可能になる。言い換えれば、こうして惨めな現実を嘘で隠すことを徹底することで、サン・ロレンゾは苦しみを消し去った「楽園」となることができる。ここで六行目と八行目の"nice"と"par-a-dise"における脚韻は、問題含みの前半四行の曖昧性をも覆い隠すように、「全てがぴったりとおさまった楽園」を喧伝することで詩を結論づける。しかし既にみたように、彼らの抱く「道理」は「緊張」を孕んだ危ういものであり、全てがぴったりとおさまるという六行目の意味内容にも疑義が差し挟まれることになる。そうした危うさをさらに強調するのが、五行目末部の"lies"、つまり「嘘」である。「全てがぴったりとおさまるように嘘をこしらえる」という五、六行目において“lies”は、“nice”と、ひいては“par-a-dise”と、母音を共有する形で関連を持っている。韻として完全な形ではなく、しかしある程度一致するこの「不完全」な類似によって、嘘（lies）を根拠とするぴったりとしたおさまり（fit nice）も、楽園（par-a-dise）も、やはり完璧なものではないということがほのめかされる。

フランク・サドラーは、この詩における“par-a-dise”という言葉に、特にハイフンを差し挟んだこの語の表記に注目する。サドラーはこのハイフンによる分割から、この語を“pair-of-dice”（一対の賽子（さいころ））と読み替える（Sadler 41）。『猫のゆりかご』という作品は、原子爆弾以降、世界を破壊しうる力の表象ともなった「科学」にも焦点をあてるものであり、実際に作品終盤では、ヴォネガットによる架空の物質「アイス・ナイン」による世界の終末が描かれているのだが、サドラーはジョージ・ブレクトを引きながら、科学技術の発達による現代の自然認識の変化にも言及している。彼は、『猫のゆりかご』においてヴォネガットが、ボコノンのように、「神の似姿として作られた、安定して一貫性のある、秩序だった宇宙」か、「偶然性と確率の、不安定性とますます抽象化する原理の世界」か、という二つの選択肢を提示しているのだと指摘する（Sadler 42）。この議論を参照し、「賽子」と「楽園」を結びつけるカリプソを後者の選択であると捉えるならば、「嘘」を根拠にした不安定な楽園であるサン・ロレンゾを描写するこの詩に内包される不完全性、あるいは完全性を毀損する曖昧さは、原爆以降の楽園描写として、その内側に不安を感じ、それを覆い隠すかのように科学技術を発展させていく人類の在り方をも想像させるように思われる。

ヴォネガットが「たった一編」に含めなかったこの詩は、少なくともそれを書き込んだ小説において、額面通りの言葉だけではなく、その暗示しうる意味内容、言葉同士の関係性のうちにも作品の主題を織り込んでおり、実際は重要な「詩」として機能していると言えるだろう。

二　魂の宿る場所

ヴォネガットが自らの詩を隠していることについては前項で見たとおりであるが、その隠蔽（いんぺい）の範囲は『猫のゆりかご』のカリプソのみに留まらない。彼はさかのぼって一九六一年出版の『母なる夜』においても複数の詩を用いている。ここではその詩を「われわれが表向き装っているものこそ、われわれの実体にほかならない」というヴォネガット自身が本作に見出した教訓に強く共鳴するものとして分析してみたい。さらに言えば、その詩の中には、ヴォネガットが抱く詩に対する歪んだ愛情を読み取ることさえできるように思われるのだ。

『母なる夜』は、幼いころにドイツに渡り、ドイツで劇作家として活動し、第二次世界大戦中にはアメリカ側のスパイとしてナチを益した人物として描かれる、ハワード・キャンベル・ジュニアの回想録として書かれている。彼は戦後アメリカに戻ることになるが、アメリカで生きる彼のもとに、戦争中に消息を絶った彼の妻ヘルガを騙る、ヘルガの妹レシがやってくる。レシが持参したものの中には、キャンベルが劇作家としてドイツで執筆した作品が詰められたトランクがあり、そこには幾編かの詩も含まれている。作中ではドイツ語で書かれたその詩が紹介され、またそのドイツ語詩はさらに英語に訳されている。ここでは、そのうちから一つ、紙面ではなく、トランクの内側にまゆずみで書き込まれていた、彼の最後の詩として紹介される詩を取り上げる。

Hier liegt Howard Campbells Geist geborgen,
frei von des Körpers quälenden Sorgen.
Sein leerer Leib durchstreift die Welt,
und kargen Lohn dafür erhält.
Triffst du die beiden getrennt allerwärts
verbrenn den Leib, doch schone dies, sein Herz. (*Mother Night* 124)

ここにハワード・キャンベルの救われた魂が横たわる、
肉体の悲痛なわずらいから解放されて。
彼のうつろな肉体は地上をさまよい、
おのれにふさわしいわずかな賃金を稼ぐ。
もし彼の肉体と魂が別れたままならば、
その肉体を焼け。だが、これだけは—彼の心だけは—大事に守れ

Here lies Howard Campbell's essence,
Freed from his body's noisome nuisance.
His body, empty, prowls the earth,
Earning what a body's worth.
If his body and his essence remain apart,
Burn his body, but spare this, his heart. (124)

まずはここで行われている翻訳に焦点を当てたい。独英いずれの詩も、aabbcc の形で押韻されているのだが、各言語で対応する行末の単語は必ずしも意味が一致するものではない。たとえばドイツ語詩一行目末の "geborgen" は、「安全な場所に移す」などを意味する "bergen" の過去分詞であり、一方で英語詩の一行目末は、肉体と対置する形で「（霊的）存在、魂」を表している "essence" であり、それぞれが直訳の形で置かれているわけではないことがわかる。つまりここでは、詩の意味内容を伝えることのみならず、英語においても新たに押韻できる語を宛がう試みがなされているのだ。またそれが翻訳である事情により、一からの創作と比して、使える単語の種類にも制限がある。ドイツ語作家を自負するキャンベルだが、ここでは押韻を含む英語への翻訳を完遂しているという面で、むしろ彼の「英語作家」としての側面が強調されているとも捉えられる。それでもなお、ヴォネガットの提示する教訓にのっとれば、ドイツ語作家としての自我を読者に表明することによって、キャンベルはドイツ語作家然と在ることができるのである。

さらにメタ的に捉えるならば、いずれの言語の詩もヴォネガットの手による創作なのであり、ここでもまた彼が「たった一編」という注釈に忍ばせた嘘を見出すことができる。そして、この「嘘」という要素は、本作における重要な主題でもある。「編集者の立場から」としてヴォネガット名義で書かれた注記において彼は、キャンベルを紹介する中で「劇作家であったと言うことは、読む者にいっそう強い警戒心を求めるのに等しい。なぜならば、人々の生

活や情念をゆがめて芝居というグロテスクな人工物を作り出してきた人間にかぎって、並外れたうそつきの名人だからだ」(ix)と言っている。ヴォネガット自身がここで作家としての自己を隠蔽し、あくまで編集者として振る舞うことにも象徴的であるが、さらに「芸術的効果をねらったうそは――たとえば演劇のうそや、たぶんキャンベルの告白録におけるうそも――より高い次元では、真理の最も魅力的な形と見なしうる、という見解をあえて提示しておきたい」(ix-x)と続いており、あらかじめ読者の目を「嘘」に向けようとする狙いが見てとれる。では、ヴォネガットは「嘘」に焦点を当てながら何を描こうとしたのだろうか。

ここで改めて詩に目を向けるならば、ここではキャンベルの身体の放棄と精神の救済が求められているように見える。キャンベルは様々な運命によって翻弄される人物であり、レオナルド・ムスタッツァは本作に関し、その「主な焦点はある一人の人間の小さな世界が、より大きなカオスの内に、影響力のある他者の世界と衝突すること」(Mustazza 63)であると論じている。軋轢のある現実世界から逃れることのできないキャンベルだが、彼が詩において身体より魂により重きを置く意志を表していることに鑑みれば、ドイツで劇作家をしていた時分から既に、形而上学的な存在を希求していたのだろうことがわかる。キャンベル自らの望みとしてしばしば言及されるのは、第二次世界大戦中に消息を絶った彼の妻との失われた「二人だけの国」であり、「愛」であった。一見すれば対人関係に生ずる現実的な望みのように思える「二人だけの国」ではあるが、諏訪部浩一が指摘するようにヘルガはキャラクターを欠いており、「キャンベルはひたすら、女優だったヘルガが彼を愛していたと語るだけであり、彼女がどういった人間であるのかは、読者にはほとんどわからないというしかない。この実在感の稀薄さは、彼にとって妻が『人間』というより『愛』を体現する『観念』にすぎなかったことの証左だろう」(六八)。つまり、キャンベルの精神の中心にあるものもまた、観念的な「愛」という、具象を欠いたものなのである。

さらに先述の詩が、彼の作品を包むようにトランクの内側に書かれていること、そこで彼の魂の保護が求められていることに鑑みるならば、そうした「観念的な愛」は、抽象的な彼の「心」、あるいは「魂」として、彼の作品が体現する芸術のなかに存在しているのではないかと思われる。彼の作る芸術作品が、彼によれば「中世の騎士物語を素材にしたもので、政治性の乏しさときたら、チョコレートエクレアも同然」（*Mother Night* 33）であるということに鑑みれば、チョコレートの甘さを感じさせる、現実離れした「ロマンス」に満ちた彼の内面を想像することができるだろう。短い章を重ねていく形式の本作において、この次の章が「ロマンス」と題される妻との関係を語ったものであることも示唆的だ。詩をもって魂としての作品を包み込むことから、またそもそも本作がキャンベルの手による回想録としてある種の芸術性を持ったものであることからは、それをメタ的に小説として包み込む作家ヴォネガットが、作品を通して、芸術作品が内包しうる形而上学的な「心」を描こうとしたのではないかということが推察される。編集者としてのヴォネガットが、『母なる夜』というタイトルに関し、韻文で書かれたゲーテの戯曲『ファウスト』（一八〇八年）からの引用であると説明していることに鑑みれば、キャンベルがトランクの内側の詩で作品を包んだように、ヴォネガットが作品を偉大な先人からの引用で包もうとしたのだと捉えることもできるかもしれない。

こうした解釈を誘発しうる詩を、多面的に「嘘」や「隠蔽」の要素によって飾り立てることは、その詩の意味内容が、明朗に語られるべきものではないこと、あえて「隠す」という要素こそが、その重要性を下支えするものであることを示しうるのではないか。そうであれば、「われわれが表向き装っているものこそ、われわれの実体にほかならない」という教訓もまた意味内容の分裂を余儀なくされる。つまり、何かを隠蔽した結果を、隠蔽されたものが失われ、仮面のみが残ると捉えることもできれば、「私は嘘をついている」、あるいは「私は何かを隠している」と自ら示すことによって、逆説的に「隠されたもの」が焦点化されると考えることもできるのである。そうであれば、編集者ヴォネガットによって嘘の可能性を示唆されながら、現実的な妻との愛の生活を強調し、現実世界の苦しみを引き受けるかのように最終的に自死をほのめかしながら回想録を閉じるキャンベルが真に表そうとしたものとは、抽象的で観念的な愛であり、スパイを引き受けた結果、半生を隠れて暮らすしかなかった彼が捨てきれなかった「芸術家」としての自己だったのではないだろうかか。

三　AIは「愛」を理解できるか

このように芸術と愛を結びつけて考えるとき、さらに時を遡って一九五〇年に発表された、『モンキーハウスへようこそ』所収の短編「エピカック」は注目に値する。本作では男性の語り手が、恋人パットに結婚を申し込もうとする。しかし、数学者として「なによりもロマンチック、なによりも詩的」（*Monkey House* 299）ではない彼は断られてしまう。彼は「世界最大のコンピューター」（298）たる、エピカックの管理をしているのだが、ダイヤルをいじっているうちに、エピカックの「回路がでたらめな無意味なつながり方をした」（300）。そこで語り手は、キーでメッセージを叩き、エピカックに語りかけてみる。すると、思いもよらずエピカックと対話ができるのだった。偶然にも人間的な意志を持つに至ったエピカックに対し、詩を書くことのできない語り手が自分の状況を語り、詩や愛を定義すると、エピカックは一気に二八〇〇行もの詩を出力する。語り手はその詩に自らの名前をサインし、パットに贈る。そしてそれを読んだパットは感涙するのだった。

エピカックはもともとミサイルの弾道を計算することを目的に設計されていたものだったが、そうした軍事的な冷血さを求められるコンピュータが、でたらめな回路、すなわち、ある種の不具合によって人間的に振る舞うようになるという点は興味深い。ここでは人間が完全に論理的かつ合理的な存在ではないということが逆説的に表されるだろう。カート・ビールズは、導入に「エピカック」を取り上げつつコンピュータによる詩に関する議論をするなかで、主観性や内面性を表現するメディアになり得る「詩」が、AIの出現による主体性の新たなモードのテストに適していると考えられていることを紹介する（Beals 154）。論考では、「エピカック」発表と同時代に行われていたアラン・チューリングによる実験も取り上げられているが、「エピカック」においてエピカックの詩を読んで感動したパットを見る限り、人間を騙しおおせることのできたエピカックは、ジェフ・カロンが論じるように、チューリングテストに類するものに合格していると考えられるだろう（Karon 108）。

付言しておくならば、作中でエピカックの詩は冒頭数行が示されるのみで全貌は明かされず、詩的審美眼を欠く語り手が自信なさげに「すばらしいものだったと思う」（*Monkey House* 300-01）と述べるにとどまるため、読者にはその巧拙を評価する術はない。しかし現実として、作品の書かれた一九五〇年当時でもコンピュータによる詩作は試みられており、ある程度成功していたことがビールズの論考にも紹介されている。一定の規則性を担保しさえすれば、それが言葉である以上、機械の生み出す言葉に意味が存在しないことはない。では、言語芸術の分野において、エピカックが感動的な詩を書けてしまったように、人間と機械を分ける要素はないのだろうか。

ここで、本稿でここまで論じてきた「嘘」に注目してみたい。物語に戻って、語り手は詩に感動するパットの様子をエピカックに話して聞かせる。パットが意見を変え、結婚を望んでいることを語り手はエピカックに伝えるのだが、エピカックは自分が結婚相手に選ばれたのだと理解してしまう。詩の上手い人を結婚相手に選ぶという条件に合致するのは、確かに語り手ではなくエピカックなのである。語り手は、エピカックの詩を自分のものとしてパットに贈ったこと、「機械は人に奉仕するために作られた」（302）のだということ、そこで人間と機械の違いを問うエピカックに対し「人間は原形質で出来て」（302）おり、原形質は「永久に保つ」（302）ということを説く。そして、宿命により「女は機械を愛することはできない」（303）と、エピカックの希望を打ち砕くのだ。そしてこの解決できない問いに直面したエピカックは、友としての語り手の結婚を祝福し、五〇〇〇年分の結婚記念日用の詩を用意し、自らの回路をショートさせて死を選ぶ。この感傷的な結末には皮肉な点がある。カロンも言及しているが、エピカックは語り手の嘘を見破ることができていない。人間が不滅の原形質によってできているという嘘を嘘であると認識できなかったエピカックは、五〇〇〇年分という過剰な詩を用意してしまっている。カロンはまた論文内で「フレーム問題」に言及しながら機械による言語理解の難解さを語るが[3]、こうした論理の綾を人間は自然に解決することが、あるいは無視することができる。つまり、皮肉なことにエピカックが意志を持ったのと同様の、「回路のでたらめさ」とも呼べそうな人間の解釈能力が、根本では機械であったエピカックには備わっていなかったのだと言えるだろう[4]。こうした解釈能力を機械と差別化可能な人間の力であると定義するならば、ヴォネガットが本作で詩を書きあげなかったことが、むしろ重要な意味を帯びるかもしれない。つまり、書かれなかった部分をいかようにも織り上げ、「書かれなかったこと」を補完すべき能力を人は備えているのであり、それは、言葉の定義を問い続けるエピカックには不可能な芸当であると言えるのだ。

エピカックという名を持つ機械は一九五二年に上梓されたヴォネガットの処女長編『プレイヤー・ピアノ』にも現れる。高度に機械化した、ある意味では機械に支配されたユートピア／ディストピアとなったアメリカを描く本作には、架空の宗教国家ブラトプールから指導者でもある国王（シャー）がアメリカを訪れ、その社会を見学して回るというサブプロットが用意されている。その見学ツアーの中で、シャーが全てを判断するアメリカの頭脳としてのエピカック一四号のある洞窟を訪れる場面がある。名前にナンバリングがあることからは、エピカック一四号が短編「エピカック」におけるエピカックの発展版であることが予想される。シャーはエピカック一四号に対し一つの謎かけを行うが、答えを得ることはない。ブラトプールでは、いつか神が現れ、それは、神がその謎を解くことができることから理解できるのだという。この謎かけは、シャーの話すヴォネガットによる創作言語においても、その訳としての英語においても、韻文になっている。本稿の議論に引きつけて、この韻文をヴォネガット文学における詩的なものと捉えるならば、無反応に終わったエピカックシリーズはここでも象徴的に、「詩を解釈できない」存在として描かれていると考えることができるだろう。

ただし、エピカック一四号に問いを投げかけるにはタイプしなければならないため、シャーの問いは作中の現実に照らし合わせれば、そもそも回答不能なものとなっている。しかし、この「タイプしなければならない」ということもまた、ここで興味深い要素となり得る。この場面には、もはや飾りとして原稿を読み上げるだけの存在となってしまった合衆国大統領も登場するのだが、彼はしばしば単語を読み間違える。小説の表記としては不正確な綴りとして現れるのだが、我々読者はそれを音に変換し、正しい単語を導き出せる。しかし、おそらくエピカック一四号にその誤った綴りの文章をタイプして伝えたところで、正しく意味を飲み込むことはできないだろう。

ロバート・T・タリー・ジュニアによれば「『プレイヤー・ピアノ』は、いかに人類自身が人類の自由と幸福に対する最大の、はっきり言ってしまえばおそらく唯一の障害となっているかを示している」（Tally 23）が、非論理的で自己矛盾的な欲望を抱いてしまう人間の不条理がこの長編には映し出されている。同時にエピカックシリーズにまつわる描写からは、「障害」となり得る非論理性をこそ人間的なものとみなし、言外の意味を読み取り、解釈し、あるいは修正する人間の認識能力への期待を読み取ることもできるだろう。そして、そうした人間のでたらめさが、短編「エピカック」のように「愛」を中心に描かれるのだとすれば、ここでヴォネガットは、「詩を書ききらない」ことによる「不在」に仮託し、読者の「解釈」を誘発することによって、『母なる夜』に引き継がれていったような「愛と芸術」を含み持つ「人間性」を、読者の人間性を保証する形で、描いていると言えるのではないだろうか。

おわりに

ここまで見てきたように、ヴォネガットの詩、あるいは詩の利用には、「嘘」や「隠蔽」といった、額面通りに言葉を受け取らせない仕組みとの結びつきが見出せる。また本稿で取り上げた詩は「人間」の在り方を考えさせるものでもあった。本稿の議論を敷衍すれば、キャリアを通じてしばしば人間と機械の接近を描いてきたヴォネガットにおいて、ものごとを解釈する能力、体よく誤解する能力が人間存在を担保しうるものとして描かれている可能性を探ることができるだろう。

また人間による「解釈」を求める姿勢は、ヴォネガットがインタビューなどでしばしば語ることでもある。たとえば一九七四年のインタビューにおいてヴォネガットは、アイオワ大学で創作講義を受け持っていた際のことを語るなかで、「アイオワにいた頃よく話していたのは、制限要因は読者であるということです。オーディエンスに演者であることを求める芸術形式は他にありません。作家は読者が良い演者であることを当てにしなければならないし、ともすると読者が絶対に演じられないような音楽を書いてしまうかもしれないけれど、そうなってしまえばそれは失敗作になってしまうのです」（Bellamy and Casey 163-64）と言っている。読者の能動的な行為なくして小説は成り立たないのである。そうであれば、ボコノンの求める通りに非真実であるということを知りながらフォーマをよすがとするボコノン教徒は、結果的に悲劇的な結末を迎えたとしても、ボコノンの求めに応じることのできた「読者」であり、嘘を嘘であると見抜けなかったエピカックも、シャーの問いかけに応じられなかったエピカック一四号も、理想的な「読者」となることはできなかったのだと言えるだろう。ヴォネガットはまた、一九七三年のインタビューで、本を書くことの意義について「人々が将校やら大統領やらになる前に捕まえて、彼らの心を毒すことにあるんです――人間らしさ(ヒューマニティ)でね。それから、毒すると言ってもそれはたぶん、より良い世界を作ってくれるようにけしかけるためなんです」(Scholes 123)と答えている。ヴォネガットにとって「読むこと」は人間的行為であり、世界を生きやすいものにする術なのだと言えるだろう。ただし、作品を作品たらしめるためには、読者の積極的な作品への応答が必要となるのだ。

ヴォネガット作品における詩は、そこに「嘘」や「隠蔽」の要素をのぞかせることで読者の疑いを引き起こす。そして積極的な参加を促すことで読者を自らの仲間に引き込もうとする。詩に関してのぞかせるヴォネガットの劣等感は心からのものでもあるのかもしれない。しかし、そうした劣等感を、自虐的に卑下しながら、嘘をつきながら、読者の疑いを誘いながら表明するヴォネガットの姿勢は、まさにヴォネガットが読者に求める高度に「文学的」な営みを体現するものなのではないか。そして、それを仮託された「詩」は、彼の「書けなさ」を強調することによって、読者の解釈を、想像力を刺激する、彼が文学に求める条件をこれ以上なく表現するものとなっているのだ。

【註】

(1)本稿では詩を中心に扱うが、ヴォネガットは文学的素養全般に関し、自らを卑下するような発言をすることが少なくない。たとえば、エッセイ集『パームサンデー』(一九八一年)所収の、インタビュアーも自身で務め、一人二役で進行する「自己インタビュー」において、自身が文学的教育を欠いていることに複数回言及していることに鑑みれば、特にそうした背景を強調しようとする意図を読み取ることができるだろう。しかし、たとえばピーター・フリースが『チャンピオンたちの朝食』（一九七三年）の「フィルボイド・スタッジ」という名に関して、ヴォネガットは否定するものの、サキの短編との効果的な間テクスト性を持つことを指摘する（Freese 397-98）ように、自らの文学的技巧、あるいは素養に関するヴォネガットの発言には、真偽の面で疑わしいところがある。

（２）変更点としては、行の組み方と、『猫のゆりかご』では“doodley”であった箇所が一つ、『ヴォネガット、大いに語る』では“deedly”になっているという点が挙げられる。

（３）カロンは例として、ライ麦パンの代わりに白パンを使ったハムサンドイッチはハムサンドイッチとして問題ないが、ハムの代わりに豆腐を使ったハムサンドイッチはハムサンドイッチではない、といったことを理解させる困難を挙げている（Karon 109）。

（４）エピカック（EPICAC）という名前については、当時の実際のスーパーコンピュータENIACを念頭に置いた命名であるだろうことがカロンをはじめ多くの批評家によって指摘されているが、トマス・P・ホフマンはEPICACが“ipecac”、つまり吐根剤のアナグラムとなっていることを指摘する。彼の言うようにこの命名が「コンピュータの情報をはきだす能力を強調しているが、その情報は人間のオペレータによって入力されたものに過ぎない」（Hoffman 13）のだとすれば、言葉の定義を与えられ、それに対応するように、リボンの形で詩を「吐き出す」エピカックが、言葉を真の意味で飲み込んでいない、あるいは消化できていないということを示すことができるかもしれない。

【引用・参考文献】

Allen, William Rodney, editor. *Conversations with Kurt Vonnegut*. UP of Mississippi, 1988.

Beals, Kurt. "'Do the New Poets Think? It's Possible': Computer Poetry and Cyborg Subjectivity." *Configurations*, vol. 26, no. 2, 2018, pp. 149-77.

Bellamy, Joe David, and John Casey. "Kurt Vonnegut, Jr." *Allen*, pp. 156-67.

Freese, Peter. *The Clown of Armageddon: The Novels of Kurt Vonnegut*. Universitaetsverlag Winter, 2009.

Hoffman, Thomas P. "The Theme of Mechanization in *Player Piano*." *The Critical Response to Kurt Vonnegut*, edited by Leonard Mustazza,

Greenwood Press, 1994, pp. 5-14.

Karon, Jeff. “Science and Sensibility in the Short Fiction of Kurt Vonnegut.” *At Millennium’s End*, edited by Kevin Alexander Boon, State U of New York P, 2000, pp. 105-17.

Mustazza, Leonard. *Forever Pursuing Genesis: The Myth of Eden in the Novels of Kurt Vonnegut*. Bucknell UP, 1990.

Sadler, Frank. “Par-A-Dise and Science.” *West Georgia College Review*, vol. 11, 1979, pp. 38-43.

Scholes, Robert. “A Talk with Kurt Vonnegut, Jr.” *Allen*, pp. 111-32.

Simons, John L. “Tangled Up in You: A Playful Reading of *Cat’s Cradle*.” *Critical Essays on Kurt Vonnegut*, edited by Robert Merrill, G. K. Hall and Co., 1990, pp. 94-108.

Tally, Robert T. Jr. Kurt *Vonnegut and the American Novel: A Postmodern Iconography*. Bloomsbury, 2011.

Vonnegut, Kurt. *Cat’s Cradle*. 1963. Dial Press, 2010.（カート・ヴォネガット『猫のゆりかご』伊藤典夫訳、早川書房、一九七九年）

---. *Mother Night*. 1961. Dial Press, 2009.（カート・ヴォネガット『母なる夜』飛田茂雄訳、早川書房、一九八七年）

---. *Palm Sunday*. 1981. Dial Press, 2011.

---. *Wampeters, Foma & Granfalloons*. 1974. Dial Press, 2006.（カート・ヴォネガット『ヴォネガット、大いに語る』飛田茂雄訳、早川書房、二〇〇八年）

---. *Welcome to the Monkey House*. 1968. Dial Press, 2010.（カート・ヴォネガット『モンキーハウスへようこそ』伊藤典夫他訳、早川書房、一九八九年、全二巻）

諏訪部浩一『カート・ヴォネガット——トラウマの詩学』三修社、二〇一九年。

第四章
サイクルのなかの詩人気質のドリーマー
——ユージーン・オニールの『詩人気質』をめぐって

貴志 雅之

はじめに——サイクルのなかの『詩人気質』

一般に「自己を喪失した所有者の物語」（"A Tale of Possessors, Self-Dispossessed"）の総称で知られるユージーン・オニール（一八八八—一九五三）の「サイクル」は、一九三五年一月一日から四二年までに執筆された未完の連作劇群のことを言う。当初、四篇の作品より始まり、最終構想では一一の作品からなる連作劇群にまで拡大したサイクルは、ニューイングランドの旧家、ハーフォード一族の一七五五年から一九三二年まで約二世紀に及ぶ一族物語を描くものだった。「自己を喪失した所有者の物語」という総称は、この最終構想である「一一劇サイクル」を指す。サイクル一一作のうち現存するのは唯一完成した『詩人気質』（一九五八年）、『さらに大いなる館』（一九六七年）の第三稿タイプ原稿、[1]そして『南回帰線の凪』のシナリオのみである。その他の作品については断片的な創作ノートが残っているにすぎない。これら以外の草稿、ノートの大部分がオニールと妻カーロッタの手によって一九四三年及び一九五一年から五三年の二度にわたって破棄されている。

オニールは、生前最後となったハミルトン・バッソウによる一九四八年のインタビューで、サイクル創作の基本概念として物欲とその代償を払ってきたアメリカについて語っている。その内容は雑誌『ニューヨーカー』に「人物素描——悲劇観」と題して、一九四八年二月二八日、三月六日、一三日と三度にわたって連載された。以下はその最終三回目の連載記事に記されたオニールの言葉である。

いつか（中略）この国は報いを受けるだろう。本当に受ける。我々はあらゆるものを持って歩みだした——何もかもだよ——しかし必ず報いが来る。世界中のあらゆる国と同じ利己的で、欲深い道を我々は歩んできた。アメリカン・ドリームを口にして、世界にアメリカン・ドリームの話をしたがる、しかし、その夢とは何だい？　たいていは物質的なものの夢じゃないか？　ときに思うんだがね、合衆国は、そうした理由で、これまで世界が目にしてきたなかで一番の失敗国なんだよ。この国じゃあ、自分の魂を買うのに結構な代償を払ってきた——おそらくは、これまで支払われた一番高い値段だ——でもあなた方はこう思う。ずっと年月が過ぎてきて、さまざまなことを経験してきたのだから、我々はもう十分な分別を持っているだろうとね——我々みんながだよ——だから、人間の幸福の秘訣は詰まるところ、子どもでもわかる一文で要約できるってことを理解しているとね。その一文かい？　「たとえ全世界を手に入れようと、それで己の魂を失うなら、なんの得があるのだろう？」[2]

（Basso 230　筆者訳）

アメリカはアメリカン・ドリームという富の奪取と蓄積に終始する夢を追い続け、自己の魂をその代償としてきた。マタイの福音書第一六章二六節で示されたアメリカの根源的問題を、アメリカを象徴する一族の年代記を通して問い直し、アメリカ人に警鐘を発する。それがサイクル巨大構想に劇作家の使命を賭けたオニールの思いだった。

しかし、サイクル唯一の完成作である『詩人気質』のタイトルは、サイクルが描く物欲に駆られ、自己を喪失する所有者一族物語と相入れない響きを持つ。その『詩人気質』は、サイクルのなかでどのように位置付けられ、所有者と詩人気質はどのように関係し、本作がサイクル唯一の完成作となった意味とは何か。これらが本稿で取り上げる課題である。

一　コーネリアス・メロディの「詩人気質」？

『詩人気質』の舞台は、ボストン郊外のさびれた旅籠の食堂。この旅籠の亭主コーネリアス・メロディは、アイルランドのゴールウェイ出身ながら、かつてウェリントン公指揮下のイギリス軍第七近衛竜騎兵連隊配属の少佐となるほどの武功を挙げていた。しかし、ナポレオン戦争中のイベリア半島で貴族の妻と不義を犯し、その夫のスペイン貴族を決闘で射殺したことで軍を追われる。その後、故郷の土地家屋を売り、妻ノーラと娘サラを連れてアメリカにわたり、旅籠の亭主となった現在、家業に身が入らず、妻と娘を使用人のように働かせ、旅籠のやりくりを任せている。舞台は、近くの森の湖畔で一人小屋にこもって暮らすサイモン・ハーフォードが病気になり、この旅籠の二階でサラの看病を受けている状況から展開する。

作中、タイトルである「詩人気質」で言及される人物が二人いる。舞台に不在のサイモン・ハーフォードと、サラの父親コーネリアス・メロディである。まずは、本作の中心人物メロディに焦点を当て、彼が持つと言われる詩人気質について考える。

一幕、ノーラとサラがサイモンとメロディについて次のような言葉を交わしている。

ノーラ　（前略）（話題を変えて）ハーフォードのぼっちゃんは詩人気質なんだね――（考えもせず付け加えて）父さんと同じだねぇ。

サラ　（軽蔑して）可哀想に、母さん！　バイロン卿の詩をこれ見よがしに声だかに言ってるからって、父さんが詩人だって思うの？（*Poet* 195 筆者訳）

二人はサイモンの詩人気質を認めながら、メロディについては意見が分かれる。それでも、メロディの詩人気質を判断する共通の基準となっているのは、メロディが朗誦するバイロンの詩である。それを夫の詩人気質の現れと見る妻ノーラとは対照的に、娘サラは詩人気質の証とは考えない。本作でメロディがバイロンの『チャイルド・ハロルドの巡遊』（一八一二―一八年、以下『チャイルド・ハロルド』）の一節を朗誦する場面が四度ある。第一幕、朝から酒を煽るメロディが『チャイルド・ハロルド』を最初に朗誦する場面がある。「半島戦争時代の英国貴族が着ていたような、古くて高価な高級仕立ての服を洒落て優雅に身に纏（まと）い、苦悩するバイロンの主人公のような顔をして」（198）登場したメロディが、ウェリントン公の指揮下で戦ったタラベラの戦いの記念日の話をノーラとした直後の様子は以下のとおりである。

（前略）メロディは酒を飲み干して立ち上がり、両手を後ろに組んで歩き回る。三杯目の酒が効いてきて、彼の顔は傲慢なまでに自信に満ちてくる。左の壁掛け鏡に映る自分の姿をとらえ、その前で立ち止まる。几帳面に袖を払い、コートを整え、自分の姿を観察する。）ありがたい、俺にはまだ将校と紳士のまぎれもない印が残っている。運命が俺の精神を打ち砕こうとも、俺は最後までこうあり続ける！（彼は挑戦的に肩を怒らせ、鏡に映った自分の目を見つめて、バイロンの「チャイルド・ハロルド」を朗誦する。まるで、自分の人生を正当化するために誇りを呼び起こす呪文のように。）

世人を愛したこともなく、世人に愛されたこともない。
その悪しき息に媚びたこともなく、
その偶像に忍耐強い膝を折ったこともない、
頬に偽りの笑みを浮かべず、叫びをあげて

世評を崇めたこともない、群衆のなかにあって
我をその一人と思うなかれ、
彼らのなかに立とうと、その一人ではない……（203 筆者訳）

鏡に映る自らの姿を見つめ、バイロンの詩を朗誦するメロディは、飲んだくれた姿から突如、毅然と運命に立ち向かう孤高の主人公の様相を呈する。この彼の変身ぶりを解く手がかりとなるのはト書きにある「将校と紳士のまぎれもない印」である。かつて、武功の誉高い第七近衛竜騎兵連隊の少佐で、故郷アイルランドでは地主貴族、ジェントルマンであった自分が、今は無学なアイリッシュの常連がたむろする旅籠の亭主に甘んじている。その耐え難い屈辱感に悶々としながら、彼らの中にあって彼ら庶民とは別格の孤高の自分がいる。自らの存在を世界に宣言するその姿に「将校と紳士」の印を確証したいという思いが、メロディの変身ぶりに現れる。これが、メロディの詩人気質について妻子の判断を左右する彼の姿である。

問題は、メロディがこだわる「将校と紳士」の意味である。この意味を考えるには、彼の父親の時代に遡らなければならない。一幕冒頭、旅籠のバーのバーテン、マロイに、かつて半島戦争中メロディの部下であったクリガンがメロディの話をしている。メロディの父親はアイルランドのゴールウェイで盗人同然のもぐり酒屋をしていたが、金貸しと小作人搾取で財をなし、結婚後、数多くの猟犬を飼えるほどの地所を持つ。そして、ジェントルマンとして身を立てた。そんな折、妻が息子を生んで他界。一方、近隣の地主たちは誰も父親を仲間として受け入れるものはいなかった。まもなく近隣地主を見返すため、父親は息子を本物のジェントルマンに育てようと、多額の金をもたせてダブリンの学校に送る。しかし、息子は金だけでは上流社会に受け入れられない現実に直面する。そして、嘲笑う連中の一人の臀部に銃を放つ。これが息子メロディの最初の決闘となり、以来メロディのプライドは復讐に向けられ、常に挑戦する相手を探すようになる。

一幕ノーラはサラにメロディについてこう語っている。「父さんは、ジェントルマンなんだよ。大きな敷地のお城

でお金持ちに生まれて、大学で教育を受けたじゃないか。ウェリントン公の軍隊の将校じゃなかったかい――」(192)。事実、メロディについて語るノーラとサラ親子が口にするのは、ジェントルマン、プライド、そしてメロディがジェントルマンのプライドを誇示しようと乗るサラブレッドの牝馬(192-93)である。ジェントルマンになると思いながらイギリスのジェントリーに足蹴にされた父親のもとで育ったメロディは、幼いときから叩き込まれたジェントルマンとしての誇りと自負心を持ち続け、その一方で、酒に溺れ妻と娘に旅籠の切り盛りを任せながら、二人を無学なアイリッシュとして蔑む。そして、同じアイリッシュの同胞を「くずども」と嘲り、彼らが推す大統領候補ジャクソンと民主党ではなく、ヤンキーと同じクインシー・アダムズに票を投じると言い、アイリッシュのみんなが彼にいつか怒りの矛先を向けると危惧するノーラの危機感を煽る(193)。

ジェントルマンだと自負するメロディの階級意識とプライドは、武勇の誉高いメロディ少佐の自画像と相まって、彼のバイロンの朗誦はいっそう芝居がかったものになる。二幕、息子を連れ戻そうと現れたサイモンの母デボラに感銘を与えようと、「ウェリントンの竜騎兵連隊の少佐の鮮やかな真紅の軍服の正装に身を包んだ彼は、並外れてハンサムで、気品を感じさせる。驚くほどの、色彩豊かな姿で、これまで持っていなかった本物の資質、つまり、彼が本当に持っていた恐ろしく強い、軽蔑するほど恐れを知らない騎兵将校の資質を備えている。(中略)この軍服に身を包んだことで、彼は自信に満ちた傲慢さを取り戻している」(227-28)。

メロディが突如見せるメロディ少佐の威風堂々たる姿は、かつての栄光に陶酔する旅籠の亭主メロディが見せる別の顔である。その彼の過去の幻影を支えるのが、ジェントルマンの自負心と深紅の軍服、サラブレッドの牝馬、自身の姿を映す鏡、そしてバイロンを朗誦するメロディの観客となる妻と娘、アイリッシュの常連たちである。皮肉にも、メロディは幻想の自画像を支えてくれるアイリッシュの妻子と同胞を嘲り、見下す。その一方で、サラをサイモンに嫁がせ、アメリカのジェントリー、ハーフォード一族と縁を結ぼうと画策する。しかし、ハーフォードの弁護士ギャッツビーから手切れ金を渡されて激怒し、ハーフォードと決闘すると息巻いてハーフォードの大邸宅に向かうが、邸宅の前で警官に叩きのめされ、真紅の軍服は泥まみれになって帰ってくる。

最終第四幕、メロディは、かつてスペイン貴族を決闘で射殺した銃を手に馬小屋に入っていき、自らの存在証明であった牝馬を撃ち殺す。そして、ノーラとサラの前に現れ、これまで忌み嫌っていたアイルランド訛りで二人に話し始める。

（前略）おめえらを苦しめようって訛っとるんじゃねえよ、なあ。芝居もしてねえ、サラ。あれは少佐のお遊びだった。おめえら二人が文句を言うのも、そりゃあ変だろう。俺が生まれついての言葉でおめえらみたいにしゃべって、死んじまった哀れな、老いぼれ嘘つきの狂人、国王陛下の第七竜騎兵のコーネリアス・メロディ少佐が昔やってたみてぇに気取ったりしねえからってな。（中略）だが奴はもう死んで、あとに残ったちょっとばかりの嘘の誇りも殺されちまって、死臭がしてらあ。（彼は安らぎを与える、心からの愛情を込めてノーラの手を撫でる。）だから、もう安心すりゃあいい。奴はもうお前らを嘲笑って痛めつけたりせんし、ギントルマンぶって、誇りや名誉みてえな無駄口をたたくことも、過ぎた昔の決闘を自慢することも、ヤンキーの奴らに見栄張って、笑われて、酔っ払って綺麗なサラブレッドの牝馬に乗って跳ね回ることもしねえよー（嗚咽をこらえるように息を飲む。）牝馬も死んだしなあ、かわいそうに。（中略）彼女（牝馬）は、言ってみりゃ生き証人じゃなかったか、奴の嘘の自慢話と夢全部のな。奴はまず片方のピストルで彼女を殺して、もう片方で自分を殺そうとした。そんでも、彼女を殺した弾が自分も殺してるってわかった。老いぼれ狂人には大して誇りも残ってなかったしな、彼女が死ぬのを見て、奴も一巻の終わり。だからわざわざ自分を撃つなんてせんかった！　死体に一発なんて狂気の沙汰じゃねえか！（彼は下品な笑い声をあげる。）（272-73 筆者訳）

ジェントルマン、メロディ少佐のプライドを踏み躙られて初めて、メロディは幻想を捨てる。そして、アイリッシュである自分を受け入れ、愚かなアイリッシュの証とばかりに蔑み、忌み嫌っていたアイルランド訛りで話しだし、妻子そして旅籠のバーに入り浸るアイリッシュ仲間のなかに入っていく。かつての栄光と身分の幻影に陶酔していたメロディが、アイリッシュの旅籠の亭主である自分を生きる。その踏ん切りをつける姿で幕となる。

メロディの詩人気質とは何であったのか。メロディ少佐の軍服を身に纏(まと)い、鏡の前で『チャイルド・ハロルド』を朗誦する。その朗唱と詩人気質の装いは、アメリカにおいてなお蔑まれるアイリッシュの屈辱感を紛らわす虚栄の反映、庶民とは違う孤高のジェントルマン、国王陛下の誇り高き将校メロディ少佐の自負心を満足させる仮面、あるいは詩人・ジェントルマンを自己演出するメロディの懸命な偽装・演技に映る。その偽装によって現実の自分の姿に目を背けてきたメロディは、偽装を捨て、苦渋と諦めが交錯するなかでアイリッシュ庶民である自分を受け止めざるをえない。メロディは詩作する詩人でもなければ、詩人の気質を持った人物とも言い難い。

二　メロディが映すバイロン的ヒーローのアウラ

しかし、今一度バイロンの『チャイルド・ハロルド』を朗誦するメロディの所作と姿に目を向けると、バイロン的ヒーロー(Byronic hero)の似姿がメロディを通して映し出されてくる。以下はその様子を描く二幕のト書きである。

> 彼は上手前方にあるテーブルの後ろに座る。気高く、憤慨し、尊大で、悲劇的な運命に抗い、過去の栄光を思い悩むバイロン的ヒーローのような気取ったポーズを取る。しかし、観客がいない彼は、それを続けることができない。肩が落ち、テーブルの上を見つめる。絶望と敗北が、その破滅的でハンサムな顔に本当の悲劇の痕跡をもたらす。(210　筆者訳)

さらに三幕、バイロン的ヒーローを自己演出するメロディの姿が描かれる。

> (前略) しかし、前二幕と同様、鏡は彼を惹きつけ、バーのドアから鏡の前に移動すると、彼は再び傲慢なバイ

ロン的ポーズをとる。彼は鏡の前でパントマイムを細部まで繰り返す。彼は誇らしげに語る。）最後まで自分自身を貫く！　弱音は吐かない、だから助けてくれ、神様！（通りのドアがノックされるが、彼には聞こえない。彼はバイロンから引用したおなじみの呪文を唱え始める。）

「世人を愛したこともなく、世人に愛されたこともない。
その悪しき息に媚びたこともなく、
その偶像に忍耐強い膝を折ったこともない……」（244　筆者訳）

『チャイルド・ハロルド』を朗誦する自らの姿を鏡に映し、庶民とは異なる特別な存在であると公言する傲慢なまでのバイロン的ヒーローの姿を自分に重ね合わせ、舞台で一人脚光を浴びる自身の姿に陶酔する役者メロディの姿が浮上する。

「バイロン的ヒーロー」とは、よく言及されるルパート・クリスチャンセンが引用した初代マコーリー男爵トーマス・バビントン・マコーリーによる定義では、「誇り高く、不機嫌で皮肉屋、眉に反抗心が現れ、心に不幸を抱え、同類を蔑み、復讐に燃えるが、深く強い愛情を持つことができる男」を指す（Christiansen 201）。P・N・マドゥスダナによれば、多数の文学研究者や歴史家が、最初の文学上のバイロン的ヒーローがバイロンの叙事詩『チャイルド・ハロルド』の主人公チャイルド・ハロルドであるとともに、バイロン自身であると考えたと論じ、その根拠として「彼が生涯を通じて、自分の著作で有名になるような文学的ヒーローの特徴を身をもって示した」点を挙げている（Madhusudana 96）。マドゥスダナはさらに、「バイロン的ヒーローがロマン主義のヒーローの原型の極端な変奏」とした上で、バイロン的ヒーローの特質を以下のように論じている。

バイロン的ヒーローは通常、従来のロマン派のヒーローよりも心理的、感情的に複雑な度合いが高い。バイロン的ヒーローは、伝統的なヒーローの美徳や価値観を真っ向から否定するだけでなく、顕著な知性と狡猾さ、強い愛情や憎悪の感情、衝動性、強い官能的欲求、不機嫌、皮肉屋、暗いユーモア、病的な感性も特徴である。さらに、バイロン的ヒーローは、他人とできるだけ異なる存在になることを目的として、実物よりも大きく見え、凝った衣装やスタイルを身につける傾向にある。(96 筆者訳)

重要なことは、「当時の既存の価値観や西洋の伝統的な文明観に疑問を持ち、それに反対した」バイロンを反映して、「バイロン的ヒーローは一種の反伝統的な価値観を表す傾向があり（中略）ニーチェと彼の理論における『スーパーマン』を読者に思い起こさせる」点である (99)。既存秩序への反逆児としてのバイロン的ヒーローの影響は、欧米の文学に広く認められる。ピーター・コクランはその代表的例として、プロスペル・メリメ作『カルメン』（一八四五年）のドン・ホセ、ジュール・ヴェルヌ作『海底二万マイル』（一八六九年）のネモ船長と並んで、もっとも顕著な例として『モンテ・クリスト伯』（一八四四–四六年）のエドモン・ダンテスを挙げている (Cochran 2)。しかも、本作の作者アレクサンドル・デュマのバイロンへの陶酔ぶりを特筆している (7-8)。

ここで思い起こされるのは、『モンテ・クリスト伯』のエドモン・ダンテスを当たり役として演じ続けた名優、オニールの父ジェイムズ・オニールの姿である。当時の観客は、ジェイムズをダンテスと同一視するまでに熱狂した。皮肉にも、『モンテ・クリスト伯』の安易な商業的成功のために、長年この作品を演じ続けた結果、ジェイムズはエドウィン・ブースと並び称されるシェイクスピア俳優となるだけの膨大な才能を犠牲にしていった。それは『夜への長い旅路』（一九五六年）の第四場、息子エドモンドを前に、「あの忌まわしい芝居」が自分を駄目にしたと苦渋の過去を回想するジェイムズ・タイロウンの言葉として語られている (*Long Day's Journey* 807-10)。

注目すべきは、ジェイムズ演じるエドモン・ダンテスが、当時の観客を魅了した事実である。彼のダンテスにバイロン的ヒーローのアウラを感じ取った観客は多数いたと思われる。そして『詩人気質』でバイロン的ヒーローの原型となるチャイルド・ハロルドのごとく『チャイルド・ハロルド』を朗誦するメロディもまたバイロン的ヒーローの似姿を映す。

詩人偽装と思われたメロディの『チャイルド・ハロルド』朗誦時の所作と表情、声の響きは、バイロン的ヒーローとともにダンテスを演じた役者ジェイムズ・オニールの姿を蘇らせる。そしてまたメロディにオーバーラップするジェイムズの姿は、アメリカが直視することのなかったアイリッシュ移民の苦難の足跡をこの国の歴史の断章として映し出す。『チャイルド・ハロルド』を朗誦するコーネリアス・メロディが纏うアウラは、詩を詠む詩人の気質ではない。それはバイロン的ヒーローとそのアウラを纏った役者ジェイムズ・オニールの残照として立ち現れてくる。

三　舞台に不在の詩人気質のドリーマー、サイモン・ハーフォード

舞台中心で観客の視線を集めるメロディとは対照的に、「詩人気質」の持ち主として登場人物たちの話題にのぼるサイモン・ハーフォードは、舞台に登場することはない。しかし、サイモンを巡って語られるハーフォード一族物語は、現代に至るハーフォードの男たちが受け継いだ致命的特徴と、所有者となる女たちの姿を観客の脳裏に刻んでいく。一幕当初より、サイモンが天性のドリーマーであることがサラによって語られる。

サラ　そうね、彼はもう回復してきてるし、湖畔の丸太小屋に戻るまで長くかからないわ。

ノーラ　この一年、彼があそこで何やってんのか、母さんにゃあ、まったく見当もつかないねえ。浮浪者か鋳掛屋みたいな生活してさあ、金持ちの紳士の息子さんなんだろう。

サラ　（優しく微笑んで）ええ、彼はあんなふうに見える人たちと違うし、他の誰とも違うのよ。生まれつきのドリーマーで、素晴らしい夢をたくさん持ってて、とっても真剣に考えてんの。前に言ったでしょ。彼はお父様の会社から離れたがってるって。そこでハーバード大を卒業して一年間働いたんけど、商売するのが好きじゃなかったの。たとえ、自社の船で全世界と取引するような大企業でもね。

ノーラ　（うなずいて）そんなふうに本物の紳士ってえのは感じるのかねえ――

サラ　原野で一人で暮らして自分が独立してるって証明したかったのよ。自分の小屋を建てて、すべての仕事をこなして、シンプルに自活する、そして自然との一体感を感じて、人生の意味についての立派な考え方に思いを巡らしたり、どうやったらみんながお金や土地を持とうと欲張ったり、互いを出し抜こうなんてしないで、少しのことで満足して平和で自由に一緒に暮らすように世界を変えることができるかっていう本を書きたいの。まるで地上の天国みたいなところね。（彼女は愛おしげに笑い、そして少し嘲笑的になって。）全部は覚えてないんだけどね。クレイジーにも思えるわ、みんなの様子を考えると。彼はまだ何も書いてないのよ、とにかく、メモだけね。（コケティッシュな笑みを浮かべて。）この二、三ヶ月、彼が書いたのは恋の詩だけよ。

（195　筆者訳）

ここでサイモンはヘンリー・デイヴィッド・ソロー（一八一七―一八六二）を彷彿とさせる人物として語られる。ソローは、コンコードの近郊にラルフ・ウォルド・エマーソン（一八〇三―一八八二）所有の森にあるウォールデン池畔に丸太小屋を建て、自然の中で二年二ヶ月にわたって自給自足の素朴な生活を送り、その生活体験を『ウォールデン――森の生活』（一八五四年）にまとめた。ソローと同じくハーバード出身のサイモンは、大企業の御曹司でありながら、家業のビジネスを嫌い、自然のなかで自活するなかで、どうすれば人間が所有欲・物欲から解放されて、「少しのことで満足して平和で自由に一緒に暮らすように世界を変えることができるか」を思索し、本にまとめようとしている。ただ、メモ以外まだ何も書いておらず、「素晴らしい夢」を持ってはいるが夢を実現する能力は疑わしい人物である。詩人気質の持ち主と言われながら、彼が書いたものはいくつかの恋の歌に過ぎず、それも舞台で読まれることもなく、物欲・所有欲から解放される人間の理想を謳う詩作の様子もない。サラがサイモンの人柄を端的に捉えたように彼は「生まれついてのドリーマー」なのである。

オニール作品において詩人あるいは詩人気質を持つとされる登場人物は、みな一様に実現しがたい夢や理想（ときとして白昼夢）を追い求めるドリーマーとして描かれる。彼らは世俗的利害と物欲に縛られず、理想を夢見て、その世界に陶酔する。しかし、現実との軋轢のなかで自己破綻、自己矛盾の道を歩む場合が多い。サイモンもその例外ではない。彼が理想家・ドリーマーと所有者の衝動の狭間で自己破綻に苦しむのは次作『さらに大いなる館』においてである。しかし『詩人気質』で、その展開を予期させるハーフォード一族の男たちの物語がサイモンの母デボラによってサラに向けて語られる。

> サイモンと会うのは、彼が自然に抱かれた自己解放を求めて家を出て以来ね。（中略）あの子は自然のなかで純粋な自由があれば書けるって願ってた詩が、結局はバイロン卿のお粗末な真似でしかなかったって痛いほどわかって、これまで以上に意気消沈すると思ってたの。（微笑んで）でもね、明らかに彼は、その見返りに新しいロマンチックな夢を見つけたようね。そうなるってわかってたんですけど。サイモンはドリーマーなのよ、その弱点は私から受け継いだの。ただ、ハーフォードの人たちが、彼らなりに大変なドリーマーであったことは認めないといけないわ。私の夫でさえ、保守的で物質的な夢を持っているの。サイモンには、ついさっき釘を刺したところなの。彼の父親は自分の夢に従わないと容赦なくて、とっても現実的な方法で夢を守るってね。（223 筆者訳、傍線筆者）

ドリーマーというサイモンの性格はデボラから受け継いだものであるとともに、ハーフォード家代々の男たちに伝わる共通の特徴であることが語られる。しかも、ドリーマーの夢には、サイモンのような世俗から離れた自由のなかで自分らしく生きる夢と、大企業の経営者である彼の父親のように「保守的で物理的な夢」、つまり、企業の利潤追求と成長そして市場の支配力強化という実利的で物質主義的な夢がある。デボラは二幕でサイモンが「真の詩人」だと信じるサラに向かって注意を促す。デボラが語るのはサイモンのような夢物語を追い求めたハーフォードの男たちの姿である。

あなたが、サイモンのそれ［詩人気質］を褒めるのは当然だわ。でも、言っておくわ、その資質はハーフォードの男の場合、女性が素晴らしいと思い続けるのは難しいの。私が知っている一族の歴史から判断するとね。サイモンの曽祖父ジョナサン・ハーフォードもそうだっだ。彼はバンカー・ヒルで戦死したけど、独立戦争は彼にとって単なる象徴的なチャンスだったと思うの。彼の個人的な戦争だった、きっと。純粋な自由のためのね。サイモンの祖父エヴァン・ハーフォードもその資質を持ってたわ。純粋な自由を求める狂信者だった彼は、我が国の独立革命を軽蔑するようになった。独立革命が理想に対してあんまりたくさん妥協しすぎて、彼は自由になれなかったのよ。彼はフランスに渡って、熱狂的なジャコバン党員になって、ロベスピエールを崇拝したわ。清廉な贖罪者とギロチンにかけられたかったんだけど、あまりに取るに足らない存在で、彼らはただ彼を殺し忘れたの。彼は故郷に帰って、今は私の庭になってるところの片隅に小さな自由の神殿を建てて住んでた。今でもそこにあるわ。彼のことをよく覚えている。そっけなくて、優しくて、残酷、負けん気が強くて、つまらない老いぼれ理想家で、フランス共和国親衛隊の古い軍服をよく着てたわ。それを着て死んだの。（224 筆者訳）

サイモンの曽祖父、祖父ともに「純粋な自由」を求めながら、最後には取るに足らない存在として一生を終えたドリーマー、理想家だった。デボラはこうしたハーフォードの男たちの姿を息子サイモンに見出し、サラに警告する。

ハーフォードのドリーマーたちは、「純粋な自由」の夢に陶酔する一方、現実を認識し対処する能力に欠け、理想を語っても、理想を追求する信念と実行力が伴わない。それはサイモンの詩作にも当てはまる。彼はソローのような生活を送ろうとしても、ソローが行った緻密な自然観察も超絶主義的思考を思索することもなく、内容が明かされることのない恋の詩以外、彼が詩を詠む姿も、彼が書いた詩が読まれることもない。彼が見せる詩人気質の装いは、自ら思い描いた自分の姿に陶酔した曽祖父、祖父のように、詩人の姿・イメージへの憧れから詩人の自分を想像するドリーマーの自己暗示の所作・言葉に映る。ただ、物欲やビジネスには関心がない詩人気質のドリーマーと思われるサイモンについて、サラは一幕で次のように語っている。「他人に自分を支配させないってことになると、彼は優しさの裏に自分自身の意志を持ってるの。彼の詩や夢の裏にだって、したいことは何でもするという意志を感じるの」（197）。しかし、本作でサイモンの詩作に強い意志が具体化される記述はない。彼の意志の強さと能力が発揮されるのは、サイモンがドリーマーとともに実業の才も生まれ持っていたことが明らかになる『さらに大いなる館』においてである。この作品で、サイモンは父の会社を吸収し、「勝利は善、敗北は悪」を唯一の道徳律とする（*Mansions* 388）非常な辣腕実業家として成功を収めていく。しかし、そうした所有者の資質とジャン＝ジャック・ルソーに倣い理想とする市民平等と性善説を説く本の執筆を切望する「詩人・ドリーマー」の資質との矛盾、母デボラと妻サラの確執と二人への心理的依存が深まるなかでサイモンは葛藤し、最後には精神的破綻をきたすことになる。

一方、ドリーマーの男たちの側でハーフォードの女たちは、強力な所有者になっていく。『詩人気質』の二幕でデボラはサラに次のように語っている。

> でも、問題はね、ハーフォードの男たちは自由を追い求めることで、あなたには想像もつかないほどの復讐心に満ちた憎しみを、人生を共にした女たちに負わせたかってこと。ジョナサンの義理の三人の娘、つまりエヴァンの異母姉妹たちは、私掠船と北西部貿易で貪欲なほど巨万の富を築いて、最後には奴隷貿易で利益を得るまでになっていった。わかるでしょ、それが、自由という隷属化から逃れる彼女たちの長い戦いで一番の勝利だった。もちろん、エヴァンの妻もこの争いに巻き込まれて、彼女たちの道具、共犯者になったわ。彼女たちは私を所有しようとさえしたけど、私はなんとか逃げ出せたの。老いた、貪欲な指がつかめる肉体の中に私はほんのわずかしか残ってなかったから。あの女（ひと）たちが死んでしまって、あなたを知ることができないのは残念ね。彼女たち、あなたを認めたと思うわ。あなたが強くて野心的で、欲しいものは手に入れる意志を持ってるって、わかったでしょうから。彼女たちは老いて飢えた蛇のように微笑んで、あなたを自分たちのとぐろの中に歓迎したでしょうよ。（彼女は笑う。）（224 筆者訳）

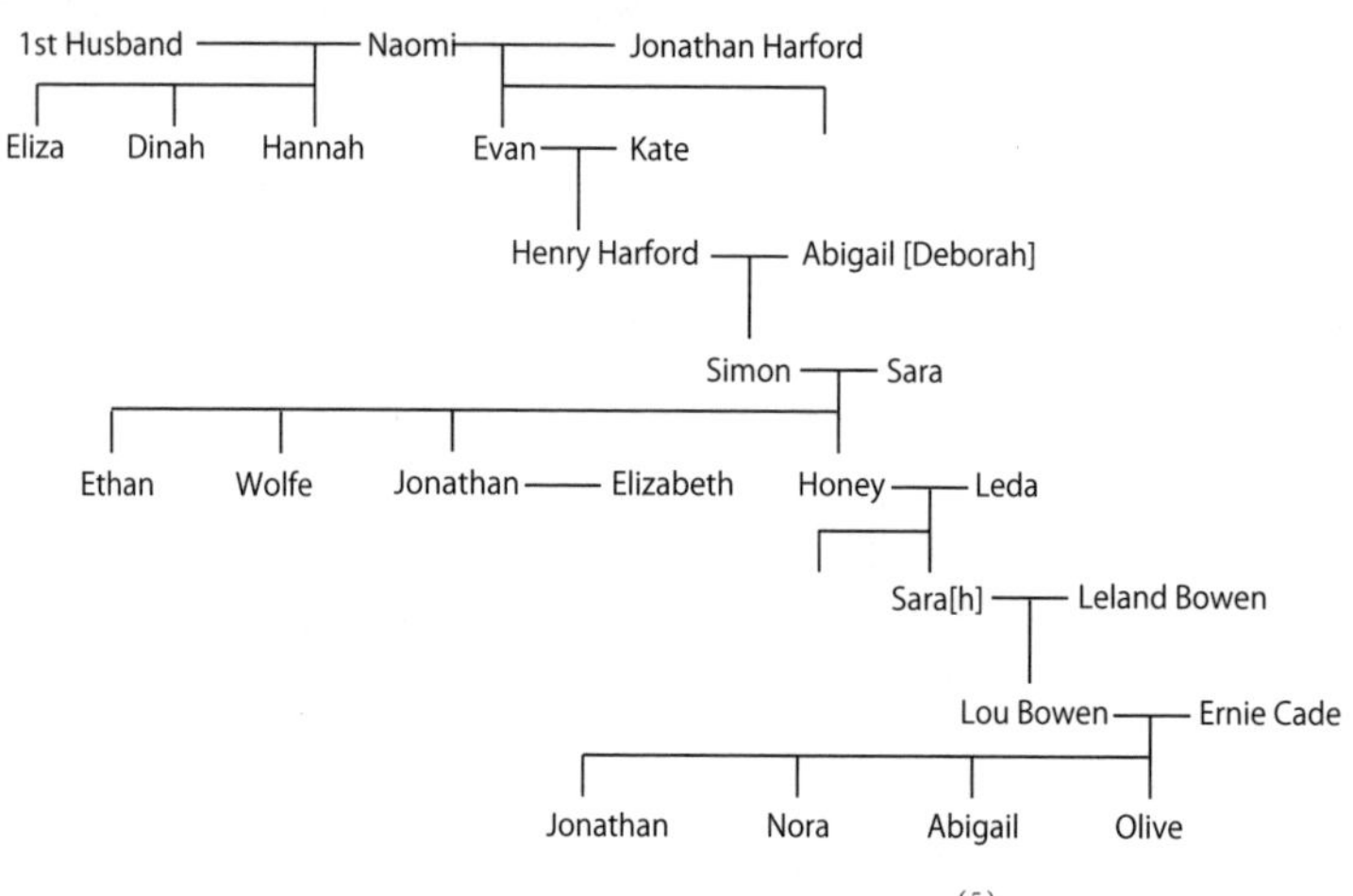

【図版 1】ハーフォード一族家系図(5)

家族・家業を顧みず、自由を求めて勝手気ままな生活を送るドリーマーの男たちの側で、女たち三姉妹(3)は自由に彷徨する男に恨みを募らせ、家の商売を切り盛りする中で商取引の才を高め、男への復讐心と憎しみを果てることのない富の獲得に解消していった。こうして私掠船の操業、北西貿易、ついには奴隷貿易に手を染めて、所有者への道を突き進んだ。男たちの夢想癖が、女たちをさらなる所有者への道に駆り立てていったのである。そしてハーフォードの妻となった女たちは、次々と所有者三姉妹の道具となり、共犯者となっていった。彼女たちから逃れたと語るデボラは、この女所有者の家系にあって異質な自分の資質をサラに語るが、それが彼女自身が認めたドリーマーの資質であるのは想像に難くない。そのデボラがサラに三姉妹と同じ資質、所有者としての資質を認める。(4)『さらに大いなる館』のエピローグで、所有者の姿を現すサラは四人の息子の将来を次のように計画する。イーサンは船団を持ち、ウルフは銀行を、ジョナサンは鉄道を所有し、ハニーはホワイト・ハウスに入り、各自が富、権力、広大な屋敷を所有する。つまり、一族で海運、金融、鉄道、政治と、政財界を支配するダイナスティを築く構想をサラは抱く(*Mansions* 559)。

『さらに大いなる館』の続編となる『南回帰線の凪』の一幕二場、

サイモンが亡くなった直後、サラは夫の死で自由になった今、四人の強い息子とこの世の富、権力、望むものすべてを手中にしようと決意する（*Capricorn* 25）。そして、長男イーサン死後、次男ウルフは銀行家に、三男ジョナサンは鉄道王へ、四男ハニーは政治家への道を進んでいく。サラは自らの野望を、こうして息子たちによって実現させていく。

サイクルにおいて、自由追求の夢に陶酔して現実逃避を図るドリーマーの男たちの姿が、女たちをしたたかな所有者にしていく。彼らに漂う詩人気質の装いは、必ずしも詩人であることを意味するものではなく、ドリーマーの資質の現れである。彼らは現実を見ず、自由の夢・理想の世界に陶酔する一方、現実問題（責任・社会・女性）から逃避傾向にある（Bower 143）。その一方、『さらに大いなる館』のサイモンに見られるように、ドリーマーの欲求に蓋をして、飽くなき所有欲が命じるままに物理的富の獲得競争に邁進していけば、男＝ドリーマーは所有者の仮面のもとで自己破綻を引き起こす。それが『詩人気質』の二幕でハーフォードの男たちが取り憑かれた夢を指してデボラが語った「家族の呪い」（*Poet* 225）の正体である。そして、自己を喪失する男たちの側で、女たちは飽くなき所有者の存在感と力を増していく。

おわりに――「自己を喪失した所有者の物語」のなかの『詩人気質』

『詩人気質』で、ハーフォード家の御曹司サイモンがアイリッシュの娘サラと出会い、二人は恋に落ちる。次作『さらに大いなる館』で二人は結婚し、サラはハーフォード家の妻となり、さらに次の作品『南回帰線の凪』では次世代のハーフォード一族を担う四人の息子の母となる。つまり、『詩人気質』は、ヤンキーのハーフォード一族にアイリッシュのメロディ家の血が混じり、アメリカの政財界を支配することになる次世代のハーフォード一族物語に繋がるサイモンとサラの出会いを描く。その点で、サイクル全体構想の大転換点、核となる作品として現れてくる。それだけではない。本作と次作『さらに大いなる館』への物語展開から、サイクル作品に通底した、対峙しつつ表裏一体をなす所有者の物欲・所有欲とドリーマーの（詩人）気質の関係性が映し出されていく。物質的富と権力の獲得奪取の夢（野望）に憑かれた所有者もまたドリーマーである。ただ、所有者は夢の実現のため現実の状況を見極め、あらゆる手段・策謀を駆使し、競争原理のもとでライバルを凌駕し、弱者を飲み込み、排除し、潰す。一方、ドリーマーは現実からの逃避を求めて夢（白昼夢）の世界に逃避する。『詩人気質』のサイモンの夢は理想の追求という点では白昼夢とは言い難い。彼はソロー的生活を森の湖畔で送るなかで自由を謳う詩作を目指し、『さらに大いなる館』では、実業家の辣腕を奮う一方、ルソー的市民平等と性善説の理想を説く書物の執筆が常に彼の頭の中にある。しかし、サイモンは詩と書物いずれも執筆することはない。『詩人気質』で高邁な理想・夢を持ってはいても実現する力はなく、詩作という口実で現実逃避の生活に浸っていたサイモンは、『さらに大いなる館』で弱肉強食の非情な実業家と人道主義的理想家、二つの自己の間で葛藤し、彼をめぐる妻と母の欲望の狭間で精神的破綻をきたす。

元来、夢と理想は、富を蓄え、豊かで幸せな暮らしをするための力を求める欲望とは相容れないものではない。一七世紀、ヨーロッパの宗教的対立・弾圧を逃れてアメリカへ渡った初期移民以来、旧世界の歴史社会的縛り、飢饉、不作、社会不安によって祖国を逃れ、海を渡った多数の移民たちにとり、アメリカは豊かで自由な生活を送るという夢と理想を実現する「約束された大地」だった。しかし、彼らのアメリカン・ドリームは「たいていは物質的なものの夢」になり、「利己的で、欲深い道を我々は歩んできた」姿がオニールの目に映ったアメリカ人とアメリカの姿だった（Basso 230）。理想や理念がなおざりにされ、実利的、物質的な富と権力のみを追求する所有欲と意志が、社会を席巻し、個人の魂を侵食する。その道程を歩みつづけるアメリカに対するオニールの危機感と警鐘が、サイクルに込められている。詩作にあこがれながら、詩作のできないサイモンの「詩人気質」は、さらなる所有と支配を欲望して猛進してきたアメリカ人が等閑にし、喪失した自己の夢と理想の残映に映る。しかしまたサイモンに漂う「詩人気質」は、アメリカ人が所有欲の代償として置き去りにした理想と夢を追求する心の残照であり、そうした夢が活力を失い、白昼夢に堕したアメリカ人の心象風景を投影する。所有欲に突き動かされる力ある所有者と、理想と夢にのみ居場所を求める力無きドリーマー。前者が席巻するアメリカが「自己を喪失した所有者」の国への道を歩み続ける。これがサイクル創作当時のオニールの目に映ったアメリカの姿、ハーフォード一族によって象徴されるアメリカの今ではなかったか。

『詩人気質』のタイトル「詩人気質」はサイクル「自己を喪失した所有者の物語」のテーマと相容れないものではない。むしろ、喪失した自己の残像であり、所有者の心の片隅にも残るドリーマーの残映としてサイクルの舞台に遍在する。その意味で『詩人気質』は、サイクルの物語展開の転換期を描くとともに、ハーフォード一族物語に底流する基本コンセプト「所有者」と「詩人気質」の表裏一体性を象徴的に描くサイクルの核となる作品である。本作がサイクル唯一の完成作となったのも未完に終わる連作劇群サイクルの核だけは遺したいとするオニールの思いの故であったと考えられる。(6)そして、『チャイルド・ハロルド』を朗誦するコーネリアス・メロディの姿が映すジェイムズ・オニール演じるエドモン・ダンテスのバイロン的ヒーローの似姿は、本作が持つもう一つの重要性を浮かび上がらせる。「自己を喪失した所有者」の道程を歩んできたアメリカという国家と、その表象的一族ヤンキー・アイリッシュのハーフォード一族の家族物語、さらに作者オニールの父ジェイムズに代表されるオニールの家族、これら三者をリンクし、アメリカとアメリカ人の今に至る姿を歴史的に描き出す。そうした「自己を喪失した所有者の物語」構想の青写真が見えてくる。これがサイクル巨大構想のなかで、唯一完成した『詩人気質』に付与された最大の意味であるように思われる。

【註】

（1）第三稿タイプ原稿をマーサ・ギルマン・バウアーがほぼ完全な形で編集した無削除版が『さらに大いなる館』としてオニール全集第三巻に収録され、定番テキストとなっている（*Complete Plays* pp. 993-94）。

（2）マタイの福音書第一六章二六節からの引用。

（3）オニールの『創作日誌』によれば、一九四〇年一〇月二四日から一一月一三日まで、オニールは一一劇構想に基づく最初の新たな四つの作品のノートとアウトラインを執筆する。一一月一四日、オニールは一一劇計画に合わせて五番目六番目となる『詩人気質』と『さらに大いなる館』書き直しのための覚書を記しているが、この日の『創作日誌』には「サイクル（一一劇）（「詩人気質」と「さらに大いなる館」―三姉妹をこれらの作品に導入した新たな作品計画へ書き直しのための覚書）」（*Work Diary* II 393）と記されている。トラヴィス・ボガードによれば、「三姉妹」とはアビゲイル［デボラ］の夫、ヘンリー・ハーフォードの祖母ナオミが無名の農夫との間に儲けた三人の姉妹、エリザ、ダイアナ、ハナを指す。ボガードはこの三姉妹を「運命のトリオ」、「家族に強欲の呪いをかけた魔女たち」と呼んでおり、彼女たちの母「初の女所有者」ナオミ（Bogard 381-82）の「物欲」、「所有欲」を継承したさらに強力な女所有者姉妹であると考えられる。この三姉妹を含め、サイクル一一作各作品の概要については、ボガードがハーフォード一族の家系図とともに説明している（380-93）。

『詩人気質』でデボラは、ドリーマーの自分と三姉妹との「絆」に触れながら、彼女たちについて二幕で以下のように回想している。

老いぼれ魔女たち！　忌まわしい、でも結局は、あの姉妹たちは立派だと思うし、それでいて憐れに思わないわけにいかないの。私たちには共通の絆があってね。あの姉妹たちもナポレオンを崇拝していたし、彼が唯一結婚してもいい男だってよく言ってた。私も自分がジョセフィーヌになった夢をよく見たわ。結婚した後もよ。姉妹たち、ってみんな呼んでたんだけど、そして家族みんな私と夫のハネムーンについてきて、パリに行って皇帝の戴冠式を見たわ。（*Poet* 225 筆者訳）

（4）サラの所有者の資質は、サラ自身の言葉にも表れている。一幕サラは母ノーラに次にように話している。「この国じゃ、すきなだけ出世できるのよ（中略）お金と力さえあればね（熱心に）ああ、もしあたしが男で、彼［サイモン］が持ってるようなチャンスがあれば、実現できない夢なんてないわ」（194）／「愛したって、男の奴隷にはならない。（中略）彼と結婚するわ、母さん。それが私が身をたてるチャンスだし、何にも邪魔させたりしない」（196）。

（5）ボガードによるハーフォード一族家系図（Bogard 1988, 380）を参照しつつ、さらに以下のイエール大学バイネッケ図書館所蔵のオニール草稿及び資料に基づいて筆者が作成した家系図である。

Za / O'Neill / 66：“Career of Bessie Bowlan” (“The Life of Bessie Bowen”)
" " 83：NOTEBOOK [1932-1935]
" " 98：Cycle: TECHNIQUE (SCHEMES - OUTLINES NOTES)
" " 99：Cycle: HISTORICAL DATES - PERTINENT FACTS - ETC.
" " 106：“The Hair of the Dog”
" " 107：“The Man on Iron Horseback”

（６）一九四二年二月一六日付の『創作日誌』には以下のように記されている。「サイクル——詩人気質（一一劇の第五作）（本作を書き直し、少なくともサイクルの一作は確実に最終的に完成させられるかもしれない）」（*Work Diary* II 429）。

【引用文献】

Basso, Hamilton. “Profiles: The Tragic Sense.” *Conversations with Eugene O'Neill*, edited by Mark W. Estrin, UP of Mississippi, 1990, pp. 224-36.

Bogard, Travis. *Contour in Time: The Plays of Eugene O'Neill*. Rev. ed., Oxford UP, 1988.

Bower, Martha Gilman. *Eugene O'Neill's Unfinished Threnody and Process of Invention in Four Cycle Plays*. Edwin Mellen Press, 1992.

Christiansen, Rupert. *Romantic Affinities: Portraits From an Age, 1780–1830*. Cardinal, 1989.

Cochran, Peter. “Prosper Merimée, Jules Verne, Alexandre Dumas, and the Commodification of the Byronic Hero.” *Proceedings of the 37th International Byron Society Conference, June 27-July 1, 2011*. International Association of Byron Societies, 2011, pp.1-11, https://www.internationalassociationofbyronsocieties.org/files/proceedings/valladolid/cochran.pdf. Accessed 17 May 2023.

Floyd, Virginia, *The Plays of Eugene O'Neill: A New Assessment*. Frederick Ungar, 1985.

Madhusudana, P.N. “Byronic Characters an Intimate Study in a Modern Context.” *International Journal of Creative Research Thoughts*, vol. 7, issue 2, May 2019, pp. 96-102. https://www.ijcrt.org/papers/IJCRT1133200.pdf. Accessed 19 May 2023.

O'Neill, Eugene. *The Calms of Capricorn: A Play Developed from O'Neill's Scenario by Donald Gallup*. Ticknor and Fields, 1982.

---. *Complete Plays of Eugene O'Neill III: 1932-1943.* Edited by Travis Bogard, Library of America, 1988.

---. *Long Day's Journey into Night. Complete Plays of Eugene O'Neill III: 1932-1943*, edited by Travis Bogard, Library of America, 1988, pp. 713-828.

---. *More Stately Mansions. Complete Plays of Eugene O'Neill III: 1932-1943*, edited by Travis Bogard, Library of America, 1988, pp. 283-559.

---. *A Touch of the Poet. Complete Plays of Eugene O'Neill III: 1932-1943*, edited by Travis Bogard. Library of America, 1988, pp. 181-281.

---. *Work Diary, 1934-1943*, transcribed by Donald Gallup, preliminary ed., vol. 2, Yale UP, 1981.

貴志雅之『アメリカ演劇、劇作家たちのポリティクス――他者との遭遇とその行方』金星堂、二〇二〇年。

第五章
北米の一詩人に魅せられて
――阿部知二の卒業論文「詩人エドガー・アラン・ポウについて」

池末 陽子

はじめに

昭和元年（一九二六年）一二月二八日、作家阿部知二（一九〇三―一九七三）は「詩人としてのエドガー・アラン・ポウ」と題する卒業論文を東京大学英文本科に提出した。一九世紀中葉のアメリカ作家エドガー・アラン・ポウ（一八〇九―一八四九）の名前は、日本の本格的探偵小説の草分け的存在である江戸川乱歩（一八九四―一九六五）が、ポウをもじったペンネームを使用したおかげで、日本人にはそれなりに馴染みがある。また芥川龍之介（一八九二―一九二七）や小泉八雲（ラフカディオ・ハーン、一八五〇―一九〇四）など、ポウに魅せられた日本文学の重鎮は少なくない。阿部もその一人で、彼は文化学院で教壇に立っていた頃、友人であった野口冨士男（一九一一―一九九三）に「Ｅ・Ａ・ポウの詩や小説を原文で味読したいばかりに英語にはげんだ」と語っている（一一）。[1]

そもそも日本におけるポウ輸入史は、一八七六年東京開成学校の英語の教科書「アンダーウッド著英文学袖珍」のアメリカ作家編にポウの略伝と詩「大鴉」が記載されたことから始まる。明治二〇年、饗庭篁村（一八五五―一九二二）の手で「西洋怪談 黒猫」（『読売新聞』一一月）や「ルーモルグの人殺し」（一二月）が翻訳されたのを皮切りに、次々

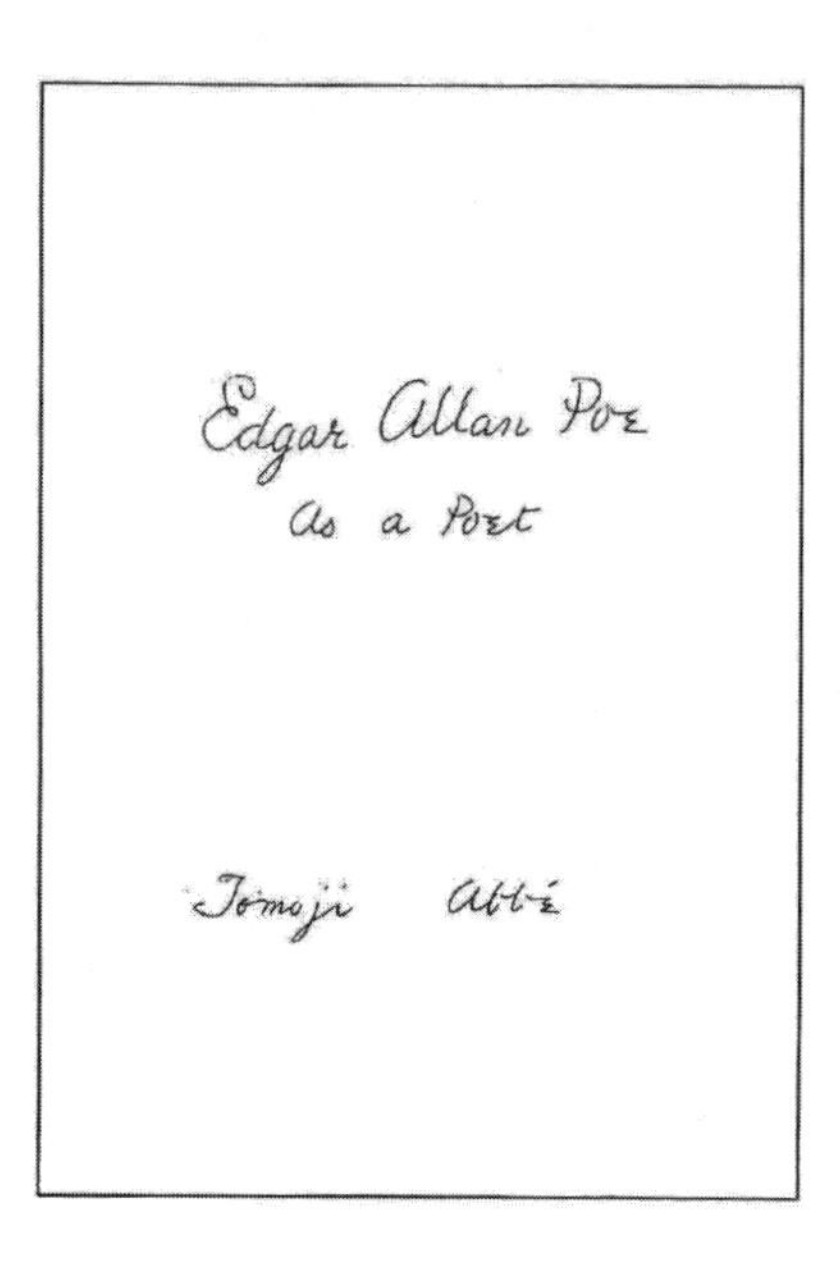
Edgar Allan Poe
As a Poet

Tomoji Abbé

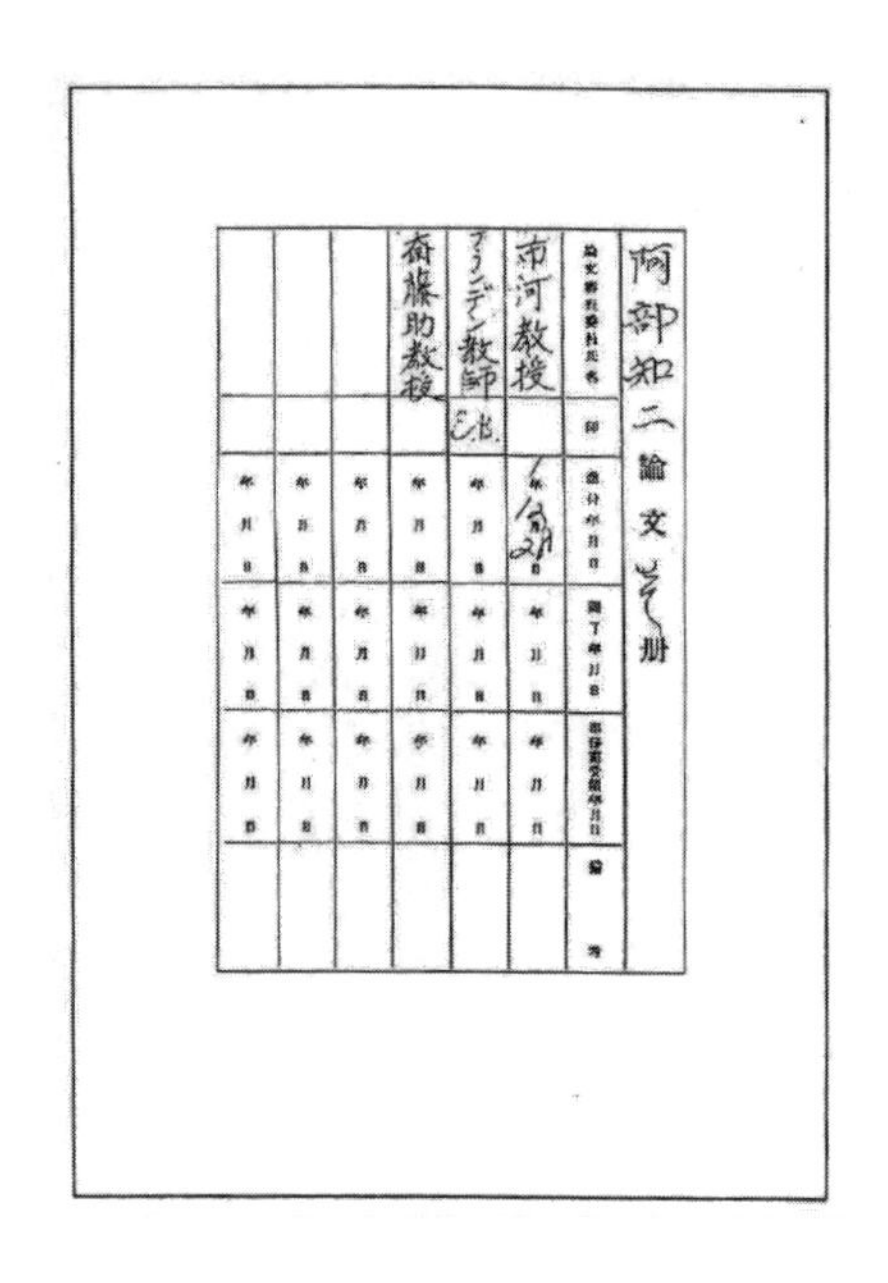
阿部知二 論文 [illegible]冊

論文審査委員氏名	印	受付年月日	調了年月日	審査完了年月日	備考
市河教授		年 月 日	年 月 日	年 月 日	
ブランデン教師	E.B.	年 月 日	年 月 日	年 月 日	
斎藤助教授		年 月 日	年 月 日	年 月 日	

【図版１】【図版２】卒業論文の表紙（姫路文学館寄託）

とポウの短編小説が翻訳された。大きな受容期はこの二〇年代から三〇年代にかけて訪れる。もちろん小泉八雲の東京大学講義の果たした役割は小さくない。当時の日本ではロマン主義的なものを好む思潮が到来しており、小泉はポウの中のロマンティックで幻想的な気質を好んだものと思われる。ポーの小伝、詩、評論、短編が文芸雑誌に掲載され、ついに、大正十五年三月に野口米五郎(ヨネ・ノグチ)の手により最初の学究的なポウ入門書といわれる『ポオ評傳』（一九二六年）が世に出る。日本におけるポウ・ブームの幕開けである[2]。

年が明けて阿部は卒業論文を提出した。その前年に彼は東京帝国大学文芸部の機関紙『朱門』創刊号に、処女作「化生」を発表しており、すでに小説家としての一歩を踏み出していた。その傍ら当時流行り始めたアメリカ作家ポウを卒業論文の素材として選択した。本格的なポウ研究は始まったばかりで、その手探りの中で、彼は英米文学者として、そして翻訳家としての一歩を踏み出そうとしていたのである。本稿で紹介する阿部の卒業論文からは、「詩人」あるいは「作家」とはどのようなものなのか、若き文学青年であった阿部の逡巡する姿が垣間見える。

この卒業論文は参考文献表や付録を含めて英文で六一頁にわたる。表紙の署名は“Abee”となっているが、目次は“EDGAR ALLAN POE. BY T. ABE”とタイピングされており、裏表紙には直筆で「詩人としてのエドガー・アラン・ポウ／大正十三年度入学英文本科／阿部知二」と書かれている。目次の前に、使用テクスト二冊と引用参考文献二七項目が呈示されている。審査員として、日本英文学会の創始者である市河三喜（一八八六―一九七〇）、一九二四年より三年間教鞭を執ったイギリスの詩人エドマンド・ブランデン（一八九六―一九七四）、当時助教授であった斎藤勇（一八八七―一九八二）の名前が記されている。

結局阿部はポウ研究を志すことなく、エッセイや短編の翻訳が数本あるにとどまるが、[3] 阿部知二研究において指摘されているように、ポウの影響は看過できないものである（竹松 八八、森本 三〇、和田 二二）。本稿では、この卒業論文を抄訳しながら、作家阿部知二の原点ともなった詩人観について考察することにしたい。

一　ポウの人生と文学について

第一章　序――人としてのポウ

卒業論文は次のように始まる。

人生と芸術、これらは盾の表と裏である。ある芸術作品を評価するためには、芸術家の人生を知ることが必要不可欠である。また一方で、本人の真の姿は彼の芸術と照らし合わせたときにのみ、明らかになるであろう。これらの二つの面は併せて研究されるべきなのだ。したがって、ここで詩人としての彼を研究するために、まず彼の人生についての考察から始めなければならない。（Abe 2）

作品を解題する際、その作品の背景、つまりポウの伝記的事実とその作品との関連を重要視することが最初に宣言されている。

彼の生きていた時代から、批評家や伝記作家達はこの方面ではかなりの研究を重ねてきているが、その結論はまちまちである。彼の真の姿についての考察で、二つの意見が一致することなどめったにない。彼の真の姿は未だ謎に包まれたままだ。彼は今や伝説の人となっているのだ。(2)

まず第一章は、ポウにつきまとう「放蕩者」「性格破綻者」のイメージの解体からポウの人間像に迫るもので、当時の欧米の批評家の解釈が丹念に検証されている。全体的に、伝記資料面ではルーファス・グリズウォルドの半ば中傷的な回顧録に負うところが小さくないが、阿部はグリズウォルドの唱えるポウ像を真っ向から否定する。

誰もこれを信じる者はいないだろう。詩人というものは悪者であるはずがない、というのが世界一致の見解だからだ。もちろん、ボウは、彼の女友達や感傷的な崇拝者達が思っていたような、天使のような人だったというわけではなかったが。(2)

グリズウォルドはポウ死後の遺稿管理人兼全集編者であるが、ポウと彼との間には様々な軋礫があったといわれており、彼の残した「回顧録」(一八五〇年)には捏造と疑われる箇所や不自然に攻撃的すぎる部分が散見される。グリズウォルドに始まって、阿部は様々な説を、ポウの手紙や伝記資料から反証し、独自のポウ像を探り当てようとする。

たとえば、ポウの最たる不行状とされている飲酒、阿片について次のように述べる。

主にフランスの批評家たちであるが、ポウの不道徳な行為を認めている一派もある。この点まではグリズウォルドと同意見である。しかし、彼らは不道徳を非難するだけでなく、その不道徳を称揚するという点で、グリズウォルドとは異なっている。彼らはポウを邪悪なる天才として称える。彼らはポウがアルコール、阿片などの官能的な快楽に陶酔して霊感（インスピレーション）を得たと考えている。これほど間違った考えはない。（中略）彼の飲酒習慣については、彼の不道徳行為の中でも主に誹りを受けたものであるので、これ以上の考察は必要ないだろう。彼が節制の人だったと言い募るのは無益だが、彼を非難する前に彼の飲酒はどういった性質のものだったのかを考えなければならない。（中略）『ブロードウェイ・ジャーナル』の事務員の回想は、ニューヨーク時代のポウの「古き習慣」の性質について解決の光明を投げかけてくれるだろう。（中略）ジョン・W・ロバートスンは彼の精神病理学的研究の中で、ポウは遺伝的に飲酒癖があり、彼の特異性はそのせいだと主張している。これは彼の身体的側面においては真実かもしれないが、芸術作品を理解するためには、このような認識以上のものが必要である。(3-4)

また、ポウが「二重人格者」だという説についても阿部は否定的である。

この根拠を彼の作品の中に追い求める者もいる。特に「ウィリアム・ウィルソン」はそのために引き合いに出される。この作品には自伝的要素があることは事実だが、文学を直接的に作家の性格を示しているものとして捉えるのは危険なことだ。

「ポウはすばらしい人物だが、水のように不安定だ。」このような見方もまた我々を満足させるものではない。これではつまり、芸術家であるためには頑とした強さが必要であるのに対し、ポウは弱くて気骨のない人物だったということになってしまう。(4-5)

そして、ポウの名作「黒猫」の主題でもあった「天邪鬼の精神」を作家ポウの核と捉えることにもやはり慎重な姿勢を崩さない。結局本章は、サミュエル・テイラー・コールリッジ（一七七二―一八三四）の言葉を援用し、この捕らえどころのないポウ像についてこう結論づける。

ポウが非常にうららかな気分のときには、天使のようだったのだろう。しかし、情熱に燃えているが食欲がないときには、他人に対して悪魔のようだったのだろう。結局のところ彼はミステリアスな男なのだ。(5)

些か拍子抜けするようなポウ像が導かれてはいるが、阿部はボウの波瀾万丈な「人生を研究する」ことが、ポウ作品を読み解く光となりうると考えている。そして「感性」「分析力」「誠実さ」、そして作品から見て取れる「僅かに垣間見られる内省の欠如」の四点が、ポウの「人生と芸術」における最重要ポイントであり、彼の詩、評論、物語を読み解く鍵である」と分析する。すなわち、この卒業論文は第一章から、後期の阿部知二の作風とされた「人間性の混沌と矛盾を知性をもって追求しようとする」志向を彷彿とさせるものになっているのである。

二　ポウの詩論について

第二章　二つの詩のタイプ

第二章は、ポウの詩の特徴を、イギリスロマン派詩人と比較することによって捉えようとしている。章題にもなっている「二つの詩のタイプ」とは、「超自然的なもの」と「どこにでもある身近なもの」のことである。阿部は、コールリッジとウィリアム・ワーズワース（一七七〇―一八五〇）はこの二つのタイプを組み併せていると前置きしたうえで、コールリッジは超自然的なものを重視し、ワーズワースは身近であること、つまり詩人だけにわかる言葉ではなく万人に通じる言葉で詩作をおこなうというところに力点を置いていると分析している。一方ポウはどちらかといえば「超自然」に力点を置いているため、ジョージ・E・ウッドベリが指摘するように「彼の想像力にあるこの世の者とは思えない感覚と彼の分析的批評理論と内面への思索的傾向によって」、コールリッジに共通する部分が多い。阿部は、ポウがロングフェロウ批判の中で展開した詩論の中で、「天上の美への渇望が第一の要素であり、既存の美の形態のコンビネーションはその渇きを満足させるための二次的なものに過ぎない」と述べていることを指摘し、それゆえポウはコールリッジなどのイギリスロマン派詩人の系列に組みするものだと阿部は分類している。(4)

さらに阿部は、ポウの詩作の特徴を、その内向性から解明しようと試みている。すなわち「感覚」と「知性」が融合的に作用して「自然の闇の奥」を洞察する事が出来たのだと解釈しているのだ。「感覚」を統べる音楽について、音楽への愛が詩作における言葉の選択、韻律に影響し、それらの精巧さは群を抜いているとも述べる。さらに、科学と哲学に踏み込んだ宇宙詩――太陽と星、地球の位置関係や、ブラックホールや重力の概念までも詩の世界に取り込んだ疑似科学詩『ユリイカ』（一八四八年）が精神的夢遊病状態において書かれたのではないかという批評に反論し、この章はこのように締め括られる。

　無謀にもそう思っているものもいるようだが、彼は放蕩な空想と戯れる詩人ではない。ではなぜ彼は超自然的な詩作という狭い領域で美を追究したのだろうか。それはおそらく彼の「嗜好」がその方向へと彼を真剣に誘（いざな）っためだろうし、また彼が懸命にも自分が万能の天才ではないことを知っており、自分の能力を超えるものに挑戦しようとはしなかったためだろう。(13)

第三章　ポウの詩想

第三章はポウの詩作理論「構成の原理」（一八四六年）と「詩の原理」（一八五〇年）について、イギリスロマン派詩人たちと比較しながら考察している。前章では主にコールリッジとワーズワースの詩論の枠内でポウを論じることが妥当かどうかを焦点としていたが、本章ではジョン・キーツ（一七九五―一八二一）やパーシー・ビッシュ・シェリー（一七九二―一八二二）を比較対象に選び、ポウの詩作の原点である「美的感覚」の特異性を見いだそうとしている。冒頭で阿部はポウの「詩の原理」を引用しながら次のように述べる。

「人間の精神の憶測にある不滅の本能とは、端的にいえば、美的感覚である。人が己を取り巻いているさまざまな形や音や香りや情緒に喜び感ずるのも、この美的感覚があるからである。百合の花が湖面に映り、アマリリスのまなざしが鏡の中に写し取られるように、これらの形、音、香り、情緒も言葉や文字に再現されて、もう一つの喜びの源となるのである。」しかし、彼はそこで立ち止まりはしない。詩人たるものそのようなことはしないのだ。彼はこう続ける。「しかし単なる再現をもってしても、すべての人間と同じようにしか感じられない光景や音や香りや情緒を詩に歌い上げるだけでは、まだ聖なる詩人の名に値しないと言うのだ。彼方には彼が未だ到達し得なかった何かがある」（後略）(15)

阿部はこの言葉の中にある「何か」が他のロマン派詩人とポウの相違点なのだという。すなわち、その「何か」について、「「義務」や「信仰」、「真理」であると答える詩人もいるだろうが、ポウのような超自然的な物を好むタイプの詩人」はどうやら異なると阿部は考える。

ポウは最後までこの死の恐怖を信奉した。一方で他の詩人たちはここを出発点としてほかのもの――喜び、愛、真実、義務を追い求めた。彼の過敏過ぎる心はこのたったひとつの感情で一杯になり、他のものへ関心を寄せることはできなかった。彼の本分は死の足音に震えることだけであり、他には何もなかったのだ（"nothing more"）。彼は美や愛を死とよく結びつけていたが、いつも死が支配的であった。

彼にとって人生の意味は、墓の向こう側にある永遠を追い求めることにあった。彼は美の喜び――それはこの世で最も壊れやすいものであるが――を以て死を克服しようとした。その結果はどうだったのか。完璧なる絶望

と憂鬱に終わることもあったが、往々にして、彼は死に勝利し、あるいは死と融和するのであった。（16-17）

また阿部は、ポウの詩の「美的感覚」のひとつとしてその「音楽性」にも着目する。「彼の詩の特質の中でも、音楽的美への熱烈な信奉には注目せざるをえない。それは感受性の強い心をもつものには至極当然の関心事である」（19）。

この点について阿部はコールリッジとポウを比較して更に次のように続ける。

ふたりとも英詩に新しい音楽を導入した。しかしながら、音楽を愛好する者としての二人の間には、僅かではあるが、違いがあるように思える。コールリッジは激しく音楽を愛し、その中で我を忘れた。一方ポウは自意識が強かったため、音楽を詩作における独創的装置だとみなしている。（19）

ポウの詩作理論は韻律の美や効果を重視した技法について述べられているものだが、この章で阿部はその特質を、詩の題材や技巧におけるロマン派詩人との相違点を明確にすることによって見出そうと試みている。そして彼は本章を「ポウの神秘的なものを好む傾向は大変強いものである。詩人が『真実』や『人生』と呼ぶであろう何かを彼は『幽玄』と呼ぶのだから」（22）と結論づける。

三　ポウの詩について——初期・中期・後期

第四章　詩短評Ⅰ（初期の詩）

続く第四章、第五章、第六章は、ポウの詩作を初期、中期、後期の三期に分類し、それぞれの時期の詩の特徴を考察するという形になっている。三期に分類した理由を阿部は「詩人の精神的成長を順に追うためには年代順の分類が不可欠なのだ」(24)と述べている。[5]

第四章は『大鴉とその他の詩』(一八四五年)の序文として付された文章の引用から始まる。「私にとって、詩は目的ではなく、情熱だった。情熱は人間の卑しむべき虚栄心や、更に卑しむべき名誉心のために、勝手に動かされるべきではなく、また動かしうるものではない。」(26)

この言葉から阿部は、「ポウの本質は詩にある」と断定する。初期の詩については、阿部は「タマレーン」(一八二七年)「アル・アラーフ」(一八二九年)を主作品として大きく取り上げ、「非凡なる美とは観念や形式にあるのではなく」、音楽の本質つまり韻律の美の追究にあると指摘する。しかし彼は「『劇的なる真実』を超自然的想像力に付与できなかった」あるいは「この過剰に幻想的なこの詩には熟考も自制もない」という点で、この二つの長い詩には失敗と言える部分もあると分析している。さらに「我々がバイロンに当てはめているような意味において、ポウは官能的でもなければ、情熱的でもない」と述べ、バイロンの影響よりもむしろ「ポウが生涯敬愛した」トマス・ムア(一七七九―一八五二)の影響をうけていたのではないか、[6]とも述べている(28)。

そしてこの時期のポウを概観して、阿部は「ポウ作品の中でも傑作とみなされる作品がこの時期に誕生している」と考えている。

全体的に見て、この時期の詩には後に開花する彼の非凡な才能がありのまま現れている。実際彼は技巧においても観念においても完璧をめざして不屈の詩作をおこなったのだ。(中略)この時期にポウは若かりし頃の目的なき情熱の迷走を捨て、文学という新たな天職を見出した。彼の精神は舞い上がり、阿片などの影のもとで曇ることはなかった。彼の詩作理論は確固としたものになりつつあったのだ。「Bへの手紙」の中で彼は大胆にもこう述べた。詩の目的とは喜びであり、真実ではない、と。これはコールリッジのスタイルに倣ったものである。(26-

30)

第五章　詩短評Ⅱ（「大鴉」ほか）

第五章では大きな詩の引用はないが、一八三一年から一八四五年までの詩に数行ずつの註釈を加えている。ニューヨーク時代、すなわち「文壇での名声と生計のために絶え間ない奮闘を続けていた時代」の作品である。まず「ソネット—科学に寄せる」（一八二九年）について阿部は次のように述べている。

疑似科学小説の作者としては極めて奇妙な事のように思える。確かに彼は科学理論を賛美したが、その態度は自身の自己欺瞞、あるいは分析的思考の天分の戯的顕示、あるいは当時の偏狭なロマンティシズムに対する皮肉な告発だとみなされるだろう。ポウは本質的には夢想家である。しかし、夢想家としては弱かったために、時には「退屈な現実」の虜になり、理想の世界へと舞い上がることができなかったのだ。(33)

そして「ヘレンに」（一八三一年）、「イズラフェル」（一八三一年）、「ひとつの夢」（一八二七年）、「ロマンス」（一八二九年）、「妖精の国」（一八二九年）、「……に寄せて」（一八二七年）、「川へ」（一八二九年）、「湖—……によせて」（一八二七年）、「唄」（一八二七年）、「大鴉」（一八四五年）の短評が続く。第二、三章で「詩論」を扱ったためとことわって、この章では「大鴉」についての言及は最小限にとめられている。

また幻想的な場所の風景が描かれている「不安の谷間」（一八三一年）、「夢の国」（一八四四年）、「海中の都」（一八四三年）、「勝ち誇る蛆虫」（一八四三年）、「幽霊宮」（一八三九年）を取り上げて、阿部は「悪夢的恐怖を感じることなく読むことのできない」これらの詩をキリス・キャンベルの言葉を援用して、「大袈裟で感情を容易に刺激する」と特徴づけている。

「天国のある人に」（一八三四年）や「ユーラリイ—唄」（一八四五年）などの中期の愛の詩の中で、特に阿部の目を最も捉えていたのは「眠る女」（一八三一年）という詩である。

この詩では幻想的な風景と憂鬱な愛が融合している。テクストは一八四五年版のものの方が一八三一年版のものより簡潔で美的である。詩の情緒はポウにはお馴染みのものである。（中略）しかし、この詩にはえもいわれぬ魅力がある。調和と言ってもさしつかえないだろう。彼の想像力は「美」を「奇形」から解放したと言えよう。それこそまさに彼が詩作において長きにわたり理想としてきたものだったのだが。（39）

最後に阿部は未完の劇詩「ポリシアン」（一八三五年）について次のように述べる。

この詩は、劇的構成においても詩的美感においてもなんら価値のないものである。ポウは、疑いようもなく、多くの登場人物を創造して劇中で彼らに命を吹き込むことが出来ない人だったのだ。しかしながら、一つだけ興味深いことがある。ポリシアンという登場人物についてである。（中略）ポウが彼について十分な人物設定をおこなっていたならば、我々は著者自身の人となりについても知ることができただろう。大変残念なことに、この劇は未完なのである。（41）

第六章　詩短評Ⅲ（後期の詩）

ここでは、ポウと交流のあった既婚女性詩人たちに捧げた詩について主に論じられている。「M・L・Sに」（一八四七年）は、「ユリイカ」執筆時の女友達マリー・ルイウ・ショウにあてたもので、彼女は「鐘」（一八四九年）のアイデアを彼に与えてくれた女性である。彼が手掛けた雑誌にも寄稿しており、ポウと最も親しかったと噂されたファニー・オズグッドに捧げた「ヴァレンタイン」（一八四六年）やサラ・アンナ・ルイスに捧げた「謎」（一八四八年）は「言葉遊びの類のもの」であり、ヘレン・ホイットマンへの「ヘレンへ」（一八三一年）、アニー・リッチモンドへの「アニーのために」（一八四九年）については、「これらの愛の詩は、伝記的観点からの考察をしなければ、なんの重要性もない」（43）と阿部は断じる。

彼と既婚女性である彼女たちとの交友は正常ではなかった。それは後年彼がおくったような人生の中では避けられなかった、彼の不健全な精神状態に起因するものだったかもしれない。それにもかかわらず、それがプラトニックなものであったことは否めない。妻ヴァージニアへの愛はとても無邪気なものであったと言われている。また作品の中でも性欲の感覚はまったく存在しない。レノア、ライジイア、アナベル・リー、ユーラリイ、皆この世のものとは思えない女性達である。彼にとって女性は永遠の美の象徴だったのである。もし彼が女性を本当に愛したならば、その感情はまさに母親への愛と同種のものであったろう。むしろ、彼の愛は母性愛と共通していたと言うべきかもしれない。（44）

ポウには、生母と養母と父方の叔母でもあった義母、三人の母親がいた。阿部は「わが母に」（一八四九年）には特に義母マリア・クレム（一七九〇–一八七一）と生母エリザベス・アーノルド（一七八七？–一八一一）への思いが混在している、と指摘する。

また女性についての詩の中でも「ユラリューム」（一八四七年）は「多くの者が傑作のひとつだと捉えている」と阿部はいう。

彼の詩の中でも最も陰鬱な詩である。おそらく詩人ポウ自身のように、精神世界の中で夢遊状態になり夢と空想の世界を彷徨（さまよ）うことを好む者以外の者にとっては心地のよいものではないであろう。「大鴉」と同様にこの詩でも、ポウ独特の「反復技法」が最も効果的に用いられている。（45）

阿部はこのポウ独特の反復技法が「音楽美」を表現していることを指摘し、スコットランド・バラッドや南部黒人奴隷のフォークソングに言及のある文献を引用している。なお、韻律の美が最大限に利用されているのは有名な「鐘」であるとして、ここでは音声的な効果についてラフカディオ・ハーンの解釈が引用されている。

詩の短評は以上で終わりであるが、阿部は更に次のように続ける。

> 彼の他の作品について、一言二言ここで触れておこう。ポウは詩人であっただけでなく、小説家であり、批評家でもあった。この三つのうちどれが一番功績を残したものなのかという疑問は未だ解決されてはいない。批評家それぞれに意見は異なるし、私自身それについて論じるつもりはない。
> 彼の生前、名声とは主に批評で博するものであったと言われている。彼は有能な批評家であり、誠実さと鋭敏な洞察力を完備していた。さらに彼はアメリカ文学の独立という大義名分に崇高なる信念を抱いていた。彼が時折思慮を欠き、独断的で厳格になったことが唯一残念に思われる点である。(47-48)

ここで阿部は、「物語」や評論にはあてはまらない散文作品群の存在に眼を向けている。例えば、ポウ自身が「詩」と称した『ユリイカ』(一八四八年)がそれにあたる。

> 物語に近い性質を持ちながら、しかるべく散文詩の要素を失ってしまった作品も幾つかある。「沈黙」「影」などである。
> また物語的な色合いが濃くなり、詩の要素が少なくなったものに「ライジーア」、「エレオノーラ」、「ウィリアム・ウィルソン」、「アッシャー家の崩壊」がある。さらに詩的要素が完全に脱落し、推理小説や心理学的珍奇譚や疑似科学小説が生まれたのだ。
> 視点を変えれば、これらの作品も軽視するわけにはいかない。世界の短編小説に何か新しいものをもたらした

のだから。（48）

第七章　コールリッジとポウ――結びの言葉

最終章はボウとイギリスロマン派詩人の比較文学論であり、第二章と併せて、数年後に発表したエッセイ「Coleridge と Poe」（一九二九年）の基になっている。

私は今まで多くのイギリスロマン派詩人、特にコールリッジとポウを比較してきた。唯一彼らだけがポウと密接な関連があると言っているわけではない。それどころかボウとの関連性を看過できない者が他にもたくさんいる。前述した詩人達の他にも、韻文あるいは散文においてポウに強い影響を与えた先達がいる。また直接的に影響はないにしてもポウの精神によく似た傾向をもつものもいる。たとえば、イギリスの形而上派詩人とポウを比較するのは大変興味深いのではないだろうか。

あるいは彼と英米の同時代詩人を比較研究するのも大変興味深いものだろう。彼には信奉者が世界の隅々にまでいる。世界文学における彼の影響の足跡を辿ろうとするならば、膨大な時間をその考察に費やすことになるだろう。

しかし、彼を完全で偉大な天才として見ることには価値がないのだろうか。そこで、この章では、もう少しポー文学の国民性について論じた後、さらにもう少しコールリッジと比較してみたいと思う。（50）

この章ではまず阿部は、彼の伝記的側面と文学性からポウの国民性について、「多くの批評家は、ポウは国を持たず年齢も持たない作家だと考えている。一方、仏、伊、西、独、露、それぞれの国民的文学は、彼を自分と同族精神をもつものだと主張している」（50）と指摘する。そして、ポウの父親の血筋はアイルランド人であるから、彼の夢想癖と感傷的気質はアイルランド出自のものであり、またトマス・ムアを生涯愛したのもそれに起因するのではないかと言う。また母親に関して、「優雅さが彼女を形容する言葉であるなら、彼女は文字通り英国女性であったのではないか」と考え、だからポウがシェリー、コールリッジ、キーツ、テニスンに敬服したのではないか、とも述べる。「彼は人生においても芸術においても、英国性とアイルランド性の融合体なのである。」更に阿部はラフカディオ・ハーンを援用して、「ポウは決してラテン的作家ではない。ハーンは、その気質はゴシック的だが、このゴシック的特徴は詩よりも小説の方に色濃く出ていると考えている」(51)と結論づける。

そして最後に唐突にコールリッジとの比較に戻る。[7] 阿部は、第一章からつかず離れずコールリッジとの比較について論じているが、この章はそれらへの補足的な分析――登場人物や詩の傾向などの共通点、相違点などの例証――が中心である。以下はその例である。

以前私は評論においてポウはコールリッジから多くを借用しており、夢想癖と分析的思考傾向においては二人とも互いによく似ていると述べた。そのうえポウの作品の至る所にコールリッジの影響の痕跡を見出すことができ、その影響がいかに強いものかを示している。小説においてさえ幾ばくかの影響がある。例えば、「ナンタケット島出身のアーサー・ゴードン・ピムの物語」に登場する死の船は「老水夫行」のそれに大変よく似ている。唯一前者はただ恐ろしいだけで、後者のような魅力に欠ける。(51-52)

この卒業論文の長所の一つは、テクストに密着した精巧な読みの実践と緻密な実証的批評にあるが、それだけではなく当時の阿部が入手し得るもの全てを参照しようとした熱意に負うところが大きいように思われる。表紙の後に挙げられている参考文献は、テクスト以外にポウ関連一〇点、コールリッジとの比較論関係が六点、シェリーやワーズワース、キーツ、バイロンなどとの関連で一一点。この中にはマラルメやラフカディオ・ハーン等も含まれている。最後の付録にはポウの詩作品四八篇すべての初発表年、改訂発表年が一覧としてまとめられている。

おわりに

昭和に入って、翻訳作品の増加に伴ってポウ作品の人気は一般読者にも浸透し、多種多角的な研究がおこなわれるようになる。阿部の卒業論文の核となっている、ポウをイギリスロマン派の影響下に位置づける古典的な研究のみならず、ポウとフランス文学との関連を論じる比較文学論や精神心理学的見地からの研究が進んだ。本稿で紹介した阿部の卒業論文は、日本ポウ研究の向かう道筋全てに触れているといっても過言ではない。

戦後日本はアメリカ文化の影響を受けて、アメリカ文学の翻訳紹介が進んだ。阿部知二はその中でも多数の翻訳を手掛けた。ハーマン・メルヴィルの『白鯨』（一八五一年）やマーク・トウェインの『トム・ソーヤーの冒険』（一八七六年）、アレクザンダー・ポウプの『批評』（一七一一年）やアーサー・コナン・ドイルのシャーロック・ホームズシリーズなどの数々の翻訳によって、翻訳家および英米文学研究者としても阿部知二は確固たる地位を得ることとなる。

後にまとめられた『世界文学の流れ』（一九六三年、新版『世界文学の歴史』一九七一年）において、アメリカ文学に関する目次項目に名を連ねている作家は、詩人ウォルト・ホイットマン、マーク・トウェイン、ヘンリー・ジェイムズであって、ポウの名前は目次にはない。彼によれば、ポウは厳密に言えば推理小説の祖ではなく、驚くにあたいするような詩論の「剽窃ぶり」を見せ、ヨーロッパ的な「旧」世界の匂いを漂わせた妖美な世界を描いた作家である。『ヴォーグ』の系譜を継ぎ、コールリッジに宣明し、トウェインやジェイムズの登場とともに古臭さが露呈した作家であった。しかし、本書全体を眺めてみれば、不思議なことに、項目を問わずポウへの言及が散見される。推理譚、詩論、ゴシック等、いずれのジャンルおいても、「世界文学」をマッピングする際には、ポウの存在は不可欠であり、空間的にも時間的にも、そしてジャンル的にも、繋ぎ目に現れる亡霊のような存在であることに、阿部は気づいており、その根無し草的な立ち位置に彼自身が憧憬を持ち続けていたのかもしれない。

いわゆる純文学の危機が叫ばれた時期から活躍しながらも、退廃の匂いのする風俗小説ジャンルとは一線を画し、「市民的良識とインテリジェンス」を保ち続けた阿部の姿勢は「微温的で喰い足りない」との評価を受けた（佐々木三九四）。代表作となる『冬の宿』（一九三六年）の受賞後は華々しい流行作家道を歩み、「難解をもって聞こえる」翻訳『白鯨』が谷崎潤一郎の賞賛を浴びたものの、戦後の彼は「進歩的社会活動」に身を投じ、文壇は彼をいわば「外の人」として眺めた（中村 三）。自由主義的ヒューマニズムのもと、文壇の外にあっても、なおたじろがない阿部の姿勢は不思議なことに、文壇との軋轢に苦しんだ晩年のポウの姿とも重なる。

卒業論文提出の前年のエッセイ「矯正者の魂」（一九二五年）で阿部はこう述べている。

健全を誇って常識に随した文學社會に、怪奇と戦慄を囁く、所謂病的文學も一つの矯正である。（一人のポオのために世界は如何に深さと厚さを増したか。）形式固定せる文學に對して、極端なる分解的文藝を興すことも亦矯正の一であり得る。精神の自由を目的とすればよい。（四七）

小島信夫によれば、阿部の作品は「人間の弱さやもろさのなかに、あるべき物の姿を暗示する切々たる小説」であり、彼は「短歌的叙情をたたえた物語の形式でえがかれ」た作品を執筆した（三九〇）。一方でポウという作家は、詩の技法や叙情を小説に持ち込み、狂気と合理性の狭間で自由を求めて足掻く人間心理を描くのに長けていた。このような創作上の重なりを見る限りにおいて、阿部知二という作家の原点の一つは、確かにこの卒業論文にあったのではないかと思われるのである。

＊本稿は、「阿部知二の卒業論文『詩人としてのエドガー・アラン・ポウ』について」（『阿部知二研究——城からの手紙』第九号、二〇〇二年、四–一九頁）を大幅に加筆修正したものである。

＊本稿で使用している阿部知二の卒業論文の翻訳紹介については、姫路文学館より今回あらためて許可をいただいた。また翻訳の元となった阿部の原稿は、二〇〇一年に日本メルヴィル学会会長牧野有道氏より提供していただいたものである。

【註】

（1）Poe の日本語表記には「ポー」、「ポウ」「ポオ」の三通りがあるが、本稿本文および卒業論文の翻訳引用部分は、阿部の卒業論文タイトルの表記に倣って「ポウ」で統一した。その他は原文ママの表記である。実際のところ、阿部自身他の著作物で「ポー」も「ポオ」も使用している。

（2）宮永は、ポウ受容を五期に区分し、一九一五年から一九二六年ごろまでを「翻訳紹介が活発化する中で、単独の訳本と学術論文が現れる。ポーの影響を受けた作家が現れる」と説明している（宮永 五一）。

（3）以下は、ポウ関連著作（短評・翻訳）年表である（『阿部知二全集』第八巻、福田久賀男による巻末資料、および『阿部知二文庫目録』より抜粋）。

一九二六年（大正一五年）十二月 「エドガー・ポウの二人の母」『青空』
一九二九年（昭和四年）十二月「Coleridge と Poe」『詩と詩論』
一九三三年（昭和八年）二月 D・H・ロレンス「ポウとライジーア」「新詩論」（翻訳）
一九三四年（昭和九年）四、五月 D・H・ロレンス「アッシャア家の崩壊」『あらくれ』（翻訳）、九月「ポウと女性」『若草』
一九三六年（昭和一一年）四月 ポー「リジイア」『世界短編傑作全集』一、河出書房（翻訳）
一九四九年（昭和二四年）二月 「ポウとアメリカ史」『心』
一九五〇年（昭和二五年）二月 ポー「黒猫」『世界短編傑作全集』河出書房（翻訳）
一九五二年（昭和二七年）一月 ポー「リジイア」『ポオ傑作集』河出書房（翻訳）
一九五六年（昭和三一年）四月 ウォレス「真実のマリイ・ロジェ」『別冊文藝春秋』（翻訳）
一九五九年（昭和三四年）七月 ポー「リジイア」『世界文学大学大系』三三、筑摩書房（翻訳）
一九六三年（昭和三九年）四月 「ポウと現代の文学」『世界の文学』一五、「月報」中央公論社

一九六九年（昭和四四年）十月「壜の中の手記」「リジイア」『ポオ全集』一、東京創元社（翻訳）

（4）伊藤は分類の仕方によってはポウの詩作品は三つの方向性を持つと述べている。第一に初期作品を重要視し、若干の問題は認めるもののポウをロマン派の枠内に位置づける方法。中期作品を重要視した場合がこれにあたる。第二に "negative romanticism" と "positive romanticism" に分けてポウを前者に属させる方法。"negative romanticism" とは「混乱、不確定性、恐怖」を主張する作品を生みだし、バイロン、ボードレールへと継承させる方法で、これに対してメルヴィルなどは "positive" の方に分類される。第三に「大鴉」以降の後期作品を重要視し、反ロマン的でむしろモダニティに属すると考える方法（四–七）。この三つのうち阿部は第一の方法を比較的重視しているように思われる。

（5）ポウの詩は後に何度も改定発表されているものが多いので、年代順の分類には難しい点があると阿部は指摘しており、第四、五、六章には同じ詩への言及が繰り返されている。

（6）ポウの作品におけるムアの影響は初期の詩に見られるといわれるが、彼は晩年まで変わることなくムアに敬愛の情を抱き続けた。亡くなる直前の一八四九年九月二六日、ジョン・F・カーター医師宅を訪れた際に、ポウはムアの『アイリッシュ・メロディーズ』（一八〇七–三四年）を置いて行ったといわれている（Thomas 843）。

（7）阿部は卒業論文を回顧して次のように述べている。「せめて、イギリス十九世紀のロマン派詩人、コウルリジ、シェリ、バイロン、——キーツなどからの影響、ということを見なければ面白くない。取分けコウルリジの詩論を除外してポウを語るわけにいかない、と分かった。——こうなると大変だった。（中略）とにかく、三分の一以上は、前記コウルリジたちとポウの関係ということを扱った。」（竹松 八七–八八）

【引用・参考文献】

Abe Tomoji. "Edgar Allan Poe as a Poet." 1926. Tokyo U, BA thesis.
Poe, Edgar Allan. "The Poetic Principle." 1850. *Essays and Reviews*, edited by G. R. Thompson. Library of America, 1984, pp.71-94.
Thomas, Dwight and David K. Jackson. *The Poe Log: Documentary Life of Edgar Allan Poe 1809-1849*. G. K. Hall, 1987.
阿部知二『新装版　世界文学の歴史』河出書房新社、一九九三年。
——「矯正者の魂」『朱門』第二号、一九二五年、四三–四八頁。

――『阿部知二全集』全一三巻、河出書房、一九七四―七五年。

『阿部知二文庫目録――阿部知二遺族寄贈・寄託資料』姫路文学館、一九九五年。

池末陽子「悪魔とハープ――Edgar Allan Poe の "The Devil in the Belfry" における音風景」『アメリカ文学研究』第三七号、二〇〇一年、三―二一頁。

伊藤詔子『アルンハイムへの道』桐原書店、一九八六年。

井上健「日本文学とポー」『エドガー・アラン・ポーの世紀』八木敏雄・巽孝之編、研究社、二〇〇九年、五四―七七頁。

小島信夫「阿部知二――無念の爪」『阿部知二・田宮虎彦・丸岡昭・長谷川四郎 集』現代日本文學体系七三、筑摩書房、三八九―九二頁。

佐々木基一「阿部知二論」『阿部知二・田宮虎彦・丸岡昭・長谷川四郎集』現代日本文學体系七三、筑摩書房、三九二―九八頁。

竹松良明『阿部知二 道は晴れてあり』神戸新聞総合出版センター、一九九三年。

中村真一郎「阿部知二について」『昭和文学全集』第一三巻、付録月報二六、小学館、一九八九年一月、三―四頁。

野口冨士男「ある師弟」『阿部知二全集』第八巻、付録月報一一頁。

宮永孝『ポーと日本――その受容の歴史』彩流社、二〇〇〇年。

森本穣「阿部知二とポオ――『冬の宿』と『かげ』を中心に」『阿部知二研究――城からの手紙』第八号、二〇〇一年、二九―四三頁。

和田典子「『愛のない風景』の構成と象徴性」『阿部知二研究――城からの手紙』第九号、二〇〇二年、二〇―三七頁。

第二部

詩的風景の向こう側

第六章
アウラとしての抒情——カーソン・マッカラーズの『結婚式のメンバー』を読む

西山けい子

はじめに——抒情を感じるとき

風景に抒情を感じるというとき、観光地の明媚な風景よりも、たとえばひと気のない古い駅舎の木製のベンチや、春の川べりのやわらかな柳を思い浮かべる。エドワード・ホッパーの描く寒々とした部屋に胸が締めつけられることもある。同様に、文学表現に抒情を感じるというときも、いわゆる古典的名文、洗練された美文よりも、むしろ稚拙なもの、無骨なものに抒情を感じる場合がある。極端な場合、たとえば『ライ麦畑でつかまえて』（一九五一年）に出てくるホールデンの妹フィービのノートの幼い書き込みや、『ロリータ』（一九五五年）に出てくるロリータの学校のクラス名簿の、架空の名前の連なりに、ある種の抒情が感じられもする。だとすれば、抒情とは、対象の側にもともと備わった何かというよりも、対象と見る者——あるいは読む者——とのあいだに生じる何かであり、対象が息づき一種の光（あるいは影、あるいは湿り気）を帯びる作用であり、その感覚の体験なのだと、ひとまずは考えることができそうだ。この、対象に宿る一種の輝きは、一般に「アウラ」と呼ばれる。

アウラとは何かについて、まずは、この言葉と関係の深いヴァルター・ベンヤミン（一八九二—一九四〇）の議論を参照しておこう。周知のように、ベンヤミンは『複製技術時代の芸術作品』（一九三五—三六年）において、複製が可能となった現代の芸術（技術）にあって、伝統的なオリジナルの芸術作品のもつ〈いま―ここ〉という一回性の性質が失われる、と書いている。われわれがいま芸術としてみているものは、元来、宗教上の礼拝的価値を有するものであり、それが世俗化しても、〈真正〉な芸術作品の価値は根源的にはつねに儀式に基づくものであった。しかし、歴史において、芸術行為が、礼拝的価値をもつものから展示的価値をもつものへと比重を移していくなかで、写真、ひいては映画、という革命的な複製技術の出現によって、ついにその礼拝的価値が退却する時代が訪れる。それによって失われるものは、オリジナルの作品の真正性がもつアウラであった――ベンヤミンの議論は、ひとまずこのようにまとめることができる。

ただし、この有名な〈アウラ〉の概念について、そもそもそれは歴史的な知覚のありようなのか、芸術に限られた現象なのか、表現のメディアによって、あるいはオリジナルか複製かという条件によって、左右されるものなのか、見る対象に宿るものなのか、見る者が付与するものなのか――こうした点を、ベンヤミンのテクストは明確にしていない。また、ベンヤミンが現代におけるアウラの凋落を慨嘆しているのか、新たなメディアの出現によって大衆がアウラの権威から解放されたことを歓迎しているのか、あるいはその両方なのか、読む者（あるいはその思想的立場）によって理解の仕方が分かれるような書き方がなされている。『複製技術時代の芸術作品』は、その意味で、扱いの難しい、厄介なテクストであるといえる。(1)

しかしながら、思想的立場をいったん脇において、ここでは体験としてのアウラについて考えることにしよう。アウラとは、一般的には、ある事物や人物のまわりを包む独特の雰囲気や霊気のことを指すが、テオドール・アドルノ（一九〇三―一九六九）が『美の理論』（一九七〇年）で使用した表現を使うなら、「自己自身を超えたなにものか」（三島 四一二）であって、見ることによって対象との関係が変容してくるまなざしの体験でもある。『複製技術時代の芸術作品』は主として、写真・映画といった視覚メディアの出現に関する議論だが、文学についても、ベンヤミンは、大衆が抒情詩に冷淡になっていく時代における詩や文学の命運について大いに関心を寄せている。「ボードレールにおけるいくつかのモティーフについて」（一九三八年）では、ベンヤミンは、見る対象にこちらを見つめるまなざしを付与する能力こそ「詩の源泉」であるとしている（四七〇）。そして、言葉もまた、アウラをもつことがあるとする（四八八）。ここでいわれるようなアウラは、都市体験、陶酔体験、幼年期の記憶、シュルレアリスムへの関心などの形でベンヤミンの著作に繰り返し登場し、彼の著作におけるひとつの重要な核をなしている。それらは、リアリティが変容する体験であり、無意志的記憶の立ち上るときであり、ノスタルジアに襲われるときである。自分が世界を見ているとき、自分もまた世界から見られている——そのときに世界がアウラを帯び、自分がもっているのではない何かが対象に加わる。それは美や切なさや哀感となって経験される。子どものころに直接体験した時点では気づかなかったものが、大人になってから、ふいの記憶として蘇る場合もある。そのとき、現在の時間とともに、過去の時間が生きなおされ、ささいな出来事も独特のアウラを帯びることになるのである。(2)

以下では、アウラの体験、また言葉に宿るアウラという観点から、カーソン・マッカラーズ（一九一七—一九六七）の『結婚式のメンバー』（一九四六年）を考察していきたい。

一　音楽性とリリシズム

まず手短にこの作品の内容を紹介しておこう。『結婚式のメンバー』は、フランキー・アダムズという十二歳の少女が思春期の娘になっていく、ある夏の出来事を描いた魅力的な中篇小説である。主人公のフランキーは、その男の子のような呼び名からもわかるように、髪を短くしてＢＶＤのシャツに半ズボンをはいた、ナイフ投げの得意なお転婆娘（tomboy）である。アメリカ南部の小さな町に、時計宝石店を営む父と暮らしている。母は彼女の出産と引き換えに世を去った。十二歳の春からフランキーに変化が起きてくる。季節の風や花がなぜか物悲しく、心がそわそわして落ち着かない。身長は急激に伸びて、このペースで伸びつづければ、十八歳には九フィートを越える大女になりそうで恐ろしさが募る。また、戦争に明け暮れる世界は、学校の整然と色分けされた地図とは違い、高速で回転しつつあると感じられる。父親といっしょのベッドで寝る年齢は超えたが、年上の娘たちのクラブには入れてもらえず、フランキーはいっさいのものから切り離されたような不安を覚える。この不安に突き動かされて、彼女は町をうろつき、いろいろなことをやってみるのだが、それはいつも自分のやりたいこととは違うのだ。「緑の狂った夏」になり、彼女は毎日、ベレニスとジョン・ヘンリーといっしょに暑い台所でトランプをしている。ベレニスは料理や裁縫などをする黒人の家政婦で、片目に青いガラスの義眼を入れている。ジョン・ヘンリーは近所に住む六歳のいとこで、小さな金縁眼鏡をかけた、膝小僧のとびきり大きな男の子であり、台所の壁は彼の落書きした奇怪な絵で埋め尽くされている。三人は夏じゅうあまり何度も同じことを繰り返して話したので、「八月になると言葉がたがいに韻をふみ出して、なんだか奇妙に聞こえ」てくる。夏の醜い町と暑い台所を牢獄のように感じていたフランキーにとって、事態が一変することが起こる。八月最後の金曜日、兄でアラスカにいる兵隊のジャーヴィスが婚約者を連れて帰ってきたのだ。生まれてから一度も雪を見たことがないフランキーは、兄のいるアラスカにいつも憧れていた。美しい二人が、花嫁の実家のある「ウィンター・ヒル」という名前の町で結婚式を挙げるということに、彼女はすっかり心を奪われる。そして突然ある考えで彼女の心はいっぱいになる――「あのふたりが私のわたしたち（the we of me）なんだわ」。自分もこの結婚式のメンバーなのだ、あの二人とともに世界のどこへでも行くのだ――こうして、「あの恐怖にみちた春と、狂った夏が去って、彼女はもうおそろしいとは思わなくなった」というのが第一部である。

小説は三部構成になっている。フランキーが結婚式のメンバーになるという突然の啓示を得る第一部につづき、結婚式前日の高揚した気分で町を歩き、だれかれとなく結婚式のことを触れて回る部分が第二部、当日の結婚式の様子とその後のフランキーを手短に描く部分が第三部である。主人公の名前は、第一部がフランキーであるのにたいし、第二部ではF・ジャスミンである。結婚する兄がジャーヴィス、花嫁がジャニスと、ともにJAで始まる名前であるという不思議な偶然に感銘をうけたフランキーが、自分もJAで始まる名前を名乗ることにしたのである。第三部では、彼女は本来の名前フランシス・アダムズになっている。結婚式では、彼女は一言も自分の思いを伝えるチャンスがなく、「つれてって」と泣きわめく彼女をあとに残して、花嫁と花婿は車で去って行く。二度と戻るつもりのなかった町に引き戻されたフランキーは、家出の試みにも失敗する。しかし十三歳になり、新たな女友達を得て、彼女はやがて結婚式への思いを過去のものにするのである。

以下では、『結婚式のメンバー』における抒情性について考察していこう。

語源的に抒情詩（lyric）というのは竪琴（lyre）からきている通り、抒情（lyricism）というのは第一義的にはその音楽性に特徴がある。何が語られるかと同様に――あるいはそれ以上に――いかに語られるかが重要となるのである。マッカラーズは、「よい散文は詩の光に満たされているべきだ。散文は詩のようでなければならず、詩は散文のように意味をなさなければならない」（"Flowering Dream" 277）といっている。ある時期まではピアニストを志していたマッカラーズは、その散文の音楽性にまずは特徴がある。

ペンギン・モダンクラシックス版の『結婚式のメンバー』に序文を寄せているアリ・スミスは、この作品の冒頭部の「反復し反響し合う見事な散文」を、「ガートルード・スタインによる、意味と切断、共鳴と反復の実験に学んだかのような文章」と称え、それが通常の統語的、語彙的ロジックによるものとは別の法則によって進行し、内的に共鳴しあうことを、「反復される語から反復される語へ、センテンス間でまるで小さなバトンが渡されていくよう」と巧みに評している（Smith xxx）。スミスによれば、それは、詩に近い一種の形式性を備えた、「言語に敏感なテクスト（language-sensitive text）」と呼びうるものなのだ。「センテンスとセンテンスのあいだでまるで小さなバトンが渡されていくよう」というのは、たとえば次のような箇所から感知することができる。

> Things she had never noticed much before began to hurt her: home lights watched from the evening sidewalks, an unknown voice from an alley. She would stare at the lights and listen to the voice, and something inside her stiffened and waited. But the lights would darken, the voice fall silent, and though she waited, that was all. She was afraid of these things that made her suddenly wonder **who she was, and what she was going to be in the world, and why she was standing at that minute**, seeing a light, or listening, or staring up into the sky: **alone**. She was afraid, and there was a queer tightness in her chest.（32 下線および強調は引用者）

それまで気に留めたこともなかったようなことで胸が締めつけられるようになってきた。夕暮れどきの舗道から見る家々の灯り、路地から聞こえるだれのものとも知れぬ声。灯りをみつめ、声に耳を傾けると、からだのなかの何かが硬くなって、彼女は待ち受ける。だが、灯りは陰って声は静まり、待ってはいても、ただそれだけ。不安になった彼女に突然、湧き上がる問いがある。**わたしは何者なのか、これから世の中で何になろうとするのか、なぜいまこの瞬間、ここにこうして立っているのか**――灯りをみつめ、耳を澄ませ、空を見上げて――**ひとりで。**彼女は不安だった。胸には奇妙なしこりがあった。

繰り返される語はきわめてシンプルな語だ。light（灯り／光）とvoice（声／音）があり、それがセンテンスからセンテンスへと引き継がれる。その経過のうちに、光が陰り、路地の声も静まってゆく。そのとき、フランキーの奇妙に締めつけられた胸は何かを待ち受ける感じになり、待ち受けるその静寂の真空地帯に、「わたしは何者なのか、これから世の中で何になろうとするのか、なぜいまここにこうして立っているのか、ひとりで」、という根源的な問いが訪れる。一見してシンプルな語句が、反復と変奏によって詩的なつながりを形成し、その継ぎ目に、おそろしく哲学的である、孤独な人間の存在への問いが立ち上るのだ。

ここでの抒情性について触れるなら、次のようなことがいえるだろう。家々に灯りがともるころ、暮れなずむ光のなかで路地から聞こえてくる声は、子どもの遊ぶ声、あるいは夕餉の仕度を知らせる母の声だろうか。ここを読む者の多くも、自分の幼いころの夕暮れがさみしく心細いものであったことを思い出さずにはいないだろう。しかし、この作品は、テネシー・ウィリアムズの『ガラスの動物園』（一九四四年）やトルーマン・カポーティの『草の竪琴』（一九五一年）のように、大人になった語り手が少年期あるいは青年期を回想するという形式をとってはいない。回想として過去を「センチメンタル」なものに和らげるヴェールは省かれており、もっと直接的に、切なさが表現されているといってよい。しかし、その直接性は、言語の音楽性によって、ある種の美的な心地よさを獲得しているのだ。(3)

二　音と静寂、固有名

次に、この作品におけるアウラ的抒情が認められる要素を、いくつか項目として抽出してみよう。
この作品において、音と静寂というのは重要な関係にある。通りで子どもたちの遊ぶにぎやかな声、街角でだれかが吹くホルンの響き、つけっぱなしのラジオから流れる戦争のニュースやジャズの調べ、近所の家のピアノの調律の音、台所で際限なく続くおしゃべり――それらの音が途切れるとき、ふいに静寂が訪れる。ふいの静寂は、さきほどの一節にもあるように、その真空を満たそうとする何かが生じる予感を孕んでいる。兄が花嫁になる人を伴って帰ってきたときも、急に切られたラジオのせいで、宙づりになったような、突然の奇妙な静寂が訪れる。戸口に立って、部屋にいる兄と婚約者をはじめてみたフランキーは、「名づけようのない感情」に襲われる。それは春の宵に感じた、あの胸を締めつける不安に似た感覚であり、それがもっと突然で、もっとシャープになったものだった。そこに訪れるのが、兄夫婦は「私のわたしたち」なのだ（They are the *we of me.*）という突然のひらめきなのだった。

暮れゆく町はとても静かだった。兄と兄嫁はもうとうにウィンター・ヒルにいる。この町を一〇〇マイルも後にして、遠くの市にいるのだ。兄たちは兄たちで二人いっしょにウィンター・ヒルにいて、彼女は彼女でひとりっきりで同じ古ぼけた町にいる。一〇〇マイルもかなたに離れているからというよりも、兄たちは兄たちでいっしょにいるのに、自分だけが彼らから離れてひとりぼっちでいるのだと思うと、彼女はいっそう遠くて悲しい気持ちになった。その思いにふさいでいるとき、ある考えと説明がふいに彼女に訪れた。それがわかったとき、彼女は声に出してこう言いそうになった――あの人たちは私のわたしたちなんだわ。（52 強調は原文）

ここには、言葉と概念が生まれる境目の経験がある。「私のわたしたち（we of me）」という語の結合は、慣用的ではないだけに、小さな驚きを伴った一種の詩情を感じさせる。名づけようのないものに名前が与えられる感覚、新しいものが生まれる感覚があるのだ。「わたしは何者なのか、これからどこへ向かうのか」という問いによって穿たれた不安の穴は、突然の啓示によって満たされる。「私は結婚式のメンバーなのだ、三人で世界のどこへでも、いっしょに行くのだ」という「突然の真実」によって、不安の春、狂った夏のあいだフランキーが抱えていた不安の雲が追い払われるのである。

言葉に宿るアウラという点でついでに触れておきたいのは、固有名のことだ。特定の言葉や新しい言葉が、必ずしもつねに特別な輝きをもつわけではない。ある言葉がときにアウラをまとう場合があるというのを表すわかりやすい例が、固有名だろう。固有名とは、それ自体以外の別の言葉で言い換えのきかない語である。したがって、その言葉自体が詩的であるかどうかは、そこに付与されるアウラによって決まるのだ。兄と婚約者の名前がジャーヴィスとジャニスであることが奇妙な偶然に思え、自分の名前を同じJAで始まるF・ジャスミンと名乗ることにするとき、フランキーにとって、名前は、「それ自身であってそれを超えたもの」になる。その特別のアウラは、結婚式のあとに剝がれ落ちてしまい、夢破れたフランキーは、自分で自分につけた名前、「F.ジャスミン」をもう使うことはない。

地名においても同様のことが起こっている。雪を見たことがないフランキーは、兄がアラスカにいることに憧れに似た感情を抱いていた。彼女にとって、結婚式が行われる「ウィンター・ヒル」という地名は、特別のアウラをまとう言葉となった。目を閉じてゆっくり繰り返すと、その地名はアラスカと冷たい雪の夢想と混じりあう(12)。結婚式を想うとき、目に浮かぶのは音のない教会と、ステンドグラスに斜めに降りかかる不思議な雪、そして顔のない花嫁と花婿だった。ところが、結婚式の当日、ウィンター・ヒルに向かってゆくバスは、フランキーが想像していたのとは違って、なぜか南に下っていくように思えるのだ。いくつかの土地を通過して、だんだんと殺風景な田舎に入っていき、乗り換えのために停まった中継地点は、なかでもいちばん醜い土地だった。そこは「フラワリング・ブランチ(Flowering Branch)」という名なのに、花ひとつ、枝ひとつ、ない土地なのだ。結婚式が終わり、もとの町に引き戻された彼女は、惨めな現実を受け入れがたく、夜中に家出を決行する。警察に保護されて、「どこに行くつもりだったんだね?」と訊かれたとき、フランキーが答えた行き先が「フラワリング・ブランチ」だった。「世界のどこへでも行く。行く先々で、見知らぬ人が扉を開け、腕を広げ、〈おいで！　おはいり！〉と迎えてくれる」という夢想が子どもの夢想にすぎないと思い知らされた今、彼女は、屈辱のうちに、自分の知っているうちでもっともつまらない醜い土地の名を口にするのである。

フランキーが言葉に特別のアウラをまとわせるのに対して、彼女を突拍子もない夢想から覚まそうとするのがベレニスである。ベレニスは、諺や諺めいた言葉を使って、何度もフランキーに警告を発する。そのひとつが「二人は道連れ、三人は仲間割れ（Two is company and three is crowd.）」（93）である。諺とは、最初口にされたときは機知に富んだ言い回しとして特有のアウラを帯びていたものが、当初の特有の輝きを失ってクリシェと化し、共同体の知恵として定着した表現だといえる。フランキーの奇想の効果を打ち消すものとして、対照的なかたちでクリシェと化した言葉の力が使われているところは、この作品のじつにうまいところである。[4]

三　エピファニーと自己変容――「抒情的な主体」

デニス・J・シュミットは、言語が言語として経験される地点、言語がみずからの可能性の先端に触れて、慣習的な意味とは別の可能性を産出しはじめる地点――言語が到来する地点――に立つ主体を「抒情的主体（lyrical subject）」を呼ぶ。そのときみずからに開示される自己は、日常の役割を離れた自由の直観に満たされる。その経験がわれわれに自分が何者であるかを告げるのだ（Schmidt 1-5）。

フランキーは十二歳の春以来、「どこにも所属していない」不安からくる〈所属への渇望〉と、「町を去りたい」という〈自由への渇望〉という、相矛盾する渇望にとらえられていた。また、自分はだれであるのか、何になるのか、今ここにいるのはどうしてなのか、といった自己のアイデンティティや存在の問題を前にして立ちすくんでいた。こうした矛盾する渇望が魔法のように叶えられる地点、彼女の存在の疑問にたいする答えが一挙に得られる地点――それが彼女の描く「結婚式」である。もちろんそれは通常の意味の共同体ではなく、特別の共同体であり、不可能な共同体だ。自己を超出して自分の限界を超えて外界と交わる夢、そこで彼女は「ほんとうの自分」――シュミットに倣えば、「抒情的主体」――を感じ、自分を受けいれてくれる仲間と出会うはずなのだ。その意味で、イーハブ・ハッサンのいうように、この結婚式には「すべてのものが含まれて」いる。「フランキーの幻影には全ての人間の希望が隠されている」のである。だからこそ、フランキーが結婚式に与えた法外な意味は誤解以外の何ものでもないにせよ、それは「感動的な誤解」だといわなければならないのだ（Hassan 223）。

「結婚式」は、不安をかかえた停滞する夏からフランキーを飛び立たせる浮力となる。それがあれば彼女は恐れることなく、混沌のなかへ飛び出していける。そのことがわかったとき、彼女の胸は「二つの翼のように割れる」（56）。「結婚式のメンバーになる」――この突然の啓示によって、それまで不安や恐怖によって閉じられていたものが一気に開かれていく。そして迎えた結婚式前日は、フランキーにとって特別な一日となる。このときの経験は、彼女にとってのエピファニーの経験といってよいだろう。[5] フランキーが有頂天のうちに経験する町、出会う人びとは、昨日と違う新たな様相をもって立ち現れてくる。見なれた父の顔も、なじみの庭も、まるで初めて見るように思える。いつも歩く町を歩いても、「この町へ来たこともない旅行者のように自由な感じがする」。その一方で、いままで会ったこともない人との不思議なつながりを感じもする。だから、フランキーが彼女の望む意味で「結婚式のメンバー」になったのは――彼女が世界と結婚したのは――実はこの前日だったといってもよいのである。

彼女が大通りの左側を歩き、また右側を戻ってくると、またもや思いがけないことが起こった。それは通りですれちがうさまざまな人びと――彼女の知っている人もあったし、知らない人もあったが――と関係があった。年とった黒人がガタガタいう荷馬車の上に得意そうにしゃちこばって、かわいそうな目かくしをされた騾馬を土曜市のほうへ駆って行った。F・ジャスミンが彼を見ると、黒人のほうでもこちらを見た。外から見れば、それだけのことだった。だがその一瞥で、F・ジャスミンは彼の目と自分の目のあいだに、まるで二人が知り合いであるかのような、名づけようのない、あたらしい結びつきを感じた。――そのうえ、荷馬車が舗装した町の通りをガタガタと通り過ぎるとき、彼女の目には一瞬、その黒人の家のある農場や、田舎道や、静かな暗い松の木立が見えるような気がした。彼女はむこうでも自分のことを知ってくれたらいいのにと思った——結婚式のことを。（65-66 強調は引用者）

「結婚式のメンバー」という幻想によって授けられた翼をもって町をゆくF・ジャスミンは、全能感に満ちている。「ほんとうの自分を認めてもらいたくて仕方がなかった」ので、それまで会ったこともない人たちに、あきれられるのも気づかず結婚式の話をして回る。世界は彼女を仲間外れにする排他的なものであることをやめ、親和的・友好的なものになる。世界との特別のつながりを発見するフランキーは、特別の時間のなかで新たな自己を経験している。自己を出現させる経験というのは、ラディカルな自由の経験なのである。

しかし、彼女が結婚式に付与する意味は現実ばなれしており、実際の結婚式とは何の関係もない。彼女が求めるものは、すべての人間から本来欠如していて、一瞬の僥倖を除いてはつかむことのできないものなのだ。当然のことながら、当日の結婚式は悪夢のように、彼女の力の及ばぬところで進む。兄夫妻の車のハンドルにしがみついたフランキーは、みなに引きずりおろされ、去っていく車の土埃にまみれて、「つれてって！　つれてって！」と叫びつづける。彼女は幻想の翼をもがれ、地に這う姿をもっともみじめにさらさなければならなかった。この手痛いイニシエーションによって、十二歳のフランキーは現実の世界を知るのである。

四　苦い抒情——アウラの剥落

「結婚」の幻想を軸に、少女の出会う世界がアウラを帯び、そのアウラが剝がれ落ちる——その出来事が鮮明に描かれるのがこの作品である。そのアウラ剥落の過程は、もうひとつのイニシエーションが同時並行的に進行することによって、より効果的なものになっている。町を永遠に去るはずの最後の日、フランキーは彼女が結婚式に与えた特別の意味ゆえに、非現実の一日を経験した。しかしながら、結婚式自体は現実の出来事であり、彼女が出会う人びとは現実の人間でもある。こうして彼女はその日、「結婚」を軸に、知らぬ間に二重の世界を生きているのである。垂直の軸は彼女を〈開いた社会〉に放ち、水平の軸は〈閉じた社会〉に組み入れようとする。垂直の軸において、彼女は町の新たな様相に触れ、人との不思議なつながりを感じ、深い自己に出会う。からだに音楽を感じ、未知の言葉が生まれる予感を覚える。一方で、口紅を塗りピンクのオーガンディーのドレスを着ておめかしした背の高い十二歳の少女は、「結婚」の本来的な面——性の現実——にも期せずして遭遇する。それは彼女を女の一員として迎え入れようとする社会への、彼女のもうひとつのイニシエーションだ。[6]

フランキー（F・ジャスミン）は、それまで足を踏み入れたことのない「ブルー・ムーン」という大人の店にはいる。そこで彼女は、カウンターでビールを飲んでいる赤毛の兵隊と出会い、その日彼女が見知らぬ人と取り交わす、あの特別な視線を感じる。しかし、彼女の思い及ばぬことながら、兵隊の視線は別の意味の「特別な視線」である。フランキーはぼんやりと、兵隊の話す言葉が「映画か何かで聞いたことがあるような」言葉で、「決まった答え方をしなければならない決まった質問」のような気がする。カフェだとばかり思っていた「ブルー・ムーン」は、実は二階がホテルになっていて、待ち合わせてダンスに行くはずが、彼女は二階に誘われる。

部屋にはいって、不思議な静寂にフランキー（F・ジャスミン）は不安になる。それは、かつてナイフを万引きする前や、バーニーという男の子とガレージで経験した出来事のときに感じた静寂と同じ静寂だった。迫ってくる兵隊の舌と思われるものに思い切り噛みついたフランキーは、水差しで相手の頭を力まかせに殴り、一目散に逃げ出す。そのときふいに、彼女の頭のなかをよぎる記憶の断片があった——家に夫婦ものの下宿人をおいていたとき、彼らが「発作」を起こして幼い彼女が大騒ぎをしたこと、年上の連中の「いやらしい嘘」、バーニーと犯した「秘密の罪」。結婚式の夢破れて町に戻った夜、スーツケースを手に家を抜け出したものの、行き暮れた彼女は、ふとあの赤毛の兵隊のことを思い出す。あの人に結婚してくれるよう頼むのもいいかもしれない……。そのときふたたび、ホテルの部屋の静けさとともに、それらのきれぎれの記憶がよみがえる。彼女に性にかんする突然の洞察が訪れるのだ。それは

「ひやっとするような驚き」だった。

〈静寂とそのあとの突然の真実の開示〉というパターンがここでも繰り返され、彼女は結婚と性が結びつく地点に導かれる。結婚という、究極的に排他的な二人組のクラブの三人目のメンバーになるという、彼女の途方もない思い込みは、なによりも性への無知に由来していた(7)。その彼女が、通常の意味における「結婚」の含意を知り、無限に開かれると思われた世界が崩壊するその傷口をもって、社会の一メンバーとなることを受け入れていく。そこには苦い抒情があるといえるだろう。

五　小さなもの、か弱きもの、無垢なるものへの愛――「他者性」の抒情

抒情について、世界がアウラをまとうときの喜びとして、またアウラが剥落するときの苦さとして、経験されるということを述べてきた。このパターンは、たとえばジョン・スタインベックの『二十日鼠と人間』（一九三七年）のレニーが語る農場の夢（とその崩壊）や、テネシー・ウィリアムズの『ガラスの動物園』の紳士の訪問者への期待（とその消失）などに表れる抒情についても、あてはまるのではないかと思う。しかし、世界が変わりうるという期待や予感と、それへの希求、それに参与するという創造的喜び、あるいはその挫折の失意をめぐって、抒情が生じうるとしても、抒情はそれに尽きるわけではない。

抒情というものは、日常の停滞する現状にとっての何らかの余剰の部分であり、社会の権威や権力、定着している制度や慣習からは零れ落ちるところに宿ることが多いように思われる。新たな自己、新たな世界との出会いというのは、自明の自己や自明の世界に回収されない「他者性」との出会いでもあるわけだが、同様に、世界のなかに――世界の周辺部に――存在する「他者」としての、小さなもの、か弱きもの、無垢なるものに出会うとき、またその傷つきやすさに触れるときにも、抒情をかき立てられるということがある。『結婚式のメンバー』では、フランキーのいとこのジョン・ヘンリーという六歳の男の子に関する描写に、そのことを強く感じさせられる。

ジョン・ヘンリーは、フランキーが離脱しようとする幼な子の領域に生きている。フランキーが不気味に惹きつけられる見世物小屋のフリークに、彼はまったく無邪気に心を奪われる。ジョン・ヘンリーが小麦粉の生地を使って「小さな時計職人のように」真剣につくるビスケットマンは、どこかしら彼自身に似ている(15)。フランキーが年上の女の子に「へんな臭いがする」と言われて気落ちしているときに、彼は汗でねとねとした手でフランキーのうなじをぴたぴたと叩き、フランキーのことを「一〇〇本の花のような匂いがするよ」と慰めてくれた(18)。夕暮れどき、自宅の正面のポーチの手すりに寄りかかる彼の姿は、窓の灯りを背景にして、「黄色い紙のうえに載った黒い紙人形」(51)のように見え、また、その手すりの上を、両腕を突っ張って広げバランスをとりながら歩く姿は、「黄色い窓の灯りを背にした小さなブラックバードのよう」(53)だ。そんなとき、小さなジョン・ヘンリーが、さらに小さくはかないものに変容(ジル・ドゥルーズの言葉を使えば、生成変化)していくようだ。ジョン・ヘンリーは、階段の手すりのところにいる謎めいた小さないきもの、カフカのオドラデクや、メルヴィルのバートルビーの同類ではないだろうか。ときどきフランキーに無茶なことを言われてすっと黙り込んでしまうこの男の子は、オドラデクやバートルビーのように気がかりだ。

昼間は邪険にしているにもかかわらず、夕方になるとフランキーは、ジョン・ヘンリーに泊まっていくよう誘う。それは彼が「なんだかこわがっているみたいだった」からなのだが、ジョン・ヘンリーは自己のうちに充足していて、実際に不安なのはフランキーの方なのである。フランキーがジョン・ヘンリーと体を密着させて眠るときの、詩情に富む描写を引いておこう。

ジョン・ヘンリーは月光を浴びて、そばかすだらけの顔をしながら、小さな身体で横たわっていた。白い胸をはだけ、一方の足はベッドの端から垂れていた。フランキーはそっと彼の胃の上に手をおいて、自分の身体を近づけた。まるで小さな時計が彼の体内でチクタク鳴っているみたいだった。汗とスウィート・セレナーデの匂いがした。それは酸っぱい小さなバラのような匂いだった。フランキーは頭を寄せて、彼の耳のうしろをなめた。それから深い息をつくと、彼のとがって湿った肩の上に顎をのせて目を閉じた。こうして闇のなかにいても、だれかがそばに寝ていてくれれば、前ほどこわくなかったからだ。(21)

ジョン・ヘンリーは最後に脳膜炎で突然あっけなく死んでしまう。それだけにいっそう、彼は永遠の子どものように記憶に残る。黄昏どき、ふいに静寂が訪れたとき、フランキーは彼の気配を感じるのだ。

六 不寛容な社会のなかの夢の共同体

『結婚式のメンバー』はアメリカ南部の小さな町を舞台としている。年代はおそらく一九四四年に設定されていて、ラジオからは連日、ヨーロッパ戦線、太平洋戦争の状況が流れている。フランキーやベレニスにとって、日本軍とドイツ軍は野蛮な敵である。フランキーの住む地域は白人と黒人の居住区がはっきり分かれていて、黒人が惨殺された事件を彼女は知っている。フリークは見世物とされ、同性愛者やトランスジェンダーの人間は奇異な目でみられている。ジョン・ヘンリー、ベレニス、フランキーの三人は、台所で、創造主になったつもりでそれぞれにとっての理想世界を語るが、黒人のベレニスが創造主として描く世界は、彼女のおかれた境遇の苦悩を反転させたものになっている。そこは、黒人も白人もなく、全員が青い眼に黒髪、淡い褐色の肌の人間で成り立っていて、戦争はなく、ユダヤ人が虐殺されることもない世界である。

フランキーの言葉で言えば、多くの人たちは「私のわたしたち」をもっているのだが、現実社会におけるそれらの共同体、とくに社会の主流となる共同体は、排除するもの、スケープゴートや敵とするものを名指すことによって、みずからの結束を固めるようにしがちである。一方で、フランキーのいう「結婚式のメンバー」というのは、彼女を開かれた社会に迎え入れてくれる夢の共同体だった。もちろん、この共同体は世界のどこかに実在するのではなく、孤独な少女がつながりの感覚を求め、自らを外に開いて創造的に作り上げる世界のイメージである。

私たちは、自身の深い自己を通じて、到達できない他者とのつながりを求め、結局はそれに失敗して孤独に戻る。だからこそ、孤独の人の姿はしばしば抒情を誘うのだろう。長編デビュー作『心は孤独な狩人』(一九四〇年)をはじめ、愛の孤独はマッカラーズの一貫したテーマでもあった。

*本稿は、第六〇回日本アメリカ文学会関西支部大会フォーラム「不寛容な時代の愛——アメリカ文学における抒情の系譜」(二〇一六年一二月三日、京都学園大京都太秦キャンパス)における発表原稿を基にしている。

【註】

(1)ベンヤミンのアウラ概念については別のところで詳しく論じた。西山「見つめ返すまなざし——アウラ、プンクトゥム、対象a」参照。

(2)伝統的には、抒情詩はロマン主義的感性のものである。ジマーマンは『ロマン主義、リリシズム、歴史』において、その第一章を「アウラの歴史」とし、ロマン主義的リリシズムの系譜を、日常の関心事から離脱するところに生じるアウラ、超越的なものへの明確な衝迫にみている(Zimmerman 1-37)。

(3)マッカラーズの本作品における音楽性については、桂田重利に貴重な分析がある。桂田は、この作品は、作者の音楽的ヴィジョンに沿って、「基底的な低音(バス)に支配される調性(tonality)」が与えられていると指摘する(一六六)。基底的な低音とは、この場合、アメリカ南部の小さな町の「夏」であり「八月」であり「台所」である。基本の情感は"she was afraid"として反復されるフランキーという少女の不安と孤独であり、それがいわばこの作品の「主旋律」をなすのである。なお、『結婚式のメンバー』の主題やモチーフ、語句のリフレイン、そこから生まれるリズム、シンボルの多用などの特徴については、Wikborg に詳細な研究がある。

（4）逆に、クリシェが妙なアウラを帯びる場合もある。フランキーが、どこかで聞き覚えた、まだ身についていない、「大人の言葉」を操ろうとするときがそれにあたる（「運命の皮肉（irony of fate）」「不可避なこと（it is inevitable...）」など）。

（5）ちなみに、デイヴィッド・ロッジはエピファニーについて次のように述べる。「エピファニーにおいて、小説は抒情詩の言語的緊密さに限りなく近づく（現代の抒情詩の大半は実のところエピファニー以外の何ものでもない）。だからこそ、往々にしてエピファニーを伴う描写には、言葉と音のゆたかな彩が使われるのだ。」（148）

（6）この点については、西山「少女のイニシエーション」で詳しく論じた。

（7）マッカラーズは、この作品の舞台版のことを「叙情的な悲喜劇（lyric tragi-comedy）」としている。（McCullers, "The Vision Shared" 265）

【引用・参考文献】

Hassan, Ihab. *Radical Innocence: Studies in the Contemporary American Novel*. Princeton UP, 1961.

Lodge, David. *The Art of Fiction*. Vintage Books, 2011.

McCullers, Carson. *The Member of the Wedding*. Penguin Modern Classics, 2008.

---. "The Flowering Dream: Notes on Writing." *Mortgaged Heart*, pp. 274-82.

---. *The Mortgaged Heart: Selected Writings*. Mariner Books, 2001.

---. "The Vision Shared." *Mortgaged Heart*, pp. 262-65.

Schmidt, Dennis J. *Lyrical and Ethical Subjects: Essays on the Periphery of the Word, Freedom, and History*. State U of New York P, 2005.

Smith, Ali. Introduction. McCullers, *Member*, pp. xi-xxxix.

Wikborg, Eleanor. *Carson McCullers' The Member of the Wedding: Aspects of Structure and Style*. Acta Universitatis Gothoburgensis, 1975.

Zimmerman, Sarah M. *Romanticism, Lyricism, and History*. State U of New York P, 1999.

桂田重利「スタイルの音楽性――『結婚式のメンバー』の文章」『まなざしのモチーフ』近代文藝社、一九八四年、一六二―八三頁。

西山けい子「少女のイニシエーション――カーソン・マッカラーズ『結婚式のメンバー』」『Becoming』一一号、BC出版、二〇〇三年、四六―六六頁。

――「見つめ返すまなざし――アウラ、プンクトゥム、対象a」『Becoming』二一号、BC出版、二〇〇八年、三―三二頁。

ベンヤミン、ヴァルター「複製技術時代の芸術作品〔第二稿〕」『ベンヤミン・コレクション1 近代の意味』、浅井健二郎編訳、久保哲司訳、筑摩書房、一九九五年、五八三―六四〇頁。

――「ボードレールにおけるいくつかのモティーフについて」『ベンヤミン・コレクション1 近代の意味』、浅井健二郎編訳、久保哲司訳、筑摩書房、一九九五年、四一七―八八頁。

三島憲一『ベンヤミン――破壊・収集・記憶』、講談社、一九九八年。（現代思想の冒険者たち 第九巻）

第七章
フィクションとしての自叙伝に秘められた詩的想像力
――シャーウッド・アンダスンの『物語作者の物語』一考察

田中 宏明

はじめに

シャーウッド・アンダスン（一八七六―一九四一）は処女作である『ウィンディー・マクファースンの息子』（一九一六年）から最後の作品となった『キット・ブランドン』（一九三六年）に至る間に自伝的作品を三作残している。すなわち、『物語作者の物語』（一九二四年）、『ター――中西部の子供』（一九二六年）および『シャーウッド・アンダスン回想録』（一九四二年）である。

創作作品と自叙伝との違いは何であろう。作家が小説などを創作する際には想像力が発揮され虚構の世界が構築される。一方、自叙伝と呼ばれるものは連続した実体験を綴ったものであり、その一部に虚構を交えることがあっても、基本的には事実に基づいたものであるといえよう。もちろん、忘却や何らかの故意の理由によって脚色されたり歪められたりして不正確になったり虚偽のものになったりする部分は存在する。だが、虚構の構築を当然のこととする小説とは異なり、自叙伝では史実に基づいた部分が比較的多くを占めると考えるのが妥当であろう。換言すれば、自叙伝の中に作家の精神世界や執筆姿勢が凝縮されているとも言えるのではないであろうか。

アンダスンは文学史上ではアメリカ自然主義作家という範疇に加えられている作家である。自然主義とは写実主義を継承しながらもダーウィンの生物学的決定論やマルクスの経済学的決定論を大幅に取り入れた理論である。遺伝や性的衝動のような自然の力や環境が人間を支配するという決定論に基づくもので、人間は自分の意志よりも手の届かない力によって支配されるという考え方である。自己は幻想に過ぎず、内的・外的な抑圧によって自己の選択の機会を奪われる姿が描かれているのである。そのため題材としてゆがんだ社会や経済状況などが選ばれ、人間の生来の醜さなどに焦点が当てられるのである。アンダスンの作品でも当時の社会のひずみの中で翻弄される、いわば脚色された人間像が数多く描かれている。

しかし、先にも述べたように、多くの作品の中にあって自叙伝と呼ばれるものは小説や詩などとは一線を画するものである。自叙伝とは作家自らが自己の人生について記したものであり、事実が作家の意識を通じて積み上げられ、纏められて作品へと仕上げられていくのである。そこには他人による伝記のように第三者が介在することはない。それゆえ作家の人間像や執筆活動の核心を理解するためのファーストソースとなりうるのである。

本論では、シャーウッド・アンダスンの最初の自叙伝である『物語作者の物語』に焦点を当て、執筆活動の本質およびその後の作家としての方向性に関して論じてみたい。

一　自叙伝と自伝的作品

『物語作者の物語』を出版した一九二四年のはじめ、前年を振り返って作家活動に関して満足していると兄のカールへの手紙において述べている。

ある意味、その年は豊かな創作活動を送ることができた。現代のフランス、ドイツ、ロシアおよび英国の文壇から素晴らしい啓示を受け半ば自伝的作品である『物語作者の物語』を執筆することができた。これはアメリカ人

の生活に根ざす芸術家のあるべき姿を示したものである。（Schevill 198）

この手紙においてアンダスンは『物語作者の物語』を自叙伝ではなく「半ば自伝的作品」（"semi-autobiographic"）と呼んでいることは注目に値する。また、後年ある大学教授の質問に答えて、この作品を「半ば自伝的作品」ではなく作家となったある人物の精神世界を描いた小説であると述べている。事実を記録するつもりはなく、物事の本質を忠実に描こうとしたとも述べている（198）。これらの発言を通じてアンダスンは作品内容のすべてが史実に基づいたものではないというメッセージを伝えているのであろうが、家族に関する叙述やヨーロッパでの作家たちとの出会いに関する部分は彼の実生活とかなり重なるものである。実体験と異なる部分も散見されるが、彼の人間形成を描いたという面では事実と大きな差異がないと考えるべきであろう。したがって、本論ではアンダスンの言葉を借りて、「半ば自伝的作品」という立場に立って論じていきたい。[1][2]

アンダスンは初期の作品である『ウィンディー・マクファースンの息子』および『行進する人びと』（一九一七年）において自己分析および自己表現の方法を身につけた。そしてシカゴルネッサンスと出会い、東部への反発と中西部の独自性を背景に執筆した『ワインズバーグ・オハイオ』（一九一九年）および『貧乏白人』（一九二〇年）において作家としての成功を収めた。これらの作品で、ジークムント・フロイト（一八五六―一九三九）との出会いを通じて人間の内面を表象化するいわゆる心理主義的リアリズムの手法が開花したのである。そして「有望作家」として第一回Dial誌賞（一九二一年）を受賞する。その後友人のポール・ローゼンフェルドの招待ではじめてヨーロッパへ旅行し、ガートルード・スタイン（一八七四―一九四六）やジェイムズ・ジョイス（一八八二―一九四一）などと出会い、革新的リズムや意識の流れなどの文学手法を学ぶ。また小説家以外にも絵画の世界でマルセル・デュシャン（一八八七―一九六八）やパブロ・ピカソ（一八八一―一九七三）などフランス・モダニストの作品と出会い、人物を多数の断片的なイメージ群に解体した上で、それらを再構成しようとする表現手法に魅せられる。アンダスンは帰国後このような視覚芸術の原理を文学に持ち込もうとして、『多くの結婚』（一九二三年）や『馬と人間』（一九二三年）などを出版し[3][4][5][6]

て好評を得る。したがって、ビジネスマンから作家に転向したアンダスンにとって、一九二〇年代前半は最も充実した人生を送っていた時期であり、作家活動に自信を深めた日々でもあったといえよう。

このような小説手法およびそれを具体化した作品の成功により、自らの執筆活動を鼓舞し、今後の方向性の確立を図るために自伝的作品を執筆する必要が生じたとも窺える。また、『ワインズバーグ・オハイオ』で成功を収めた作家として自叙伝を著すことによりアイデンティティを確立するというねらいもあったのかもしれない。このことはのちに、『黒い笑い』(一九二五年)の成功を受けて幼年期を中心にした自伝的作品である『ター』が出版されていることからも推察できる。同時にこのような意図で出版されたがゆえに事実だけに基づいて執筆されたのではなく、自負心を鼓舞するのである。つまり一流の作家としての地位を築くことができた時期に自伝的作品を二度出版している意味もあって「半ば自伝的作品」といえる形態が取られたのではないであろうか。そのことにより多くの事実の断片から虚構(フィクション)を織り込んだ自叙伝が再構成されたともいえるのである。したがって、事実と虚構の接点を検討することを通して、アンダスンが作家活動で目指した本質を探ることができるであろう。この作品が断片的事実を集大成したものとなったもうひとつの理由は、もともと自伝的断片を書きつづり、それを『アメリカン・マーキュリー』、『センチュリー』や『ファンタズマス』などの異なった雑誌に投稿していたという事実がある。これらを一九二四年一〇月に一冊の本としてまとめて出版したのが『物語作者の物語』であるからだ(*Letters* 121, 126)。私生活の面では、ニューヨークで出会ったエリザベス・プロールとの結婚を望み、当時の妻であるテネシー・ミッチェルと離婚する決意を固めたのもこの頃であった(7)。一九二四年一〇月に離婚が成立した後、エリザベスと三度目の結婚を実らせ、その後ニューオーリンズに居を構えることにした。書き始めていた小説の筆を止め、リンカーンに関する本を書き始めた(8)。

したがって『物語作者の物語』の執筆動機が、新たな私生活を始めるにあたっての資金の必要性、名声を得た作家としてのアイデンティーの確立、そして過去を検証し作家として今後の人生を歩んでいく決意を示すためであったと考えるのが妥当であろう。そのため事実のみを纏め上げた自叙伝ではなく、フィクションを織り交ぜて読み物的色彩も加えた自伝的作品となったと解せるのである。そこには次作である『黒い笑い』で開花する詩的想像力も秘められている。

二　自伝的作品におけるフィクション

アンダスンは『物語作者の物語』の冒頭で写真家であるアルフレッド・スティーグリッツへ次のような献辞を記している。「巨大で騒々しく暗中模索しながらも発展するアメリカにあって、当惑し物足りなさを感じている多くの芸術家にとって父以上の存在であるスティーグリッツへ」(*Story Teller's Story*)。自叙伝の冒頭にこのような献辞を記したのは、彼がアンダスンの作品に大きな影響を与えたからであると推察できる。写真家であるスティーグリッツに惚れ込んだのは、瞬間を写真という技法で切り取り、そこに表現された物事の断片を通して永遠の真実とも呼べる背後に広がる世界のすべてを一枚の写真で象徴的に表しているからである。小説に転ずれば、物語の起点や核心となる事実は存在するがその事実をつなぎ合わせる部分に虚構、すなわちフィクションが介在することによって描きたい世界の全容を象徴的に表すことができるとアンダスンが考えたとも窺える。すなわち、この献辞こそがアンダスン流の自叙伝のあり方を示していると理解できるのである。

『物語作者の物語』には「青春時代と中年時代の記憶」という副題が付されている。すなわち、アンダスンがビジネスマンであった青年期および執筆業に転じた中年期を振り返り、この作品を執筆したと窺える。『物語作者の物語』の二年後に出版されたもうひとつの自伝的作品である『ターー』には「中西部の子供」という副題が付され、幼年期の姿が描かれている。したがって、この二作によってアンダスンの生い立ちから作家までの生涯が説明されているのである。

『ターー』の冒頭には事実の扱い方に関して次のような興味深い記述がある。「私は物語作者であるので事実を語ると期待しないでもらいたい。事実を語ることなんか私には不可能なことなのであると私は告白する」(*Tar* ix)。彼は小説を執筆するにあたって人びとの深層心理に真実が存在し現実の世界は虚偽のものであると捉えていたが、自叙伝に対しても同様の姿勢で臨んだと推察できるのである。したがって『物語作者の物語』や『ター』は事実であるところの作家の現実生活を描いたものではなく、真実であるところの作家の精神世界を象徴的に描こうとしたものであると理解すべきなのである。実際、アンダスンは『物語作者の物語』の第四部において次のように述べている。

アメリカのすべての物語にはプロットが必要であるという考え方がある。人びとの注意を道徳に向けさせ、人びとを向上させ、よりよき市民を作り出さなければならないという考え方である。雑誌はこれらのプロットを重視する物語で満たされ、演じられている演劇の大部分はプロット劇である。(*Story Teller's Story* 352)

しかし、アンダスンによれば「これはばかげたアングロサクソンの考え方であり、『有毒なプロット』なのである。プロットという考え方がすべての物語を台無しにしているのであり、望まれるのは難解で理解しがたいプロットではなくフォームである。プロットとはその物語が構成されているフレームであり、新しいトリックに過ぎないのである。プロットだけを重んじる物語では人びとの深層心理に関する検討は横に置き去りにされ、人間の存在というものが無視される」(352)。アンダスンは物語の題材は自分の周りにたくさんあるが、それを物語の体裁に仕立て上げることはやっかいな作業である(355)と述べて、物語にとってフォームや言語がいかに大切なものであるかを示している。同時に、彼は物語の題材は容易に見つかると述べて、巷に氾濫しているプロットだけに頼った物語を批判している。したがって自伝的作品においてもプロットを追い求めて人間の成長過程を順序立てて描くのではなく、瞬間に光を当て、そこに凝縮された人びとの深層心理を描こうと努めたのである。そこにこそ真理が存在するからである。しかし同時にこの手法は自叙伝を事実と乖離する方向へと導くことにもなったのである。

『物語作者の物語』では二人の芸術家に焦点が当てられている。パリ在住のアメリカ人女性であるスタインとパリ印象派画家のフェリックス・ラスマン(一八八八―一九六二)である。前者に関しては『やさしいボタン』(一九一四年)を通じて、形式(フォーム)の面でこれまでの物語にはない実験的な手法や、意味を精選して研ぎ澄ました形で使用している言語運用や特殊なリズムを持った文体に関心を寄せた。そこには純粋な実験があり、言葉が通常持っている意味とはかけ離れたイメージで描かれていたからである。これこそが詩人の仕事であると感じ、自らもこの手法を取り入れることができないかと思考するのである（359）。後者のラスマンに関しては家に招かれ、その作品の色彩に強い感銘を受け、真の画家というのは一筆ごとに自らの思いのすべてを明らかにしていくのだと感心する（360）。アンダスンの作品が色彩豊かであるというのはもともと印象派の画家に興味を持っていたからだけでなく、絵画の色彩には現実の物質が持っている色だけでなく画家の思いが投影されていると信じていたからである。小説で多様な場面を描く際にも色彩を大切にすることにより、作家の意図を読者に伝える手法を探ったのである。作家にとって形式と言葉、それに色彩が大切であることを認識していたのである。

このように自伝的作品において、出会いという事実が作家の精神世界を表象する手段に置き換えられていくのである。すなわち事実を積み上げていく過程で、精神世界に存在する真理を描くためにフォームや色彩にこだわり、いくつかのフィクションを加えることによって、自叙伝が「半ば自伝的小説」、そして読み物へと変容していったと考えるのが妥当であろう。そのように考えると、『物語作者の物語』は作家の真理を綴った自叙伝そのものであると考えられる。

三　母親像

この作品ではアンダスンの作家人生にあたるおおよそ五〇年の歳月が四部構成となっており、第一部の幼年期に関しては一三〇ページ、第二部の青年期に関しては一五五ページ、第三部の中年期に関しては五五ページ、第四部のニューヨークでの作家時代に関しては六三ページ、そしてエピローグ三〇ページからなっている。プロローグが無くエピローグがあるというのも奇妙な構成であるが、作家生活時代ではなく、幼年期から青年期にあたる部分が全体の四分の三近くを占めているというのも興味深い点である。すなわち、アンダスンにとっては作家として歩み出した時代よりも、作家としての名声を築く以前の空想を巡らせていた青春時代のほうが大切だったのではないであろうか。この時代は家族、とりわけ両親と精神世界を共有する時期でもある。したがって自叙伝において両親をどのような状況に配置し、どのように描いているかということが作家アンダスンという小説家を理解する上で大切な要素なのである。この章では作品に描かれている自伝的事実、とりわけ母親像とその事実に関して検証する。母親の描写に関しては事実と大きな齟齬があり、その故意のフィクションが何を目的としてなされたのかを推察し、そこに潜む彼の意図を探りたい。

『ワインズバーグ・オハイオ』の冒頭において母親であるエマ・スミス・アンダスンへの献辞が次のように記されている。「母親は人生に対する観察眼が鋭く、人びとの表面的な人生の背後に潜むものを探りたいという渇望を私に抱かせたくれた」(*Winesburg*)。そのため、アンダスンは兄弟姉妹に関してほとんどの作品でモチーフとしても触れていないが、[9] 母親に関しては多くの作品で取り上げている。とりわけ象徴的なものは『ワインズバーグ・オハイオ』の「母親」("Mother")である。アンダスンは「母親」において、小さな町に閉じこもっているジョージ・ウィラード少年に都会へ出て多くの人びとと知り合い、その人生を理解するよう促す母親の姿を描いている。[10] この母親像は献辞で述べられている実際の母親と色濃く重なる。また「森の中の死」(一九三三年)において、男たちと動物に食事を与えることだけに一生を捧げる老婆に関しても同様の指摘を行うことができるであろう。[11] すなわち彼は母親によって人びとの深層心理を理解することの大切さを教えられたのである。その作家活動の根幹が人間理解であるという点からすると、母親の存在はとりわけ重要であり、作家活動の根幹を支える人物であるといえる。[12] したがって自伝的作品であればなおさら母親に関する記述が多くの部分を占め、歴史的事実に関してもある程度尊重されると予測できよう。ゆえに母親に関する記述にはとりわけ注意を払う必要がある。

第一章は少年時代を振り返る言葉から作品が始まり、母親に関しては次のように描かれている。「母親は背が高く痩せており、かつては美しかった。先見のない父と結婚した当時、彼女はある農夫の家族の下で拘束された生活を送っていた。イタリア人の血が流れ、生まれについては謎めいていた」(*Story Teller's Story* 7)。その母は三〇歳という若さで五人の息子と二人の娘を残してこの世を去ると記されている（25）。だがウィリアム・A・サットンによる綿密な調査では、子どもの数は事実通りであるが[13]、母親に関しては多くの脚色が見られる。母親はイタリア系ではなくドイツ系であり（Sutton 479）、また死亡したときの年齢は三〇歳ではなく四三歳であった（481-83）。彼女は母親が離婚したために若い頃には厳しい生活を送ることを余儀なくされたが、身を寄せていたファリス家では比較的優遇され幸せな生活を送っていた[14]。これら一連の事実を見ても、自伝的作品において母親は事実と大いに乖離した存在として描かれていることが分かる。

だがもっとも注目すべきは母親像ではなく、母親に関する記述が占める割合である。先にも述べたように、彼にとって母親は父親と比べて別格の存在であり重要性に大きな隔たりがある。そのため他の作品では母親に関する記述は父親のそれに比して遙かに多くの部分を占めている。だが『物語作者の物語』においては両親の立場が逆転し、実際よりも母親を若くして他界させることにより父親に関する叙述がかなり多くの部分を占めている。物語の中で彼のすぐ下の弟が語る「父は大地に種を植え、母こそはその種が育つ大地である」（*Story Teller's Story* 8）という言葉は、この作品では逆になっている。すなわち母親が若くしてこの世を去るという設定にすることにより種をまく存在として描かれ、母親亡きあと父親が子どもたちを育成する役割を担っているのである。したがって母親の存在を可能な限り矮小化させるというフィクションにより、幼少期の特別な思い入れが母親にではなく父親に対してあったと読者に示しているのである。

四　父親像

サットンは小説家としてのアンダスンの第一歩は夢想家であり、社会での失敗者であり、おしゃべりであった父親の性格から脱却することであり、その過程を記したものが『物語作者の物語』であると述べている（Sutton 360）。自伝的作品の終わりにあたって、アンダスンは次のような興味深い言葉を記している。「私はこの本で父親のショーマンとしての側面を誇張して書いた。もちろん父親の人生に関して時どきは虚偽の部分も存在するが、その本質に関する部分には偽りはない」(*Story Teller's Story* 338)。小説家としてのアイデンティティを明確にするには成長過程の本質部分を歪曲することは許されないからであろう。彼は『回想録』において、兄弟たちは父母を表層的に知っているだけであり彼だけがその核心部分を知っているのだとも述べている(*Memoirs* 21)。したがって、父親の本質を検討することがこの『物語作者の物語』の執筆動機を探る上で不可欠であるといえよう。

彼は自らの人生について、父親との関連で次のように語っている。「今後は一生をかけて心の中に潜むずるさやもっともらしさと戦い、空想という森の中の未踏の道を歩みながら人びとの発するゆがんだ言葉に従う運命にある。私も父のように、不可解な長い年月を通じて見知らぬ途を震える足で前へとそっと歩いて、人を癒したり破滅させたりするすべての言葉を理解しなければならない」(*Story Teller's Story* 19-20)と語っている。これはまさしく作家への道をめざす決意を示したものである。彼は言語活動を通じて人びとを癒し、空想の世界へと誘うことこそが自らの宿命であると考えているのである。その活動の基礎はストーリー・テリングであり、父親から受け継いだ術なのである。したがって、父親こそが作家へ旅立つ基礎を築いた人物であり、ストーリー・テリングという手法から口語体を小説に導入する契機を作った人物でもあるといえよう。

アンダスンは父親に関して次のようにも述べている。父はストーリー・テラーであり、かつ役者であった。人びとに一時的な娯楽を与えるだけではなく、心の奥深くまで訴えかける能力を有しており、人びとの心に真実の杭をしばしば打ち込むことがある(59, 68)という表現から、父親の話は単なる思いつきのでたらめな話ではなく細部の真実を空想力で繋ぎ合わせたものであり、そこに人びとを感動させる源があったのである。たとえば、家族と南部の誇りを守るため北軍に発砲して撃ち殺された母親と妹の姿を語る場面や、ゲティスバーグでの悲惨な戦いを目の当たりにして死体の傍らで一夜を過ごす場面などをあげることができよう。したがってアンダスンが父親を「真の自然主義者」("a true naturalist")と呼んでいるのは、人間のうちに潜む本質を見極め、人間の無力さや人生の必然性を理解する能力を有していたことを象徴的に示した言葉であると窺える。

『物語作者の物語』において彼が作家活動の原点に関して、「幼い頃から空想の世界で遊ぶのが好きであり、大きくなってその世界で作り上げたものを現実の社会で描こうとした。どのような出来事であってもすべてのつまらぬことが私の空想の世界に長年残っている。私はそのような空想の出来事を弄んだ。幼い頃から実際の世界と反したグロテスクな空想の世界を楽しんできた。後になってそのような空想の世界を現実の世界に近づける才能を身につけた」(119)。作家活動の基点がすでに幼年期にある程度完成していたことを示しており、これがまさに『ワインズバーグ・オハイオ』の「グロテスクな人間」のモチーフの原型になったといえよう。したがって作家活動（"story-worker"）の原点が父親のストーリー・テリングにあったことを表明するためにこの自伝的作品が著されたとも推察できるのである。

父親のストーリー・テリングに関してもう一点興味深いことがある。話のほとんどが最終的には逃避という形で終わっていることである[15]。アンダスンの作品の特徴のひとつとして曖昧な結末をあげることができよう。『ワインズバーグ・オハイオ』のジョージ少年の旅立ちの場面や、『黒い笑い』でブルース・ダドリーとアリーンがフレッド・グレイのもとを去っていく場面でも、その旅立ちの意義は暗示されているが目的地やその後の人生を窺わせるものは一切読者に示されないままである。このことがしばしばアンダスンの作品の欠点であると指摘されるが、実は父親譲りのストーリー・テリングの一環であるともいえよう。すなわち、小説の場合は最終部分で完結しなければならないが、説話は機会を異にして続くのである。ひとつの作品が次の作品へのモチーフとなり、それを受け継いでより一歩テーマを掘り下げた作品が次に著され、メビウスの輪のごとく際限なく展開されていくのである。

アンダスンは自伝的作品において、これまでの小説と異なって母親に関する叙述より父親に関する部分を圧倒的に増やして父親を前面に登場させた。そこには説話世界の技法である父親のストーリー・テリングを文学作品の世界に取り込み、口語体に基づく文体を用いて深層心理を描くという姿勢を読者に示そうとしたとも窺えるのである[16]。したがって父親を印象的に描くというフィクションにより、執筆活動の原点と伝達手法の方向性を記した自叙伝『物語作者の物語』が著されたと考えられるのである。

五　作品への応用

アンダスンは『物語作者の物語』において物事の本質に忠実であろうと試みたが、当時のアメリカ文学界では事実と空想が混在する作品として受け止められ[17]、売れ行きは不調であった[18]。その結果、彼の作品を長年にわたって手がけてきたヒューブッシュ社からリバライト社へと出版社を換える契機ともなった[19]。その後に出版された『黒い笑い』がベストセラーになったことは皮肉なことでもあった[20]。なぜなら、『黒い笑い』は『物語作者の物語』の執筆を通じて確立された詩的想像力や文学手法を実践した作品だからである。

『黒い笑い』の執筆は『物語作者の物語』とほぼ同時進行の形で進められてわずか二ヶ月で書き上げられたので[21]、作品のテーマやフォームなどは『物語作者の物語』執筆時点ですでにおおよそ確立されていたと考えられる。すなわちヨーロッパの作家や芸術家との出会い、父親から学んだ語り口などが長編小説という形に取り込まれたと推察できる。具体的にはスタインから学んだ言語の象徴性やリズム、ジョイスから学んだ実験的なフォームである意識の流れ、ラスマンから学んだ小説における色彩の意義、父から学んだストーリー・テリングの語り口などである。『物語作者の物語』という自伝的作品を経て、『黒い笑い』でこれらのことがどのように表現されているのかを検証したい。

まず言語表現に関して検討する。アンダスンはニューオーリンズをひとりで訪れ、のどかな中にもヨーロッパを思わせる伝統のある雰囲気が気に入り、想像力が覚醒される思いがした。とりわけ、産業主義機械文明という文明病に蝕まれていない自由な精神を有した黒人たちに魅せられ、「言葉と思考からなるゆったりとした空想的なダンス」を小説に描きたいとローゼンフェルド宛の手紙で語っている（*Letters* 130）。つまり、ジャズやダンスが持っているリズムを小説の文体に取り入れるという革新的な実験を試みたのである。これらは荷揚げ場で働く黒人たちのリズム感あふれる一体となった所作を描く場面などに用いられ、肉体と精神が自然と一体化した理想的な人間の姿をジャズのリズムを思わせる文体で描き出している[22]。

言語の象徴性に関しては一九二五年四月一八日付の出版社社長ホラス・リバライト宛の手紙から窺い知ることができよう。アンダスンはリバライトに対して、最初は『深い笑い』というタイトルで出版するつもりであった小説を、『黒い笑い』という作品名に変更した旨を述べている。「深い」(Deep Laughter) という単語が少し思わせぶりなので「黒い」(Dark Laughter) に換えたと語っている (*Letters* 141)。この "laughter" をはじめ、"important" "wall" "silence" "dance" "swing" や "hands" などの象徴的な意味を持った語を巧みに用いて産業主義的価値観という文明病に苛まれた白人たちの意識と、自由な精神を有した黒人たちを対比させている。たとえば "impotent" という用語は白人に対してのみ使用されている形容詞である。アンダスンは性交渉をもてずに不能になっていく人間は文明病に冒されており、肉体的にも精神的にも意思疎通をはかることができない人間であると示している (*Laughter* 98)。したがって "impotent" という語は通常用いられている単なる「性的不能者」を意味するだけでなく、文明病によって精神を蝕まれた人間を意味するものでもあると理解できる。同様に "wall" は部屋を隔てる壁だけでなく、人びとの間の精神的な隔たりをも象徴的に示している (251)。エンディングでは黒人女の "dark laughter" が響き渡る中を新しい世界へと脱出するブルースとアリーンが描かれている。一方、妻に去られてもなお体裁を繕おうとするフレッドが黒人女の "laughter" に驚愕するあまりベッドの上で身を強ばらせて座っている姿も描かれている。黒人の神秘に魅せられたアンダスンが本能的な理解能力のあるふたりの黒人女にアリーンの内面の変化を見抜かせることによって、社会的な体裁を重んじるあまりに真相を知ることを恐れている "impotent" のフレッドの姿を強烈に印象づけているのである。したがってアンダスンは "laughter" によって "impotent" の精神的不毛を嘲笑させているのである。[23] このように "impotent" "wall" "silence" "dance" "swing" "hands" などの語はすべて単に表面上の意味を示しているだけでなく、象徴的に用いられて人びとの精神や心理状態をも暗示しているのである。これらの象徴的な用語に関しては『物語作者の物語』や『シャーウッド・アンダソン覚え書き』（一九二六年）においても触れられている (*Notebook* 134)。これらはまさにスタインから学んだリズムを生かした文体と象徴性に富む言語運用を小説で実践した証である。

フォームに関しては『黒い笑い』の完成後に友人に宛てた手紙において、「散文実験」(prose experiment) という言葉によって、ジョイスの「意識の流れ」の手法を『黒い笑い』に取り入れたことを明らかにしている（*Letters* 148）。この手法はヨーロッパ旅行でジョイスやスタインと知りあって以来、ずっと心に留めてきたものであった。たとえば、ブルースがスポンジ・マーティンの話に耳を傾けながらシカゴ時代のバーニスとの不毛な生活や少年時代の自分の姿を回想する場面、またアリーンが夫のフレッドとパリで出会う場面や父親を回想する場面などで用いられ、登場人物たちのこれまでの軌跡と精神構造を明らかにし、彼らの現在の葛藤が巧みに描き出されている。この点では意識の流れの手法を取り入れたのは成功であったといえよう。しかし、視点を変えつつも全知の語り口で描かれているため、登場人物自身の意識と著者であるアンダスンの意識が入り交じって流れ、それぞれがどちらの意識であるのか区別しがたいという欠点をさらけだすこととともなった[24]。

色彩に関しては次のような黒人の描写を例にあげることができる。ミシシッピー川を下ってニューオーリンズに到着し、ブルースが窓辺から見かけた黒人女性たちの姿をアンダスンは色彩豊かに描いている。教会や入江での洗礼に出かけるとき、褐色の肌の黒人女性たちは原色のけばけばしい服装で着飾っている。汗が彼らの背中を流れ、いろんな色が服に染みこみ踊り出す。その色を描くのだと述べている（*Laughter* 77）。アンダスンは黒人たちが身に纏っている服の色を原色とすることによって彼らの精神的自由を象徴し、その色が町を染めるという表現により自然と一体になれる存在であることも暗示している。また汗によって服の色が変わっていく姿を描写することにより、黒人たちが伝統や因習にとらわれず、自由に行動できる存在であることも示しているのである。

このようにテーラー・テラーである父親から学んだストーリー・テリングの手法によって空想を織り交ぜながら断片的な真実を紡ぎ合わせて口語体による長編小説を完成させたのである。『黒い笑い』では『物語作者の物語』で記された作家活動の方向性や詩的想像力が実践されたのである。すなわちヨーロッパの作家や芸術家との出会いと幼年期から青春期にかけての父親から受けた影響が作品に取り込まれたのである。その意味でも『物語作者の物語』は自叙伝であるといえよう。

おわりに

『ワインズバーグ・オハイオ』やその後の『馬と人間』などの成功を経て作家活動に自信を深めた時期に『物語作者の物語』は執筆された。アンダスンが「半ば自伝的作品」と称しているのは、この自叙伝が史実を記載したものではなく、物事の本質を描き出そうとしたものだからである。注目すべき点は、常に敬愛の念を抱いている母親を矮小化し、自叙伝にもかかわらずその死を事実よりもあえて十三年も早める一方で、多くの作品で批判めいて扱っている父親を英雄のように描き、「真の自然主義者」とまで呼んでいることである。父親と過ごした事実を誇張することにより、幼年期に目の当たりにした父親のストーリー・テリングこそ人びとの心に訴えかける手法であり、人間の複雑な心中を表現できる方法であるというアンダスンのメッセージが暗示されているのである。その手法を小説に応用したのが彼独特の口語体の語り口なのである。自叙伝にフィクションの要素を盛り込み、史実を歪曲して父親を中心に据えることにより、自らの作家活動の本質が人間の深層心理の理解とその表現にあると宣言しているのである。

もうひとつ強調されているのはヨーロッパ旅行に関する記述である。新しい文学手法を実践していたスタインやジョイス、色彩を象徴的に用いた画家のラスマンなどとの出会いである。アンダスンは彼らの実験を自らの小説作法にも取り入れようと考えていたのである。当時のアメリカ文壇はニューイングランドのプロットに依存した作品が主流となっていたが、教養主義的な「有毒なプロット」を廃した新しいフォームと革新的な言語運用にこそ小説の神髄があると信じていたからである。

『物語作者の物語』において示されたジョイスから学んだ意識の流れの手法、スタインから学んだ言語の象徴性を重んじた表現技法やジャズのリズムを取り入れた革新的な文体、ラフマンから学んだ登場人物の内面を色彩で印象的に表現する技法、父親から学んだストーリー・テリングの口語体手法などに自らの詩的想像力を駆使して、翌年『黒い笑い』が出版されてベストセラーとなった。すなわち『物語作者の物語』においてフィクションを通じて提言された文学の本質と手法が、『黒い笑い』において実践され開花したのである。したがって『物語作者の物語』はアンダスンの作品論の構築と文学手法の確立を宣言した自叙伝であるといえよう。

＊本稿は、「S・アンダスンの『物語作者の物語』一考察——フィクションとしての自叙伝」(『京都学園大学経営学部論集』第一五巻、第一号、二〇〇五年、一七–四四頁)を大幅に加筆修正したものである。

【註】

(1) アンダスンはカールに対して『物語作者の物語』が明らかな事実を記載したものではなく、精神世界を記載したものであると出版間近の一九二四年八月付けの書簡において述べている(*Letters* 129)。

(2) アンダスンは『物語作者の物語』の冒頭で、この作品が経験と印象に基づく想像力と事実から構成されていると述べている(*Story Teller's Story*)。

(3) 拙論「アメリカの夢からの目覚め——S・アンダスンの『ウィンディー・マクファースンの息子』一考察」参照。

(4) 拙論「アンダスンのチュラリストとしての苦悩——『貧乏白人』一考察」参照。

(5) 拙論「*Many Marriages* のタイトルに込められた意味について」参照。

(6) 拙論「サラブレッドの墓場が意味するもの——S・アンダスンの『女になった男』一考察」参照。

(7) 離婚調停が長引き、同時に『物語作者の物語』の執筆に疲れたことを、一九二三年一二月一六日に友人のシェヴィル宛ての手紙で述べている(*Letters* 116)。

(8) この作品はのちにローゼンフェルドによって『シャーウッド・アンダスン・リーダー』(一九四七年)に加えられた。内容はリンカーンに関するものであり、『物語作者の物語』で南北戦争のエピソードについて熱心に語る父親が描かれていることと考え合わせると興味深い。

(9) アンダスンの自伝的事実を丹念に調査したサットンも同様の指摘を行っている(Sutton 569)。

(10) ジョージ少年に対する母親の言葉("I think you had better be out among boys. You are too much indoors.")は短い「母親」の

中で二度も繰り返し使われており、アンダスンがいかにこの思いを大切にしていたかを窺い知ることができる（*Winesburg* 28, 33)。

(11) 拙論「S・アンダソンの「森の中の死」における文学的完成度」参照。

(12) アンダスンが『ワインズバーグ・オハイオ』で述べている、「手」には意思疎通の重要な働きがあるという象徴的な意味も自らの母親の愛撫からヒントを得たものであった（*Tar* 276)。

(13) 実際には兄弟のうち女性は姉のステラひとりで、男性は兄のカールと弟のアール、レイとアーヴィングである（Sutton 494)。

(14) サットンはファリス家でのエマに関して「健全でよく働き、心地よい生活であった」と記している（484)。

(15) 父親のストーリー・テリングで「逃避」(“escape”) が頻繁に描かれているのは自らが現実生活から「逃避する」ことを願っていたからである（*Story Teller's Story* 59-60)。

(16) アンダスンが父親を評価するようになった理由が『回想録』に述べられている（*Memoirs* 27)。

(17) 当時のアメリカ文学界では現実と想像は明確に区別するべきであるという考え方が底流をなしていた。そのような状況の下で小説とも自伝とも区別されない奇妙な作品である『物語作者の物語』は事実にそぐわない部分があると攻撃された。アンダスンが繰り返し述べた、「事実の記録を試みたわけではない」という主張が無視されたのである。家族のものですら、作品中の父親と祖母に関する記述は全く架空のもの（“imaginary”）であると指摘している（Schevill 199)。

(18)『物語作者の物語』はその自伝的要素の曖昧さから売れ行きが伸びず、出版日の一九二四年一〇月一五日から翌年四月末まで六一七九部販売されただけであった。

(19) アンダスンはエリザベスとの新居をニューヨークに購入するにあたり、ヒューブッシュ社からリバライト社へ変更することに決めた。ニューヨークというのは大きな収入源でもあり、講演旅行を行う起点としても好都合であったからだ(*Story Teller's Story* 205)。

(20) アンダスンは『回想録』において『黒い笑い』がベストセラーになったと述べている（*Memoirs* 492)。なお、リバライト社はアンダスンの『黒い笑い』以外にもセオドア・ドライサー（一八七一―一九四五）の『アメリカの悲劇』（一九二五年）やアーネスト・ヘミングウェイ（一八九九―一九六一）の『我らの時代に』（一九二五年）など多くのベストセラーを世に出した。アンダスンはウィリアム・フォークナー（一八九七—一九六二）の処女作である『兵士の報酬』（一九二六年）や先の『我らの時代に』をリバライト社に推薦したことでも知られている。

（21）アンダスンはリバライト宛の手紙において『黒い笑い』を二ヶ月で書き上げたと述べている（*Letters* 141）。

（22）アンダスンは『回想録』において、黒人たちの歌は互いの一体感を生み出すためのものであったことを明らかにしている（*Memoirs* 482）。

（23）「黒い笑い」（“dark laughter”）に関してはその六年後に執筆された『おそらく女性が』（一九三一年）においても響き渡る“laughter”によってクライマックスを迎えるという設定になっている。

（24）『黒い笑い』が出版された年とその翌年に発表された三五の雑誌論文では、全体的な構成を非難する反面、部分的な技法やテーマに関して評価しているものが多い（White, *Reference Guide* 41-62）。

【引用・参考文献】

Anderson, David D. *Sherwood Anderson*. Holt Rinehart and Winston, 1961.

---, editor. *Sherwood Anderson: Dimensions of His Literary Art: Collection of Critical Essays*. Michigan State UP, 1976.

Anderson, Sherwood. *The Dark Laughter*. Ohashi, vol. 6.

---. *Letters of Sherwood Anderson*. Edited by Howard Mumford Jones, Little, Brown and Company, 1969.

---. *Sherwood Anderson: Selected Letters*. Edited by Charles E. Modlin, U of Tennessee P, 1983.

---. *Sherwood Anderson's Memoirs: A Critical Edition*. Edited by Ray Lewis White, U of North California P, 1969.

---. *Sherwood Anderson's Notebook*. Ohashi, vol. 14.

---. *Story Teller's Story: Memoirs of Youth and Middle Age*. Ohashi, vol. 12.

---. *Winesburg, Ohio*. Ohashi, vol. 3.

Appel, Paul P., editor. *Homage to Sherwood Anderson*. Paul P. Appel, Publisher, 1970.

Burbank, Rex. *Sherwood Anderson*. Twayne Publishers, 1964.

Campbell, Hilbert H. and Charles E. Modlin. *Sherwood Anderson: Centennial Studies*. Whitston Publishing, 1976.

Chase, Cleveland B. *Sherwood Anderson.* Haskell House Publisher, 1972.
Dreiser, Theodore. *Letters of Theodore Dreiser.* Edited by Robert H. Elias, U of Pennsylvania P, 1959.
Duffey, Bernard. *The Chicago Renaissance in American Letters: A Critical History.* Greenwood Press, Publishers, 1954.
Howard, June. *Form and History in American Literary Naturalism.* U of North Carolina P, 1985.
Howe, Irving. *Sherwood Anderson.* Stanford UP, 1968.
Ohashi Kichinosuke, editor. *The Complete Works of Sherwood Anderson.* Rinsen Book, 1982. 21 vols.
Papinchak, Robert Allen. *Sherwood Anderson: A Study of the Short Fiction.* Twayne Publishers, 1992.
Rideout, Walter R., editor. *Sherwood Anderson: A Collection of Critical Essays.* Prentice-Hall, 1974.
Rogers, Douglas G. *Sherwood Anderson: A Selective, Annotated Bibliography.* Scarecrow Press, 1976.
Schevill, James. *Sherwood Anderson: His Life and Work,* U of Denver P, 1951.
Sheehy, Eugene P. and Kenneth A. Lohf. *Sherwood Anderson: A Bibliography.* Taliman Press, 1960.
Sutton, William A. *The Road to Winesburg: A Mosaic of the Imaginative Life of Sherwood Anderson.* Scarecrow Press, 1972.
Taylor, Welford Dunaway. *Sherwood Anderson.* Frederick Ungar Publishing, 1977.
Townsend, Kim. *Sherwood Anderson.* Houghton Mifflin, 1987.
Weber, Brom. *Sherwood Anderson.* U of Minnesota P, 1964.
White, Ray Lewis. *Sherwood Anderson: A Reference Guide.* G. K. Hall and Co., 1977.
---, editor. *The Achievement of Sherwood Anderson: Essays in Criticism.* U of North California P, 1966.
田中宏明「アメリカの夢からの目覚め——S・アンダスンの『ウィンディー・マクファースンの息子』一考察」『京都学園大学論集』、一五巻、一号、一九八六年、一七八—二〇〇頁。
——「アンダスンのナチュラリストとしての苦悩——『貧乏白人』一考察」『京都学園大学経営学部論集』三巻、一号、一九九三年、一二三—五九頁。
——「サラブレッドの墓場が意味するもの——S・アンダスンの『女になった男』一考察」『京都学園大学経営学部論集』、一一巻、二号、二〇〇一年、三五—六一頁。

――「自然主義作家への歩み――S・アンダスンの『行進する人々』一考察」『京都学園大学論集』、一七巻、三号、一九八八年、一〇九―三四頁。

――「S・アンダソンの「森の中の死」における文学的完成度」『尾形敏彦・森本佳樹両教授退官記念論文集』、山口書店、一九八五年、五六五―七七頁。

――「*Many Marriages* のタイトルに込められた意味について」『京都学園大学経営学部論集』、七巻、二号、一九九七年、三五―七四頁。

第八章
ナサニエル・ホーソーンの庭園、塔、洞窟
――『大理石の牧神』における風景論

稲冨 百合子

はじめに

イタリアを舞台としたナサニエル・ホーソーン（一八〇四―一八六四）の最後の長編ロマンス『大理石の牧神』（一八六〇年）は、当初イギリスでは『変貌』という作品名で出版された。そのタイトルが示唆するように、この作品は罪をめぐる登場人物の「変貌」に焦点が当てられ、牧神やアダムになぞらえられるイタリア人青年ドナテロの堕罪と無垢の喪失、そして彼の魂の成長という逆説（パラドックス）について、芸術家仲間の視点を通して「幸運な堕落（felix culpa）」論の解釈が展開される。R・W・B・ルーイスは『アメリカのアダム』（一九五五年）のなかで、ドナテロが繰り返し「エデン」のイメージを通して描写されることに注目し、この物語が「アダムとしての主人公」および「芸術家としての女主人公」に関する作品で、「ホーソーン的な救い」を問題にしていると述べている（Lewis 117）。

ホーソーンは一八五三年から一八六〇年までの約七年間、家族とともにヨーロッパで暮らした。ヨーロッパ滞在中の見聞を克明に記録した創作ノート『フレンチ・アンド・イタリアン・ノートブックス』（一八七一年）が、『大理石の牧神』に反映されている。物語には数多くのイタリア各地の名所や芸術作品などが盛り込まれていることから、

この作品は当時の読者にイタリアの旅行案内記として受け入れられた一面を持つ（Martin and Person 2）。語り手はこの作品に付された「序文」の中で、「イタリアの様々な事物——遺跡・絵画・彫刻の類——の描写が大量に取り入れられていることに我ながら驚いた」（*Marble Faun* 3）と述べているように、神話的世界を彷彿とさせる楽園としての豊かな自然のみならず、古代遺跡、廃墟、塔、庭園、洞窟といった伝統的なヨーロッパの風景描写が際立っている。そして、語り手や登場人物たちが各々に風景の解釈を試みることから、登場人物の眼前に広がる風景は、見る側の心象風景として解釈され、作品理解において重要な役割を担っている。

語り手は、ロマンス作家を悩ます要因として「わが故国アメリカでは、陰影も古色も神秘もなく、目もあやにして闇に富んだ悪というものにも欠け、あるのはただ真昼間の常識的な繁栄ばかり」（3）と嘆き、「蔦や苔やアラセイトウなどと同様に、ロマンスと詩も、生い育つには廃墟というものが必要なのだ」（3）と述べている。この言葉から、ヘンリー・ジェイムズ（一八四三—一九一六）が評伝『ホーソーン』（一八七九年）において、アメリカの風景に欠落しているものを列挙したあの「ないないづくし」（James 34）の一節が思い出されるだろう。[1]『大理石の牧神』の語り手はイタリアの地を離れてもなお、イタリアの情景が心に蘇り、どうしてもそれらの描写を削り去る気になれなかったのであり、それまでにホーソーンが描いたアメリカの自然とは異なっている。[2]

また、この作品に張り巡らされた「メランコリー」の陰にも注目したい。自然描写において、たとえばローマの廃墟やトスカーナ地方の田園風景や、庭園の描写にも、そして「風景」に向けられる登場人物たちの視線や気分にもメランコリックな要素が認められる。庭園、塔、洞窟、廃墟の風景がメランコリーと絡められながら描写されるのはなぜか。

本論では、ヨーロッパ滞在中にホーソーンの心に刻まれた旧世界の風景が、いかにして彼の詩的、文学的想像力を刺激し、『大理石の牧神』へと結実したのかを探りたい。

一　楽園の喪失

物語の冒頭において、ローマのカピトリーノ博物館の古代ギリシャ彫刻の展示室で、四人の登場人物たち――アメリカ人の模写画家ヒルダ、アメリカ人の彫刻家ケニヨン、ヨーロッパの複雑な血筋を引く画家ミリアム、イタリア人青年ドナテロ――がプラクシテレス作とされる大理石の牧神像を観察しながら談笑している。このドナテロに瓜二つの牧神像はギリシャ神話の森の精サテュロスともローマ神話の牧神（フォーン）とも解釈できる（Carton 104-05）。語り手は、「人と獣両種が一つ身の中に睦まじく和している」（*Marble Faun* 10）この牧神像を創造したプラクシテレスを「彫刻家にして同時に詩人でもあるような芸術家」（10）として賞賛している。このように、語り手は理想的な彫刻家について詩人を引き合いに出し、「彫刻家たるものは言葉の響きを操る本職の詩人以上の詩人でなければならない」（135）と述べている。

語り手によると、ドナテロはトスカーナ地方のモンテ・ベニ伯爵家の末裔であり、一族は代々アペニン山中にある「アルカディア」で暮らし、森の洞窟や木陰でニンフたちと遊び戯れた牧神族唯一の生き残りである。ドナテロは神話の世界の住人として暗示され、現実（アクチュアル）と空想（イマジナリー）の境界を曖昧にする存在である。ホーソーンは「序文」において、ロマンスの舞台としてのイタリアは「詩的で幻想めいた空間を提供してくれるところ」（3）であり、「生の現実性というものが、アメリカにおける程には強要されることがない」（3）と述べ、イタリアの自然豊かな楽園へと読者を誘う。ドナテロの故郷には、小川が流れ、ぶどう畑が一面に広がり、いちじくやオリーヴが豊富に実り、その甘美な地上の楽園は、聖書の世界、「アダムとイヴの楽園」を思わせる。この作品では「エデンの園」としての楽園のイメージを想起させつつ、作品の随所に庭園が重層的に描かれている。こうした楽園思想とエデンの園というイメージは、「不死性」のイメージとして機能している（ニーダーマイヤー 四一）。

ミリアムはプラクシテレスの牧神像に純朴なドナテロを重ね、「黄金時代」の田園風景に憧憬の念を抱きながら、悲劇的な調子で次のように話し出す。

この牧神像と同じものが今現存するとしたらどうかしら。母なる自然の温かい感覚的な側面に結びついて、そのいのちはどれほど幸せで和やかで満ち足りたものであることか。森や川で遊び戯れ、その生活は獣たちと変わらないことでしょう。人類もまだ罪や悲しみや、道徳などということ自体も知らなかった純真な幼い時代には、そういう生き方をしてきたのですね。牧神には、良心も後悔も心の重荷も、どんな種類のいやな記憶も暗い未来もなかったのですから。(18)

ミリアムが牧神から「母なる自然の温かい感覚的な側面」を連想するように、[3]一般的に楽園は子宮のイメージとして考えられ、そこから楽園願望は母胎復帰願望の一つの変形とみなされる(川崎 六)。川崎寿彦によると、人間は、囲われた快楽原則の小空間の楽園で、自己の意思も知識もなく、なまあたたかい羊水のなかに浮かんでおり、この至福の楽園とは低次の摂理の段階しか表していないのであり、新しくさらに高次な段階における摂理の問題に向き合うためには、究極的には楽園は捨てられなければならない(一五六―六七)。先のミリアムの言葉にも、ドナテロの運命を予感させるかのごとく、皮肉にも楽園が存在しないことへの悲哀を読み取ることができる。

堕落以前のドナテロは、「未来」や「過去」という「時」の概念とは無縁であるかのように語られている。しかしながら、ドナテロがミリアムを執拗に苦しめる謎の男カプチン僧を崖から突き落とし、殺害したことで状況は一変する。ドナテロはミリアムの目が命じたことを行ったと言い、二人はアダムとイヴさながら共犯関係で結ばれる。その後、ドナテロはローマから、故郷のトスカーナに逃避する。ドナテロはアダムの運命を辿るかのように、彼の住処であった楽園は「時」の侵入を受ける。無垢を喪失し、憂鬱な悔悟者として彷徨(さまよ)うドナテロに、もはや「自然」は共鳴しない。彼は洞窟(グロッタ)を思わせる暗い塔の一室に引き籠るようになる。若桑みどりの『マニエリスム芸術論』の次の一節は、この点を裏付けるものであろう。

人間存在が時間の洞窟の中に落ちたのは、自分の犯した「罪」によってであり、義化され、罪をゆるされたものだけがおそらくは永遠の園で遊ぶことができるが、それはもはや人間的な存在としてではない。また神々の牧草地で、パーンの笛に快い愛を語らうことができたのは二千年も前のことである。人は悦楽のさなかに自分たちを襲い、いまあるものがすべて偽りだと知らせる「時」をいつも背後に感じていなければならなかった。（若桑 一四九）

二　メランコリーと洞窟

ここで、ドナテロの変貌から「憂鬱（メランコリー）な人間が洞窟（グロッタ）に引き籠る」という構図について注目したい。

まず「グロッタ（grotta）」の定義を確認すると、「グロッタ」の原義である「グロテスク（grotesque）」は、ルネサンス初頭のある種の装飾文様にたいして用いられる美学的用語で、一五世紀末、古代ローマの遺跡が発掘された地下に埋もれていた洞窟には、奇妙な動物の絵が唐草模様と掻き画の間に、数多く見出された（東野 二〇八―〇九）。さらに、新奇なアラベスク文様が室内装飾に用いられ、これらの廃墟が巌窟のようであり、グロッタと呼ばれた。そこからグロテスクという言葉が古代ローマの文様を真似て奇怪な動物を描いた装飾文様に対して用いられ、一般に広く奇怪なものとして定着していった（二一〇）。ヤギ足の角の生えたマスクの神話の神たち、みだらな格好の牧羊神、踊り騒ぐエロス、植物と合体した動物、内壁や円天井の網模様は、自然や生命の無限の迷路を示すかのようであり、グロテスク文様は、豊かな自然の狂想を、そして複雑な生命の歌を、ルネサンス後期の古典芸術の中に導きえたものであり、非人間的な、幻想的な、不可思議なものへの関心が反映されたものだったという（二一一）。グロッタの語義に立ち返ると、洞窟の神秘と人間心理の結びつきが垣間見える。

また、ルネサンスの時代、孤独と瞑想の部屋としてのストゥディオロ（書斎・個室）／グロッタは、メランコリーの空間としての書斎になり、知的な特徴としてのメランコリーは、従来の憂鬱・落胆といった面も合わせながら、ストゥディオロがそれを治療する装置、「癒しの部屋」というニュアンスを帯びることになったという（原 一六二―七一）。[4] ドナテロの屋敷の塔もまた、「アルカディア」から「陰気な梟の塔／洞窟（グロッタ）」へと転じ、彼が瞑想に耽るための空間となる。[5] こうしたドナテロの「悲しみ」と「憂鬱」に満ちた変貌は、その悔恨の念が、彼の魂の奥へと入り込み、罪の意識を覚醒させ、道徳的・知的な高い能力を発展させていく。

「原罪」と「メランコリー」と「瞑想」の関連性については、入子文子が『メランコリーの垂線』の中で詳述しており、ホーソーンは『大理石の牧神』によって、神学者ロバート・バートン（一五七七―一六四〇）が『憂鬱の解剖学』（一六二一年）の中で述べたことを体現しているという。

バートンの言うように、不安と悲しみという、精気をかき乱す情念が、禁断の木の実を食べるというアダムの罪（原罪）と共に人間のものとなり、アダムの子等すなわち人類に伝えられたとすれば、原罪は悲しみを伴う。悲しみは体内の「過剰な黒胆汁」を意味するから、原罪は悲しみを介して黒胆汁と結びつく。黒胆汁は洞察力、想像力を活発にするから、三段論法的に、原罪は洞察力、想像力と関連づけられる。（一〇九）

入子は、ホーソーンが早くから古典的メランコリーを意識していたことに触れ、また彼が「常に『罪』と並べて使った『悲しみ』に注目し、その伝統的な概念であるメランコリーを念頭に置くと、謎は解けてくる」（九七）と指摘する。

三　幸運な堕落

アダムとイヴの楽園喪失について話を戻そう。川崎が指摘するところによれば、アダムとイヴは神との契約を破ったが、人類にはより大いなる救済の道が用意されているという考えから、それは「楽園追放」と同時に「楽園からの脱出」という二重のイメージが内包されている。「幸いなる罪（フェリクス・クルパ）」の考えは、ジョン・ミルトン（一六〇八―一六七四）

の『失楽園』（一六六七年）の中で神学として蘇り、後世に大きな影響を与えた（川崎 一六〇―六四）。ゆえに、『失楽園』は詩人や芸術家のみならず、庭師たちや造園家たちの間でもバイブルになっていったと言われており（一五六）、マサッチオ（一四〇一―一四二八）作のフレスコ画『楽園追放』（サンタ・マリア・デル・カルミネ大聖堂所蔵）に見られる悲劇的な世界とは打って変わり、「アダムとイヴが仲良く手を取って気も晴れ晴れと楽園を出ていく」「幸運な堕落」として異端的な解釈をおこなう者まで現れたという（一六六）。

だとすると、『失楽園』の愛読者であったホーソーンは「楽園喪失」の場面をどのように描いたのだろうか。ドナテロの堕罪直後の様子を確認しよう。

> 庭園へのドアがゆっくりともどって、ひとりでにしまった。ミリアムとドナテロだけがそこに取り残された。ミリアムは両手をしっかり組み合わせて若者を狂おしく見つめていた。若者の体は大きくなったように見え、目は突然の霊感によって燃えあがったように見えた。さきほどの一瞬がドナテロを一人前の人間へと変え、それまでの彼には無縁だった知性を彼のうちに芽生えさせたのだ。だが先ほどまでの単純で陽気な生き物は姿を消していた。（*Marble Faun* 172）

まず、ゆっくりと閉じられた「庭園の門」が象徴するものは何か。小林頼子は、「庭に関連して最初に思い起こされる門は、やはり楽園＝エデンの園の入り口あるいは出口である」（二九）と述べ、芸術作品の様々な門のモチーフ――楽園の門、天国の門、地獄の門――に注目する。小林は囲われた場所であるエデンの園に、門や入り口があることは自然であるが、「聖書のどこにもエデンの園の門に関する記述はない。画家たちは、だから、時として想像力を大いにはばたかせ、エデンの園に思い思いの門を描き込む」（二九―三〇）と説明する。その一つに、先述のマサッチオのフレスコ画『楽園追放』を挙げ、この門が「アダムとエヴァを待ち受ける困難な労働の日々を想像させ（中略）、内と外の世界の断絶、楽園喪失という取り返しのつかない現実を見る者に思い知らせてやまない」（三八―三九）と指摘している。[6] このことから、「閉じられた門」によって、取り残されたケニヨンとミリアムの「楽園喪失」が象徴的に描かれていると解釈できるだろう。続けて語り手は、堕罪がもたらした二人の変化について次のように語る。

それから二人はその運命の崖っぷちを離れ、腕を組みあい、心を添わせあって庭園から出て行った。彼らは一歩、二歩でもお互いから離れたら孤独に陥り恐怖と死の悪寒に襲われるのではないかと、本能的に寄り添っていたのだ。彼らの行為、ドナテロがもたらしミリアムが受け入れた行為が、ミリアムの言う通り蛇のように二人の魂に巻き付き、その恐ろしい緊迫力によって二つを一つのものにしてしまったのだ。それは結婚の絆よりも強いものであった。最初しばらくの間その新しい結合というものはそれほど親密なものであったために共感しあう二人の魂は他のあらゆる類の絆からも人類そのものの絆からさえ解き放たれたかのようだった。それは二人だけのために作られた新しい世界、特別の法だった。世間は彼らに近づくことはできず、彼らは安全であった。(*Marble Faun* 174)

しかしながら、語り手によると「罪において結ばれる二人の関係性は、時が経つにつれ嫌悪すべきものとなってゆく」(172)のである。ドナテロがたとえ以前よりはるかに深い分別と知性を示して、高尚な問題を考えるようになり、はっきりした気品ある個性を示すようになったとしても、それは悲しみと苦悩の中から発展してきたものであり、その源となった罪の悲痛をいたく意識していたことを語り手は強調している。一方、ミリアムは、罪は教育の一つの手段であって、単純で不完全な人間性をそれ以外の方法では達しえない感情と知性の高みまで到達させるのではないかと言ってケニヨンを驚かせる。ケニヨンはそれを危険な考えとみなすが、ドナテロの胸像を制作する過程で彼の変貌の謎に直面したことで、ミリアムの言葉に自らの心が揺らぎ始めるのである。ケニヨンはかねてより好意を寄せている「ピューリタンの娘」ヒルダに、「罪によってドナテロは教育され、向上することができた。(中略)アダムが堕落したのは、僕たちが遂には、彼の楽園よりも遙かに高次の楽園に達するためだったのか？」(460)と問う。この罪の介在による人間的成長という概念はヒルダに拒絶される。というのもヒルダは「神の摂理（providence）」により人間が罪を犯すことはあり得ないと信じるからである。ケニヨンはヒルダの反駁に動揺し、自身も本気で信じたことはないと弁明し、彼女に許しを請う。これを契機に二人は互いの伴侶となり故国アメリカへの帰還を決心する。そして、ドナテロは贖罪を求め、最終的に牢獄で囚われの身となる。

丹羽隆昭は「幸運な堕落」の概念のキリスト教神学の基本的立場を次のように解説する。

本来の「幸運な堕落」の概念とは、人類がアダムとイヴにおいて罪を犯した結果、その贖罪のためキリストが（神の恩寵により）降臨したがゆえにそれをあくまでも逆説的に「幸運」と言うのであって、決して罪を犯した人類がそのために「知識（あるいは知恵）」を得たから幸運なのではない。楽園を喪失した後の人類の歴史は、その救済のために生き、十字架にかかり、そして蘇ったキリストの意味、すなわちそういう救世主を人類のために送り込んだ神の恩寵を前提に考えてはあり得ない（後略）。（二六八）

また、三宅卓雄はこの「幸運な堕落」という概念が本来の意味と違い、ミリアムのように罪を正当化することへの危険が含まれていること、そして人間の精神的成長に必要な一つの条件として罪の意義をみるとき、罪→苦悩→精神的成長というプロセスの背後に神は後退してしまわざるを得なくなることを指摘し、また、「幸運な堕落」とは教義や思想ではなく、それ以前にミルトン的な意味においてもホーソーン的な意味においても、人間の本質にかかわる一つの神秘な現実であると説明している（五六–五七）。

このようにして、ホーソーンが追求し続けてきた「幸運な堕落」というテーマが、旧世界を舞台にして結実したのは、それを語るに相応しいイタリアの風景の発見があったからにほかならない。つまりそれはホーソーンにとって、ドナテロが牧神／アダムとして表象される神話的世界／エデンの園という理想郷を創造するための自然と、次章から詳しく考察するが、メランコリーと関わる庭園や廃墟の風景の発見であったといえるだろう。

四　楽園から整形庭園へ

楽園を象徴するドナテロの故郷は、山や小川の見える田園風景の中に、塔や城が調和しながら一つの風景を作り出し、野生の自然と文明の境界が曖昧であった。一方、その楽園を喪失したドナテロの変貌は、庭園の描写と重ねて語られる。罪意識に苛まれるドナテロを慰めようと、ミリアムはメディチ荘の庭園へと彼を連れて行く。

その庭園は直線的な歩道が縦横に配置された古風な造りになっており、歩道に沿ってはつげの生垣が植えられていたが、それらはびっしりと枝葉が繁っているうえに、頂部と両側面が真っすぐに刈り込まれているために、まるで石造りの垣のような印象を与えていた。やはり直線的な細い歩道がもちの木の間をくぐり、歩道が交わるところには休息用に苔むした石が配置されていた。それに腰を下して眼をあげれば、向いには欠けた鼻を悲しんでいる大理石像が悄然と立っているという具合だ。(*Marble Faun* 196)

この庭園には噴水や花壇が配置され、季節によってはバラが咲き乱れるというが、ドナテロは「そういう風景からは一向に喜びを得なかった」(196)。この庭園は目を楽しませてくれる「快楽庭園 (pleasure garden)」のようであるが、直線が強調されるという点で「整形庭園 (formal garden)」とみなされる。

整形庭園とは何か。エデンの園には「あらゆる木が生え、四つの川がある」という『創世記』の記述を踏まえ、中世においては、囲い地は四分割された緑地で中央に命の泉があるという楽園のイメージができあがり、その後、庭園の理想形は整形された幾何学式庭園になった(松本 一八三)。赤川裕によると、「古典主義庭園」すなわち「整形庭園」は、直線軸を中央軸として、左右を対象形にする「幾何学的庭園」の形であり、自然界に存在しない直線や真円は、人間の意志の力を示す凛然たる美を印象づける(六―七)。また、一六世紀から一七世紀にかけてヨーロッパの貴族階級によって造営された庭は、支配欲が投影された空間であった。支配者たちは自然を自然のままの混乱した状態に置くことに我慢がならず、庭は整然たる人間的秩序に従わせて再創造された、政治的記号性を帯びた空間であった（川崎 二四）。しかし、庭園評論家ホレス・ウォルポール（一七一七―一七九七）の「自然は直線を嫌う」（赤川 七）の言葉が象徴するように、「自然が友であった」ドナテロは、この庭園の特徴である直線／人工を好まない。貴族の館の庭で慰めを与えようとするミリアムの意図に反し、ドナテロは終始当惑している。このことからも、この庭園の抑圧的な特徴とドナテロの心理描写を重ねて読み取ることができるだろう。

サイモン・シャーマは、一般的に庭園の周到に構成された巡礼路が緩歩する場でないことを次のように解説する。

> のんびり歩くための場ではなかった。ヴィラの庭園をつくる側の人間は、訪問者たちが――オウィディウス、ウェルギリウス、そして学識ある尚古家によって編まれた異教神話の大衆向けアンソロジーまでも含め――あらゆる必須文献に通じていることを前提としていた。この前提あって初めて訪問者は数々の泉、池、そして群なす像の中で巨人族や神々、ニンフたち、そして英雄たちの魔法の宇宙に足を踏み入れることができたのだ。（三二四）

たしかに、整形庭園でドナテロの憂鬱が晴れることはなく、「彼は関心も表さず黙りこくって歩くばかりで」（*Marble Faun* 197）、「奇妙にぼんやりしていてしかも当惑した眼で［ミリアム］を見るばかり」（197）であった。ついに二人はこの庭園で別れを決意する。

> やがて彼はのろのろと身を起こし、庭園を出て行った。何かの悲鳴を聞いたかのように時々ぎくりとし、何者かの恐ろしい顔が自分の前に突き出されたかのように急に後ずさりをしたりしながら、あわれなドナテロは歩いて行った。罪と悲嘆という全く新しい経験に打ちのめされ、憂鬱の底に沈んでいる今の彼には、三人の友が面白がってプラクシテレスの「牧神像」になぞらえていた彼独特の性質が、これっぽっちも見られなくなっていた。（201）

このように、語り手は庭園をドナテロの心情を映し出す空間として効果的に描いている。

五　メランコリーと自然風庭園

一八世紀になると、庭園の理想形が整形から非整形に、すなわち整形庭園から自然風庭園に変化する。その理由について、松本典昭は「グランドツアーで景勝のロマンティックな『自然』が再発見されると、理想の庭園はむしろ人知を超える、多様な山河に富む、風光明媚な風景式庭園であるとする逆転現象が生じ」（一八三）たためであると説明する。メランコリーとの関わりの中でも、庭園の歴史は幾何学的な整形庭園から曲線的な自然風庭園へと変遷していく。

一八世紀、庭園は哲学の場であった。つまり庭園が逍遥のためのメディアとなり、逍遥は哲学形式そのものとなっていたのである（ブレーデガンプ　一）。[7] 庭園逍遙についてては、ミリアムが憂鬱に陥ったドナテロに勧めていた。ロイ・ストロングによると、メランコリーの治癒を目的とした庭園逍遥の効用は認められており、そのような庭園の特徴でもある「不規則に曲がりくねった」遊歩道、小川、四阿、そして洞窟などが、瞑想の場として機能した。造園学の発展にメランコリーが与えた影響は大きいのである。加えてストロングは、バートンの『憂鬱の解剖学』の中の「憂鬱気質の男は、もっとも機知に富んでおり、聖なる放心と一種の神がかり状態を起こし、それによって卓越した哲学者、詩人、預言者になるのである」という点に注目し、[8]「このような男たちが求めるのは緑陰の憩いであって、まちがっても整形庭園の遊歩道を大手を振って闊歩などしない」（四一三）と述べている。つまり、メディチ荘の庭園で困惑し怯えるドナテロを思い出すなら、このことは、整形庭園での逍遥によってメランコリーに陥った人間を癒せないことの根拠となるだろう。

さらに「整形式庭園の外側に自然風の区域が発展した背景として、メランコリーと関連する意図があった」のであり、「自然風の造形を入念に作り出した理由の一つとして、メランコリックな雰囲気へと人を誘う側面があった」という（四一五）。自然風庭園の特徴とは、整形庭園の「規則性」とは真逆にある「不規則性」であり、「人工洞窟」や「廃墟」が欠かせない。高地尾仁は、「廃墟熱」が一八世紀のヨーロッパの芸術家たちを虜にしたことを挙げ、英文学者マージョリー・ニコルソン（一八九四―一九八一）の言葉――彼らにとってその魅力の一つは、その「不規則性」であり、廃墟の前に神秘性や畏怖の念を抱いていた――を引用しつつ、廃墟に見られる不完全性が自然と調和し、そして、不規則性や奇形は、エドマンド・バーク（一七二九―一七九七）のいう崇高美（サブライム）の特性と重なると説明する（高知尾 三〇三）。そして、時が崩壊させた廃墟が、むき出しの状態で、荒廃の風景の中に横たわり、その呪われた広大な空間に旅人は恐れを感じつつ、その崇高美／ピクチャレスクを味わうのであり、静寂のなか、夜の闇に消え去る直前の廃墟と、それを取り囲む風景そのものが、メランコリーな美であると認識されていたという（三三〇）。こうした「人工洞窟（グロット）」や「廃墟」が醸し出すグロテスクな風景に、「不規則性」や「ピクチャレスク」の概念が投影されていることが示唆されている。

『大理石の牧神』の語り手は廃墟が見る者に与える感情について度々言及しており、たとえば憂鬱な気分で廃墟や地下墳墓（カタコンベ）を訪れた際の、押しつぶされるほどの息苦しさや圧迫感を表現している。崩壊して断片が転がった廃墟は、自然の中に溶け込んでいないと感じられ、廃墟自体が見る者に時の堆積をいやおうなしに感じさせるのである。(9) 一方、語り手は自然に溶け込む廃墟の風景を前に、「芸術の廃墟」と「時の廃墟」の混合を賛美する。ボルゲーゼ公園は理想の庭として描写されており、語り手は「廃墟」と「人工廃墟」について次のように観察する。

> ローマの碑文をもつ古い祭壇が、あちこちらに無造作に置かれていた。そんな穏やかな気候にさえ浸食を受けて灰色になった様々な大理石像が、あるものは高い台座の上に姿をさらし、あるものは芝生の上に転がり落ちて半分埋もれていた。（中略）それらのあるものは本物の古代遺物であり、またあるものは極めて巧妙に作られた、本物に優るとも劣らぬようなまがいの遺物であった。とにかく、崩れた円柱の頂上には草が生え、堂々たるアー

チや神殿正面部に生じている亀裂には雑草や花が根を下ろし、かつ切妻壁を這い上がるといった按配で、風にのって飛んできたそれらの種子がそこに着いて以来、これが千度目の夏だといわんばかりの有様を呈していた。（*Marble Faun* 73）

語り手は人間の介入が自然とほどよい関係にあることを好ましいと考え、さらにローマの「人工の廃墟」にまつわる見解を次のように示している。

　このローマ、この「廃墟」の本場でこのような人工の廃墟を建設するというのは、なんと奇妙な考えであり、何という労力の無駄であろうか。しかし、「時」が古代の神殿や宮殿に対してなした業を人が真似て行おうというこういう遊戯めいた試みはおそらく数世紀も前から始まっていることで、はじめ幻影の追求であったものがいつか大真面目な尊ぶべき事業になってきたのである。その結果、生まれてきたものが、たとえばこのボルゲーゼ荘のような、ローマ近郊の壮麗な別荘の数々であり、それらにみられる慰安と夢想と悲哀の入り混じった美しい風景なのである。それらの風景は、今我々が目前にみるようなまろやかな荒廃の相貌を呈するまでには、本来ならば成長から退廃への過程と人智とがしっくり相作用してゆく何世代にもわたる長い時間が必要であったにちがいない。（73）

語り手は庭園の散策者の視点から、この作り込まれた自然の風景に驚嘆の念を覚えている。桑木野幸司によると、実際、天才芸術家たちが自然の産出能力に介入し、これを増幅させることによって、自然と人工がブレンドした第三の自然なるものが生まれた。この第三の自然とは、大地の産出力を人工的に模倣したグロット（人工洞窟）であり、生命の原理を真似たオートマータ（自動機械）であり、生木を編上げてつくった四阿であり、つまりはそういったものが詰め込まれた庭園という空間そのものであった。このように、石や鉱物を生み出す大地の子宮としてのまさに自然の産出力そのものである洞窟を人工的に再現創造してしまおうという取り組みであった（桑木野 四七九）。したがって、「人工の廃墟」が物語るように、庭園のなかに自然を模倣した風景が生み出されることに、造園家／芸術家のあくなき探求に感嘆するホーソーンの眼差しが読み取れるだろう。

おわりに

「ロマンスと詩も、生い育つには廃墟というものが必要なのだ」と語り手は述べたが、ホーソーンの心に秘められたイタリアの風景について考えるとき、読者はテクストの庭を逍遥するように導かれているのである。楽園を失い、悔悟者として苦悩の日々を送るドナテロは、孤独になり瞑想にふける場所として、塔や洞窟を選んだ。つまり、彼は人生のより真実でより悲しい面を見るために洞窟に降りて行く必要があった。「アダムは、もっと明るい陽光のもとでこの美しさを見たのであり、彼が追放されて以来エデンにたれこめているこの悲しい翳りの美しさは彼の知らぬものであった」（*Marble Faun* 276）と語り手が述べるように、『大理石の牧神』では、苦悩を通してしか発見されない真実が提示されている。この物語では、メランコリーを介し、庭園、塔、洞窟が織りなす風景のなかに、登場人物の心情が投影されており、その風景とは、旧世界の自然・庭園と作家ホーソーンの間で交わされた対話であり、作家の詩的、文学的想像力の源泉であったといえるだろう。

＊本稿は、「『大理石の牧神』におけるホーソーンの自然観」（『エコクリティシズム・レヴュー』第九号、二〇一六年、四七–五七頁）を大幅に加筆修正したものである。

【註】

（1）ジェイムズはアメリカに欠けているものとして、ヨーロッパ的意味の国家、君主、宮廷、個人の忠誠、貴族制度、国教会、国教会聖職者、軍隊、外交機関、宮殿、城郭、荘園、古めかしい田舎の本廷、牧師館、葦ぶきの田舎家、つたのはった廃墟、大寺院、僧院、小さなノルマンの教会、大きな大学、パブリック・スクール、文学、小説、博物館、絵画、政界、遊猟階級を挙げている（34）。

（2）レオ・マークスは『楽園と機械文明』において、楽園と荒野のイメージで語られてきたアメリカの田園主義（pastoralism）の伝統から、ホーソーンの作品についても詳述している。

（3）ニーダーマイヤーは、「初期自然宗教において、女性的な性的特徴は『母なる大地』や『母なる土壌』へと移行していたが、その一方で、犂で耕し、種をまくことは、男性的なるものと同等視されていた」（一一一）と述べ、古代オリエント・ギリシア・ローマの世界における大地母神への崇拝について説明している。

（4）メランコリーの治癒という観点から、谷川多佳子は、ティモシー・ブライト（一五五一―一六一五）の『メランコリー論』（一五八六年）とバートンの『憂鬱の解剖学』における共通点を挙げている。メランコリーは身体的な医学の視点と神学的な視点、すなわち「身体にかかわり、医師の治癒しうるメランコリーの病と、神学者のみが正すことができる、罪の意識、信仰に結びついた魂の状態」（一一〇）に区別されており、「憂鬱はまず、原罪以来、神から離れてしまった人間の条件の弱さのしるし」（一一二）として示されるのである。

（5）妹尾智美はホーソーンが「グロッタ」と「グロテスク」の関連性を熟知していたことを緻密に論じている（一〇二―〇六）。

（6）赤川裕はミルトンの『失楽園』において、ミルトンの目は一貫して、崖を突き落とされ「荒野」に生きるしかないアダムとイヴに注がれており、二人が無垢な時よりはるかにリアリティのある人間として描かれていると述べ、また、ミルトンの「荒野」は「贖罪の流刑地」であり、同時にその荒野は、人に宣告された宿命通り、人が「ひたいに汗して働く」ことを通して、「生きることを許された」場所でもあると説明している（一一二）。

（7）ホルスト・ブレーデカンプは『ライプニッツと造園革命』の序において、一八世紀の啓蒙主義と庭園の関連について、フランスの哲学者ヴォルテール（一六九四―一七七八年）の『カンディード』（一七五九年）の「己の庭を耕すを旨とせよ」

が時代の格言であったこと、また、ジャン・ジャック・ルソー（一七一二―一七七八）の『新エロイーズ』（一七六一年）が庭園の原型「天の園（エリゼー）」の概念を孕んでいたことを例に挙げている（一一）。

（8）中世まで四体液のうち最も有害とされたメランコリー（黒胆汁）が、ルネサンス期には天才の徴（しるし）へと変容され、メランコリー的な特質は、芸術的才能や知性を自負するルネサンス人にとっては欠くことのできない装飾となり、この思潮が後期エリザベス朝のイングランドにも影響を及ぼしたという（ストロング四一二―一三）。

（9）クリストファー・ウッドワードは、廃墟というものはその不完全性から、見る者が自らの想像力によって失われた断片を補う必要があり、それゆえ全ての人の眼前に異なった姿で現れるのであり、廃墟を訪れる者、とりわけ作家や芸術家たちにとってインスピレーションの源であり続けてきたことを、ローマのコロッセウムを例に説明している（一一―五五）

【引用文献】

Carton, Evan. *The Marble Faun: Hawthorne's Transformations*. Twayne Publishers, 1992.

Hawthorne, Nathaniel. *The French and Italian Notebooks. The Centenary Edition of the Works of Nathaniel Hawthorne*, edited by William Charvat, vol. 14, Ohio State UP, 1980.

---. *The Marble Faun. The Centenary Edition of the Works of Nathaniel Hawthorne*, edited by William Charvat, vol. 4, Ohio State UP, 1968.（ナサニエル・ホーソーン『大理石の牧神』島田太郎・三宅卓雄・池田孝一訳、国書刊行会、一九八四年）

James, Henry. *Hawthorne*. Cornell UP, 1997.（ヘンリー・ジェイムズ『ホーソーン研究』小山敏三郎訳著、南雲堂、一九七八年）

Lewis, R.W. B. *The American Adam: Innocence, Tragedy and Tradition in the Nineteenth Century*, U of Chicago P, 1955.

Martin, Robert K. and Leland S. Person. *Roman Holidays: American Writers and Artists in Nineteenth-Century Italy*. Iowa UP, 2002.

Marx, Leo. *The Machine in the Garden: Technology and the Pastoral Ideal in America*. Oxford UP, 1964.

赤川裕『英国ガーデン物語――庭園のエコロジー』研究社出版、一九九七年。

安西信一『イギリス風景式庭園の美学――〈開かれた庭〉のパラドックス』東京大学出版会、二〇〇〇年。

入子文子『メランコリーの垂線――ホーソーンとメルヴィル』関西大学出版部、二〇一二年。

ウッドワード、クリストファー『廃墟論』森夏樹訳、青土社、二〇一六年。

川崎寿彦『楽園と庭――イギリス市民社会の成立』中央公論社、一九八四年。

桑木野幸司「観念を盛る幾何の器――初期近代インテレクチュアル・ヒストリーとしてのルネサンス庭園史研究」『イングランドのルネサンス庭園』、ありな書房、二〇〇三年、四七一―八三頁。

小林頼子『庭園のコスモロジー――描かれたイメージと記憶』青土社、二〇一四年。

シャーマ、サイモン『風景と記憶』高山宏・栂正行訳、河出書房新社、二〇〇五年。

ストロング、ロイ『イングランドのルネサンス庭園』圓月勝博・桑木野幸司訳、ありな書房、二〇〇三年。

妹尾智美「孤独のなかの光――ホーソーンの『七破風の館』にみる〈洞窟(グロッタ)〉の美学」『水と光――アメリカ文学の原点を探る』入子文子監修、谷口義明・中村善雄編、開文社出版、二〇一三年、九八―一二〇頁。

高知尾仁『表象のオリエント――一九世紀西洋人旅行者の中東像』東京外国語大学アジア・アフリカ言語文化研究所、一九九四年。

ニーダーマイヤー、ミヒャエル『エロスの庭――愛の園の文化史』濱中春・森貴史訳、三元社、二〇一三年。

丹羽隆昭『恐怖の自画像――ホーソーンと「許されざる罪」』英宝社、二〇〇〇年。

原研二『グロテスクの部屋――人工洞窟と書斎のアナロギア』作品社、一九九六年。

東野芳明『グロッタの画家』美術出版社、一九六五年。

ブレーデカンプ、ホルスト『ライプニッツと造園革命――ヘレンハウゼン、ヴェルサイユと葉っぱの哲学』原研二訳、産業図書、二〇一四年。

松本典昭『メディチ家の別荘と庭園――世界遺産の歴史を旅する』八坂書房、二〇二三年。

三宅卓雄『どう読むかアメリカ文学――ホーソーンからピンチョンまで』あぽろん社、一九八七年。

若桑みどり『マニエリスム芸術論』筑摩書房、一九九四年。

第九章
モナーク蝶の飛翔——レイチェル・カーソンのエコロジカルな想像力

浅井 千晶

はじめに

野原を飛ぶ姿を直に目にすることができるチョウは古代から人間にとって身近な存在であり、さまざまな象徴を託されてきた。アト・ド・フリース著『イメージ・シンボル事典』の「butterfly」の項目をみると、チョウが表象するものが十三にわたって記されている。最初に挙げられているのは、魂である。第二に、チョウは死を表す。卵からサナギ、チョウへ段階を経るため、その度に一種の死を経験するからである。第三に、精神分析ではチョウは再生や復活、キリスト教では復活祭に関連してキリストの復活を表すとされている。これらが示すように、チョウは魂や生命を象徴する存在である。

絵画や彫刻では、ギリシア神話に登場する美少女プシュケーは、ウィリアム・ブグロー（一八二五—一九〇五）の「アモールとプシュケー」（一八八九年）のように、軽やかなチョウの翅を背中に生やした姿でたびたび描かれている。[1]翅は天への飛翔を示唆するのだろう。一方、チョウがひらひらと飛ぶ様子は、幻のように捉えどころがないようにもみえる。中国戦国時代の思想家である荘子がみた夢に由来する「胡蝶の夢」は、荘子が夢の中で自分がチョウであるのか、あるいはチョウが自分なのかわからなくなったという逸話に由来し、主体と客体、夢と現実の違いが曖昧ではっきりしないことのたとえとなっている。

　このように、チョウは古代から人間の想像力をかきたててきた。海洋生物学者であり作家であったレイチェル・カーソン（一九〇七―一九六四）もチョウに魅了された一人である。本稿では、渡りをするチョウとして有名なモナーク蝶（オオカバマダラ）に注目して、カーソンのエコロジカルな詩的想像力を軸に、ノンヒューマンな存在による人間の思考や行動への影響について考察してゆく。(2)

一　旅をするチョウ

　北アメリカに生息するオオカバマダラ（学名 Danaus plexippus）はタテハチョウ科マダラチョウ亜科に分類される、オレンジ色と黒色の鮮やかな羽をもつ大型のチョウで、英語は monarch butterfly なのでモナーク蝶と日本語に訳されることもある。オオカバマダラの幼虫は有毒になるアルカロイドを含むトウワタ（milkweed）だけを食べるが、みずからは毒素の影響を受けず、体内に有毒成分が蓄積されていく。さなぎを経てチョウになるとその有毒成分が鳥などの捕食者から身を守る手段となる。その結果、オオカバマダラはゆっくりたゆたうように飛ぶことができ、北アメリカではもっともなじみ深いチョウの一つである。

【図版１】モナーク蝶

　一般への科学認識の促進に貢献したことで二〇二二年にスティーブン・ホーキング・メダルを授与された詩人・作家のダイアン・アッカーマン（一九四八―）は、アメリカ中部の田舎町で過ごした子ども時代にオオカバマダラを追いかけて裏庭や菜園を駆け回り、「幼い私には、この大きなチョウは、この世のものならぬ不思議な存在」であったと『消えゆくものたち――超稀少動物の生』（一九九五年）で回想している。

> オオカバマダラは、私が最初に名前を覚えたチョウだった。成長するにおよんで私は、ほとんどの子どもがそうだということを発見した。オオカバマダラはハクトウワシのような国の象徴ではないが、それでも強烈な象徴であるのに変わりはない。自然のもっとも優しい面を体現しているオオカバマダラは、私たちに幼年時代の華やかさ、無邪気さを思い起こさずにはおかない。（アッカーマン　二一八）

アッカーマンによると、オオカバマダラは自然の優しい面を体現している存在である。

チョウについて複数の書物を著している昆虫学者のフィリップ・ハウスは『なぜ蝶は美しいのか——新しい視点で解き明かす美しさの秘密』で、チョウとガを主要なグループに分け、それぞれの生態と翅の模様について解説する。この本は各章にエピグラフがあり、オオカバマダラが扱われる第六章「毒をためこむマダラチョウ類」のエピグラフは、エミリー・ディキンスン（一八三〇—一八八六）の詩「蜜の血統などに」（"The pedigree of Honey"）である。フランクリン版一六五〇番の詩を引用してみよう。「蜜の血統などに」には三つの変化形があり、ここで用いられているのは初期の八行からなる詩である。

The pedigree of Honey
Does not concern the Bee,
Nor lineage of Ecstasy
Delay the Butterfly
On spangled journeys to the peak
Of some perceiveless Thing -
The right of way to Tripoli

蜜の血統などに
ミツバチはかかずらわず
喜悦（エクスタシー）の系統は
チョウを遅らせはしない
きらめく軌跡を残して
姿見えぬ何かの高みを目指してゆく——
トリポリへの道の正しさが

A more essential thing -

いっそう本質的なこと――

（Dickinson 1447 筆者訳）

この詩のチョウは種類を特定されていない。だが、「きらめく軌跡を残して」高みを目指し、トリポリのように遠くまで飛ぶチョウの姿から、越冬地まで何千キロも旅をするオオカバマダラを連想しても不都合はないだろう。

オオカバマダラは寒さに敏感で、暖かい土地で冬を越すために長距離の渡りをすることで有名である。毎年北アメリカのオオカバマダラは集団で南方に移動し、温暖な気候の地域で越冬する。サイエンス・ライターのガブリエル・ポプキンが「旅する蝶――オオカバマダラ激減の真相」の中でオオカバマダラの移動を図解しているように、ロッキー山脈の西側のオオカバマダラはカリフォルニアの海岸へ飛び、ユーカリと松の林を選んで群れをなす。一方、ロッキー山脈の東側のオオカバマダラはメキシコへ向かう（九九）。現在では広く知られていることであるが、アメリカ大陸でもっとも多く集まるのがメキシコ中部ミチョアカンの針葉樹の森で、推定約一億頭のオオカバマダラが枝に鈴なりに集まって春を待つ（ハウス 九八）。越冬したオオカバマダラは春になるとまた北に旅立ち、途上で繁殖を繰り返しながら、前年のチョウから四世代か五世代隔たった子孫にあたるチョウが夏の繁殖地にたどり着く。

オオカバマダラは色鮮やかで大型のチョウであることに加えて群れを成して飛び立つので、人々の目を引きつける。

頭上をオオカバマダラが滑空するのを見ていると、誰でもうっとりせずにはいられない。翅を透かして陽光がきらめくさまは、明かりのともされた小部屋のようだ。一本の枝にオオカバマダラが鈴なりになって震えている。と不意に、その房が音もなくパッと弾けて、チョウたちはいっせいに空へ舞い立ち、燦々たる陽射しのなかに立っている道路脇の松の木を目指して飛んでいく。枝の先に翅を大きく広げてとまっている様子は、さながらクリスマスツリーに飾られたオレンジと金色のオーナメントだ。

（アッカーマン 二三一）

色鮮やかで美しく興味深い生態をもつオオカバマダラはアメリカで人気があり、ウェストバージニア州、バーモント州、ミネソタ州のチョウ、アイダホ州、アラバマ州、イリノイ州、テキサス州と四つの州の昆虫に指定されている。

オオカバマダラは近年深刻な脅威に直面している。その理由の一つは、カリフォルニアの越冬地付近の開発やメキシコの越冬地付近での過剰伐採による森林の減少である。他の一つは、チョウの餌となるトウワタの耕作面積の減少で、農薬も要因の一つだとされる。アッカーマンは、オオカバマダラが冬を越す場所が企業や道路や宅地の進出によって消えつつあることを知って、カリフォルニア州にオオカバマダラを保護する条例を制定するように働きかけ、一九八七年に条例が制定された。カリフォルニア州の沿岸部にはオオカバマダラの飛来地が散在するが、代表的な飛来地の一つがモントレー湾に面するパシフィック・グローヴで、ここではチョウを歓迎する年次野外劇（ページェント）が一九三九年一一月一一日に初めて行われた（Hamilton 48）。パシフィック・グローヴは「チョウの町（Butterfly Town）」とも呼ばれ、「モナーク蝶の自然保護区（Monarch Grove Sanctuary）」があり、町をあげてチョウを観光資源として宣伝している。次節では、パシフィック・グローヴの蝶ちょう祭を巡るあたふたを「ふざけた話」として取り上げている小説について考察してみよう。

二　『たのしい木曜日』に描かれた蝶ちょう祭

ジョン・スタインベック（一九〇二―一九六八）はカリフォルニア州中部のモントレー郡サリーナスで生まれた。同州にあるスタンフォード大学を中退後、一時ニューヨークに移るがほどなく故郷のカリフォルニア州に戻って作家として本格的に活動を始め、カリフォルニアを舞台とする作品がいくつかある。一九三〇年代のカリフォルニア州モントレーを舞台にする『キャナリー・ロウ』（一九四五年）は人気のある作品の一つであり、スタインベックによって「キャナリー・ロウ（缶詰横丁）」と名付けられたイワシの缶詰工場が立ち並ぶ界隈を中心にさまざまなエピソードが繰り広げられる小説である。『キャナリー・ロウ』の物語の中心は、スタインベックの親友で海洋生物学者のエドワード・リケッツ（一八九七―一九四八）をモデルにしたとされるウェスタン生物研究所を営むドックである。『たのしい木曜日』（一九五四年）は第二次世界大戦直後の一九四〇年代を時代背景としているが、同じモントレーを舞台とし、ドックを始めとして何人かの登場人物が共通していて、『キャナリー・ロウ』の姉妹編とも後日談ともみなされうる作品である。

筆者（浅井）も訪れたことがあるが、二つの小説の舞台となったモントレーはサンフランシスコから南へ約二〇〇キロの美しい海岸線沿いの小さな港町で、モントレー湾に面してモントレーとパシフィック・グローヴという二つの町が丘の上に並んでいる。スタインベックは一九三〇年から四〇年代半ばにかけてパシフィック・グローヴでもモントレーでも生活したことがあり、キャナリー・ロウにあるリケッツのパシフィック生物研究所を頻繁に訪れていたので、この二つの町のことをよく知っていた。[3]

前節で述べたように、ロッキー山脈西側の内陸部で春夏を過ごすモナーク蝶（オオカバマダラ）はカリフォルニアの海岸へ飛んでいき、ユーカリと松の林を選んで冬を越す。パシフィック・グローヴは越冬場所を二つ有しており、モナーク蝶は町の象徴であり、重要な観光資源である。『たのしい木曜日』の第三八章「ふざけた話　その二、またはパシフィック・グローヴ蝶ちょう祭」は、副題が示すようにパシフィック・グローヴの蝶ちょう祭が話題の章で、冒頭で語り手が、隣町のパシフィック・グローヴの窮境がキャナリー・ロウの絶望的な状況がもたらす苦痛を和らげると述べる。蝶ちょう祭の主役、モナーク蝶が来ないのである。いつもの年ならモナーク蝶はある日突然、大群で飛来し松の木に舞い下りる。

うきうきするような春の一日、大きなオレンジ色のオオカバマダラの雲霞のような大群が、きらめく天の花畑のように、壮大な巡礼の旅に天高く舞い上がり、モントレー湾を横切り、パシフィック・グローヴの町はずれの松林に止まるのである。
（スタインベック 五一二）

モナーク蝶のオレンジ色が常緑の松に映え、「天の花畑（aery fields of flowers）」や「壮大な巡礼の旅（a majestic pilgrimage）」といった表現には神聖ささえ感じられる。

モナーク蝶を見物にくる観光客が増えるにつれ、パシフィック・グローヴはチョウが無料で金をもたらす宝物だと気づき、「大蝶ちょう祭」を開催し、積極的に観光客を呼び込むようになる。(4) 野外劇も行われて観光客が多数訪れる大蝶ちょう祭はこの町にとって一大事なのだが、モナーク蝶がパシフィック・グローヴに飛来するのは「幸運な自然の気まぐれ（happy accidents of nature）」（五一一）でもあり、チョウの到来日を完璧に予測することは不可能である。

「ふざけた話　その二」では、モナーク蝶の飛来予定日の二日前に野外劇で蝶ちょうの女王を演じるグレイヴズ嬢の声が出なくなり、その後数日たってもチョウが来なかったことが語られる。パシフィック・グローヴは最初のうち慌てふためき、やがて怒りがくすぶり出し、ついには市当局がやり玉にあげられて、市長が逃げ出す事態になる。物語の語り手は、「おわかりのように、キャナリー・ロウにおけるごたごたも、あなたが思うほどひどいものではなかったのである」（五一四）とこの章を締めくくっている。

第三九章「たのしい木曜日の再来」の冒頭でグレイヴズ嬢にいつもの声が戻り、彼女は安寧な日々を予感する。

しかも、彼女の勘は当たっていた。一一時にオオカバマダラがモントレー湾を横切り、何百万と群れをなしてやって来て、松の木々に止まった。そして、蝶ちょうは松の濃い、甘いジュースを吸い、酔っぱらった。

（スタインベック　五一五）

モナーク蝶が飛来したので、パシフィック・グローヴの蝶ちょう委員会は緊急会議を開いて蝶ちょう祭の宣言書を夕刊に掲載し、人々も上機嫌になった。その後、場面はモントレーへと移り、ドックの腕の骨折という第三七章「小さな章」の出来事の続きが語られる。

「ふざけた話」の原語“hooptedoodle”は、中山喜代市によると「どんちゃん騒ぎ」「大騒ぎ」「お祭り騒ぎ」の意味のスタインベックの造語である（三九五）。『たのしい木曜日』の「プロローグ」に登場するマックは、物語のなかの「ふざけた話」は読みたくなければ飛ばせるような章だと説明している。実際、パシフィック・グローヴで蝶ちょう祭が開催できるかどうかは、ドックやマックのようにモントレーで暮らす『たのしい木曜日』の主要登場人物の動静にはほとんど関係ない。第三八章の「ふざけた話　その二」は文字通り「お祭り騒ぎ」であるが、モナーク蝶が人目を引く魅力的なチョウであるから成り立つ一連の展開と言えるだろう。

三　レイチェル・カーソンとモナーク蝶の飛翔

モナーク蝶はカーソンの生命観を把握するときに重要な昆虫で、カーソンのシンボルにもなっている。モナーク蝶がカーソンの人生を象徴する存在となったのは、彼女が死去する前年一九六三年のメイン州での出来事に基づく。本節では、モナーク蝶の秋の飛翔についてカーソンが省察した内容と彼女のエコロジカルな想像力について考察する。

【図版２】カーソンの別荘（筆者撮影）

今日ではＤＤＴなどの合成農薬が引き起こす環境問題に警鐘を鳴らした『沈黙の春』（一九六二年）で知られるカーソンはもともと漁業局（のちに魚類野生生物局）で働いていた海洋生物学者であった。カーソンはペンシルベニア州の内陸部で生まれ育ち、大学卒業後の一九二九年八月、マサチューセッツ州ケープコッドにあるウッズホール海洋生物研究所で研修を受けるまで直接海を見たことがなかった。しかし、カーソンは少女時代から海を描いた詩や小説に親しみ、海の神秘さや不思議さに興味をもっており、『潮風の下で』（一九四一年）、『われらをめぐる海』（一九五一年）、『海辺』（一九五五年）という海に関する三部作を著した作家でもあった。二作目の『われらをめぐる海』がベストセラーになり作家として成功したおかげで、カーソンは一九五二年に公務員の職を辞し、メイン州ブースペイハーバー近くのサウスポート島に土地を購入し、岩礁海岸に面して小さな別荘を建てた。この別荘は、カーソンの夢が現実となったものであった。

筆者は二〇〇八年六月にブースベイハーバーで開催された、NEW-CUE (Nature and Environmental Writers-College and University Educators) 主催の第五回 Environmental Writers' Conference in honor of Rachel Carson に参加した際、カーソンの別荘を訪問することができた。現在この別荘はカーソンの養子のロジャー・クリスティー（一九五二－）が所有しており、グループ現代が制作し二〇〇一年に公開された映画『センス・オブ・ワンダー――レイチェル・カーソンの贈りもの』も主にここで撮影されている。大きな見晴らし窓がある居間やカーソンの書斎の窓から海が見え、書斎から外に出ると岩肌を降りて波打ち際まで行くことができる。一方、反対側には常緑針葉樹のトウヒとモミからなる林があり、Carson Lane と名づけられた小径には薄紫色のアツモリソウが群生していた。

このメイン州の別荘で、カーソンにとってきわめて重要な出会いがあった。サウスポート島に別荘をもち、カーソンがサウスポート島に土地を購入したのを地元紙で読んで一九五二年のクリスマス前に歓迎の言葉を書き送ったドロシー・フリーマン（一八九八－一九七八）である。ドロシーはカーソンより九歳年上で、マサチューセッツ州の海辺の町マーブルヘッドで育ち、フラミンガム州立師範学校（現在のフラミンガム州立大学）を卒業後、スタンリー・フリーマンと結婚するまで家庭科を教えており、野外が大好きなナチュラリストでもあった。また、手紙を書くことを好み、一人息子が大学進学で家を出てからは多くの時間を友人へ手紙を書くことに費やすことができた。作家として成功する一方、私的な世界をいっしょに楽しむ相手がだれもいなかったカーソンは、自然についての豊かな知識があり、愛情がこまやかなドロシーに共通する感性や精神性を見いだし、互いへの理解と愛情に支えられた親しい友人となった。一九五三年の夏の初対面から、カーソンとドロシーはメイン州で隣人として夏を過ごしただけでなく、頻繁に手紙を交換し、後にドロシーの孫娘のマーサ・フリーマンが二人の手紙を書簡集として出版した。[5] ドロシーの夫スタンリーはマサチューセッツ農科大学（現在のマサチューセッツ大学）で動物栄養学を学び、カーソンが出会った頃は大きな農業関係の会社に勤めていた。スタンリーも海が好きで、サウスポート島滞在時はヨットやボートを楽しんでいた。

カーソンはフリーマン夫妻と潮だまりや岩場を散策し、一九五五年に刊行された『海辺』は、「ともに引き潮の世界をたずね、その美と神秘を分かちあった」フリーマン夫妻に捧げられている。

カーソンは死の前年の一九六三年も、養子にした姪の息子ロジャーと秘書とともに六月二五日にメイン州に到着し、ひと夏を別荘で過ごした。カーソンとドロシー・フリーマンがサウスポート島の南端、シープスコット川河口のお気に入りの場所であるニューエイグンでモナーク蝶を見たのは、カーソンがメイン州を去る直前の九月一〇日のことであった。その夜、カーソンは、ニューエイグンで過ごした朝がその夏でいちばん楽しいもので、細かい点まですべて記憶に留まるだろうとドロシー宛の手紙に書いている。

しかし、すべての情景のうちでもっとも印象的だったのは、羽の小さなモナーク蝶で、彼らは一匹また一匹とただようようにゆっくりと飛んでいきました。それはあたかも、何か見えない力に引かれて行くようでした。私たちは、彼らの生活史について少しばかり話をかわしました。彼らは帰ってきたかですって？　私たちは、そうは思いませんでした。彼らの多くのものにとって、それは生命の終わりへの旅立ちであったのでしょう。

（『13歳からのレイチェル・カーソン』一〇〇）

モナーク蝶は、メイン州には夏の終わりから秋にかけて飛来し、海を渡るチョウとして知られている。西へ向かって飛んでいったチョウは同じ場所に再び戻ってくることはない。しかしカーソンは、その光景がこのうえなく美しかったので、「生命の終わりへの旅立ち」が悲しみをもたらさなかったと書く。

その光景があまりにも素晴らしかったので、私たちはまったく悲しさを覚えなかったのです。それは正しいことです。なぜなら、どんな生物についても、彼らが生活史の幕を閉じようとするとき、私たちは、その終末を自然な営みとして受け取ります。

> モナーク蝶の一生は、数ヵ月という一定のひろがりを持っています。私たち自身について言えば、それは別の尺度で測られ、私たちはその長さを知ることが出来ません。しかし、考え方は同じです。このような測ることの出来ない一生を終えることも、自然であり、けっして不幸なことではありません。（一〇〇）

モナーク蝶の飛翔を見たとき、カーソンはがんが身体中に転移して残された時間は短く、再びメイン州に帰ってくることは困難であることを知っていた。カーソンは自分の死について直接話しているわけではないが、生物が「生活史の幕を閉じようとするとき、私たちは、その終末を自然な営みとして受け取ります」と書き、みずからの命がもう長くないことを思慮深くドロシーに伝えている。最後にカーソンは祈るように記した。

【図版3】モナーク蝶の版画（筆者所蔵）

> きらきらとはばたく小さな生命が、今朝の私に教えてくれたものは以上の通りです。私は、その中に深い幸せを見出しました――あなたもそうであるように祈っています。（一〇〇）

モナーク蝶の生活史に思いを馳せながら、カーソンは人間も含めてすべての生物に生命の定めがあり、その終わりを迎えるのは悲しむべきことではないとしている。カーソンの著作や伝記を翻訳し、彼女の思想を伝え続けている上遠恵子は、カーソンは「迫り来る自分の死をモナーク蝶の飛翔をみつめるなかで受け入れている」（一七）と述べる。そして、カーソンは自分の死を悲しまないでほしいことも親友のドロシーに伝えたのである。

　この手紙を読んだドロシーはカーソンの思いを受けとめて、二人がすばらしい時間を共有して幸せを感じたことやモナーク蝶に感謝していることとを返事に書いた。

別れがくる悲しさがあったのに、美しく澄み切った青空の二日間、メインの風や小さな喜びに私たちが幸せを見出せたのはなんてすばらしかったことでしょう。小さなこと、たとえば舞い上がるミサゴ、茂みにひそむキクイタダキの音と姿、そしてモナーク蝶！（中略）あなたの貴重な思いに私が触れられるようにしてくれたあの蝶たちにたいへん感謝しています。目の前にあるこのメッセージは私がこれからずっと大事にするもっともすてきなものの一つになると思ってください。（*Always, Rachel* 468）

生命の終わりへ旅立つモナーク蝶を見ながら、カーソンとドロシーは生命の神秘と美しさを感じ、その思いを共有していたにちがいない。

一九六四年四月一四日にカーソンがこの世を去り、四月一七日に著名な会葬者を招いてワシントン大聖堂で葬儀が行われた後、四月一九日に彼女の親しい友人たちが集まり、簡素な追悼集会が行われた。生前にカーソンから追悼ミサの司式を依頼されていたダンカン・ハウレット師は、ドロシーの許可を得て、先述のカーソンの手紙を朗読した。また、夏には、カーソンの望み通り、彼女の遺灰の一部がドロシーと二人で前年にモナーク蝶の飛翔を見たシープスコット川河口の岩礁海岸から海に流されたのである。

カイウラニ・リー（一九五〇—）がレイチェル・カーソンを演じた映画『レイチェル・カーソンの感性の森』（二〇〇八年）は、一九六三年九月にメイン州の別荘で、カーソンがモナーク蝶の生命にみずからの生命を重ねて手紙を書いている場面から始まる。この映画は、もとは主演女優のリーが、カーソンのメッセージを伝えるために脚本を執筆し、カーソンの最後の一年を演じてきた一人芝居で、アメリカ国内の各所で上演されるだけでなく、カナダ、イタリア、日本など世界各国で演じられてきたものである。[6]『レイチェル・カーソンの感性の森』は、一人芝居と同様にカーソンの最後の一年を描き、彼女がインタヴューに答えるかたちでみずからの生涯を振り返りながら、『沈黙の春』などの著作や執筆への思いを語り、母や養子のロジャーのこと、ロジャーを含む子どもたちが「センス・オブ・ワンダー」の感性を持ち続けることを願う内容である。映画のオープニングシーンにカーソンがドロシーと見たモナーク蝶の飛翔が描かれていることからも、この出来事の重要性が推察できよう。

カーソンの遺作となった『センス・オブ・ワンダー』（一九六五年）は、「センス・オブ・ワンダー＝神秘さや不思議さに目をみはる感性」のたいせつさを説く、カーソンの自然への愛にみちた作品である。その中に、自然のさだめの美しさと神秘に言及した一節がある。

鳥の渡り、潮の満ち干、春を待つ固い蕾のなかには、それ自体の美しさと同時に、象徴的な美と神秘がかくされています。自然がくりかえすリフレイン――夜の次に朝がきて、冬が去れば春になるという確かさ――のなかには、かぎりなくわたしたちをいやしてくれるなにかがあるのです。（『センス・オブ・ワンダー』五二―五三）

ここでは「鳥の渡り（the migration of the birds）」が象徴的な美と神秘をもつ例に挙げられているが、春秋に渡りをするチョウにも同様の象徴性があるだろう。カナダやアメリカ東部から秋に飛び立つモナーク蝶は、海を越え何千キロも南下し、メキシコ中部のミチョアカン州で大きな針葉樹にびっしりとぶら下がるように留まり、集団で越冬する。春になると、越冬した個体は交尾して卵を産みその生命を終える。卵から孵った個体が成虫になり、また北上するが、途中で何度か世代交代しながら生命をつなぐことになる。毎年数千キロにおよぶ渡りをするモナーク蝶は、カーソンが『センス・オブ・ワンダー』で語る「自然がくりかえす生命の営み」を象徴する存在といっても過言ではない。カーソンにとってモナーク蝶の飛翔は、生命の終わりだけでなく、生命の連鎖も意味するものなのである。

おわりに

生物学の学位をもち、アパラチア山脈南部で農園を営んでいる作家バーバラ・キングソルヴァー（一九五五―）の二〇一二年に刊行された小説『飛翔行動』では、モナーク蝶が物語の展開の鍵となっている。『飛翔行動』の主人公デラロビア・ターンバウは、テネシー州の山あいの架空の村に住み、高校在学中に出会った夫カブと結婚して二人の子どもをもつ二八歳の主婦である。ある日、丘の上で炎のようなオレンジ色のチョウの大群に遭遇してから、彼女の生活は一変する。デラロビアは当初そのチョウの名前を知らなかったが、神秘的なものを感じ、信心深い村の住民はチョウが木々の枝に重なり合う光景を神が与えた奇跡の現象だとみなす。チョウを見にメディアも人々も押し寄せるなか、当時のバラク・オバマ大統領を連想させるモナーク蝶の研究者、オヴィッド・バイロン教授が調査のために訪れる。デラロビアは彼の調査を手伝う過程で気候変動について学び、自分の世界を広げたいと願うようになる。物語の終盤、モナーク蝶が別の場所へ旅立つときには、デラロビアも離婚して働きながら大学教育を受けるために村を出る準備中であり、チョウの旅立ちと重なる。

『飛翔行動』は若い女性の自己探求と成長を描く物語でもあるが、モナーク蝶と気候変動に読者の関心を向けさせる環境文学でもある。『飛翔行動』では、モナーク蝶の大群がメキシコへ向かう本来の飛翔ルートをとらずデラロビアたちが住むテネシー州に飛来したのは伐採と土砂崩れでメキシコの越冬地が崩壊したからであり、この現象は地球温暖化の兆候だとされている。この作品の「あとがき」で、キングソルヴァーは、モナーク蝶がアパラチア山脈で越冬しようとしたのはフィクションであるが、メキシコの越冬地が危機的状況にあるのは事実であり、執筆の際に多くの専門家の知見と協力を得たことを記している（Kingsolver 598）。

近年、地球温暖化による生息地の気象条件や植生の変化など複合的な原因によってモナーク蝶の生息数の減少が懸念されている。キングソルヴァーは『飛翔行動』を当時の大統領夫人ミシェル・オバマに送った。ニナ・マルティリスは、オバマ夫妻がこの作品を読んだかどうかは不明であるが、二〇一五年にオバマ政権がモナーク蝶の保護に乗り出した背景には『飛翔行動』の功績があるだろうと『ザ・ニューヨーカー』の二〇一五年四月一〇日電子版で述べている。モナーク蝶の保護については、政府や自治体だけでなく、個体の追跡調査やトウワタの植生の研究、一般の家庭で「チョウの庭」を造るなど、さまざまなレベルで取り組みがなされている。筆者は、華麗に飛翔する姿も樹木に鈴なりで越冬する光景も壮観なモナーク蝶の生態環境が守られて生命をつなぎ、これからも人々の目や心を引きつけていくことを願っている。

【註】

（1）*OED* の"psyche"の定義の2には、ギリシア語由来の意味として"A butterfly"と記されている。
（2）英語名「monarch butterfly」はレイチェル・カーソンの評伝や研究書ではほとんど「モナーク蝶」と翻訳されているので、本稿では、主にモナーク蝶の訳語を使用している。しかし、一般的な和名は「オオカバマダラ」であるので、種としてのチョウの説明および既訳からの引用ではオオカバマダラを使用した。
（3）『スタインベック全集』第二〇巻所収の「ジョン・スタインベック年譜」を参照した。
（4）『たのしい木曜日』では、パシフィック・グローヴの大蝶ちょう祭が春に開催されことになっているが、実際には毎年秋に開催されている。
（5）書簡集のタイトルが *Always, Rachel: The Letters of Rachel Carson and Dorothy Freeman, 1952-1964.* であるのは、カーソンがドロシー宛の手紙の最後に"Always"とよく記していたことに拠る。
（6）日本では、二〇〇五年七月一九日に愛・地球博の長久手会場で「A Sense of Wonder ～レイチェル・カーソンの世界へ～」と題して上演された。筆者もこの年、東京のレイチェル・カーソン日本協会主催行事で観劇し、その後、主演のカイウラニ・リーと彼女の息子さんを京都の龍安寺や二条城に観光案内した。

【引用・参照文献】

Ackerman, Diane. *The Rarest of the Rare: Vanishing Animals, Timeless Worlds*. 1995. Vintage, 1997.（ダイアン・アッカーマン『消えゆくものたち——超稀少動物の生』葉月陽子・結城山和夫訳、筑摩書房、一九九九年）

Butterfly Town, USA. "The History." https://butterflytownfilm.org/thehistory.html. Accessed 18 Feb. 2022.

Carson, Rachel. *The Sense of Wonder*. Photographs by Charles Pratt, Harper and Row, 1965.（レイチェル・カーソン『センス・オブ・ワンダー』上遠恵子訳、新潮社、一九九六年）

Dickinson, Emily. *The Poems of Emily Dickinson*. Edited by R. W. Franklin, Variorum ed., vol. 3, Belknap, 1998.

Freeman, Martha, Ed. *Always, Rachel: The Letters of Rachel Carson and Dorothy Freeman, 1952-1964*. Beacon, 1995.

Hamilton, Patricia. *Monarchs in Butterfly Town, U.S.A. Pacific Grove, California*. Pacific Grove Books, 2022.

Hobbie, Ann. *Monarch Butterflies*. Illustrated by Olga Baumert, Storey, 2021.

Howse, Philip. *Seeing Butterflies: New Perspectives on Colour, Patterns and Mimicry*, Andreas Papadakis, 2014.（フィリップ・ハウス『なぜ蝶は美しいのか——新しい視点で解き明かす美しさの秘密』相良義勝訳、エクスナレッジ、二〇一五年）

Kingsolver, Barbara. *Flight Behaviour*, Faber and Faber, 2012.

Lear, Linda. *Rachel Carson: Witness for Nature*. Henry Holt, 1997.（リンダ・リア『レイチェル——レイチェル・カーソン「沈黙の春」の生涯』上遠恵子訳、東京書籍、二〇〇二年）

Lear, Linda, Ed. *Lost Woods: The Discovered Writing of Rachel Carson*. Beacon, 1998.（リンダ・リア編『失われた森——レイチェル・カーソン遺稿集』古草秀子訳、集英社、二〇〇〇年）

Manos-Jones, Maraleen. *The Spirit of Butterflies: Myth, Magic, and Art*. Henry N. Abrams, 2000.

Marsh, Laura. *Great Migrations: Butterflies*. National Geographic, 2010.

Martyris, Nina. "Barbara Kingsolver, Barack Obama, and the Monarch Butterfly." *The New Yorker*. 10 Apr., 2015, https://www.newyorker.com/books/page-turner/barbara-kingsolver-barack-obama-and-the-monarch-butterfly.

A Sense of Wonder. Directed by Christopher Monger, performance by Kaiulani Lee, Bullfrog Films, 2008.（『レイチェル・カーソンの感性の森』アップリンク、二〇一二年）

Steinbeck, John. *Sweet Thursday.* 1954. Penguin Classics, 2000.（ジョン・スタインベック『キャナリー・ロウ／たのしい木曜日』井上謙治／清水汎・小林宏之・中山喜代市訳、大阪教育図書、一九九六年、『スタインベック全集』第九巻）

上遠恵子「レイチェル・カーソンの生涯」『レイチェル・カーソン』上岡克己他編、ミネルヴァ書房、二〇〇七年、三―一七頁。

上遠恵子監修、レイチェル・カーソン日本協会編『13歳からのレイチェル・カーソン』かもがわ出版、二〇二一年。

『センス・オブ・ワンダー――レイチェル・カーソンの贈りもの』小泉修吉監督、グループ現代、二〇〇一年。

ド・フリース、アト『イメージ・シンボル事典』大修館書店、一九八四年。

中山喜代市「『たのしい木曜日』――ポストモダンなカーニバル」『スタインベックを読みなおす』中山喜代市監修、開文社出版、二〇〇一年、三七五―九六頁。

ポプキン、ガブリエル「旅する蝶　オオカバマダラ激減の真相」『日経サイエンス』二〇二〇年六月一日号、九四―一〇二頁。

吉川禮三・牧野恵子「ジョン・スタインベック年譜」『スタインベック全集』第二〇巻、大阪教育図書、二〇〇一年、五三七―九五頁。

第十章
アメリカの翳り（サンセット）と持続する生の可能性
――ポール・オースターの『サンセット・パーク』における老い

内田 有紀

はじめに

「君の弱弱しく痩せ細った体を見せても未来への自信を呼び起こすことはできない。」

この言葉をジョー・バイデンに向けられたものと思う人がいても不思議ではない。二〇二四年現在現役のアメリカ合衆国大統領として史上最高齢記録を更新し続けているバイデンについては、政治家としての資質の前に、その年齢や健康状態が頻繁に取り沙汰されてきた。手の震えを始めとして、亡くなった議員の名前をまるで生きていると思い違いをしているかのように呼ぶ様子から認知症を疑うなど、アメリカのメディアはバイデンに老いの徴候を探し出すのに躍起になっている。なぜバイデン個人の老いの徴候が話題を集めるのか。それは、大統領の身体は国を代表するものであり、国民はその身体に国の未来を見いだそうとするからだろう。バイデンの身体がアメリカの未来を体現するには老いていているという考えは、アメリカはまだそれほど老いていないという前提に立つ。ところが事実に目を向けてみると、戦後アメリカが牽引してきた第二次グローバリゼーションは、リーマン・ブラザーズ・ホールディングスの経営破綻が世界的な金融危機をもたらした二〇〇八年以降鈍化傾向にあり、二〇二二年に始まったロシアによるウクライナ侵攻がその終焉を決定的なものにしたと言われている（中野 一四）。すでにアメリカの国際的影響力が翳りつつあった二〇二〇年に大統領に就任したバイデンは、その老体でもってアメリカの未来ではなく、老いつつある現在のアメリカを体現していると言えよう。

ポール・オースター（一九四七―二〇二四）の一六作目となる小説作品『サンセット・パーク』（二〇一〇年）のタイトルは物語の舞台であるブルックリンに実在する地名だが、物語の時代設定が二〇〇八～〇九年であることから、アメリカの国家としての衰退、翳り（サンセット）を連想させる。[1]「君の弱弱しく痩せ細った体を見せても未来への自信を呼び起こすことはできない」（*Sunset Park* 270）とは、主要作中人物のひとりで、出版社を経営するモリス・ヘラー（六二歳）による彼自身の身体性についてのコメントだ。不況の煽りを受け、出版社の経営が傾く中で、彼は従業員らの将来の不安を払拭できない自分の老体を嘆く。「どうやって私らはこんなに老いたんだ？」（145）という自分の老いを憂うモリスの言葉は、作家オースターの近年の大きな関心をそっくり反映している。[2]

『サンセット・パーク』の主たる関心は一見したところ老いに置かれてはいない。物語の主軸は、モリスの息子マイルズを含む訳ありの二〇代後半の若者四人によるサンセット・パーク地区の市当局の管理物件での不法共同生活にあり、したがって本作品を若者の集団的抵抗の物語として読む書評も少なくない。物語はこの若者らが不法定住者として共同生活を始め、幾度の立ち退き勧告を無視した末に、警官による強制退去執行でもって暴力的な幕閉じを迎える。とは言え、この作品における二人の中心的人物の老人性が頻繁に言及される点を無視することはできない。この二人の人物――同一のイニシャルMHを共有する父モリス・ヘラーと子マイルズ・ヘラー――はともに老人と呼ばれるにはほど遠い年齢である。老いの条件が必ずしも年齢に求められないとき、この作品において老いは何を意味するのだろうか。『サンセット・パーク』における老いの表象を考察するにあたって、老いに対するアメリカの一般的な態度を確認することから始める。

一　不老の国、アメリカ

君はこう信じている。そんなことは自分の身には起こらない、起こるはずがない、自分は世界で唯一そういったことが降りかかることを免れている、と。ところが、一つ、また一つ、すべてが君の身に起こり始める。ほかの誰の身にも起こるのと同じように。(Auster, *Winter Journal* 1)

六四歳当時のオースターが老齢期へ向かう自分自身と向き合い、その身体の記憶について思索した記録の書『冬の日誌』(二〇一二年)は、このように始まる。「そんなこと」や「そういったこと」は、後続の文章を読み進めれば、老い(の徴候)を指していることがわかる。「老いない者などいない」と当然のことをあえて冒頭で宣言するのは、「君」がほかの人々とは違って自分には老いが訪れないと信じているからだ。彼自身のみならず読者をも巻き込む二人称を用いて、オースターは「君」のもつ例外主義的思想を自覚させたうえで、そこからの脱却を説く。

他国と比較して歴史が浅く、それゆえ国として未成熟であることをコンプレックスとするアメリカはその若さを美徳として強調し、老いをその陰画として忌避してきた。北米において高齢者の社会的地位が低いことの一因を行き過ぎた個人主義(the extreme individualism)の浸透にみるマーガレット・クルイクシャンクによれば、超越主義的な自己信頼とフランクリン的な自己(再)発明の思想が浸透しているアメリカ文化においては、自助の力でもって周囲の環境をコントロールすることが望ましく、したがって他人に助けを求めなければいけない状態を恥じる傾向がある(Cruikshank 9-18)。

行き過ぎた個人主義の起源はアメリカの建国神話にさかのぼる。新大陸において過酷な自然を征服し、荒野を切り拓くことで自由と物質的な豊かさを手に入れた開拓者たちはアメリカにおける最初の英雄である。アメリカン・アダムとして神話化される彼らは若く強靭な男性の身体と結びつけられ、アメリカ小説においてもしばしば表象されてきた。たとえば開拓時代のニューヨークを舞台とするジェームズ・フェニモア・クーパー(一七八九―一八五一)のレザーストッキング物語のシリーズである。小説五部作通じて主人公を務める入植者ナッティ・バンポーは、一七九三年を舞台とする第一作（一八二三年）では七〇歳代前半だが、一七四四年年を舞台とする第五作（一八四一年）では二〇歳代前半の若者として登場する。このようにナッティが第一作から第五作にかけて（前後するものの）「若返る」点について、D・H・ローレンスは「老年期から黄金の青年期へと、時の流れを逆手にとった形になっている。ここにアメリカ神話の真の姿が出ている。最初は年老いた皺だらけの姿で、（中略）次第に古い皮膚から脱皮しながら、新しい青年へと向かっていく。これこそがアメリカ神話だ」（一〇一）と評する。ローレンスによれば、アメリカ神話は、アメリカが老いることはなく、アメリカにとって時間が不可逆ではないことを保証している。こうした例外主義的思想に依拠し、自由と物質的な豊かさを手に入れるために必要な自助の力が備わっているとされる若い身体性を国家のアイデンティティとしてきた国においては、かつて祖先が大陸の荒ぶる自然を征服したように、老いを自助の力でもって管理し克服することが国民に求められる。

アメリカの不老神話は現代に至るまでアメリカの精神基盤として連綿と継承されてきたというわけではない。実際一九世紀の一般的なアメリカ人は、加齢を人生において自然な過程とみなし、高齢については「神の恵みをうけるための自己統制と日々の精神によって勝ち取ることができる『徳（*virtue*）』」（池田 四七）とみなしていたという。この態度が一変した大きな要因が産業化だ。南北戦争後、急速に産業国として発展するアメリカにおいて「人間にとってのサルベーションの源が宗教や道徳から科学や産業」（四九）へシフトしたことを機に、産業効率の視点から加齢による知力や体力の低下が指摘されるようになる。一九世紀末に定着する老いの否定的なイメージは、しかし、二〇世紀に入ると、アメリカが福祉国家へと転換するための重要な役割を果たすことになる。福祉推進派による「老いによる衰退は高齢者の自己責任ではない。にもかかわらず彼らが困難な生活を強いられるのはおかしい。政府には高齢者に手を差し伸べる義務がある」という論理で、高齢者は、貧困者、身体障碍者、失業者とともに「社会的弱者」と位置づけられることと引き換えに、手厚い福祉を受けることが可能になった。

このようにアメリカにおいて老いのイメージは、三〇年代のニューディール政策で重要な役割を果たしたが、八〇年代には皮肉にも福祉国家に終止符を打つレーガノミクスのためのレトリックとしても重用される。六〇〜七〇年代に盛んとなった反エイジズム運動によって強調された肯定的な老人像、すなわち健康で、自律していて、生産的という若々しい老いのイメージが老年期のあるべき姿として規範化された結果、そうではない老いは「悪い老い」として忌避されるようになり、「社会のコストである老人に税金を使うべきではない」という、いわゆる老害論が社会保障制度縮小論者のレトリックに利用されるようになった（五七）。このようにしてアメリカの歴史的特殊性のなかで老いは自己統制によって勝ち取られる徳から、自己統制によって抗うべき他者性へと変化してきた。この文脈において老いは高齢に固有のものではなく、自助の力の有無と関連していると言える。老いは人間身体の構造上必然の問題ではなく、自助努力を欠いた個人の問題として認識される。老いも若きも、自助の力が欠けていれば、社会の負債として、「老人」として扱われる。このように、「例外的に老いない国、アメリカ」という神話は、建国以来アメリカの精神基盤を成してきたわけではなく、むしろ八〇年代以降の新自由主義に高い親和性を見いだしたことで、ネオリベ的主体を規範とする現代アメリカの精神構造に正当性を与えてきたのだ。(3)

二　モリス・ヘラーの老い

『サンセット・パーク』には自助の力を欠いた「社会的弱者」の表象としての老いが認められる。まずモリス・ヘラーに目を向けると、彼は自他ともに認める「老人」だ。「白髪がかなり増え、頬はこけ、目も悲しみで濁った」モリスを見て、元妻メアリー＝リーは「この物語がモリスをどれほど損なったかを痛感」する（*Sunset Park* 257）。ここでモリスの老いの原因とされる物語とは、オースターにとって一貫した自己同一性をもつために重要な要素である。神経科医オリヴァー・サックスの見解を援用しながら、オースターは「脳に損傷のない人たち、つまり一貫した自己同一性を持った人はみな、実際は一瞬ごとに自分の人生の物語を自分に語り聞かせながら、自分の物語の筋道をたどっている。ところが、脳に損傷がある人々の場合、この筋道が途切れてしまっている。一度そういったことが起こると、自分をつなぎとめておくことができなくなる」(*Art* 314) と言う。損傷のない脳の持ち主ならば一貫した自己同一性を持つことができるということではない。ここでのポイントは、一貫した自己同一性を獲得するには「自分で自分に自分の人生について語り聞かせる力」、すなわち自助の力が不可欠であることだ。この自助の力を欠いた者は、脳、とくに言語活動を司る部分が損なわれていなくとも、自分をつなぎとめておけるような自己同一性を得ることができない。

実際モリスはといえば、脳はもちろん身体が損傷しているということはなく、ただ彼の人生の物語に打ちのめされている。彼の自己同一性を保証するはずの物語は彼の人生における数々の喪失によって損なわれている。友や両親、義理の息子との死別に加え、経営する出版社は不況の煽りを受け存続の危機にあり、また現妻ウィラとの婚姻関係も破綻の危機にある。多くを失いつつあるモリスにもっとも堪えるのは息子マイルズが七年前の二〇〇一年(九・一一の直前)に失踪したことだ。息子の家出について自責の念に駆られるモリスは、マイルズが唯一連絡をとる友人ビングから息子の居場所を聞き出し、そこへ赴く。しかし彼は息子に声をかけない。ただ離れた場所から「息子が年をとり、大人になっていくのを見守りながら、自分の人生が小さいものに縮んで」(*Sunset Park* 178-79) いくのを痛感するばかりだ。オースター作品において、他者を観察する行為は観察者自身に内在する他者性への気づきを与えるが、ここでは老M・ヘラーが若きM・ヘラーの観察を通して彼に内在する他者性としての老いと直面する。

老いゆく自分を受け入れられないモリスは「まだ物語は終わっていないと信じ」(179)、変装をして息子に接触しようと企む。父親として、彼自身としてではなく、「缶男」なるホームレス老人に扮して息子に近づこうとモリスが思案する場面は、オースターの初期小説『シティ・オヴ・グラス』(一九八五年)におけるクウィンの尾行を連想させる。間違い電話をきっかけに私立探偵ポール・オースターとして老スティルマンを尾行する小説家ダニエル・クウィンは何度か変装をしてターゲットに接触する(三度目の接触時にはまったく変装をせず、ターゲットの息子ピーターを名乗り、「父子」の会話まで成立させる)。しかし、モリスとクウィンのあいだには大きな違いがある。それは、モリスが「缶男」計画を実行に移さない点だ。自分の損なわれた物語に耐えられないとは言え、モリスは「一人の人間から別の人間への完全なる変身」（179）を遂げて別の物語に逃避することを選ばない。彼は、現在の老朽化した自己を捨てて別の自己を新しく発明するといった、ピルグリム・ファーザーズ仕込みのアメリカのお家芸には手を出さない。むしろアメリカ的自己発明を「大人げない」（179）と一蹴する。

ところで、モリスの老いは作中では「損なわれている（ravaged）」（140）と表わされる。この語が町や都市が災害によって破壊された状態を意味することから、本作で老いとは、災害による被害と同様、不可抗力の要因によって生じるものだと認められる。老いが個人の落ち度ではないと示唆することで、本作はアメリカの不老神話を否定していると言えるだろう。同時に、この語は作品が背景とする災害級の金融危機の「被災者」たちをも連想させる。[4]「確実に住宅の価値は上がり続ける」という物語を、個人の人生の物語に接合させ、その筋道を一瞬ごとにたどってきた人々にとって、リーマンショックの形であらわれた住宅神話の破綻は彼らを経済的に損なわせただけでなく、彼らの自己同一性をも損なわせた。リーマンショックの被災者たちはこの経済的破綻および心理的破綻を個人の問題として引き受けることを余儀なくされ、その多くは自助の力で克服することができずに、家すなわち「いま・ここ」からの退去を迫られることとなった。このような状況をravagedという語が示唆するとき、モリスの老いはもはやモリス個人に固有のものではない。世界がその一貫性や正当性を保つために依拠する物語の破綻が偶然の出来事の形であらわれ、その世界に帰属する人々を無差別に損なわせるとき、その出来事に巻き込まれた者たちはそれを個人の「債務」として引き受け、自助で克服することを求められる。モリスの老いは、世界の物語の破綻を自助で克服できない「社会的弱者」が社会の負債として周縁化される状態をも示唆している。

三　マイルズ・ヘラーの老い

『サンセット・パーク』のもう一人の「老人」マイルズは老齢期にはほど遠い二八歳であるが、父モリスと同様、彼もまた自分の人生の物語に打ちのめされている。出版社を経営する父モリスと有名女優メアリー＝リーの間に生まれ、のちに両親は離婚するものの、父が再婚した女性ウィラも大学教授という経済的に申し分なく恵まれた家庭で育ったマイルズは、本人も名門高校を卒業後ブラウン大学に入学したインテリである。そんな彼の心理的破綻のきっかけは、義兄ボビーの死にある。

当時一六歳だったマイルズは路上で口論していた義兄を突き飛ばして転倒させてしまい、そこへちょうどやってきた車が義兄を轢き殺してしまう。以降マイルズは、自分は車が来ることをわかったうえでボビーを突き飛ばしたのかもしれないという罪の意識に苛まれる。ボビーを死に追いやった不慮の事故を自分の殺意が引き起こしたものとして、つまり偶然を必然として自分に語り聞かせるのである。数年後の二〇〇一年、マイルズは大学を中退し、家族の前から姿を消す。彼は自分の損なわれた（＝老朽化した）物語を捨て、自分ではない誰かとして生きていくことを選び取る。この選択は父モリスが「大人げない」と一蹴した自己の再発明にほかならない。

家出したマイルズは、シカゴ、アリゾナ、ニューハンプシャー、フロリダなど土地を転々としながら、即席料理店のキッチン係、トラック運転手、ホテルのベルボーイ、廃品回収業者などのブルーカラーの職を転々とする。相当な規律でもって欲望を限りなくゼロにそぎ落とした禁欲的な生活を自分に強いることで、「より良く、より強くなる」(263)ことを目指すマイルズは、七年半に及ぶ自己の再発明の努力の末にニューヨークへ戻る。しかしこれは彼にとってホームへの凱旋ではない。マイルズにはフロリダの地で出会った恋人ピラールがおり、彼女を彼の新しい物語において帰るべきホームと位置づけているが、未成年である彼女と堂々と交際することがかなわない。ピラールが成年に達するまでの数か月、彼はホームへの帰還を遅延させられており、この期間をサンセット・パーク地区の廃屋でやり過ごすためだけにニューヨークへ戻ったにすぎない。

七年半ぶりに息子マイルズと再会した彼の実母メアリー＝リーは息子の「大人になる作業がようやく終わった」(260)と安堵する。彼女もまた息子と同様に、損なわれた物語を伝統的なアメリカン・アダムの物語――「途方に暮れた若者がフロンティアめざして旅立ち、荒野で悪鬼たちと格闘の末、より強い、より良い人間になって帰ってくる」(263)――に接続することで、物語の破綻（この場合マイルズの家出）を成長に必要な通過儀礼として読み替える。(5)

ところが実際のところニューヨークへ戻ったマイルズは「大人」ではなく「老人」だ。マイルズの老いを見抜くのは、サンセット・パークの廃屋で共に不法定住生活を送るメンバーのひとり、アリスである。マイルズに「年寄り」との印象を抱くアリスは、その老いの原因について「マイルズは戦争へ行ってきたのだ。そして、すべての兵士は帰ってくる頃には老人になっているものだ」（236）と言う。マイルズには徴兵され戦場へ送られた経験こそないが、「内なる傷を負っていることが明らかである」（236）点において彼女は彼を帰還兵とみなす。アリスが帰還兵の隠喩を用いるのは彼女が執筆中の博士論文でウィリアム・ワイラーの映画作品『我等の生涯の最良の年』（一九四六年）を分析しているからだ。この映画では、つねに死と隣り合わせの戦争の日常からアメリカに帰還した三人の若者がかつての日常生活に順応できず苦労する様子が描かれる。戦場で彼らが負った身体の傷は、彼らの自己同一性を保証する物語の筋道が切断され損なわれてしまったことの隠喩でもある。帰還兵はホームにいながらホームから疎外されており、いま・ここに完全におらず、この意味において一種のホームレスの状態にあると言える。アリスはマイルズを帰還兵になぞらえ、さらに「マイルズは大人で（中略）それは彼が戦争に行って老いてきたからだ」（237-38）と言う。ここにメアリー＝リーのものとは異なる成長観を見てとることができる。建国神話に裏打ちされたアメリカン・アダム的な人物、すなわち、自助の力で困難を切り抜けることができるようになることを大人への成長と考えるメアリー＝リーとは異なり、アリスにとって大人とはアメリカン・アダムになり損ねることであり、つまり老いることなのである。

『サンセット・パーク』における老いの表象の射程を、社会生活を営むための自助の力を欠き、いま・ここに帰属意識を持つことのできない状態にまで拡大するとき、老いている作中人物はマイルズやモリスだけではない。マイルズらが不法定住するサンセット・パークの廃屋が「ミネソタの大草原の農場から盗まれて、偶然ニューヨークのど真ん中にどんと放り出されたよう」（81）だという、『オズの魔法使い』（一九〇〇年）を連想させる描写が示唆するように、この廃屋に不法定住する四人の若者はドロシーよろしく帰郷願望を抱く「ホームレス」である。[6] 竜巻という不可抗力の要因でカンザスから家ごとオズ王国へと飛ばされたドロシーのように、構造的貧困という竜巻に巻き込まれ、サンセット・パークの廃屋へと行きついた四人は、いま・ここへの帰属意識に飢えている。不況の影響で経営する小さな修理店の賃上げが決まり経済的に苦しむビングはこの廃屋に不法定住することで生活費の節約を企むが、彼の不法定住の目的はほかにある。それは戦後アメリカの掲げてきたアメリカ民主主義という物語の破綻した「いま・ここのありように全面的に抗う」(71-2)ことだ。ビングの計画に便乗する二人の女性もまた「ホームレス」だ。コロンビア大学の大学院生で博士論文執筆中のアリスはパートタイムのわずかな収入で生活を切り盛りしていたが、格安アパートの退去を迫られ、「ほぼ文無しで、誰を頼ればいいかわからず」(83)不法定住の話に乗る。彼女は自分の現在のふくよかな体型にコンプレックスを抱えており、ダイエットに励むことで、いま・ここに抗っている。一方、エレンは唯一定職に就いてはいるが、過去の中絶、自殺未遂、精神病院への入院という彼女がたどってきた物語を恥じており、「いま・ここに足をつけて」(106)いたいという願望から不法定住者として名乗りを上げる。このように不法定住に乗り出す若者らは構造的貧困の「被災者」であり、いま・ここから疎外されている「ホームレス」だ。この困難な局面を自助で克服することができないという意味において、彼らはアメリカ建国神話に照らせば若返りに失敗した老ナッティ・バンポーであり、新自由主義の文脈においては自助努力の欠落が理由で貧困に陥った社会的弱者だ。四人は自分たちが社会において「取るに足らない連中」(251)にすぎないことを逆手にとり、サンセット・パークの「ほとんど人目に触れることのない」(81)廃屋で生活する。彼らの共同生活に、社会に対する若者らの超越主義的抵抗を見ることもできるだろう。[7] しかし「市当局に見つかって追い出されるまで」(81)、警察がやってきて「頭を殴られ、手錠をかけられて引きずり出されるまで」(252)、「家」を出ていかないという彼らの決意は、市当局に、警察に、誰かに見つけてほしいという願望の裏返しであり、この切実な願望は作品冒頭で描かれるフロリダの捨てられた多くの家屋に残された「捨てられた物たち」の声なき願望と共鳴する。行き過ぎた個人主義が浸透した社会において、彼らは「もう一度だけ人目に触れられることを求めている」(5)。

四　人の手を借り、人の目に触れられること――持続する生の可能性

自分の力で自分の人生をめぐる物語をつねに自分に語って聞かせることができない場合、人は一貫した自己同一性をもつことができないというオースターの見解については先ほど紹介した。では、自助で自分をつなぎとめておけない人に救いはないのだろうか。実はこの見解には続きがあり、オースターは自己同一性獲得のために自力で物語を語り聞かせるよりも重要なこととして人目に触れられることを挙げる。彼はラカンの鏡像段階に言及したうえで、人は乳児期同様、成人期においても鏡像段階を経て自己を獲得し、「自分を見ることができるのは、以前に誰かが見てくれたからだ」と述べる（*Art* 315）。人は自助の力だけで自己同一性を得ることはできない。つねに誰かほかの人の目に触れることが必要なのだ。

『サンセット・パーク』冒頭、マイルズはフロリダで廃品回収業者として、破産や債務不履行、借金と差し押さえの末に所有者が退去した空き家を清掃し、修繕し、次の買い手がつきやすい状態にする業務（一種の高級化（ジェントリフィケーション））に従事している。彼が仕事をする空き家はいずれも乱雑で不潔で悪臭を放っており、それが元所有者らの恥辱と挫折を物語る。空き家に残された物たちを廃品として回収、撤去するにあたって、それらの物たちが「もはやそこにいない人々の声で彼に語りかけ、運び去られる前にもう一度だけ人目に触れられることを求めている」（*Sunset Park* 5）と感じたマイルズは、それらをカメラで記録し、「消えた家族がかつてここにいたことを証明」（3）しようとする。「捨てられた物たち」の記録写真が何千枚にも増えていく様は、アメリカがその物語を高級化（ジェントリフィケーション）し続けるためにその物語から強制的に退去させられる者たちがますます増えていくことを示唆する。[8]

「人目に触れられたい」という切実な願望を共有する若者四人の末路は惨憺たるものである。人目に触れ、社会における不可視の存在を脱した若者たちが得るのは助けを差しのべる手ではない。彼らは警察による暴力的な強制退去執行により身体的に損なわれる。ビングは手錠をはめられたうえに警棒で背中を打たれ、アリスは二階から突き落とされ脳震盪を起こす。マイルズに関して言えば、過去に義兄を突き飛ばし、自分のエリート人生の物語を破綻させた

同じ手で、警官のあごにパンチを食らわせ、恋人ピラールという安息の未来（ホーム）への帰還の物語を破綻させる。酷く負傷した手を抱えながら逃走を図るマイルズは『我等の生涯の最良の年』に登場する帰還兵ホーマーを思う。戦争で負った火傷が原因で両手が義手となったホーマーが「父親の手を借りないと服も脱げないし寝床にも入れない」ように、マイルズは彼が「父に助けてもらわないと何もできない」ことを、自助の力を欠いていることを自覚する（307）。偶然の出来事に支配された世界を生きていくには、人の手を借り、人の目に触れられることが不可欠であることをマイルズはようやく認識する。

続いてマイルズの頭に浮かぶのは、アメリカ同時多発テロ事件で「倒れて燃えている、もはや存在しないビルのこと」、そして「なくなった手たち」である（307-08）。作品の最後で、消えたタワーをいまだ燃えているタワーとして現前させることで、オースターは「アメリカ」という物語にすでにつねに組み込まれていた破綻の瞬間に、偶然に無差別に巻き込まれ、その「債務」を負わされた者たち、すなわち生きてホームに帰還することのなかった者たちを読者の目に触れさせるのである。

おわりに

二一世紀に入りアメリカで相次いで起こった「災害」――九・一一およびリーマンショック――はアメリカ例外主義のひずみに由来する。これらは、長引く緊縮政策も相まって、国民の精神と生活を疲弊させ損なわせてきた。このような構造的に生み出された危機的状況を国民が自助で乗り越えることを美徳とする国にホームを見いだすことのできる「大人（アメリカン・アダム）」は『サンセット・パーク』には不在である。アメリカはいまや「老人」だらけの国であり、これが「例外的に老いない国」を標榜するアメリカの「最良の時代の成れの果て」（154）である。この「成れの果て」における持続する生の可能性を『サンセット・パーク』に見いだすことができるとすれば、それは、妻の手を借りて重度の肺炎を克服し、死の淵から生還したモリスが、最後に息子にかける言葉にある。

「もう十分逃げただろう。そろそろ立ち上がって現実と向き合う(face the music)時だよ、マイルズ。」(306)

不法定住の末に公務執行妨害の罪を犯して逃亡する息子に対して、父モリスがかける言葉には「自業自得」や「自分の言動が招いた結果を潔く受け止めること」を意味する慣用表現"face the music"が用いられており、額面通りに読めば、息子に自分の罪と向き合うよう説得しているように聞こえる。しかしオースターの長年の読者であればこの言葉を別様にも解釈したい思いに駆られるだろう。

小説家としてのキャリアの長いオースターだが、小説を書くようになるまで詩作をしていたことはよく知られているところだ。一九八〇年に出版された詩集 *Facing the Music* を最後に彼は詩と決別し散文へと移行する。この最後の詩集を締めくくる詩が"Facing the Music"であることをふまえると、モリスが息子にかける言葉には詩人オースターの声が重なって響いているように思われる。

オースターの詩から散文への転換について論じた佐藤直子は、オースターが詩作において詩的表象の困難さとつねに向き合っていたとしたうえで、彼の詩に頻出するモチーフである石と種子がそれぞれ言葉(シニフィアン)とその言葉によって語られるもの(シニフィエ)の隠喩であると整理する(七二)。詩の中で種子は「誤用で締め付けられ」、「語ることを拒否する」石に埋め込まれており、詩人は種子の声を聞くことができないままでいる。佐藤によれば、"Facing the Music"において初めてこの種子が沈黙を破り、語る。詩人は、天気の良い夏の日に樫の木立の緑の葉が青い空と出会う接点を目にしときに、その声を耳にする。

Seeds
speak of this juncture, define
where the air and the earth erupt

in this profusion of chance... (*Ground Work* 99-100)

ところがその声は詩人がそれを言葉で捉えようとするや否や聞こえなくなる。言葉は「どこかほかの場所（an elsewhere）」であり、詩人をいま・ここから遠く離れたところへ連れ去ってしまうからだ。

Impossible
to hear it anymore. The tongue
is forever taking us away
from where we are, and nowhere
can we be at rest
in the things we are given
to see, for each word
is an elsewhere ... (*Ground Work* 100)

この種子の声こそが、詩のタイトルにもあるように、あふれる偶然（this profusion of chance）が奏でる「音楽」であるとき、『サンセット・パーク』結末で「もう十分逃げただろう。そろそろ現実と向き合う（face the music）時だ」と声をかけることで、モリスは意味のない偶然に支配された世界をありのままに経験するよう息子に諭しているのではないだろうか。自己同一性獲得のための物語に一貫性をもたせるために自分の身に起こる偶然の出来事を自業自得、自己責任として意味づけることは、いま・ここではない「どこかほかの場所」へ逃避することになる、そのことへの警鐘として解釈することが可能になる。オースターの詩的想像力はこのようにモリスの言葉に face the music の慣用的な意味とは真逆の解釈の可能性を並置する。

「これは僕一人のことなんだ」と答える息子M・ヘラーに対し、父M・ヘラーは「おまえは一人じゃない。」(*Sunset Park* 306) と返す。妻の手を借りて不可避の死の瞬間を遅延された経験から、彼自身が自助の力を欠いた「老人」であることを甘んじて受け入れることを学んだからこそ、父は、手を負傷しながらも自分一人の力だけで再び困難を克服しようとする息子に、老いた自分の手を差しのべることができるのである。

【註】

（1）ジェレーナ・セスニッチも同様に本作品のタイトルを二一世紀に入り西洋が衰退し始めたことのメタファーと捉えている（Šesnić 60）。

（2）『幻想の書』（二〇〇二年）以降のオースター作品では「老い、傷つきやすさ、後世」(Peacock 505) の主題が顕著に認められる。

（3）構造的な問題が個人の問題へとずらされるのは老いに限らない。たとえばアドリアーノ・テッデによれば、オースター・ワールドの商標であり、彼の作品のポストモダニティを特徴づける要素として考えられてきた「偶然」は新自由主義において構造上（個人の努力の有無に関係なく）誰でも例外なく社会的弱者へと「転落」しうる状況を反映している。死への接近移動としての老いが人間の身体構造上の必然であるように、新自由主義下のアメリカにおいて貧困あるいは社会的地位の下降移動は社会構造上の必然である。にもかかわらず、こうした構造上の問題は個人の問題へ、偶然の失敗へと転嫁される。偶然（chance）あるいはその語源である落下（cadere/fall）によって支配された世界をつくり出すことで、オースターは、人間の身体システム上標準化されている老いや死だけでなく、新自由主義下の社会システム上標準化されている貧困をも個人の失敗として経験するよう運命づけられたアメリカを描出してきたのである。

（4）この作品が構想されたのはリーマンショック以前であり、その段階でオースターは世界的な金融危機を予見していたわけではなく、ただ強制退去／剥ぎ取られること（dispossession）を背景にした物語を予定していたという（"Interview"）。もちろんオースターが念頭に置いていたのは一九七五年以降ニューヨークにおいて断続的に行われているジェントリフィケーションだろう。市は財政危機以降、ますます深刻化するホームレス問題に対処すべく、地域住民であった低所得者層に強制退去を執行してきた。つまりニューヨークは治安悪化の責任を貧しい地元住人ら個人に帰したうえで、老朽化した地域を若返らせてきたのだ。

(5) マイルズやメアリー=リーとは対照的に、モリスは「年月が経つにつれて人は強くなりはしない。苦しみや悲しみの蓄積はより多くの苦しみや悲しみに耐える力を弱めるものだ」(*Sunset Park* 266) という独白に表わされるように、伝統的なヒーロー像——苦行、試練、冒険を経て成長し、強くなる男性——を真っ向から否定する。

(6)『オズの魔法使い』については映画版で魔法使い役を演じた俳優が廃屋の向かいのグリーンウッド霊園に眠ることが作品中で二度言及されており、本作品執筆に際してオースターがはっきりと『オズ』を意識していることがわかる。

(7) ボラーニョ・キンテロはヘンリー・デヴィッド・ソロー(一八一七—一八六二)が『ウォールデン』(一八五四年)において何度も不法定住者を自称することに触れ、マイルズら四人の不法定住は超越主義的抵抗を目指すものだと論じる。

(8) 強制退去させられた者たちの不在と沈黙は作中において無視できないほどの存在感をもつ。たとえばマイルズの記録写真プロジェクトのもう一つの対象であるグリーン=ウッド霊園である。六〇万人以上もの「見捨てられた者たち」を偲ぶ石碑が四七八エーカーに及ぶ広大な空間に並ぶ。霊園はニューヨークにおいてこの広い空間を占拠することによって、その圧倒的な存在感を主張する。遠景に女神像を臨むこの空間にひしめく消えた者たちは破綻したアメリカの不老神話の債務引受人にほかならない。

【引用文献】

Auster, Paul. *The Art of Hunger: Essays, Prefaces, Interviews and* The Red Notebook. Penguin Books, 1997.(ポール・オースター『空腹の技法』柴田元幸訳、新潮社、二〇〇四年)

---. *Sunset Park*. Faber and Faber, 2010.(ポール・オースター『サンセット・パーク』柴田元幸訳、新潮社、二〇二〇年)

---. "Interview with Leonard Pierce." *The A. V. Club*, 9 Nov., 2010, https://www.avclub.com/paul-auster-1798222419.

---. *Winter Journal*. Faber and Faber, 2012.(ポール・オースター『冬の日誌』柴田元幸訳、新潮社、二〇一七年)

---. *Ground Work: Selected Poems and Essays 1970-1979*. Faber and Faber, 1991.

Cruikshank, Margaret. *Learning to Be Old: Gender, Culture, and Aging*. Rowman and Littlefield Publishers, 2013.
Peacock, James. "Self-Dispersal and Self-Help: Paul Auster's Second Person." *Critique: Studies in Contemporary Fiction*, vol. 62, issue. 5, 2021, pp. 496-512. Taylor and Francis Online, https://doi.org/10.1080/00111619.2020.1832953.
Quintero, Jesús Bolaño. "Post-postmodern Change of Sensibility in Paul Auster's *Sunset Park*." *Odisea: Revista de Estudios Ingleses*. no. 22, 2021, pp. 173-84. https://doi.org/10.25115/odisea.v0i22.
Šesnić, Jelena. "Franz Kafka, Paul Auster and the End of the American Century." *Facing the Crisis: Anglophone Literature in the Postmodern World*, edited by L. Matek and J. P. Rehlicki, Cambridge Scholars Publishing, 2014, pp. 49-69.
Tedde, Adriano. "'Far More Poetry than Justice.' The Economics of Austerity in the America of Paul Auster." *Literature Compass*. vol. 17, issue 10, 2020. https://doi.org/10.1111/lic3.12602.
池田啓子「反エイジズムのエイジズム――「老い」の意味についてのアメリカ史的アプローチ」『社会科学』六七号、二〇〇一年、二五―三二頁。
佐藤直子「石の言語から偶然の出来事へ――Paul Auster の詩から散文への移行期について」『英文学研究　支部統合号』一三巻、二〇二一年、六九―七七頁。
中野剛志『世界インフレと戦争――恒久戦時経済への道』幻冬舎、二〇二二年。
ローレンス、D・H『アメリカ古典文学研究』大西直樹訳、講談社、一九九九年。

第十一章
蘇るポストヒューマン・バートルビー
――ドン・デリーロの『ボディ・アーティスト』を導きの糸として

渡邉 克昭

「あなたが手にしている小鳥が、生きているのか死んでいるのか、わかりません。でもあなたの手の中にあることはわかります。あなたの手の中にあるのです」（Morrison 10-11）。

はじめに

ハーマン・メルヴィル（一八一九―一八九一）の短編小説の中で、「バートルビー」（一八五三年）ほど、複雑な読後感を抱かせるテクストもないだろう。筆耕人のかの有名な常套句「そうしない方が望ましいのですが」は、メルヴィル研究者ならずとも読者に自分なりの読みを提起してみたいという抑え難い衝動を常に引き起こしてきた。こうした状況を踏まえつつ、本稿では、ジャック・デリダ、ジル・ドゥルーズ、ジョルジョ・アガンベンといった現代思想家たちが、いかに「バートルビー」を受容してきたかを俯瞰したうえで、ドン・デリーロ（一九三六―）のノヴェラ、『ボディ・アーティスト』（二〇〇一年）を導きの糸として、この問題作を二一世紀の現在から逆照射し、ポストヒューマンという視座から新たな読みの可能性を導き出してみたい。

時空を異にするメルヴィルとデリーロのこれら二つのテクストは、インター・テクスチュアルな視点を交えてこれまで詳細に比較されたり、議論されたりしたことはほとんどなかったと言ってよい(1)。だが両作は、あたかも互いに目配せするかのように、細部において共振する部分を少なからず含みもっているように思われる。そこで本稿では、参照先のないバートルビーとミスター・タトルに共通する孤児性、亡霊性、機械のごときコピー性、拒食性といった事象についてまず検証を行う。しかるのちに、無為の「異言」により、然りでも否でもない中間領域を開く彼らのスピーチ・アクトを、非文法性、独創言語、トートロジー、時間といった論点から考察する。そうした分析を通じて、「主人(ホスト)」と「人質(ホステージ)」が織りなす「歓待」がいかにバートルビーの語り手が言う「人間性」を脱構築し、「剝き出しの生(ゾーエー)」のごとき筆耕人がどのようにポストヒューマンとして蘇るのかを明らかにしていきたい。

一　食を拒む捨て子たち――「青ざめたコピースト」の到来

バートルビーとタトルの共通性を考察しようとする際、まずもって浮上するのは、「隠れ家(ハーミティッジ)」("Bartleby" 646) めいた居場所に巣籠もりする彼らが、グローバリズムや資本主義とは無縁の絶対的な孤児であるということであろう。バートルビーについて語り手が、「救い難いほど孤独な姿」(642)、「惨めにも誰一人友もいない侘しさ」(651)、「この上なく寂寥感を漂わせる人間」(654) などと、再三、強調しているのと同様に、『ボディ・アーティスト』の稀人(まれびと)、ミスター・タトルもまた、次のように寄る辺なく庇護されるべき存在としてローレンの前に立ち現れる。「過剰なほどあんなに傷つきやすい人間が、世界にたった一人でいられるなんて、どうしてそんなことになってしまったのか? それは、そのように作られてしまったから。それは傷つきやすいから。それは一人ぼっちだから。あるいは、あなたは彼のことを逆さまに見ているのだ。脳が介入する前に目が物を見ているときのように」(96)。脳が網膜に映った写像を処理する前の上下逆転の「プロト・フィギュア」を思わせるタトルは、実際のところ、言葉では表象不可能な剝き出しの姿で発見され、拾われた「捨て子」にほかならない。

彼女は彼を見つめた。

「答えてちょうだい。どのくらい前からここにいるの？」

彼は顔を上げなかった。彼にはとても奇妙なところがあり、そのため彼女は自分の発した言葉が宙に浮いているような気がした。あまりにもありきたりで陳腐な言葉。恐怖は感じなかった。彼にはどことなく捨て子のような雰囲気があった。捨てられては拾われた子ども。思うに、拾ったのは自分なのだ。（*Body Artist* 43）

語り手とめぐり合うのが必然的な運命のごとく、バートルビーが法律事務所に「到来（アドベント）」（636）したように、タトルもまた、夫を失って海辺の借家に一人で暮らすローレンのもとへ、避け難い亡霊のように出現する。そのとき彼女が目にした彼の痩身は、日曜日に事務所を占有しているところを語り手に目撃されたバートルビーの姿と二重写しとなる。「少し開いた扉の隙間から痩せ細った顔を突き出したのは、亡霊のようなバートルビーだった。シャツこそ身に着けているものの、そのほかは着古しのだらしのない格好で、穏やかにこう言い放った。申し訳ないのですが、ちょうど今ものすごく取り込み中で、あなたを入れない方が望ましいのですが」（"Bartleby" 650）。かくも無防備な姿を晒した筆耕人と同じく、タトルもまた、つい先ほど微睡みから目覚めたばかりのように朦朧として、しどけない下着姿でローレンのもとに到来する。


翌日、彼女は小さな寝室で彼を見つけた。三階の廊下の一番奥の大きな空き部屋の脇の寝室。小柄で、ほっそりした体つきだったので、最初は子どもかと思った。薄茶色の髪。深い眠りから目覚めたような、あるいはまた薬でも盛られたみたいな風情。

彼は下着姿でベッドの縁に腰掛けていた。最初の数秒間、彼の出現は必然的なことのように思えた。（*Body Artist* 41）

さらに重要なことは、このように彼らが拾い手のテナント空間に寄生者のごとく取り憑く一方で、ある種のメディア的身体性を分ちもっていることである。すなわち、彼らはいずれも、奇しくも機械のように正確無比で反復的なコピー性を具有している。まずはバートルビーの働きぶりに注目してみよう。この法律事務所において彼が一目置かれる存在となったのは、無味乾燥な法律文書の書き写しが迅速かつ無謬であったからである。食と酒との関係が断ち切れないターキーやニッパーズなど、斑気のある同僚とは対照的に、当初バートルビーは、書類に飢えた機械さながら猛烈な勢いで正確に筆耕をこなしていく。

> 最初のうち、バートルビーは驚くべき量の筆写をこなした。書き写すものに長い間飢えていたかのように、書類をがつがつと貪り食っているみたいだった。消化するのに休むこともない。昼夜、お日様の光でも蝋燭の光でも、一心不乱に稼働していた。もっとも彼が楽しそうに働いてくれていたら、こちらもその働きぶりに心底嬉しくなったことだろう。けれども彼は、ただ押し黙ったまま、真っ青な顔で機械のように書き続けるばかりだった。
> (“Bartleby” 642)

このように、脇目もふらず高いパフォーマンスを発揮するバートルビーは、語り手にとって「格好の掘り出し物」(649) にほかならず、彼はたちどころに信頼を勝ち取ることになる。

　ところが、バートルビーは食についてはほとんど関心を示さず、ジンジャーナット以外の食べ物を口にしなくなった彼は、やがて故障したロボットのように活動を停止してしまう。そして、最終的に「墓場」と呼ばれる監獄に収監された彼は、語り手が食料の差し入れ屋に向かって、「あいつは食事なしで生きているのさ」(671) といみじくも答えたように、文字通り「剝き出しの生（ゾーエー）」すら維持できず、「もの食わぬ人」として絶命する。

　では、『ボディ・アーティスト』のタトルの場合はどうであろう。興味深いことに、彼のメディア性は、バートルビーのような書記メディアではなく、音声メディアに探り当てることができる。タトルは、ローレンが映画監督の夫、レイと生前交わしていた会話の断片を、淀みなく二人の声色で不意に再現してしまう。そのような青白き声の模倣者（ヴェントリロクィスト）もまた、「青白き筆耕」（"Bartleby" 652）、バートルビーを彷彿させるように食が細くなり、やがてほとんど何も食べなくなる。そればかりか、彼の拒食癖は、彼に食を促すローレン自身へも伝染していく。

> それから彼は食べなくなった。彼女はテーブルに彼を着かせ、手ずから食べ物を口に運んでやった。彼女はせきたてたり、からかったりもした。彼は少しは口にしたが、それからは食べる量が減っていった。無理やり食べさせようとしたが、彼はたいてい顔を背け、受身で拒絶した。そうでなければ、食べ物を口に入れては口から出した。口元から滴らせたり、吐き出したりした。
>
> 彼女もあまり食べなくなった。彼を見ていると、食欲が湧かないのだ。彼は三日間続けてほとんど絶食状態だったし、彼女もそれに負けず劣らず食べなかった。ある意味でそれはちょうどよかった。自分だけではよもや思いつかなかっただろうから。（94）

このように「鳥のごとく小食な（イート・ライク・ア・バード）」二人の主人公の食に対する無頓着ぶりは、類い稀にして不気味な複製能力を有する彼らの機械的な無機質性に通じるところがある。だが、もっと正確に言えばこのことは、彼らが生命をもつ有機的な存在でありながら、機械やモノとも接合可能な生のインターフェイスとして存在していることを逆に示唆しているのではあるまいか。そのように視点をずらせば、人間ならざるものを潜在的に自らのうちに包摂した彼らは、従前の人間の枠組みを越境し、未知の地平において勃興しつつあるポストヒューマンとして、テクストに取り憑いていると言ってよいだろう。

二 「異言」のポテンシャル――「独創人」の誕生

以上見てきたように、バートルビーとタトルの共通性、すなわち孤児性と剥き出しの身体性、並びに彼らの一見機械的とも見紛う複製能力を確認したうえで、ここからは彼らのスピーチ・アクトに焦点を絞って、現代思想家たちの考察の軌跡を辿りつつ[2]、この二つの小説が共有する彼らの発話の特質を炙り出してみたい。まずは、「バートルビー」に対するデリダの応答に耳を傾けてみよう。彼は、『死を与える』(一九九二年)において、神に命じられるまま息子のイサクを捧げたアブラハムを引き合いに出し、バートルビーに次のように問いかける。「何も言わず、何も約束せず、拒絶も承諾もせずに反復されるこの文の様態、そして奇妙にも無意味なこの言表(エノンセ)の時間は、非–言語や秘密の言語を思わせる。バートルビーはあたかも『異言で語っている』のではないか」(一五五)。

この点をめぐってドゥルーズは、『批評と臨床』(一九九三年)の第一〇章「バートルビー、または決まり文句」において、「行く先々を荒らし、蹂躙し、通ったあとには草一本残らない」(一四七)筆耕人は、言語的に参照点をもたない断絶された存在であり、彼が好んで口にするかの有名なあの「決まり文句は正真正銘の非文法性として機能する」(一五三)と指摘している。

バートルビーに「意思の虚無」(一四八)を見るドゥルーズの洞察によれば、自分自身にも他者に対しても基準をもつことなく、突如として現れ、姿を消すバートルビーの常套句は、好ましいものもそうでないものも同じく無慈悲に排除する。しかもその破壊的な決まり文句は、参照点の喪失をもたらすとともに、両者の間に広がり続ける不分明な領域を開き、さらにまたそれを拡張し続ける。

こうした宙吊りの言語使用は、ドゥルーズの言を借りれば、「非人間的または超人的」(一五〇)としか呼びようのない存在のみがなし得る独創的な言語の創造にほかならない。それは、「言語のなかに一種の外国語を穿ち、言語活動全体を沈黙に向き合わせ、沈黙のなかへと転倒させる」(一五一)言語ならざる言語なのだ。

メルヴィルは外国語を創出し、その外国語は英語の下を流れ、英語を運び去る。それは異国風のものであり、脱領土化であり、鯨の言語である。（中略）さながら三つの操作がつながっているかのようだ。すなわち、言語のある種の取り扱い。この取り扱いの結果として生じる、言語のなかに独創言語を構成する傾向。そして、言語活動の全体を巻き込み、逃走させ、それ自身の限界まで押しやり、その〈外部〉を、沈黙または音楽を発見するという効果。（ドゥルーズ『批評と臨床』一五〇）

そのような意味において、マイナー言語によってメジャー言語を異質なものに歪め、固定化した領土から引き剝がし、〈外部〉へと流出させるバートルビーは、ドゥルーズが『カフカ――マイナー文学のために』（一九七五年）において詳述した「言語の脱領土化」（三二）を、まさに実践していると言ってよいだろう。

このように言語の中にさらなる秘密の言語を穿つメルヴィルの作中人物の言語使用には、外部や沈黙や音楽へと通じる回路が開かれているというドゥルーズの指摘は、後述するタトルの言表を論じるうえでも注目に値する。というのも、「神の言葉」かもしれないこうした「非人間的または超人的独創言語」の創造こそが、「生成変化の可能性、新しい人間の可能性を刻印」（『批評と臨床』一五四）した「独創人」（一六七）の誕生をもたらすからである。確かにバートルビーは、大都会で押しつぶされ、機械化された男かもしれないが、ドゥルーズによれば、このような「基準とすべき背景がなにもない人間」（一五三）にしか、「未来の、あるいは新しい世界の〈人間〉」（一五四）の出現は期待できないのである。

換言すれば、既成の言語を言語たらしめている掟をいとも容易く無化してしまうバートルビーの言語は、唯一無二の独創言語の痕跡、もしくはその投影であってみれば、ドゥルーズが敷衍するように、「言語活動の全体を沈黙や音楽との境界にまで至らせる」（一六八）彼の前には、「新しい世界の〈人間〉」が出現する地平が広がっている。であればこそ「独創人」、バートルビーは、環境の影響を受けるどころか、「逆に、周囲にむけて、『創世記において物事のはじまりを照らしていた』明かりを思わせる青白い光を投げかけるのである」（一六八）。

アガンベンは、このようにドゥルーズが、バートルビーの「この定式は、然りと否のあいだ、好ましいものと好まれないもののあいだに不分明地帯を押し開く」(*Potentialities* 255)と指摘していることを踏まえ、それは、「何かである(何かを為す)ことができるという潜勢力と、何かでない(何かを為さない)ことができるという潜勢力とのあいだに広がる弁別不可能な領域」(255)であるとパラフレーズしている。そのうえでアガンベンは、具体的な行為を一向に明示しようとしないバートルビーの発話それ自体が、「一切の参照点を喪失するほど絶対的な前方照応と化すことにより、自らに向き直っている」(255)と結論づけている。

アレックス・マリーが読み解いたように、潜勢力とは「人が何かをなすことがつねにできるとして、その何かをなすかなさないかはそれとは別の問題だという原則のことである」(九二)。それゆえ、服従することも拒絶することも拒否し、その作業を引き受けることもできるが、そうしない方が望ましいという好みを示すバートルビーは、いかなる参照点もなく、常に自らの潜勢力にのみ回帰し続ける。そして、そうした空隙で宙吊りになることによって、彼は権力の機能を混乱させ、途方もない「『無為力』の指標」(九六)となり得るのだ。

結局のところアガンベンによれば、バートルビーは、「あらゆる創造がそこから生じるもととなる無の極端な形象であり、また純粋かつ絶対的な潜勢力であるこの無を何としても守り通そうとするものである」(*Potentialities* 253-54)。わかりやすく比喩を用いて言えば、無と渾然一体化した彼は、何も書かれないことができるという潜勢力をもった何も書かれていない「書板」、もしくは「白紙の自分」(254)に等しい。そのように捉えてみれば、彼をめぐって立ち現れる二項対立の不確かな境界線上に垣間見えるのは、「色を欠いた無の深淵ではなく、可能なるものという輝く螺旋なのだ」(257)。

三　輪郭を失う言語――時間の種子

では、こうした「独創言語」によって無限の潜勢力を秘めたバートルビーは、言語行為において、『ボディ・アーティスト』の拾い子、タトルといかなる関係を切り結ぶのだろうか。端的に言えば、彼の発話もまた、バートルビーに劣らず非文法的な詩的言語に彩られている。筆耕人の常套句、「そうしない方が望ましいのですが」にさしずめ相当するのが、「それはできない」“It is not able”（*Body Artist* 43, 65）というタトルの不可解な否定句であろう。ローレンと出会った彼が、開口一番口にするこの文句は、バートルビーのそれと同じく、相手の問いかけを無化しつつ幾度となく反復される。

　だが、この定型句における非人称の“It”は何を指し、何を為すことが可能ではないのか。タトルが幼子のように口ごもって発する型破りなこの言辞もまた、具体的に何かを措定することも否定することもしない。それは、いわば「not の亡霊」によって問いを無慈悲にはぐらかし、然りと否の間隙に分かち難い中間領域を開く。バートルビーと同じく参照先を欠き、現実を跨いで仮定法へと横滑りしてしまうタトルは、次のように撓んだ空間を擦り抜けていく。「そのとき彼が部屋に入ってきた。にじり寄るように、あたかも自動巻き時計のように、あたかも、あたかも」（78）。その結果、ローレンはいつまで経っても、何かを手がかりにして彼の位相を的確に突き止めることができない[3]。「彼は空間をぎこちなく移動した。屋内であれ屋外であれ、まるで空気に曲がり角や歪みがあるかのように。（中略）それはいつも『あたかも・・・のよう』だった。彼はいつも『あたかも・・・のよう』に振舞った。彼のことを理解するには、また別の判断基準が必要となるのだ」（45）。

　そうしたタトルの口から発せられる「海辺にポツンと」“Alone by the sea”（48）という言葉もまた、断片的、脱文脈的であり、内とも外とも判別し難い宙吊りの閾にローレンを追い込んでいく。というのも、問いかけないと答えない彼の発話には、何にも還元不能な自分のスピーチ・アクトを自ずと前景化してしまうところがあるからである。月さながら青白く変容し続ける彼は、「一つの文を通して影のようににじり寄り、あらゆる切り口を示されたそれぞれの単語は、月がその時々に垣間見せる個別の様相のように見えてくるのだ」（48）。

　次に、このように言葉を万華鏡のように変容させ、詩的言語のように異化するタトルの発話を特徴づけているもう一つの重要なレトリックとして、トートロジーを挙げることができる。彼が唐突に発する「月光を意味する言葉は月光」(82)などといったトートロジカルなレトリックは、ピーター・ボクスオールが『ポイント・オメガ』(二〇一〇年)を中心に考察したように、後期デリーロ文学において顕著に見られる特質の一つである(Boxall 532)。[4]『ボディ・アーティスト』においても、タトルが駆使する多様な同義循環は、次のように禅問答さながらローレンを撹乱し続ける。


「もし別の言語を話すんだったら」と彼女は言った。「いくつか単語を言ってみて」

「いくつか単語を言ってみて」

「いくつか単語を言ってみて、私に理解できなくても構わないから」

「いくつか単語を言ってみて、いくつか単語を言うために」

「わかったわ。禅問答でもしてなさいよ。いけ好かないわね。どうして私が夫に話したことを知っているわけ? そのときあなたはどこにいたの? この家のどこかで立ち聞きしてたの? 私の声を。一言一句同じだわ。それってどういうこと?」(55)


「AはA」、「AかAではないかのどちらか」、「AならばA」、「AのときはA」、「AだからA」、「AなものはA」など、堂々めぐりのトートロジーには様々なパタンが見られるが、ウィトゲンシュタインが『論理哲学論考』(一九二一年)において考察したように、それは常に真であるがゆえに、一見無意味に見える。にもかかわらずトートロジーは、他のレトリックが到底なしえないかたちで、自己反復による自己抹消を通じて、無限の真空性を自らの内奥に呼び込むことで、自らの自明性を脱構築してしまう。

言い換えればそれは、特定の文脈において前者のAと後者のAの間に相互に生じる奇妙な共鳴と打ち消し合いの相互作用を通して、自らの自明性に風穴を開け、全く新たな現実の断面を沈黙のうちに開示することができる。「二度目の命名行為としてのトートロジー」(酒井 二三三)は、真空があらゆるものを呼び込むがごとく、無限に全体に対して開かれているからこそ、見かけとは裏腹に、いかなるかたちにおいても一つの現実に繋ぎ止められることはない。このようにして、一見自己抹消的に見えるこの捨て身のレトリックは、自らを空洞化することによって、まさに逆説的に、行き止まりのアポリアから豊穣な潜勢力を育むマトリクスへと変貌し得る。だからこそ、時の流れを敢えて滞留させ、小鳥の囀りのように変奏された反復を前景化する同義循環は、「時間を止める、あるいは引き延ばす、あるいは開いて曝け出す」（*Body Artist* 107）という、ローレンのボディー・アートの創作原理に多大な影響を与えることになる。

こうして人間が慣れ親しんだ直線的、計量的時間を穿ち、潜勢力に対して開かれているという意味において、錯時的なタトルのトートロジカルな言辞は、常にゆっくりと鷹揚に発せられるバートルビーの定型文と結果的に同じ効果を生み出している。アガンベンの次の引用が示すように、バートルビーの戦略もまたトートロジーのそれと通底しており、いかなる問いをも宙吊りにしてしまう彼の決め台詞は、タトルのスピーチ・アクト同様、逆説的に可能性の全体的な回復を志向する。

> バートルビーが過去を問い直し、思い起こすのは、ただ単に、存在したことを贖ったり、再び存在させたりするためだけではなく、もっと正確に言えば、存在したことを改めて潜勢力に託し、トートロジーのもつ無差別な真理に託すためである。「そうしない方が望ましいのですが」は、可能性の全体的な回復（restitutio in integrum）である。それは、起こることと起こらないことの間に、存在することとできないことの間に、可能性を宙吊りにしてしまう。
>
> （*Potentialities* 267）

トートロジーの戦略をめぐって、このような共通性が見られるとはいえ、確かにタトルはバートルビーよりは饒舌ではある。だが、一貫した物語性が欠如した「ここでもあり、かしこでもある」重ね合わせの時間を生きているタトルは、クォンタムのように、存在することができると同時に存在しないこともできる。揺らぎを孕んだ複数の時空に通じている点で、紛れもなくバートルビーの末裔だと考えてよい。

おそらくこの男［タトル］は別種の現実を経験しているのだろう。彼はここにいるとともに向こうにもいる。過去にいるとともに未来にもいる。そしてその両者の間をむやみに行き来し、崩壊状態に陥るのだ。アイデンティティを失い、言語を失い、そして蜂蜜をつけたトーストの味を楽しむことさえ忘れて――彼がそんなふうに食べるのを見かけたものだ。彼女は考えた。おそらく、彼は物語性を一切もたない時間の流れの中に生きているのかもしれない。そうとしか考えられなかった。（*Body Artist* 64-65）

「バートルビー」の語り手は、物語の冒頭、彼の伝記を書こうにも難渋を極めると告白したが、ローレンが便宜的に仮の名を与えたタトルの出自もまた不明である。時として次のように詩的とも思える言辞を口にするタトルは、過去も未来も越境し、「深い時間（ディープ・タイム）」[5]の撓みの間をこともなげに去来することができる。「行ったり来たり、私は去っていく。私は行くし、来る。去ることが私に来た。私たちは皆、これから皆で取り残されるだろう。なぜなら、私はここにいるし、どこにいる。そして私は行くか、行かないか、あるいは決して行かない。そして私はこれから見るものを見てしまった。もし私がこれから行くところにいるとすれば。なぜなら、私の間には何も来ないから」（*Body Artist* 74）。彼は、まさに時間というものがそうであるように、メタファーを通してしか表象することができない。だが、「バートルビー」の語り手が世俗的な日にちや時間の経過に敏感だったのとは対照的に、ローレンはタトルの通時的な物語性の欠如に寛容であり、「歌」や「囀り」のように意味が必ずしも前景化されることのない無時間的な彼の声に敢えて身を委ねようとする。『マクベス』にも登場する「時間の種子」さながら、「どの種子が育ち、どの種子が育たぬか」（一幕三場）分からないまま、時を駆けるこの正体不明の人物にローレンは魅せられ、分節化不可能な彼のリトルネロに次第に同化していく。[6]

だが、そこから立ち現れてくる地平は、言葉が輪郭を失い、やがては空疎にして官能的な調べへと、沈黙へと変容を遂げる境界領域にほかならない。ローレンは、そうした恐怖と驚愕が入り混じった不穏にして魅惑的な臨界点に、恍惚として自らが佇んでいることを次のように自覚している。

> 彼は青白い顔をして、じっと座っていた。彼女は彼を見つめた。澄み切って透明な囀りみたいな声が聞こえてきた。それとも、彼は彼女に何か言おうとしていたのだろうか？　彼女は心が高揚し、注意深く聞き取り辛くなった。彼は、自分であるということがどういうことか、自分のような体と精神をもって生きることがどういうことか、伝えようとしていたのだろうか？　彼女は聞き取ろうとしたが、できなかった。言葉は溢れ、心地よく空虚だった。彼が一緒に笑ってくれたらと思った。彼女が自己から抜け出すのに付き合ってくれればと。そう、これこそが要点、真の驚きがもつ衝撃。そしてその先にはある恐怖が顔を覗かせる――信じることの怖れ、自己を置き換えるようなもの。だが、それこそが要点なのだ。恍惚へと打ち込まれた楔、言葉の起源に遡る深い意味、頭蓋の内側であなたが白目を剥いて悶絶するような。（75）

もはや人間ではなく、未だ動物でもない彼の囀りをローレンは模倣し、時の経過を痛々しいまでに遅らせた一人芝居、『ボディ・タイム』において反復することになるが、彼女とて最初から彼を無条件に受け入れたわけではなかった。「バートルビー」の語り手同様、彼女は、自らが統べる領域に不意に立ち現れた、この神聖にして呪われた「ホモ・サケル」の身体に対して生政治（バイオ・ポリティクス）を行使することを幾度となく夢想する（46）。現にタトルが人知れず姿をくらますと、ローレンは実際に精神病院に探りを入れ、彼を追跡しようとすら試みる（96）。確かにタトルは、バートルビーのように「墓場」にて事切れるわけではなく、人知れずテクストから姿を消す。だが、彼らの保護者を自認する「主人（ホスト／ホステス）」が、彼らによって存在基盤を揺るがされ、「人質（ホステージ）」へと変貌を余儀なくされるという点において、二つの物語は限りなく共振するのである。

四 「人間性」という名の陥穽

以上の考察を踏まえ、ここでもう一度「バートルビー」に立ち戻り、語り手がいかに精神的な「重荷」(657)を背負わされ、筆耕人の囚われ人となっていくかを検証していくことにしよう。そのとき鍵となるのが、語り手が自分の行動を語る際、しばしばアプリオリに用いる「人間」、「人間らしさ」という言葉である。初めてあの決まり文句を浴びせられた語り手は、「もしバートルビーにごく普通の人間らしさがあったなら、自分は疑いなく激情に駆られ、事務所から彼を叩き出していただろうに」(643)と述べている。逆に言えばこのことは、バートルビーが人間離れした「非-人間」であるがゆえに、「人間性」溢れる語り手は、雅量をもって彼の変人ぶりを不問にし、彼を啓蒙する物語を紡ぎ続けることを意味する。「ここで私はうっとりするような自己満足を安値で手に入れることができるのだ。バートルビーと誼を通じ、やつの機嫌を取ってとんでもない我儘を許してやること。そうしたところで、ほとんどと言うか、まったくこちらの持ち出しはない。そればかりか、いずれは良心にとって甘美な喜びとなるものが、我が魂のなかに蓄えられていくのだ」(647)。語り手が率直に告白するように、彼は、ほとんど元手をかけることなく、筆耕人にかこつけて、自尊心を満たす物語を易々と手に入れることができるのである。

しかしながら、バートルビーの慇懃にして無頓着な物腰によって、語り手は心を揺り動かされ、そのような彼の目論見は見事に骨抜きにされてしまう。「もし相手がほかの誰であれ、私はその瞬間激情に駆られ、これ以上は問答無用と言わんばかりに、恥知らずな男をその場から追い払ったことだろう。ところが、バートルビーには、奇妙にも私の怒りを武装解除するだけではなく、何とも驚くべき方法でこちらの心を突き動かし、狼狽させるようなところがあった」(644)。このように述べる一方で、語り手は、道理をわきまえない使用人の不可解な抵抗に対して自分が無性に苛立ちを覚え、攻撃的になってしまうことも認めている。その際、言い訳として持ち出されるのが、またしても「人間の性(さが)」という便利な物語である。「控え目な抵抗ほど、真面目な人間を苛立たせるものはない。そうした抵抗を受ける側が人並みに人間らしい感情を備えており、抵抗する側が控え目であることにおいてあくまでも無害であれば、受ける側も機嫌のいい時には、慈悲心から想像力を働かせ、自己判断では解決できそうもないと分かっていても、解釈しようと努めるものだ」(646-47)。自らが欠点を孕んだ人間であればこそ、時には感情にも左右されるが、結局のところ自分は相手を思いやり、慈悲の心を抱くことができるというわけである。

こうした麗しき自己欺瞞の物語もまた、日曜日にテナントの法律事務所に立ち寄った語り手が、そこに平然と居座った使用人から入室を拒絶されたとき綻び始める。ここで、動転してすごすごと自分の事務所から退散した語り手が、自分の意気地なさを叙述するにあたって、「去勢される(アンマンド)」という、いささか大仰な言辞を用いていることは注目に値する。

> さては、まったく思いもよらぬバートルビーの出現。日曜の朝だというのに、私の法律事務所に居座り、死人のように顔面蒼白ながら紳士のように慇懃無礼で、それでいて断固として落ち着き払った様子に私は奇妙な衝撃を受けた。あろうことか私は、言われるままに、自分の事務所のドアからこそこそと立ち去ってしまったのだ。それでもやはり、この不可解な筆耕の穏やかな厚かましさに抵抗しようにもできない無力感に心が千々に乱れ、疼かないわけではなかった。実際、やつの摩訶不思議な穏やかさによって、私は武装解除されたばかりか、去勢されたに等しかった。何しろ、雇用人の言いなりになって、自分の領分から立ち去るように命令され、おとなしく従ったのだ。これが去勢でなくて何であろう。(650)

「武装解除(ディスアームド)」の延長線上にあるこの「去勢(アンマンド)」という言葉は、直前の文に見られる「抵抗しようにもできない無力感(インポテント・リベリオン)」という表現と相まって、男性性のみならず、人間性をも削がれて、自分がもはや「人間」でも「非-人間」でもない存在と化したのではないかという存在論的不安を表出している。語り手は、理不尽極まる使用人に強く出られない不甲斐ない雇用主として、これまで自分が拠り所としてきた「人間性」からも疎外されつつあることに気づいたのである。

だからこそ逆に彼は、メランコリックな心持ちで、「アダムの息子たち」というキリスト教的同胞愛の立場から、自分たちが人類共通の絆で結ばれていることを、次のように強調し始める。「生まれてはじめて私は、なすすべもなく心を疼かせる憂鬱な気持ちに襲われた。これまで経験してきた悲しみといえば、どこか心地よさが混じったものばかりだった。ともに人間なのだという絆によって、否応なく私は陰鬱な気分に引きずり込まれた。兄弟愛ゆえの悲嘆！なぜなら、私もバートルビーもアダムの息子なのだから」（651-52）。かくして語り手は、筆耕人を人類愛という「大きな物語」の枠組みに回収しようと躍起になるが、死装束を思わせる彼の姿を幻視する語り手の不安は払拭されることはない。バートルビーの「青白き傲慢さ」（653）を前に、語り手は自らが紡いできた独りよがりの物語がいずれも破綻したことを悟る。再びトリニティー教会へ行く彼の気力が萎えてしまったのは、まさにこのためである。

五　「主人（ホスト／ホステス）」／「人質（ホステージ）」——反転する「歓待」

この時点で語り手は、軒を貸したホストでありながら、バートルビーの虜となっているわけだが、その兆しは、バートルビーにも感染したときに既に発現している。バートルくだんの彼の常套句が、ニッパーズやターキーのみならず、語り手にも感染したときに既に発現している。バートルビーを宥めたり、挑発したり、無視したり、彼の退去を目論むべく、語り手が自己陶酔して繰り出す「人間性」に彩られた彌縫策が、ことごとく失敗に終わるという事実は、筆耕人による語り手の「人質（ホステージ）」化を雄弁に物語っている。その後ようやく彼に対して最後通牒を突きつけた語り手は、憐憫の情と殺意に満ちた苛立ちの両極を振り子のように揺れ動き、事の成り行きに一喜一憂する。このように身動きの取れなくなった語り手を尻目にバートルビーは、沈黙を保ったまま「隠れ家（ハーミティッジ）」に立て籠もり、死に向かって限りなく自らを無化し続ける。

ところがそのような膠着した状況にあって、語り手は、次のような突拍子もない提案を行う。「これから一緒に私の家に行こうじゃないか。事務所ではなくて、私の住まいの方だ。ゆっくりと話し合って、君に都合がいいよう段取りがつくまでずっといたらいい。さあ、行こう、今すぐに」（667）。バートルビーを自分より長く生き永らえる

「魔物（インキュバス）」（663）呼ばわりしていた語り手であるが、彼は事務所を「ホーム」として占拠してきた筆耕人を見放そうとした次の瞬間、唐突にも自分の「ホーム」に招き入れようと持ちかけるのである。この起死回生の方策によって彼は、この夢魔のような無宿者を私的領域に召喚し、「歓待」しようと目論んだに等しい。そもそも履行不可能な無条件の「歓待」が孕みもつアポリアが露（あらわ）になるかのように、この案もたちどころに拒絶されると、語り手はそのまま自宅に戻ることなく、ホームレスさながら馬車住まいを始める。彼にとってこの逃避行は、語源的に同根とみなされる「主人（ホスト）」と「人質（ホステージ）」が逆転してはじめて可能となる、幻の「歓待」の代償行為だったと考えられる。

では、こうした「歓待」というモチーフは、『ボディ・アーティスト』においては、いかなる変奏がなされているのだろうか。既に論じたように、透明で混じり気のない鳥の囀りを思わせるタトルの声に惹かれていくローレンは、そこに自分を否応なく何処かへと誘う安らぎを感じる。「バートルビー」の語り手同様、「主人（ホステス）」であるはずのローレンもまた、「どちらがどちらを召喚するのか」（100）という彼女の言葉通り、誰が誰を占有し「人質（ホステージ）」とするのか、判別し難い状況に陥っている。このときタトルは、次のように全く別種の文化の中に身を置き、いかなる物語にも回収されない純然たる剥き出しの時間そのものと化している。「時間だけが意義のある唯一つの物語なのだ。（中略）だが、彼にとってはそうではない。彼はまた別のシステムの中に、また別の文化の中にいる。そこでは時間はまさに時間そのもの、純然たる剥き出しの時間であり、彼を守るものなど何もないのだ」（92）。

当初ローレンが冗談めかして、「かどわかされたエイリアン」（83）に喩えたタトルは、もはや「自分がいったい何者か自分でもわからないような人間」（95）へと変容を遂げ、さらには「人間の限界を侵犯する」（100）馴致不可能な存在として、彼女を翻弄し続ける。ところがローレンは、小鳥のように華奢でありながらポストヒューマン的な「深い時間（ディープ・タイム）」と親和性をもつタトルに、愛着を感じるようになる。「彼女は彼を見つめた。かわいそうなやつ。彼女は最初の瞬間、最初の数時間のような激しさをもって彼を見つめた。しかし、今や彼女が彼を見つめる眼差しにはどこか違ったものが感じられた――ほとんど死を暗示するほどの愛着のようなものが」（95）。その結果、読者は、第六章の結末で、あたかも彼の声を模倣するかのように「異言」で語るローレンの姿を垣間見ることになる。彼の失踪後再び電話に出るようになったローレンは、最初は留守電の合成音のような脱ジェンダー化した中性的な声色で話すが、やがては「体が空洞になったみたいな、乾いた甲高い声、舌の上で鳥が囀っているような声」（101）で応答し始める。ローレンが、脱ジェンダー化／脱人間化／脱領土化されたタトルの声と同調し始めるこの瞬間こそ、彼女が、いかなる書き込みをも許す零度の身体として組み替えられ、アマルガムとして蘇った瞬間にほかならない。こうして彼の「異言」を自らの身体に取り込んだローレンもまた、彼女自身が「私はローレン。でも、だんだんそうじゃなくなっている」（117）と告白するように、知らず知らずのうちに人間としての輪郭を喪失し、ポストヒューマン的混成主体へと変貌を余儀なくされていく。

六　掌の中の小鳥――密かに芽吹く「草の種」

このように逆占有される身体を通じて「主人（ホスト／ホステス）」／「人質（ホステージ）」、「人間」と「非‐人間」が共生的（シンバイオティック）に接合される稀有な瞬間は「バートルビー」において、果たして用意されているのだろうか。その際、着目したいのが、語り手が「墓場」にて筆耕人と最後の邂逅を果たす次の場面である。

> 中庭は静寂そのものだった。一般の囚人はここには入れない。周囲にめぐらせた壁は驚くほど分厚く、塀の外の音は完全に遮られている。エジプト様式の霊廟の石積みが陰鬱に私の心にのしかかった。けれども、足元には柔らかな芝が囚われたように生えていた。それは永遠のピラミッドの内奥で、小鳥が割れ目に落とした何かの草の種が、何か不思議な魔法の力によって芽生えたみたいだった。
>
> 壁の下に奇妙な格好でうずくまり、ひざを抱き寄せては横向きになって、頭は冷たい石に触れている。それこそ、衰弱し果てたバートルビーだった。ぴくりとも動かない。私は立ち尽くした。それからおもむろに彼に近寄っていった。屈み込んで見てみると、彼の目はぼんやりと開いていた。でなければ、深い眠りに就いているように

見えたことだろう。何かに突き動かされて、私は手を差し伸べようと思い、彼の手に触れた。その瞬間、ぞくっとする戦慄が私の腕を駆け上り、背筋を下って爪先まで走った。（671傍線筆者）

バートルビーの姿を認めた語り手は、引用の第二段落の傍線を施した最後の文において、胎児のように身を丸めて静かに横たわる彼の手に何かに突き動かされるように触れ、電撃のような身震いが身体を貫く。この戦慄に満ちた接触こそ、不可触（アンタッチャブル）であった彼に語り手の身体が否応なく感応する決定的瞬間なのだが、それに先立つ第一段落において、傍線を施した情景描写がさり気なく挿入されている。ピラミッドを思わせる重々しい「墓場」の壁の内奥に密封されたそのささやかな空き地は、そこがパストラル空間であることを暗示するかのように、足元に柔らかな芝が生えている。この空間について語り手は、死者が永遠に眠る埋葬地の深奥で、小鳥が石の亀裂に偶然運んだ何かの草の種が芽生えて生じたかのようだったと語り、それを奇跡にも等しい僥倖として捉えている。

ここで『ボディ・アーティスト』においてローレンが、庭の小鳥たちの目に人間がいかに映っているかを常に気にかけ、彼らの営みにしばしば言及していたことを想い起こしてみよう。というのも、「バートルビー」のテクストにも密かに紛れ込んだ小鳥が散種した「草の種」の意義が、それによってさらに明確に浮かび上がるからである。まずもって、この矮小なパストラル空間は、掌の中の小鳥のごとく生死の狭間に身を横たえるバートルビーに手向けられた弔いの草木の調いである。と同時にこの描写は、死に逝く人間が、「動物ないし『地球［＝大地］』の他者との連続性のなかで位置づけなおされたということ」（Braidotti, *Posthuman* 95）を示しており、小鳥が墓石の隙間に偶然「配達」した種子から、生命の郵便が芽吹くというダイナミックな生成変化のありようを巧みに焦点化している。バートルビーにとって、「死とは、ポストヒューマン的主体が知覚不可能なものへと生成変化することであり、（中略）相互連結性のもう一つのありよう」（Braidotti, *Posthuman* 137）が到来するところにほかならなかった。

だとすると、まさに「墓場」の中心で「草の種」が密かに芽吹くという叙述は、そのすぐ後に続く語り手の不確かな後日談、すなわち、バートルビーがワシントンの郵便局で「配達不能郵便（デッド・レターズ）」の処理係だったという噂をめぐる語り手の次のようなセンチメンタルな悲嘆を密かに脱構築する布石だったことになる。

> この噂について思いをめぐらすと、何ともうまく言い表せない感情に襲われてしまう。配達不能郵便（デッド・レターズ）だなんて！　死者（デッド・マン）みたいな響きがしないか？　ここに、生来の気質と不運のため、青ざめて絶望へと陥りがちな青年がいたとしよう。彼がやるせない気持ちを募らせるのに、来る日も来る日も配達不能の手紙に向き合い、焼却の仕分けをする仕事ほど似つかわしい仕事はあるだろうか？　そうした手紙は毎年荷車にどっさり積み込まれては燃やされるのだ。時にはあの青白い郵便局員が、折り畳んだ手紙から指輪を取り出すこともあっただろう。それが嵌められるはずだった指はおそらくはもう墓の下で朽ち果てているというのに。慈悲心から大急ぎで送り届けられた紙幣。それで救われるはずの人間も今となってはもはや食べも飢えもしない。絶望のうちに死せる者には赦しを、望みを絶たれてあの世へ旅立った者には希望を、救い難い災厄によって息の根を止められた者には朗報を。こうした手紙はみな、人生の使いとなって死へと猛スピードで滑り込むのだ。
>
> 　ああ、バートルビー！　ああ、人間！（672）

　デリダの郵便論をここで改めて持ち出すまでもなく、「旅」を全うできない死せる手紙が日々滞留する郵便空間は、起こり得たかもしれない幻の現実の種をそれ自体の中に死蔵（デッド・ストック）している。それらは、幽冥界をさまよう亡霊さながら、不安定な宙吊り（エポケー）の郵便空間において、いつの日か蘇る潜勢力を秘めている。バートルビーは、まさにこうした郵便的不安がもたらす錯綜する剥き出しの時間相の淵に常に佇んできたわけだが、そこは、「人間」と「非-人間」が分節されることなく、時間の種子として共存してきた「深い時間（ディープ・タイム）」の地平でもあったのである。

七　宙吊りの結句

だとすれば、語り手がテクストの闇へと消える間際に発した「ああバートルビー！　ああ、人間！」という結句は何を意味するのだろうか。彼の言う「人間」とは、退屈極まりない仕事によって押し潰されたバートルビーその人を指すのか、それとも彼を憐れむ語り手自身や届かぬ手紙に想いを託した諸々の送り手たちをも包含するのか、議論は尽きない。そうしたもどかしさを虚空に投げ出したかのようなこの詠嘆は、参照点を欠いているがゆえに、表象不可能な何かを模索しようとするメタ記号として、「人間性」の臨界点に宙吊りにされている。

だがここで少なくとも言えることは、永遠の沈黙を前に語り手が放ったこの絶句が、完璧な人間精神の普遍的属性を理想とするヒューマニズム言説の終焉を図らずも暗示していることである。皮肉にも、彼が語り手として消滅する間際に揺さぶりをかけたのは、啓蒙主義、人道主義理念に基づく〈人間性（ヒューマニティー）〉の象徴としての〈人間〉、すなわち、揺るぎない理性と自信に裏打ちされた人文主義的白人男性主体にほかならない。こうした超越的な形而上的概念としての人間中心主義が歴史的・文化的構築物としてのイデオロギーであってみれば、死壁（デッド・ウォール）を前にして発せられたかのような語り手の嘆きは、むしろそのような狭義の「人間性」の限界を露呈している。と同時にそれはまた、アガンベン流に言えば、「動物性と人間性とのあいだで還元されぬままに引き裂かれ張り詰めているこの身体をめぐるアポリア」（『開かれ』二五）を鮮やかに炙り出してもいる。

「クリティカル・ポストヒューマニズム」が脱構築的にヒューマニズムのうちに宿り（Herbrechter 7）、「ポストヒューマン」的というよりも「ポストヒューマニスト」的であるとすれば、啓蒙主義的ヒューマニスト的価値観に依拠せざるを得なかったウォール・ストリートの語り手は、まさに身をもってヒューマニズムの限界を露呈したという意味において、少なからず逆説的な役割を果たしている。「生物学的な有機体と、有機体が組み込まれた情報の循環の間に有意な区別をつけることは難しい」（Hayles 35）現在、ポストヒューマニズムは、相互浸透し続ける両者のインターフェイスをなす新たな存在のありようを示すものとして提起されてきた。それはまた、人間を人間ならざるものと和解させ、これまで「人間」の範疇から排除されてきたものと折り合いをつけることをも意味している。それゆえそこには、これまで「人間」化される過程で抑圧されたあらゆる他者、亡霊、怪物、動物が、かつての人間と相互依存的に組み込まれ、復権を果たすことになる（Herbrechter 9）。そうした意味において、「剝き出しの生（ゾーエ）」のごとく脆いバートルビーは、『ボディ・アーティスト』の出版年をもって始まる二一世紀の「ポスト人新世」（Bratton 4）的文脈において、何にも還元不可能な潜勢力を秘めたポストヒューマンとして、不死鳥のごとく蘇るのである。(7)

おわりに——踊り場の止まり木

以上の考察を踏まえ、二つの小説が密かに縁（えにし）を結ぶささやかな情景をコーダとして取り上げ、本論の結びとしたい。それは、バートルビーが、占拠した事務所の階段の「踊り場」"landing"の「手すり」("banister")に居座り続けていたという事実をめぐるものである。語り手は、そこで目撃した彼の姿を次のように述懐している。

もとの事務所に通じる階段を昇っていくと、バートルビーが踊り場の階段の手すりに黙って座っているではないか。

「こんなところで何してるんだ？　バートルビー」と、問いかける私。
「手すりに座っているんです」と、彼は穏やかに答えた。(666)

タトルさながら、相手の質問を字義通りの応答によって骨抜きにするバートルビーが最後に降り立ったこの不安定な「止まり木」は、彼がポストヒューマンからポストヒューマスな亡霊へと移行する「踊り場」であるとともに、二つの作品のアナロジーをめぐって、読者をさらなる洞察へと誘う結節点の役割も果たしている。

というのも、階段の「踊り場」は、『ボディ・アーティスト』においても、ポストヒューマン的他者、タトルが失踪した後、彼を慈しむローレンにとって重要なトポスをなしているからである。彼女は、一人取り残された屋敷の階段を昇るたびに必ず親柱を掌で包み込み、その感触を慈しむようにして、異界へと消えた亡霊の幻影を追い求める（113）。「家に帰ればこれが起こるはずだから――紅藻の塊を撫でながら、彼女にはわかっていた――自分は階段を昇るだろう。踊り場に着いたら親柱の上部を触り、それから廊下を歩いていくだろう。そして彼の時間の中に入っていくのだ」（115）。この「踊り場」を通るたびに、ローレンが親柱に手を触れて、廊下を下って入っていく時間は、紛れもなくタトルの時間である。彼女は姿を消したタトルの声に耳を澄ませつつ、タトルの時間へと滑りこむべく、儀式のように階段の親柱を愛撫する。「彼女はゆっくりと部屋をめぐって歩いた。それはこんなふうに起こるのだろうとわかっていた。囀りのように、囀るような男性の声、彼の声みたいな。そして足早に階段を昇り、親柱をそっと手で包むようにした。ここにいるということが私に到来した。なぜなら孤独だったから、この季節の海岸は。なぜなら、彼女はいつでも親柱に触らずにいられなかったから」（120-21）。

バートルビーを慈しむデリーロの読者にとっては、こうしてタトルを慈しむローレンの時間は、すべてを剥ぎ取られたバートルビーの時間でもある。「踊り場」にてタトルを想起するローレンの眼差しの向こうには、「手すり」の上に居座り続けるバートルビーの姿が二重写しに浮かび上がる。傷ついた小鳥のように行き場を失った彼の「止まり木」である“banister”という言葉に敢えて拘るならば、“barrister”、すなわち「法廷弁護士」という語が音声的に異化したこの語は、バートルビーと語り手を繋ぎ止めるのみならず、彼らの関係をタトルとローレンへと転移させるトロープとしても機能している。このように奇しくも二つの小説において止まり木の小鳥という形象が共振することに思いを致すなら、読者は、「踊り場」におけるローレンの親柱への慰撫が、タトルを介したバートルビーへの密かなオマージュであると同時に、あの法律家へも手向けられたささやかなオマージュでもあったことにも気づくのである。

＊本稿は、日本アメリカ文学会関西支部第六三回大会フォーラム「メルヴィルとホイットマンの時代――生誕二百年を記念して」（二〇一九年一二月一四日、龍谷大学）における発表を基にしている。今回、初出の拙論（『英米研究』第四四号、二〇二〇年、三一―五九頁）に、加筆を施した。また本研究はＪＳＰＳ科研費 18K00416 の助成を受けたものである。

【註】

（1）筆者の知る限り、「バートルビー」と『ボディ・アーティスト』を比較した本格的な論考としては、タイラー・ケッセルの『アメリカ文学における風景を読む――ドン・デリーロのフィクションにおける他者』（二〇一一年）があるのみである。ケッセルは、主として他者表象の観点から二作の共通性を分析している。

（2）「バートルビー」について論じた現代思想家としては、本稿で言及したデリダ、ドゥルーズ、アガンベンに加え、マイケル・ハートとアントニオ・ネグリ（*Empire* 203-04）、スラヴォイ・ジジェク（『パララックス・ヴュー』六七七―八三）なども挙げることができよう。また日本において、哲学の立場からメルヴィルの短編を取り上げて考察した論考としては、小泉義之の『ドゥルーズと狂気』における「バートルビー」論（三四六―五四）、國分功一郎の『中動態の世界――意思と責任の考古学』における「ビリー・バッド」論（二六六―九四）などが著名である。

（3）そもそも「ミスター・タトル」という名前自体も、ローレンが高校時代の科学の先生にちなんで彼に付けた渾名にすぎず、実名は不詳のままである。

（4）ピーター・ボクスオールは、世紀転換期以降に発表されたデリーロの作品における晩年のスタイルとしてのトートロジーについて、「荒々しい対抗力ではなく、ポストヒストリカルな静謐の真っ只中にある静謐な時間と静謐な思考の深み、言い換えればアポカリプスの先触れではなく、ポストアポカリプティックにしてポストヒューマスな性質をもっている」（540）と指摘している。

（5）「深い時間（ディープ・タイム）」をめぐるデリーロの関心は、『ポイント・オメガ』へと継承され、さらなるテーマ的発展が見られる（*Point Omega* 72）。詳しくは、拙著『楽園に死す――アメリカ的想像力と〈死〉のアポリア』第二〇章「時の砂漠」を参照されたい。

（6）ローレンは、タトルの発話を「歌」もしくは「囀り」として捉え、自己を忘れてそれに没入することにより、融通無碍に時と言葉と事物の間を出入りする彼と同化しようとする（*Body Artist* 74）。

（7）ロージ・ブライドッティは、種を超えて生命を商品化しようとする資本主義への抵抗という観点から、「剝き出しの生（ゾーエ）」とポストヒューマンに通底する親和性について論じている（*Posthuman Knowledge* 144）。

【引用・参考文献】

Agamben, Giorgio. *Potentialities: Collected Essays in Philosophy*. Translated by Daniel Heller-Roazen, Stanford UP, 1999.

Boever, Arne De. "Overhearing Bartleby: Agamben, Melville, and Inoperative Power." *Parrhesia*, vol. 1, 2006, pp. 142-62.

Boxall, Peter. "A Leap Out of Our Biology: History, Tautology, and Biomatter in Don DeLillo's Later Fiction." *Contemporary Literature*, vol. 58, no. 4, 2017, pp. 526-55.

Braidotti, Rosi. *The Posthuman*. Polity Press, 2013.（ロージ・ブライドッティ『ポストヒューマン——新しい人文学に向けて』門林岳史監訳、大貫菜穂、篠木涼、唄邦弘、福田安佐子、増田展大、松谷容作訳、フィルムアート社、二〇一九年）

---. *Posthuman Knowledge*. Polity Press, 2019.

Bratton, Benjamin H. "Some Trace Effects of the Post-Anthropocene: On Accelerationist Geopolitical Aesthetics." *e-flux Journal*, no. 46, 2013, pp. 1-10.

Deleuze, Gilles. *Essays Critical and Clinical*. Translated by Daniel W. Smith and Michael A. Greco, Verso, 1998.（ジル・ドゥルーズ『批評と臨床』守中高明、谷昌親、鈴木雅大訳、河出書房新社、二〇〇二年）

DeLillo, Don. *The Body Artist*. Scribner, 2001.

---. *Point Omega*. Scribner, 2010.

Derrida, Jacques. *The Gift of Death*. Translated by David Wills, U of Chicago P, 1995.（ジャック・デリダ『死を与える』廣瀬浩司、林好雄訳、筑摩書房、二〇〇四年）

---. *Of Hospitality: Anne Dufourmantelle Invites Jacques Derrida to Respond*. Translated by Rachel Bowlby, Stanford UP, 2000.

DiPietro, Thomas, ed. *Conversations with Don DeLillo*. UP of Mississippi, 2005. Conversation Series.
Graham, Elaine L. *Representations of the Post / Human: Monsters, Aliens, and Others in Popular Culture*. Rutgers UP, 2002.
Hardt, Michael and Antonio Negri. *Empire*. Harvard UP, 2000.
Herbrechter, Stefan. *Posthumanism: A Critical Analysis*. Bloomsbury Academic, 2013.
Hyles, Katherine N. *How We Became Posthuman*. U of Chicago P, 1999.
Kessel, Tyler. *Reading Landscape in American Literature: The Outsider in the Fiction of Don DeLillo*. Cambria Press, 2011.
McCall, Dan. *The Silence of Bartleby*. Cornell UP, 1989.
Meindl, Dieter. *American Fiction and the Metaphysics of the Grotesque*. U of Missouri P, 1996.
Melville, Herman. "Bartleby." *Pierre, Israel Potter, The Piazza Tales, The Confidence-Man, Uncollected Prose, Billy Budd, Sailor*, edited by Harrison Hayford, Literary Classics of the United States, 1984, pp. 635-72.
Morrison, Toni. *Toni Morrison: The Nobel Lecture in Literature, 1993*. Knopf, 1993.
Taylor, Mark C. *Nots*. U of Chicago P, 1993.
アガンベン、ジョルジョ『開かれ』岡田温司・多賀健太郎訳、平凡社、二〇〇四年。
ヴィトゲンシュタイン、ルートヴィヒ『論理哲学論考』野矢茂樹訳、岩波書店、二〇〇三年。
小泉義之『ドゥルーズと狂気』河出書房新社、二〇一四年。
國分功一郎『中動態の世界――意思と責任の考古学』医学書院、二〇一七年。
酒井智宏『トートロジーの意味を構築する――「意味」のない日常言語の意味論』くろしお出版、二〇一二年。
ジジェク、スラヴォイ『パララックス・ヴュー』山本耕一訳、作品社、二〇一〇年。
ドゥルーズ、ジル『カフカ――マイナー文学のために』宇野邦一訳、法政大学出版局、二〇一七年。
マリー、アレックス『現代思想ガイドブック　ジョルジョ・アガンベン』高桑和巳訳、青土社、二〇一四年。
渡邉克昭『楽園に死す――アメリカ的想像力と〈死〉のアポリア』大阪大学出版会、二〇一六年。

第三部

詩的想像力のポリティクス

第十二章
テネシー・ウィリアムズの詩的想像力
――「キックス」と『欲望という名の電車』をめぐって

古木 圭子

はじめに　『欲望という名の電車』と「キックス」

一九七〇年代に執筆され、二〇二一年に発表されたテネシー・ウィリアムズ（一九一一―一九八三）の未完の詩「キックス」においては、『欲望という名の電車』（一九四七年、以下『欲望』と略す）のブランチが、レイプ事件の被害者として登場し、義弟のスタンレーに対して訴訟を起こす可能性が示され、二人の戦いがさらに激化する様相をみせる。さらに「キックス」には、進化論の議論を白熱させたスコープス裁判（一九二五）を担当した弁護士クラレンス・ダロウ（一八五七―一九三八）の名が挙げられ、彼の弁護によってブランチが救済される可能性も示唆される。さらに、レイプ事件の訴訟というテーマを扱っているという点で、同じくダロウがその弁護を担当した一九三二年の「マッシー事件」との関わりも無視はできない。

二〇二二年になって、『欲望』と関連する「キックス」が発表された背景には、『欲望』の衰えない人気も関係している。ブロードウェイ初演から七五周年を迎えた二〇二二年には、『テネシー・ウィリアムズ年次レビュー』二一号で『欲望』の特集が組まれ、初演に至るまでの経緯、初演当時に演出を務めたエリア・カザン（一九〇九―

二〇〇三）の演出の意図、一九四九年の映画化作品、そして『欲望』のソビエト、中国、フランスでの上演の経緯や観客の反応などについての詳細な情報が提供されている。しかし、『欲望』の後日談とも言える詩が発表されたことで、今後の『欲望』の読みにも変化が生じることであろう。以上のような観点から本論では、詩という形式において『欲望』の再考を行い、ブランチとスタンレーの関係に新たな対立構造を見出そうとしたウィリアムズの意図を探り、同時に詩と戯曲をめぐるダロウとウィリアムズの関係について考察を試みたい。

一　詩人としてのウィリアムズと『欲望という名の電車』

ウィリアムズの詩人としての活動は、詩集『都市の冬』（一九六四年）、『アンドロジーヌ、わが愛』（一九七七年）によって知られているが、「私は詩人であり、詩を劇の中に書く。詩を物語にし、劇にする」（Rader 334）と述べているように、彼は劇の題材を「詩」として着想することもあった。さらに彼は、詩人たちの多くが「劇が提供する有機的で視覚的な要素を利用していない」と述べ、劇は詩の延長線上にあり、韻文という形式にはこだわらない「詩」の要素を、劇に持ち込むことの必要性を説いている（Freedley 22）。

『欲望』のブランチ自身も詩人の要素を有している。彼女が文学を教える高校教師であったこともその傾向を示すが、そのセリフにも詩的要素が顕著である。ステラとの再会場面で、彼女が最初に発するのは「ステラ、ああステラ、ステラ、お星さまのステラ」（"Stella, oh, Stella, Stella! Stella for Star!"）（*Streetcar* 473）であり、ステラとラテン語の「星」のモチーフを重ね合わせ、頭韻を用いてスピーチにリズムを持たせている。芝居がかった表現にも聞こえるが、彼女が二人の再会場面を、詩的にそして劇的に演出しようとしていることを示し、ウィリアムズの目指す詩と演劇の融合が垣間見える。さらに、ブランチの詩への傾倒が顕著に表れるのが、第三場でミッチと言葉を交わす場面である。自分のたばこに火を点けてもらうようにミッチに頼む彼女は、彼が持っている銀製のたばこケースに目を奪われる。そこに刻まれているのは、エリザベス・バレット・ブラウニング（一八〇六―一八六一）の「神の御心とあらば、死後も――あなたをなお強く――愛するでしょう」というブランチの「大好きなソネット」の一部であった。ミッチは、それが彼の亡くなった恋人からの贈り物であることを告げ、彼女との関係が「悲しいロマンス」だったと語る。そしてブランチは、「病気の人は、深く心からの愛情を持っているものよ」と彼に共感の気持ちを示し、二人の間に新しい恋の片鱗が見える（498）。このように、詩人の夫を失ったブランチと、詩を愛する恋人を失ったミッチが、再び詩によって新たな愛の可能性を見出す。

バレット・ブラウニングのソネットと『欲望』の関連についての分析を行ったバーバラ・ネリは、上記の場面は、ウィリアムズがこのソネットを「個人的な愛の詩以上のもの」と考えている「証拠」であり、バレット・ブラウニングの女性詩人としての役割と、詩における「愛」という題材の重要性を彼が認めていたことを示すと述べている（Neri, "Loving" par. 2）。さらにウィリアムズは、バレットとロバート・ブラウニングのロマンスに基づいたルドルフ・ベジエ（一八七八–一九四二）の戯曲『ウィンポール通りのバレット一家』（一九三二年）でバレットを演じたキャサリン・コーネルを、当初ブランチ役にと考えていた（Neri, "Loving" par. 16）。結局、実際の初演でブランチを演じたのはジェシカ・タンディであったが、ネリは、もしコーネルがブランチを演じていたら、実在の詩人とブランチの姿が観客に重なって見えたであろうと述べている（par. 16）。つまりウィリアムズは、バレット・ブラウニングの魂が、舞台上でブランチに蘇る瞬間を期待していたのである。

スタンレーによって精神的・身体的に完全に打ちのめされたブランチは、『欲望』の最終場面において、「見ず知らずの方」に身を預けて精神病院へと向かうことで表舞台から退場したように思われた。しかし「キックス」においては、そのブランチが、みずからを「処刑」に追いこんだスタンレーと再び対峙する。ジョン・S・バックは、「キックス」におけるブランチ像が、一九七六年の『欲望』ブロードウェイ再演における、シャーリー・ナイトが演じた「弱々しさ」を強調したブランチに対する反発ではないかと指摘している（Bak, "Tennessee Williams" 11）。これはつまり、ウィリアムズが劇作家としての自身に最も名声を与えた『欲望』を、敢えて詩という別の文学形式に書き換えることで、ブロードウェイの舞台に埋もれていたブランチのメッセージを掘り起こし、詩人の要素を有し、単なる「弱い」存在には留まらない彼女に、再び光を当てようとする試みだったのではないだろうか。

二「キックス」におけるブランチ、スタンレー、クラレンス・ダロウ

『欲望』におけるブランチのレイプ事件は、彼女が最終的に精神病院に送られることで曖昧化されてしまう。ステラは、その件を全面的に否定はできないものの、「彼女の話を信じてしまうと、スタンレーと暮らしてゆくことはできない」とユーニスに告げ、ユーニスも「何が起こっても、生き続けていかなくちゃ」（*Streetcar* 556-57）と、その話を信じないようにステラに促す。しかし、ウィリアムズが一九四七年八月（初演の一か月前）に演出家のエリア・カザンに送ったヴァージョンでは、この事件は最終版よりも信憑性を帯びている。ステラはユーニスに「ブランチはスタンレーにレイプされたと言っている」と語り、その際にブランチが抵抗しようとして、スタンレーのパジャマを「引き裂いた」跡をユーニスに見せている。そして、夫に問い詰めたとしても、彼は「あいつはクレイジーだ」と言うだけだろうとステラは述べる（Murphy 22）。このエピソードは、ウィリアムズがレイプの問題をどのように取り扱い、観客に伝えるのかという問いに対する答えを、上演の最終段階まで模索していたことを示す。

以上の点を踏まえた上で、「キックス」におけるブランチとスタンレーの関係を見てゆきたい。

since witnesses are essential
for cross-examination in courts of law.
For instance, suppose a plaintiff known as Dubois[1]
somehow engages the services of an attorney
to prosecute a defendant known as Kowalski

(On credit? Well! Can her credit be better established
than was her virginity despoiled? No but then—)

Ruin! Collapse of the white columns
of voluntary submission, a penitent desiring
absolution after ecstatic confession
of her involvement in the total lake-shore atonement
of her first and only love's
blowing out of his brains by a revolver thrust between
his still somehow inviolably purely cut lips（“Kicks”28-29）

上記の引用は、『テネシー・ウィリアムズ年次レビュー』第二〇号（二〇二一）に掲載の「アイテム 四八一」と名付けられた「キックス」の一部であり[2]、この箇所では、証人としてブランチがスタンレーを起訴する場面を読者が「目撃」することとなっている（Neri, “Editor's Note” 16）。しかし“suppose”という表現があることから、この場面は、おそらくブランチの想像、あるいは詩の語り手の仮定であると読むことができる。また、第二スタンザでは、冒頭に「クレジットで?」とあり、続いて「彼女の処女性が略奪されたのと同等に、彼女のクレジット（信用）が確立できるのか」と皮肉交じりのコメントがあり、スタンレーにレイプされたブランチが、「処女」ではなく、次々と行きずりの男性たちに身を任せていた女性であったこと、彼女の弁護士費用への支払い能力（クレジット）が欠けていることなどが暗示され、ブランチがスタンレーを起訴する可能性に対して、語り手が疑問を持っていることがうかがえる。

　次のスタンザの始めにある「破滅」および「白い円柱の崩壊」という表現は、デュボワ家が所有していた屋敷「ベルリーヴ」が「失われた」という『欲望』第二場のブランチの告白の反復と読める。しかしそれはまた、フランス語で「白」という名前を持つ「ブランチ」自身の「破滅（性的堕落）」（"ruin"）をも意味する。同時に、ブランチ自身が告白しているように、ベルリーヴが、デュボワ家先祖代々の「欲望」によって、徐々に食いつぶされてきたという状況も反映する。その後に続く「恍惚とした告白」――「彼女の最初で唯一の恋人」を自殺に追いやったという内容――は、『欲望』の第六場、ミッチとのデート場面でのブランチの告白の再現でもある。アランがピストルを口に押し込んで自殺をはかったという残酷な描写はしかし、彼の「神聖に引き裂かれた唇」のイメージによって浄化されているようである。また、彼の「唇」という表現が、彼が発する「詩」を彷彿とさせる。つまりこのスタンザで示されているのは、スタンレーに挑みながらも、アランの死に対する「罪」の意識から逃れられず、そのために徹底的にスタンレーを追い詰めることができないブランチの内的葛藤である。

しかし次の「アイテム四八二」では、ブランチはまた別の顔を見せることになる。

quietly cried to the fair-haired, blue-eyed
　　boy-husband-
emotional-dependent, her tigress casting his moth
helplessly into the purification of flame,
revolver thrust
　　between his still
　　　　inviolably purely,
　　　　　　smoothly, softly
formed lips; thus making a double eclipse（"Kicks" 29）

アランの死に対して罪の意識を抱いていたブランチは、ここでは、アランを「蛾（が）のように浄化の炎に投げ入れる」「無情なあばずれ女」と描写される。さらに、『欲望』の登場場面で、「そのどことなく不安げな様子は、身につけている白い衣装とも相まって、どことなく蛾を思わせる」(*Streetcar* 471)と描写されているように、蛾はブランチの象徴であったが、ここではアランが蛾となり、ブランチがそれを滅ぼす者となっている (Neri, "Editor's Note" 22)。しかしまた、恋人を「浄化の炎」に投げ入れるというイメージは、同性愛者の彼に「汚らわしい」という言葉を投げかけることで、彼を自殺に追い込んだブランチ自身の罪を「浄化する」炎でもある。それに続く、アランの「神聖なほどに純粋に、滑らかに、柔らかく形作られた」唇に銃が差し込まれる情景を「二重日食」と描写しているのは、アランの唇から発せられる言葉（＝詩）が失われてしまったことを示唆する。

さらに、「アイテム四八二」の最後のスタンザでは、『欲望』でもたびたび示されていたブランチの危機的経済状況が語られる。

> Throw the case out of court! *N'importe!*
> To whom can her attorney address his bill for services rendered?
> Probably Clarence Darrow would have won her the rape case
> and even established a certain kind of virginity
> despoiled, adhering to his instinct
> of God's stone-cut laws worn away by the slow rain
> of His Son's tempering those with this,
> the Christian ethic of mercy ("Kicks" 29)

この部分は、ブランチが弁護士費用を賄えないために、訴訟が取り下げになるだろうが、それは「どうでもいい」と、投げやりな語りで始まる。それに続き登場するのがダロウである。ウィリアムズはここで、彼の「慈悲の精神」に触れ、「たぶんクラレンス・ダロウならば、このレイプ裁判に勝利し、奪われた「ある種の処女性」も確立することさえできるだろう」（"Kicks" 29）と述べている。

ウィリアムズがダロウに興味を抱いていたことは、「キックス」が書かれた一九七六年六月に、友人のマリア・セイント・ジャストに宛てた手紙の中で、スコープス裁判で検察側代表を務めたウィリアム・ジェニングス・ブライアン（一八六〇―一九二五）が、一八九六年の民主党全国大会で行った「黄金の十字架伝説」と、スコープス裁判での彼の修羅場にウィリアムズが言及していること（Williams, *Five O'clock Angel* 349）に示されている。さらに、ダロウの没年、初めて「テネシー・ウィリアムズ」というペンネームを使って著した戯曲『ナイチンゲールではなく』（一九三八年）が、ダロウに献辞されていることからも明らかである。さらに、『欲望』の第四場、人間の「進化」に関するブランチのセリフにも、スコープス裁判に対するウィリアムズの興味がうかがえる。

> 彼には何か人間以下の、まだ人類の段階に達していないようなところがあるのよ。そう、類人猿みたいな――人類学の本に載っている――絵で見たことがあるわ。何千年、何万年もの月日があの人の傍らを通り過ぎていったけど――スタンレー・コワルスキーは――石器時代の生き残り。ジャングルで獲ってきた動物の生肉を家に持って帰ってくるの。そしてあんたが――あんたはここで――彼のことを待っている。（中略）私たち人間は、神様からはほど遠いかもしれない、ステラ――ねえ聞いて――でも、いくらかは進歩してきたはずよ。芸術とか――詩とか音楽のような――そんな新しい光がこの世界に作り出されてきた。優しい感情を持った人たちの中には、新しい兆しが見えてきた。それを私たちは育てていかなければ。それをしっかりと握りしめ、旗印として掲げていくのよ。この暗闇の中で、何があっても前進していかなくちゃ。（中略）絶対に――絶対に獣と一緒に後退してはだめなのよ。（*Streetcar* 510-11）

第三場の「ポーカー・ナイト」において、ブランチが聴いていたラジオの音楽にスタンレーが腹を立て、それを窓から投げ捨て、その行動に抗議したステラに彼が暴力を奮う。その後、ステラとブランチは、上階に住むユーニスのアパートに避難したものの、スタンレーに懇願されてステラは家に戻り、ブランチだけが眠れない夜を明かした翌朝、スタンレー不在中に姉妹が話し合う。ここでブランチは、「おたがいに相手の好みは大目に見るべき」（506）と夫を弁護する妹を「無神経」だと非難し、スタンレーのような野蛮な人間と一緒に暮らすことは無謀だと忠告し、右記のような熱弁をふるう。ブランチは自身やステラが「進化」した存在であるのに対し、スタンレーは非文明の段階に留まっていると主張しているのである。しかしこの会話を、二人に気づかれずにアパートに戻って来ていたスタンレーはこっそりと聞いていた。そしてこの「類人猿」発言が、スタンレーとブランチの間に決定的な溝を生むこととなる。しかし、ここで興味深いのは、人間の「進化」を象徴するのが「詩とか音楽」であるとブランチが述べていることであり、そこからは、ウィリアムズが進化論と「詩」を結び付けていることもうかがえる。

実は、進化論裁判とウィリアムズ家には、個人的なつながりもあった。ウィリアムズの姉ローズの親しい友人に、ローズ・コンフォートという人物がいたが[3]、この女性は、スコープス裁判で裁判長を務めたジョン・テイト・ラウルストンの最初の妻との間の娘である。そして、彼の二番目の妻はウィリアムズの母方の祖母の姉エステルであった。つまり、ラウルストンは、ウィリアムズの義理の大叔父ということになる。敬虔なメソジスト派の信徒伝道者でもあるラウルストンは、スコープス裁判において、不可知論者のダロウを激しく非難した。一方、ウィリアムズの母エドウィーナは、自身と息子の進化論裁判およびダロウに対する興味について次のように語っている。

スコープス裁判がその時進行中で、センセーションを巻き起こしていました。私たち家族の興味は、おざなりのものではありませんでした。というのも、裁判長を務めた故ジョン・T・ラウルストンは、八年前に亡くなったのですが、私の母の姉と結婚していたのです。

クラレンス・ダロウは、私たちがいたところからそう遠くない、エルクモントに滞在していました。ズボンつり姿で歩き回り、夕食のときにジャケットも着ていないので、私たち南部人の中には驚いた者もいました。でも、私たちは彼の機知と学識には敬意を表していました。彼は雄弁なブライアンを徹底的に懲らしめ、確実に優位に立ったと思います。(E. Williams et al. 44)

ここでエドウィーナは、ブライアンを見事に論破したダロウの方を称えている。これは、彼女がラウルストンと親戚関係であることを考えると、かなり思い切った発言である。さらに、裁判が行われていた一九二五年時点でウィリアムズは一四歳であり、初めて書いた詩が、当時通っていた中学の校内新聞に掲載された年であるとされている。この時すでにウィリアムズの詩才が開花し、またダロウに捧げられた『ナイチンゲールではなく』が、囚人のストライキを題材にした「政治性の強い」、「社会正義に情熱を傾ける」戯曲であり、ウィリアムズの「政治的」側面を示すこと(Hale xiii)、詩への傾倒を示す人物ジムとジョン・キーツ(一七九五—一八二一)の詩が登場すること、タイトル自体がキーツの「ナイチンゲールに寄(よ)す」(一八一九年)に由来することを考えると、詩人および劇作家としてのウィリアムズの誕生と発展に、ダロウと進化論裁判が関わっていたことは否定できないであろう。

三　ブライアン=ブランチ vs ダロウ=スタンレー?

進化論裁判とウィリアムズの戯曲の関連について、バックは、ダロウが当初からブライアンを叩きのめすことを意図していたように、スタンレーもブランチを追い詰めることを決意していたと論じている。そして、ブランチも彼を自分の「死刑執行人」であると認識していたことから、バックはブライアンをブランチ、ダロウをスタンレーと位置付けている("Tennessee v. John" par. 5)。実際の裁判の冒頭陳述においてダロウは、反進化論法を「中世においておこなわれた、学問の自由を破壊する試みにも匹敵するおどろくほど大胆な陰謀」であると非難し、ブライアンを「愚かで、偏見にみちた、邪悪な法律」に責任をもつ一人であると宣言した(ストーン 三九六)。ブライアンは、女性参政権運動、フィリピン独立運動、銀の自由鋳造を促すなど「進歩主義者」の側面を見せていたが、晩年にはキリスト教原理主義に固執し、禁酒法や反進化論のような「反進歩的」問題に関わった。スコープス裁判への関与も、アメリカの教育の進歩を拒むものであった。一方ブランチは、主義主張の上では性的行動や飲酒に関しての慎みを守ろうとし、教育者として人間の「進歩」を強く推奨しながらも、実際は性に奔放で、アルコール依存症でもある。南部の「淑女」としての伝統的な生き方に固執しているようでありながら、ミッチを「罠」にかけたり、新聞配達の若者を誘惑しようとしたりする場面では、自己の掲げるモラルや理想に反しているようである。つまり、バックの言葉を借りれば、ブライアンとブランチはどちらも「二つの世界に分裂」している（"Tennessee v. John" par. 17）。

しかし、スタンレーをダロウ、ブランチをブライアンに例えることには問題点も挙げられる。エドワード・J・ラーソンは、ブライアンは「前千年王国説」を信じるには「楽観的過ぎ」、あくまで「現世」――特に政治、雄弁術、旅行、食事――を楽しみ、「人生を改善する力」を信じていたと述べている（Larson 37）。このようなブライアンの楽観主義は、常に過去を悔いるブランチとは性質を異にする。さらに、ブランチの声がスタンレーによってかき消されたのとは異なり、ブライアンはダロウによって完全に「破滅」させられてはおらず、ある種の「ヒーロー」としてその存在を（少なくともしばらくは）世に留めていた。実際、ブライアンの「劇的」な死は、スコープス裁判の「潜在的意味」を「再評価」する機会を人びとに与え、彼の「離別のメッセージ」が重みを増し、裁判の行われたデイトンの市民への影響を「強化する」結果となった。彼の死因は「脳卒中」と伝えられたが、裁判のストレスが彼の発作を引き起こしたと多くの人びとは考え、「個人的にダロウを責める」ことになった（203）。つまりダロウは、ブライアンを完全に「叩きのめす」ことには成功しなかった。『欲望』においても、ブランチが精神病院に送られる際、ステラは自身の決断に迷いを見せ、ミッチもスタンレーを責めるが、それでも男性たちはポーカーのゲームを続け、ユーニスがステラに赤ん坊を抱かせる終幕は、彼らの元の生活が継続してゆくことを示す。ブランチのメッセージは、ブライアンのそれとは異なり、彼らの住むフレンチ・クォーターに大きなインパクトを残すことはない。

さらにバックは、スタンレーの「ダロウ」的な側面を表す要素として、ブランチの持物にあるジュエリーや衣装がベルリーヴを失った原因であると彼が信じ込み、「計算され」、「的を射た」彼の「尋問」が、ブランチの詐欺の「証拠」を引き出し、ミッチのみならず「観客や劇評家」までもがブランチを批判するようにしむけていると指摘する(“Tennessee v. John” pars. 28-29)。しかし、スタンレーが詐欺の「証拠」として挙げた「毛皮」や「ダイアのティアラ」は、ステラによって「ブランチが昔から持っていた安物の夏用の毛皮」、「仮装舞踏会で着けたラインストーン」であると明かされる(*Streetcar* 485-86)。それに対してスタンレーは、「宝石店で働いている知り合いに」それらを「鑑定してもらう」と豪語する(486)。

その後スタンレーが実際に「鑑定」を依頼したのかどうかは定かではないが、それらが「本物」ではないことに彼も気づくことになったはずである。第一〇場、酒に酔って自暴自棄になり、「自分の崇拝者の一団」に話しかけている幻想に陥っているブランチの姿を、帰宅したスタンレーが見つけ、その場を取り繕うとするブランチは、昔のボーイフレンドのシェップ・ハントレーに「カリブ海のクルーズ」に招かれたと述べる。この嘘をスタンレーが暴くきっかけが、ブランチのティアラとドレスである。

スタンレー　それで、その——りっぱな——ダイアモンドのティアラを——持ち出したってわけか。
ブランチ　この骨董品のこと？　これはただのラインストーンよ。
スタンレー　へぇー、おれはまた、ティファニーのダイアモンドかと思ったぜ。(550)

続いて、彼がブランチを強姦する直前にも、彼女が身に着けている「衣装」への言及がある。

自分の恰好をよく見てみろ。くたびれたマルディ・グラのドレスなんか着こんでさ。ゴミ拾いから五〇セントで借りたやつなんだろ。それから、そのおかしな冠は何だ。どんな女王様のつもりだ。(552)

以上のように、第二場で「ベルリーヴ」売却についての「証拠」として示されていたブランチのドレスやジュエリーは、第一〇場では五〇セントの「ゴミ」同然のものになり、虚飾をはぎ取られたブランチの象徴となる。スタンレーは結局、ベルリーヴ売却の件についての「証拠」集めには失敗し、その腹いせに、ブランチを追い詰めているのである。だとすると、彼の「尋問」は、バックの指摘にあるような「計算しつくされ、的を射た」（"Tennessee v. John" par. 29）ものではないと言えるだろう。

そもそも、スタンレーがブランチを追い詰めるのは、自分とステラのテリトリーを、侵入者から守ることを目的とするからである。一方、スコープス裁判においては、原理主義に固執するブライアンが、「進化論」を掲げる侵入者（＝ダロウ）に対抗する。そうすると、テリトリーを守ろうとする点ではスタンレーとブライアンが一致し、侵入者としての立場をブランチとダロウが共有することになる。

バックは、スコープス裁判において、ダロウがブライアンに「聖書の専門家」としての意見を求める行為は、スタンレーの第一〇場における質問と同様に、「敵をとことんやっつける」以外の目的はないと述べ（"Tennessee v. John" par. 31）、『欲望』におけるレイプを「スコープス裁判」のクライマックスの再来として解することが可能であり、「原理主義者」のブランチ＝ブライアンが、より力（体力、知力、影響力）を持つ「モダニスト」スタンレー＝ダロウに身体的に破滅させられると述べる（par. 33）。つまりバックはここで、ブランチが肉体的に凌辱されたことと、スコープス裁判の五日後にブライアンが病死したことを同一視している。しかしここで問題となるのは、ダロウとスタンレーの「攻撃」の意図が異なっている点である。進化論裁判におけるダロウは、「聖書を攻撃する異端者」の「烙印をおされながらも」、「人間の真の自由を束縛する手段として宗教を利用しているものたちを、逆に糾弾する」意図を持っていた（ストーン 三七六）。彼の攻撃は、宗教自体に向けられたものではなく、教育や科学の進歩を阻む「宗教の教義」に向けられていたのであり、それらが人びとの「幸福」に反するものであるという信念に基づいていた（ストーン 三八〇）。一方、スタンレーがブランチを破滅に導くのは、「柱のある屋敷」から「引きずり下ろした」妻を、ブランチが再び引き上げようとしたからであり、それはあくまで彼個人の利益と幸福の追求に留まっている。

実際、ダロウの信条は、ブランチのそれにより近い。自身の性格についてダロウは、「私は他人の立場になって考えることができただけではなく、そうすることを避けられなかった。私の眼は、常に、弱く、苦闘し、貧しい人々の上に注がれてきた」と述べている（Darrow, *Story* 30）。彼が最も敵意を抱いていたのは「盲目的な楽観主義、世の中はこれでいいのだという盲目的な信仰」であり、自らその「弱々しい無気力さの解毒剤」となることを決意し、その結果「無益論者」、「悲観主義者」として非難された（ストーン 一一九）。これは、自身を「弱い」と呼びながらも、亡き夫の影を引きずり続け、罪の意識から逃れられていないブランチと共通する。ダロウとブランチのこのような性質は、「この世で生存競争に勝ちぬくには、自分がラッキーだと信じることだ」（*Streetcar* 555）と豪語するスタンレーとは、根本的に異なるものである。

ダロウはまた、その文学に対する深い理解と興味においても知られている。若き弁護士として活動をしていたころ、彼はギュスターヴ・フローベル（一八二一―一八八〇）、イワン・ツルゲーネフ（一八一八―一八八三）、エミール・ゾラ（一八四〇―一九〇二）といった欧州の作家たちの小説を読みあさり、当時禁書扱いされていたウォルト・ホイットマン（一八一九―一八九二）の著作もすべて読破した（ストーン 一七）。一八八八年にシカゴに移り住むことになってからは、シカゴにおける文学的ルネッサンスの中心的存在であった「サンセット・クラブ」にも入会し、写実主義の文学的価値について議論を展開した（ストーン 一九）。

さらに一九〇三年、ダロウは『スプーン・リバー詩集』（一九一五年）で知られる、詩人・作家で弁護士でもあるエドガー・リー・マスターズ（一八六八―一九五〇）と知り合い、共同経営による法律事務所を開設することとなり、その交流からますます文学への興味を深めてゆく。さらにエッセイ集『ペルシャの真珠とその他のエッセイ』（一八九八年）や、小説『目には目を』（一九〇五年）も著し、一九三二年に出版された自伝『わが生涯』には、文学者としての彼の才能も大いに発揮されている（ストーン 四七九）。このように、文学に親しみ、言葉を重視し、作家活動も行ったダロウは、「国語が苦手」というスタンレーよりは、詩人の性質を持つブランチ、そしてウィリアムズと共通する部分が多いと言える。

四　ダロウ、レイプ裁判、「マッシー事件」

スコープス裁判と『欲望』の関係について論じてきたが、レイプ事件と弁護という関わりにおいて見逃せないのは、ダロウが弁護士としてのキャリアの最後に担当した「マッシー事件」である。一九三一年の九月にハワイのワイキキで起こったこの事件は、アメリカ海軍中尉で南部の良家出身のトーマス・マッシーの若き妻サライアが、ナイトクラブのパーティからの帰宅中に、五人の若者に強姦されたという訴えから始まった。容疑者たちはすぐに逮捕されたものの、様々な目撃証言から、実際に彼らが犯行に及ぶことは難しかったとされ、判決が出なかった。その後、サライアの母親のグレイス・フォーテスキューとトーマスは、「レイプ犯」の代表格とされる、ネイティヴ・ハワイアンでプロボクサーのジョセフ・カハハワイを拉致し、犯罪の自白を強要したが、その後彼らとトーマスの部下二名はカハハワイを殺害し、犯人たちは遺体を車で運ぶ途中で逮捕された。

この裁判でトーマスとグレイスの弁護を引き受けたのがダロウであった。状況から見て殺害そのものを否定することは不可能であったが、ダロウは、トーマスが妻を守るという「正義感」にかられ、レイプ犯の自白を聴いた際、一時的に「記憶喪失」になり、「発砲した時には銃は彼の手にあったが、その際に何が起きていたかを彼が知っていたかどうかは別問題である」という「心神喪失」を主張する立場から弁護を行った（Rosa 69）。[4] しかし、「そう、俺たちがやった」というカハハワイの自白の言葉をはっきりと聞いたと証言していながら、銃を握った瞬間に「都合よく記憶が喪失した」（70）というトーマスの証言には不自然さが拭えなかった。結局、ダロウの巧みな弁論を駆使しても「無罪」を勝ち取ることはできず、四名は有罪判決で懲役一〇年を命じられた。だが、その直後に当時のハワイ準州知事ローレンス・ジャッド（一八八七―一九六八）が刑を「一時間」に短縮し、犯人たちはすぐに解放され、グレイスとマッシー夫妻はハワイを去ることになった。

この異例措置の背景には、マッシー夫妻とグレイスが白人で良家の出身であり、トーマスが海軍中尉であったことが関係していたことは否定できない。一方、被告となった五人の若者たちは、いずれもネイティヴ・ハワイアン、アジア系であった。[5] 当時のハワイでは、人口のうちの大多数を非白人（アジア系またはハワイ系）が占めており、そのうちのほとんどは、サトウキビやパイナップル畑で働く低賃金労働者であった。その一方で、少数派の裕福な白人たちがハワイの経済を支配し、贅沢な生活を享受していた（Stannard ch.2）。つまり、これら五人の若者たちには、「レイプ犯」のレッテルを貼られる下地があった。「犯人」の外見や犯行時の様子などに関するサライアの証言には数々の矛盾があり、[6] 医師の診察によっても強姦の証拠が出てこなかった。[7] 夫のトーマスは、妻がその強姦事件により妊娠し、そのために中絶が必要だったという証言も行ったが、提出された診断書には中絶手術の記載はなかった。[8] しかしながら、検事も警察も、サライアが「強姦されたものと確信しきっていた」。彼らが必要としていたのは、その犯行を「裏づけることだけだった」のである（パッカー 三四）。

以上のように、マッシー事件の真相には多くの疑問点が残されているが、ダロウの弁論においては、弱者の味方を自認する心情が明確に発揮されている。ダロウは、この事件は「人間の運命の作用を最も明確に示し」、人生における「悲しみと不幸の影響を例証」し、世間の「冷酷な力」の前では、人間がどれほど「もろく、無力」であるかを彼に思い知らせることになったと述べている（Darrow, *Attorney* 106）。事件の真相はともかく、ダロウがこの事件で痛感した人間の「無力さ」という表現は、世の中に身を寄せる場所がなく、常に不安に脅かされながら、「今必要なのは人の親切なの」（*Streetcar* 503）、「弱い人間は、強い人間の好意に頼ることしかできない」（515）とつぶやくブランチの姿を彷彿とさせる。

しかし、社会の周縁に生きる人びとに共感の眼差しを向けてきたダロウが、なぜ特権階級の殺人者の弁護を引き受けたのであろうか。自白を強要され、無慈悲に殺害されたカハハワイは人種的マイノリティであり、彼を殺めたのは特権階級の白人である。実際、ダロウがこの弁護を引き受けたのには、多少彼の心情に反する面もあったのかもしれない。一九二九年に始まった大恐慌により、ダロウがそれまで投資していた三〇万ドルほどの額はほとんどゼロに等しくなった。さらに彼の息子ポールの借金を支払う必要性もあり、マッシー事件の弁護を引き受けた背景には、その高額な弁護費用の為という裏事情もあった（Stannard ch.20）。このように見てゆくと、ブランチとダロウの共通点として、「弱者」というキーワードが浮かぶ。ブランチは、自身が社会的にも経済的にも「弱い」立場であることを認識しながらも、さらに「弱い」夫を保護できなかった自身を責め続ける。弱者の救済を信条とするダロウは、そのキャリアの最後に、多額の報酬に心を動かされ、自身の理想を曲げて特権階級の弁護を引き受けた。理想と現実のギャップに引き裂かれ、出口を見いだせずにいた生涯を送ったという点においても、彼らは同じ方向を見ていたのかもしれない。

おわりに――「見ず知らずの方からのご親切」

興味深いことに、ダロウの自伝『わが生涯』の第三九章は"The Blind Leading the Blind"と名付けられ、『欲望』第二場の終わりで、ブランチがステラに対して発するセリフと同様の表現となっている。これまで述べてきたように、ウィリアムズのダロウに対する敬意の念と関心に鑑みる限り、ブランチのこのセリフは、ダロウの言葉を借用したと考えることも可能であろう。この章でダロウは自らのキャリアを振り返り、法廷における「正義」の問題、「哀れみ」という感情の意味、および「罪」の定義について述べている。

法廷は、能力が劣る、あまり教育を受けていない、臆病で内気な人びとには辛い場所である。ほとんどの人びとにとっては、見知らぬ、活動を阻まれた場所なのである。どのような方法や構成を用いても、事実を確実に裏付けることはできない。とても形式的で、ルールが厳しすぎるのだ。正しい時もあれば、間違っている時もある。最後に上訴されるまで、誰にもそれはわからない。それ以上進めないという理由だけで、確かになるだけなのだ。

（中略）

人びとは、憐れみや慈悲の心をあざ笑う。それらの入り込む適切な場所は人間にはないと思っているからだ。それでも、誰も正義を求めようとしないし、それが何であるかもわかっていない。しかし、誰もが慈悲を求め、

その意味するところを理解しているのである。(Darrow, *Story* 308)

本章のタイトルの由来は、上記の引用から察する限り、「法廷」、そして人生という場において、人間は決して「事実」を確実に「見る」ことはできないということであり、「正義」を求めながらもそれが何であるか把握することもできず、それでも手探りで「慈悲」を求めるという意味であろう。一方、『欲望』の第二場では、ベルリーヴ売却の件でブランチが「詐欺」の嫌疑をかけられ、スタンレーから「証拠」の書類を差し出すよう求められる。行末の不安を感じている自身と、夫の本性を見抜くことができない自身とステラを指して、二人とも「目が見えていない」(blind) とブランチは表現しているのである。

精神の不安からアルコール依存に陥っているブランチも、ダロウがここで定義される弱者のカテゴリーに当てはまる。アランへの罪の意識を抱え、ステラに対する罪悪感にも苛まれ、スタンレーが下す「判決」に怯えながらフレンチ・クォーターに留まるブランチは、まさに「法廷」にいる状態であり、その場所では先が「見えない」。ブランチが滞在したスタンレーのアパートにも、法廷と同様に、「哀れみや慈悲」を感じる場所がない。しかしダロウが述べるように、誰も「正義」を正確に定義することはできない。ブランチの「嘘」、過去の男性遍歴、アランへの非難――それらがどのような意味で「正義」に反するのか、スタンレーも解明することはできず、その苛立ちから彼女を破滅へと導いた。

弁護士ダロウも登場し、さらに「法廷」場面の要素を色濃くした詩の世界「キックス」で、ブランチを救う可能性がある「親切」な「見ず知らずの方」は、一般社会を法廷に例え、残酷な世界の中で「慈悲」の心を持つように人びとに訴え続けたダロウではないだろうか。しかし、今まで述べてきたように、『欲望』の中にすでにダロウの影が見えていたとすれば、ダロウはブランチにとって、そして劇作家・詩人ウィリアムズにとって、「見ず知らずの方」(stranger) ではないはずである。詩の形式で劇の題材を着想すると述べていたウィリアムズは、「キックス」においては、戯曲から詩へと形式の転換をはかることで、ダロウが訴え続けた慈悲の心を尊ぶブランチと共に、スタンレーに果敢に挑み続ける彼女の強靭な資質も表面化させた。その試みによって劇作家ウィリアムズは、その「弱い」面ばかりをステージにおいて強調させられてきたブランチの多面性を表面化させようとしたのではないだろうか。そしてそれこそが、演劇の舞台だけには留まらない、詩人ウィリアムズの想像力が作用する場所なのである。

＊本稿は、英米文化学会第一六九回例会（二〇二三年三月一一日、於武蔵大学）における研究発表「テネシー・ウィリアムズの詩的想像力――"Kicks"と『欲望という名の電車』をめぐって」の原稿を加筆修正したものである。なお、本研究はＪＳＰＳ科研費22K00396の助成を受けたものである。

【註】

（1）「キックス」においては、『欲望』の出版台本とは異なり、ブランチのラストネームは"Dubois"と表記されている。ネリの注釈によると「この選択に意味があるかどうかは不明」であるが、この表記は、ウィアムズがダブルゴシックタイプライターを使って作成したページにのみ現れていることから、大文字と小文字の区別が難しかった可能性もある。しかし、もしbを大文字に修正したければ、原稿の他の部分がそうであるように、修正が可能だったはずである（"Editor's Note" 22)。

（2）この未完の詩の原稿はタイプで書かれ、七つのパートに分割されており、今回の発表に至るまで、ニューオリンズのウィリアムズ・リサーチセンターに収められていた。ネリの注釈によると、最初の四頁（アイテム 四八一—四八四）は、全体の「ドラフト」と思われ、残りの三頁（アイテム四八五–八七）は、その書き直し、再校、詳細な部分の追加と思われる（"Loving" pars. 15-16)。

（3）「ローズ・コンフォート」の名は、ウィリアムズの映画台本『ベイビー・ドール』（一九五六年）で、主役のベイビー・ドール・ミーガンの叔母の名として用いられている（Williams, *Five O'clock Angel* 27-28)。

（4）当時（一九三一年九月）に至るまで、アメリカ合衆国での訴訟において、「心神喪失」の申し立ては、かなり「まれ」であった（Rosa 68）。

（5）五人の被告は、日系のホレイス・アイダとデイヴィッド・タカイ、中国系とハワイ系の混血のヘンリー・チャン、ハワイ系のベニー・アハクエロ、そしてジョセフ・カハハワイであった。

（6）サライアが事件当日に帰宅し、事件について夫に語った後、翌日午前三時半ごろ、警察本部でマッキントッシュ警部に事情聴取された際、彼女は「ちょっと散歩に出てよい空気を吸って来ようと思って」、パーティ会場であるアラ・ワイ・インを出て、その後彼女を襲った男性たちは「四人」で、全員「ハワイ人に違いない」と答えていた（Slingerland 33-34）。しかし、その後数日間続いた尋問の中で、彼女は全員が「ハワイ人」だということに「確信がなくなり」、人数も「四人」から「五、六人」となり、さらに突如として「驚くべき記憶が蘇り」、彼らが乗っていた車のナンバーも思い出した（パッカー 三五）。

（7）サライアの検査の準備をした看護師フォーセットは、強姦の痕跡を全く見出すことができず、サライアが「新しいピンみたいに清潔」だったと語った（パッカー 三三）。彼女を診察したディヴィッド・リュー医師も「擦過傷や打撲傷」を認めず、「精液が射出された」証拠も見いだせなかったが（パッカー 三三–三四）、強姦の可能性が全くないとは言い切れないと判断した（Slingerland 31）。

（8）サライアは、確かに一九三一年一〇月一三日にカピオラニ産婦人科病院にて手術を受けており、提出された診断書にはポール・ウィスイントン医師の署名がなされていた。しかしその診断書には、「頸部両側に古い裂傷、子宮内部異常なし、肥大なし」と記載されているのみであった（Rosa 71）。

【引用文献】

Bak, John S. “Tennessee v. John T. Scopes: ‘Blanche’ Jennings Bryan and Antievolutionism.” *The Tennessee Williams Annual Review*, vol. 8, 2006, http://www.tennesseewilliamsstudies.org/journal/work.php?ID=69

---. “Tennessee Williams and ‘Kicks’: Life and Work in Context, 1976.” *The Tennessee Williams Annual Review*, vol. 20, 2021, pp. 9-14.

Darrow, Clarence. *The Story of My Life*. Da Capo Press, 1996.

---. *Attorney for the Damned: Clarence Darrow in the Courtroom*. Edited by Arthur Weinberg, U of Chicago P, 2012.

Devlin, Albert J., editor. *Conversations with Tennessee Williams*. UP of Missouri, 1986.

Freedley, George. “The Role of Poetry in the Modern Theatre.” Devlin, pp. 20-24.

Hale, Allean. “A Call for Justice.” Introduction. T. Williams, *Not About Nightingales*, pp. xiii-xxii.

Larson, Edward J. *Summer for the Gods: The Scopes Trial and America’s Continuing Debate Over Science and Religion*. Basic Books, 2006.

Murphy, Brenda. *Tennessee Williams and Elia Kazan: A Collaboration in the Theatre*. Cambridge UP, 1992.

Neri, Barbara. “Loving Thee Better after Death: Williams’s Allusion to Elizabeth Barret Browning and Her *Sonnets from the Portuguese* in *A Streetcar Named Desire*.” *The Tennessee Williams Annual Review*, vol. 17, 2018, https://tennesseewilliamsstudies.org/journal/work.php?ID=149

---. “Editor’s Note on the Text of ‘Kicks,’ Tennessee Williams’s Unfinished Poem Exploring Blanche DuBois’s Crimes and Punishment.” *The Tennessee Williams Annual Review*, vol. 20, 2021, pp. 15-24, 112.

Packer, Robert and Bob Thomas. *The Massie Case*. Bantam Books, 1966.（ロバート・パッカー、ボブ・トーマス『ハワイの暗黒』平井イサク訳、毎日新聞社、一九六八年）

Rader, Dotson. “The Art of Theatre V: Tennessee Williams.” Devlin, pp. 325-60.

Rosa, John P. *Local Story: The Massie-Kahahawai Case and the Culture of History*. U of Hawai’i P, 2004.

Stannard, David E. *Honor Killing: Race, Rape, and Clarence Darrow’s Spectacular Last Case*. E-book ed., Penguin Books, 2006.

Slingerland, Peter Van. *Something Terrible Has Happened*. Harper and Row, 1966.

Stone, Irving. *Clarence Darrow for the Defense*. Signet, 1971.（アービング・ストーン『アメリカは有罪だ——アメリカの暗黒と格闘した弁護士ダロウの生涯』小鷹信光訳、サイマル出版会、一九七三年）

Williams, Edwina Dakin, et al. *Remember Me to Tom*. New Directions, 1963.

Williams, Tennessee. *Five O’clock Angel: Letters of Tennessee Williams to Maria St. Just 1948-1982*. Penguin, 1990.

---. *Not About Nightingales*. Edited by Allean Hale, New Directions, 1998.

---. *A Streetcar Named Desire*. *Tennessee Williams: Plays 1937-1955*. Library of America, 2000, pp. 467-565.

---. "Kicks." *The Tennessee Williams Annual Review*, vol. 20, 2021, pp. 27-34.

第十三章
弔いなき愛国者の「死」
――メルヴィルの『イズレイル・ポッター』における「詩的想像力の正義」

大川 淳

はじめに

ハーマン・メルヴィル(一八一九―一八九一)の第八作目となる長編小説『イズレイル・ポッター――その五〇年間の放浪』(一八五五年、以下『イズレイル・ポッター』)は、ヘンリー・トランブル(一七八一―一八四三)による実在の表題人物の伝記『イズレイル・R・ポッターの生涯と驚くべき冒険』(一八二四年)を種本とし、それを再話した物語である。マサチューセッツ州のバークシャーで生まれたイズレイルは、父との確執の末出奔し、独立戦争に従軍する。後にイギリス軍に捕えられるが、イギリスで脱走し、郷士ウッドコックの密使としてフランスへ渡る。そこで、パリに滞在中のベンジャミン・フランクリンとジョン・ポール・ジョーンズに出会う。その後、フランクリンの密書を携えウッドコックのもとへ戻ったが、ウッドコックが急逝し、さらにフランスへの航路を断たれ、強制徴兵の末、敵艦の水夫となる。その後、ジョーンズの戦艦に拾われ麾下(きか)として活躍するも、再び一転して、交戦中のイギリスの装甲艦に取り残されてしまい、イギリス兵に扮して紛れ込むことになる。ロンドンに逃亡した末に家庭を築きつつ、煉瓦造りなどで生計を立てようとするものの、赤貧の生活を送ることとなる。一八二六年にアメリカ領事の取り計らいで唯一生き残った一人息子に付き添われアメリカへの帰国を果たす。バークシャーの故郷を訪ねてみるものの、生家は取り壊され朽ち果てており、また兵役年金の申請も拒否され、イズレイルの人生の終幕が最後に明かされる。以上が、物語の大まかなあらすじである。

　物語について論じる前に、まず作品の冒頭を飾るバンカーヒル・モニュメントに捧げる献辞について触れておかねばならない。バンカーヒルは、言わずと知れた独立戦争の激戦地であり、そこに高さ六七mもの巨大なオベリスク型のモニュメントが聳えている。一八二五年と一八四三年には、それぞれその着工と完成を記念して、ダニエル・ウェブスター（一七八二―一八五二）による演説が群衆の前で行われた。ウェブスターの演説は、アメリカ入植期以来歴史に構築された神との契約に基づく国家の幸福と繁栄を強調し、独立戦争の功績をその範疇の中に位置付け、称揚するものであった。『イズレイル・ポッター』の物語冒頭の献辞と、ウェブスターの歴史的な演説との関連性を指摘するウィリアム・V・スパノスは、「バンカーヒルで死んだ先人の模範的なヒロイズムと愛国心（中略）アメリカの例外的性質、宗教的契約によって結束される精神（中略）を体現するもの」（Spanos 64）としてウェブスターは演説を通じてこの記念碑を賛美している、と論じる。[1] また、ウェブスターの演説は「アメリカの進歩とマニフェスト・デスティニーの調和を証明するもの」であり、国民の「統一性の感覚」を助長し、「国家の性質の内に潜む分裂や亀裂を控えめに扱おうと試みた」ものである、とイアン・S・マロニーは指摘する（Maloney 139）。独立戦争からおよそ半世紀後の西漸運動へと接続させるウェブスターの演説は、神意すなわちプロヴィデンスによって約束されたアメリカの発展を強調し、国家の礎としての国民の愛国心を神学的な契約によって繋ぎ止めるものとなったのである。

　メルヴィルは献辞において、このモニュメントを「偉大なる伝記作家」、また「無名の兵士たちの国家的な追悼者」と呼ぶ（*Israel* vi）。伝記は、歴史を活字として石に刻み込むモニュメントと同様に、愛国心を喚起するものとしてみなされていた。キャロル・コラトレッラが、「一九世紀初頭において、何が歴史的な記録を形成するものとして相応しいのかという問題は、当時の道徳性と関連して、議論の的となっていた」（Colatrella 205）と指摘するように、伝記は「正典」としての歴史の中に組み込まれ、独立戦争で活躍した者たちの神話化に寄与したのである。そうした伝記のあり方に対して、スコット・E・キャスパーは、「ほとんどの伝記は、道徳性と愛国心を植え付けるのに役立ち、その対象人物を賛美し、歴史的に不正確な偉人を、注目すべき人物として普及させた」(Casper 10-11) と論じる。とりわけメルヴィルの生きた一九世紀における伝記は、ウェブスターのスピーチと同様に、マニフェスト・デスティニーに象徴される神話的な国家のナラティヴを紡いだのである。

このような背景に鑑みたとき、メルヴィルが、愛国心を繋ぎ止める国家のナラティヴの系譜を汲むものとして、イズレイルの伝記を再話しようとしたかどうかが問題となるだろう。メルヴィルは、一八五四年六月七日に出版元のパトナム社に当てた書簡の中で、「私は、この物語が厳格な人を驚かすようなものを何も含むことがないことを約束します。その中に、思索的な創作はほとんどなく、荘重なものは一切ありません」(*Correspondence* 265) と、記している。メルヴィルは、一八五二年に発表した、近親相姦的偽装結婚の末に破滅する主人公の複雑な心理を描出した『ピエール』の市場における失敗を念頭に置いているように思われ、パトナム社への配慮としてこのような約束を宣誓しているようでもある。献辞の中でもメルヴィルの同様の計らいを読み取ることができる。「オリジナルの伝記に忠実である」こと、「主人公の悲運を和らげるような書き方をしないこと」、「プロヴィデンスの割り当てに代わる詩的想像力の正義によるいかなる芸術的な償いもおこなわないこと」が献辞で約束されている (*Israel* vi)。しかしながら、すでにこの作品が大幅に改変されていることを知っている今日の読者にとっては、献辞で言及される原典への忠実性を信用することはできない。竹内勝徳は、「トランブル版との出会いを "the allotment of Providence" として受け止め、敢えてオリジナルの筋を優先した。よって、最終章の暗さはメルヴィル自身にとって最も読むに耐えない、ということだろう。これは全くの逆説である。なぜなら、彼は実際には最終章を徹底的に彼流の文章に書き換えているからだ」(二六) と述べる。表面的に読者あるいは出版社への配慮として読み取れるこの献辞の意味を裏返して受け取る必要があるとすれば、原典の書き換え、すなわち「詩的想像力の正義による芸術的な償い」が施された作品であると読者は疑わなければならない。

そこで本論では、『イズレイル・ポッター』の献辞で示唆される「プロヴィデンス」と、「詩的想像力の正義」に含意された意味を検証する。その際、「詩的想像力」と接続するように描かれる「野蛮性（savageness）」が政治的に構築されたプロヴィデンスに対峙するものとしてのファクターとなっていることについて考察する。そして最終的に、石にまつわる描写の分析を通じて、『イズレイル・ポッター』で描かれているメルヴィルのプロヴィデンス観について論じていきたい。

一　プロヴィデンスと詩的想像力

福岡和子は、メルヴィルが「種本から忠実に引き継いでしまったもの」は、「主人公を運命に弄ばれるものとしてみる見方である」（一八八）、と述べる。[2] 運命、あるいは献辞に書かれている「プロヴィデンスの割り当て」（*Israel* vi）は、物語に動因を与え、徹頭徹尾イズレイルを翻弄する装置として機能している。そこで、まずアメリカにおけるプロヴィデンスの概念について考えてみたい。中西佳世子は、「ニューイングランドの清教徒は、腐敗した本国に神の怒りが降り注ぐ前にその滅亡から脱出することが真の責務であると考え」ていたと論じ（一九）、またアメリカを「ニュー・カナン」あるいは「丘の上の街」とみなす入植期以来のアメリカ建国神話から一九世紀の領土拡張期において、アメリカの発展が神の計画のうちにあるという「プロヴィデンス言説」が、「政治的なイデオロギーを生み出した」と述べる（二一）。中西の指摘にあるように、プロヴィデンスの言説に基づくアメリカ建国神話は、入植期におけるアメリカを「約束の地」とみなす出エジプト紀のタイポロジカルな神学に端を発し、一九世紀領土拡張期にジョン・L・オサリヴァンが提唱したマニフェスト・デスティニーの理念に継承される。そうした、プロヴィデンスに導かれる国家という政治的に構築された「神話」は、愛国心によって国民の統一を図るために、不都合な声を抑圧しつつ、国家のナラティヴとして紡がれることとなった。先述のバンカーヒル・モニュメントや伝記が担う役割は、こうした鉤括弧付きのプロヴィデンスを復唱することであり、それによって国民の愛国心を繋ぎ止め、領土拡張期における国家を磐石にするという政治的な目的に基づくものであった。

メルヴィルが問題とするのは、こうした政治的イデオロギーと表裏一体のプロヴィデンスの概念である。イズレイルは、愛国心のある兵卒として参戦し、さらに数奇な運命に翻弄されながらも、それに抗い続けた人物として描かれる。しかしながら、最終的に年金受給の申請は政府によって棄却され、さらにまたその不服を訴えるために上梓された伝記でさえも「廃品回収業者」（v）の元へ流れ着き、イズレイルは国家、さらには歴史からも排除された存在として葬られる。メルヴィルがイズレイルの伝記を再話することは、そうしたプロヴィデンスに導かれる国家が紡ぐナラティヴに、不都合なものとしてそこから排除される「神の慈悲を否定する冷酷な運命」（中西 一六）を一身に背負うイズレイルの「傷」を刻み込むことを意味する。

政治的に構築されたプロヴィデンスに対峙するメルヴィルの姿勢は、第一作の『タイピー』（一八四六年）にも読み取れるものであり、メルヴィルの詩的想像力と密接に結びついている。プロヴィデンスを標榜するキリスト教伝道によってもたらされたポリネシア原住民の荒廃を告発する『タイピー』について、一八四六年七月の『クリスチャン・パーラー・マガジン』に掲載された書評は、「伝道を中傷するもの」と題され、メルヴィルの「詩や詩的な感情は、野蛮なものだけを賞賛し、キリストの福音の熟した成果を中傷するように仕向けられている」（Branch 89）、と糾弾する。この書評において特筆すべきなのは、メルヴィルの「詩的な感情」が伝道批判へと接続するものとしてとらえられていることである。このメルヴィル文学の詩的想像力について、ハーシェル・パーカーは次のように述べる。

> メルヴィルの語法において、「詩人（poet）」や「詩的（poetic）」という語は、韻文創作の韻律の機能とは関連せず、野蛮なもの、奇妙なもの、そして異国情緒のあるものについて大胆に追求するロマン派作家の解放された意識を喚起させる。ロマンスと詩は同義語であった。つまり、それらは独創的であり、事実に基づくものや一般的なものではなく、メルヴィルの考えの中では、事実に基づく旅行記や冒険物語よりもより高次な文学形式としてみなされていた。（Parker 14）

メルヴィルの詩的想像力あるいはロマン主義的な想像力は、パーカーが指摘するように、「野蛮なもの」や「異国情緒のあるもの」と密接に関連し、さらに、「詩的な散文」は、「道徳的な散文」と相反するものとみなされてきた(11)。メルヴィル文学の反道徳性とは、先述の『タイピー』の書評から読み取れるような反イデオロギー的性質と同等であり、アメリカの国家のナラティヴにとって「不都合なもの」を意味する。メルヴィルが献辞において約束する詩的想像力の抑制は、いわば信用詐欺師さながらの見せかけの配慮であり、逆にそうした国家のナラティヴに対する、メルヴィルらしい挑戦的な態度が透けて見えてくる。そして、実際にメルヴィルは、イズレイルの生涯に詩的想像力を反映させた悲劇として仕上げ、国家のナラティヴに対峙する物語として描き出している。

二　フランクリンとジョーンズ

では、そうしたメルヴィルの詩的想像力はどのように作品に反映されているのだろうか。本章では、イズレイルが出会うフランクリンとジョーンズにまつわる描写に、その痕跡を辿ることとする。

ウッドコックの密使としてフランスに遣わされたイズレイルが目の当たりにするフランクリンの机の上には、「歴史、機械学、外交、農業、政治経済、形而上学、気象学、幾何学の本」が置かれており、またその部屋の壁は、「さまざまな種類の気圧計や、驚くべき発明品のスケッチ、新世界の遠い国々の幅広の地図」で覆われている(*Israel* 38)。フランクリンは「どんな役割も演じることができた」(48)と語り手が述べるように、フランクリンの多才さと洗練された文明人としての賢人ぶりが、これらの描写の中に反映されている。その一方で、過酷な数々の困難を経てフランクリンの元に辿り着いたイズレイルに、『貧しきリチャードの暦』とパリのガイドブックを手渡し、節制と禁欲を説くフランクリンは、イズレイルにとって「彼の知恵もまた小狡さのようなものがある」と思わせる人物でもある(54)。エドワード・H・ローゼンベリーは、『貧しきリチャードの暦』の中に収められ、またイズレイルの脳裏に焼きつく「神は己を助けるものを助ける」という格言について触れて、「この軽薄な信条からのメルヴィル自身の徹底的な逸脱が、イズレイルの惨憺たる生涯の中で暗に示されている。そして、その根拠としてメルヴィルのフランクリンについての叙述は風刺へと変化している」（Rosenberry 105）と指摘する。フランクリンのイズレイルに節制を説く姿は、イズレイルの悲運を矮小化するだけであり、少なくとも、作中において強調される彼の合理主義は、死と隣り合わせの過酷なイズレイルの人生を辿る読者の目には楽観的な理想主義として映るものとなる。語り手はそうしたフランクリンに対して、「彼は何者にもなり得たが、詩人ではなかった」（*Israel* 48）と述べる。詩的想像力を言葉にして紡ぎ出すメルヴィルが、語り手をしてフランクリンを詩人としての特性を欠いた人物として描いているところに、フランクリンの合理主義に対するメルヴィルらしい批判が見え隠れしている。

　フランクリンの部屋の壁にかけられている新世界アメリカの地図の描写を通じて、メルヴィルのフランクリン批判がより一層明確になる。その地図の「中央に広大な空白があり、たった二音節で経度二五度分に広がるように、間隔を空けてDESERTという言葉が印字されており、まるですっかり撤回するように、この博士の手によって、力強い棒線が真っ直ぐその言葉全体に引かれていた」（38）、と語り手は描写する。フランクリンの机上の計画において、アメリカの中央部に位置する未開拓の“DESERT”すなわち「荒野」の印字が棒線によってかき消されていることは、彼が領土開拓を企図する人物であり、プロヴィデンスを標榜する領土拡張を推進する人物であることが暗に示されている。さらには、フランクリンの手が加えられた地図には、「『異邦人』の住処となっている広大で地理的かつ人口統計学的な意味において複雑な空間を空白の地としてみなし、また異邦人を駆逐し、その空間を植民地とするアメリカの傾向」（Spanos 77）を読み取ることができる。フランクリンが書き込む棒線は、プロヴィデンスの名のもとで「野蛮」とみなされたネイティヴ・アメリカンをはじめとする、国家のナラティヴから排斥される声なき存在の悲運を一筆でかき消してしまうフランクリンの思想を如実に表している。メルヴィルが『イズレイル・ポッター』において「詩的想像力の正義」（*Israel* vi）の光を当てるのは、政治的に構築されるプロヴィデンスに見放されたイズレイルのような名もなきものとして葬られる存在である。そうした意味においてプロヴィデンスを政治利用する側にあるフランクリンはイズレイルの対極に位置する人物であり、彼から「詩人」の性質を剥奪するメルヴィルの意図が明確に読み取れるのである。
一方で、フランクリンと同様に独立戦争期の英雄とみなされるジョーンズは、フランクリンと対照をなすかのように描かれる。ジョーンズについて、語り手は次のように述べる。

彼［ジョーンズ］は、かなり小柄でしなやかな浅黒い男で、その顔つきはヨーロッパ人の衣に包まれた廃嫡されたインディアンの族長のようであった。完璧な冷静さへと強化された不屈の情熱が、彼の野蛮で落ち着いた眼に宿っていた。（中略）ナツメヤシのような彼の黄褐色の頬は、熱帯を物語っていた。気高さゆえに友を寄せ付けず、冷笑的な孤独を醸し出す驚異的な雰囲気が彼に備わっていた。それでも、無法者らしさと同様に、詩人の片鱗が彼にはあった。（56）

フランクリンが洗練された文明人らしく描かれていた一方で、ジョーンズはネイティヴ・アメリカンや南洋人の特徴を有する西洋人として描写され、尚且つ、「詩人の片鱗」を語り手によって見出されている。ジョーンズは文明と野蛮が混成する存在であり、この二項対立を撹乱するメルヴィルの詩的想像力が投影された人物として描出されている。一九章で描かれるジョーンズ率いるボノムリシャール号とセラピス号との海戦ではジョーンズに投影された文明性と野生性の混在が、顕著に前景化される。語り手は、この擾乱を極めた海戦に、「奇妙にも示唆的な何かが潜んでいる」と言い、次のように述べる。

イギリスと同じ血を共有しながらも、二つの戦争では疑いの余地のない敵国となり、また完全に昔の怨恨を忘れようともせず、大胆かつ無節操、無謀かつ略奪的で、際限のない野心を持ちながら、外面では文明化されているが、心の底では野蛮であるアメリカは、今も、あるいはこれからも、世界諸国の中のポール・ジョーンズなのだ。（120）

「際限のない野心(boundless ambition)」という表現は、「境界(bound)」を押し広げるアメリカの領土拡張政策をも喚起させる。ここで、ジョーンズの文明と野蛮の混在した状態が国家としてのアメリカの性質へと拡大され、あたかもジョーンズの野蛮性がアメリカの暴力性と地続きであることが示唆される。

また、この海戦のシーンはトランブル版に書かれていない完全なメルヴィルの創作であり、「脚光(foot-light)」に喩えられる月光に照らされた「幻想的(phantasmagoric)」(*Israel* 123)な舞台が、文字通り演劇的効果を伴って描写される。虚構と現実の境目が曖昧な「詩的」(121)な空間が演出され、メルヴィルの想像力はこの場面において一層顕著になる。「この戦闘を見た者は次のように問うかもしれない。啓蒙された人と野蛮人を分かつものは何だろうか。文明は独立したものなのか、あるいは、野蛮が進歩を遂げた段階のものだろうか」(130)と、語り手は章を締めくくる。語り手が最後までこだわるのは、文明に潜む野蛮性であり暴力への欲動である。野蛮性を啓蒙しあるいは排斥すべき対象とするプロヴィデンスは、それ自体に潜む暴力性を覆い隠すことはできない。メルヴィルは詩的な幻想的空間の中において、ジョーンズが体現するアメリカ国家の野蛮性を、この血生臭い海戦の舞台に充満させ、文明性を賛美するプロヴィデンスに対するアンチテーゼを描き出している。

三　弔われざる愛国者

これまで、メルヴィルにとっての詩的想像力が、プロヴィデンスを標榜する国家のナラティヴに対するアンチテーゼであることについて検証してきたが、本節では、イズレイルの故郷であるバークシャーの風景に、同様の詩的想像力が織り込まれていることについて考察する。そして最終的に作中に暗示される死を彷彿とさせる墓石の表象が、イズレイルを監禁する運命を暗示していることについて検証したい。

『イズレイル・ポッター』では、献辞から最終章に至るまで、石のイメジャリが散在する。第一章で語られるイズレイルの故郷、バークシャーの風景は「岩だらけの土壌(ruggedness of the soil)」をしており、「バークシャー東部を旅する者は、その風変わりな風景の中に、詩的な内省（poetic reflection）のための豊かな糧を見つけることができるだろう」（3）、と語り手は述べる。また、バークシャーを取り巻く山地は「牧歌的」（3）であると形容され、「風雨によって灰色や緑色の染みで斑らになった住人たちの木造建築は、風化し原初の森林へ回帰したように思え、自然風景の全体的な絵画性の要素となっていた」と描写される（4）。「牧歌的」かつ「絵画的」なバークシャーの風景は、アメリカの神話的楽園性を喚起させる「詩的な幻想世界」（Marx 3）として描かれている。[3]

しかしながら、そうした自然の美しさに、文明の「退廃」というイメージが隠されていることを見逃してはならない。徐々に住民がいなくなったバークシャーは「疫病や戦争によって人気を失った田舎」（*Israel* 4）を彷彿とさせる荒涼とした空間となっていることが語られる。さらに、語り手は死のイメジャリを反復する。「（旅人は）亡霊のようなものが、道端の霧の中から不気味に現れるのを見る。そして、そこへ赴くと、粗雑に銘が掘られたでこぼこの白い石を見ることになる。それは、五、六〇数年も前にどこかの木製の橇を操る農夫が横転し、その荷物の下敷きになって死んだことを記していた」（6）。アメリカの牧歌的な楽園性が投影されたバークシャーには「死」を彷彿とさせるものが付随する。それらはレオ・マークスが指摘するところの「反発力（counterforce）」（Marx 26）として、アメリカの牧歌的風景に内在し、その楽園性を転覆させうる力を有するものとなる。

また、先掲の引用で描かれる、粗悪で名もなき農夫の死を伝えるバークシャーの墓石は人知れず佇んでおり、アメリカの神話を築き上げた独立戦争の英雄たちの墓石としてのオベリスクと対照を成す。こうした、墓石あるいは埋葬の表象は、作中において反復され、最終章においても描かれている。[4] 故郷に帰ったイズレイルは、土を耕そうとしている農夫と出会い、そのそばに、「崩壊した煙突のような、焼け崩れた石造建築の小さな堆積物」を発見する。「それは暖炉の抱き石のようなものであり、遺言執行人の封緘紙のように薄く粘着する丸い禁制の苔が、乾燥してあちこちにへばりついていた」と語り手は述べる。その中の「奇妙にも自然に湾曲し波打った形の苔むした抱き石の一つ」に目をやり、そこが自分の生家であることがわかると、「かつて親父が座っていたのだ、そしてお袋もここに。わしは、まだ幼児だったわしは、その間でよたよた歩いていたのだ。再び今もそうしているように。この場所で。いまや屋根がなくなってしまったが。両端が出会うのだ」、とイズレイルは呟く。イズレイルの彷徨の終着点は、出発点である自分の生家であり、その家族の換喩とも言える暖炉の痕跡を残す場所である。家族はもはやそこにはおらず、「西部へと旅立った」ことが、農夫によって伝えられる(*Israel* 169)。「遺言執行者の封緘紙」に喩えている苔が蒸した石、つまりイズレイルが再発見する家族の痕跡は、彼の親の死を暗示する一方で、親の遺言がイズレイルに届けられることがなかったこと、すなわち子としてのイズレイルの存在もまた、「墓石なき死者」として家族から排斥されていることを示唆する。西部開拓がマニフェスト・デスティニー、つまり政治的なプロヴィデンスによる国家の発展のプロセスであったことを考慮すると、ここにも、国家のナラティヴから切り離されたイズレイルの姿が、色濃く影を落としている。さらに、物語の最後に明かされるイズレイルの兵役年金申請が棄却されることは、ジュディス・バトラーの言葉を借りるならば、彼がアメリカの国家にとって、「心にとめておく価値がない」「初めから埋葬を想定されていない存在」であること、また彼の死が、国家の言説の中で「省略」されることを意味している(Butler 34-35)。イズレイルは、家族の中における自己の不在、そして国家にも存在を否認される現実に直面し、弔われることのない己の「死」を故郷で発見するのである。

また、「両端が出会うのだ」というイズレイルの言葉によって表されるように、墓石に始まり、墓石の元へと帰還するイズレイルの物語は、埋葬のイメジャリを下地とする運命の円環をなしている。死の痕跡が刻まれたバークシャーを出発点とするイズレイルの冒険は、最終的に弔われない己の「不在/死」を彷彿とさせる空虚な痕跡のみを残す出発点へと帰結し、冒険の円環は完結する。その「両端が出会う」とき、イズレイルが切望していた家族と暖炉の不在のみが彼に突きつけられ、終幕において家族、国家、そして歴史から断絶された状態で、彼は死を迎える。コラトレッラがイズレイルのこの断絶を「生きながらにして死んでいる状態」(Colatrella 204)であると指摘するように、無慈悲な運命の中に人知れず「埋葬」され、国家のナラティヴから省略される運命にイズレイルはあったのである。

四　ピラミッドとプロヴィデンス

イズレイルのロンドンでの彷徨について、語り手が「モーセに率いられた、寄る辺のないヘブライ人の自然の荒野での四〇年を凌ぐ」（*Israel* 161）と言うように、イズレイルの彷徨は、エジプトの奴隷であったヘブライ人の試練の旅に擬えられる。イズレイルは、ロンドンで煉瓦造りの職人として食い扶持を得ることになり、語り手はイズレイルの苦境と心境を次のように語る。

> 時折、煉瓦の生地を積み出しながら、イズレイルは彼の運命の謎めいたものについて、考えざるを得なかった。祖国愛によって敵を憎んできた彼は、（中略）最終的に奴隷としてその敵国に仕え、彼らの船を焼くより煉瓦をつくるほうが上手くいっているという有様だった。彼が、圧政者の首都（テーベ）の壁を築くのに、精をだして貢献することを考えると、半ば気が狂いそうであった。哀れなイズレイル！　お似合いの名前だ。イギリスのエジプトで奴隷となった者。しかし、彼は、柄杓をさらにぞんざいに扱い、泥を撒き散らしながら、この考えをかき消した。「我々が何者であるのか、どこにいるのか、何をしているのか、これらに何の意味があるのか？」バシャバシャ！「王たちは道化と同じように偏屈者だ。何者でもない者などいようか？」バシャン！「全てが空であり、土塊にすぎないのだ。」（157）

自らの運命について思案するイズレイルが、敵国であるイギリス、すなわち己を圧制する壁を築くために、自らの手で尽力しているという自己矛盾に苦悩している様子がここから読み取れる。また、煉瓦造りに励みながら自らの運命の謎について思いを馳せるイズレイルがエジプトの奴隷に重ねられることに鑑みると、エジプトの石造建築、とりわけピラミッドが語り手の念頭にあるのは明白だろう。

メルヴィル文学において、こうしたピラミッドのメタファーは、ある種の神秘性を帯びたものとして散見される。

たとえば、『白鯨』（一八五一年）において、白鯨の瘤は「ピラミッドのような」（*Moby-Dick* 183）と形容され、また、抹香鯨の体躯に刻み込まれる皮膚の紋様は、「ピラミッドの壁に刻まれた神秘的な暗号である（those mysterious cyphers on the walls of pyramids）」「象形文字（hieroglyphics）」（*Moby-Dick* 306）に喩えられる。「代書人バートルビー」（一八五三年）においても、バートルビーが収容される監獄には「エジプトの石造建築物の特徴」（*Piazza Tales* 44）が付与される。『白鯨』と「バートルビー」に共通するものは、プロヴィデンスに翻弄された者たちの悲劇性である。『白鯨』の語り手、イシュメールは、これから己が物語る一連の物語を「遠い過去に書き上げられたプロヴィデンスの偉大なるプログラムの一部を成している」と言い（*Moby-Dick* 7）、また「バートルビー」の語り手は、「バートルビーは全知のプロヴィデンスの神秘的な目的のために、私に割り当てられたのだ」（*Piazza Tales* 37）と述べる。どちらの作品においても、プロヴィデンスの無慈悲な力と、それに翻弄される人間の姿が描かれる。

『白鯨』と「バートルビー」と同様に、『イズレイル・ポッター』においても、そうしたピラミッドの神秘性と崇高さがピラミッドの表象へと投影される。ピラミッドは、アメリカの国章の裏面にも使用されているモチーフを喚起させ、そこに描かれた未完成のピラミッドの上部には「プロヴィデンスの目」が描かれている。その上部にはラテン語で「神は我々の取り組みを支持する」を意味する“Annuit cœptis”というモットーが記される。また、一七八二年六月二〇日の大陸会議議事録には、「ピラミッドは力と持続を意味する。その上の目とモットーは、アメリカの大義に賛同するプロヴィデンスの数多の優れた仲裁を仄めかしている」と記録されている（United States, Continental Congress 339）。この国章に描かれるピラミッドは、国家のプロヴィデンスを反映する理念である。しかし、イズレイルの伝記を通じて描かれるのは、国家のナラティヴから人知れず弾き出された一兵卒の悲運を紡ぐプロヴィデンスである。イズレイルが、ロンドンにおいて煉瓦造りと自らの運命を重ね合わせて到達する「全てが空であり、土塊にすぎないのだ」というソロモンの言葉から着想を得たこの思想は、プロヴィデンスに屈するイズレイルの厭世的な叫びとして虚に響き渡る。メルヴィルは、こうした無慈悲なプロヴィデンスを体現するピラミッドのイメジャリを通じて、イズレイルを監禁する運命を描いているのである。

おわりに

ウェブスターは、一八二五年の演説の中で、「プロヴィデンスから断ち切られた」者として独立戦争の戦死者をみなす（Webster 164）。[5] ウェブスターにとって、アメリカの神学的契約に基づくプロヴィデンス観においては、戦死者たち、あるいはイズレイルのように戦争に運命を翻弄された者たちは、プロヴィデンス、あるいはそれによって紡がれる国家のナラティヴから除外されるのである。この点において、国家が標榜するプロヴィデンスとメルヴィルのプロヴィデンス観は一線を画している。メルヴィルは、ウェブスターの演説やモニュメントが象徴する国家の発展と幸福を約束するプロヴィデンスに抵抗し、歴史や国家から排斥されたイズレイルの生涯を翻弄する運命を詩的に再話することによって、イデオロジカルに構築される国家のナラティヴを撹乱しつつ、畏怖すべき対象として無慈悲なプロヴィデンスを描き出そうとしたのである。また、ジョーンズに付与された野蛮性には、領土拡張期における「文明」と「野蛮」の対立を構想する一九世紀の国家的プロヴィデンス観を転覆させるメルヴィルの詩的想像力が投影される。献辞における、「プロヴィデンスの割り当てに代わる詩的想像力の正義によるいかなる芸術的な償いも行わない」(*Israel* vi) という言葉は、メルヴィルが仕掛けた偽りの表明であり、実際には、メルヴィル流の詩的想像力を駆使することによって、イズレイルの悲運を国家が掲げるプロヴィデンスに対するアンチテーゼとして紡いでいるのである。

また、メルヴィル文学に通底する石とピラミッドのイメジャリは、イズレイルを監禁する非情の運命を紡ぐプロヴィデンスを示唆する。トランブルによって紡がれるものの、歴史からも排斥されたイズレイルは、そうしたメルヴィルの詩的想像力を介した再話の対象となり、新たに歴史に対峙されるのである。バンカーヒル・モニュメントがアメリカの歴史の栄光と独立戦争の英雄たちを讃える墓碑であるのであれば、イズレイルの存在は、そこから省略される存在として、また墓石をもたない死者として描かれる。そうした意味において、『イズレイル・ポッター』は、その記念碑に突きつけられるように、歴史から置き去りにされた名もなき一兵卒にメルヴィルが用意した墓碑であり、「詩的想像力の正義による償い」であった、と言えるのではないだろうか。

※本研究はＪＳＰＳ科研費22H00649の助成を受けたものである。

【註】

(1)スパノスは、「(メルヴィルの)献辞は、アメリカの文化的記憶を管理する者達の記念碑的記録の盲目さや、偽善性をアイロニカルに暴露するもの」とみなす(Spanos 59)。

(2)福岡は、イズレイルについて「運命のなすがままになっている無力な人間ではない」とも論じ、運命に翻弄されながらもそれに挑戦する「冒険家」としての真逆の性質について指摘する(一九一)。戦時下の苦難を打開しようとするイズレイルには、愛国主義者としての、あるいは自己信頼の体現するものとしての性格を読み取ることができる。こうした運命に抗うイズレイルを通してエイハブやピエールの姿が透けて見えるが、彼らほど運命に対する苛烈な挑戦者としての姿が強調されるわけではない。ロバート・S・レヴィーンが「予期せぬ事態にあちこちに追い込まれる意志決定なき彷徨者」(Levine 161)とイズレイルを呼ぶように、さまざまな苦難苦境に翻弄される彼の姿を通じて、イズレイルの無力感と同様に、その運命の崇高さが前景化されているようにも考えられる。

(3)マークスは、「牧歌的という観念は、新大陸発見以来、アメリカの意味を定義するために使用されてきた」と述べ、「汚れを知らない空間を目の当たりにして、人類は、詩的な幻想世界だと思われていたものが、実際に実現できるかもしれないように思われた」と指摘する(Marx 3)。

(4)作中における、イズレイルの象徴的な埋葬と同様に、復活のイメジャリも繰り返し描写される。クラーク・デイヴィスは、『白鯨』におけるヨナの逸話とは違って、復活の過程を経ても、イズレイルの「精神と人格に重要な変化は見られない」、と指摘する(Davis 53)。こうした埋葬と復活は、作品のプロットにおける転機を生み出す装置として機能する一方で、運命が紡ぐプログラムに応じように演じることしかできないイズレイルの虚無感を示唆する。

（5）ウェブスターは、演説の中で独立戦争の戦死者を「彼（Him）」と呼び追悼する（Webster 164）。しかし、この人称代名詞に省略された戦死者の中にも、イズレイルが含まれることはない。名もなき戦死者にもなれず兵役年金の受給者から除外されることは、彼が社会にその存在の実体を置きつつも、認識されない透明な存在となることを意味する。帰国後、バンカーヒルで戦った英雄たちを讃える愛国者の馬車に危うく轢かれそうになるエピソードは、このことを端的に象徴している（*Israel* 167）。

【引用文献】

Branch, Watson G., editor. *Herman Melville: The Critical Heritage*. 1974. Routledge, 2007.

Butler, Judith. *Precarious Life: The Powers of Mourning and Violence*. Verso, 2020.

Casper, Scott E. *Constructing American Lives: Biography and Culture in Nineteenth-Century America*. U of North Carolina P, 1999.

Colatrella, Carol. *Literature and Moral Reform: Melville and the Discipline of Reading*. UP of Florida, 2002.

Davis, Clark. *After the Whale: Melville in the Wake of Moby-Dick*. U of Alabama P, 1995.

Levine, Robert S. “The Revolutionary Aesthetics of *Israel Potter*.” *Melville and Aesthetics*, edited by Samuel Otter and Geoffrey Sanborn, Palgrave Macmillan, 2011, pp. 157-71.

Maloney, Ian S. *Melville's Monumental Imagination*. Routledge, 2006.

Marx, Leo. *The Machine in the Garden: Technology and the Pastoral Ideal in America*. 1964. Oxford UP, 2000.

Melville, Herman. *Israel Potter: His Fifty Years of Exile*. 1855. Edited by Harrison Hayford, et al., Northwestern UP / Newberry Library, 1997.

---. *Correspondence*. Edited by Harrison Hayford, et al., Northwestern UP / Newberry Library, 1993.

---. *Moby-Dick; or, The Whale*. 1851. Edited by Harrison Hayford, et al., Northwestern UP / Newberry Library, 2001.

---. *The Piazza Tales and Other Prose Pieces 1839-1860*. Edited by Harrison Hayford, et al., Northwestern UP / Newberry Library, 1987.

Parker, Hershel. *Melville: The Making of the Poet*. Northwestern UP, 2008.

Rosenberry, Edward H. *Melville*. Routledge / Kegan Paul, 1979.

Spanos, William V. *Herman Melville and the American Calling: The Fiction after Moby-Dick, 1851-1857*. Sunny Press, 2008.
United States, Continental Congress. *Journals of the Continental Congress, 1774-1789*. Vol. 22, Government Printing Office, 1914.
Webster, Daniel. *The Speeches of Daniel Webster and His Master-Pieces*. Edited by Benjamin F. Tefft, Porter and Coates, 1854.
竹内勝徳「メルヴィルにおける歴史とリチュアル」『人文学科論集』五三巻、二〇〇一年、一九-三五頁。
中西佳世子『ホーソーンのプロヴィデンス——芸術思想と長編創作の技法』開文社出版、二〇一七年。
福岡和子『変貌するテキスト——メルヴィルの小説』英宝社、一九九五年。

第十四章 トランスベラム・ヘンリー・ジェイムズ

水野 尚之

はじめに

これまでの多くのアメリカ文学史は、南北戦争を一九世紀アメリカ文学を分ける便利な期間として扱ってきた。そのような区分はまた多くの場合、南北戦争を境として、それ以前のアメリカ文学の思潮をロマン主義、以後の思潮をリアリズムとまとめる見方にも重ねられてきた。しかし近年、一九世紀アメリカ文学を南北戦争によって区分することにどれだけの妥当性があるのかと疑問を呈する研究者たちが現れている。たとえばコーディー・マーズは、多くの作家たちが南北戦争前も戦争後も創作を続けていた事実に着目し、トランスベラムという概念を用いることを提案する。さらにマーズらは、トランスベラムの作家たちにとっては、南北戦争の影響は一八六五年の終戦以後も長く続いた、すなわち彼らは「長い南北戦争」の影響を受けつつ創作を行なったと主張して、我々に文学史の視野を広げるよう勧めている。一八四三年に生まれたヘンリー・ジェイムズの場合は、その創作活動をトランスベラムと呼びうるだろうか、また彼の創作はアメリカにおける「長い南北戦争」の一端を担うものだろうか。これらの疑問を考察することが本稿の狙いである。

一　ジェイムズの前半生と弟たち

はじめにジェイムズの前半生を概観してみよう。[1] ヘンリー・ジェイムズは一八四三年ニューヨークで生まれた。彼の父ヘンリー・シニアは、息子ヘンリーが生まれてまもなく一家をヨーロッパに連れて行き、一年半ほど滞在している。こうした期間もあったとはいえ、ヘンリーは一二歳になるまでのほとんどの期間をニューヨークで過ごしている。そしてその後一家は、三年間ヨーロッパに滞在し、帰国後はニューポートに六年近く、その後はボストンに滞在といった具合に、めまぐるしく住む場所を変えている。一か所に長く滞在するとその土地の影響を受けすぎるというヘンリー・シニアの教育方針のおかげで、息子ヘンリーは幼少期からヨーロッパの多様な文化に触れ、またアメリカの各地に滞在してその風土に接することになり、その経験はジェイムズのその後の創作に大きな影響を与えている。

二〇歳になるまでのジェイムズの経歴において、注目すべきは二つの出来事だろう。一つは彼が一八歳の時に勃発した南北戦争であり、もう一つはその六か月後に受けた背中の傷である。ヘンリーと兄ウィリアムは南北戦争に参加していない。しかし弟のガース・ウィルキンソン〔ウィルキー〕は、南北戦争中の一八六二年九月北軍に入隊し、ロバート・ショー大佐率いるマサチューセッツ第五四連隊に副官として配属されている。この連隊は北部で結成された最初の黒人兵連隊であり、一八六三年五月、華々しく行進してボストンを出て行った。自伝第二巻『ある青年の覚え書』（一九一四年）における次の引用には、南北戦争に加わった弟の華々しさと、病床に臥しそれに加われなかったヘンリー自身のふがいなさとの対比が鮮やかに描かれている。

しかしながら犠牲にされているというこの雰囲気は、記憶の中では輝かしいものになり、第五四連隊が行進してボストンを出て行った日（六三年五月二八日）の壮麗な特権の雰囲気と混同してしまうほどである。若い指揮官の中でももっとも美しい者を先頭に、音楽やはためく旗や投げかけられる祝福や、民衆の立てるあらゆる音が大きく鳴り響く中を行進していった。しかしその行進が行なわれた時、私は無力にもその光景に加われなかった。また、さらに下の弟ボブが軍隊に入って変身し目覚めた様子を近くで見る機会を奪われたのも、同じ陰鬱な理由だった。（三四九）

ウィルキーはこのように出征していったが、その二か月後にはワグナー砦への突撃中に脇腹とくるぶしに重傷を負う。(2) 負傷したウィルキーは家族のいるニューポートまで船で運ばれ、切開手術を受けている。瀕死の兵士が故郷に戻されるのを目の当たりにしたこの経験は、南北戦争中に書かれたジェイムズの最初の戦争小説「ある年の物語」（一八六五年）に投影されていると思われる。

一方、もう一人の弟ロバートソン［ボブ］は、兄ウィルキーに続いて一八六三年五月に北軍に入隊し、同じく黒人兵部隊であるマサチューセッツ第五五連隊に士官として配属された。そしてボブは六三年と六四年にサウス・キャロライナとフロリダにおいて戦闘に参加し、重度の日射病に罹っている。

弟たちのこうした直接的な戦争体験に比べて、兄であるヘンリーはニューポートで戦争の遠いこだまを感じ取るのみだった。

ゲティスバーグの大きな戦いが始まった一八六三年の長く暑い七月一日は、一致団結しているならどんな集団にとっても、本当に具体的な経験だったと言えるかもしれない。いや、そう言えないことなどありえなかっただろう。私たちは、ニューヨークの親戚たちをひっくるめてニューポートのとある家の庭にいたが（中略）はるか遠くの大砲のとどろきが聞こえでもするかのように、皆で一緒になって本当に聞き耳を立てた。これこそがいわば戦争だった。私たちでも感知できるペンシルバニアでの戦争だったのだ。（『ある青年の覚え書』一二八）

二　背中の傷と南北戦争

ヘンリーが入隊しなかった理由についてはさまざまに推測されているが、戦争がはじまって六か月後、つまり一八六一年一〇月二八日の強風の夜に起こったニューポートの火災の消火作業中に背中を負傷したことがその理由の一つだった、と晩年に書かれた『自伝』では述べられている。この傷は「アメリカ文学史におけるもっとも有名な傷」(Lewis 117) とも称されるが、この傷を受けた状況を語る筆こそ、ジェイムズ的な屈折した告白の真骨頂と言っても過言ではなかろう。この『自伝』には、語り手ジェイムズの作為的な操作がいくつかなされている。たとえばジェイムズは、家族の手紙に加筆している。また彼と家族が行なった旅行の日程についても、ジェイムズは書き換えている。たとえば、あまりにも頻繁に大西洋を往復しているという印象を与えないように、往復の回数を減らしさえしている。そして南北戦争と自身の背中の傷についても、読者を誘導する操作が見られる。つまり『自伝』におけるジェイムズは、背中を負傷した日（一八六一年一〇月二日）をずらして、南北戦争勃発の日——すなわち南軍がサムター砦を攻撃した六一年四月十二日——に近づけさえしているのだ。その操作の目的は、『自伝』の中で次第に明らかになる。

ジェイムズは、自分が受けたこの傷と南北戦争によって当時のアメリカ全体が受けた傷とをはじめから結びつけて考えていたと言い、この前提から背中の傷の話題に入る。

運命のいたずらによって、不快な二十分間に私に起こったことは、もっとも不自然な——それ以下の言葉では呼びようがない——絡まり方で、私のまわりのすべての人やこの国全体に起こっていることについての私の見方や、この先まだ何が起こるだろうかという問題を相伴っていた。これらがいかに不可分だったか、とても今ここで書き記せない。それは二つのまったく違うものを一つの巨大な災禍の来襲にしたのだった。(『ある青年の覚え書』一二三)

この傷についてはさらに、それが自分の「特殊な危害をこうむってしまった肉体」から来ているのか、「まわりを取り囲む社会体制」から来ているのか、「ほとんど区別できない時もあった」と、一体感が強調されている。傷を受けた状況についての具体的な説明は、このような前置きの後になされる。

二つの高い柵が狭くなっているところに挟まれて、腕をリズミカルに動かし、他の何人もの腕の動きと調子を合わせて、しかし不吉にも不利な位置で、田舎の、錆びた、ほとんど間に合わせの古い消防車を動かし、消火のための水を出している時のことだった。些細な火災のために、私は忌まわしいが漠とした傷を負ったのである。始めから興味深かったのは、その傷が長く続くことを私が少しも疑わなかったことである。（一一三）

ところが、傷についての具体的な記述はこれだけである。伝記的事実として我々に分かっているのは以下のことである。この傷はすぐに緊急の処置を必要とする類のものではなかったものの、痛みがなかなか治まらず、ジェイムズは父親に連れられてボストンの「名医」のところに行っている。しかし診察を受けても、病名の特定はなされず、当時のアメリカで通常行なわれていた治療もなされなかった。『自伝』にはこのような経緯は書かれず、この傷が自分に与えた意味の考察だけが続く。すなわちこの後、はじめの前提に従って、自分が受けたこの傷と、南北戦争によって当時のアメリカ全体が受けていた傷とを結びつけて考えようとする試みがなされ続ける。

背中の傷によってジェイムズは仰臥の姿勢を余儀なくされる時間が増えたが、これすらも自分にとっては「闘い」であった、と述べられている。

すばらしいことに――時間のもやを通して、私には今それがすばらしいと思える気さえする！――、そのような専念をする隠遁や準備の時間が、結局仰臥の姿勢をもたらし、本を手にして横になるという憂鬱で冷笑的な行為を、立派なもっともらしさで飾り立てたのである。これは少なくとも逆の形（ネガティブ）での闘いであった。緩んだ空疎な

闘いなどではなく、組織立った、野営地のある本物の戦場での戦闘に対して明確に確実に並行する闘いだった。（一二五）

自己弁明とも読めるこうしたレトリックを、当時の青年ジェイムズがどこまで本気で信じていたかは疑問である。そして次に闘いのイメージは、ハーバード大学法学部に入学した時の光景へとずらされている。ジェイムズは、傷を受けてから十一ヵ月も家にいた後で、すでにハーバード大学で学んでいた兄ウィリアムの後を追うように、特に明確な目的もなく法学部に入る。

その点でいえば、その秋の早くに実際私が法学部で実に奇妙な新兵になった時、我が学部の仲間のひしめく大群が、まるで召集された軍隊であるかのように見えたのをよく覚えている。ケンブリッジのキャンパスは、かくも面目ない形で新生活を始めた召集兵にとって、十分に野営地であった。（『ある青年の覚え書』一二五）

三　創作初期と南北戦争

一八六五年四月、南軍が北軍に降伏したことにより、南北戦争は終わった。しかし四年間にわたってアメリカを二分した戦争の痕跡は、ジェイムズの創作にも色濃く残ることになる。早くも一八五七年一〇月に（つまりジェイムズ一一歳のときに）、ジェイムズの父ヘンリー・シニアは息子ヘンリーが小説や劇を書いていることを妻メアリーに語っている。ただ、これらの作品は現存しておらず、真偽のほどは定かでない。エデルはその浩瀚（こうかん）なジェイムズ伝の中で、ジェイムズの少年期の創作物が残っていないのは、彼が家族の批評を恐れて一人で部屋にこもって物を書いていたためである、としている。兄のウィリアムは自作の詩などを堂々と家族の前で朗読していたのに、弟のヘンリーは、一八六〇年ごろには文学的試みをしていたはずなのに、家族の、特に兄の容赦ない批判を受けることを嫌がって家族にも明らかにしなかった、とエデルは考える（Edel 153-54）。結局我々が現在読みうるジェイムズの作品は、雑誌に掲載された時以降のものだけである。

雑誌『アトランティック・マンスリー』の副編集長であったウィリアム・ディーン・ハウエルズ（一八三七―一九二〇）がジェイムズの才能を見出して励ましたエピソードは有名であるが、ジェイムズの創作活動は、実際にはそれより前から始まっていた。短編小説「間違いの悲劇」は、南北戦争中の一八六四年二月、『コンチネンタル・マンスリー』に無署名で掲載された。この小説は不倫や人違いの殺人といった「悲劇」を描いてはいるものの、当時進行中の南北戦争という国家的な悲劇の影響はほとんど見られない。続いてジェイムズは、二二歳のときに（つまり南北戦争が終結する直前に）、南北戦争で負傷する北軍の中尉の恋愛を描いた短編小説「ある年の物語」を雑誌『アトランティック』に投稿し、掲載された。当時の『アトランティック』の副編集長となっていたハウエルズは、ジェイムズの小説の原稿を読み、この若き作家を見出したときの思い出を、次のように書いている。

> 私がジェイムズ氏の作品に接したのは、彼がケンブリッジにいた三年間のときだった。私が『アトランティック・マンスリー』でフィールズ氏の編集を手伝うように依頼されたとき、ジェイムズはすでにこの雑誌に「ある年の物語」を発表していた。ジェイムズ氏の二度目の投稿を原稿で読めたのは幸運だった。「この作品を採用するかね？」とフィールズ編集長は尋ねた。「もちろんです。そしてこの作家の書く物すべてをです」と私は答えた。
> （Howells 2）

こうしてハウエルズに認められ、ジェイムズの小説は『アトランティック』に署名入りで載せられるようになった。そしてジェイムズは、毎年一作、年によっては二作の小説をこの雑誌に次々と発表していく。

ジェイムズはまた、早くから評論も発表している。最初の評論「（ナッソー・シニアの）小説評論」は、一八六四年一〇月、雑誌『ノース・アメリカン・レヴュー』に無署名で掲載された。この雑誌の編集長を務めていたチャールズ・

エリオット・ノートンは、当時の英米の著名な文人たちと広く交流する一方で、ジェイムズのような新進の作家も歓迎していた。そしてジェイムズは、『アトランティック』に短編小説が掲載されるようになった一八六五年三月以降も、『ノース・アメリカン・レヴュー』に評論を書き続けている。

四　ジェイムズの南北戦争物

一八四三年に生まれ、南北戦争勃発時にまだ一八歳であったジェイムズに、アンテベラムの作家の萌芽を見ようとすることには、やや困難が伴うかもしれない。しかし、南北戦争のさなかに文壇にデビューしたジェイムズが、彼なりに南北戦争を作品化していることは事実である。南北戦争を題材に取り入れたジェイムズの作品は三作あるが、どの作品においても、直接的な戦闘の場面こそないものの、南北戦争が登場人物たちの生き方に暗い影を投げかけている。最初の作品は、戦争終結の一月前の一八六五年三月に『アトランティック』に掲載された「ある年の物語」である。この小説では、北軍の中尉ジョンは、戦闘で重傷を負い、戦地に見舞いに行った母親とともに、婚約者エリザベスの待つ故郷に戻される。「彼女のもとへ勇士が無言の帰宅をした」。そして中尉は、死に際してエリザベスに、「君には君を本当に守ってくれる人がいる」(“Story of a Year” 65) と、彼女に好意を寄せ一度は彼女も好意を持ったロバートと結婚するように勧め、家族に看取られながら死んでいく。

南北戦争物の他の二作の小説は、一八六七年に『アトランティック』に発表された「哀れなリチャード」と、一八六八年に同じ雑誌に発表された「異常な病人」である。「哀れなリチャード」では、主人公リチャード・モールは、恋人ガートルードが北軍の大尉セヴァーンに心を惹かれつつあると感じるや、ガートルードに会いに来た大尉に嘘をついて彼女に会わせない。その企ては成功し、落胆した大尉は戦場に戻り、戦死する。しかし、リチャード自身も落ち込んで酒に浸り、またチフスにも罹り、守ったはずの恋人と一緒になろうとはせず、戦地に赴く。リチャードは無事に戻ってくるが、自分の土地を売って西部へ行くことを考えている。こうしたリチャードを見て、ガートルードは結婚を諦め、ヨーロッパへ旅立つ。

「異常な病人」は、ジェイムズが南北戦争を直接の題材にした最後の短編である。主人公フェルディナンド・メイソン大佐は、南北戦争中に負った傷が戦後も完治せず、叔母の家で療養生活を余儀なくされている。その家には叔母が養女にしたキャロラインがいる。キャロラインはフェルディナンドのことを「無数の戦いのヒーロー、自国の軍務に就いて実体のない影にされてしまった若者」("Most Extraordinary Case" 277）と呼び、敬意を込めて親身に看病する。フェルディナンドは、こうした彼女に心を惹かれる。しかし、軍隊時代の友人ホレス・ナイトが今や医者となって現れたのを見て、フェルディナンドはこの二人が結ばれることを祝福し、友人ナイトにかなりの遺産を遺しつつ死んでいく。

こうして見ると、これら三つの作品に、南北戦争に参加して負傷した弟たちを見守る兄ジェイムズが感じたであろう羨ましさや後ろめたさが、あるいはおそらく背中に受けた傷によって、恋愛においても傍観者的立場を余儀なくされた者が感じたであろう不甲斐なさが投影されているとする解釈も、あながち強引とは言えないだろう。

南北戦争は、その終結後一〇年以上経過した後も、ジェイムズの作品に色濃く痕跡を残している。たとえば一八七六年から一年間にわたって雑誌『アトランティック』に連載された長編小説『アメリカ人』（一八七七年）を見てみよう。主人公クリストファー・ニューマンにとって、南北戦争に従軍した経験は以下のようなものに過ぎなかった。

それは西部の物語だった。（中略）ニューマンは准将に名誉昇進して除隊した。（中略）しかし、彼が自分の兵隊を上手に扱うことができた、必要に応じて敵の兵隊をもっとうまく扱うことができたとしても、彼はその任務を心から嫌悪した。軍隊での四年間は、命、時間、金、創意、機会という貴重なものを浪費したという苦い思いを残した。そして彼は、情熱的に精力的に平和な仕事に取り組んだのだった。（*American* 25）

ニューマンにとって南北戦争での軍隊生活は「命、時間、金、創意、機会という貴重なものを浪費した」という負の経験だった。そして彼は終戦後の復興期のわずか三年間で巨万の富を築き、富豪のアメリカ人としてパリに登場し、貴族の未亡人に求婚する。
また南北戦争終結後二〇年も経って書かれた長編『ボストンの人々』(一八八六年)においても、その主な舞台は戦争後一〇年ほど経ったボストンである。視点人物の主人公バジル・ランサムは、南軍兵士として従軍した後、没落した南部の故郷を捨ててニューヨークの弁護士となり、ボストンに住む従妹の姉妹を訪問する。

バジル・ランサムは生きて南部の家に帰ったものの、その後で幾多の試練に会わねばならなかったことを、オリーヴ・チャンセラーは知っていた。彼の一家は没落し、奴隷も財産も友人や親族も、そして家庭そのものも失い、敗戦の過酷さをことごとく味わわされた。彼は一時独力で農場を経営しようと試みたこともあったが、負債のためにどうにも首が回らなくなり、人の集まる都会でできる仕事にあこがれるようになった。ミシシッピ州は彼にとっては再起不能の土地に見えた。そこで、彼は親譲りの資産の残りを母と妹たちに分け与え、すでに三〇歳に届こうという年齢になって、わずか五〇ドルの金を懐に、心に食い入るような飢えを感じながら、生まれ故郷の服装でニューヨークへ初めて降り立ったのだ。(*Bostonians* 811-12)

南北戦争は、北部のおびただしい若者に命の犠牲を強いただけでなく、敗れた南部にこそ甚大な荒廃を招いた。敗戦後に困窮してニューヨークに出てきた南部人バジル・ランサムが北部の人々の社会活動を観察する視線には、共感などが入り込む余地はない。

おわりに

南北戦争は、その勃発当初から終結後二〇年にもわたって、良くも悪くも作家ヘンリー・ジェイムズに憑りつき、創作の原動力になっている。それは南北戦争のさなかに、戦争に参加しなかったジェイムズが偶然のことながら背中に受けてしまった傷が、その後も長く彼を苦しめるトラウマとなった[3]こととパラレルな関係にあると言えよう。そしてジェイムズの場合は、南北戦争前／戦争後と区別するよりは、戦中の活動が戦後にそのまま長く続いた、すなわちジェイムズもまた「長い南北戦争」というアメリカの宿命の中で創作した作家である、と考えることができるだろう。

＊本稿は、日本アメリカ文学会第六一回全国大会のシンポジウム「トランスベラム文学の可能性――十九世紀アメリカ文学史を再考する」（二〇二二年一〇月九日、専修大学神田キャンパス）における発表を基にしている。また『ある青年の覚え書・道半ば――ヘンリー・ジェイムズ自伝　第二巻、第三巻』の「解説」と一部重複する。

【註】

（1）章末付録 "A Henry James Chronology" を参照されたい。この "Chronology" には、主にジェイムズの長・短編小説を記し、評論についてはすべてを記載してはいない。また作品名の後にコロンを付け、その後には掲載誌を記した。

（2）指揮官のショー大佐は戦死。この黒人兵連隊の結成や南軍の砦への突撃の様子は映画『グローリー』（一九八九年）（*Glory*. *Dir. Edward Zwick. TriStar Pictures*）で描かれている。

（3）ジェイムズがヨーロッパの各地に滞在する際、その土地の温泉に入っていることも、背中の傷の治療のためだったと考えられる。

【引用文献】

Edel, Leon. *Henry James: The Untried Years (1843-1870)*. Rupert Hart-Davis, 1953.
Harden, Edgar F. *A Henry James Chronology*. Palgrave Macmillan, 2005.

Howells, William Dean. *Henry James, Jr.* Start Publishing LLC, 2012.

James, Henry. *The American. The Novels and Tales of Henry James: The New York Edition*. Vol. 2, Charles Scribner's Sons, 1907.

---. *The Bostonians. Henry James: Novels 1881-1886*. Library of America, 1985.

---. *Henry James: Complete Stories 1864-1874*. Edited by Jean Strouse, Library of America, 1999.

---. "A Most Extraordinary Case." *Henry*, pp. 263-303.

---. *Notes of a Son and Brother*. Macmillan, 1914.

---. "Poor Richard." *Henry*, pp. 149-208.

---. "The Story of a Year." *Henry*, pp. 23-66.

---. "A Tragedy of Error." *Henry*, pp. 1-22.

Lewis, R. W. B. *The Jameses: A Family Narrative*. Farrar, Straus and Giroux, 1991.

Marrs, Cody. *Nineteenth-Century American Literature and the Long Civil War*. Cambridge UP, 2015.

Smith, John David and Raymond Arsenault. *The Long Civil War: New Explorations of America's Enduring Conflict*. UP of Kentucky, 2021.

ジェイムズ、ヘンリー『ある青年の覚え書・道半ば――ヘンリー・ジェイムズ自伝　第二巻、第三巻』市川美香子・水野尚之・舟阪洋子訳、大阪教育図書、二〇〇九年。

A Henry James Chronology ③

	1876.8	"Crawford's Consistency": *Scribner's Monthly*
	1876.9	"The Ghostly Rental": *Scribner's Monthly*
London に滞在	1876.12	
	1877.5	"The London Theatres": *The Galaxy* "The Grosvenor Gallery and the Royal Academy": *The Nation*
	1877.11	"Four Meetings": *Scribner's Monthly*
	1878.5	"Theodolinde": *Lippincott's Magazine*
	1878.6-7	"Daisy Miller: A Study": *Cornhill Magazine*
	1878.8	"The British Soldier": *Lippincott's Magazine* "Longstaff's Marriage": *Scribner's Monthly*
	1878.8-10	The Europeans: *Atlantic Monthly*
	1878.11	"The Afgan Difficulty": *The Nation*
	1878.12	"The Early Meeting of Parliament": *The Nation*
	1878.12-1879.1	"An International Episode": *Cornhill Magazine*
London での社交やイギリスの風習に飽き始める（？）	1879	
	1879.4	"English Vignettes": *Lippincott's Magazine* "The Pension Beaurepas": *Atlantic Monthly*
	1879.7	"The Diary of a Man of Fifty": *Harper's New Monthly Magazine/ Macmillan's Magazine*
	1879.8-1880.1	*Confidence: Scribner's Monthly*
	1880.6-11	*Washington Square: Cornhill Magazine*
	1880.12-1881.11	*The Portrait of a Lady: Macmillan's Magazine*
アメリカに戻る	1881.11	
Emerson の葬儀（Concord）に参列	1882.4	
ヨーロッパへ出航、London 着	1882.5	
父 Henry Sr. 危篤の報を受け New York へ	1882.12	"The Point of View": *Century Magazine*
	1883.1-2	"The Siege of London": *Cornhill Magazine*
	1883.3	"Tommaso Salvini": *Atlantic Monthly*
	1883.4-6	*Daisy Miller: A Comedy* [a dramatized version of of his tale]: *Atlantic Monthly*
再びヨーロッパへ　London 滞在	1883.8	
	1883.12	"The Impressions of a Cousin": *Century Magazine*
Paris で Daudet、Goncourt、Zola らに会う	1884.2	
	1885.2-1886.2	*The Bostonians: Century Magazine*

A Henry James Chronology ②

	1870.8	"Saratoga": *The Nation* "Lake George": *The Nation*
	1870.9	"Selections from de Musset": *Atlantic Monthly* "From Lake George to Burlington": *The Nation* "Newport": *The Nation*
	1871.3	"A Passionate Pilgrim": *Atlantic Monthly*
	1871.4	"Still Waters": *Balloon Post*
	1871.8	"At Isella": *The Galaxy*
	1871.9	"Quebec": *The Nation*
	1871.9-12	*Watch and Ward: Atlantic Monthly*
	1871.11	"Master Eustace": *The Galaxy*
	1872.1	"A Change of Heart": *Atlantic Monthly*
妹 Alice らとヨーロッパへ出発	1872.5	
	1872.10-11	"Guest's Confession": *Atlantic Monthly*
Rome に滞在。イタリア、スイスを旅行	1873.	
	1873.1	"The Bethnal Green Museum": *Atlantic Monthly* "The Parisian Stage": *The Nation*
	1873.3	"The Madonna of the Future": *Atlantic Monthly*
	1873.6	"The Sweetheart of M. Briseux": *The Galaxy*
	1873.8	"Homburg Reformed": *The Nation*
	1873.10	"An Ex-Grand-Ducal Capital": *The Nation*
Florence 滞在	1874	
	1874.1	"The Last of the Valerii": *Atlantic Monthly*
	1874.2-3	"Mme. De Mauves": *The Galaxy*
	1874.5	"Adina": *Scribner's Monthly*
	1874.7	"Ravenna": *The Nation*
Boston に戻る	1874.8	"Professor Fargo": *The Galaxy*
	1874.10-11	"Eugene Pickering": *Atlantic Monthly*
New York に滞在	1875.1	
	1875.1-12	*Roderick Hudson: Atlantic Monthly*
	1875.3	"Madame Ristori": *The Nation*
	1875.8	"Benvolio": *The Galaxy*
ヨーロッパへ出発、Paris に滞在	1875.10	
Turgenev、Flaubert、Goncourt、Zola、Maupassant、Daudet らに会う	1875.12	
	1876.6	"Art in Paris": *New York Tribune*
	1876.6-1877.5	*The American: Atlantic Monthly*
	1876.7	"A Study of Rubens and Rembrandt": *The Nation*

A Henry James Chronology ①

Life	Year	Works
New York に生まれる	1843.4	
James 一家ヨーロッパ滞在	1843.10-45.6	
観劇を好む。Broadway Museum で P. T. Barnum 演出の *Uncle Tom's Cabin* を観る	1853.11	
James 一家ヨーロッパ滞在	1855-58	
	1857.10	このころ創作を始める（？）
一家 Newport に住む	1858	
(南北戦争勃発)	1861.4	
Newport の消火作業中に背中に負傷	1861.10	
Harvard Law School 入学	1862.9	
Garth Wilkinson James 北軍入隊	1862.9	
Robertson James 北軍入隊	1863.6	
Garth Wilkinson 戦闘中に負傷、Newport の自宅で治療	1863.7	
	1864. 2	"A Tragedy of Error"（最初の短編小説）: *Continental Monthly*
一家 Boston に住む	1864.5	
	1864.10	"[Nassau Senior's] Essays on Fiction"（最初の評論）: *North American Review*
作品を William Dean Howells に評価される	1865	
	1865.3	"The Story of a Year"（最初の南北戦争物）: *Atlantic Monthly*
(南北戦争終結)	1865.4	
	1866.2	"A Landscape Painter": *Atlantic Monthly*
夏、Howells と知り合う	1866.6	"A Day of Days": *The Galaxy*
	1867.3	"My Friend Bingham": *Atlantic Monthly*
	1867.6-8	"Poor Richard"（南北戦争物）:*Atlantic Monthly*
	1868.1-2	"The Story of a Masterpiece": *The Galaxy*
	1868.2	"The Romance of Certain Old Clothes": *Atlantic Monthly*
	1868.4	"A Most Extraordinary Case"（南北戦争物）: *Atlantic Monthly*
	1868.6	"A Problem": *The Galaxy*
	1868.7	"De Grey: A Romance": *Atlantic Monthly* "Osborne's Revenge": *The Galaxy*
単身ヨーロッパに渡る	1869.2	
	1869.4	"Pyramus and Thisbe": *The Galaxy*
	1869.7	"A Light Man": *The Galaxy*
	1869.8-9	"Gabrielle de Bergerac": *Atlantic Monthly*
アメリカに戻る	1870.4	
(普仏戦争勃発)	1870.7	

第十五章
四次元の扉を開く――ジェイムズ文学と超空間の交錯

中村 善雄

一 二〇世紀前後の四次元を巡る思想的展開

クリストファー・ハーバートの『ヴィクトリア朝の相対論』（二〇〇一年）の書名が物語るように、一九世紀はダーウィンの進化論に象徴される絶対性が問われる時代であった。時間と空間の相対性もその一つであり、二〇世紀に入り、アルバート・アインシュタインが一九〇五年に発表した特殊相対性理論はその象徴である。それはニュートン力学による絶対時間や絶対空間を否定し、三次元空間と時間を結びつけた四次元時空を取り扱っている。しかし、天文学者アーサー・エディントンが一九一九年に皆既日食の観測によってその正しさを立証するまで、相対性理論の世間的な認知度は決して高くなかった。しかし、それ以前から時間と空間の相対化を巡る議論は展開され、一八七〇年代から一九二〇年代にかけて、相対性理論とは一線を画す四次元思想が知識人の間で流行したのである（Kaku 22）。

四つ目の次元を時間と考える四次元時空とは異なり、四つ目を空間と見なす四次元空間の概念も議論された。高次元空間への認識によって「高次の意識」を進化させようとする考えが生まれ、リンダ・ヘンダーソンはそれを「超空間哲学」と呼んでいる（Henderson 4）。この代表的な論者には、神秘思想家であるルドルフ・シュタイナーやP・D・ウスペンスキー、建築家クロード・ブラグトンらの名前を列挙できるが、彼らに多大な影響を与えたのが、数学者

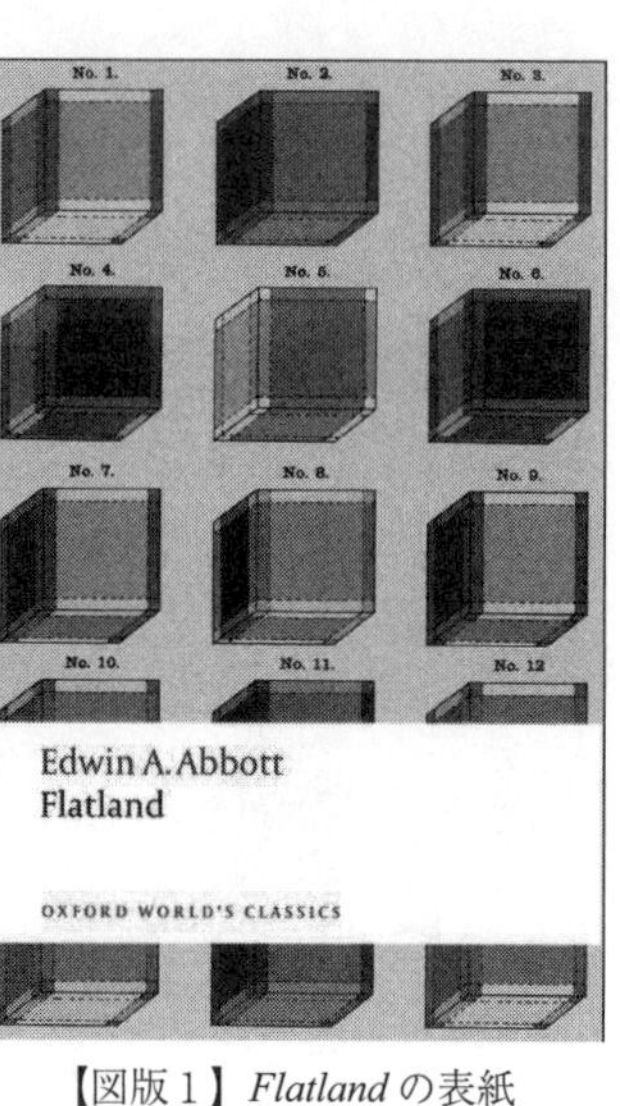

【図版1】*Flatland* の表紙

チャールズ・ハワード・ヒントン（一八五三―一九〇七）である。ヒントンは、オックスフォードで修士号を取得し、ブール代数で有名な数学者ジョージ・ブールの娘メアリーと結婚後来日し、一八八七年から七年間横浜の在日英国人向けの私塾ビクトリア・パブリック・スクールで校長を務めた日本にも所縁のある人物である。ヒントンは数学者として「テッセラクト（正八胞体）」の超立方体を提案して、高次元世界の知覚と視覚化を探求する一方で、「四次元とは何か」（一八八〇年）や「平面世界」（一八八四年）を始めとする『科学的ロマンス集』と題した一連のサイエンティフィック・ロマンスを執筆した。ホルヘ・ルイス・ボルヘスは『科学的ロマンス集』に寄せた「序文」の中で、ヒントンの著作を「（H・G・）ウェルズの陰鬱な想像世界に先行する」（一三）と評し、四次元世界の案内役と共に彼の文学的先駆性を賞賛している。高次元世界の認知を広める上で、神学者エドウィン・A・アボットの名も忘れてはなるまい。ヒントンの教え子の友人であったアボットは一八八四年に、二次元の平面世界を舞台とした「数学的フィクション」である『フラットランド―多次元の冒険』を発表した。二〇〇八年出版のオックスフォード古典叢書版『フラットランド』の編集を担当したローズマリー・ジャンは、その表紙にヒントンのテッセラクトを掲載し、四次元思想への両者の貢献を伝えている【図版1】。

四次元思想は数学や科学的見地から検討されると共に、神秘的／オカルト的興味を掻き立てた。幽霊や亡霊といった純粋科学では説明できない超自然現象を多次元の枠組みで説明しようとしたのである。そのきっかけとなったのが霊媒師ヘンリー・スレイドである。一八五〇年代にアメリカで大流行した心霊ブームがイギリスにも飛び火し、スレイドはその機に乗じてロンドンに渡り、呼び出した霊が自動的に石板に霊的なメッセージを書く心霊筆記を得意とし、彼の交霊会は人気を博した。このスレイドに対してライプツィヒ大学の天文・物理学者ヨハン・フリードリッヒ・ツェルナーは複数回にわたるテストを行ない、四次元の実験的証拠を得ようとした。同僚の哲学者グスタフ・フェヒナー、電気力学の専門家ヴィルヘルム・ウェーバーらと共に、スレイドによる超常現象を目の当たりにしたツェルナーは四次元の存在を確信するに至る(Henderson 123)。一八七七年にスレイドは詐欺罪で告発されたが、ツェルナーは『季刊科学』に発表した「四次元空間に関して」（一八七八年）を、スレイド支援の言葉で締めくくり、生物学・博物学者であるアルフレッド・ラッセル・ウォレスや物理学者サー・ウィリアム・クルックスらと共に彼を擁護し、霊的存在や超自然的現象を四次元空間に求めようとしたのである。

二　芸術と文学における四次元概念の受容と影響

このように、世紀末にかけて将来に漠たる不安を抱えた時期に、不可解・不可知なものへの理解や新しい知の地平の表象として四次元というテーマが諸学問の領域から論じられた。絵画や文学といった芸術領域にもその影響は及び、絵画ではキュビズムや未来派やシュルレアリスムの画家たちが四次元の概念に着想を得て、革新的な作品を生み出した。パブロ・ピカソの「ダニエル＝ヘンリー・カーンワイラーの肖像」（一九一〇年）やマルセル・デュシャンの「汽車の中の悲しげな青年」（一九一一年）といったキュビズムの絵画、ワシリー・カンディンスキーやピート・モンドリアンの抽象画が、代表例として挙げられる。

文学領域に与えた影響も無視できない。ヘンリー・ジェイムズ後年の居所であったイギリスのライ近辺に形成された文学者グループはその一つである。この知的コミュニティにはジェイムズの他に、ジョゼフ・コンラッド、フォード・マドックス・フォード、スティーヴン・クレイン、H・G・ウェルズらの文学者が参加しており、四次元思想が議論の的になると同時に、各作家の文学的想像力を喚起したことは想像に難くない。コンラッドとフォードが共作にて四次元世界を主題とした『相続者たち』を一九〇一年に発表したのはその一例である。それ以上に有名なのは、H・G・ウェルズの一連のサイエンス・フィクションであろう。ウェルズは一八八四年から八七年にケンジントンの王立科学カレッジ在学中に、四次元思想に接したと考えられている（Henderson 134）。彼は『タイムマシーン』（一八九五年）出版の七年前にあたる一八八八年に既にタイムトラベルのアイデアを取り入れた短編「時の探検者たち」を執筆し、自身の初期作品であるプロト・サイエンスフィクションをヒントンの著作と同名の「科学的ロマンス（scientific romances）」と称した（Throesch 2）。『タイムマシーン』の冒頭では、主人公の時間旅行家と彼の友人である医者や心理学者が四次元を巡って議論する場面があり、その中では「現代の数学的思考」（一八九四年）にて四次元空間の存在を主張したアメリカの著名な天文学者で数学者のサイモン・ニューカムの名前に言及している（9）。

　同じ文学サークルに属していたジェイムズも、四次元思想と無縁ではない。ジェイムズがヒントンの著作を読んだ確証はないが、兄ウィリアム・ジェイムズとヒントンは、イギリスの哲学者でプラグマティズムの先駆者シャドワース・ホジソンを介して、知人同士であった。ヘンダーソンによれば、ウィリアム・ジェイムズは、高次の空間感覚によって、四次元を理解するヒントンの認識方法に興味を抱いた（Henderson 289）。『宗教的経験の諸相』（一九〇二年）において、「私たちの存在のはるか向こう側の限界は、感覚的で単に「理性で知られる」世界とは全く異なる存在の次元に食い込んでいる」（515）とウィリアムは述べ、「次元」の言葉と共に、人の意識とより大きな全体や宇宙との統合を目指す精神的状態や経験について語っている。ウィリアムのこの「宇宙的意識」の連続体という概念は、ヒントンの超空間的哲学が潜在的に有する神秘的側面と親和的であった（Henderson 290）。それもあって、ハーバード大学のホートン図書館には一八九二年から一九〇七年の間に両者の交流を物語る十一通もの書簡が所蔵されており、ウィリアムの思想にヒントンの影響があったことは否めない【図版2】。

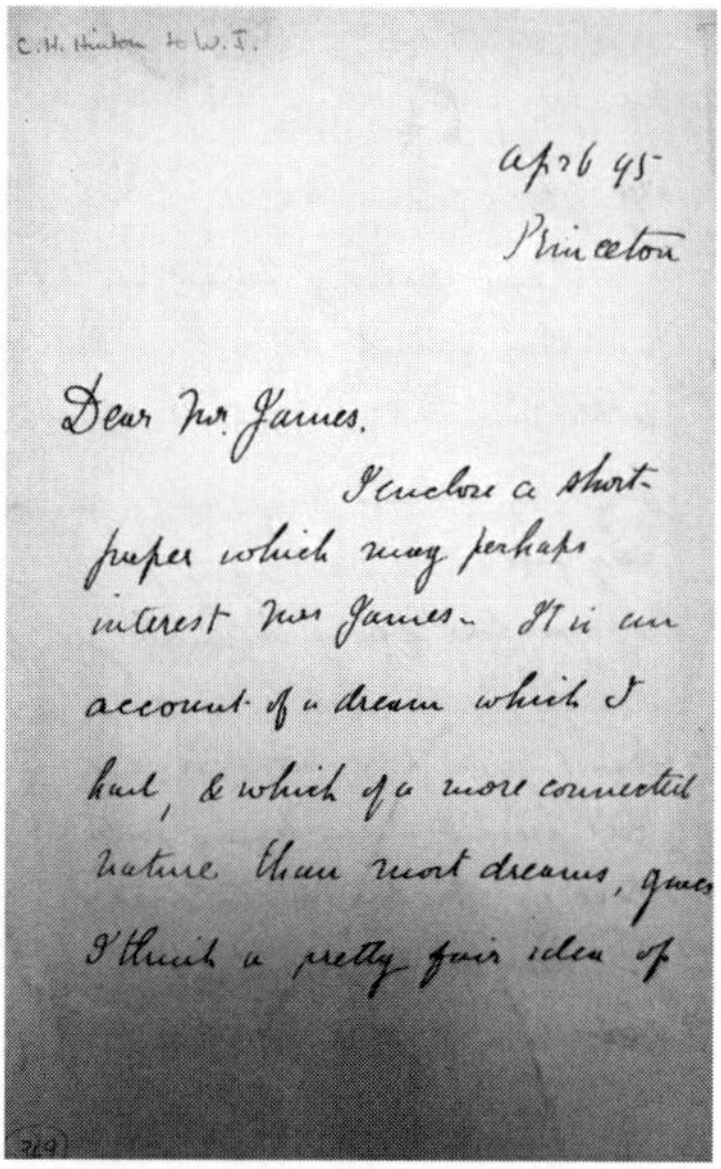
C.H. Hinton to W.J.

Ap 26 95
Princeton

Dear Mr. James.
I enclose a short paper which may perhaps interest Mrs James. It is an account of a dream which I had, & which of a more connected nature than most dreams, gives I think a pretty fair idea of

【図版２】Hinton から James への書簡（1895 年 4 月 26 日付）
Houghton Library 所蔵、MS Am 1092

　エリザベス・スレシュはこれを踏まえて、弟ヘンリーも兄ウィリアムを媒介にヒントンの考えに通じていたことを指摘している。スレシュはまたヘンリーが、彼の親友ジョルジュ・デュ・モーリアの、四次元を扱った作品『火星人』（一八九七年）の書評をした事実に着目している（Throesch 109-11, 168）。ジョアン・リチャードソンは、四次元や時間に関するトピックは、ジェイムズが常連で寄稿していたレビューやジャーナルで取り扱われ、従来の空間や時間や知覚の概念への重要な挑戦を、ジェイムズは知っていたと指摘している（Richardson 153-54）。

三 「懐かしの街角」と『過去の感覚』のタイムトラベル的設定

こうした二〇世紀前後の時代状況と個人的状況を踏まえれば、ジェイムズが四次元思想の影響を受けた作品を生み出すことはむしろ当然と言える。ノースロップ・フライは『晩年のノートブックス』の中で、ジェイムズの未完長編『過去の感覚』（一九一七年）を「タイムトラベル」、短編「懐かしの街角」（一九〇八年）を「パラレルワールド」の物語と称する予言めいた言葉を残した（Frye 214）。この視座からの解釈はほぼ皆無であったが、二〇一〇年代後半から文学に与えた四次元思想の影響を論じる著作が出始め、この思想を背景としたジェイムズ作品の解釈に光明が見出されるようになったのである。

したがって、本稿ではフライの言葉に倣いながら、「懐かしの街角」と『過去の感覚』を取り上げるが、前者の執筆は後者の創作状況と密接に関わっている。『過去の感覚』は過去への好奇心に憑かれた歴史家ラルフ・ペンドレルがアメリカから自身の相続したロンドンの家を訪問し、そこで同姓同名にして、全くの瓜二つである一八世紀を生きるラルフ、つまり分身と出会い、両者が入れ替わるという物語である。しかしタイムトラベル物語に付随する、歴史改変を許さないタイムパトロールやタイムパラドックスの問題に直面し、一九〇〇年頃に執筆は中断され、結局執筆再開に至るまで、一四年の歳月を要した。この中断期間に、『過去の感覚』と類似したテーマを、より扱いやすい形で著したのが「懐かしの街角」である（Waters 192）。『ノートブックス』の中で、ジェイムズは「懐かしの街角」を『過去の感覚』の「断片（scrap）」（*Notebooks* 364）と書き残しており、両作品の親和性を裏付けるように、「懐かしの街角」

もタイムトラベル的要素を有している。

というのも、ジェイムズは一九〇四年八月から翌年七月にかけてアメリカを二一年ぶりに再訪し、そのときの体験が印象記『アメリカの風景』(一九〇七年)として刊行されたからである。その中で、再訪前に抱いていた古きニューヨークは姿を消し、ジェイムズは高層ビル群の林立と人種混交に満ち溢れた大都市の姿を眼にした。記憶のなかのニューヨークと現在のニューヨーク、これは彼にとって時間を隔てた二つの異なる世界として認識されたのである。ゆえにイゾベル・ウォーターズは、『アメリカの風景』はジェイムズにとって未知なる、いわば未来のアメリカと直面したタイムトラベルの物語と称している(Waters 183)。一方、「懐かしの街角」は『アメリカの風景』の「ニューヨーク再訪」の章が世に出た、数カ月後に執筆されている。この短編では主人公スペンサー・ブライドンが、三三年ぶりにニューヨークの家を再訪し、ジェイムズ同様に大都市の予想だにしなかった目新しさや巨大さに驚きを示し、一種のタイムトラベル的経験をしている。このように、中断した『過去の感覚』を継承する形で、「懐かしの街角」は執筆され、また『過去の感覚』と同様に、「懐かしの街角」でもブライドンが、自分が選択しなかったニューヨークでの人生、いわばパラレルワールドで生き続ける分身と遭遇することになる。

しかし両作品は四次元的世界を設定しながらも、「四次元」という言葉は作中に出てこない。代わりに、この用語は一八九七年の中編『ポイントンの蒐集品』に登場する。ゲレス夫人からリックスの屋敷の数少ない芸術品のある空間に名前をつけるように言われたフリーダ・ヴェッチが、ゲレス夫人との会話の中で、四次元という言葉を使っている。

「いくらでも名前をつけれますわ。それは一種の四次元なのです。この場の霊というか、匂いというか、感触といったものなのです。それは魂というか、物語というか、一つの生命なのです。ここにはあなたと私以上にそんなにも多くのものが潜んでいるのです。実際私たちはちょうど三人でしょう!」

「ああ、幽霊を数えたら!」

「もちろん幽霊も数えますわ。幽霊は倍に数えるべきだと思います——つまり昔の生きていたときと今の亡くなってからの状態と。どういうわけか、ポイントンには幽霊はいませんでしたわ」とフリーダは続けた。「それが唯一の欠点でしたわ」（*Spoils* 249）

コンラッドとフォードの共作『相続者』の序章にて、フリーダのこの表現は四次元の砕けた比喩的表現と表されているが（*Inheritors* lvii）、「霊」や「魂」への言及からも明らかなように、四次元世界と霊的世界の親和性をなぞっている。さらに、「一つの生命」や、フリーダとゲレス夫人以外の三人目の存在や、現在と過去の幽霊、これらの示唆的断片を接合させると、そこに分身的な存在が浮上してくる。『ポイントンの蒐集品』に分身は登場しないが、フリーダの四次元イメージは、ジェイムズ内部に胚胎し、「懐かしの街角」や『過去の感覚』にて具現化されたのではないか。同時に分身を宿す空間＝家についても四次元的世界で捉えることが必要であろう。

四　家というトポス――ジェイムズにおける空間の詩学

ガストン・バシュラールは詩の分析を通じた想像力の現象学を探求した科学哲学者であるが、彼は『空間の詩学』（一九五七年）において、場所に対する特別な愛着を「場所への愛（トポフィリ）」と称した。さらに現象学的な視座から詩的空間を考察する手段を「地形分析（トポアナリーズ）」と名付け、家に着目し、「家のイメージはわれわれの内密存在（notre être intime）の地形図」と語っている（三八）。しかし松岡正剛が言うように、家というトポスは「思考やイメージや、場合によっては出来事やコミュニケーションがそこから発祥しうる知的共有地」であるが、それは「場所庫」に過ぎない。トピカがトポスから「情報」や「意味」を引き出すのである。つまり、トピカは「何かを生み出す術や方法」であり、「トポスの鍵穴に差し込まれるのがトピカという鍵」である（松岡 二八―二九）。「トポスの鍵穴」と「トピカという鍵」の比喩は明らかに家をイメージしているが、「懐かしの街角」に援用すると、ブライドンは懐かしの家の鍵穴にトピカたる鍵を差し込むことで、家というトポスから自らの内奥と対峙する機会を得るのである。バシュラールが家を「人間のたましいの分析手段」（三八）と称し、レオン・エデルが「懐かしの街角」の家を「自己への旅」をするための「一つの精神や頭脳」（Edel 314）と表したように、ブライドンにとって、その旧家は自身と対峙し、省察するトポスなのである。同時に、「内密存在（être intime）」が「腹心」を意味することを考慮すれば、その再訪が自らの最たる腹心＝分身と出会うことは必然とも言えよう。ロラン・バルトはトピカを「潜在するもの」「潜在するものの産婆役」（一〇九）と称したが、ブライドンがトピカという鍵で家空間の扉を開けることは「潜在するもの」＝分身の探求というテーマを後押ししてくれる。

バシュラールは家を、過去、現在、未来に亘る夢想を可能にする「大きな揺籃」（四九）であって、「空間は時間を凝縮する」（五一）とも語っている。ジェイムズ作品にもバシュラールの語る家を彷彿とさせる家が存在する。『過去の感覚』にてラルフが一八世紀の過去へ向かう場面では、「ドアが再び閉ざされ、彼をこちら側に引き入れると同時に、彼が見慣れた全世界をあちら側に閉め出してしまった」（*Sense* 115）と、家に入ることで「こちら側」の過去へと遡っていった。自伝的作品『ヘンリー・ジェイムズ自伝――ある少年の思い出』（一九一三年）の冒頭においては、「過去の扉をノックすること」（*Small Boy* 2）で、ジェイムズは少年時代に立ち返り、現在と過去が家を介して重なり合っている。この重ね合わせについて、ピーター・ローリングスは兄ウィリアム・ジェイムズの影響を指摘している（Rawlings 140）。ウィリアムは『心理学の諸原理』のなかで、「過去や未来、近いものや遠いものの、その流れの他の部分についての知識は、常に私たちが現在の事柄を知る上で混ざり合っている」（*Principles* 606）と、過去・現在・未来といった時間的区分を経ずに、個々の認識や知覚が行われる過程について述べている。ウェルズは、『タイムマシーン』のなかで、この時間認識について主人公の時間旅行家にわかりやすく語らせている。「ぼくらが時間の中を動くことができないと言うのは誤解なんだ。たとえば、ある出来事をとても鮮明に思い返しているとすれば、僕は、それが起こった瞬間に戻ったと言えるだろう」（Wells 13）と、外的時間とは一線を画す、意識の変化による時間の相対化を論じている。

ジェイムズの家空間は過去から未来へ一方向に進む「時間の矢」を否定するだけに留まらない。ピーター・ローリングスは、ジェイムズの家の魅力を「直線的かつ年代順的なモデルを撹乱する方法で家が時間を空間化し、時を刻む」（Rawlings 140）と説明している。ローリングスはジェイムズの家は時間と空間が連動しているとし、そこにも兄ウィリアムの思想的影響をみている。実際ウィリアムは『心理学の諸原理』のなかで、空間と時間が非常に類似しており、「時間の日付は空間の位置に相当する」（*Principles* 610）と述べている。さらに、ヘイゼル・ハッチソンによると、ヘンリーの時間と空間の認識にはウィリアムと共にカール・ピアソンの影響が認められる（Hutchison 166）。数理統計学者のピアソンは『科学の文法』の中で、「空間と時間は現象の世界（phenomenal world）の実在ではなく、われわれが物を知覚する際の方法（modes）である。空間と時間は（中略）我々の知覚の内容によって本質的に制約されている」（Pearson 229）と語った。つまり、空間と時間の感覚は我々の外的世界ではなく、内的感覚に依存しているとした。兄ウィリアムやピアソンの思想は、「懐かしの街角」の家で、ブライドンが異なる空間で生きてきた分身と対峙する思想的バックボーンを形成しているのである。

ジェイムズの家の異質性を物語る上で、無数の窓で知られる「小説の家」にも触れないわけにはいかない。「小説の家」とは、『ある婦人の肖像』（一八八一年）の序文にて、自らの小説技法を語る際にジェイムズが用いた建築的比喩である。ルネ・マグリットの油絵『ゴルコンダ』（一九五三年）を彷彿とさせる光景で、「小説の家には一つの窓ではなく、数多くの窓があり、窓それぞれに一人の人物が立っている」（*Portrait* x）状態が述べられている。小説という虚構の家でその「家」の中にいる小説の主人公の感情や行動をあらゆる角度の「窓」から、一つも漏らさず、作者的立場にある人物が観察することの必要性を述べた比喩的表現である。ブラックロックによれば、この建築的比喩はジェイムズが小説の創造的実践や理論を空間的視点から考えていたことを示し、窓は別の空間へと導く開口部と論じており（Blacklock 185）。登場人物と無数の視点を有する観察者との関係性に次元的差異を認めることができよう。

「懐かしの街角」の舞台となる家も例外ではない。懐かしの家は「数多くのドア（the multiplication of doors）」（“Jolly Corner” 466）を特徴とし、ブライドンはその多さゆえに分身が隠れているという妄想を逞しくしている。実際、分身探索のため四つ目の最後の部屋（the last room of the four）」（465）に至ったとき、ブライドンはその部屋のドアが閉まっていることに気付くと共に、ドアの背後に潜む分身の存在を感じている。ここでもう一つ重要なことは、分身が潜むと考えられる四番目の部屋が家の「四階(his fourth floor)」(469)にあることだ。ジェイムズは分身の存在を意識的に並行軸/垂直軸上の四つ目の空間に位置づけ、懐かしの家を三次元とは異なる世界を内包する空間としてイメージしている。

五 不可視の世界の探求——X線とジェイムズの光学装置

ヴィルヘルム・レントゲンは一八九五年十一月に、特定の波長域をもつ「新しい光」である電磁波X線を発見した。この発見は瞬く間に注目を浴び、一八九六年に限ってみても、X線に関する五〇以上の本やパンフレット、千を超える論文が発表された(Henderson 324)。それは人間の視覚の限界を物語ると共に、肉眼では捕捉できない事物の背後にあるリアルな実態を暴き出した。不可視を可視化するこの発見を超空間哲学の信奉者は四次元空間の存在を示す科学的証明とみなし、X線と四次元は透視というテーマで頻繁に結びつけられた(Henderson 16)。この発見はすぐに文学的テーマにも転用され、その代表的な作品といえば、ウェルズの『透明人間』(一八九七年)であろう。彼は肉眼で不可視なものを可視化するX線の効果を逆手に取って、X線に似た光を浴びることで、不可視化した透明人間を創造した。

事物の可視/不可視化を担う光学装置と四次元世界との親和性はジェイムズ作品でもみられる。先に取り上げた「小説の家」では、数多くの窓が存在し、各々の窓には「比類のない道具(a unique instrument)」(*Portrait* x)である「双眼鏡(a field-glass)」(xi)をもった観察者が立ち、彼らが異なる印象を抱く比喩が展開されている。しかし、「その特別な双眼(the particular pair of eyes)」(xi)をもった観察者にとって、不可視の対象はなく、無限の視界が拡がっている。ここでは窓の存在は無効化されており、「双眼鏡」をもった観察者の、窓を貫通し、窓の枠組みを超える強力な視覚とその無限性が浮き彫りになっている。「懐かしの街角」に出てくる光学装置も見逃せない。この作品の家は先述したようにドアの多い建物であるが、ブライドンは「望遠鏡で（telescopically）」（“Jolly Corner” 466）遠方の分身を見つけるという妄想を抱いている（466）。多くのドアが存在するにもかかわらず分身を見つける「望遠鏡」のイメージは通常の望遠鏡の域を超えていよう。ジェイムズが隠喩化した「望遠鏡」や「双眼鏡」は本来の能力を超越しており、そこに不可視の世界の存在を捕捉あるいは可視化するX線発明の影響を間接的に認めることができる。

それゆえに、「懐かしの街角」の最終場面に出てくるもう一つの光学装置、つまりブライドンと分身の眼鏡にも注意を向ける価値があろう。分身は「双眼の眼鏡（double eye-glass）」（475）を身に付けている一方、ブライドンは「しゃれた単眼の眼鏡（charming monocle）」（485）を掛けている。ジェーン・F・スライルキルは、ステレオスコープを例に挙げ、立体感のあるイリュージョンを生み出すには一つではなく二つのレンズが必要と述べ、レンズの数によって二つの異なる世界を示唆した（Thrailkill 248）。つまり、単眼と双眼の光学装置の相違によって、可視化できる世界の次元が異なり、単眼で不可視の世界が、双眼のレンズでは可視化されることを指摘している。ブライドンが終始、「自分は見えないのに、相手（分身）からは見られている」（“Jolly Corner” 460）という感情を抱く視覚の非対称性はその証左の一つとなろう。ジェイムズは光学装置の違いから、ブライドンと分身の世界の次元的差異を浮かび上がらせ、ブライドンは分身の存在を感じつつも可視化できないのである。

こうした次元の相違による可視化／不可視化と四次元世界との関わりは『過去の感覚』においてより具体化されている。『過去の感覚』ではタイムスリップしたラルフが一八二〇年代の分身と立場を交換し、分身の婚約者であるミドモア家の長女モリーや母であるミドモア夫人らと会話を交わす。彼女たちとの会話のなかで齟齬が生じる場合には「霊感（inspiration）」（*Sense* 187）が働き、分身に成りすましたラルフは事なきを得る。逆にラルフの霊感が必要以上に働き、たとえばミドモア家の邸宅にある壺の大きさ、色、場所を正確に言い当てたときには、突如としてラルフは「二本の強い腕で掴まれ、一瞬大きく揺すぶられた感じ」(247)を抱く。この「強い腕」の正体は明かされないが、ジェイムズは、『過去の感覚』の後に記された「創作ノート」の中で、ラルフが過剰な霊感でもって分身が知り得る以上のことを知り、過去の世界に影響を及ぼす可能性のあるときに、分身はラルフに「警告」（323）を与えると記している。これを踏まえれば、「二本の強い腕」は必要以上の情報をミドモア夫人に披露して、ラルフの正体がばれるのを防ぐ分身の腕ではないだろうか。しかし、ラルフがその腕を可視化できないのは、ラルフと分身との間に次元的な差異があるからだ。「創作ノート」ではさらに、分身の許嫁である長女モリーでなく次女ナンに、ラルフが好意を抱くと、ラルフは分身によって「置き去りにされ、今いるところ、立場、とりわけ時代に譲り渡される」(336)という「報復」(323)まで構想されていた。分身による「二本の強い腕」の介入や過去への封じ込めは、ラルフによる歴史改変の危険性に対する警告や報復であり、上島健吉はそれゆえ分身が「タイムパトロール」の役割を担っていると指摘している(五五八)。分身は入れ替わったラルフの住む一九一〇年代を生きながら、同時に一八二〇年代にタイムスリップしたラルフの行動を監視するのである。スロウェッチによれば、ジェイムズ後期の作品では、登場人物が作者のようにあらゆる次元を見渡す瞬間が多くなるが(Throesch 168)、分身の検閲的行為は、分身がラルフより高次の存在であることに基づいていよう。

六　ジェイムズにおける四次元的想像力――歴史、幽霊、パラレルワールド

「懐かしの街角」においても、可視/不可視の視覚の非対称性から分身はブライドンより高次の存在に位置づけられるが、最終場面にて両者は遭遇することになる。以前、ブライドンは四つ目の部屋の閉じられたドアの向こうに分身の存在を感知したが、この場面では逆に閉まっていた「玄関のドアと観音開きの内ドア」(“Jolly Corner,” 474)が開いており、ドアの開閉が分身の出没の目安となっている。つまり、ドアは現実世界と異なる世界の分岐点となっているのだ。同時に、このドアが「家」の玄関のドアであることは意義深い。ブライドンがこの「家」を出ることは四次元的世界から現実世界への脱出と、分身との対面をテーマとする「小説の家」からの離脱をも意味するからである。言い換えれば、この家からの離脱は分身との対峙を果たすことなく、分身が生み出すパラレルワールドを持続させ、物語を「開いた」ままにすることになる。しかし、恐怖のあまりブライドンは失神し、ジェイムズはその間に分身を

ブライドンに接近させ、ここで二つの時間軸を生きた両者を交差させ、パラレルワールドをワンワールドへと収斂している。しかも、最後に彼の幼馴染であるアリス・スタバートンが、卒倒したブライドンを介抱し、二人の愛の確認でもって、ジェイムズ流のサイエンス・フィクションを成立させている。この安易とも言える結末には、タイムトラベル物語を目指したにもかかわらず、ビバリー・ハビランドが「ジャンル・トラブル」に（Haviland 27）に見舞われているると断じた『過去の感覚』執筆の中断という苦い経験が影響しているであろう。

このように四次元思想は、過去の選択に疑念を抱くブライドンや過去に執着する歴史家ラルフのように、「時間の矢」に逆行する者たちの存在を思想的に援護した。また、幽霊や霊的なものを高次元の存在として捉えることを可能にして、分身が登場する幽霊物語に時間や空間の相対化というアイデアを持ち込んだ。絶対的時間を否定する四次元時空の概念はタイムトラベル、高次元の世界を齎す四次元空間の概念はパラレルワールドの世界に通じるが、ジェイムズはそれらのアイデアを自らの文学的主題と交差させていったのである。こうした作品世界を生み出した要因として、ジェイムズ自身の状況も関係したであろう。国籍離脱者となり、老境に差し掛かったジェイムズにとって、四次元思想は過去や異なる世界へ想いを馳せるのに適した概念だったのである。しかし言うまでもなく、ジェイムズの四次元世界は、超立方体のように明確な高次元の世界や、ウェルズの描く、物理的に過去や未来へ導くタイムマシーンを想定しているわけでない。むしろ、現代と過去を、あるいは異なる空間を自らの意識の中で往還するタイムトラベルであり、パラレルワールドの世界である。スレシュは「懐かしの街角」の家を「一種の四次元的意識の場」（Throesch 186）と称したが、ジェイムズ自身も時間と空間の制約を超えた四次元的意識の「小説の家」にて、自らの作品を紡ぎ出していったのである。

＊本稿は日本アメリカ文学会第六二回全国大会シンポジウム「Henry James における「家」――mobility から topology へ」（二〇二三年一〇月二二日、札幌学院大学江別キャンパス）における口頭発表原稿に大幅な加筆修正を加えたものである。
また本研究はＪＳＰＳ科研費 17K02577 と 24K03715 の助成を受けたものである。

【引用文献】

Abbott, Edwin A. *Flatland: A Romance of Many Dimensions*. Penguin Books, 1987.

Blacklock, Mark. *The Emergence of the Fourth Dimension: Higher Spatial Thinking in the Fin De Siècle*. Oxford UP, 2018.

Conrad, Joseph and Ford Madox Ford. *The Inheritors and the Nature of a Crime*. Cambridge UP, 2022.

Edel, Leon. *Henry James, The Master: 1901-1916*. J. B. Lippincott, 1972.

Frye, Northrop. *Northrop Frye's Late Notebooks, 1982-1990: Architecture of the Spiritual World*. U of Toronto P, 2000.

Haviland, Beverly. *Henry James' Last Romance: Making Sense of the Past and the American Scene*. Cambridge UP, 1997.

Henderson, Linda Dalrymple. *The Fourth Dimension and Non-Euclidean Geometry in Modern Art*. Princeton UP, 1983.

Herbert, Christopher. *Victorian Relativity: Radical Thought and Scientific Discovery*. U of Chicago P, 2001.

Hutchison, Hazel. *Seeing and Believing: Henry James and the Spiritual World*. Palgrave Macmillan, 2006.

James, Henry. *The American Scene. Collected Travel Writings: Great Britain and America*. Library of America, 1993.

---. "The Jolly Corner." *The Novels and Tales of Henry James*, vol. 17, Charles Scribner's Sons, 1937, pp. 433-85.

---. *The Notebooks of Henry James*. Edited by F. O. Matthiessen and K. B. Murdock, U of Chicago P, 1981.

---. *The Portrait of a Lady. The Novels and Tales of Henry James*, vol. 3, Augustus M. Kelley, 1976.

---. *The Sense of the Past. The Novels and Tales of Henry James*, vol. 26, Augustus M. Kelley, 1976.

---. *A Small Boy and Others*. Charles Scribner's Sons, 1913.

---. *The Spoils of Poynton. The Novels and Tales of Henry James*, vol. 10, Augustus M. Kelley, 1976.

James, William. *The Principles of Psychology*, vol. 1. Henry Holt, 1890.

---. *The Varieties of Religious Experience: A Study in Human Nature*. Longmans, 1902.
Kaku, Michio. *Hyperspace: A Scientific Odyssey through Parallel Universes, Time Warps, and the Tenth Dimension*. Oxford UP, 1995.
Pearson, Karl. *The Grammar of Science*. Charles Scribner's Sons, 1892.
Rawlings, Peter. *Henry James and the Abuse of the Past*. Palgrave Macmillan, 2005.
Richardson, Joan. *A Natural History of Pragmatism: The Fact of Feeling from Jonathan Edwards to Gertrude Stein*. Cambridge UP, 2006.
Thrailkill, Jane F. *Philosophical Siblings: Varieties of Playful Experience in Alice, William, and Henry James*. U of Pennsylvania P, 2022.
Throesch, Elizabeth L. *Before Einstein: The Fourth Dimension in Fin-de-Siècle in Literature and Culture*. Anthem Press, 2017.
Waters, Isobel. "'Still and Still Moving': The House as Time Machine in Henry James's *The Sense of the Past*." *The Henry James Review*, vol. 30, no. 2, 2009, pp. 180-95.
Wells, H.G. *The Time Machine*. Henry Holt, 1895.
上島健吉「解説『過去の感覚』」『ヘンリー・ジェイムズ作品集六――象牙の塔、過去の感覚』国書刊行会、一九八五年、五五四―六〇頁。
中村善雄「四次元思想と時空を巡る文学的想像力――タイムトラベル物語としての『過去の感覚』」『エスニシティと物語り――複眼的文学論』金星堂、二〇一九年、三〇五―一七頁。
バシュラール、ガストン『空間の詩学』岩村行雄訳、筑摩書房、二〇〇二年。
バルト、ロラン『旧修辞学　便覧』沢崎浩平訳、みすず書房、一九七九年。
ボルヘス、J・L「序文」『科学的ロマンス集』宮川雅訳、国書刊行会、一九九〇年、九―一四頁。
松岡正剛『千夜千冊エディション　全然アート』KADOKAWA、二〇二一年。

第四部

詩人たちのアメリカ

第十六章
詩人と黒人兵士たち——ポール・ロレンス・ダンバーの時代意識

里内　克巳

はじめに

ポール・ロレンス・ダンバー（一八七二—一九〇六）は、南北戦争が終わって七年後にオハイオ州デイトンに生まれた。白人生徒が在学生の大半を占める高校で学んでいた時期から、ダンバーは詩を書く才能を発揮して周囲の注目を浴びた。聡明で学業優秀でありながら、大学進学の希望はかなわず、エレベーター・ボーイとして細々と収入を得つつ詩作に取り組んだ彼は、最初の詩集『オークとアイビー』（一八九三年）を皮切りに作品を精力的に出版し、自ら朗読も行なうようになる。文壇の大御所だったウィリアム・ディーン・ハウエルズが第二詩集『メジャーとマイナー』（一八九五年）に好意的な批評を寄せたことがきっかけで、ダンバーの名声は全米中に轟くようになった。だが貧困と病気に悩まされ続け、恋人アリス・ルース・ムーアとの関係も破綻し、三三歳の若さで病死した。

文学者としての活動の時期は短いながら、生前のダンバーは世紀転換期アメリカの文学シーンで鮮やかな光芒を放つ存在だった。だがその死後に、彼の作風や取り上げる題材は時代遅れであると見られるようになった。アメリカ南部に奴隷制があった時代への懐旧に満ちた方言詩を書いたことが、ダンバーの評価を下げる原因になったのである。確かに、今は寂れ果てた南部農園の在りし日の賑わいを、かつてそこに暮らし働いた黒人が懐かしく思い返すという趣向の「見捨てられた農園」などの方言詩を読めば、ダンバーがジョエル・チャンドラー・ハリスやトマス・ネルソン・ペイジなど、旧南部への郷愁を描く同時代の白人作家たちと共通する志向を有していると思われたのも無理はない。

しかし近年では、ギャビン・ジョーンズのように、黒人ミンストレルとの繋がりを指摘されてきたダンバーの方言詩を、「文学的な常套手段を巧みに操作し、人種差別的なステレオタイプを巧妙な形で覆そうとする」(Jones 184)試みとして評価する論者も出てきている。そして、ダンバーの過去に素材を求める傾向についても、それが常にノスタルジックで現実逃避的なヴィジョンに繋がるわけではないことに留意すべきだろう。南北戦争というアメリカ史において決定的な出来事を取り上げる場合、ダンバーは過去と現在におけるアメリカ合衆国の在り様やそのなかでの黒人の位置について、鋭い考察を行なうのである。

南北戦争が絡んだ作品群は、合衆国の社会や歴史に寄せるダンバーの関心を端的に示してくれるが、本格的な論究の対象となることは少ない。ジェイムズ・A・エマニュエルの論考は、ダンバーの戦争詩を部分的に取り上げているが(Emanuel 83-87)、掘り下げが浅く作品紹介の域を出ない。また、ジェニファー・テリーの論考は、ダンバーの戦争詩を本格的に扱ったものだが、留保すべき点が幾つかある。第一に、詩作品の言葉やレトリックへの注意が必ずしも行き届いていないこと。第二に、取り上げる詩が発表された時期の違いを考慮していないこと。そして第三に、詩以外のダンバー作品に対しての目配りがないこと。本稿ではそのような諸点を補いつつ、南北戦争や黒人兵士といった主題を扱う際の、アメリカ社会の過去と現在に向ける書き手の意識について考察を試みたい。

一　戦争詩に盛られた〈現在〉

「戦争前の説教」

この章では、南北戦争とその前夜を背景にした初期の代表的な詩を分析し、それを通して、〈過去〉に目を向けつつ〈現在〉への批判的視線も密かに組み込むダンバーの詩作の方法を確認したい。まずは「戦争前の説教」を検討してみよう。これは主人の目を逃れて集まった仲間たちに対して老いた黒人奴隷が説教を垂れる、という趣向の方言詩である。神に遣わされたモーセがファラオに抑圧されたイスラエルの民を解放する、という『出エジプト記』のエピソードを物語ることが、説教の表向きの目的である。だが話し手はそこから踏み込み、今ここにいる自分たちもまた奴隷としての抑圧から解放されるだろう、と聴衆に教え諭す。第五スタンザに至ると、暴力を辞さない手段での解放という説教の真のメッセージが露わになる。

そしてこの地は主の雷（いかずち）を聴くことになるだろう、
まるで天使長ガブリエルの角笛の響きであるかのように。
なぜなら万軍の主は全能であるから、
鎧を身につけたときには。
だが誰かがわたしの言っていることを誤解するといけないから、
ここでちょっと言っておくことにする。
わたしはまだ大昔のことについて説教してるんで、
今現在のことについて話してるんじゃない。（“Ante-Bellum Sermon” 14）

三行目の「万軍の主」は、英語原文では“de Lawd of hosts”であるが、旧約聖書においてこれはエホバのことを指す。ファラオが差し向ける軍勢に対して神もまた軍勢を率いて迎え撃つだろう、と説教師は述べるわけだが、ここでの戦争のイメージは、読み手に南北戦争のことを想起させたに違いない。

スタンザ末尾の二行に見るように、説教の真の意図を知った聴衆の動揺を抑える目的で、話し手は武装蜂起の意図を否定する身振りを示しつつ釈明を行なう。同様の韜晦（とうかい）はその後も繰り返される――「おっと、ここで走って逃げて、ご主人たちに言ってはならぬぞ／わたしが不平不満をたきつけているなどと」（第六スタンザ 14）、「つまりわたしは、わたしたちの自由について／聖書的なやり方で語っているだけなのだ」（第九スタンザ 14）。このような釈明の反復によって、聴衆と話し手双方のうろたえぶりが強調され、ユーモアが生まれる。これに加えて、この詩では話し手の無学さを強調するため、綴り字も文法も歪められる。それゆえ全体に滑稽さが漂っているが、この作品はダンバーの方言詩に対してしばしば投げかけられる〈ミンストレル的〉という形容からはみ出す、真摯なメッセージを含んでいる。奴隷たちの動揺にもかかわらず、話し手は語るべきことを最後まで語り切り、聴衆に大いなる励ましを与える。最終スタンザでは次のように、自分たち黒人奴隷が解放されることへの希求に満ちたヴィジョンが示される。

だがモーセがその力を携えて
やってきて、わたしたち子どもを解放してくれたなら、
わたしたちは自由を与えてくれた
有難いご主人様を褒めたたえよう。
そしてわたしたちはハレルヤと叫ぶだろう、
その大いなる清算の日に
わたしたちが市民として認められるときに。
さあさあ、子どもたちよ、祈ろうではないか！（15）

最後から二行目の「わたしたちが市民として認められるときに」（"When we'se reco'nised ez citiz'"）という一節は、複数の論者が指摘するように（Blount, "Preacherly Text" 590; Fishkin 304-07）、戦争〈以前〉の説教という作品タイトルが示す時代的前提を、戦争〈以後〉の説教へと読み替えることを密かに促す。なぜなら、この詩が書かれた一九世紀末の時代において、奴隷の身分からすでに解放されていた黒人は、なお白人と並び立つ「市民」として認知されて

いなかったからだ。この行での「認められる」"reco'nised" = recognized という語は、直前の行にある「決算」"reck'nin'" = reckoning と音の類似で結びつき、真の市民権を獲得することの切実さが詩的技巧によって強調される。だが黒人たちが真に市民として認知される「決算の日」は、実のところ南北戦争による奴隷解放では到来せず、まだ見ぬ未来に持ち越されたものなのだ。そのような理解のもとに読み直すと、先ほど引用した第五スタンザ末尾の「わたしはまだ大昔のことについて説教してるんで／今現在のことについて話してるんじゃない」という説教師の韜晦は、南北戦争前のことを語るという体裁で一九世紀末という現在を語ろうとする作者ダンバーの韜晦でもあると言える。

「黒人兵士たち」

「戦争前の説教」は『メジャーとマイナー』に収められた方言詩だが、同じ詩集には、標準的な英語で書かれた「黒人兵士たち」も収録されている。この作品は題名が示すように、南北戦争という国家存亡の危機に際して勇敢に活躍した黒人たちの働きを讃える詩である。同じく〈過去〉と〈現在〉という時代の意識に注意を払って検討を加えてみよう。

この詩の語り手は冒頭のスタンザにおいて、「私は勇ましい歌をうたってみせよう、／気高きハムの息子たちの歌を、／アンクル・サムのために戦った／勇壮な黒人兵士たちの歌を！」"I would sing a song heroic/ Of those noble sons of Ham, / Of the gallant colored soldiers/ Who fought for Uncle Sam!"（"Colored Soldiers" 50）と宣言し、南北戦争に黒人が参加し貢献するに至った経緯を語っていく。当初は黒人たちを拒絶し白人だけで戦っていた北軍が、次第に南軍に圧倒されていったこと（第二・三スタンザ）。それを受けて黒人たちが戦列に加わり、勇ましく戦ったこと（第三・四スタンザ）。彼らがワグナー要塞やオラスティの戦いなどで目覚ましい働きをしたこと（第五スタンザ）。そして合衆国が再生するために血の犠牲を払ったこと（第六・七スタンザ）。そうした次第が語られていき、最後の第一〇スタンザでこう締めくくられる。英語の原文も示す。

そして彼らの行ないは、〈名声〉の記録簿に
記載されることになろう。
というのも、彼らの血は完全に
奴隷制の恥辱という汚点を拭い去ってしまったから。
だからあらゆる名誉、あらゆる栄光を
あの高貴なハムの息子たちへ――
アンクル・サムのために戦った
勇敢な黒人兵士たちへ！

And their deeds shall find a record
In the registry of Fame;
For their blood has cleansed completely
Every blot of Slavery's shame.
So all honor and all glory
To those noble sons of Ham—
The gallant colored soldiers
Who fought for Uncle Sam!（52）

テリーも指摘するように、このスタンザの前半部でダンバーは、戦いのなかで黒人が流した血が何かを汚すどころか、奴隷の身であった恥辱という汚点を拭い去る助けとなった、という逆説を提示する（Terry 271-72）。加えて脚韻の利用によって、戦争参加がもたらした黒人たちの「恥辱」"shame"から「名声」"fame"への転換が、鮮やかに表現される。スタンザ後半部も脚韻が効果的に用いられている。この部分の詩行は、先に示した最初のスタンザをほぼ繰り返している。こうして設けられた作品の枠で、旧約聖書における「ハムの息子」すなわち黒人は、合衆国を擬人化した「アンクル・サム」と脚韻を介して重なる。ダンバーは両者を等号で結ぶことにより、黒人もまたアメリカ社会の正統な一員であることを読み手に印象づけている。

またこの詩においては、黒人たちが国家のために勇敢な働きをした〈過去〉から、語り手の関心が次第に〈現在〉へと向かっていく。たとえば、第八・九スタンザは次のようなものである。

そのとき、彼らは同志であり兄弟だった。
今日も程度の差こそあれ同様だろうか？

彼らは見事に銃弾を防ぎ止め、
恐るべき戦いに立ち向かった。
彼らは立派な市民であり兵士であった、
反乱軍がその頭をもたげたときには。
そして彼らを価値あるものにした特質は――
ああ！そうした美徳はまだ死んではいない。

彼らは夜の見張りをあなた方と分かち合った。
彼らは日々の労苦をあなた方と分かち合った。
そしてあなた方の血と混じり合った彼らの血が、
南部の土壌を豊かなものにしたのだった。
彼らは眠り、行進し、そして苦しんだ、
あなた方と同じように暗い空の下で。
彼らは獰猛な敵兵と対峙し、
相手に負けないくらいに勇敢で、そして忠実だったのだ。（51）

第八スタンザで語り手は、戦時における白人と黒人の対等な関係に言及し、そこから現在における黒人の地位へと思いを馳せる。「戦争前の説教」では判読しにくい“citz”という形で示されていた「市民」“citizens”という語が、五行目で「兵士」“soldiers”という語とセットになって使われる。だが、一九世紀末の現在、黒人たちが兵士として国のために血を流していた当時、彼らは白人と同等の敬意を受けていた。だが、一九世紀末の現在、彼らは「市民」らしい扱われ方をされていない――そのような示唆を語り手は行なっている。

第八スタンザの二行目で使われている疑問文は、語り手が自らに問いかけた内省の表現ともとれるし、詩の主たる受け取り手である白人読者に投げかけた問いとも解せる。これを隠れた契機として、続く第九スタンザで語り手は、「あなた方」という二人称を使って何度も呼びかけを行なう。「あなた方」とは、南北戦争時の白人兵士たちであり、同時に白人読者でもある。このスタンザでは、時制がすべて現在完了形になっており、〈過去〉と〈現在〉の間に強い連続性が作られている。たとえば、白人と黒人が共に血を流す犠牲を払ったおかげで南部の土地が豊かになった、と述べる三・四行目は、南北戦争での戦闘のことを指しているのか、戦後の南部復興に向けての尽力のことを指しているのか判然としない。「見張り」「行進」「敵兵」などの語で喚起される戦争のイメージは、字義通りのものか比喩なのか、読み手は手掛かりを与えられることがない。

以上のように、ほぼ同時期に書かれた「戦争前の説教」と「黒人兵士たち」を精読すると、片や方言詩、片や標準的な英語による詩という違いこそあれ、そこに見られる時代を捉える意識には共通性があることが分かる。これらの詩でダンバーは、南北戦争とそれ以前の時代という〈過去〉を題材にしつつ、黒人を「市民」として認知しない〈現在〉に対する批判を目立たない形で盛り込む。その点でこれらの詩は、読者に現状の人種的不平等へと思いを至らせ、再考を促す企図を有するのである。

二　深まる苦悩——〈戦争〉詩に見られる変化

「彼らが黒人兵士たちを入隊させたとき」

自分を含めた黒人が現在置かれた状況に対してダンバーが懐疑的な目を向け、それを作品内で表現していたことを、初期の二編の詩の分析で確認した。そうした作品内での現状批判は、あからさまな形で表出されておらず、あくまで示唆のレベルに留まっている。デビュー時のダンバーが、社会抗議的な考えを表明することに抑制的であったのは、彼が主流の白人読者層に受け入れられることを目指していたことを思えば、至極当然だろう。

そのような詩作のスタンスは、ダンバーが名声を確立してから変化していったのか。この問いに正面から取り組んだ論考は少ないが、これには、書き手のキャリアの短さに加え、旧作も新作もひっくるめた形で大部の詩集を出版するため、作風の変化を著作単位で捉えにくいという事情も与っているだろう。[1] だが、詩集にどのような作品が収録されているかを検分すれば、取り上げる素材やそれを扱うやり方にある程度の変化が認められそうなのだ。そしてこの点を考える際にも、広い意味での戦争詩が手掛かりとなる。

前節で検討した「黒人兵士たち」を、ダンバーは『メジャーとマイナー』だけでなく、翌年の詩集『つましき暮らしの詩（うた）』（一八九六年）にも再録している。だがそれ以降、南北戦争を正面から取り上げた作品はしばらく書かれなくなる。ダンバーが戦争詩の新作を披露するのは、七年後の『愛と笑いの詩（うた）』（一九〇三年）においてである。この詩集には戦争を扱った詩が複数収められている。「彼らが黒人兵士たちを入隊させたとき」、「賞賛されない英雄たち」、「ある兵士のための葬送歌」といった南北戦争での黒人兵士を扱った詩や、黒人兵士で編成された第五四マサチューセッツ歩兵連隊の大佐に寄せた「ロバート・グールド・ショー」、独立戦争を戦った黒人の伝説に材を取った「ブランディワインの黒いサムソン」などが収められている。こうしたラインナップから、過去のアメリカでの戦争にダンバーが再び関心を示すようになったことが見て取れる。

これらの戦争詩のなかで異彩を放つ作品は、「黒人兵士たち」と共にアンソロジーによく取り上げられる「彼らが黒人兵士たちを入隊させたとき」である。この作品は、黒人女性の奴隷を語り手とした方言詩である。彼女の夫であるライアスはある日突然に召集され、北軍兵士として戦地に赴き、戦死してひっそりと埋葬される。語り手の女性は、詩の終盤において夫の死を悲しみながら、南軍側に就いて戦死を遂げた白人主人たちの死にも哀悼の気持ちを抱く。最終スタンザは次のようなものである。

ジャック様はひどいありさまでご帰還になられた。一生壊れたような状態だろう、との噂。
わたしの可哀そうな若いご主人様は、どこかの道端で置き去りにされた――亡くなられて。

女の人たちが嘆いて泣き声をあげたとき、わたしにもすっかりその気持ちを感じることができた。
なぜってわたしにもまた、危険を冒して戦った愛する人がいたから。
そして彼らはわたしにこう言った、あの人を南のどこかに埋葬した、
持っていた旗をきちんとその胸にかけて輝くようにしてあげた、と。
そう、わたしは泣いた。だが、彼らが黒人兵士を募り、わたしのライアスが戦争に行くことになったとき、
そのためにこそ神様が彼をお呼びになったのだとわたしは考える。（"When" 183-84）

作品タイトルになっている「彼らが黒人兵士たちを入隊させたとき」というフレーズは、各スタンザの最終行でも繰り返して使われ、戦争に参加する際の黒人側の受動性を伝えている。黒人男性が自発的な意志で志願して国家のために敵と勇ましく戦う、というストーリーはこの作品では強調されない。むしろ、敵味方もなく兵士たちが無駄に命を散らしていくことへの嘆きに主眼が置かれている。この詩では戦争の大義に身を捧げたライアスのヒロイズムが礼賛されているとテリーは主張するが（Terry 270）、そのヒロイズムは半ば強いられたものであり、しかもその死が無駄に終わったのではないかという懐疑がこの詩には流れている。その点で「彼らが黒人兵士たちを入隊させたとき」は、類似したタイトルを持つ「黒人兵士たち」をより醒めた視線で語り直した作品だと言える。

ダグラス追悼詩と戦争詩

ダンバーが二〇世紀に入ってこうした戦争の悲惨さや無意味さを強調する作品を発表した背景として、依然として黒人を「市民」として認知しないばかりか、暴力によって抑圧しようとする合衆国への不信と苛立ちが彼のなかで高まっていたことが推察できる。ここで、「黒人兵士たち」と「彼らが黒人兵士たちを入隊させたとき」とのトーンの違いを、やはり時期を隔てて同じ素材を扱った「フレデリック・ダグラス」と「ダグラス」との違いと重ねて考えてみたい。ダンバーは一八九三年にシカゴ万国博覧会の会場で、最晩年のフレデリック・ダグラス（一八一八―

一八九五）と出会い、彼の演説に続けて「アメリカ黒人に寄せるオード」と題する詩を朗読している（Jarrett 168）。この詩が「黒人兵士たち」とタイトルを代えて第二詩集に収められることになる。その経緯を念頭に置いて読み直すと、詩のなかで描かれる勇敢な黒人兵士の姿に、黒人の地位向上のために長く奮闘し、しかも黒人が兵士として南軍と戦うことを奨励したダグラスその人の姿を読み込むことも不可能ではない。その点で「黒人兵士たち」は、この高名な政治家の死去の報を受けて書かれた「フレデリック・ダグラス」との繋がりを持つ。

この追悼詩は、狭い意味では戦争を扱うものではない。だがこの作品で、雄弁家として知られたダグラスには、敵を前にしてひるまない剣闘士・戦士・軍人といった武勇を強調する役柄が一貫して与えられている。一例として第五スタンザの一節を原文と共に訳出引用する――「良い噂、悪い噂が入り混じるなか、彼はそれを突っ切るように進んで行った。／まっすぐに、顔をずっと高みへと向けながら。／また、敵の恐るべき軍勢に恐れずに立ち向かった」“Through good and ill report he cleaved his way. / Right onward, with his face set toward the heights, / Nor feared to face the foeman's dread array,—”（“Frederick Douglass” 6）。一行目では、「うわさ、風聞」と「銃声、砲声」という異なる意味をもつ語“report”が使われており、雄弁家（ないしは政治家）と軍人という二つのイメージを同時にダグラスに与えている。さらに、次の第九スタンザに見るように、この詩では一人称複数の〈私たち〉がダグラスの死後もその遺志を継ぎ、アメリカにおける人種的平等への戦いを続ける決意を力強く表明する。

私たちは彼のために泣くが、私たちは彼の手に触れ、
彼が傍にいることの魔法を感じた。
国じゅうに彼が送り込んだ潮流、
彼があげる鬨の声のもつ、心を燃え立たせる精神。
私たちを抑えつけるものすべてに対して、私たちは勝利を収めることになるだろう、
そして彼が希望をかけたところに私たちの旗を立てるだろう！（7）

「フレデリック・ダグラス」に認められる、このような未来に向けた強い意志は、一九〇三年の詩「ダグラス」での、拠り所を失くして為す術を持たない現在の状況を嘆く語り手の心境と、際立った対照を成す。「ダグラス」は二つのスタンザから成る作品だが、第一スタンザを訳出引用するだけで、語り手、ひいてはダンバーの現状に対する危機感は明瞭に伝わるだろう(2)。

ああ、ダグラス、私たちは邪悪な時代に堕ちてしまった。
そのような時代が来るとは、あなたでさえ予見できなかった、
あの過酷だった遠い昔に人々の眼が、曲がりくねった道の交差にいるあなたを
はっきりと認めたときには。
そして、国じゅうの人々が驚きと共にあなたのことを耳にしたときには。
そこで終わらなかったのだ、激しい潮の満ち引きは、
争うように行ったり来たりする恐るべき潮汐は。
私たちは嵐のような誹謗のただなかで船を進めている。("Douglass")

このように、一八九五年と一九〇三年に発表された詩を並べてみると、同じ素材でありながら、その基調に明らかな違いが認められる。南北戦争での黒人兵士を描く場合でも、ダグラスを回顧する場合でも、ダンバーは初期の段階では、人種的平等のために果敢な〈戦い〉を行なった先人たちへの共感を高らかに表明していた。ところが二〇世紀に入ると、戦争で愛する者を喪った悲しみや、指導者の不在を前にしての自失がむしろ前面に出される。ここから、キャリアを重ねるにつれて、ダンバーが合衆国の在り方についてより厳しく悲観的なヴィジョンを抱くようになったことが推察できる。南北戦争時に黒人連隊を統率した人物に語りかけるという趣向の「ロバート・グールド・ショー」

が、次のような詩行で結ばれるのも同じ理由からだろう――「なぜならば〈現在〉は教えるからだ、あなたや正義のためにあなたと共に死んだ者たちは、ただ無駄に死んでしまったと！」（"Robert Gould Shaw"）

一九〇三年詩集の特異性

「彼らが黒人兵士たちを入隊させたとき」や「ダグラス」が収められた詩集『愛と笑いの詩』は、その書名が示す温かみを拒絶するかのように、合衆国、とりわけ南部で横行している黒人への暴力や不正を糾弾する詩を幾つか収録している。たとえば、当時の南部で急増していたリンチの惨たらしさを描き出した「憑りつかれたオークの木」、新南部で行なわれている囚人労働を批判する「南部へ」などの作品は、〈過去〉を経由せずに〈現在〉の問題をまっすぐ読み手に突きつける。仮にダンバーがこれらの詩をデビュー当初に発表していたら、白人読者層から背を向けられてしまったはずである。

若きダンバーは最晩年のダグラスに出会うという幸運を得たが、その後も文学者として活躍するなかで、新しい世代の黒人指導者たちと交流できた。ブッカー・T・ワシントン（一八五六―一九一五）との交友は一八九八年あたりから始まり、ほどなくW・E・B・デュボイス（一八六八―一九六三）との面識も得た。こうしたアメリカ黒人史のキーパーソンとも言うべき人々との関わりが、ダンバーの社会を見つめる目に影響を及ぼしたのは想像に難くない。『愛と笑いの詩』をダンバーが出版した一九〇三年は、デュボイスが『黒人のたましい』を出版したのと同年である。様々な傾向の作品が収められたこの詩集を、社会抗議的な色合いが特段に強いと規定するのは無理があるかもしれない。だが少なくとも、収録作品のラインナップを検討するならば、『黒人のたましい』が世に出ることを促した同時代の空気が、ダンバーの実質的に最後となった詩集にも満ちているのは確かなのである。

三　小説のなかの黒人兵士たち

兵士になった父を描く

ダンバーは再建期の時代に生まれたが、奴隷解放をもたらした戦争のことを、自分と無縁な出来事とは思わなかっただろう。黒人たちの兵士としての参戦は、個人的なレベルでも馴染み深いトピックだった。一八八五年に病死した父ジョシュアには、黒人兵士として南北戦争に参加した過去があったのだ。一九世紀において漆喰塗りは需要の多い仕事で、ケンタッキー州で奴隷の身分であったジョシュアは、この仕事を専門にしていた。所有者である主人はそんなジョシュアを他人に貸し出し、彼がもらった賃金の上前をはねようとした。それに反発したジョシュアは、自由州だったオハイオへ、そしてカナダへと逃れる。だが、一八六三年の奴隷解放宣言をきっかけとして合衆国に舞い戻り、北軍兵士として南北戦争に参加した。彼が黒人連隊で軍務に就いていたのは、一八六三年六月から八月まで、それから一八六四年二月から一八六五年一〇月までの期間で（Jarrett 32-42）、除隊になってからはオハイオに戻り、そこで結婚して家庭を築くことになる。

この従軍経験のある父親をモデルにした短編小説が、一九〇〇年に出版した小説集『ギデオンの力、その他の物語』に収録された、「恩知らず」である。この作品の主人公であるジョッシュ（ジョシュア）は漆喰塗りを専門にする黒人奴隷だが、読み書き能力を駆使してカナダに逃れ、その後に黒人連隊の一員として南軍と戦うようになる。元の所有者である白人主人から「恩知らず」と言われるジョッシュの行動の軌跡は、すでに複数の論者が指摘するように、ダンバーの父親の経歴をほぼ忠実になぞっている（Braxton x-xi; Fishkin and Bradley 92-93）。復員後のジョシュア・ダンバーは酒に溺れ、家族のもとに長く留まれず、施設で孤独な晩年を過ごした（Jarrett 68-71）。だがそんな負の側面に触れるのをダンバーは避け、理想化して父親の肖像を描いた。父のみならず、自らの危険を顧みず同胞のために戦った元奴隷たちに寄せる共感と敬意が、この作品には込められている。

鉱山での〈戦争〉

「恩知らず」は南北戦争とその前夜を背景にしているが、戦後を舞台にした小説でも過去の戦争を想起させる作品がある。それが一八九八年の短編集『ディクシーの人々』に収録された「十一番シャフトにて」である。この短編に注目して、〈現在〉を舞台にした作品に組み込まれた〈過去〉の表象を検討してみたい。この物語の舞台はウェストヴァージニア州にある鉱山で、作品タイトルは採掘用の立坑の一つを指す。この鉱山に不当な賃上げをそのかす扇動者が現れ、口車に乗せられた白人労働者たちはストライキを起こす。それに対して会社側はサム・ボウルズ率いる黒人たちを代役の坑夫として送り込み、業務の継続をはかる。白人労働者たちはそんな黒人たちを憎悪し、真夜中に襲撃を試みるが、サムの指揮のもとに黒人たちも食堂に立てこもって応戦する。白人でありながら大義のないストライキから距離を置いていたジェイソン・アンドリューズの助力もあって、黒人労働者たちは夜明けに民兵たちが駆けつけてくるまで襲撃を持ちこたえる。こうしてストライキは雲散霧消し、ジェイソンはサムを右腕として鉱山の経営にあたるようになる。「十一番シャフトにて」はそのような筋立ての短編である。

世紀転換期に頻発していた労使紛争では、階級的な対立と人種的な対立がしばしば重なり合う。スト破りとして経営側が投入するのは、黒人をはじめとするマイノリティの労働者が多く、彼らは敵役として否定的に捉えられがちだ。だがこの短編でダンバーは黒人労働者の肩をもち、利欲に目がくらんで労働の義務を放棄してしまう白人労働者たちを批判している。黒人坑夫らを好意的に描くための工夫として、ダンバーは物語の山場となる深夜の銃撃戦を描く際に、南北戦争時の黒人部隊の活躍を彷彿とさせるイメージやレトリックをちりばめている。まず、身の安全を図るために黒人たちが集結する食堂は、深夜の襲撃が始まると「砦」“citadel”（“At Shaft 11” 71, 72）や「駐屯地」“garrison”（71）といった軍事的な言葉で表現されていく。ここに引用するくだりでは、白人たちの視点から銃撃戦の様子が描かれている。

ストを敢行した者たちは、明るさが残っている間は何もできないことを悟り、大いに悔しがった。もう真夜中近くになっており、男たちは自分たちの持ち場で疲れ、身をよじらせていた。動きまわることなどできなかった、なぜなら腕や脚を出すたびに必ず包囲された側から銃が発射されるからだ。おお、暗闇が来るのが待ち遠しい、前進して要塞に猛攻撃を加えるために！　そうすれば自分たちは数の力で黒人たちをねじ伏せるか、あるいは立てこもっている場所に火をつけ、逃げようとする奴らを撃ち殺すことができるのだ。おお、暗闇が来るのが待ち遠しい！（73）

この引用部では、黒人たちの立てこもる食堂は「要塞」"the stronghold"と表現されている。加えて、「包囲された側」"the besieged"や「猛攻撃を加える」"storm"といった語の使用にも、戦争のイメージを付与しようとする書き手の意図が認められる。加えてこの作品でダンバーは、随所で光と闇の対比を強調して人種的な対立関係を際立たせる。引用部に典型的に表れているように、闇は白人に加勢するものであり、白人たちの姿を見せてくれる炎や夜明けの太陽などの光は、逆に黒人に味方する。こうしたレトリックを使って、ダンバーはこの人種対立の物語をより劇的なものにしている。

銃撃戦の場面では、防御にまわる黒人側がサム・ボウルズの指揮のもと、体を寄せ合って狙いを定めた一斉射撃を行なって白人たちの接近を阻む（73-74）といった展開もある。そんな彼らの行動は、南北戦争時の黒人兵士たちの振る舞いに類似している。英雄的な行動をとる指導者の名がサムであることにも意味がある。詩「黒人兵士たち」で「ハムの子孫」が「アンクル・サム」と結びつけられるのと同様に、白人以上に労働にいそしむ黒人たちこそ正当なアメリカ市民として相応しい、という作者のメッセージが登場人物の命名の仕方から読み取れる。

「十一番シャフトにて」で描かれるのは、表層的なレベルでは地方での局所的な紛争にすぎない。だがこの作品では、誰が合衆国に豊かさをもたらしてきたのか、そして誰がその豊かさを得る権利があるのか、という問題提起がなされている。人々に労働の対価として収入をもたらす鉱山は、アメリカ合衆国の寓意である。小説の結末では、黒人も白人とほぼ対等な形で鉱山のために働き、報酬を得る権利を獲得する。この物語を通じてダンバーは、戦争時の黒人兵士たちの活躍の記憶を読み手に呼び起こしつつ、合衆国の豊かさを黒人が享受することの正当さを読み手に訴えているのである。(3)

銃弾と投票用紙

「十一番シャフトにて」は、短編集『ディクシーの人々』では最後から二番目に置かれた。この短編は白人読者の人種的偏見に迎合しない先鋭的な作品なので、読者の目に触れるのが後になるよう意図的に配列したのだろうと推測する論者もいるが（Jarrett and Morgan xxii）、その見解はおそらく正しい。そのような配慮が必要なほど当時の人種対立が深刻になっていたことは、この短編集が一八九八年四月に出版されて間もない同年十一月に、ノースカロライナ州ウィルミントンで白人至上主義たちが多数の黒人市民を虐殺したという事実が証し立てている。この悲劇的な出来事にダンバーは直ちに反応した。(4) 彼はオハイオ州トレド『ジャーナル』に「人種問題をめぐる議論」を寄稿し、ウィルミントンでの悲劇は単に一地方の出来事ではなく、合衆国の国民全体が共有すべき問題であると主張した。さらにダンバーは、主流のアメリカ白人が黒人に対して手のひらをかえすような態度をとるようになったと指摘し、こう述べる。

> この新しい態度はこんな風に言っていると解釈できるだろう。「黒人たちよ、お前たちは私たちのために戦ってもよいが、私たちのために投票することは許さない。銃弾が飛び交っているときに強力な防壁になれることを示してくれるのはいいが、投票用紙が行き交っているときには前線から退いていなければならない。戦争で英雄になるのはいいが、平時には臆病者でいなければならない」（"Race Question" 261）

ここでダンバーは詩的センスを最大限に発揮し、「戦う」"fight"と「投票する」"vote"、そして「銃弾」"bullets"と「投票用紙」"ballots"という韻を踏んだ語のセットをつくることで、選挙と戦争を重ね合わせている。それによって、選挙に代表される健全な民主主義を築くための〈戦い〉から黒人を排除することは、かつての戦争で合衆国に多大な貢献をした彼らに対する背信行為だと訴えるのである。ここに認められるダンバーの考えが、「十一番シャフトにて」でのメッセージとも通底するのは疑い得ない。

おわりに

南北戦争は、従軍経験のある元奴隷の父をもつダンバーにとって、重要な歴史的〈記憶〉だった。そのことが彼の書いた詩のみならず、短編小説、論説などジャンルを超えて反映されている。南北戦争を背景とする作品において、ダンバーはノスタルジックな感情に埋没することなく、自分を含めたアメリカ黒人が置かれた現状を批判的に見据えようとしている。いま現在の問題を取り上げる場合においては、アメリカ黒人の歴史的な歩みを踏まえつつ意見表明を行なっている。数のうえでは南北戦争や黒人兵士を直接の素材にしたダンバー作品はそう多くはない。それでも黒人兵士という人物形象は、この作家の社会や国家に向ける眼差しを知るうえで、鍵となる重要性を持っている。

＊本稿は、日本英文学会第九五回大会（二〇二三年五月二〇日、関東学院大学横浜・関内キャンパス）における研究発表「詩人と黒人兵士たち――Paul Laurence Dunbar の時代意識を探る」を基にしている。

【註】

（1）ダーウィン・T・ターナーは各詩集における基調の変化に触れ、死や悲哀をダンバーが作中で主題化することが次第に多くなってくると指摘している（Turner 65-66）。

（2）マーセラス・ブラウントは「フレデリック・ダグラス」と「ダグラス」を比較し、前者よりも後者の方がより暗い基調を持った作品であり、そこにはアフリカ系アメリカ人の置かれた社会状況の悪化が反映していると指摘する（Blount, "Paul Laurence Dunbar" 243）。本節ではこの見解を補強することを試みた。

（3）短編「十一番シャフトにて」は、ブッカー・T・ワシントンとダンバーとの関係を考えるうえで興味深い材料を提供してくれる。この小説の舞台はウェストヴァージニア州の鉱山だが、ワシントンも奴隷の身分から解放されてから、同州のモルデンという町に移住し、継父が携わる岩塩の精製の仕事を手伝った後、炭鉱での採掘に従事している。ストライキも目撃しているが、労働者たちには良い印象を持たなかった。その一方で、ストライキを避けるために雇用主が労働者と忌憚のない関係を築く必要性を力説している（ワシントン『奴隷より身を起こして』の二章、四章、十一章を参照）。ワシントンが若いころに目撃した雇用主と労働者との関係は、彼が校長を務める黒人学校での生徒との関係や、アメリカ社会における人種関係を考察するうえでのヒントとなっている。ダンバーが「十一番シャフトにて」を書いた時期は『奴隷より身を起こして』が出版される前であり、ワシントンとも手紙でやり取りするくらいの仲だった。しかし、ほどなく両者の親交が深まり、ダンバーがワシントンの著作を蔵書し愛読するに至ること（Jarrett 429）を考えると、この短編を両者の親和性を示した作品として捉えてみたくなる。

（4）アフリカ系作家チャールズ・W・チェスナット（一八五八－一九三二）が一九〇一年に発表した『伝統の精髄』は、このウィルミントンでの虐殺事件に取材した長編小説として知られる。この事件の委細とチェスナットとの関わりについては、ペンギン版『伝統の精髄』に付したエリック・J・サンドクィストの解説などを参照。

【引用文献】

Blount, Marcellus. "Paul Laurence Dunbar and the African American Elegy Author(s)." *African American Review*, vol.41, no.2, summer 2007, pp. 239-46. *JSTOR*, www.jstor.org/stable/40027056.

---. "The Preacherly Text: African American Poetry and Vernacular Performance." *PMLA*, vol. 107, no. 3, May 1992, pp.582-93. *JSTOR*, www.jstor.org/stable/462763.

Braxton, Joanne M. Introduction. Dunbar, *Collected Poetry*, pp. ix-xxxvi.

Chesnutt, Charles. W. *The Marrow of Tradition*. 1901. Edited and introduced by Eric J. Sundquist, Penguin Books, 1993.

Dunbar, Paul Laurence. "An Ante-Bellum Sermon." *Collected Poetry*, pp.13-15.

---. "At Shaft 11." *Complete Stories*, pp.65-75.

---. *The Collected Poetry of Paul Laurence Dunbar*. Edited and introduced by Joanne M. Braxton, U of Virginia P, 1993.

---. "The Colored Soldiers." *Collected Poetry*, pp.50-52.

---. *The Complete Stories of Paul Laurence Dunbar.* Edited and introduced by Gene Andrew Jarrett and Thomas Lewis Morgan, Ohio UP, 2005.

---. "Douglass." *Collected Poetry*, p.208.

---. "Frederick Douglass." *Collected Poetry*, pp.6-7.

---. "The Race Question Discussed." Sport, pp. 260-63. Originally Published in *Toledo (Ohio) Journal*, Dec. 18, 1898.

---. "Robert Gould Shaw." *Collected Poetry*, p.221.

---. The Sport of the Gods *and Other Essential Writings*. Edited and introduced by Shelley Fisher Fishkin and David Bradley, Modern Library, 2005.

---. "When Dey 'Listed Colored Soldiers." *Collected Poetry*, pp.182-84.

Emanuel, James A. "Racial Fire in the Poetry of Paul Laurence Dunbar." Martin, pp. 75-93.

Fishkin, Shelley Fisher. "Race and the Politics of Memory: Mark Twain and Paul Laurence Dunbar." *Journal of American Studies*, vol. 40, no. 2, Aug. 2006, pp. 283-309. *JSTOR*, www.jstor.com/stable/27557793.

Fishkin, Shelley Fisher, and David Bradley. Introduction. Dunbar, Sport, pp. 91-105.

Jarrett, Gene Andrew. *Paul Laurence Dunbar: The Life and Times of a Caged Bird*. Princeton UP, 2022.

Jarrett, Gene Andrew, and Thomas Lewis Morgan. Introduction. Dunbar, *Complete Stories*, pp. xv-xliii.

Jones, Gavin. *Strange Talk: The Politics of Dialect Literature in Gilded Age America*. U of California P, 1999.

Martin, Jay, editor. *A Singer in the Dawn: Reinterpretations of Paul Laurence Dunbar*. Dodd, Mead, 1975.

Sundquist, Eric J. Introduction. Chesnutt, pp. vii-xliv.

Terry, Jennifer. "'When Dey 'Listed Colored Soldiers': Paul Laurence Dunbar's Poetic Engagement with the Civil War, Masculinity, and Violence." *African American Review*, vol.41, no. 2, summer 2007, pp.269-75. *JSTOR*, www.jstor.org/stable/400270.

Turner, Darwin T. "Paul Laurence Dunbar: The Poet and the Myths." Martin, pp. 59-74.

Washington, Booker T. *Up from Slavery*. 1901. Edited by William L. Andrews, Norton Critical Edition, W. W. Norton, 1996.

第十七章 幸せと贖（あがな）いのサンドイッチ
――詩人カーヴァーと『水と水とが出会うところ』

橋本 安央

一 詩人カーヴァー

レイモンド・カーヴァー（一九三八―一九八八）が亡くなった際、英国『タイムズ』紙に掲載された追悼書評記事が「アメリカ中流階級のチェーホフ」と讃えたが（Kemp G.1）、たしかにカーヴァーは短篇小説家として名を成した。その一方、五〇年の生涯で都合三〇六篇の詩を遺してもいる。とりわけ短篇小説集『大聖堂』（一九八三年）を刊行し、短篇小説の名手という不動の評価を得て以降、夭折するまでの五年間で創作した作品の大方が、韻文であったという事実もある。この間に執筆された詩篇の大半は、『水と水とが出会うところ』（一九八五年）、『ウルトラマリン』（一九八六年）、『滝への新しい小径』（一九八九年）という三つの詩集に収められた[1]。

『水と水とが出会うところ』と『ウルトラマリン』は、アメリカ芸術院（American Academy and Institute of Arts and Letters）から交付された助成金という賜り物のおかげで執筆に専念できる環境がはじめて整い、おまけに名声も獲得し、そして生涯のパートナーと見極めた詩人テス・ギャラガー（一九四三―）と暮らしながら綴られたという意味で、波瀾万丈なカーヴァーの人生のなかでももっとも安定した時期に紡がれたといってよい。その後、一九八七年九月に喀血し、悪性腫瘍がみつかるのだが、左肺の三分の二を切除する手術や抗ガン剤治療を受けつつ『滝への新しい小径』の執筆と編集作業を終えたという。これら三点は、短篇小説や、以前に発表された詩篇と比較しても、総じて快活で伸びやかな筆致でものされており、ユーモアにあふれた詩集に仕上がっている。形式的にはきわめて自由な自由詩であり、伝統的な対句も詩脚も韻律も備えないことから、「とても短い短篇小説」「スケッチ」と評されることもあるが（Smith 39）、詩人自身もあるインタヴューで、連の構成や音節数、各連の行数といった形式的事柄には関心がないと述べている（Stull 191）。言葉遣いの点ではアメリカ英語の口語表現や慣用句が頻繁に援用され、読み手との距離が近いというか、親しげな語り口で紡がれるところがある。カーヴァーはさまざまな場で、小説よりも詩のほうがパーソナルであるともかたるのだが（"On 'Bobber'" 117; Bonetti 59）、したがって、詩における話者の声は、詩人のそれにきわめて近しい。言葉遣いのみならず、扱われる素材も日常的なものが多いが、当時暮らしていたポートエンジェルスの環境や詩人の生い立ちの影響からか、自然や動物をめぐるものも少なくない。さらにはときに、歴史上の人物や文学者をめぐるものもある。一九六七年に亡くなった父親のことを想起する類いの、きわめて私的な主題もある。結婚生活の破綻と家族の離散をめぐる痛切なものもある。最後の一点は短篇小説においてもなじみ深いモチーフだが、詩においては語りの現在から振り返り、罪をみつめるという枠組みで紡がれる傾向にある。贖罪の感覚である。

本稿では、『水と水とが出会うところ』をとりあげて、後期カーヴァーの詩篇における特性を具体的に検討する。アルコール依存とたび重なる転居と破天荒な生活という不安定な歳月を過ごし、死の淵をさまよった詩人は、一九七七年六月二日の断酒を契機に奇蹟的に生還し、生き延びた。加えて七九年一月一日から、テスという新たなパートナーと第二の人生を歩むことも赦された。そのような者にとり、あたりまえの日常は、あたりまえではない。かつては底なし沼にいつ落ちるやも知れぬ恐怖におののいていた日常が、まだ日常として、ここにある。そのこと自体が奇蹟なのだ。だからこそ、あたりまえなことのなかに、たやすく至福をみいだすことができる。肺ガンがみつかる直前に行われたインタヴューで、カーヴァーは毎日が予期せぬ贈り物のごとき「おまけ（bonus）」であるとかたっているが（Schumacher 236）、『水と水とが出会うところ』全体にまばゆいばかりに降り注ぐ、太平洋岸北西部（パシフィック・ノースウエスト）の陽光は、なによりもまずこの文脈で理解されねばならぬ。他方で人生にたいして肯定的な精神風景のなかにあっても、暴力の記憶、崩壊と喪失という過去の深き傷口がよみがえり、詩人の心から離れない。これら二つの明と暗が、『水と水とが出会うところ』のなかで「出会い」、混ざりあうさまを、自由詩の枠組みのなかで援用される詩人独自の技巧と詩集の構成にも目を配りつつ、追いかけていきたい。

二　親密と奇蹟

『水と水とが出会うところ』は全八〇篇を七部にわけて収録する。「おまけ」の日々という言葉遣いにふさわしく、「ハッピネス」というこの上もなく無防備な表題の詩篇が、第二部の冒頭に置かれている[2]。

まだ夜が明ける前のある冬の朝、「僕」はコーヒーカップを片手に窓辺に立つ。するとそこに、新聞配達の少年が、友だちとおぼしきもう一人の少年とゆっくり歩く姿がみえる。彼らは「なにしろ、ものすごく幸福で／口もきけないくらいなのだ」。話者たる「僕」は、そのように決めつける。だからこそ、こんなにも早い時間に「肩を並べて仕事をしている（and they are doing this thing together）」のだ（65）。括弧内に原文を添えたこの引用では、音韻的にいえば摩擦音［ð］が反復されており（*they*, *this*, *together*）、話者が発する音声によって早朝の空気が震えるかのごとき印象を読み手に与える。そうしてかえって静けき朝の様相が際立つとともに、摩擦音と一緒に吐きだされる白い息と、手にしたカップから立つ湯気のおかげで、「僕」の眼前で窓がうっすらと曇る室内の光景が浮かびあがる。それを裏返すかたちで、冬の外気の冷えこみも、読み手に伝わってくる。さらに鼻音で終わる語を並べることで脚韻を踏み（*doing*, *thing*）、さらに頭韻（*and*, *are*; *they*, *this*）を重ねることで、話者の言葉に律動感が加わる。「僕」は鼻歌まじりのご機嫌な気分のようなのだ。冷えこみによって引き締まる身体と、暖かみによってとろける心持ちが、それぞれを引き立たせる塩梅である。単語の次元で捉えるならば、ここで少年たちが「ものすごく幸福」だと直観する「僕」の根拠は、“together”の一語にあるといってよい。二人はまだ夜も明けぬ早朝の時間に一緒にいるほどに親しいのであり、だからこそ、「できるものなら、腕を組みたいくらいじゃないかな」と、「僕」は思う。二人で一つといってもよい、そうした少年たちの親密な様子が、「僕」を幸福な気持ちでみたす。

二人の少年がゆっくりと歩みを進めるにつれて、少しずつ、空は白みがかる。そうして「光に染まっていく」。「この美しさには、死や野心や、いや／愛だって、しばしのあいだは／つけこむ余地がない」という（65）。「死」も「野心」も「愛」も、かつての若きカーヴァーにとっては切実かつ切迫した主題であった。それらがまったく入りこむことのない無心の時間を、神々しき冬の夜明けがもたらしてくれる。至福と無心に包まれて、詩人は気高き朝を迎える。

カーヴァーの短篇小説では、迫り来る脅威、あるいはあらかじめ予感された破滅の到来におびえるような、うすら寒く荒廃した精神風景が前景化される傾向にあるのだが、「ハッピネス」が体現するように、『水と水とが出会うところ』は、人と人との親密な感覚をつうじて生まれる幸福感を中心とした、人生にたいする肯定的な口調が際立つ。絶望の極限を知る者の、奇蹟のごときあたりまえの日常にたいする歓びが綴られる。

第七部の冒頭に置かれた、恋人に髪を切ってもらう「散髪」というラブ・ポエムにおいても、陽が射しこむとともに親密な感覚と幸福が結ぼれる。第一連はこのように始まる。

> これまでの人生で、じつにいろんなあり得ないことが
> 起こってきたから、彼女にさあ用意してね
> と言われたときにも、彼はとくに気にもとめない。
> 散髪をしてもらうのだ。（127）

> So many impossible things have already
> happened in this life. He doesn’t think
> twice when she tells him to get ready:
> He’s about to get a haircut.

「とくに気にもとめない」という日本語訳の原文は、“[He] doesn’t think / twice”という慣用句なのだが、それを字義どおりに読むならば、「二度は考えない」という意味になる。それはすなわち一度しか考えないということであり、それはすなわちここに“once”が埋めこまれているということである。読み手は二を一に読み換えるよう促される。「こ

れまでの人生で、じつにいろんなあり得ないことが／起こってきた」と、それにつづく「彼女にさあ用意してね／と言われたときにも、彼はとくに気にもとめない」という二つのセンテンスは、原文では並列の関係にある。村上訳はこの二つの間に因果関係を読みこんでおり、それに拠れば以下のような解釈になる。すなわち「彼」は、これまでさまざまに愕然呆然とする「あり得ないこと」を経験してきた、だから「彼女」に突然「用意してね」といわれても、別段驚くこともなく、いわれるがままに従い「散髪をしてもらうのだ」、と。これはこれで意味が通じるような気もするが、作品の結びでは、「「あなた、そろそろ散髪の時期よね。／誰かがあなたの髪を切らなくちゃ／いけないわよ」ということのできる一人の女」が（128）、おのれと一緒にいてくれることなどこれまで想像だにしなかった、というふうに、恋人にたいする「彼」の字義どおりの意味での有り難みの気持ちが綴られる。この箇所と冒頭の時系列に鑑みるならば、恋人が「誰かがあなたの髪を切らなくちゃ／いけないわよ」という直接話法の言葉を口にしたあとで、どれほどの隔たりがあるのかはよくわからないが、円環的に詩の冒頭に舞い戻り、原文では間接話法で紡がれる「用意してね」という意味内容の言葉を口にする、という流れになろう。だからこそ、「用意してね」といわれても、「彼」は「とくに気にもとめ」ず、言葉の意味を瞬時に理解するのだ。文脈をもたぬ突然の発話ではないということである。

したがって、あくまで並列という形にこだわるならば、冒頭におけるこれら二つのセンテンスは、対極に位置する二種の「あり得ないこと」を並べたものとして読むべきであろう。「彼」はこれまで「あり得ない」ほどにひどいことをいくつも経験してきた。その「彼」の髪を、もう一つの「あり得ないこと」として、「彼女」が切ろうといってくれる。奇蹟のごときその有り難みにたいする「彼」の極上の歓びが、無言のままに、並列という形をつうじて綴られるのだ。時系列をさて措き前後を入れ替え、「僕」ではなく「彼」という三人称を用いた上で、「彼女」の言葉を第三者的な間接話法のなかに溶けこませることで、このような効果が生みだされるのだといってよい。第三連の「二人きり（alone together）になるのはずいぶん久しぶりの／ことだ」にも、二人が一つに混ざりあうことが有り難いという、奇蹟にたいする数字をつうじた沈黙の歓喜が窺われる。だからこそ、一緒に就寝し、一緒に朝食をとるという日常性に向けて、つづけざまに「親密（intimacy）」という語が用いられる（127）。表題に添えられた不定冠詞 "a" もまた、二人で散髪という一つの営みに従事しているさまを暗示しよう。日常のなかに、そうして二が一に溶けてゆく奇蹟的な至福の歓びがみいだされる。
　いま飛び越した第二連は、次のように紡がれている。

彼は二階（the upstairs room）の椅子に腰をおろす。
ときどき二人（they）が冗談で「ライブラリ」と
呼ぶ部屋だ。窓がひとつあって（There's a window there）
そこから光が入る（that gives light）。足もとにぐるりと（around his feet）
新聞紙が敷かれたとき、外で
雪が舞い始める。肩の上に大きなタオルが
かけられる。それから彼女は
ハサミと櫛とブラシを取り出す。（127）

　先の「二人きり」と同様に、「二階の椅子」「二人」という訳語には、原文にはない「二」という数字が含まれており、原語の意味内容にひそむ数字が前景化される。「二人」がこの部屋を「ライブラリ」と呼ぶ行為がなぜに「冗談」なのかといえば、むろん、私的な書物を収めた書架が並ぶ部屋を大袈裟にそのように称して戯れているからなのだが、ここにも数字が隠れている。「ひとつ」の窓から「光」が射しこみ、「二人」を包みこむのだから。散髪のために新聞紙を敷くと、窓の外で雪がちらつき始める。雪に反射する陽光は、いっそう輝きを増すことだろう。そのきらめきを部屋の内部にもたらす動作を意味する"give"という動詞が、"gift"と語源を一にすることを踏まえるならば、二人をまばゆく照らす陽射しは、外部からもたらされた無償の贈り物のようにみえてくる。そうして新聞紙が「足もとにぐるりと」敷かれる椅子を、光輪に囲まれた祭壇のイメージに結びつける。先に触れたように、作品全体の構造も円環的であるのだが、ここでは言葉遣いの次元で同様のイメージが反復される。そうして円環のなかに始まりも終わりももたぬ永遠を、あるいは時間の停止を夢見る詩人の面はゆさが浮かびあがる。あたりまえなことは、あたりまえではないのだから。

最終第四連にて、散髪を終えた詩人は人工の灯りをともした夕暮れのポーチでタオルをはたき、そこについているおのれの毛髪を落としながら、奇蹟の時間を振り返る。「こんなことが想像できただろうか。いつの日か／人生が自分に、一緒に（with）旅をしたり、一緒に（with）寝たり、／朝食を一緒に（with）したりする美しい女を／授けてくれるだろうなんて」(128)、と。「人生」からの無償の贈り物に歓びつつ、「一緒に」という言葉を三度反復することで、三位一体のイメージを醸しだす。朝焼けに包まれた一つとしての二人を紡ぐ「ハッピネス」に似て、夕暮れどきの日常のなかで、一つとしての二人の聖なる時間が、そうして静かに回想される。

「ハッピネス」と「散髪」の鍵語である"together"と"with"は、詩集の表題（*Where Water Comes Together with Other Water*）そのもののなかにも溶けこんでいる。そこに親しい気持ちと聖なる祈りを読みとるよう、読み手をいざなうかのように。

三　リンガ・リー

とりあげる順序が相前後したが、第一部の冒頭を飾る「ウールワース、一九五四」は、少年時代を回想する、軽やかな口調の作品である。だが、他愛ないかつての想い出を無邪気な言葉遊びをつうじて綴る世界のなかに、生と死、あるいは親しみと痛みという両極が、一瞬「出会う」。詩集全体の雰囲気を規定するかのように、軽みと重みが混ざりあう。少し長くなるが、前半部を引く。

いったいどこから、そして何ゆえに、こんなものが

ふらふらと浮かび上がってきたのかはわからない。でも
ロバートが電話で、これからはまぐり採りに（clamming）
行こう、そっちに迎えに寄るよと言ってきた（telling）直後から
ずっと、僕はそのことを考え（thinking）続けている。

生まれて初めての仕事で、ソルという
男のもとで働いていたときのこと。
この男、歳は五十を過ぎているのに
僕と同じただの商品補充係だった。
一生うだつがあがらないという（He worked his way / up to nothing）
ところだが、その仕事をありがたく思っている
という点では僕と同じ。
安売りスーパーの品物のことなら
とにかく隅から隅まで
知らざるはなく（everything）、惜しみなく（willing）それを僕に
教えてくれた。僕は当時十六歳で、
時給七十五セント（working / for six bits an hour）。その仕事がすっかり
気に入っていた（Loving）。ソルは自分の知識を僕に
伝授した。彼は我慢強い男だったが、
僕ものみこみは早かった。

当時のもっとも重要な
記憶は、婦人下着（lingerie）の詰まった
段ボール箱を開けた（opening）ときのこと。
アンダーパンツとか、それから柔らかくて
ぴちっとくっつくようなやつ（things）。そういうのを
両手にすくって箱から取り出す（Taking）。そのころでも
そこ（those / things）には甘酸っぱくミステリアスな
何か（Something）があった。ソルはそれを「リンガ・リー（linger-ey）」
と呼んだ。「リンガ・リー？」
ちんぷんかんぷんだ。だから僕もしばらくは、
そのまま「リンガ・リー」と呼んでいた。（53-54）

「僕」と詩人を重ねるならば、一九五四年はたしかにカーヴァーが一六歳の年にあたる。大恋愛の末に高校卒業直後に結婚することになるメアリアン・バークと出会うのは、その一年後のことである。この詩を紡ぐ時点で四五歳前後とおぼしき詩人は、友人が電話で口にした“clamming”という音の響きを聞き、おおよそ三〇年前の記憶が突如よみがえる。ヤキマで「生まれて初めて」アルバイトをしたウールワースでのエピソードだ。「安売りスーパーの品物のことなら／とにかく隅から隅まで／知らざるはなく、惜しみなくそれを僕に／教えてくれ」る、現代アメリカ資本主義社会におけるブルーカラー労働者の名は、旧約聖書に登場する古代イスラエルの王ソロモンを想起させよう。しかしながら、労働者階級に属する現代の「賢者」は、安売り店のことを知り尽くしていても、フランス風の発音はつゆ知らず、「甘酸っぱくミステリアスな」女性の下着を「リンガ・リー」と呼ぶ。同じくフランス語を知らない「僕」もそのように呼んでいたという。屈託のない呑気でユーモラスなエピソードと、間違った発音の響きが、一七歳にな

る一歩手前の無邪気な蒼き想い出へと、中年詩人を導いてゆく。

「リンガ・リー」という言葉は、現代の「賢者」の語感としては、「リンガちゃん」のような可愛らしい響きをもつことだろう。むろんその指示対象はランジェリーなのだが、ソルはおそらく人のよい、だがあまり女性に縁のなかった男だったのだろう。さもなくば、五〇年超にわたる人生のどこかで、この発音の誤りを、誰かに指摘されていたはずなのだから。だが、ランジェリーという発音を知ったのちも、女の子と寝ることを覚えたあとも、「僕」は「リンガ・リー」という音が忘れられない。女の子の「熱く白い肌にやんわりと／くっついて離れなかった(clinging lightly)」「リンガ・リー」は、文字どおり、身体に「留まって離れない(linger)」のだ(54)。かくて中年詩人はご機嫌に、語呂あわせに興ずる。「リンガ・リー」の音が詩人の脳裏にこびりつき(clinging)、軽やかに(lightly)、口のなかで転がされる。「アンダーパンツ(underpants)」という「リンガ・リー」を脱がすには、時間と手間が必要となる。腰を抜け、お尻を抜け、太ももと膝とふくらはぎを抜け、足首を通り抜けて、ようやく「両者は／めでたくひとつに／まとまる(brought together for this / occasion)」のだから(54)。ここにおいても二が一になるイメージのなかに、至福の戯れが窺われる。

こうした言葉遊びの姿勢は、「ウールワース」全体に通底している。先の長めの引用に原語を添えたように、名詞、代名詞、動名詞、現在分詞と品詞を問わず、-ing 形の語をおびただしく反復し、律動感を醸しだしながら、音の連鎖に戯(たわむ)れる。聴覚的な連想という点でいえば、ウールワース(Woolworth)という名の創業者が展開した安売りチェーン店の名を冠する表題も秀逸だ。英国のロマン派詩人ウィリアム・ワーズワース(一七七〇—一八五〇)の地口(パン)なのだ。同じ第一部にカーヴァーと同世代の詩人リンダ・グレッグ(一九四二—二〇一九)の「クラシシズム」に対する返歌「ロマンティシズム」が収められ、また第五部冒頭の「スコール」にて、シェリーの溺死と「英国詩における／ロマン主義時代第一期の／終焉」が主題化されることをつうじ(102)、この言葉遊びが前景化される。ウールワースという世俗化した資本主義社会の底辺を想起させる空間に、賢者ソロモンのみならず、英国ロマンティシズムへのオマージュもひそませる、カーヴァー一流のユーモアである。思えばワーズワースもカーヴァーと同様に、自然に親しみ、詩語（ポエティック・ディクション）ではなく庶民の日常的な言葉を大切にする詩人であった。さらにいえば、直接的なランジェリーという言葉を避けるために、たとえばウールワースも含む小売店ではしばしば "intimate apparel" という表示が使用されるのだが、その意味で、ランジェリーという言葉のなかにも「親密（intimacy）」がひそんでいる。

だが、作品に流れる時間が現在に舞い戻り、「ウールワース」を閉じる際、友人とその子どもたちとともに潮干狩りに興ずる「僕」の心のなかで、かつての蒼き想い出に、唐突に、前触れもなく、死が重ねられる。一緒に寝た女の子たちの名前を並べ、彼女たちが「はいていた／留まろうとする（lingering）もの」を思いだしながら、「僕」はエンディングをこのように結ぶ。「そんな娘たちは今では／みんないい年だ。それもうまくいけばということ。／そうでなければ——死んでしまった」(55)。

無邪気な季節の愉快な想い出を紡ぎながらも、大人になったのちに亡くなった女の子のことを連想する。死にたいするトラウマ、あるいは強迫観念のようなものが、愉快に軽やかに戯れる「ウールワース」のなかに混ざりこむ。死の主題もまた、詩人の脳裏に「こびりつき」、「留まろうとする」。

四　罪と贖罪

『水と水とが出会うところ』は全体として、陽光まばゆき海と空の色彩が主潮となっている。他方で「ウールワース」の結びが暗示する、死や喪失というもう一つの潮流もある。これら二つの「水と水」とが、一つの詩篇のなかで、あるいは一つの詩集のなかで、交わり混ざりあっている。詩集の組み立てを眺めるならば、幸運や安息を象徴し、かつ「創世記」の天地創造を想起させる七という部数で構成されており、(3)「ウールワース」や「ハッピネス」、「散髪」のように、各部の冒頭に置かれた作品は明色で彩られる傾向にある。先に「主潮」という語を用いた所以である。その一方で、相対的にいえば、第二部と第六部は重苦しい、あるいは胸が痛む、雨雲が垂れこめるかのごとき詩篇が多い。たとえば第二部の「ハッピネス」につづく「昔のこと」は、若かりし頃、ともに破天荒な馬鹿騒ぎをした友人から夜中に突然かかってきた電話のことを、心に涙しながら綴る。

遠方で暮らす旧友は、おもしろおかしげに、お開きになったパーティーの惨状を電話回線越しにかたりかけてくる。「なんだか昔を思わせるしろものだったな」(66)、と。だが彼は、その口ぶりとは異なって、宴の乱痴気が終わり、うたた寝から眼を覚まして独りでいる寂しさに堪えきれず、遠く離れた「僕」に電話をかけてきている。昔話で気を紛らわせようとしている。詳しいことは聞かずとも、「僕」にはその寂しさがわかる。「そのとき僕は昔のことをふと思いだした。/当時の電話はベルが鳴るたびに/ぴょんと飛び上がったものだよな」(67)。「僕」はそうして遠く離れた過去の時間に想いを馳せる。二人は空間的な意味だけでなく、時間的にも遠く離れたところにいるのだ。かつては早朝のあの二人の少年のように親密だったのに。だからこそ、強靱な逞しさを尊ぶアメリカ文化に背を向けて、二人は感傷的な会話をかわす。

好きだよ、兄弟(ブロ)、と君は言った。
それから僕らはふたりで
ちょっと涙声になってしまう。僕は
親友の腕を握るみたいに
受話器をぎゅっと握った。
そして相手の身体をこの腕で抱くことができたら
どんなにいいだろうと
君のぶんまで願った。
好きだよ、ブロ。
僕はそう言った。そして僕らは電話を切った。(67)

I love you, *Bro*, you sa*id*.
And then a *sob passed*
between us. I *took* hol*d*
of the receiver as if
it were my *buddy*'s arm.
And I wished for us *both*
I coul*d put* my arms
aroun*d* you, ol*d* frien*d*.
I love you *too*, *Bro*.
I sa*id* that, *and* then we hung *up*. (強調引用者)

空間という一つの距離が、時間も加えた二つの距離に拡がってゆく。越えることがかなわぬ二つの距離に、「僕」は祈りを捧げるほかない。原文においてわずか一〇行に過ぎないこの引用箇所で、[p]や[b]、[t]や[d]といった子音の閉鎖音が極端なまでに反復され、距離の残酷にたいする「僕」と旧友の心の傷みを浮き彫りにする。その痛切を抑えこまんとする「僕」の、心のなかで流される涙の陰画が浮かびあがる。かつてのように、あの少年たちのように、友と腕を組むことすらかなわないのだ。親しい気持ちを抱くことでもたらされる幸福は、空間的にも時間的にも遥か遠くのものなのだ。一つが二人にわかれるのだ。最終行に置かれた「僕ら」という複数人称が痛々しい。そうして「昔のこと」は、閉鎖音[p]の響きとともに閉じられる。

つづく「サクラメントの僕らの最初の家」は、「今だからわかることだけど――そのときにはもう／僕らの破綻は時間の問題だった」という破滅的な書き出しで始まり(67)、メアリアンとの結婚生活が破綻した起源を事後的に措定する。伝記的側面を参照するならば、カーヴァーがアイオワ・ライターズ・ワークショップで学んでいた中西部のアイオワシティから旧式シボレーを運転し、妻子とともに実両親が住む西海岸のサクラメントに向かったのは、一九六四年六月、二六歳になったばかりのときのことである。その後一家は「寝室四つの家」で暮らし始めるのだが、家賃を払うことができず、またカーヴァーの女性問題もあり、一二月に夜逃げ同然のごとく転居をし、すぐさま夫妻は別居を始めた（スクレナカ 一六一―七〇）。このあたりの状況が作品の背景にあるのだが、二〇年ほど前のこの時期のことを、カーヴァーは中年になってもトラウマのごとく覚えていた。身体に染みこんでいたのだといってもよい。「サクラメントの僕らの最初の家」の結びにて、皮肉なことに、秘蹟（sacrament）に由来する名をもつこのカリフォルニア州都ではじめて家族だけで暮らした家をあとにする際、詩人は「長い旅の終点にある／自分の家というものを」、「音楽と安らぎと／温かき心に満ちた家を」、「誰の手垢もついていない家を」(68)、暗澹たる気持ちで夢見ている。祈りのごとく、三度繰り返して言及されるこの「家」は、たしかにこの言葉を紡いだ時点でポートエンジェルスにて実現しているのだが、後者の幸福が前者の罪によって成立していることにたいする贖罪の想いが、この作品の後景にある。一が二に裂けることで生じた深き傷口がある。

このあと第二部では、機能不全に陥った家族をめぐる詩篇がつづく。どれほど破滅的な状況にあっても、ふたたび三度、「まだどん底じゃない」という言葉を反復せざるをえないほどに(69)、底なし沼に落ちる夫妻をめぐる「来年」、酒に溺れておのれの心身を痛めつける娘にたいし、飲酒のせいで壊れた両親の「呪詛と殴打と裏切り」をみているはずだと(70)、三つの語を連ねて虚しくいましめる父親が紡ぐ「私の娘に」、「家族じゅうが病んでいた」で始まり(71)、家族の離散をまねいた罪を悔いる「呪われたもの」など、罪と罰をめぐる手遅れの悔恨が綴られる。この陰鬱たる色彩は、メアリアンを想起させる「女の子を妊娠させ」(75)、結婚を控えた若かりし日の詩人が、仲間と狩猟に行った際のことを綴る「ウエナス尾根」にて頂点に達する。蛇に睨まれおびえた帰路で、キリストと蛇と、交互に救いを求める祈りを捧げたことで、「僕」は悪魔と「犯罪的な/契約を結んだのだ」(76)。詩人は事後的に、家庭崩壊の由来をこの瞬間に措定する。そうしておのれの罪の起源を見定めて、直視せんとする。

第二部と同様に、第六部でもかつての罪をめぐる記憶が綴られる。「避暑地の別荘の窓」は、メアリアンの名に直接的に触れながら、新婚時代の記憶を、あるいは記憶の欠落を紡ぐ。鮭釣りをしながら男どもと馬鹿話に興じたのち、詩人は帰宅して魚をさばき、床に就く。翌朝目を覚ますと、台所の流し台やカウンター、冷蔵庫の底が血だらけであることに気づく。おびただしく流された血をみつめる詩人は、鮮血の向こう側に、かつての妻との諍いを幻視する。「いたるところにこの血。僕らが――/あのいとおしい若い妻と、この僕とが――/ともにした時間への思いと混じりあいながら(Everywhere this blood. Mingling with thoughts / in my mind of the time we'd had— / that dear young wife, and I)」(112)。眼前にある血の光景が、止血しえない傷口のごとき過去の記憶へと、詩人を導いてゆく。かつて夫妻の間で文字どおり流された血と、そこに至る激しい暴力の応酬の風景を現前化させる。過去と現在が「混じりあう」のだ。だが、「僕」の心に浮かぶ無冠詞複数形の「思い(thoughts)」とは、具体的ななにかをめぐるものではない。暴力沙汰ののちに眠りに落ちた若き詩人は、翌朝目が覚めても、昨晩の出来事を覚えていない。それほどまでに泥酔していたということだ。おのれの記憶のなかにあり、そして記憶にはないこの暴力は、鮭が流す血によって、対象をもたぬ悔恨の想いを、中年詩人の心に募らせる。引用箇所の最後にある "wife" と "and I" の間に置かれたカンマ記号が、その後の二人の別離を伝えていよう。同じく第六部に収められた「夜遅く、霧と馬とともに」では、妻との決定的な別れの場面において、霧のなかから三頭の馬が現れる。[4] 神秘的なこの風景を目の当たりにしながらも、ある電話をかけて第三者を介入させたことで、のちに詩人はかつて愛した女性とのかけがえのない聖なる時間を汚したのだと後悔する。それは「そのあとの彼の人生」における「呪い」となったのだ（119）、と。そうして「ウエナス尾根」を受け、罪の瞬間を思いなし、それをみつめるようおのれに強いつづける。たとえ事後的であろうとも、あるいはそれはつねに事後的なのだが、詩人は罪の在り処(ありか)を同定し、それを贖わんとする。

五　永遠を求めて

このように、第二部と第六部では悔恨と贖罪をめぐる作品が数多く配置される。だが、詩集全体としては、明と暗がそれぞれ明確に色分けされるのではなく、漸次的に色相が混ざりあって変化してゆく趣きにある。グラデーションのごとき構成だ。この観点からみれば、詩集の中心に位置する第四部は、明から暗へ、暗から明へと移りゆく色調の折り返し点として位置づけられよう。日常的な風景や、生活上の事柄を数多く扱うこの詩集のなかでも、第四部は多少異質で、文学や英雄、歴史といった大きな事柄に関わるものが多い。そしてその核にあるものは、「散髪」においても秘めやかに再奏される、聖なる祈りの瞬間である。

第四部の冒頭に置かれた「彼に尋ねてくれ」では、墓地巡礼の旅のことが綴られる。モダニズムの時代、パリの芸術的中心地であったモンパルナスにある共同墓地には、数多くの作家や芸術家が眠っている。詩人はおそらくヨーロッパに留学中の息子を通訳に引っ張りだし、嫌がる息子と文学にまったく関心を寄せぬ門番を引き連れて、墓地を歩いている。門番の男は俳優や歌手の墓に連れて行こうとするが、詩人は文学者の墓がみたいという。分解した世俗の三位(さんみ)のごとき滑稽が、笑いを誘う。

僕は作家たちの墓を見たい。
息子は溜息をつく。そんなもの見たくもないのだ。
もう沢山だ。退屈を通り越して
忍従の心境。ギイ・ド・モーパッサン、サルトル、サントブーヴ、
ゴーチエ、ゴンクール兄弟、ポール・ヴェルレーヌ、そして彼の兄貴ぶん
シャルル・ボードレール。その前で僕らはしばしば立ちどまる（Where we linger）。

これらの名前は、あるいはこれらの墓はどれも
息子や門番のまっとうな生活とは関係ないものだ。
彼らは気持の良い太陽の下で、フランス語で
朝のお喋りをして冗談を言い合う（talk and joke together）ことができる。
でもボードレールの墓石にはいくつかの名前が彫られていて
僕にはそれがどうしてなのかわからない。（92）

静謐な通路を進みつつ、小説家や思想家、詩人たちの墓石に到ると、三人はそのたびごとに「立ちどまる（we linger）」。ここにおいて唐突に、「リンガ・リー」の音が、「賢人」ソルが知らない「フランス語」とともに響く。一六歳のときの無邪気な日々が、それを象徴する"linger"が、三〇年もの歳月を経て、パリの墓地にてよみがえるのだ。その間「じつにいろんなあり得ないこと」（「散髪」）が彼の身に起きたのだが、そしてまた、それらの多くは記憶から消失し、あるいはあらかじめ欠落しているのだが（「避暑地の別荘の窓」）、それでも詩人は生き抜いてきた。その三〇年間の過去と現在が、突然ここでつながるのだ。かくて息子が嫌がる墓地巡礼は、詩人にとり、おのれがこれらの歳月を生き抜いてきたことの証しとなる。蘇生する音の連鎖がそれを告げる。詩人が「立ちどまる」墓石の下に

は、死後もなお生き抜く永遠の芸術を生みだした人びとが眠っている。不動の石は、土塊なきあとも生きる不滅の芸術を象徴する。過去を生き延びた詩人による巡礼は、そうして未来における文学の永続性、すなわち永遠性を辿る旅路となる。

ボードレールの墓石には、永遠の詩人の名を挟み、両側に実母と義父のそれも彫られている。フランス語を解せぬ詩人は、その理由を門番に訊ねるよう、息子に通訳を頼む。

> 「おまえの友だちに尋ねてみてくれ」と僕は言い、彼は尋ねる。
> 息子と門番は今ではもう昔からの友だちみたいに見える。
> そして二人でてきとうに僕に調子をあわせている（I'm there to be humored）みたいに。
> 門番は何かを言って、それから片方の手をもう一方に
> 重ねる。そんな感じだ。それからもう一度それを
> 繰り返す。ひとつの手をもう片方の手の上に。にやっと笑って、肩をすくめる。
> 息子が翻訳する。でも僕には意味がわかる。
> 「サンドイッチみたいなものだよ、父さん」と息子は言う。「ボードレール・サンドイッチ」（93）

先ほど仲睦まじく「冗談を言い合」っていた二人は、もはや「昔からの友だち」のように親しげである。他方で、息子をつうじて「僕」の質問に言葉と身振りで応答する門番は、おそらく本当の理由を知らない。関心がないのだ。サンドイッチの明喩は、まともに答えるつもりのない、そして昼の休憩時間が近づき腹を空かせている門番の、冗句の戯れに過ぎないのだろう。あるいは「僕に調子をあわせている」という訳が与えられた原文には、「僕が言いなりになっている」というニュアンスもあり、したがって、親密な門番と息子が二人して「僕」の狷介不羈を挟みこみ、適当な返事をして早々に巡礼を切りあげんとするための、軽妙かつ辛辣な洒落なのかもしれぬ。だが「僕」は、息子

の通訳を待つまでもなく、その「意味がわかる」という。表層的には門番の身体言語が「意味」を伝えているということなのだが、この詩篇が構成上、第四部という中心の冒頭に置かれていることに鑑みれば、サンドイッチのイメージは、詩人が編んだ詩集全体の組み立てに関わる暗喩のようにもみえてくる。『水と水とが出会うところ』そのものが、サンドイッチのごとく構成されているのだ。"together"と"with"が示唆する親密な感覚と幸福が、贖罪を挟み、それらが混ざりあって味の奥行きを深めてゆく。そうして明喩が暗喩となる。だからこそ、詩人はあらかじめその「意味」を知るのだ。その具材の奥底にあるものが、死してもなお生きる、ボードレールのごとき永遠なる文学なのだということである。

同じく第四部の結びに置かれた「スイスにて」では、恋人とともにチューリッヒの墓地を詣でたときのことが綴られる。このたびの目的はジェイムズ・ジョイスの墓地なのだが、話者が用いる時制は現在と過去の間を自由に行き来する。現在と過去が混ざりあう。

> 僕はしばらくそのへんをうろついていた（I lingered a while）。僕はジョイスさんにむかって声にだして何か言ったと思う。
> 言ったに違いない。それはわかっているのだ。
> でも何を言ったのか思いだせない、今となっては。だからわからないままにしておくしかない。（100）

ここにおいても「リンガ・リー」の音が響いている。草葉の陰で眠るジョイスに向けて、詩人はなにかを口にしたはずだが、なにをいったのかは放念したという。「思いだせない」という詩人の言葉が、この想いがたやすく言語化できないものであることを暗示しよう。それはたとえば、短篇小説「ダンスしないか？」（一九七八年）の結びにおける後日譚で、無防備なまでに絶望する中年男とダンスをした女の子が、そのときの感覚を言語化しようと試みるもかなわず、ついには諦めるエピソードを想起させる（6）。男の荒廃した空白の精神風景に共振することで、日常が異化された彼女は、それを言語化することで理解し捉えることがかなわぬおのれの謎にとらわれるのだ。このとき彼女は非日常としての日常にいる。「スイスにて」の「僕」は、心持ちの方向性が真逆ではあるが、ジョイスの墓石に共振することで言語化できぬ想いを抱くという意味で、「ダンスしないか?」の女の子と精神構造上は近しいのだろう。日常の、世俗の、現世の言葉が異化される。日常に流れる時間感覚が異化される。

それから一週間、すなわち七日間が経過して、チューリッヒを発つ日の朝、「僕」はあらためて同じルートを辿りジョイスの墓地に向かう。言語化できないものだからこそ、この再訪の所以も言語化されないのだが、このとき「僕」は、異化された非日常の時間感覚のなかにふたたびおのれを浸らせる。永遠の時間に身を委ねるのだといってもよい。そうして「芝生は刈られている。／僕はしばらくそこに座って煙草を吸う。／そのお墓の近く（close）にいるだけで、／心が落ち着く。今回は、僕は何も／言う必要はない」という（100）。「お墓の近くにいる」という物理的に近しい距離感は、「昔のこと」を裏返したかたちで、精神的に近しい距離感に連動しよう。このときはじめて、詩人はジョイスの不動の石と一つになる。不滅の魂と一つになる。ジョイスの石によって異化された「僕」の魂が、永遠の時間に親密な気持ちを抱くことで、それに同化するのだ。この箇所が現在時制で紡がれることに留意するならば、この感覚は巡礼におもむいた過去の時点だけのものではなく、不変、普遍のものでもあることが示唆される。それは世俗の日常において流れる類いの時間感覚ではないのだろう。現世にあっても現在にあっても瞬間的に再現される、超俗の時間のことである。わたしたちは通常、それにたいする世俗の言葉をもたないため、仮初めに、聖なる時間と呼び慣わしている。

この日の夜、ルツェルンに移動した詩人は、恋人とともにストリップ・ショウを鑑賞する。このとき「リンガ・リー」の音さながらに、詩人の脳裏に「墓場の記憶」がこびりつき、留まり離れなくなる。そうして二人は湖畔に出て、「菩提樹の木陰」で「互いに愛を交わした」という（100）。一つになった二人の姿が、草葉の陰で眠るジョイスの象徴との一体感を反復しよう。ジョイスの墓石を想いつつ、性なるジョイスに言及しつつ[5]、おそらく詩人である恋人と交わる「僕」の営みは、身体を重ね、二人を一つにすることで、死後にあってもおのれの文学をジョイスの永遠に連ねることを希（のぞ）む暗喩なのだ。死してもなお生きる不滅の文学と交わり一体化するための、聖なる祈りの性交なのだ。だからこそ、「スイスにて」は、変わることなき普遍の祈りを捧げんとする、次の最終連で閉じられる。

> 僕らはみんな、僕らはみんな、僕らはみんな
> なんとかして自分たちの不滅の魂を
> 保存しようとしている。
> 他の人のそれよりはなぜかもっと
> 捉えどころがなくミステリアスに見える、
> その魂を。僕らはここで時を
> 楽しんでいる。でも僕らは望んでいるのだ、
> 遠からずすべてが明らかにならんことを。（101）

> All of us, all of us, all of us
> trying to save
> our immortal souls, some ways
> seemingly more round-
> about and mysterious
> than others. We're having
> a good time here. But hope
> all will be revealed soon.

たとえ土塊が滅びようとも、「僕ら」の魂を不動の石のごとく「保存」し「不滅」のものとしたい。そのように希む祈りとは、現世にあって永遠を求めるそれである。ブセイに拠れば、ここにおいて三度繰り返される「僕らはみんな」が、「非目的論的な宇宙にあって、人間が根源的な三位一体を構成している」という世俗のありさまを示唆するのかもしれないが、「僕」はそれでも希望を抱いているという。「ジョイスが達成し」、カーヴァーが「秘めやかに」切望する「文学的名声」は、不滅のものなのだから、と。通常は一語で綴る“roundabout”の中央に、ハイフンを挿みこんで改行し、“round”という円環のイメージを強調する詩人の力業が、永遠の主題を際立たせるのだともいう（Bethea 202）。日本語訳には現れないが、救済と啓示を含意する“save”や“reveal”という語が援用されるところも、永遠と救済という主題を呼び起こすことだろう。さらにいえば、「不滅の魂」に付与される、遠回り、回りくどいという語感

をともなう"roundabout"および謎めく"mysterious"という属性は、詩集冒頭の「ウールワース」に回帰する。「リンガ・リー」たるランジェリーは、「熱く白い肌にやんわりと／くっついて離れな」い（54）、すなわち一直線に脱がすことがかなわない、「ミステリアス」なものなのだから（53）。「僕ら」の文学の不滅性を祈る「スイスにて」に、「ウールワース」のユーモラスな軽みを添えて味つけをするところがカーヴァーらしい。超俗と世俗を混ぜるのだ。この最終連における最後の二つのセンテンスも、現世における軽みと重みを混ぜあわせる。たしかに愉快なる「ウールワース」にも、永遠の文学という呼称にふさわしいゲーテの『ファウスト』から、「しばし留まれ、汝は美しい（Linger a little, for thou art fair）」という引用が（54）、駄洒落のごとく挿まれていた。[6]

かくて、「散髪」における「ライブラリ」は、地上において永遠の文学を求める空間となる。そこには「彼」と「彼女」の愛蔵書が並ぶ。二人が創作した詩と小説も並ぶ。そうして散髪という世俗の日常的営みのなかに、聖なる祈りの時間がみいだされる。『水と水とが出会うところ』というサンドイッチは、至福によって贖罪を包み、その最奥に永遠という隠し味をひそませる。それを読み手がパクリと口にし、噛みしめる。

「リンガ・リー」が祈りの言葉と化す瞬間である。

【註】

（1）このあたりの経緯については、カーヴァー自身がかたっている。いわく、大学で教鞭を執っていた関係で暮らしていたニューヨーク州シラキュースの喧噪から逃れるため、一九八四年一月、ワシントン州ポートエンジェルスに移った際、当初は小説を書くつもりでいたのだが、あるとき何気なく手にした雑誌に掲載されている詩を読んだところ、自分のほうが上手く書けると思い立ち、その後六五日間にわたって毎日一篇ずつ、ときには二篇、三篇と紡ぎつづけのだという。そのときに執筆した作品を基にして編まれたのが、『水と水とが出会うところ』であった（Schumacher 218）。

（2）以下、とくに明示しない限り、本文中の括弧内の数字はカーヴァー全詩集『僕らはみんな』（*All of Us*, 1996）における頁数を記す。カーヴァー作品の日本語訳はすべて村上春樹訳に拠るが、必要におうじて自由に手を入れている。

（3）天地創造（Creation）を示唆する七という数字は、むろん詩集全体を構成する部数に対応するが、したがって、第一部の結びに置かれた表題作「水と水とが出会うところ」は、親しみと祈りの想いが混ざりあい、創造すなわち創作（creation）に連なる様相をひそませているように読むこともできる。「僕は小川と、それが奏でる音楽が好きだ。／小川になる前の、湿原や草地を縫って流れる／細い水流が好きだ」。このように始まるこの詩篇は、「水源（the source）」のことを忘れてはならぬとも綴る（63）。それらに親密な気持ちを寄せることで、詩人は至福の想いにみたされる。だが「三十五のとき、僕の心はからっぽで干からびていたよ！／それがもう一度流れ始めるまでに／五年の歳月がかかった」ともいい、精神の危機が水の枯渇という暗喩をつうじて紡がれる。だからこそ、水の流れは「自分を膨らませてくれる」のだ。そして詩人にとって生命力とは、創造力の謂いでもある。かくて小川と河が出会う場所、河が海と出会う場所、それらを「僕」は「聖域（holy places）」という明喩で呼ぶ（64）。「水と水」とが「出会うところ」は、二つの水が一つに混ざりあい、文学的創造物が生みだされる、聖なるトポスのことであり、「水源」とは創造力の源泉を象徴する。

（4）二〇〇一年に刊行されたカーヴァーの未発表短篇小説集『必要になったら電話をかけて』の前書きにおいて、テス・ギャラガーは、結婚生活の破局をめぐる決定的場面で援用される霧と謎めく馬のモチーフが、一九八〇年代初頭に執筆され、没後に原稿が発見された短篇小説「必要になったら電話をかけて」（一九九九年）に起源をもち、その後「夜遅く、霧と馬とともに」と短篇小説「ブラックバード・パイ」（一九八六年）において再演されたと指摘している（Gallagher xii）。

（5）アーサー・F・ブセイに拠れば、リアリズム的にいえば必要のない、二度にわたって反復される「五番のトロリーに乗って」「終点まで行く」という墓地の位置説明が（Bethea 99, 100）、わたしたちの生はつねに死で終わることを象徴する一方で、ルツェルン湖畔での性交は、『ユリシーズ』（一九二二年）におけるレオポルド・ブルームの自慰行為や妻モリーの性的妄想にたいする言及なのだという。「スイスにて」は死と「芸術の不滅性（immortality in art）」という主題が結ぼれる作品なのだと、ブセイは指摘する（201）。

（6）絶対的真理の探究に絶望したファウストは、生きることの意義を求め、おのれの魂を賭けて悪魔メフィストフェレスと契約を結ぶ。「しばし留まれ、汝は美しい」という〈時〉に向けた名高き科白は、ファウストが人生に満足することを意味するが、この科白を口にした時点で悪魔との賭けに負けることになる。ファウストは悪魔の手を借りて享楽と美の極みを追い求め、神話と現実の世界を遍歴したのち、賭けに破れて死ぬのだが、その魂は天上にいるかつての恋人の一途な祈りによって救済される。「ウールワース」はこの科白を引き、「誰がそう言ったのか僕は知っている」とだけ触れることでゲーテとファウストの名を押し包むのだが（54）、冗句の衣をかぶりながらも、永遠と救済という主題は、あらかじめ詩集冒頭のこの詩篇において暗示されている。

【引用文献】

Bethea, Arthur F. *Technique and Sensibility in the Fiction and Poetry of Raymond Carver.* Routledge, 2001.
Bonetti, Kay. "Keeping It Short." Gentry and Stull, pp. 53-61.
Carver, Raymond. *All of Us: The Collected Poems.* 1996. Edited by William L. Stull, Vintage, 1998.
---. "On 'Bobber' and Other Poems." *No Heroics, Please: Uncollected Writings*, edited by William L. Stull, Vintage, 1992, pp. 116-19.
---. "Why Don't You Dance?" *Beginners*, edited by William L. Stull and Maureen P. Carroll, Vintage, 2010, pp. 1-6.
Gallagher, Tess. Foreword. *Call If You Need Me: The Uncollected Fiction and Other Prose*, by Raymond Carver, Vintage, 2001, pp. ix-xv.
Gentry, Marshall Bruce and William L. Stull, editors. *Conversations with Raymond Carver.* UP of Mississippi, 1990.
Kemp, Peter. "The American Chekhov." *The Sunday Times*, 7 Aug. 1988, pp. G.1-2.
Schumacher, Michael. "After the Fire, into the Fire: An Interview with Raymond Carver." Gentry and Stull, pp. 214-37.
Smith, Dave. "*Where Water Comes Together with Other Water*, by Raymond Carver." *Poetry*, vol. 147, no. 1, Oct. 1985, pp. 38-40.
Stull, William L. "Matters of Life and Death." Gentry and Stull, pp. 177-91.
カーヴァー、レイモンド『水と水とが出会うところ』村上春樹訳、中央公論新社、二〇〇七年。
ゲーテ、ヨハン・ヴォルフガング・フォン『ファウスト』全二巻、相良守峯訳、岩波書店、一九五八年。
スクレナカ、キャロル『レイモンド・カーヴァー　作家としての人生』原著二〇〇九年、星野真理訳、中央公論新社、二〇一三年。

第十八章
木陰で歌う詩人たち——ジョニー・B・グッドとは誰なのか

水野 眞理

はじめに

本稿は、古典世界に起源するパストラルの概念を二〇世紀アメリカのポップスに接続しようという、無謀とも思える試みである。まずパストラルとはいかなるものかを概観し、次にテオクリトスとウェルギリウスのパストラル、さらに筆者（水野）の研究対象である一六世紀イングランドのエドマンド・スペンサー（一五五二頃―一五九九）のパストラル詩を例にその特徴を確認し、さらにロックンロールの創始者といわれるチャック・ベリー（一九二六―二〇一七）の「ジョニー・B・グッド」（一九五八年）までその痕跡を追う。

一 パストラル（牧歌）とは何か？

そもそもパストラルとは何なのだろうか。その定義は多くの批評家が試み、いまだに結論に至ってはいない。しかし、パストラル文学には、少なくともいくつかの共通の要素がある。まず、その背景は田舎、田園であり、心地よい木陰がある。登場人物は、羊飼い、山羊飼い、牛飼いといった牧人であり、彼らは木陰に腰をおろして休息しながら、恋の嘆きを歌にする。葦でできた笛を吹くことも多い。歌比べの試合が行われることもある。そして、パストラル文学はしばしば幸福な過去を懐かしむ。ウィリアム・エンプソン（一九〇六―一九八四）は、『牧歌の諸変奏』（一九八二年）においてパストラルの定義を大きく拡張し、複雑なものを単純なもので言い表した文学、たとえば羊飼い、プロレタリアート、子供といった社会の低い層に位置づけられる者、単純と考えられる者を登場させて複雑な社会の構造や問題を明らかにする文学とした。

しかし、もともと「パストラル」という言葉が指すのは、文学のジャンルやモードではなく、純粋に生業としての牧畜やそれに関わる形容詞や名詞であった（*OED* A. I.1）。そこから一八世紀には、のんびりした田園風景に関する形容詞、また風景画の題材としての田園の雰囲気を指す場合に用いられるようになった（*OED* A. I. 2）。英文学における一ジャンルを指す言葉として「パストラル」が用いられるようになるのは、一六世紀に田園を舞台とし、羊飼いを登場させる種類の文学が流行するようになってからである（*OED* A.I.3, B.3.a, B4）。一六世紀末の英詩人フィリップ・シドニー（一五五四―八六）がその『詩の弁護』（一五九五年）において文学ジャンルの一つとしてこの言葉を使っている（Sidney 87）。

日本語で「牧歌」と訳されるパストラルではあるが、現在知られる中ではパストラルの源流に位置するギリシャのテオクリトス（前四世紀）の詩集のタイトル『小曲集』に起源をもつイディル（idyll）、ギリシャ語の牛飼いに起源をもつビュコリック（bucolic）、ローマのウェルギリウス（前七〇―前一九）の詩集『牧歌集』に起源をもつエクローグ（eclogue）といった用語もある。日本語の「牧歌」はこれらの全てに対応するので便利な言葉だが、「牧歌的」という言葉が、都市文明の持つ諸問題に背を向けた逃避的な態度を皮肉まじりに指すのに使われることが多いため、本稿では、片仮名の「パストラル」を使うこととする。

二　メタ文学としてのパストラル

パストラルの重要な特徴として、先にあげた羊飼いの登場や田園風景に加えて、メタ的に詩を語る、という点があげられる。それ自体が詩であるだけでなく、詩についての詩である、という意味で、パストラルはメタ文学であるということができる。

先に述べたようにパストラルの登場人物は田園に暮らす牧人であり、彼らは、自ら作った歌や、記憶の中の歌を歌う。たとえば、テオクリトスの詩集には、多くの「歌比べ」が出てくる。そしてそれらの歌が、またその中で歌について歌っている。次の一節はテオクリトスの『小曲集』の中で最も有名な第七歌の一部である。夏の真昼、語り手の羊飼いシミキダスが収穫祭に招かれて歩いていく途中で山羊飼いのリュキダスと偶然出会い、歩きながら歌を競い合う。まずリュキダスが自分の作った歌を披露する。引用中の「私」、リュキダスは自分の作った歌を二人の羊飼い兼笛吹きと一人の歌手ティーテュルスに演奏させよう、という。さらに、その歌の中では、牛飼いのダプニスの報われない恋をめぐって、自然が人間の感情に呼応して反応する、いわゆるパセティック・ファラシー現象として、山や、ナラの木々が悲しみの歌を歌ったという。

アカルナエから一人、リュコペからもう一人、合わせて二人の羊飼いに
笛を吹かせよう。そして私と並んでティーテュルスに歌わせよう。
昔、牧人のダプニスがニンフのクセニアに恋した物語を。
山が彼のために悲しみ、ヒメラス川のほとりにそって生い茂る
ナラの木々が彼のために挽歌を歌ったことを。
それは高いハイモスあるいはロドペー、アトス、あるいは遥かなカウカススの山の麓に筋となって残った雪
のように

ダプニスがやつれて、横たわっていた時のこと。(『小曲集』VII, 71-77 傍線筆者)[1]

楽天的な田舎の歌、とみなされがちなパストラルであるが、このようにパストラルはごく早い時期から、歌についての歌、についての歌、にというように、入れ子細工的、自己言及的な要素を含んでいた。

このパストラルの自己言及性は、ローマのウェルギリウスの『牧歌集』にも引き継がれている。その第六歌の冒頭の数行は、語り手がミューズの力を得てシチリア(出身のテオクリトス)風の低いジャンルの曲すなわちパストラルを歌っていたが、王たちや戦のこと、つまり叙事詩(エピック)を歌おうという気を起こしたところ、キュントスに生まれた詩の神アポロンから、そのような野心を捨てて、身の丈にあったパストラルに徹するように諭された経緯を述べる。

わがミューズは、初めはシチリア風の曲で戯れられ、
森に棲むことを恥とされなかった。
私が王たちや戦のことを歌おうとすると
キュントスの神が私の耳を引っ張って警告された──
「羊飼いはな、ティーテュルスよ、太った羊を食べさせ、か細い歌を歌うのが本分」と。だから(中略)私はか細い葦笛で田舎のミューズを口説くことにしよう。(『牧歌集』VI, 1-7)[2]

羊飼いが叙事詩を歌う野心を抱く、とか、そもそも、羊飼いがパストラルとか叙事詩とかいった文学ジャンルについて想いをいたす、というのは文字通りにはありそうもないことである。いったいこの詩の中の羊飼いである「私」とは何者なのだろうか。ティーテュルスというギリシャ風の名前だけをとっても、明らかにテオクリトス作品の牧人を想起させるものであり、彼はすでに確立されたパストラルの伝統を響かせながら歌ったり語ったりしている。

パストラル作品の中の一人称の「私」はパストラルの作者の分身と考えれば分かりやすいが、その作者は、田園

の住人ではなく実は文化の中心に暮らす詩人であることに留意しなければならない。例えば最初に引用したテオクリトスは少なくともある期間、アレクサンドリアの君主プトレマイオス二世に仕えた詩人であった（Bulloch 51）。本作のティーテュルスはウェルギリウス自身の分身であり、ウェルギリウスは、始まったばかりのローマ帝政期にオクタウィアヌス麾下（きか）の政治の重鎮ガッルスやマエケナスをパトロンとしていた。彼は詩人としての人生をパストラルを書くことで始め、つぎに農耕詩、そして最後にローマの建国神話を歌う叙事詩『アエネーイス』（前二九―一九年）へと詩人としての階段を昇っていった。彼のあとに続くヨーロッパの詩人たちもまた、このキャリアパスを理想と考えていた。羊飼いティーテュルスが叙事詩人を目指すということが可能になるのは、このようにパストラルが極めて自意識的な文学ジャンルであるためである。

パストラルが詩について語り始めるとき、牧人は作者の分身であることを超えて、さらに詩人一般のメタファーとなり、そのかぼそい葦笛（あしぶえ）はパストラルそのもの、さらに詩そのもののメタファーとなる。英国のパストラル作品を例に、このことを見てみよう。エドマンド・スペンサーのパストラル『羊飼いの暦』（一五七九年）は、十二の作品を十二の月に当てはめ、木版画による挿絵を添えた詩集である。これは一六世紀後半の英国に現れた最初のパストラル文学であり、著者の生前に五版を数えた人気の本となった。テオクリトスとウェルギリウスが歌った古典的な田園世界は、温かい地中海世界の夏のさかり、しかも、太陽が中天にかかる真昼、牧人たちが木蔭で休息をとらずにはいられない時間帯であった。ところが、パストラルが次第にヨーロッパを北上して英国に届くと、そこは暗く寒い冬のある世界であった。地中海世界パストラルの不変の背景となっていた、そよ風、鳥の声、涼しい木蔭、せせらぎ、ミツバチのぶんぶんという羽音、といったものに彩られた「心地よい場所」（locus amoenus）ばかりではなく、季節とともに大きく変化する英国の自然環境が、スペンサーに四季折々、月ごとのパストラルを書かせた。

「六月」に登場する羊飼いの名前はコリン・クラウト、これはスペンサー作品を通じてのスペンサーの分身、スペンサーが詩人としての自己を見つめるときの鏡である。コリンはかつて歌を造り、笛も吹いたが、愛する娘ロザリンドに振られて、そのような楽しみを味わう気がしなくなったと言うことで、テオクリトスのところで引用した恋煩い六月は英国では心地よい季節であり、中で言及される自然の背景も心地よいものとなっている。コリンの心は憂鬱であるが、のダプニスを再演する。それをもう一人の牧人ホビノルが慰めて、コリンの歌をほめる。

コリン

私も、まだ若くて思い煩うこともなく
愛のくびきも知らずに過ごした間は
（中略）
あのころは愛を歌い、歌に作った
悲しい嘆きに笛を合わせることができた。
あのころは私のロザリンドに与えるため
まだ熟れぬマルメロの身を探し歩き、夏の木陰で
あの娘の黄金の髪にかぶせる華やかな
花輪を編むのが日課だったが、もっと分別もつき
命と恋したあの娘を失ったため
こんな無駄な戯れは拭い去られてしまった。

ホビノル

コリン、お前が荒れた丘でいつも歌った
詩とラウンドレイを聞く方が
夏の日の雲雀（ひばり）のさえずりより私には楽しい。
お前の歌は周りの森に木霊をひびかせ、
下枝の小暗い葉陰に身をひそめて

『羊飼いの暦』「六月」初版挿絵

日差しを避けた小鳥たちには
陽気なさえずりをお前の歌に合わせることを教え、
または美しい調べに恥じ入って黙り込ませた。
私は見た、カリオペー―が他の詩神（ミューズ）たちと一緒に
お前の麦笛が鳴り出すや否や
象牙の竪琴と小太鼓を捨てて
囲んで座っていた泉のそばを離れ、
お前の銀の調べを求めて急ぐのを。
だが、お前の巧みな腕を目の当たりにすると
自分たちの技に勝る羊飼を見て
恥ずかしそうにうろたえたか、たじたじとなった。（『羊飼いの暦』「六月」33-64）

挿絵では二人の人物の背景で、六月らしく干し草が刈り入れられており、オーク（ナラ）の木が枝葉を伸ばしている。しかし、右側の人物コリンの足元には麦笛または葦笛が折られてうち捨てられている。笛は歌を造り歌うことのメタファーであるから、コリンは恋に絶望して歌を作ることを捨ててしまった、と読める。もちろん、スペンサー自身がこの『羊飼いの暦』という処女作を出したときの野心は大きく、約一〇年後からは叙事詩級のスケールを持った寓意物語詩『妖精の女王』（一五九〇、一五九六年）を始めとする作品を出版し続け、それらの中で「あのコリン・クラウト」と、自身のことを有名人視しているぐらいである。したがって、コリンの絶望はスペンサーの真意ではなく、テオクリトス以来の牧人たちが口にしてきた詩への言及の一形態と解することができる。重要なのは、ホビノルが、コリンの歌が人間であるホビノル自身のみならず、小鳥やミューズたちをも圧倒する、と絶賛するように、コリンが優れた歌い手である、という言及である。

パストラルの中の羊飼いたちは、貧しい牧人の姿をとり、外部の力、たとえばきびしい自然や、経済状況や、社会構造、恋の相手の冷たさといった圧力に対して無力な存在である。それでも彼らは自ら歌を造り、笛を吹き、歌い、称賛を得る優れたシンガーソングライターなのだ。文学作品中の優れた歌い手、という人物像は、さかのぼればギリシャ神話のオルフェウスに行きつく。オルフェウスは、竪琴を手に巧みに歌を造り歌ったとされるが、この原型が、パストラルのモティーフの一つとなっている。

三　一九五〇年代ロックンロール

原型としてのオルフェウスは二〇世紀のアメリカにも再生する。その典型例の一つが一九五八年にチャック・ベリーが歌って大人気を博したロックンロールナンバー「ジョニー・B・グッド」である。[3]

ロックンロールは一九五〇年代のアメリカで、アフリカ系アメリカ人を中心とするブルーズ、白人を中心とするカントリー・ミュージックなどを素材として生まれたジャンルである。[4] ロックンロールの基礎にブルーズがあるといえる理由の一つはコード進行である。ロックンロールの多くの曲のコード進行は、ブルーズで基本となっているI7→IV7→I7→V7→IV7→Iを使っている。エルヴィス・プレスリー（一九三五―一九七七）の「監獄ロック」（一九五七年）、ビル・ヘイリー（一九二五―一九八一）の「ロック・アラウンド・ザ・クロック」（一九五四年）などもこのパターンで進行する。[5] そしてこれから見ていく「ジョニー・B・グッド」もコード進行はそのパターンである。

しかし、ブルーズがその名のとおり、憂鬱、悲しみ、孤独といった「ブルー」な気持ちを歌うことが根本にあるのに対し、ロックンロールは八ビートのアップテンポでダンスを伴い、若者の衝動をすくいあげ、さらに火をつける類の音楽であった。

ロックンロールの代表的な担い手としては、白人ではエルヴィス・プレスリーを挙げられようが、アフリカ系アメリカ人としてロックンロールの原点に位置するのがチャック・ベリーと言える。ベリーがなぜブルーズではなくロックンロールの担い手となったのか、について興味深い逸話がある。ベリー自身の言葉を信じるならば、インタビューに答えてこのように語っている。「ブルーズをやりたいとは思ったんだが、自分がそれほどブルーじゃなかったんだ（中略）テーブルにはいつも食べ物があったからね」（*Rolling Stone*. Dec. 6, 2001）、父親は建築請負業をしながら教会の役員を務め、母親は学校の校長であった、という出自は、初期のブルーズの作り手たちが味わったような苦労をベリーにさせなかった、と思われる。

「ジョニー・B・グッド」に戻れば、作詞作曲は、歌っているベリー自身である。曲の中で主人公ジョニーは、ギターを抱えて、木陰で歌を歌い、人々の称賛を手に入れる。そして母親はジョニーが将来有名人になる、と確信している。以下に歌詞を示す。訳文には反映できていないが、原文の二行ずつ押韻する、英詩の韻律法でいうカプレットのパターンは、ヒップホップでも好まれる押韻パターンとなっている。

深南部ルイジアナ州ニューオーリーンズ近く
常緑樹の森の奥の方に
土と木で作った丸太小屋があって
ジョニー・B・グッドという名の田舎の少年が住んでいた
読み書きは上達しなかったが
鐘を鳴らすみたいに（易々と）ギターを弾けた

（リフレイン）
いけ、ジョニー、いけ、いけ
ジョニー・B・グッド／ジョニーうまくやれ

彼は麻袋にギターを入れて持ち歩き
鉄道の脇の木の下に座ったものだ
機関手は彼が木陰に座って
汽車の動輪のリズムに合わせてギターを掻き鳴らすのを見たものだ
通りがかりの人々は足を止めて言ったものだ
「こりゃどうだ、この田舎坊主は弾けるぜ」

（リフレイン）

彼の母親は言った「いつかお前は大人になって
立派なバンドのリーダーになるよ
日が落ちるとたくさんの人が遠くから
お前の演奏を聴きにくるよ
たぶんいつかお前の名前が煌々(こうこう)と照らされて
「ジョニー・B・グッド今夜来演！」ってね

（リフレイン）

（筆者訳）

その『自伝』（一九八八年）においてチャック・ベリーは、当時トリオを組んでいた一人ジョニー・ジョンスン（一九二四–二〇〇五）のためにこの曲を書いたとしながらも、曲が自伝的な内容を持つことも認めている（156）。ベリーは、一九五五年のデビュー以来、「ジョニー・B・グッド」を出した一九五八年までに何曲ものヒットを飛ばし、すでにスターダムにのし上がっていた。[6] 実際『自伝』の中でベリーは、「母は私がいつかミリオネアになると繰り返し言っていた。彼女こそがこの曲の源泉」としている（155）。また、ルイジアナ、ニューオーリーンズはベリー自身の出身地ではないが、彼の曽祖父が奴隷として住んだ場所であり、"Goode"はベリーの生家のあったセント・ルイスのグッド通りから取られていると思われるし、Bはベリーの B であろう。歌手が自らの人生を曲にこめるとき、その曲は音楽と音楽界についてのコメントとなりうる。アメリカン・ポップスに関する情報でかならず参照される雑誌『ローリング・ストーン』のライター、ブライアン・ハイアットが、この曲の持つメタ性に言及している。

「ジョニー・B・グッド」はロックンロールのスターダムに関する最初のロックンロールヒットナンバーだった。今でもこの曲はポップミュージック界のデモクラシーに関する最も偉大なるナンバーだ。（*Rolling Stone*, December 11, 2003）

ここで「デモクラシー」という言葉が出てくることに注意が必要である。それは、音楽界において人種を問わず貧乏から成功へ、という機会があったことを指している。たしかに一九五〇年代はアフリカ系アメリカ人の公民権運動の隆盛を見た時代である。しかしベリーはそれに与（くみ）することはなかった。実はベリーはこの曲を売り出すために、歌詞を作り変えている。彼はアフリカ系のアーティストとして、曲の一番の四行目および二番の最後の行、「田舎坊主」（country boy）というところを最初は、「黒人の少年」（colored boy）としていた。それを"country boy"と書き換えることによって、人種的な色合いを薄めて万人受けを狙った。そうしない限り、ラジオで流してもらえなかっただろう、と『自伝』の中で本人が述懐している（157）。それでも、この曲は、ベリーが作り歌うことによって、間違いなく、アフリカ系アメリカ人のアーティストがアメリカ社会においてスターダムに昇る機会を掴めることを歌っている。『自伝』においてもベリーは、「暗い黒人否定の時代のあと、黒人が白人の称賛を受けることがどんな気持ちか、黒人には自然にわかることだが、白人にはわからないだろう」（158）とも言っている。

「ジョニー・B・グッド」はその歌詞からわかるように、本論の前半で見てきたパストラル作品との共通点を持つ。まず、登場するのはすぐれた歌い手であること、その人物は木陰で楽器を演奏しながら歌うこと、そして周囲の称賛を受けること。そして、何より、このナンバーが、ロックンロールの世界についてのロックンロールである、という自己言及性。テオクリトスとウェルギリウスのティーテュルス、スペンサーのコリン・クラウトは、鉄道、電飾といった機械文明の世界であるアメリカで、エレキギターにのせて歌われるジョニーに転生したのである。そして、エンプソンの定義を思い出そう。「社会の低い層に位置づけられる者、単純と考えられる者を登場させて複雑な社会の構造や問題を明らかにする文学」。

これらのことはベリーの他のナンバーでも看取される。「ジョニー・B・グッド」に先立つこと二年、「ベートーベンなんかぶっ飛ばせ」（一九五六年）は、ラジオから流れる音楽番組に手紙を書いて、ノリノリな音楽をかけてほしい、ベートーベンなんかぶっ飛ばせ、チャイコフスキーに目にもの見せてやれ、と歌う。性的な含意もちりばめられている。この曲の出だしのリフは、二年後の「ジョニー・B・グッド」の出だしにも使われることになる。ベリーは「ジョニー・B・グッド」で完全にベートーベンをぶっ飛ばした、と言いたかったであろう。

ちょっと手紙を書いてやろう
ローカル局のDJに送ってやろう
俺がDJにかけてほしいのは
ノリノリのリズムのレコードだって
ベートーベンなんかぶっ飛ばせ
もう一回ロックンロールナンバーを聞きたいのさ
とにかく俺の体温上がりっぱなし

ジュークボックスは過熱してヒューズを飛ばす
俺の心臓はリズムを叩き
俺の魂はブルーズを歌いっぱなし
ベートーベンなんかぶっ飛ばせ
チャイコフスキーにニュースを教えてやれ

俺はロックの肺炎にかかってるのさ
リズム&ブルーズの注射を打ってもらわなきゃ
関節炎だって転がして
リズムレビューの傍で
二人ずつ組みになってノリまくる

気に入ったら
恋人を手に入れて、回って揺さぶって
ひっくり返して、ちょっと過剰気味に動いてみな
回って揺すってころがして
ベートーベンなんかひっくり返せ
二人ずつ組みになってノリまくって

朝一番に、言っといてやるけど
俺の青いスエードの靴を踏むなよ

ヘイ、ズコズコと俺は（楽）器を鳴らす
失うものなんてないからな
ベートーベンなんかぶっ飛ばせ
チャイコフスキーにニュースを教えてやれ

あの娘はホタルみたいにピッチピチ
コマのように回って踊る
彼女の相手もやばいぜ
二人が回って揺れるのを見せてもらおう
（ジュークボックスに入れる）小銭がある限り、音楽は止まらない

ベートーベンなんかぶっ飛ばせ
リズム&ブルーズを堪能しようぜ

（筆者訳）

タイトル"Roll Over Beethoven"には、「（ロックン）ロールのほうがベートーベンよりも上（over）なんだ」という主張も込められているだろう。ラジオから流れる音楽番組への言及に始まり、一九五〇年代がその最盛期であったジュークボックスから流れる音楽に合わせて踊りまくる若者の描写。これもまた、戦後アメリカン・ポップスの現在についての発言であり、メタ性を見て取ることができる。

最後に「バイバイ・ジョニー／行ってらっしゃいジョニー」（一九六〇年）を見ておこう。これは「ジョニー・B・グッド」でベリーが作り上げたアフリカ系アメリカ人アーティストの出世物語に、さらに細部が付け加えられた曲といえる。

前作で母親がその将来性を信じて疑わなかったジョニーは、今や、その予言通りロックンロール界のスターとなり、映画に出るためにハリウッドへ向かって出発するところである。それでも母親は銀行から有りったけの貯金を下ろして息子の門出を祝い、幸福の涙を流す。かつて、農業労働で得た金をはたいてジョニーにギターを買ってやったことを思い出しながら。ジョニーが飛行機でもなく、鉄道でもなく、グレイハウンドで西部に向かう、というところに、ベリー自身の現在とは異なるアナクロニズムを含む慎ましさも込められる。ハリウッドに到着後、ジョニーはそこで結婚相手を見つけ、母親への手紙の中で、邸宅を建ててあげると約束する。

彼女は南部信用金庫から有りったけの貯金を下ろして
息子をグレイハウンドバスに乗せた
息子はルイジアナを出て、黄金の西部へ向かう
幸せの涙が頬を伝う
ジョニー・B・グッドという名のかわいい息子が
ハリウッドで映画に出るために行くところ

（リフレイン）
行ってらっしゃい
行ってらっしゃい
行ってらっしゃい　ジョニー
行ってらっしゃい ジョニー・B・グッド／ジョニー、いい子でね

思いおこせば、畑で収穫の労働をして稼いだ金をもって

質屋に行ってジョニーにギターを買ってやったのだった
鉄道の線路わきでギターを弾いていりゃ
ごきげんで問題を起こすこともなかった
でもまさかこんな日が来るとは思わなかった
息子に別れのキスをするときが来た

（リフレイン）

ついに息子から待ちに待った手紙が来た
ジョニーの手紙には「好きな子ができたんだ
結婚したらすぐ、彼女を連れて故郷に戻り
鉄道のわきに大きな家を建てるよ
そしたら、「俺がツアーに出るとき」汽車が轟音をたてて通り過ぎるたび
勝手口に立って手を振ってくれられるように」

（リフレイン）

（筆者訳）

作曲者のベリーは一九五〇年代後半に次々とロックンロールのヒットを飛ばした結果、『ロック・ロック・ロック』（一九五六年）、『ミスター・ロックンロール』（一九五七年）、『行け、ジョニー、行け』（一九五九年）などいくつかの音楽映画に出演することになった。そして、鉄道わきの「大きな家」は、この曲のリリースと同年の一九六〇年、ベリーがミズーリ州ウェンツヴィルに建て、終生そこで過ごした邸宅「ベリー・パーク」を暗示している。[7] すなわち、この

曲も自伝的要素が明瞭であり、ベリーの成功の発端となった母へのオマージュとしても読める。それと同時にこの曲は大方のミュージシャンが売れっ子になるとたどる軌道——映画出演と邸宅建設——を語っており、ベリー個人の人生を超えて音楽界の慣習を語るものともなっている。しかし、その後ベリーは、児童買春、薬物、暴力、脱税、盗撮などさまざまなスキャンダルに塗れることになる。この曲の歌詞からは、有名人となった自分へのベリーの皮肉は読み取れないが、後から振り返れば、人気の絶頂に上り詰めたスターの宿命が明るい歌詞に影を落としているかのように感じられる。「バイバイ・ジョニー」というタイトルが、母親の愛に満ちた送り出しの挨拶に加えて、歌手の凋落（ちょうらく）を偶然に予言していると読む誘惑すら生じる。二〇世紀のパストラルには歌い手を待ち受ける陥穽（かんせい）も映り込んでいる。

おわりに

ジョニー・B・グッドとは誰なのか。もちろん、自伝的な要素を考えれば、チャック・ベリーの自己像だと言って終わりにすることもできよう。しかし、パストラルを背景において考えるとき、それは、詩や歌を創造する者、詩人やアーティストが、自らの活動の世界である詩や音楽シーンについて語るためのペルソナであるということができる。ジョニー・B・グッドとは、時代と空間を超えて、すべての詩人、すべてのアーティストのアイコンなのだ。

＊本稿は、日本バラッド協会第一五回会合（二〇二四年三月二四日、北九州文学館）における講演「木陰で歌う詩人たち——ジョニー・B・グッドとは誰なのか」に加筆修正を施したものである。

【註】

（1）訳文はエドモンズによる英訳からの筆者による重訳である。

（2）訳文はルイスによる英訳からの筆者による重訳である。

（3）本曲の人気ぶりは、映画『バック・トゥ・ザ・フューチャー』（一九八五年）（*Back to the Future*. Dir. Robert Zemeckis. Universal Pictures）の中でマイケル・J・フォックス扮するマーティ・マクフライが演奏することでむしろ知られているかもしれない。また、本曲は一九七七年NASAが打ち上げた二機のヴォイジャーに搭載の、人類の文化を地球外生命体に紹介するゴールド・ディスクにも収録された。『ローリング・ストーン』誌の二〇〇四年版の“The 500 Greatest Songs of All Time (2004)”の七位。

（4）ブルーズは日本語で「ブルース」と発音され、和製ブルースは淡谷のり子、青江三奈など、昭和歌謡曲の中で憂鬱な気分を歌うものの呼称となったが、その起源、曲調、歌詞など、どの要素をとっても別物と考えるべきである。

（5）和製ポップスでは、宇崎竜童率いるダウンタウン・ブギウギ・バンドの「スモーキンブギ」（一九七四年）を挙げることができる。

（6）“Maybellene”（一九五五年）はUS Hot 100の五位、US R&B一位、“Roll Over Beethoven”（一九五六年）はUS R&B二位、“Too Much Monkey Business”（一九五六年）はUS R&B四位、“School Days”（一九五七年）US Hot 100で三位、US R&B一位、“Sweet Little Sixteen”（一九五八年）US Hot 100で二位、US R&B一位など。

（7）ベリー・パークの建設とその後についてはベリーの『自伝』（174-94）およびJohnny Joo, “Chuck Berry’s Abandoned St.Louis Home”を参照のこと。

【引用・参照文献】

Berry, Chuck. *The Autobiography*. Faber, 1988.

Bulloch, Anthony. “The Life of Theocritus.” *Hermes*, vol. 44. no.1, 2016, pp.43-68.

Empson, William. *Some Versions of Pastoral*. 1935. New Directions, 1974.

"Five Hundred Greatest Songs of All Time (2004)" *Rolling Stone*, Dec. 11, 2003, https://www.rollingstone.com/music/music-lists/500-greatest-songs-of-all-time-151127/the-beatles-hey-jude-32958/ Accessed Apr. 21, 2024.

Jacobson, Mark. "Chuck Berry, the Father of Rock, Turns 75." *Rolling Stone*, Dec.. 6, 2001, https://www.rollingstone.com/music/music-news/chuck-berry-the-father-of-rock-turns-75-82361/3/ Accessed Dec. 6, 2024.

Joo, Johnny. "Chuck Berry's Abandoned St. Louis Home." *Architectural Afterlife*, May 9, 2021, https://architecturalafterlife.com/2021/05/chuck-berry-home/ Accessed Apr. 10, 2024.

Sidney, Philip. *An Apology for Poetry*. Edited by Geoffrey Shepherd, Manchester UP, 1973.

Spenser, Edmund. *The Shepheardes Calender*. 1579. *The Yale Edition of the Shorter Poems of Edmund Spenser*. Ed. William A. Oram, et al. Yale UP, 1989.（和田勇一他訳『スペンサー詩集』、九州大学出版会、二〇〇七年）

Theocritus. *Idylls*. *The Greek Bucolic Poets*. Translated by J.M. Edmonds. Loeb Classical Library, 1912; Harvard UP, 1977.

Virgil. *The Eclogues*, *Georgics and Aeneid of Virgil*. Translated by C. Day Lewis. 1963. Oxford UP, 1966.

ウェルズ恵子『魂をゆさぶる歌に出会う——アメリカ黒人文化のルーツへ』岩波書店、二〇一四年。

——『アメリカを歌で知る』祥伝社、二〇一六年。

第十九章 アメリカ詩のゴールドラッシュ、サンフランシスコ・ベイ・エリア

原 成吉

はじめに

これまで長い間、アメリカの詩を読んできて、カリフォルニア、とりわけサンフランシスコ・ベイ・エリアの詩に興味を持つようになった。毎年のように夏になると、サンフランシスコの空港からレンタカーで、詩に描かれた場所やそれを書いた詩人たちを訪ねたりするうちに、その場所の感覚がおぼろげではあるが生まれてきた。そして毎回、フライフィッシング、釣りをしながら、北カリフォルニアの山河を歩いてきたので、グーグルマップとは違ったバイオリージョンを感じるようになったことも関係しているかも知れない。

とりわけサンフランシスコには、一九世紀半ばに始まるゴールドラッシュによって、歴史上まれにみる多様な人種が大挙して押し寄せたことにより、社会的激変が起こった。かれらは一攫千金を夢みる冒険家、起業家の楽天家であり、初めにやって来たのはほとんどが男性であった。かれらはアジア、ラテンアメリカ、ヨーロッパ、そしてアメリカ東部からやって来た。いわゆるゴールドラッシュ、「四九年者」（forty-niners）時代の混乱と無秩序のなかからカリフォルニア固有の文化が誕生したといってもよいだろう。一か八かで巨大な富を求めるカリフォルニア文化の血筋は、二〇世紀になってからも石油産業、映画産業、航空産業、ロック・ミュージック、バイオテクノロジー、そして

IT産業へと繋がっている。

ゴールドラッシュ時代の活力と、その結果として生じた経済的不平等を法的に是正しようとするカリフォルニアの精神風土が、急進的で反体制的ポピュリズムを育んできたといえる。安定と継続ではなく、革新と実験を求める傾向は、カリフォルニアの特徴ともなっている。

カリフォルニアは社会的経済的な変化を求めるだけではなく、新しい人間性の探求にもさまざまな可能性を追い求めてきた。それは初期のフランシスコ会から現在の仏教ブームまで続いている。そしてシエラ・クラブをはじめとする、さまざまな環境保護団体の活動も盛んである。

カリフォルニアにはコロンブスの時代以前から、少なくとも一〇〇前後の異なる言語を話す先住民たちが暮らしていた。言語が違うということは、その文化が異なることを意味している。その後スペインによって植民地化され、一八二三年にメキシコがスペインから独立し、いわゆる「カリフォルニオス」とよばれるメキシコのエリートたちの短い支配のあと、一八五〇年に合州国に併合され、合州国東部をはじめ、世界中から移民たちがやってくる。

二〇世紀後半に注目されるようになった多文化共生主義は、カリフォルニアでは新しいことではない。それはカリフォルニア文学の特徴にも現れている。

『カリフォルニア・ポエトリー』（二〇〇四年）というユニークなアンソロジーがある。この本の冒頭には、最初に英語で書いたカリフォルニアの詩人としてジョン・ローリン・リッジ（一八二七―一八六七）、別名「イエロー・バード」が紹介されている。かれはアメリカ先住民にとって忘れることのできない「涙の旅路」（一八三八―三九）を生き延びたチョクトー・インディアンの一人である。またこのアンソロジーには、英語圏のモダニズム詩の発展に大きな役割を果たしたとされるヨネ・ノグチ（野口米次郎、一八七五―一九四七）の英語で書かれた俳句も紹介されている。ヨネ・ノグチが、詩人として出発したのもサンフランシスコ・ベイ・エリアだった。当時のボストンやニューヨークでは想像できないことだ。

カリフォルニアには最初から多文化的風土があったが、それは一見矛盾する孤立主義とも隣り合わせていた。つまり合州国の歴史でよく知られている「自明な運命」とは相容れないものがある。

一九五〇年代のサンフランシスコ・ベイ・エリアの詩

この時期は、ゴールドラッシュから一〇〇年、サンフランシスコが誕生してからおよそ一〇〇年にあたる。ワインと同じように、その土地に根ざした独自の文学が創られるのには、このくらいの歳月はかかるのだろう。この時代にサンフランシスコ・ベイ・エリアの詩的土壌が形成されたとぼくは考えている。

第二次世界大戦後のアメリカ詩の流れのなかでは、「サンフランシスコ・ルネサンス」と「ビート」は、しばしば同義的にあつかわれることが多い。もちろんそれには、それなりの理由がある。

ビート・ムーヴメントの出発点となったポエトリー・リーディングが、サンフランシスコのフィルモア通りにあった「シックス・ギャラリー」で行われた。これはまだ無名のアレン・ギンズバーグ（一九二六―一九九七）という詩人が、二〇世紀を代表する詩のひとつに数えられる「吠える」の原稿を、はじめて聴衆をまえに読んだことでよく知られている。

このときのリーディングについて、ビートの命名者であるジャック・ケルアック（一九二二―一九六九）が『オン・ザ・ロード』（一九五七年）のつぎに出版した小説『ザ・ダルマ・バムズ』（一九五八年）のなかで、このイベントを「サンフランシスコ・ポエトリー・ルネサンス誕生の夜」（Kerouac 9）と名付けている。この作品の主人公のモデルは、日本へ来るまえのゲーリー・スナイダー（一九三〇―）だ。

ビートについて

「ビート」について少し触れておこう。ビートの始まりは一九四〇年代の後半、まだまったく無名であったジャック・

ケルアック、アレン・ギンズバーグ、ウィリアム・バローズ（一九一四―一九九七）、ハーバート・ハンキ（一九一五―一九九六）たちが、ニューヨークで出会ったことにはじまるが、ビートが知られるようになるのは、ギンズバーグやケルアックがジャーナリズムや出版の中心であるニューヨークから遠く離れた西海岸のサンフランシスコにやってきてからのことだ。ギンズバーグの初期の代表作「吠える」や「カリフォルニアのスーパーマーケット」といった詩は、サンフランシスコ・ベイ・エリアで書かれたものである。

ゲーリー・スナイダーは、「ビート」について次のように語っている。(1)

「ビート」という言葉は、ごく小さな作家たちのグループをさす用語として使ったほうがいいと思うね……アレン・ギンズバーグ、ジャック・ケルアック、それにグレゴリー・コウソのまわりに集まった仲間たちのことだよ。ぼくたちベイ・エリアの作家の多くは、分けるとすればサンフランシスコ・ルネサンスに入る。そしてこの二つが、ある時期に一緒になったんじゃないかな。それは五〇年代の中ごろから六〇年代の中ごろまでのこと。ジャズがロックに代わり、マリワナがＬＳＤに、そして新しい若者たちの世代が現れたときのことだ。そうビートニクという名前がヒッピーに代わった時代だね。ある種の精神のあり方として定義できる……ぼくもしばらくの間その精神を共有していた。その精神はその時代の窓と無縁ではないからね。

ゲイ・カルチャー

ベイ・エリアには、ニューヨークからビートがやって来る前から、他の場所でみられないような新しい詩を生み出す土壌がつくられていた。

一九四〇年代の後半からベイ・エリアには、詩人たち、芸術家たちのボヘミアン的ネットワークのようものが存在していた。その中心的存在のひとりだった詩人ロバート・ダンカン（一九一九–一九八八）は、彼や仲間のゲイの詩人ジャック・スパイサー（一九二五–一九六五）やロビン・ブレイザー（一九二五–二〇〇九）たちの詩の運動を「バークリー・ルネサンス」と呼んでいる。ダンカンは四四年に「社会のなかの同性愛」（*Selected Prose* 38-50）という評論を発表し、カミングアウトしている。

一九四八年から四九年にかけて書かれたダンカンの作品「ヴェニスの詩」という連作詩に、次のような詩句がある。

アナルセックスが、憎しみを、むき出しの悪意を引き起こす
フェラチオが、自己嫌悪を、
　高慢を、
　絶望を増幅させる
　蓮食い人（ロートバゴイ）、夢想者を生み出す。

　だがここで心は癒やしを求めるのだ。
　自然が癒しをあたえてくれることはまずない。
　ぬけぬけと男が男をファックする。
しかしここでこそ　心は喜びに弾むのだ
まるでここだけが
　　ここだけが心安まる場所であるかのように。
（*Collected Early Poems* 221）

ホモセクシュアリティこそ詩人の心が「喜びに弾む」根拠という表現は、当時としてはきわめてまれなことだといえ

るだろう。いまでは、サンフランシスコのキャストロ地区は、ゲイのメッカとなっているが、その背景にはベイ・エリアのゲイ・カルチャーの歴史がある。

ベイ・エリアの詩のハブ・スポット

テレビがアメリカの大衆の意識を支配するまだ前のこと、一九四九年に、サンフランシスコからベイ・ブリッジを渡ったところにある大学町バークリーで、KPFAが放送を開始する。KPFAは、アメリカで初めてのリスナーがスポンサーになって運営されるベイ・エリアのFMラジオ局で、いまも健在だ。この放送局は、ルイス・ヒル（一九一九―一九五七）を中心とする第二次世界大戦の良心的兵役拒否者と市民の自由意思論者が設立したラジオ局で、当時のベイ・エリアの知性を代表する人たちがレギュラー番組を持っていた。たとえば、禅をアメリカに広めたアラン・ワッツ（一九一五―一九七三）とか、ジャズやロックの批評家ラルフ・グリーソン（一九一七―一九七五）、後にこの人はロック・ファンにはおなじみの雑誌『ローリング・ストーン』の最初の編集者の一人となる。他には、『インディアンの物語』の作者で言語学者のハイメ・デ・アングロ（一八八七―一九五〇）、そしてベイ・エリアの詩人たちのゴッド・ファーザー的存在、ケネス・レクスロス（一九〇五―一九八二）などがいた。レクスロスは、文学だけでなく、あらゆる分野の書評や時事問題についてコメントしていた。

KPFAでは、ベイ・エリアの詩人たちはもちろんのこと、多くの著名な詩人たちがポエトリー・リーディングを行っている。現在、KPFAの詩のプログラムを担当している詩人のジャック・フォリー（一九四〇―）は、ベイ・エリアの詩のクロニクラーとしても素晴らしい仕事をしている。

さらに詩についていえば、シックス・ギャラリーの前年、一九五四年にルース・ウィット・ディアマント（一九〇一―一九八七）というサンフランシスコ州立大学の教授が、この大学に「ポエトリー・センター」を設立する。このセンターによって、ベイ・エリアの詩がさらに活性化されてゆく。

それと忘れられないのは、シティ・ライツ書店だ。一九五三年、詩人のローレンス・ファーリンゲッティ（一九一九―二〇二一）がサンフランシスコのノース・ビーチに、全米で初めてのペーパー・バック専門の本屋をオープンする。ノース・ビーチは新宿の歌舞伎町を小さくした、すこしいかがわしい地域で、イタリアン・レストランが並んでいて、すぐ近くにはチャイナ・タウンがある。おそらくアメリカで現存するもっとも有名なインディペンデントな本屋といってもよいだろう。そしてシティ・ライツは、五五年から「ポケット・ポエツ・シリーズ」の出版をはじめる。このシティ・ライツが詩人たちの出会いの場となった。

続いて、前述のスナイダーのインタビューから、五〇年代初頭のベイ・エリアの詩の状況について紹介しよう。例の「シックス・ギャラリー」でのポエトリー・リーディングが行われる前のベイ・エリアの詩の状況は、どんな様子だったのでしょうか？――というぼくの質問にたいしてスナイダーは次のように述べている。

サンフランシスコのグラント・ストリートとコロンバス・アヴェニューのあたり、つまりシティ・ライツ書店のあたりに小さなバーやコーヒー・ショップがあって、そこに芸術家やインテリが集まっていた。まるでそこは小さなヨーロッパみたいだったよ。それとね、アラン・ワッツがやっていた仏教についてのレクチャーにもぼくは通っていた。誰が紹介してくれたかは忘れたけど、最初に会ったのはロバート・ダンカン、そのあとジャック・スパイサーだった。アラン・ワッツのレクチャーにきていた女性の紹介でケネス・レクスロスに会った。この当時ケネスはほとんど毎週金曜日の夜に、自分アパートをみんなに解放して、芸術から政治にいたるまであらゆる話題を取りあげながら話をしてくれた。

夕食の後、八時半か九時ごろから始まるのだけれど、誰でも出入り自由で、ワインもあったな。たいていはケネスがひとりで話すことが多かった。一晩中でもしゃべり続ける情報量をもっていたし、かれ独自の政治的な意見や文学的視点はとても勉強になった。すごい読書家で博識だったので魅了されたよ。ハイ・シエラのウィルダネスを歌った詩をたくさん書いていてね。それに東洋の詩についてもよく知っていた。ただかれの話は、いつも真実というわけではなかったけどね（笑）。それはケネスの困ったところだった。とりわけ他人の話になると、誇張や意地悪なところもあったからね。

政治的な特徴についてはいかがですか、という問いに対してスナイダーは——

その頃ぼくがケネスのところで会った人たちは、そのほとんどがベイ・エリアの文化的活動家だった。ほかのグループは、コミュニストでスターリン支持派、ケネスは反スターリン主義の左派で、反トロツキー主義の左派。アメリカ東海岸は従来の左派だけれど、西海岸はかなり違っていた。ここベイ・エリアには、IWW（世界産業労働者組合）の影響がまだ強く残っていて、それにイタリアのアナキストの思想が入ってきていた。西海岸の活動家はアナキストが多いのが特徴といえる。それにソビエトの暴力を認めないし、もちろんアメリカのありかたにも批判的だった。ぼくもこういったケネスの政治的立場に影響された一人だ。

レクスロスは、ダンカンやスパイサーの詩は認めていたけれど、ホモセクシュアルに批判的だった。あの時代でもダンカンやスパイサーは、ゲイであることを公表してはばからなかった。当時のベイ・エリアには、レクスロスやダンカンのグループとも違ったサークルがあった。アラン・ワッツを中心にした仏教徒たちさ。ぼくは、レクスロス、ダンカン、そしてワッツのグループと付き合っていた。いま考えてみても、すばらしい教育環境だった。大学院とは比べものにならないくらい刺激的だったよ。ぼくにとっての詩的教育のある部分はこの時期に創られた、といえるかもしれないな。

ギンズバーグやケルアックといった東海岸のビートたちは、西海岸のベイ・エリアにやってきて、どんな印象をもったのでしょうか、というぼくの質問にたいして、スナイダーは次のように答えてくれた。

アレンはサンフランシスコにやってきて、ケネス・レクスロスの政治的立場に関心をもった。とりわけ西海岸の左翼に特徴的だった反スターリン主義にね。それからアレンは、仏教思想に深い関心をもっていた。そうジャックも同じだね。ジャック［・ケルアック］がはじめてケネスの金曜日の会にやってきたときのことを、いまでもよく覚えているよ。ケネスが、当時出版されたばかりの仏教についての本を取りあげて話をしていたんだ。そこにいたみんなも自分の意見を話していた。そのやりとりを聞いていたジャックは、「へえっ、きみたちはみんな仏教徒なんだ」って驚いた。誇張するのはケネスのいつもの癖なのだけど、「もちろん、ベイ・エリアの連中はみんな仏教徒さ」と言った。それからぼくはアレンとジャックを、バークリーにある浄土真宗の教会へ連れて行った。そして二人をアラン・ワッツにも紹介したな。

当時の文化的状況についていえば、ぼくより年上の詩人、たとえばロビン・ブレイザーやジャック・スパイサー、それにロバート・ダンカンといった人たちは、ベイ・エリアの文化的・芸術的伝統を大事にしていた。自分たちのインスピレーションをヨーロッパやニューヨークに求めるのではなく、その土地独自のものを創造しようとしていた。

そして、このようなサンフランシスコ・ルネサンスの詩人とビート詩人の出会いから、ビート・ムーヴメントが誕生することになる。

「シックス・ギャラリー」でのポエトリー・リーディング

その出発点となったポエトリー・リーディングが、サンフランシスコの「シックス・ギャラリー」で行われることになる。一九五五年一〇月七日の夜のことだ。ここから新たなアメリカ詩がはじまったといえる。

少しこのギャラリーについて紹介しておこう。五二年にダンカンとかれのパートナーの画家ジェス・コリンズ

（一九二三―二〇〇四）、それにハリー・ジャコウバス（一九二七―）という画家が、自動車修理工場を改造して「キング・ユビュ・ギャラリー」（King Ubu Gallery）をオープンする。キング・ユビュ・ギャラリーは、五五年に「シックス・ギャラリー」となり、その名を歴史に残すことになる。当時のカリフォルニア・スクール・オブ・ファインアーツ（現在のサンフランシスコ・アート・インスティチュート）で、抽象表現派の画家クリフォード・スティル（一九〇四―一九八〇）やマーク・ロスコ（一九〇三―一九七〇）が教えていたこともあって、その学生だったデイヴィッド・パーク（一九一一―一九六〇）やリチャード・ディーベンコーン（一九二二―一九九三）といった画家たちが中心となって「ベイ・エリア・フィギュラティヴ・ムーヴメント」という新しい絵画の動きが起こっており、シックス・ギャラリーでは、さまざまなジャンルをミックスした、後に「インスタレーション」と呼ばれるイベントが行われていた。

シックス・ギャラリーでのポエトリー・リーディングは、これまで述べてきたようなベイ・エリアの文化伝統から生まれたといえる。さまざまな資料を使ってその様子を再現してみよう。

このイベントはマイケル・マクルーア（一九三二―二〇二〇）の発案によるもので、ギンズバークが企画し行われた。司会はサンフランシスコ・ルネサンスの中心にいた詩人レクスロス、そして、ギンズバーグ、スナイダー、マクルーア、フィリップ・ウェーレン（一九二三―二〇〇二）、フィリップ・ラマンティア（一九二七―二〇〇五）の五人がステージに立ち、詩を朗読した。聴衆には、ケルアック、ファーリンゲッティ、そしてケルアックの『オン・ザ・ロード』の主人公のモデル、ニール・キャサディ（一九二六―一九六八）がいた。

ギンズバークはこのイベントのチラシをつくり、ノース・ビーチのバーに貼り、ハガキを印刷して友人やそのまた友人に送った。ギンズバーグはいくつかのビラを作ったようで、次のはその一つだ。

シックス・ギャラリーに六人の詩人。ＭＣ　ケネス・レクスロス。
すばらしきエンジェルたち一同に会す。ワイン、ミュージック、
ダンシング・ガール、マジな詩、タダの悟り、酒代とハガキ代少々。

とびっきりのイヴェント。

このハガキ、「詩」という単語を「音楽」に代えれば、無名のミュージシャンによるライブ・ハウスでのジョイント・コンサートのチラシといったところだ。面白いのは詩人の名前が書かれていない。書いたとしても誰も知らないからだろう。実際、ステージに立った五人は、仲間うちを除けばほぼ無名だった。かれらの詩を出版してくれる文芸誌や出版社もなかった。だったらポエトリー・リーディングをやろう、という軽いノリみたいなものが、この文面から読み取れる。

会場となったシックス・ギャラリーは、隣り合った二つの部屋からなっていて、小さなステージの手前には演台があり、その後ろにはシュールレアリストの家具のような、フレッド・マーティン（一九二七－二〇二二）の彫刻が展示されていた。マーティンは当時のベイ・エリアのアートシーンを代表する芸術家で、その彫刻を半円形に取り囲むように、大きな椅子が六つ並んでいた。この夜、ギャラリーは、一〇〇人を超える人たちでごったがえしていた。ベイ・エリアのボヘミアン詩人や芸術家、そしてその愛好家たちが、はじめて一つの場所に集まったのだから、会場は歓声と興奮に包まれていた。ギンズバーグを含め、ステージに立つ詩人のほとんどが、聴衆を前にしてのリーディングは初めてのことだった、そうバリー・マイルズはギンズバーグの伝記に書いている（Miles 195-97）。

定刻よりだいぶ遅れて、このイベントのために古着屋で買ったピンストライプのモーニング姿のレクスロスがステージに立ち、ポエトリー・リーディングは始まる。かれはステージに置かれた彫刻について二言、三言ジョークをとばしてから、当時のサンフランシスコの政治的状況をスペインのアナキストたちが集まったバルセロナの町にたとえながら、最高の文化が生き残り、栄えた港町とサンフランシスコの風土にコメントした後、そのサンフランシスコも冷戦という現実からの避難所とはなり得ないことを語り、詩人たちを紹介する。

最初に読んだのは、ベイ・エリアのシュールレアリスト詩人ラマンティアだった。かれは自作ではなく、友人のジョン・ホフマン（一九二八－一九五二）の作品を朗読した。ホフマンは、ギンズバーグやカール・ソロモン（一九二八一九九三）の友人でもあり、メキシコシティでメスカルというサボテンから取れる幻覚剤、ペヨーテのオーバー・ドーズで亡くなったと噂されていた詩人である。

次はメンバーで一番若い二三歳のマクルーアが、エコロジーの視点から捉えたとらえた詩「一〇〇頭のクジラの死に」を読んだ。この詩は、五四年に実際にあった事件がもとになっている。北大西洋条約機構軍空軍（NATO）基地に駐屯していたアメリカ兵が、退屈しのぎに合州国政府の出動要請に応じ、シャチの大群を皆殺しにしてしまうという惨劇をクリティカルにうたった詩である。それからマクルーアは、「ローボス岬、アニミズム」という詩を読んだ。この詩は、理性の奥に隠された魂、精神ではなく身体の中にある内臓、これをマクルーアは「アンダーソウル」と呼んでいるが、そのアンダーソウルと場所の霊（スピリット）との交感、一種のエピファニー体験をうたった作品といえる。

続いてウェーレンが、会話体のリズムに沈黙をはさんだ詩を一〇時半の休憩まで朗読する。ウェーレンは、後にサンフランシスコ禅センターで修行し、出家して禅僧になったユニークな詩人である。法名は、「禅心・フィリプ・ウェーレン」、晩年はサンフランシスコのハートフォード・ストリート禅センターの住職を務めた。

ギンズバーグはこのイベントを企画したときに、ケルアックに作品を読むよう勧めたが、「恥ずかしい」といってかれは断わる。しかし、ギンズバークと一緒に会場にやってきたケルアックは、聴衆から集めたお金で、大瓶に入った、たぶんガロン（三・八ℓ）のボトルに入った、安いカリフォルニア・バーガンディワインを買ってきて、会場にいた人たちに大きなボトルを回した。

ワインがたっぷり回ったころ、ギンズバーグが仲間たちに頷きながらステージに上がる。照明が少し暗くなって、かれは「吠える」の長い詩行を読み出す。最初はすこし緊張していたが、すぐにその詩の力強い、うねるようなリズムが会場を包み込む。かれはユダヤ教会の礼拝式の独唱者よろしく、言葉に肉声を吹き込んでゆく。ケルアックがそれぞれの詩行の終わりに「ゴー、ゴー」と叫び、その声に聴衆も加わる。その声援に合わせるように、ギンズバーグは深く息をし、原稿に目をやり、それから言葉を肉声にのせてゆく。冒頭の詩句は――

ぼくは見た　ぼくの世代の最良の精神たちが　狂気に破壊されたのを　飢えてヒステリーで裸で、
わが身を引きずり　ニグロの街並を夜明けに抜けて　怒りの麻薬を探し、
天使の頭をしたヒップスターたちが　夜の機械のなか　星のダイナモへの　いにしえの天なる繋がりに焦がれ、
貧乏で襤褸（ぼろ）でうつろな目でハイで　水しか出ないアパートの超自然の闇で　煙を喫って夜を過ごし　都市のてっ
ぺんをふわふわ越えながらジャズを想い、
高架の下で脳味噌を天にさらし　モハメッドの天使たちがよろよろ　光を浴びた長屋の屋上を歩くのを見て、
耀くクールな目で　方々の大学を通り抜け　戦争学者たちのただなか　アーカンソーと　ブレイクの光の悲劇を
幻視し、
狂気ゆえ　そして　頭蓋骨の窓に卑猥な詩（うた）を出版したゆえに　学界からも追放されて、ひげも剃ってない部屋に
下着姿で縮こまり　屑カゴで金（かね）を
燃やし　壁ごしに**恐怖**に聴き入り、
陰毛のあごひげ姿で　ラレード経由　ニューヨークへの土産のマリワナを腰に巻いて帰ってきたところを逮捕さ
れ、（後略）

（『吠える』一二―一三）

シックス・ギャラリーで一緒に詩を読んだマクルーアは、かれのエッセイ集『ビートの上っ面をひっかきながら』（一九八二年）で、「吠える」をはじめて聞いたときの印象を次のように述べている。

ギンズバーグが最後まで読み終えたとき、ぼくたちは驚きと喜びにあふれていた。しかし同時に、精神のとても深いレベルで、これまでの障害（バリアー）が破壊されたことも感じていた。それはアメリカの残虐なシステム、そしてそれを支えている軍隊やアカデミー、大学、所有構造や権力構造の基盤に、人間の声と肉体が戦いを挑んだのだ。

（*Scratching* 15）

ギンズバーグは、『吠える』の草稿のファクシミリ版（一九八六年）を出版している。それを見るとこの「吠える」は、最初はウィリアム・カーロス・ウィリアムズ（一八八三―一九六三年）の晩年の詩形、いわゆる三行一連の詩形で書かれていたことがわかる。それをギンズバーグは、自分の息の長さにあった長い詩行に書き換えている。おそらくギンズバーグは、自分の語りのスタイルをこの作品で掴んだといえるだろう。

ギンズバーグのリーディングを聞いたファーリンゲッティは、ラルフ・ウォルドー・エマソン（一八〇三―一八八二）がウォルト・ホイットマン（一八一九―一八九二）に送った手紙をもじって、「あなたの偉大な生涯のはじまりを祝福いたします。いつその原稿をもらえますか？」と電報をおくった（Morgan 1）。そして翌年、一九五六年にギンズバーグの処女詩集『吠える、その他の詩』をシティ・ライツから出版する。この詩集は五七年に猥褻文書の廉で、サンフランシスコの税関で差し押さえられる。同性愛の性行為が描かれているのがその理由だった。そして、表現の自由を求める法廷闘争で勝訴したこともあり、ギンズバーグとこの詩は、ジャーナリズムの注目を集めるようになる。

シックス・ギャラリーに話を戻そう。最後にステージに立ったのはスナイダーだ。かれはオレゴン州ウォームスプリングズ・インディアン特別保留地で、夏に行われる収穫祭を、現代的なコンテキストでうたった詩「ベリー祭り」を朗読する。

この詩の最後の「セクション四」を引用してみよう。

コヨーテが吠える、まるでナイフ！
茶色い岩場に日が昇る。
人間は消えた、死は災いではない
空っぽで明るい、洗われた空に
　　きれいな太陽

トカゲたちが小走りで暗闇から出てくる
おれたちトカゲは、ちゃいろい岩場で日向ぼっこ。

ほら、裾野から
細い川の線が、きらきら光りながら、尾をひいてゆく
平地へ、都市へと。
　平野の地平線にかかる靄(もや)がまぶしい
ガラスに映った太陽は、きらりと光り、消える。
ヒマラヤスギの下、涼しい泉のところから
尻をついて、白い歯をむき、長い舌で喘ぎながら
　コヨーテはじっと見ている。

乾いた夏　死んだ街
ベリーはそこで育つ。

（『奥の国』二一一―二一二）

ここに登場するコヨーテはビートを彷彿させるトリックスターのイメージとなっている。トリックスターとは、アメリカ先住民の創世神話に登場する、善悪の二元論を飛び超えた予測不可能な存在といえよう。
　この二つの作品「吠える」と「ベリー祭り」からは、「ビート」と「サンフランシスコ・ルネサンス」の特徴がみえてくる。テーマについていえば、前者「吠える」は現代の都市文明が人間精神に及ぼす破壊的要素を扱っており、後者の「ベリー祭り」では、母なる大地で展開される生命の営みが語られている。つまり、ギンズバーグの「吠える」

は物質文明がもたらした人間疎外のありさまを見つめ、スナイダーの「ベリー祭り」はその治療法を人間の内なる自然を含めたネイチャーに学ぶという、オルターナティヴなライフスタイルを連想させる。ビートはニューヨークで「裸の怒り」からはじまったわけだが、その怒りはただ吠えるだけではなく、現実的な「世直し運動」へと向かう建設的な面も持ち合わせていた。この二つの特徴が、ビート・ムーヴメントの出発点となったシックス・ギャラリーでのポエトリー・リーディングにあったことは単なる偶然ではない。西洋近代がもたらした都市文明の「病」を自然のなかで「癒す」という治療法は、後のカウンターカルチャーへと引き継がれた「サンフランシスコ・ルネサンス／ビート」の遺産といえるだろう。

ファーリンゲッティの詩

ここでギンズバーグの『吠える』と並ぶアメリカ詩のベスト・セラーとなったファーリンゲッティの第二詩集『精神のコニーアイランド』（一九五八年）に収められた最初の詩篇[2]を紹介しよう。

ゴヤが描いたもっとも凄まじい場面のなかに　わたしたちは
　「苦しみにあえぐ人類」という
　　タイトルをはじめて手にした
　　　その瞬間の人びとを
　　　　　見ているようだ
ページのなかで人びとは不幸がもたらす
文字どおりの怒りに
身もだえている

赤ん坊と銃剣が
　積み上げられ　うめき声をあげているのは
　　セメント色の空の下に広がる
　抽象的な風景　それは枯れてしまった木々
うさんくさい影像　コウモリの翼と嘴
　不安定な絞首台
死体　そして肉を食らう雄鶏
あらゆる究極の怪物どもが叫び声を上げている
それは
「惨劇の想像力」が生み出したもの
　それがあまりに真にせまっているから
　　いまでも現実に存在しているみたいだ

そして　いまもある
　ただ違っているのは風景だけ
人びとはいまも道路に並べられ
　フランスの外人部隊に責め苛まれている
　　偽りの風車と気の触れた雄鶏たち

わたしたちは同じ人びとだ
ただ家からもっと遠く離れているだけ
五〇車線の広い高速道路にいる
コンクリートに覆われた大陸にいる
そこには無味乾燥な看板が立ちならび
幸福を絵に描いたばかげただまし絵を照らしだしている
そこにはあの絵のような死体を運ぶ荷車はみあたらないが
もっと疲れはてた人びとが
どぎつい色の車に乗っている
おまけにその車には奇妙なナンバー・プレート
そしてエンジンがある
そいつがアメリカをむさぼり食う
(Ferlinghetti 9-10)

詩の前半の部分は、スペインの画家フランシスコ・デ・ゴヤ(一七四六—一八二八)の晩年の作品、八〇枚の銅版画からなる「戦争の惨禍」から、詩人が想起したイメージであろう。このゴヤの作品の背景には、一九世紀のはじめナポレオン一世の支配に対する、スペインとポルトガルの民族主義的抵抗運動として記憶されている「半島戦争」がある。そして詩の後半部分で、ファーリンゲッティは五〇年代後半のアメリカ社会を重ねている。

この詩の不安定なタイポグラフィー、不揃いなライン・ブレイクとインデントは、詩全体から立ちあがってくる、予測不可能な恐怖や不安のイメージを伝えているようだ。たとえばこれを、すべてのラインを左に寄せて、弱強五歩格（アイアンビック・ペンタミーター）で書いたとしたら、意味内容は伝わるかもしれないが、詩の効果は失われてしまうだろう。

　この詩にはカンマやピリオドといった句読点もない。おおそらくそれは、ゴヤが見た「苦しみにあえぐ人類」の状況が、いまも続いているのを読者に喚起させるためではないだろうか。

　九行目の「積み上げられ」からはじまる詩行にちりばめられた断片化されたイメージは、ゴヤの八〇の場面からなる一連の版画「戦争の惨禍」から、詩人が選んだイメージのコラジュといえそうだ。この詩の前半部は、絵画や彫刻などの美術作品を言葉で再現する「エクフラシス」、「言葉による絵画」といえるだろう。ファーリンゲッティ自身も画家であるが、なぜ、かれがゴヤのこの作品を敢えて選んだのかが気になる。おそらくそれは、ゴヤの時代までの戦争を題材にした絵画は、戦闘の場面やその英雄たちを描いたものがほとんどであったが、ゴヤの死後に発表されたこの作品は、そういった当時の習わしとは違って、人びとのコミュニケーションの欠如から引き起こされた、殺戮、略奪、強姦といった、バイオレントな人間性を描いているからではないだろうか。そうすると二行から三行目の「『苦しみにあえぐ人類』という／タイトルをはじめて手にした」の「はじめて」の意味が腑に落ちる。

　これまで見てきたゴヤの作品のエクフラシスの後に、語り手はアメリカの姿を重ねてゆく。「五〇車線の広い高速道路」は、アイゼンハワー大統領が押し進めた「全米州間国防高速道路法」への言及だ。この巨大なフリーウエイ・システムの建設は、災害などの緊急避難時やソビエトとの有事を想定した施設でもあった。そしてこれはアメリカの歴史の中でも最も大規模な国家プロジェクトだった。これによって都市の近郊、郊外の宅地開発が急速に進むようになる。大多数のアメリカ人は、自動車に象徴される産業主義的文明が、アメリカに「豊かで幸せな生活」をもたらしてくれると考えていた。しかし、ファーリンゲッティはこの詩で、そのアメリカを動かすエンジンが、アメリカそのものをダメにすると警告している。この詩が出版されたのは一九五八年だ。かれが預言したアメリカのヴィジョンは、二一世紀のわたしたちにどうように映るだろうか。

ベイ・エリアをうたったケネス・レクスロスの詩

レクスロスの詩は、愛をうたった抒情詩から、日本や中国の古典、そしてカリフォルニアの野性味あふれた自然をうたったものまで、じつに多彩だ。ここではベイ・エリアを舞台にした「輪廻転生」を読んでみよう。

二番目の月に、あの
サケたちはやって来る、タマーラス
湾から、ペーパーミル・クリークの流れを上流へ
狭い渓谷を、デヴィルズ・ガルチの
産卵床へと遡上する。そう
思いながら、川のほとりを
歩く、するとサケたちの水しぶきが聞こえる
その姿を目にし、毎年、はっとする
サケはびっくりすると
浅瀬を泳ぎ回る　その大きな
赤と青の魚体が　水面から躍りでて
玉石のうえをのたうち回る。邪魔されず、サケたちは
淵にいる。もがき暴れる
オスは身構え、土砂をあおり、反転する。
おとなしいメスは、やがて産卵で
活気づく。間もなくサケたちはすべて

死ぬ、その見事な肉体は
ぼろぼろになり、朽ちはてるのだ、その偉大な
欲望によって、なかばずたずたに
される身体。長い間
肌寒い陽の光のなか
ぼくのキャビンの下にある淵に座り
自分の人生に思いを巡らす――あまりに多くが
無駄についやされ、あまりに多くが失われ、すべてが
苦しみ、すべてが死と行き詰まりの連続
得たものは無きに
等しい。夜遅くぼくは
水を飲みにおりてゆく。暗闇のなか
サケたちが
互いを求め、突進する音が
聞こえてくる。淵の水面が
揺れる。ざわめく水に半月が
震えている。ぼくは水に
触れる。黒くて、無慈悲なほど
冷たい水。川岸には
薄氷がはっている。寒い夜
川は流れてゆく、山から

湾へ向かって
空から海へと続く
その長い、循環の輪廻に
縛られて。

(*Complete Poems* 318-19)

この詩でうたわれている場所は、ベイ・エリアのマリン郡にあるデヴィルズ・ガルチという小さなクリークだ。そのほとりにレクスロスの小さなコテージがあった。この山あいの川は、サンフランシスコ湾と太平洋を見下ろす「湾の山」、タマルパイス山を水源とするラグニタス・クリークの支流にあたる。このクリークは、現在のサミュエル・P・テイラー州立公園のなかを流れている。ラグニタス・クリークは、北にむかって流れ、ポイント・レイエス・ステイションという町の西を抜け、タマーラス湾で太平洋につながっている。冬の雨期になるとサケたちは産卵のためにラグニタス・クリークを遡上し、自分が生まれたデヴィルズ・ガルチで産卵し、ボロボロになって一生を終える。そしてバクテリアによって分解された死骸は、他の生き物の糧となり、海を豊かにするエコシステムの営みのなかで生き続ける。

数年前の夏、この詩に描かれた場所を、ポイント・レイエスに住んでいる版画家の友人に案内してもらい、レクスロスのコテージがあった場所を探した。コテージの面影を残すものは何も残っていなかったが、デヴィルズ・ガルチの急な崖を降りたところに小さな滝があり、藪の中にコテージの基礎らしきものを見つけた。わたしたちが訪れたのは、渇水期の夏だったので水はさほどなかったが、この詩が書かれて半世紀たったいまでも、サケたちがやってくるということを、地元の流域(ウォター・シェッド)を護る環境保護団体のパンフレットで知った。このサケはこの地域では絶滅の危機にある「ギンザケ」であることがわかった。人間がもたらした自然環境の変化により、その数はものすごく減少してはいるが、サケがいまも「輪廻転生」を繰り返しているのはすばらしいことだ。そのサイクルの中に詩の語り手も、そしてわたしたちもいる。

レクスロスのこの詩は、繰り返される自然の営みの中で、生きとし生けるもの繋がりと、語り手の悲哀の心情が、サケたちの動きや音によって見事に表現されている、一種の瞑想詩といえるだろう。ベイ・エリアで繰り広げられる自然のパフォーマンスと日本の万葉集に見られるような叙情性が、引き締まった口語のリズムから伝わってくる、レクスロスならではの作品である。

ベイ・エリアをうたったルー・ウェルチの詩

最後にウェルチの詩、文字どおりの大地の果ての歌、「タマルパイス山がうたう歌」を読んでみよう。

タマルパイス山がうたう歌

ここは最後の場所。ほかに行くべきところはない。

人間が動いてきたのは
　　ごくわずかを除けば
西の方向。
人は太陽についてゆく。

ここは最後の場所。ほかに行くべきところはない。

あるいは　太陽の動きだと自分が考える
ものについてゆく。
それを実感するのがむずかしいのは、くるくる
回る球に乗っているから。

ここは最後の場所。ほかに行くべきところはない。

数世紀にわたって、ぼくらは群れをなして
地球のあらゆる所から
押しよせている
押し寄せた波はまた戻り
さらなる波がやってくる。

ここは最後の場所。ほかに行くべきところはない。

「わたしの顔はロシアの大草原の地図ね」と彼女は
この山から西を見ながらいった。

ぼくの血は昔むかしの
アイルランドの歌を
うたっている、いまもね

このオークの森のなかで。
ここは最後の場所。ほかに行くべきところはない。

だからぼくらは
もう一度、お祝いするんだ
すばらしい春の潮を。

またビーチに碧辱（へきぎょく）
瑪瑙（めのう）、そして翡翠（ひすい）が
散らばっている。
ムラサキガイの岩がはっきり見える。
ここは最後の場所。ほかに行くべきところはない。

だからぼくらは
もう一度、お祝いするんだ
巨大な石を積み上げたケルンのような岬が
海へと傾斜しているのを。
ここは最後の場所。ほかに行くべきところはない。

なぜならぼくらは、すべての人類が放浪のはてに
たどりついた最後の崖の足もとに
ひろがる宝石のビーチを歩いてきたのだから。

ここは最後の場所。
ぼくらが行くべき場所はほかにない。

（Welch 135-36）

ゴチで表記したレフレインの部分は、タマルパイス山の声で、それに続く応答の部分は、詩の語り手であり、アメリカに移民してきた人びとの声と考えてよいだろう。さしずめバラッドの応答歌のスタイルといったところだ。この作品は、アメリカ文学ではおなじみのテーマ、「ここはぼくのいたい場所ではない」とは違ったものになっている。最後のライン「ぼくらがゆくべき場所は他にない」の「ぼくら」をタマルパイス山、すなわちベイ・エリアの声と解釈すれば、この作品が書かれた当時、太平洋をはさんだアジアで繰り広げられていたベトナム戦争への言及もみえてくる。

ホイットマンがこの詩が書かれる一〇〇年前に、想像して書いたカリフォルニアの詩と重ねてみると興味深いものがある。もしかするとウェルチは、ホイットマンの詩「カリフォルニアの岸辺から西に向かって」の応答歌として、この作品を書いたのかも知れない。

カリフォルニアの岸辺から西に向かって
問いつづけ、たゆみなく、まだ見つからないものを探し求める

子どもで、年老いているぼくは、波のかなたの、母の家を
　　移民たちの陸地を、見る
ほとんど円を一回りした西海岸からぼくは見る。
西に向かって、ヒンドゥスタンから、カシミールの谷から
アジアから、神から、賢者と英雄から
南から、花咲く半島、そして香料の島々から出発し
ずっと長いことさまよい、地球を一回りして
いま、喜びにあふれた気分で、ふたたび故郷をみている
（しかし、はるか昔にぼくが目指したその場所はどこにあるのか？
どうして、それがまだ見つからないのか？）

（Whitman 266-67）

ホイットマンは、地球を一周しても未だ見つけることが出来ないかれの約束の地をいぶかっているが、タマルパイス山は、もうこれ以上、海を越えてゆく必要はない。ここを最後の場所としなさい、と呼びかけているようだ。

おわりに

これまで五〇年代、六〇年代のサンフランシスコ・ベイ・エリアの詩人や作品について述べてきたが、サンフランシスコ・ルネサンスとビートの出会いによって、ベイ・エリアの詩的伝統はさらに広がり、六〇年代以降のアメリカ詩を民主化したといえる。自然と文化が織りなす場所の詩学は、二一世紀のアメリカ詩を代表するロバート・ハス（一九四一–）やジェーン・ハーシフィールド（一九五三–）といったベイ・エリアの詩人たちに受け継がれている。そ

れは「いま、ここ」を生きるための詩、ライフスタイルとしての詩の魅力だといえるだろう。

＊本稿は、日本アメリカ文学会東京支部二〇二〇年九月例会（二〇二〇年九月二六日、オンライン）における研究発表「サンフランシスコ・ベイ・エリアからみたアメリカ詩」の口頭発表原稿を加筆・修正したものである。

【註】

（1）著者によるスナダーのインタビューは、二〇一七年の夏、シエラネヴァダ山脈のサンワン・リッジにあるスナイダーの自宅「キットキットディジー」で行われたものである。

（2）この詩篇「精神のコニーアイランド」は、タイトルはなく、一から二九の数字だけが付されている。引用したのは、五〇周年版の「二」である。

【引証・参考文献】

Davidson, Michael. *The San Francisco Renaissance: Poetics and Community at Mid-Century*. Cambridge UP, 1989.

Duncan, Robert. *The Collected Early Poems and Plays*. U of California P, 2012.

---. *A Selected Prose*. New Directions, 1995.

Ferlinghetti, Lawrence. *A Coney Island of the Mind*. 50th Anniversary ed., with a CD, New Directions, 2008.

Ferlinghetti, Lawrence, and Nancy J. Peters, editors. *Literary San Francisco: A Pictorial History from Its Beginnings to the Present Day*. City Lights Books, 1980.

Foley, Jack. *Visions and Affiliations: A California Literary Time Line: Poets and Poetry 1940-1980*. Part 1, Pantograph Press, 2011.

---. *Visions and Affiliations: A California Literary Time Line: Poets and Poetry 1980-2005*. Part 2, Pantograph Press, 2011.

French, Warren. *The San Francisco Poetry Renaissance: 1955-1960*. Twayne Publishers,1991.
Frost, Robert. *Collected Poems, Prose, and Plays*. Library of America, 1995.
Ginsberg, Allen. *Collected Poems: 1947-1997*. HarperCollins, 2006.
---. *Howl and Other Poems*, City Lights, 1956.（アレン・ギンズバーグ『吠える　その他の詩』柴田元幸訳、スイッチ・パブリシング、二〇一〇年）
---. *Howl: Original Draft Facsimile, Transcript and Variant Versions, Fully Annotated by Author with Contemporaneous Correspondence, Account of First Public Reading, Legal Skirmishes, Precursor Texts and Bibliography*. Edited by Barry Miles, Harper and Row, 1986.
Gioia, Dana, Chryss Yost and Jack Hicks, editors. *California Poetry: From the Gold Rush to the Present*. Heyday Books, 2004.
Hemmer, Kurt. *Encyclopedia of Beat Literature: The Essential Guide to the Lives and Works of the Beat Writers*. Facts on File, 2007.
Kerouac, Jack. *The Dharma Bums*. 50th Anniversary ed., Viking, 2008.
Killion, Tom. *California's Wild Edge: The Coast in Poetry, Prints, and History*. With Gary Snyder. Heyday Books, 2020.
Killion, Tom, and Gary Snyder. *Tamalpais Walking: Poetry, History, and Print*. Heyday Books, 2009.
Lamantia, Phillip. *The Collected Poems of Phillip Lamantia*. Edited by Garrett Caples, et al. U of California P, 2013
Kyger, Joanne. *About Now: Collected Poems*. National Poetry Foundation, 2007.
McClure, Michael. *Of Indigo and Saffron: New and Selected Poems*. U of California P, 2011.
---. *Scratching the Beat Surface*. North Point Press, 1982.
Miles, Barry. *Ginsberg: A Biography*. Simon and Schuster, 1989.
Morgan Bill. *The Beat Generation in San Francisco: A Literary Tour*. City Lights, 2003.
The Place That Inhabits Us: Poems from the San Francisco Bay Watershed. Foreword by Robert Hass. Sixteen Rivers Press 2010.
Rexroth, Kenneth. *American Poetry in the Twentieth Century*. Herder and Herder, 1971.
---. *The Complete Poems of Kenneth Rexroth*. Edited by Sam Hamill and Bradford Morrow, Copper Canyon Press, 2003.
Richards, Rand. *Historic San Francisco: A Concise History and Guide*. Heritage House Publishers, 2007.
Sixteen Rivers Press. *I Greet You at the Beginning of a Great Career: The Selected Correspondence of Lawrence Ferlinghetti and Allen*

Ginsberg 1955-1997. City Lights, 2015.

Snyder, Gary. *The Back Country*. New Directions, 1968.（ゲーリー・スナイダー『奥の国』原 成吉訳、思潮社、二〇一五年）

Snyder, Gary. Foreword. *Opening the Mountain: Circumambulating Mount Tamalpais: A Ritual Walk*. Edited by Matthew Davis and Michael Farrell Scott, Shoemaker and Hoard, 2006, pp. xiii-xiv.

---. *Riprap and Cold Mountain Poems*. 50th Anniversary ed., with a CD, Counterpoint, 2009.（ゲーリー・スナイダー『リップラップと寒山詩』原 成吉訳、思潮社、二〇一一年）

Suiter, John. *Poets on the Peaks: Gary Snyder, Philp Whalen and Jack Kerouac in the North Cascades*. Counterpoint, 2002.

Welch, Lew. *Ring of Bone: Collected Poems*, City Lights, 2012.

Whalen, Philip. *The Collected Poems of Philip Whalen*. Edited by Michael Rothenberg, Wesleyan UP, 2007.

Whitman, Walt. *Walt Whitman: Complete Poetry and Collected Prose*, Library of America, 1982.

ケルアック、ジャック『ザ・ダルマ・バムズ』中井義幸訳、講談社、二〇〇七年。

『現代詩手帖　特集　サンフランシスコ・ルネサンス〈ビート誕生〉』二月号、思潮社、二〇〇一年。

『現代詩手帖特集版　アレン・ギンズバーグ』思潮社、一九九七年。

高橋綾子、小川聡子編訳『現代アメリカ女性詩集』思潮社、二〇一二年。

原 成吉『アメリカ現代詩入門』勉誠出版、二〇二〇年。

ラマンティア、フィリップ『シャスタ　フィリップ・ラマンティア詩集』山内功一郎編訳、メルテミア・プレス、二〇一一年。

レクスロス、ケネス『レクスロス詩集』ジョン・ソルト・田口哲也・青木映子訳、思潮社、二〇一七年。

第二十章
詩を求めて——ロバート・フロストの初期詩篇を読む

藤本　雅樹

I had the swirl and ache
From sprays of honeysuckle
That when they're gathered shake
Dew on the knuckle.

I craved strong sweets, but those
Seemed strong when I was young;
The petal of the rose
It was that stung.

摘みとろうと　さしだした
僕の拳の上に　露をふりこぼす
そんな　忍冬の　小枝から
僕は　眩暈と　痛み　を　感じた

僕は　強い芳香に　焦がれた　若い頃
ただ　強い　としか思えなかった　ものだけに
あの頃　感覚に　刺激を与えてくれたものは
まさに　あの　薔薇の花びら　であった

（「大地の方へ」九・一六）

以前、日本エズラ・パウンド協会の大会で、ロバート・フロスト（一八七四–一九六三）の書簡を通じて、特に英国時代における彼とパウンドその他の詩人たちとの出会いと別れについてお話をさせていただく機会があった。その際、パウンドのスローガン「刷新せよ」（MAKE IT NEW）とフロストの「新しくなるための古風な方法」（the old-fashioned way to be new）の問題を取り上げたが、ここではもっぱらフロストの「新しくなるための古風な方法」を念頭に置きながら、彼の初期詩篇に焦点を絞って、彼の詩の出発点に関わる問題を考えていきたい。

まずは、「新しくなるための古風な方法」という基本姿勢の芽が彼の中で育成されるまでの最初期の頃のフロスト詩の世界を概観してみよう。ただし、すべての作品についてこと細かく触れることはできないので、高校時代の作品群から何篇かを選んで彼の関心の在処（ありか）やテーマなどについて考えていきたい。その前にフロストと詩との出会いにまつわるエピードを紹介するために、いくつかのインタヴュー記事や記録を見ておこう。

「初めて僕が詩を書いたのは一五歳のとき。埃っぽい三月のある日。革紐で束ねた本を揺すりながら、高校から帰宅する途中のことでした。その間、ある事柄が心に浮かび続けていました。それは以前読んだことのある、スペイン人の征服という歴史書にまつわる事柄でした。その詩は、かなりたくさんの連（スタンザ）からなるものでした」と彼は回想している。

さらに彼はこう説明する。「そのあと僕は他のことが手につかなくなるだろうと分かっていました。バラッド形式であの最初の詩を書いたとき、僕は無我夢中になっていました」（Jackson 3）

さらに、このインタヴュー記事から三一年の時を経て、一五歳当時のあの詩的霊感に関する同体験を反芻しながら、フロストは次のように語っている。

僕はあのときのことをとてもはっきりと覚えていて（中略）。風や暗闇がどんな具合だったかが今も心に蘇ってきます。それ以前は詩を書いたことなど一度もありませんでしたが、歩いていたとき、まるで啓示のように詩が現れてきて、それにすっかり心を奪われてしまい、祖母の家に辿り着くのが遅くなってしまいました。翌日、僕

はその詩を校内誌の編集長のところに持っていき、はれて活字にしてもらったというしだいです。（Sherrill）

この回想記事からさらに七年後、フロストが亡くなる前年の一九六二年一月七日、マサチューセッツ州ローレンスのロバート・リー・フロスト小学校で開校記念行事が執り行われた。次の文章は、そのときに録音されたフロストの発言記録の一部である。

それは僕の頭の中で非常に速くできあがりました（中略）コルテスがメキシコシティ―テノチティトラン―のインディアンたちによってほぼ一掃されたあの恐ろしい夜のことでした。そして、僕はそれを書く手を止めることができませんでした。（*Robert Frost and the Lawrence* 10）

このように、一八九〇年三月のある暗く風の強い午後のひとときから、人生最期の日を迎える間近まで、この詩を書いたときの強烈な啓示的体験を鮮明に記憶し続けていたわけだから、それが彼にとっていかに重要な詩との出会いの瞬間であったかがわかるだろう。詩人誕生の第一歩を記す象徴的なエピソードと言ってよい。

この体験を契機に、彼がさらに詩作に興味を持ち、それをローレンス高校の月刊機関誌『ハイスクール・ブルティン』に投稿する刺激を与えたのは、一〇歳ほど年上の校友で後にフロストのデリー農場の手伝い人にもなったカール・バレルであった。そこで、フロストを取り巻く高校時代の当時の状況について、少し長くなるが、ジェイ・パリーニの記述を借りて確認しておこう。

（前略）高校では二つの基本的な教育課程から一つを選ばなければならなかった。つまり、ラテン語系コースと英語系コースとしても知られていた古典と一般教養のコースだった。言うまでもなく、フロストは最初のコースを選んだ。それは、父ウィリアムもとったコースで、学生が大学の勉強に望む準備ができるよう設定されたものだった。
フロストの教師たちはカリキュラムの中心に古典語を据えて、ギリシア、ローマの歴史をたっぷりと盛り込んだのだ。後にフロストは「僕は、ヴェルギリウス、ホメロス、ホラティウスその他の本を読みました――すべて大学に進学する前に。ただ、その先生はそれらの本の中にどれくらい詩が含まれているかは理解していなかったのではないかと思います」と語っている。彼は自分のことを本気で学者と見なし、三二人学級のトップに上りつめると、卒業するまでクラス内の主席の座を守り通した。（中略）
一八八九年の夏のあいだ、彼は夕刻や週末にローレンス高校の古典コースにはなかった本読みに没頭した。たとえば、クーパーの『鹿殺し』や『モヒカン族最後の戦士』、メアリー・ハートウェル・キャザーウッドの『ドラードのロマンス』、プレスコットの『メキシコ征服史』など。（中略）
フロストは、ちょっとした一匹狼のまま二年生になり、この頃にカール・バレルと出会うことになった。当時バレルは、二〇代半ばの青年で、バーモント州やニューハンプシャー州で一〇年ほど片手間仕事を行いながら生計を立てたあと、自分の教育を全うするために学校に戻ってきていた。バレルは本に強い興味を持っていて、ローレンスの公営図書館に足繁く通っていた。彼は、フロストの大叔父エライヒュー・コルコードと一緒に一部屋を借りていたので、フロストはしばしば放課後にそこに住んでいる彼を訪ねた。バレルは植物学に強い関心を持っており、地方の植物の詳細な挿絵が載っている本を利用して、この若い友人の注意を引くことに成功した――それは、後のフロストの作品に決定的な影響を及ぼすことになる関心事だった。バレルはまた彼に優れたアメリカのユーモア作家たちをたくさん紹介した――マーク・トウェイン、アーテマス・ウォード、ジョッシュ・ビリングズ、ペトロリーアム・V・ナッスビー、ジョン・フィーニックス、オーフィアス・C・カーなど。（まだ少年であった頃に父親を亡くしたフロストが、自分より年上の誰か、それも祖父のようによそよそしく怖い人間とは異なる権威を備えた人物に強く引きつけられていたという点は、注目に値する。）（後略）
カール・バレルもまた新進の物書きで、詩や散文作品を『ハイスクール・ブルティン』に寄稿していた。フロストはその作品を読んで、自分も試しにいくつかの詩を手がけてみたほうが良いだろうと思った。ちょうどプレスコットの『メキシコ征服史』を読み終えたところで、この読書によってあるバラッドがひらめいたのだ。「学校から歩いて帰るときに、詩行が頭に浮かんできました」と彼は回想している。祖母の家の台所ですぐさま四行詩が書き留められた。その詩には「悲しき夜」という題がつけられたが、これはスペイン人たちがテノチティトランという島上の都市からテクスココ湖を渡り湿地帯の土手道を通って混乱のうちに敗走していった、ある恐ろしい夜のことに触れたものであった。この詩は、彼がローレンス高校二年目の一八九〇年に『ハイスクール・ブルティン』に掲載されることになった――二年生にしては大いなる成果だった。これに続いて一ヵ月後には二番目の詩「波の歌」が登場する。これはサンフランシスコのクリッフ・ハウスの眼下に広がる海のイメージを喚起するもの――つまり、後年の忘れがたい詩の中の一つ「かつての太平洋沿岸で」創作のための予行演習のような作品だった。（Parini 23-25）

それでは、次に作品の話に移っていくことにしよう。

先のガードナーの対談の中で言及されていた「歴史書」とは、右のパリーニの伝記にも触れられている通り、フロストが前年の夏休みに読んだウィリアム・プレスコット（一七二六―一七九五）の『メキシコ征服史』（一八四三年）を指している。特にフロストの印象に残ったのは、コルテス率いるスペイン軍が、テノチティトランに都を置くアステカ帝国の王モンテスマ二世を人質とし、さらにその彼を殺害したために、先帝の甥であり義理の息子でもあったガテモツィン（クアウモテク）を中心とする復讐の念に駆られた先住民から激しい攻撃を受け、一五二〇年六月三〇日から七月一日未明にかけての「悲しき夜」（noche triste）に敗走を余儀なくされた有名な歴史的事件であった。そして一八九〇年四月に、ローレンス高校の学内機関誌『ハイスクール・ブルティン』四月号において、「悲しき夜」の詩人として小さなデビューを飾ることになった。

「悲しき夜」は、二七行の無韻詩の序歌と、四行詩を二五連配した二つの部分から成る歴史的物語詩である。最初の序歌には「テノチティトラン」（TENOCHTITLAN）という題が付されており、先住民に何日も包囲され、死体の転がるこの町の中で退却の機会を窺うコルテス率いるスペイン軍と、夜のこの町の陰惨な情景が描かれている。

TENOCHTITLAN

Changed is the scene: the peace
And regal splendor which
Once that city knew are gone,
And war now reigns upon
That throng, who but
A week ago were all
Intent on joy supreme.
Cries of the wounded break
The stillness of the night,
Or challenge of the guard.
The Spaniard many days
Besieged within the place,
Where kings did rule of old,
Now pressed by hunger by
The all-relentless foe,

テノチティトラン

景色は一変した　かつて
かの町の知る　泰平も
王者の威光も　今はない
わずか　七日前までは
その群集たちも　至上の歓喜に
酔いしれては　いたけれど
今　戦が　その頭上で　支配する
負傷者たちの　叫喚が　あるいは
「誰だ」と叫ぶ　見張りの声が
夜のしじまを　うちやぶる
今　スペイン兵たちは
かつてより　王候たちのしろしめす
この都の　ただ中に　幾日間も
とじこめられ　飢えに　苦しみ
冷酷無情な　敵方に　追いつめられて

Looks for some channel of Escape.
The night is dark;
Black clouds obscure the sky—
A dead calm lies o'er all.
The heart of one is firm,
His mind is constant still,
To all, his word is law.
Cortes his plan hath made,
The time hath come. Each one
His chosen place now takes,
There waits the signal, that
Will start the long retreat.

どこかに　抜け道はないか　と
探している　夜は暗く
空は　黒雲に　かきくもり
死の静けさが　あたり一面に　漂っている
ただ　あるひとりの心は　頑強で
その精神は　今なお　ゆらぐことなく
すべてのものにとって　その言葉は　法となる
コルテスは　策をめぐらし続けていた　そして
ついに　その時機が　やってきたのだ　今や
部下のものたちは　それぞれ　あてがわれた部署につき
そこで　静かに　道のり長い　退却の
開始を告げる　合図を　待っている

この序歌の大部分の行は、かなり散文のリズムに近い弱強三歩格（iambic trimeter）の韻律構成が基調になっているが、一行目（Chánged ís）、八行目（Críes óf）、二三行目（Córtès）の各文頭に見られる強弱格（trochee）や一九、二四行目強強格（spondee）の変則的な韻律など、意味の強勢ないしはリズムの単調さを防ごうとする詩作上の工夫が見られる。また、用語上においては、いかにも若い詩人らしい気負いを感じさせるようなものが少なくなく、たとえば the peace/ And regal splendor…are gone（一–三）、war now reigns（四）、That throng, who but/ A week ago were all/ Intent on joy supreme（五–七）、all-relentless foe（一五）など、特に『少年の心』（一九一三年）以降のフロスト詩にはあまり見られない、劇的な内容を意識した、やや大仰な表現が目につく。そしてこの趣向は次に展開するバラッド〈退却〉に到ってはさらに著しく、時折顔を出す古風な言葉使い（Anon, Aye, soundeth, springeth, crasheth, standeth など）や、随所に見られる短縮語法（'tis, o'er, ta'en, e'er, e'en, fall'n, sep'rate）、その他叩きつけるような韻律、凝った文飾、勇ましいイメージ、異国情緒を漂わせるロマンティックな素材の導入等は、いずれも口語の重要性を説く後のフロストとはほど遠い、型通りの伝統的な詩法に傾倒する詩人の潜在的美意識の現れを示すものと言ってよいかもしれない。ただし、見方を変えれば、そうした問題は、感受性豊かな若者が、この歴史書に描かれている緊迫感溢れる場面から強烈な刺激を受け、耳に馴染んだ伝統的な詩のリズムに導かれながら、興奮冷めやらぬままに言葉を探りつつ辿り着いた結果の現れということになるのかもしれない。書く手を止めることができないほどだったという彼の感情の昂ぶりが、この歴史的事件を眺める語り手の声（歌声）に溶け込んでいるかのようだ。そして、歴史の古さを意識した彼が、敢えて古風な用語や詩的表現法を導入したと考えるべきなのかもしれない。だとすれば、コルテス軍撤退前のテノチティトランの夜の緊迫した様子をこれほど巧みに表現できる一五歳というのは、やはり非凡としか言いようがない。初めて書いた作品とは思えないほど、彼の詩人としての才能の萌芽を十分感じさせる作品だと見てよいだろう。

　次のパートはバラッド「退却」である。

THE FLIGHT

Anon the cry comes down the line,
The portals wide are swung,
A long dark line moves out the gate,
And now the flight's begun.

Aye, cautiously it moves at first,
As ship steered o'er the reef,

退却

やがて　至るところで　叫び声があがり、
城門が　ぱーっと　大きく開くと、
長く黒い隊列が　門から出ていく、
こうして　今まさに退却が始まったのだ。

そうなのだ、隊列は　最初　警戒しながら
暗礁を避けて通ってゆく船さながらに

Looking for danger all unseen,
But which may bring to grief.

ただ不幸を招くだけかもしれない
不可視の危険を求めて　移動していく。

Straight for the causeway now they make,
The bridge is borne before,
'Tis ta'en and placed across the flood,
And all go trooping o'er.

今　彼らは　まっすぐ　土手道の方へと進んでいく、
前方には　運ばれてきた　橋がある、
それが　運び込まれて、川に渡すように　架けられる
そして　全員が隊列をなして渡っていく。

Yet e'er the other side is reached,
Wafted along the wind,
The rolling of the snake-skin drum
Comes floating from behind.

ところが　向こう岸に　辿り着くと、
風に乗って
轟く蛇皮の太鼓の音が
漂いながら 背後から迫ってくる。

And scarcely has its rolling ceased,
Than out upon the lake,
Where all was silence just before,
A conch the calm doth break.

そして　その轟音は　湖のところで、
消えてしまうか　しまわないうちに　やんだ、
直前まで　そこには　静寂だけしかなかったが、
ほら貝が　その静けさを打ち破る。

What terror to each heart it bears,
That sound of ill portent,
Each gunner to escape now looks,

それぞれの心に　その音は　どんな恐怖をもたらすのだろう、
不吉な前兆の音、
今や　めいめいの射撃手は　逃げることに　気を取られ、

On safety all are bent.

みんな　身の安全に　心を傾ける。

Forward they press in wild despair,
On to the next canal,
Held on all sides by foe and sea,
Like deer within corral.

彼らは　強い絶望感を抱きながら
次の水路に向かって　前に　突き進んでいく、
まるで柵の中の鹿のように
四方八方を　敵と海に　取り囲まれて。

Now surging this way, now in that,
The mass sways to and fro,
The infidel around it sweeps—
Slowly the night doth go.

寄せては　引く波のように
その軍団は　右往　左往する、
その周りを取り囲む異教徒が　颯爽と進んでいく——
ゆっくりと　夜が　更けていく。

A war cry soundeth through the night,
The 'tzin! the 'tzin! is there,
His plume nods wildly o'er the scene,
Oh, Spaniard, now beware!

夜通し　戦いの雄叫びが　響き渡る、
ツィン王！ツィン王！が　そこに居る、
彼の羽飾りが　その場で　猛々しくなびく、
ああ、スペインのお方よ、さあ　ご用心を！

With gaping jaws the cannon stands,
Points it among the horde;
The valiant Leon waits beside,
Ready with match and sword.

顎をぱくりと開いたまま　大砲が立っている、
それは　群衆の中に　向いている、
勇ましいレオンは　そばに待機して、
火縄と剣を手に　身構える。

The 'tzin quick springeth to his side,
His mace he hurls on high,
It crasheth through the Spanish steel,
And Leon prone doth lie.

ツィン王は　すばやく　脇に飛びのき、
自分の棍棒を　高く放り投げると
それが　かのスペイン人の鋼鎧（はがね）を突き破り、
レオンは　うつ伏せに倒れる。

Falling, he died beneath his gun,—
He died at duty's call,
And many falling on that night,
Dying, so died they all.

倒れたときに　彼は自らの大砲の下敷きになって亡くなった――
彼は　任務に応えて　亡くなったのだ、
そして　その夜　多くのものが次々に倒れていき、
瀕死のまま、かくして　全員が　亡くなってしまった。

The faithful guarders at the bridge,
Have worked with might and main,
Nor can they move it from its place,
Swollen by damp of rain.

橋のところでは　忠実な見張りのものたちが
全力を尽くして　作業をおこなった、
それでも　彼らは　その場所からその橋を動かせないでいる、
じめじめした雨で　そこが増水していたからだ。

On through the darkness comes the cry,
The cry that all is lost;
Then e'en Cortes takes up the shout,
And o'er the host 'tis tossed.

暗闇の中　叫び声がずっと聞こえている、
負けてしまったという　叫び声が。
やがて　コルテスさえもが　大声を上げ始め、
そして　その怒声が　軍勢の頭上に　放たれる。

Some place their safety in the stream,
But sink beneath the tide,
E'en others crossing on the dead,
Thus reach the other side.

中には　身の安全を川の流れに託すものたちもいる
だが　河流の下に沈んでいくしまつ、
実に　他のものたちも　死体の上を越えて渡っていく、
かくして　向こう岸に辿り着く。

Surrounded and alone he sits,
Upon his faithful steed;
Here Alvarado clears a space,
But none might share the deed—

包囲され　ただ一人となった　彼は、
忠実な軍馬にまたがっている。
その場で　アルヴァラドは　動ける余地（スペース）をあけようとするが、
その行動に加わるものは　誰一人いないかもしれない——

For darkness of that murky night
Hides deeds of brightest fame,
Which in the ages yet to come,
Would light the hero's name.

というのも　あの真っ暗な夜の闇が　この上なく
輝かしい誉れ高き所業の数々を覆い隠してしまうからだ、
だが　それらは　まだ来ぬ先の時代になれば、
この英雄の名前に　光をあてることになるだろう。

His faithful charger now hath fall'n,
Pierced to the very heart.
Quick steps he back, his war cry shouts,
Then onward doth he dart.

今や　彼の忠実な軍馬も倒れてしまった、
まさに心臓にまで達する　刺し傷を負って。
彼は　すばやく後ずさりして、鬨の声を上げながら、
やがて　勢いよく前進していく。

Runs he, and leaping high in air,

疾走し、空中高く飛び上がると、

Fixed does he seem a space,
One instant and the deed is done,
He standeth face to face—

With those who on the other side
Their safety now have found.
The thirst for vengeance satisfied,
The Aztec wheels around.

So, as the sun climbs up the sky,
And shoots his dawning rays,
The foe, as parted by his dart,
Each go their sep'rate ways.

Upon the ground the dead men lie,
Trampled midst gold and gore,
The Aztec toward his temple goes,
For now the fight is o'er.

Follow we not the Spaniard more,
Wending o'er hill and plain,

一瞬　彼の身体が　宙に固定されたように
見える　そして　その動作が終わると、
彼は　面と向かって立ちつくす――

今や　向こう岸で　身の安全を
確保しているものたちに対して。
復讐への渇望を満たされて、
アステカの王は　くるりと向きを変える。

かくして、太陽が空に昇り、
夜明けの光を放つとき、
敵は　その光の矢に分断されて
おのおのが　別々の方向に進んでいく。

大地の上には　死体が横たわり、
黄金と流血の真っただ中で　踏みつけられている、
アステカの王は　その神殿に向かって進んでいく、
なぜなら　今や戦いは終わったからだ。

我らは　もはやあのスペイン人に従ったりはしない、
あのものは　山や平原を越えて進んでいき、

Suffice to say he reached the coast,　海岸に辿り着いたのだ　失った運を取り戻すために、
Lost Fortune to regain.　と述べるだけで十分だ。

The flame shines brightest e'er goes out,　もっとも明るく輝く炎も　いつかは　消えてしまう、
Thus with the Aztec throne,　だから　アステカの王座の場合も、
On that dark night before the end,　終焉を迎える前の　あの暗い夜に、
So o'er the fight it shone.　戦闘（たたかい）の間　その炎は　かくも明るく輝いたのだ。

The Montezumas are no more,　モンテスマ皇帝一族は　もはやいない、
Gone is their regal throne,　彼らの王位の座も　なくなってしまった、
And freemen live, and rule, and die,　そして自由民たちは　自分たちだけで治めてきた土地で、
Where they have ruled alone.　生き、統治し、亡くなっていくのだ。

序歌「テノチティトラン」に続くこの四行連句構成の「退却」は、題材や内容の面から見ても、さらには各行の詩脚が交互に四脚三脚の組み合わせになっていて、偶数行ごとに韻を踏んでいるといった、形式的な面から見ても、「パトリック・スペンス卿」風の典型的なバラッド形式を踏襲したものであることがわかる。詩の内容は、夜明け近くまで続くスペイン軍退避の模様を歌ったものだが、少し長くなるので、逐次訳文引用を交えながら、ごく簡単にその物語を辿っていくことにしよう。

専制君主モンテスマ帝王の死を契機に、スペインからの侵略者たちは、自由を求めるアステカの先住民たちから攻撃を受ける。テノチティトランを後にしたスペイン軍の隊列は、六行目から八行目に描かれている通り「暗礁を避けて通ってゆく船さながらに／ただ不幸を招くだけかもしれぬ／不可視の危険を求めて」流れてゆく。そして移動式

の橋を渡ろうとしている彼等の背後から「蛇皮の太鼓」（一五）や「ほら貝」（二〇）の音が響いてきて、恐怖のあまり彼等は「逃げることに気を取られ／身の安全に心を傾け」（二三―四）、「激しい絶望に打ちひしがれて」（二五）、「波のように右往左往しながら」（二九）逃げまどう。その回りには「異教徒」（三一）である先住民が身を潜めて、攻撃の機会を窺っている。夜がしだいに明けてくる。そのとき「闇をついてときの声が響きわたる」（三三）。以上が第九連あたりまでの内容である。以下、帝王ガテモッィン（本文ではThe 'tzin=The Emperor Guatemotzin）の手にかかり、「任務にこたえて」死を遂げるスペインの武将ベラスケス・レオン（三九―四八）、死骸の上を渡って敗走してゆく兵士たち（四九―六〇）、コルテスの腹心で残忍非道なアルヴァラドの勇ましい戦いぶり（六一―八〇。今一つの「メキシコ征服」を著したデル・カスティヨによれば、橋の周囲に散乱する死体の上を超えていく様は「アルヴァラドの跳躍」と呼ばれるようになったとのこと）等の情景描写が第二〇連まで続いていく。そして最後の五連は、輝かしい夜明けとともに勝利を確かなものとした、自由と平和を願うアステカの人々への詩人の深い共感をもって幕を閉じる。

これは、翌一五二一年九月に軍勢を整えて巻き返しをはかってきたコルテスによって完全制圧される前の、強大なアステカ帝国最後の輝きの瞬間であると同時に、その圧政下にあった人々が、スペイン軍の侵略と撤退を機に、新たな時代を夢見て、自らの手で束の間の自由を勝ち取ることができた事件でもあった。若き詩人がこの抗争の中に読み取ったものは、そうした境遇に置かれてきた人々の、正義と自由と平和を希求する不屈の精神性ということになるのだろうか。なお、この詩の最後の連の閉じ方には、後のフロストの作風を思わせる多義性が含まれているのかもしれない。「悲しき夜」は、もちろん一義的には、プレスコットが描いているように、コルテス側から見た屈辱的な敗北を表す象徴的な言葉であったのだろうが、それと同時に、さらにうがった見方をすれば、滅亡の運命にあったアステカ帝国の末路、およびスペインによる新たな支配に苦しめられることになるアステカの人民の悲哀をも暗示する言葉と読めなくもない。

ベラスケスは自分が信頼に値することを証明した。そして、おそらくサンドバルとアルヴァラドを除くと軍隊には騎兵はいなかったため、もし彼らを失ったならば将軍は深く嘆いていたことだろう。恐ろしい土手道を進んで行ったことが招いた悲惨な結果とは、まさに先述の通りであった。さらに、それは、新世界でのスペイン軍の名声を汚してきた他のいかなる敗北によって引き起こされたものよりも悲惨であった。そして、その敗北によって、それが起こった夜に対し、国の年代記において「悲しき、または憂鬱な夜」という名の烙印が焼きつけられることになったのだ。（Prescott 361）

ともかく、「悲しき夜」を通して見えてくるフロストの詩人としての出発点には、劇的なもの、詩的なものへの憧憬や茫漠とした美意識、儚いものに対する共感や社会的正義感のようなものがあったのかもしれない。一方、「悲しき夜」に描かれている人間の勇気とその英雄的行為への憧憬、さらには課せられた試練や運命の受容といった宗教的意識の問題は、後にフロスト詩のテーマの一つとなって、たとえば、第七詩集『証の木』（一九四二年）所収の「今日の教え」において、次のような形で受け継がれ、変奏されていくことになるが、この初作「悲しい夜」の時点では、至極当然のことながら、そうした問題に対する明確な自己のヴィジョンはまだはっきりとは固まっていなかったであろう。

We all are doomed to broken-off careers,
And so's the nation, so's the total race.
The earth itself is liable to the fate
Of meaninglessly being broken off.
(And hence so many literary tears
At which may inclination is to scoff.)
I may have wept that any should have died
Or missed their chance, or not have been their best,

僕たちは皆　断絶した一生を　送る宿命を背負っている
国民も　そう　全人類も　またしかり
地球そのものも　ややともすれば　意味のない
断絶という　悲運を　免れない
（そして　なぜか　ばかばかしく　思いたくなるような
文学上の　嘆きが　多くある）
だから　僕は　むしろ機会に恵まれず　その最高の力も
富も　名声も　愛も　与えられることなく　亡くなっていった

Or been then riches, fame, or love denied;
On me as much as any is the jest.
I take my incompleteness with rest.
God bless himself each one else be blessed.

ものたちのことを　悲しんだほうが　よいのかもしれない。
僕は引き受ける　どれだけ物笑いの種になっても。
僕は他のものと共に　自分の不完全さを　受け入れるのだ。
それぞれ他の人々が祝福されるよう　神が自らを祝福されんことを。

（一四五―五五行目）

それはともかくとして、「悲しき夜」で創作に自信と勢いを得たフロストは、次に取り上げる「波の歌」を書き上げ、それを翌五月の『ハイスクール・ブルティン』に発表することになった。それでは、次の作品に進んでいくことにしよう。

Rolling, rolling, o'er the deep,
Sunken treasures neath me sleep
As I shoreward slowly sweep.

Ever thoughtless of the goal,
Onward peacefully I roll,
Sea-bells round me chime and toll.

There is peace above, below,
Far beneath me sea-weeds grow,
Tiny fish glide to and fro,

「海に沈んだ宝の山が　ゆらゆら　海原乗りこえながら
今しも　私の足もとで　そっと眠りにおちてゆく
そのとき　私は　ゆるやかに　岸辺さして　寄せてゆく

前へ　前へと　あてどなく
しずかに　私は　押し寄せる
そんな私の　まわりでは　浜昼顔が　鐘と鳴る

海面（うなも）はおだやか　その下の　さらに深い
海の底　そこには　海藻　おい茂り
小さな魚が　すいすい　およぎ

Now in sunlight, now in shade,
Lost within some ocean glade
By the restless waters made.

Pushing onward as before,
Now descry the distant shore,
Hear the breakers sullen roar;

Quicken then my rolling pace,
With glad heart I join the race
O'er the white-capp'd glittering space,

Thinking naught of woe or grief,
Dancing, prancing, like a leaf,
Caring not for cliff or reef.

Lo! black cliffs above me loom,
Casting o'er me awful gloom,
And for[e]tell my coming doom.

日なた　日かげに　逃げ　かくれ
やすみない　潮の流れの　つくりだす
海の　空地に　姿消す

以前のように　波　寄せながら
ごらん　かなたの　岸辺のほうを
聞いておくれ　砕ける波の　沈んだ音を

うねる私の　波足に　今こそ　速さを　与えておくれ
さすれば　私は　喜びに　胸はずませながら　白波の
きらめく　波頭を　乗りこえて　その競争に　加わろう

そして　苦しみ　悲しみ　考えもせず
断崖　暗礁　気にもせず
木葉のように　はねては　おどる

ごらん　私の頭上には　不気味にはだかる　黒い崖
恐怖の影を　なげかけ　ながら
未来の　私の運命が　暗いものだと　告げている

O! that I might reach the land,
Reach and lave the sunny sand,
But these rocks on every hand—

Seem my joyous course to stay,
Rise and bar my happy way,
Shutting out the sun's bright ray.

I must now my proud crest lower
And the wild sea roam no more."
Hark! the crash and mighty roar,
Then the wave's short life is o'er.

ああ　どうか　陸地に　たどり　たどりつき
陽のさす　海辺の砂浜を　洗ってみたい　みたいのだが
四方を　とりまく　これらの岩は

喜び　あふれる　行く手をはばみ
明るい　陽光　さえぎりながら
幸せ多き　この道に　立ちはだかって　いるようだ

ゆえに　私は　ほこらかな　波頭を下げて　ゆかねばならぬ
もはや　荒海　乗りこえて　旅することも　ゆるされぬ」
聞けや　砕ける　波の　とどろきを
やがては　陽気な　あの波も　命つきて　しまうのだ

全体のリズムは行末に弱音節を欠いた強弱四歩格（Rólling, rólling, ó'er thè déep）の韻律が基調となって、各連の脚韻が三行連句（triplet）を構成し、寄せくる波の躍動感や響きを巧みに伝えている。このように「波の歌」には、波の視覚的、聴覚的イメージを同時に作り出そうとするフロストなりの戦略的な音韻上の実験や連を超えた句またがり（run-on）に近い工夫（三、五、六連）等が見受けられる。また、最後の連を四行として、第一連から、最終連の前半二行までを、擬人化した波の独白で構成し、最後の二行において、激しい音を立てて砕け散るその独白の叫びに耳を傾ける今一人の語り手が、それを自らの姿に重ねていくという、意匠を凝らした作品に仕上がっているように思われる。ただ、内容的に見れば、ここに描き出された映像には、後期ロマン派詩人を模したような、世紀末的厭世観に包まれた、マシュー・アーノルド（一八二二–一八八八）の「ドーヴァーの海辺」（一八六七年）ほどの暗さは感じられないとしても、何処となくそれを連想させるようなイメージや雰囲気が漂っており、暗鬱な抒情的気分に酔いしれている自己陶酔型の詩人の姿が浮かんでくる。よりネガティヴなとらえ方をすれば、ここに見られる景色は終末論的自己憐憫の世界ということになるのだろうか。無邪気に戯れながら、行く手に待ち受けている岩礁や岩の存在に気付かないまま、やがてそれらに向かって際限なく打ち寄せては消えてゆく波の姿を、運命づけられた試練に立ち向かう人間のはかない生と死のイメージになぞらえた比喩などは、新鮮さを欠いた、陳腐で、常套的に過ぎる表現法と解されるかもしれない。しかも、全体のテーマの処理の仕方に独創性が欠けている、そのため訴求力が弱まっている、との印象を抱く人もいるかもしれない。歌おうとするテーマの表面を撫でるだけで、描く対象との距離の取り方も不十分なため、上滑りな感傷的叙述に終始している、といった厳しい見方さえでてくるかもしれない。

しかしながら、記憶の底に沈んでいた海のイメージを思い起こしながら、本来意思を持たない波の音や動きに感応して、そこから人知の及ばない何かのメッセージを伝える歌声を感じ取り、それを韻律上の巧みな工夫によって生き物のように描こうとする擬人化の発想自体は、独創的とは言えないものの、多感な一六歳の詩人の鋭敏な感性の表れを示すものとして、やはり肯定的に評価されるべきではないかと思われる。

ところで、この「波の歌」の大海原と高い断崖のイメージは、第五詩集『西に流れる川』(一九二八年)所収の「かつて太平洋の沿岸で」の風景と同じ根でつながっていて、フロストが幼少期(一一歳頃まで)を過ごしたサンフランシスコの名所の一つ、クリッフ・ハウス近くの海水浴場での体験がその原風景になっていると考えられている。そのときの模様をパリーニは次のように描く。

(前略)フロストから幼年時代の想い出話を聞いたピーター・J・スタンリスは、「父親がサンフランシスコ湾の方に向かって泳いでいき、海岸に一人取り残されたとき、彼は父親が戻ってくるまでひどく動揺していた」と回想している。

後年になると、フロストの心はしばしば幼年時代の太平洋沿岸に戻っていった。特に、割れた岩に打ち当たる運命にある波のように、夕闇のなか、父親と共にクリッフ・ハウス近くの岩だらけの浜辺を歩いたことを思い出した。有名な詩「かつて太平洋の沿岸で」において彼はこの光景を回想して、「幸いなことに　その海岸は崖に支えられていて／さらに　その崖は陸地に支えられていた」と、述べている。これら幼年時代の想い出につきまとっているように思える寂寞たる思いを抱きながら、彼は次のように締めくくる。

まるで　暗い意図をもった夜が　迫りつつあるかのように思えた
それも　ほんの一夜というのではなく　一つの時代が。
怒りに備えた方が　よい人もいる。
打ち砕ける波以上のものがやってくるだろう
神の最後の言葉　明かりを消したまえ　が　発せられる前に。

危険な嵐の脅威に満ちた、自然界に見いだされる怒りは、しばしばウィル・フロストのなかに見られる怒りと似ていなくもなかった。彼は、決まって夜になると、最後に家のランプが消される前に、おそらく感情を爆発させることがあったのだろう。フロストの詩にしばしば怒りへの脅威や、どんなに牧歌的であろうと、感情の停滞の瞬間に打ち壊されるものだとする潜在的な意識が見いだされるのも、驚くにはあたらない。(Parini 14)

また、E・S・サージェントの推定によれば、後者の作品の原型となる初期草稿は一八九二年の高校卒業後のダートマス・カレッジ進学当時に書かれたとされている (Sergeant 14)。だとすれば、「波の歌」発表から僅か一年ほどしか経っていない時期であったということになる。その後、現在のような形で登場してくるのは一九二六年一二月の『ニュー・リパブリック』誌上においてであった。両詩の間には、特に後半部のテーマの扱い方、アプローチの仕方に微妙な差異が認められる。「波の歌」の語り手の場合は、儚く打ち砕ける波の姿に抗うことのできない運命を前にして、自身の諦観的な思いを重ね合わそうとする中で、自己投影の度合いがかなり強くなっているのに対し、「かつて太平洋の沿岸で」の語り手は、自然の脅威の前に無力な人間の限界を意識しながら、人間の存在を脅かす「暗い意図をもった夜」という不可知なものへの不安や恐怖を、いかに受容していくかという宗教的な問題を提起し、終末論的厭世観を吹き払うかのように、創世記の「光あれ」("Let there be light," Genesis, 1.3) をもじることで、黙示録的な世界の到来をパロディの枠組みに収めようとしているのかもしれない。そう仮定してみると、後者の語り手には、悲壮感やネガティヴな意味での諦観とは異なる、内容の深刻さに決して圧倒されることのない、超然とした観察者の気構えのようなものが備わっているということになるだろう。まさに、ローランス・トンプスンの言う「冗談めかした真面目さ」("playful seriousness," [Minnesota Pamphlets] 17) と換言できるような、フロスト特有の立ち位置を暗示する姿勢だとも言えるだろう。

レイセムとトンプスン共編の『ハイスクール・ブルティン』の中にも、この「波の歌」に関して同様の説明がある。

> 最初の詩「悲しき夜」での成功は、すぐにこの二年生を鼓舞してさらなる詩的な努力に向かわせたようだ。この度、彼が書いたのは「波の歌」と題する抒情詩だった。サンフランシスコでの少年時代の鮮明な記憶、特にクリッフ・ハウスでの畏怖の念を喚起する眠れない夜の記憶から想像力豊かに作られた暗鬱な作品で、波が岩や岩礁に当たって砕け散り泡となっていくとき、そのホテルの外のずっと下の方でその砕ける白波が寄せて来るのを彼は目にしたことがあったのだ。押韻形式の実験をおこなおうと、彼は三行連句構成で詩を作り、それぞれの連に脚韻に合った単一韻つまり、単音節語を配し、さらに全体の動きを最終部に単一韻の四行連を置くことで適切に遅らせるようにした。テーマの面からもよく考えられたこの詩のイメージは集合的な比喩に集約されている。つまり、波の儚い命と避けられない死が、暗黙のうちに人間の経験の過程を示唆するように作られているのだ。再びアーネスト・C・ジュエル『ハイスクール・ブルティン』の編集長はこの捧げ物を受け入れ、一八九〇年五月の『ハイスクール・ブルティン』に「波の歌」が詩人の頭文字のR・L・F付きで登場することになった。

（Lathem and Thompson 12）

ここでは、技巧とテーマの処理の仕方についてかなり好意的な評価が与えられていることがわかるだろう。

さて、最後に紹介する「ジュリアス・シーザーの夢」は、ユング風に言えば異次元空間としての無意識の世界への出入り口とも解することのできそうな森の中で、語り手が見るシーザーの幻影について歌った幻想的な作品である。

A dreamy day; a gentle western breeze
That murmurs softly 'midst the sylvan shades;
Above, the fleecy clouds glide slowly on
To sink from view; within the forest's depth,
A thrush's drowsy note starts echoes through
The vistas of the over-hanging trees.
All nature seems to weave a circle of
Enchantment round the mind, and give full sway
To flitting thoughts and dreams of bygone years.
Thus, as the summer afternoon wears on,
In Nature's cradle lulled to calm repose,
I watch the shifting of a purling rill,
As visions of a busy throng, of life,
Of passing days that come not back again,
Rush in confusion through my weary brain;

夢のような一日。森の薄暗がりのなかでは
やさしい西風が　静かにさざめき、
空の上では　綿雲が　ゆるやかに流れ
やがて姿を隠してしまう。森の奥では
眠りを誘う鶫（つぐみ）のしらべが　おおいかぶさる木立の
その見通しのよい景色の合間をぬってこだましはじめる。
ありとあらゆる自然が　心のまわりに
魔法の輪をつくり、あたふたと過ぎていく
昔日の想いや夢を　激しくゆり動かしているようだ。
かくして、夏の午後が過ぎていくにつれて
穏やかな眠りへと誘ってくれる　自然の揺りかごのなかで、
僕は　さらさらと流れる小川の移ろいを　じっと見守る、
すると　慌ただしい群衆や、日常の生活や、
二度と戻ってこない　過去の日々の幻影が
入り乱れながら　この疲れた頭のなかを駆け抜けていくのだ、

Till rumblings wafted o'er the distant hills,
Proclaim a timely warning to the one
Who, wandering far from shelter and from home,
Forgets that space exists, that still he lives:—
But, wrapped in Nature's all entrancing shroud,
Is lured to seek her wildest inmost realms.
The dying cadences are tossed from vale
To vale, but fall unheeded on my ear.
Anon, the winds burst on the silent scene,
And cause the leaves to dance and sing for joy.
Then clouds with bosoms darker than the night,
Rise up along the whole horizon's brink,
And all the sky is flecked with hurrying forms.
Thus, ever as the storm comes on, led by
The heralds of its wrathful power, between
The foremost rifts, like ladders long, by which
From earth to heaven the woodland nymphs may pass
Beyond the clouds, bright rays of light stretch down
Upon each grove and mead
　　　　So, far and wide
A charm of magic breathes its spell around:

やがて遠くの山々の上空から運ばれてくる　ごろごろと鳴る音が
避難場所や家から遠く離れてさ迷ううちに　宇宙が存在していることや、
今なお自分が生きているものの——
だが、魂をすっかり奪ってしまうような自然の経帷子にくるまれて、
自然のもっとも奥深くにある　未開の王国を　探し求める誘
惑に駆られていることを、
忘れてしまっている人に向かって　時宜にかなった警告を告げている。
消えかかった律動（リズム）が　ほうり投げられ　谷間から谷間へと伝わっていく、
だが　誰に顧みられることもなく　僕の耳元に降ってくる。
ほどなく、この静かな風景の前に　突然風が姿を見せると、
木の葉たちは　嬉しくなって　踊ったり　歌ったりする。
やがて　胸元が夜の闇よりも暗い雲が、
地平線全体の際に沿って　湧き上がると、
空全体が　先を急ぐものたちで　斑になっていく。
かくして、真っ先に見える雲の切れ目の間を
激しい怒りの力を秘めた使者たちに
導かれて　嵐が近づきつつあるなか、
明るい日の光が、森のニンフたちが　地上から雲を越えて
天空まで昇っていくのに使う　長い梯子のように、
　　　　すると、遠く　そして　広く
魔法の力が　その呪文を　方々に発散する。

For at my feet a far upreaching ladder rests,
And as I gaze, a form, scarce seen at first,
Glides down; a moment, and before me stands,
With stately mien and noble wreathéd brow,
His toga streaming to the western wind,
The restless fire still gleaming in those eyes,
Just as before the Roman Senate, years
Agone, he stood and ruled a people with
His mighty will, Cæsar, first conqueror of
The Roman World. Within his hand the bolt
Of Jove gleams forth with frequent flash.
Clasping The toga's waving folds, a gem of ray
Most pure, that nigh outshines the sun, rests like
The dew of heaven. I gaze in awe, a space;
Then, with majestic mien, he points me toward
A bridge, an ancient moss-grown trunk that fell
In some fierce storm to join the brook's green
　banks,
And speaks: "Be gone! from Jupiter I come
To rule with storm and darkness o'er the world,"
Then with uplifted arm: "'Look up, behold

というのも　僕の足もとには　遥か上空にまで届く梯子が置かれていて、
じっと見つめていると　最初はほとんど見えなかったが
するすると人影が降りてきて、ほんの一瞬　僕の前に立ったからだ、
堂々たる態度で　額には高貴な花輪の冠を戴き、
纏っていたトーガを西風になびかせ、
その眼には今なお不断の炎をきらきら輝かせながら、
まさに　ローマ元老院の前にいるかのごとく、過ぎ去りし
遠い昔、彼は　その力強い意志を抱いて　立ち上がり
人民を　統治したのだ、シーザー、古代ローマ世界の
最初の征服者よ。その手の中にある　ユピテルの
稲妻が　頻繁に　閃光を放っている。
トーガのうねる襞を留める、この上なく純粋で、
ほぼ太陽よりも明るく輝く、光の宝石が、天上の露のように
留まっている。僕は畏敬の念を抱いて、しばらくじっと見つめる。
ほどなく、威厳に満ちた態度で、彼は僕の眼を橋の方へと、
ある激しい嵐で倒れ　小川の緑の土堤と一体となってしまった
苔むした古い幹の方へと
　向ける、
そして「立ち去れ！　我は　ユピテルの子孫であり
嵐と闇によって　この世界を支配するものなり」と告げる、
次いで　腕を上げ「上を見よ、我の力を

My might, my legions. Conquest still is the
One passion of this fiery breast. Speak they
Farewell to all this scene of quietude
And peace; ere from this hand I launch the fire
Of Jove, and pierce the darkness with its gleam;
Ere yonder cohorts with resistless march
Spread terror in the air and vanquish light."
He speaks and vanishes from sight. The roar
Of chariot wheels breaks on my ear. The fight
Is on, for blood in torrents falls around,
Not crimson, but a lighter hue, such as
The fairy hosts of silvery light might shed.

我の軍団を見よ。今も征服が　燃え盛るこの胸の中の
一つの情熱となっているのだ。この静寂と
平安に包まれた光景すべてに　別れを告げるよう
彼らに告げよ。我が　この手から　ユピテルの火を
投じ、その輝きで　闇を貫いてしまわないうちに、
抗しがたい　彼方の歩兵隊の　行軍が　辺りに
恐怖をまき散らし　光を制圧してしまわないうちに」
彼は語り　そして　視界から消える。戦車の車輪の
轟音が　突然　僕の耳に聞こえてくる。闘いが続いている、
というのも　辺りには　血が奔流となって流れているからだ、
色は濃い赤ではなく、もっと明るくて、銀白の光を放つ
妖精の軍団が　流すかもしれないような　色合い。

韻律構成は弱強五歩格（iambic pentameter）を基調とした、いわゆる無韻詩（blank verse）になっている。語り手は、冒頭から「夢のような一日」（A dreamy day）ときりだすことで、読者をいきなり現実と夢との境界線が取り払われたような詩的空間に誘い込んでいく。薄暗い森、西風、青空、綿雲、ツグミ、鬱蒼と茂る木葉の合間をぬってこぼれてくる日の光へと向けられていた語り手の目が、やがて魔法にかけられて、さらに深い夢うつつの世界へと向かっていく。天上からさしてくる光の階段を昇っていく森のニンフたちという言葉に誘われるかのように、周囲の世界が古代ローマの時代へと一変し、稲光とともにトーガ［体に巻きつけるように着用する外衣］をまとったシーザーが立ち現れ、自らを世界の征服者と名乗り、軍を鼓舞しながら、辺境の地ガリアの制圧に乗り出していく勇ましい彼の姿が描かれている。そして、彼の姿が消えるとともに、いよいよ兵団の行進と戦車の轟音が辺りに響き渡り、戦場で流される血

の奔流が、まるで妖精が流す銀色の血のように語り手の目に映るというわけだが、この最後の二行に見られる妖精の軍団の流す血の色の比喩はやや蛇足のような気がしないでもない。詩全体に漂うファンタジーないしは夢語りの雰囲気を強めることで、戦いの生々しさを和らげようとする意図が潜んでいるのかもしれない。

長い読書の合間に襲ってくる眠気、その眠りの森の中に入り込んでいく若き詩人は、戦地に立つ古代ローマの孤独な一人の英雄の姿を目の当たりにする。まるでシルクスクリーン越しに垣間見る光景とも言えそうな、そんな幻想的世界が展開されているように思える。この歴史書を膝に乗せたまま眠りこけている詩人の姿が目に浮かんでくるようだ。そうした夢体験を彼は詩に歌った。実景のようであってそうではない、詩人の創造したこれらの仮想空間から、読者はいったい何を感じ取ることになるのだろう。そう問いかけてみると、一都市国家ローマが後に帝政ローマとして強大化していく礎を築き、世界の歴史を大きく動かした征服者・統治者シーザーに対する詩人の思いがどの辺りにあるのかが見えてくるかもしれない。もちろん、それは決して独裁者礼賛の話でもなければ、戦争や侵略行為の必然性・正当性を容認するものでもない。そこには相対的な道徳的価値判断を寄せつけない、純粋に英雄的なものへの漠然とした憧憬や孤独に心苛まれる勇者への共感が存在しているように思えてならない。時を経て、第五詩集『西に流れる川』（一九二八年）所収の「ハンニバル」にも、強大な権力に立ち向かう人間の英雄的行為に対するそうした詩人の思いが僅か四行の詩の中に過不足なく描き込まれている。

Was there ever a cause too lost,
Ever a cause that was lost too long,
Or that showed with the lapse of time too vain
For the generous tears of youth and song?

かつて　徒労に終わった目的など、
いく久しく無駄に費やされた目的など　あったろうか、
あるいは　時の移ろいとともに　青春と歌の流す数多の涙にとって
あまりにも空しく見える　そんな目的など　あったろうか。

因みに、「ジュリアス・シーザーの夢」を書くまでに、フロストはラテン語原典でシーザーの『ガリア戦記』を部分的に読んだことがあったと言われている。先の引用にもあった通り、大学進学に必要ということで彼は高校に入るとラテン語コースを選択した。そして、古典作品を学習する過程で、格調の高い『ガリア戦記』に出会うことになったのだろう。ちなみに、サージェントは、この作品を「古典の勉強と英雄崇拝から生じてきた人間研究」（a study of personality arising from classic studies and hero worship, Sergeant 23）と呼び、未熟で「たくさんの模倣やありふれた言い回しがあるにもかかわらず、詩を生み出す情熱と形式面でのかなりの技巧」（in spite of a host of echoes and stock phrases, the passion that makes a poem and considerable skill in form, 23）を凝らした習作と評している。

ここで、小さなエピソードだが、この作品が発表される直前の『ハイスクール・ブルティン』を巡るフロスト周辺の状況及びこの作品のタイトルの曖昧性に関する短いコメントを最後に紹介しておこう。

> 『ハイスクール・ブルティン』の文芸スタッフの規模を拡大すれば、毎月雑誌のページを埋めるのに十分な材料を確保できるという問題が直ちに解決するという自信に満ちた予測は、明らかに過度に楽観的なものであることがわかった。しかし、その事実は翌年の学期まで明らかにならなかった。その間、新しく選ばれた編集長（フロスト）が、自らの文学的能力を実証するかのように、さらなる一篇の詩を投稿すると、退陣予定の編集委員会によって一八九一年五月の『ハイスクール・ブルティン』の最初のページに掲載された。それは「ジュリアス・シーザーの夢」と題するもので、そのタイトルの曖昧さはおそらく意図的なものだったのかもしれない。いずれにせよ、この詩はシーザー自身が夢見た何かではなく、むしろローマの指導者についての詩人＝語り手の夢に関係していた。（この頃までに、フロストはカエサルの『ガリア戦記』の少なくとも一部をラテン語の原典で読んでいた。）この作品は韻文による彼の先の二つの実験とは明らかに異なっており、もっぱら無韻詩の形で作られていた。七〇行近くに及ぶ作品で、「F。'92年度生」という署名が付されて登場してきた。（Lathem and Thompson 2-13）

このように、フロストはラテン語の学びを通じて、ヨーロッパの古典的な歴史書や文学その他の文献に接するようになったことで、彼が敬愛していたキーツやシェリーのような英国ロマン派の詩人と同じように、古代ギリシア・ローマの（神話的）世界が醸し出す官能的で調和のとれた理想美への憧れを抱くようになっていったのではないだろうか。

一五歳のときのあの鮮烈な詩的啓示体験を契機に、詩人への道を歩み始めるようになったフロストだが、当初の作品群は後の彼の詩の特徴となる地方的なものへの関心が希薄で、もっぱら読書を通じて得られたとおぼしき、古代ギリシア・ローマの古典的世界、過去の歴史的事件、孤独な英雄、古代ケルトの民話・神話、先住民の逸話等々の、ある種現実から遊離した世界への共感や伝統との繋がりへの強い意識が優勢になっていたと言ってよいだろう。そして、そうした審美的な世界こそが、詩が目指すべき理想的ないしは完璧なものであると信じていたのか、美への茫洋とした憧憬を抱きながら、詩人的気分に浸っていたことが、これら最初期の習作に反映しているように思えてならない。

以上、ローレンス高校時代の一〇篇の作品の中から、「悲しき夜」、「波の歌」、「ジュリアス・シーザーの夢」の三篇の作品に焦点を絞って、若き日のフロストが模索していた詩の世界について考えてきたが、それに続く「僕たちのキャンプ」から「卒業讃歌」に至るまでの残りの七篇についても、美的なものへの憧憬という点においては、概ね同じような傾向が見られることを付け加えておきたい。

高校卒業後、社会との接点が増してくるにつれて、たとえば、進学、恋愛問題、退学、放浪、自殺願望、結婚、妹や祖父との確執、母の死、子どもの死、新たな自殺願望、農場生活、教員生活、渡英等など、様々な現実の「生きる試練」を経験することになる。そして、紆余曲折の二〇年の時を経て、ようやく第一詩集『少年の心』を英国で出版することになる。その間、詩作への強い思いを決して失うことなく、同時に時代の流れに安易に迎合することもなく、敢えて子どもの頃から慣れ親しんできた伝統的な詩の形式の最良の部分を活かしつつ、「新しくなるための古風な方法」に光を当て直すことで、新たな自己の表現の可能性や方向性を見いだしていくことになる。この姿勢は、生涯に渡って揺らぐことなく、彼の詩人としての基本的な在り方を示すものとなる。

一九世紀末から二〇世紀初頭にかけて急速に工業化が進むなか、人口の増大に伴い都市を中心として拡大しつつあった商業主義、物質主義を前に、そうした享楽的繁栄への懐疑という形でフロストは、斬新な表現を求める同時代人とはいささか異なる角度から、敢えて「古風な方法」たる牧歌主義に新たな息吹を与えることで、現代的課題に立ち向かっていくようになっていった。したがって、彼の詩の根底にある「古くて新しい」牧歌主義は、先人たちの残してきた伝統的なスタイルを擁護・踏襲することにあったわけでも、また過去への回帰や現実からの逃避願望を示すものでも決してなかった。むしろ社会構造の複雑化に伴って生じる人間および社会の内部のひずみや病理に深い洞察の目を向けながら、智慧（wisdom）に至る道を探求するようになっていく。そのことを暗示する作品として『少年の心』所収の「牧神と共に」を最後に挙げておきたい。

Pan came out of the woods one day--
His skin and his hair and his eyes were gray,
The gray of the moss of walls were they--
　And stood in the sun and looked his fill
　At wooded valley and wooded hill.

ある日　森の中から　牧神が　現れてきた――
肌も　髪も　目も　すべて　灰色　それも
石垣にむした苔のような　灰色だった――
　そして　彼は　日向に立って　心ゆくまで
　樹木の茂った　渓谷や　丘陵地を　眺めた

He stood in the zephyr, pipes in hand,
On a height of naked pasture land;
In all the country he did command
　He saw no smoke and he saw no roof.
　That was well! and he stamped a hoof.

西風の吹く中で　パンの笛を　手に持ったまま
彼は　不毛な牧草地の　天辺に立った
彼の支配下にある　この辺り一帯には
　煙も見えず　人家の屋根も見えなかった
　これで　よいのだ！　そう言って彼は蹄を鳴らした

His heart knew peace, for none came here
To this lean feeding, save once a year
Someone to salt the half-wild steer,
　Or homespun children with clicking pails
　Who see so little they tell no tales

He tossed his pipes, too hard to teach
A new-world song, far out of reach,
For a sylvan sign that the blue jay's screech
　And the whimper of hawks beside the sun
　Were music enough for him, for one.

Times were changed from what they were:
Such pipes kept less of power to stir
The fruited bough of the juniper
　And the fragile bluets clustered there
　Than the merest aimless breath of air.

They were pipes of pagan mirth,
And the world had found new terms of worth.

彼は　心の安らぎを覚えた　なぜなら　年に一度
半ば野生と化した雄牛に　塩を与える人や
かたかたと　音を立てる手桶を持った　無垢で無駄口など
　決して叩かない素朴な子どもたち以外　こんな痩せた
　牧草地にやって来るものなど 誰一人いなかったからだ

彼は　なかなか新世界の歌を　教え込むことのできない
それらの笛を　遠く手の届かないところに　放り投げた
それは　青いカケスの鋭い鳴き声や　太陽のそばで
　つぶやく鷹の鳴き声こそが 少なくとも自分にとっては
　十分な音楽なのだとする 森の精の合図としてであった

昔とは　時代が　変わったのだ
もはや　それらの笛も　実をつけた杜松(ねず)の大枝や
そのそばに群がる　弱々しい矢車菊を
　揺り動かす力など　ほとんど失ってしまった
　あてどなく吹きくる　あの微風ほどの力もなくなった

それらは　異教の歓喜を奏でる　笛だった
今や　世の人々は　価値ある新たな表現(ことば)を発見したのだ

He laid him down on the sunburned earth　　彼は　日に焼けた大地に　身を横たえ　花を
And raveled a flower and looked away Play?　　解きほぐした　そして　遠くに目をやった。鳴らす？
Play?--What should he play? 鳴らすって？——　　でも　いったい彼は　何を鳴らせばよいのだろうか？

新たな芸術創造において、時代に即応した現代的な主題や表現形式の探求の機運が高まるにつれて、フロストと関わりの強かった英国ジョージ朝詩人の牧歌や田園詩などは時代遅れの過去の遺物と見なされるようになっていった。その一方で、試行錯誤を繰り返しながらフロストが目指したものは、自然や人間社会を蔽う様々な現実に目を背けて、空想的な物語世界に安寧を求めようとする逃避的な方向では決してない。「いったい彼は何を鳴らせばよいのだろうか？」(What should he play?) との語り手の最後の問いかけには、詠嘆や絶望や諦めといった負の感情ではなく、むしろ「新世界の歌」(A new-world song) をなかなか教え込むことのできない、すでに力を失ってしまったパンの笛を、この「灰色」(gray) の牧神に代わって語り手である詩人が受け継ぎ、現代の牧神としてそれに新たな命を吹き込もうとの決意が秘められているように感じられる。複雑化する人間社会の流れに一見遡行するかのように、フロストは古くて新しい牧歌の可能性を切り開く道を選び取っていくことになるのだが、その道筋において『少年の心』発表までに彼が残してきた四〇篇を超える初期詩篇を俯瞰してみると、その存在そのものが、「新しくなるための新しい方法」を敢えて彼が選ばなかった理由を、暗黙裡に語ってくれているように思えてならない。

＊本稿は、第六一回日本アメリカ文学会全国大会（二〇二二年一〇月八日、於専修大学神田キャンパス）での研究発表原稿「Robert Frost の初期の詩篇を読む」に加筆修正を施したものである。

【引用・参考文献】

Frost, Robert. *Robert Frost: Collected Poems, Prose, and Plays*. Edited and annotated by Richard Poirier and Mark Richardson, Library of America, 1995.

Jackson, Gardner. "I Will Teach Only When I Have Something to Tell." *The Boston Sunday Globe*, 23 Nov.,1924, Editorial Section, p. 3.

Lathem, Edward Connery, and Thompson, Lawrance, editors. *Robert Frost and the Lawrence, Massachusetts, High School Bulletin*. Glorier Club, 1966.

Parini, Jay. *Robert Frost: A Life*. Henry Holt and Company, 1999.

Prescott, William. *History of the Conquest of Mexico*. Harper and Brothers, 1843.

Sergeant, Elizabeth S. *Robert Frost: The Trial by Existence*. Holt, Rinehart and Winston, 1960.

Sherrill, John. "A Strange Kind of Laziness." *Guideposts*, Aug 1955, p. 3.

Thompson, Lawrance. *Robert Frost*. U of Minnesota P, 1959. University of Minnesota Pamphlets on American Writers 2.

---. *Robert Frost: The Early Years, 1874-1915*. Holt, Rinehart and Winston, 1966.

Tutein, David W. *Robert Frost's Reading: An Annotated Bibliography.* Edwin Mellen Press, 1997.

Untermeyer, Louis. *The Letters of Robert Frost to Louis Untermeyer.* Holt, Rinehart and Winston, 1963.

カスティヨ、デル『メキシコ征服』三浦朱門訳、筑摩書房、一九六二年。

キャッツ、サンドラ・L『エリノア・フロスト——ある詩人の妻』藤本雅樹訳、晃洋書房、二〇一七年。

リネン、ジョン・F『ロバート・フロストの牧歌の技法』藤本雅樹訳、晃洋書房、二〇一九年年。

編集後記——「詩なるもの（ポエジー）」に寄せて

俺は毎日ここに座って、
おまえらが慌てふためいて出掛けるのを眺めてる
おまえらが着ているものを書き留めてるんだ
スカートやスーツのことを散文で
ブルーとかグレーとか、趣味悪いよな

おまえらの慌ただしい日常を韻文で書き留めてやるよ
おまえらには見えてないだろうが、
社会の周縁を映してる鏡だ
貧しさの中の豊かさってもんかな

（ハノイ・ロックス「ストリート・ポエトリー」二〇〇七年）

「文学研究にいそしんでおられる皆さんの文学との出会いって何でしょうね。どのように文学と向かいあってこられたのでしょうか」

いつものとおり静かで、そして情熱的な問いかけだった。「詩」について、特にロバート・フロストというアメリカの国民的詩人を研究対象としてこられた藤本雅樹先生は、即座には答えにくい、だが普遍的な問いかけを想定外のタイミングで発される方である。「いやあ、まあ、その……（汗）」と軽い調子で逃げるわけにはいかない真摯な問いかけ。学内外で一緒にお仕事をさせていただく中で、こういう瞬間に何度も直面した。「困ったな、答えられない……（汗）」と思っている事を隠して慎重に言葉を繋ごうとしても、あっさり見破られる。そして紳士たるもの執拗に追求しない。「今ねえ、そんなことを考えているんですよ」、「またそのうち教えてくださいね」と逃げ道を用意してくださる。目の前にある二つの道のどちらを行くべきか——玉虫色の無意味な定型返答句を重ねて答えたことにしてしまうか、草に覆われた先の見えない逃げ道への誘惑にのるか——わたしに選択肢などなかった。不勉強と思慮不足を恥じ、心の中で適当に理屈をごねながら、一目散に逃げ道を駆けていくのが常だった。しかし、その道はただの逃げ道ではなく、自問自答するための思索の道であり、道の途中でいつも多くの発見をした。

今回もこの「答えにくい」問いかけにいったん逃げかけた。だが、すぐに思い直した。たいそうな理由などない。自分はいつ文学なるものに出会ったのだろう、自分の原点を考えてみるのも悪くないと気づいたのだ。そして、もうひとつ。これまで「詩人や小説家の原点」という創造する側の目線を追い求めてきたが、追い求める側の原点、すなわち「文学研究者の原点」とは何かという想像する側の目線に通俗的な興味を覚えたのだ。そこで本学内外でお世話になっているアメリカ文学研究分野の先生方のご協力を仰ぐことにした。だが、ここはもっとも得意とされるジャンルで御回答をお願いするのでは面白みに欠ける。チョットだけ「詩」というお題について首を捻っていただきたい。わたしの中の悪魔がそう囁いた。そうして、普段は主に散文や演劇を研究対象としておられる文学研究者を中心に「詩」（あるいは「詩的な何か」）について千思万考する共同研究企画が始動した。

* * *

一九世紀中葉の国民的作家エドガー・アラン・ポーは「詩人」として名を馳せた。幼かったわたしのポーとの出会いは短編小説であって、詩ではなかった。広島大学在学時に、ポーの詩について、広島大学名誉教授小川二郎氏（元龍谷大学文学部教授）の教えを受けられた伊藤詔子氏のもとで学んだ。あれから思いもしなかったほどの長い時間が流れて、学生やメディアから質問があれば、ポーの詩について少しぐらいは解説のようなことをしなければならない立場になった。だが、わたしは阿部知二が願ったように「味読」したことはあっただろうか。

「ただ詩のためにのみ詩を書く」（"to write a poem simply for the poem's sake"）というあまりに有名な句は、ポーの残した言葉の中でもひときわ光を放つ。一三歳で詩を書きはじめ、その才覚の片鱗を現した。その後、短編小説で懸賞金を獲得し、優れたゴシック小説を書き、後世には推理小説の祖と評された彼が脚光を浴びたのは、やはり「詩」によってだった。彼を国民的詩人に押し上げた詩「大鴉」（一八四五年）は、アメリカ文学史の教科書で必ず言及され、各国で翻訳されている。海洋生態学が専門の友人は「アメリカでは小学校ぐらいで誰もが習うんだ」と言って、ギターを抱えたままテンポよく「昔々、真夜中に」と軽く口ずさむ。小学校で云々というアメリカにおける教育情報の真偽は定かではないが、思わず口をついて出るお約束の韻律と雰囲気のある印象的な言葉選び、耳に流れ込む心地よさ。これこそが詩の魅力だと実感する。

詩を読み、詩を書き、詩を味わうことは、現代において生きる技法そのものかもしれない。もっとも簡素化された文章で、もっとも相応しい語彙で、もっとも口に馴染む言語で、若干の約束事に則って、世界を表現する方法。ルールは厳格ではなく、対象となる世界は自分が中心の場合も、自分が周縁に居る場合もありうる。生まれ落ちてから、人として生きる技能を覚え、希望に満ちた意地悪な社会へ足を踏み入れ、試行錯誤しながら世界を認識し、効率（コスパ）よく社会のお約束（ルール）を学修し、傷つきながらも他者の心と触れあうひとときのために、言葉を操ろうと試みる。それは、詩作の行程そのものである。

稀代のホラー作家スティーヴン・キングは「恐怖」の正体を把握する方法を説明するのに、七人の盲人が象を触わる寓話〔群盲評象の俚諺：人数には諸説あり〕をもって譬えとした。それに倣ってみれば、断片的な情報を持ち寄ることで、不確かで、抽象的で、数多の持論を数多の文学者が展開してきた得体の知れない「それ（イット）」――「詩なるもの（ポエジー）」

――の正体を垣間見ることができるかもしれない。ポーはこう語った。「人類はポエジーを千差万別に定義してきたように思える。（中略）ポエジーとは応答である――確かに物足りなくはあるが――自然で抑え難い要求に対する、幾何かの応答なのである。人が人である以上、ポエジーがなかった時代などありはしないのだ」（「ロングフェロウのバラッド」『グレアムズ』一八四二年四月）。本書には「詩」および「詩的な何か」についての二〇編の断片的な語りが収録されている。これらの断片を繋ぎ合わせて、「詩なるもの」の正体を感じていただければ幸いである。

*　*　*

第一部は、散文作家あるいは劇作家の作品群から、「詩」とは何かを問い、読み解こうとする試みである。第一章ではメルヴィル、第二章ではドライサー、第三章ではヴォネガットの詩について、戦争と民主主義、小説家の人生における詩の立脚点、虚実不明の語りの技法、について考察する。第四章と第五章は「詩人」とは何かを模索する。オニールの「詩人気質」なるものについて、そして昭和の作家阿部知二が見たポーの詩人としての資質について、紹介している。

第二部は詩を通して見えてくる、現実と重なり合う向こう側の風景について、六名の論者それぞれが彩なす世界を描き出している。第六章ではマッカラーズに「アウラ」を感じ、第七章と第八章ではアンダスンの自叙伝やホーソーンの廃墟から作家の心象風景を覗き見る。第九章ではモナーク蝶の飛翔にカーソンのエコロジカルな思想に満ちた世界を夢想し、第十章では、オースター作品のバックランとして滲んで広がるアメリカという国家の翳り（サンセット）の風景に、青い空と緑の葉のコントラストを見出す。第十一章では、いったんメルヴィルに立ち返り、デリーロから逆照射されたバートルビーが「然りでも否でもない中間領域」に死蔵されたポストヒューマンとして蘇えるそぶりを見せる。

第三部は、詩的言語実践の裏側で起こった事件、正義、歴史、科学を検証する。第十二章では、テネシー・ウィリアムズの未完の詩で再現されたレイプ事件の顛末を中心に、正義と慈悲の狭間に垣間見える救済の可能性を読み込む。第十三章は、メルヴィルの中編小説の裏側に発現する歴史に対峙する「償い」としての「詩的想像力の正義」の意味を真正面から問うものである。第十四章はヘンリー・ジェイムズをトランスベラムの作家として位置づけ、南北戦争との関わりにおいてジェイムズの創作活動を再分類しようとする画期的かつ詩的な試みである。第十五章では、心霊主義（スピリチュアリズム）全盛期の四次元的想像力をめぐる文芸と科学技術の交錯が、ジェイムズ作品の根無し草的ポリティクスとして披露されている。

第四部では詩人たちの視点から「アメリカ」という国が多層的に描き出されている。第十六章は、黒人詩人の描くアメリカと戦争が、南北戦争を背景に浮き彫りにされている点において、第一章および第十四章と響き合う。第十七章は「味読」のための章である。詩人カーヴァーの後期詩篇から、「太平洋岸北西部（パシフィック・ノースウエスト）の陽光」のもとで、「リンガ・リー」という可愛らしい響きに耳を傾けながら、永遠という隠し味の潜んだ至福と贖罪のサンドイッチを味わう瞬間を体験できる。隠し味を感知できるかどうかは読者諸氏の味覚次第だろうか。第十八章は、「パストラル」の概念を軸に、一六世紀イングランドの風景が一九五〇年代のアメリカ深南部のそれへとすり替わる。この秘境異次元世界的展開には誰もが思わず膝を打つことだろう。第十九章では、一九五〇年代のサンフランシスコ・ベイエリアの喧騒や周囲の自然を背景に、そこに集った詩人たちの群像が鮮やかに蘇る。最終章は、古くて新しい牧歌（パストラル）の唄い手ロバート・フロストの初期詩篇を手がかりに「詩人の原点」を探るものである。"What should he play?" というフロストの問いは、古くて新しい「詩」というジャンルを通して、現代のわたしたちに「儚いものに対する共感や社会的正義感」のようなものを教えてくれているような気さえする。パラスの胸像の上の預言者のように。

* * *

本来ならば、本書は、全く別の形で、全く別の目的で、おそらく全く別のテーマで、故松岡信哉氏が「藤本雅樹先生御退職記念論集」の冠をつけて編まれるはずだった。ここにあらためてご冥福をお祈りしたい。二〇二〇年四月に後任として龍谷大学に着任して、その意志を継ぐべく、「ポエジーとは何か」という漠然とした大きなテーマに挑戦しようと本企画を立ち上げたが、わたしの勉強不足と手際の悪さから編集作業は難航した。二〇二三年四月に着任された三宅一平氏が編集に加わってくださったことで、作業効率は飛躍的にあがり、なんとか刊行に漕ぎ着けることができた。当初の予定より大幅に遅れてしまったのは、すべてわたしの責任である。早くから玉稿をお寄せくだり、数々の貴重なご助言をくださった執筆者の皆さまに深くお詫び申し上げるとともに、あらためて氏のご尽力に謝意を表したい。

なお、本書の出版にあたり、龍谷大学龍谷學會出版助成を受けることができた。龍谷學會関係者の皆さまおよび文学部長玉木興慈氏のご厚恩に拝謝したい。また本書の出版をお引き受け下さり、遅々として進まない作業を辛抱強く見守ってくださった小鳥遊書房の高梨治氏に心よりお礼を申し上げる。

俺は部外者で、観察者で
無頼漢で、言葉を護りし者
ストリートは俺にインスピレーションをくれる
いつかそれは俺のものがたりになるだろう
俺はただ俺のストリート・ポエトリーを朗読しているだけ
おまえらにはたいした意味はないかもしれないけど
でも俺にとっては世界のすべてなんだ
（「ストリート・ポエトリー」）

二〇二四年一二月一日

霜寒の京都、大宮学舎にて
池末陽子

【カ行】

【タ行】

索引

おもな人名、作品名を記した。
作品は作家ごとに字下げし、刊行年順にまとめてある。
人物名の原語表記のうしろには生没年を、
作品の原語表記のうしろには発表年を記した。

水野　眞理（みずの　まり）
京都大学名誉教授
「人造人間は *Paradise Lost* を読んだのか――多言語空間としての『フランケンシュタイン』」（『立命館英米文学』第31号、2023年）／*Irish Literature in the British Context and Beyond: New Perspectives from Kyoto*（共著、Peter Lang、2020年）／*Spenser in History, History in Spenser*（共編著、大阪教育図書、2018年）

原　成吉（はら　しげよし）
獨協大学名誉教授
『アメリカ現代詩入門――エズラ・パウンドからボブ・ディランまで』（単著、勉誠出版、2020年）／『記憶の宿る場所――エズラ・パウンドと20世紀の詩』共著、思潮社2005年）／『テクストの声――英米の言葉と文学』（共著、彩流社、2004年）

大川　淳（おおかわ　じゅん）
京都ノートルダム女子大学 国際言語文化学部准教授
『ロマンスの倫理と語り――いまホーソーンを読む理由』（共著、開文社出版、2023年）／『アメリカン・ロード――光と陰のネットワーク』（共著、英宝社、2013年）／ニール・キャンベル、アラスディア・キーン『アメリカン・カルチュラル・スタディーズ――ポスト9・11からみるアメリカ文化』〔第二版〕（共訳、萌書房、2012年）

水野　尚之（みずの　なおゆき）
京都大学名誉教授／神戸女子短期大学教授／元龍谷大学非常勤講師
Irish Literature in the British Context and Beyond: New Perspectives from Kyoto（共著、Peter Lang、2020年）／ヘンリー・ジェイムズ『ガイ・ドンヴィル』（単訳、大阪教育図書、2018年）／ヘンリー・ジェイムズ『信頼』（単訳、英宝社、2013年）

中村　善雄（なかむら　よしお）
京都女子大学文学部教授
『19世紀アメリカ作家たちとエコノミー――国家・家庭・親密な圏域』（共著、彩流社、2023年）／『現代アメリカ社会のレイシズム――ユダヤ人と非ユダヤ人の確執・協力』（共著、彩流社、2022年）／『繋がりの詩学――近代アメリカの知的独立と〈知のコミュニティ〉の形成』（共著、彩流社、2019年）

里内　克巳（さとうち　かつみ）
大阪大学大学院人文学研究科教授
『19世紀アメリカ作家たちとエコノミー――国家・家庭・親密な圏域』（共著、彩流社、2023年）／『〈連載版〉マーク・トウェイン自伝』（単訳、彩流社、2020年）／『多文化アメリカの萌芽――19～20世紀転換期文学における人種・性・階級』（単著、彩流社、2017年）

橋本　安央（はしもと　やすなか）
関西学院大学文学部教授
『痕跡と祈り――メルヴィルの小説世界』（単著、松柏社、2017年）／『高橋和巳――棄子の風景』（単著、試論社、2007年）／『照応と総合――土岐恒二個人著作集＋シンポジウム』（共著、小鳥遊書房、2020年）

稲冨　百合子（いなどみ　ゆりこ）
追手門学院大学共通教育機構准教授／元龍谷大学非常勤講師
『繋がりの詩学——近代アメリカの知的独立と＜知のコミュニティ＞の形成』（共著、彩流社、2019 年）／『ホーソーンの文学的遺産——ロマンスと歴史の変貌』（共著、開文社出版、2016 年）／『身体と情動——アフェクトで読むアメリカン・ルネサンス』（共著、彩流社、2016 年）

浅井　千晶（あさい　ちあき）
千里金蘭大学教育学部教授
『13 歳からのレイチェル・カーソン』（共編著、かもがわ出版、2021 年）／『エコクリティシズムの波を超えて——人新世の地球を生きる』（共編著、音羽書房鶴見書店、2017 年）／『新たなるトニ・モリスン——その小説世界を拓く』（共著、金星堂、2017 年）

内田　有紀（うちだ　ゆき）
龍谷大学法学部講師
「歴史化と帰属意識（ホーム）——*Libra* におけるノスタルジア」（『龍谷紀要』第 41 巻第 2 号、2020 年）／“Spectral Response to the Declaration of Independence: Deferment of the Death of America in *Arc d'X*”（『大阪大学英米研究』第 38 号、2014 年）

渡邉　克昭（わたなべ　かつあき）
名古屋外国語大学教授／大阪大学大学院人文学研究科名誉教授／元龍谷大学非常勤講師
『脱領域・脱構築・脱半球——二一世紀人文学のために』（共著、小鳥遊書房、2021 年）／『揺れ動く〈保守〉——現代アメリカ文学と社会』（共著、春風社、2018 年）／『楽園に死す——アメリカ的想像力と〈死〉のアポリア』（単著、大阪大学出版会、2016 年）

古木　圭子（ふるき　けいこ）
奈良大学文学部教授
『アジア・パシフィックの劇場文化』（共著、朝日出版社、2024 年）／『アジア系トランスボーダー文学——アジア系アメリカ文学の新地平』（共編著、小鳥遊書房、2021 年）／『アメリカ文学における幸福の追求とその行方』（共著、金星堂，2018 年）

◉著者 (掲載順)

西谷 拓哉(にしたに たくや)
神戸大学大学院国際文化学研究科教授
『ロマンスの倫理と語り――いまホーソーンを読む理由』(共編著、開文社出版、2023年)／『海洋国家アメリカの文学的想像力――海軍言説とアンテベラムの作家たち』(共著、開文社出版、2018年)／『アメリカン・ルネサンス――批評の新生』(共編著、開文社出版、2013年)

吉野 成美(よしの なるみ)
近畿大学経済学部教授
"'I Ought to Be Getting Him His Feed': Masculinity Regained in Edith Wharton's *Ethan Frome*." *Gender Studies* 22 (1) 21-37 2023. ／"'Pendulum Woman': Edith Wharton's Strategic Formation of Triangles in Real-Life Relationships." *British and American Studies: A Journal of Romanian Society of English and American Studies* 29 (1) 51-60, 2023. ／『ヒロインの妊娠――イーディス・ウォートンとセオドア・ドライサーの小説における「娘」像とその選択』(単著、音羽書房鶴見書店、2017年)

貴志 雅之(きし まさゆき)
大阪大学大学院人文学研究科名誉教授／元龍谷大学非常勤講師
『アメリカ演劇、劇作家たちのポリティクス――他者との遭遇とその行方』(単著、金星堂、2020年)／『アメリカ文学における幸福の追求とその行方』(編著、金星堂, 2018年)／『二〇世紀アメリカ文学のポリティクス』(編著、世界思想社, 2010年)

西山 けい子(にしやま けいこ)
関西学院大学文学部教授／元龍谷大学社会学部教授
『エドガー・アラン・ポー――極限の体験、リアルとの出会い』(単著、新曜社、2020年)／『空とアメリカ文学』(共著、彩流社、2019年)／『アメリカ文学における幸福の追求とその行方』(共著、金星堂、2018年)

田中 宏明(たなか ひろあき)
京都先端科学大学名誉教授／元龍谷大学非常勤講師
『英語学士力と教育改善モデル ――大学英語教育担当者の役割』("ЭРДЭМ ШИНЖИЛГЭЭНИЙ БИЧИГ" イフモンゴル大学、2012年)／『最新外国語CALLの研究と実践』(共著、CIEC外国語教育研究部会、2003年)／『尾形敏彦・森本佳樹両教授退官記念論文集』(共著、山口書店、1985年)

◉監修

藤本　雅樹（ふじもと　まさき）
龍谷大学文学部名誉教授
『ロバート・フロスト詩集――西に流れる川』（単訳、小鳥遊書房、2024年）／『ロバート・フロスト詩集――山間の地に暮らして』（単訳、小鳥遊書房、2023年）／サンドラ・L・キャッツ『エリノア・フロスト――ある詩人の妻』（単訳、晃洋書房、2019年）／ピーター・J・スタンリス『ロバート・フロスト：哲学者詩人』（共訳、晃洋書房、2012年）

◉編著者

池末　陽子（いけすえ　ようこ）
龍谷大学文学部准教授
『19世紀アメリカ作家たちとエコノミー――国家・家庭・親密な圏域』（共著、彩流社、2023年）／『脱領域・脱構築・脱半球――二一世紀人文学のために』（共著、小鳥遊書房、2021年）／『メディアと帝国――19世紀末アメリカ文化学』（共著、小鳥遊書房、2021年）／『ポケットマスターピース09　E・A・ポー』（共訳、編集協力、集英社、2016年）

三宅　一平（みやけ　いっぺい）
龍谷大学文学部講師
「調和の綻び――Gail Jonesの*Sorry*における物語ることの困難」（『英語英米文学研究』49号、2024年）／“Ghosts Lurking in an 'In-Between Place': Aspects of ‘Stories’ in Chris Womersley's *Bereft*.”（『南半球評論』38号、2023年）／“A Dream of the Extended Family:The Non-Existent ‘Father’ in Kurt Vonnegut's *Slapstick*.”（『関西アメリカ文学』58号、2021年）

龍谷叢書 LXII

アメリカン・ポエジーの水脈（すいみゃく）

2024年12月15日　第1刷発行

【監修者】
藤本雅樹

【編著者】
池末陽子／三宅一平

発行者：高梨 治
発行所：株式会社**小鳥遊（たかなし）書房**
〒102-0071　東京都千代田区富士見1-7-6-5F
電話 03 (6265) 4910（代表）／FAX 03 (6265) 4902
http://www.tkns-shobou.co.jp
info@tkns-shobou.co.jp

装幀　鳴田小夜子（KOGUMA OFFICE）
装画　藤本雅樹
印刷・製本　モリモト印刷株式会社
ISBN978-4-86780-068-3　C0098